[고전번역＋비교문화학연구단] 총서 6

주변의 횡단과 문화생태성의 복원

[고전번역＋비교문화학연구단] 총서 6

주변의 횡단과 문화생태성의 복원

김성환 서민정 손성준 신상필 이상현 이태희
이효석 임상석 장정아 한지형 김남이

역락

이 저서는 2007년 정부(교육과학기술부)의 재원으로 한국연구재단의 지원을 받아 수행된 연구입니다.(NRF-2007-361-AM0059)

주변부의 문화적 횡단과 새로운 인문정신의 필요성에 대해

왜 주변인가? 어떻게 주변은 침해와 억압의 장소에서 자유와 정의, 그리고 평등한 생태적 사유의 발원지가 될 수 있는가? 세계의 문화적 무대에서 조연처럼 취급당해왔고 또 당하고 있는 주변부에 새로운 창조적 인문정신을 위한 지혜를 구하는 것이 과연 가능한 일인가?

사미르 아민은 중세 유럽의 봉건제가 급속한 자본주의적 발전을 이룰 수 있었던 것은 당시 유럽이 아시아와 아라비아를 비롯한 당시의 중심부에 비해 상대적으로 주변부에 위치해있었기 때문이라고 했다. 기존의 질서에서 더 많은 이익을 얻고 있는 중심의 세력은 기존의 질서를 계속 유지하려고 할 것이지만, 이 질서를 타파하여 보다 새롭고 보다 진보적인 세계를 만들어내려는 창발적인 동력은 자연히 주변부에서 나온다. 탈식민의 작가 치누아 아체베의 말처럼 강한 문화와의 접촉은 주변부의 "모든 것을 무너져 내리게 하는" 엄청난 고통을 주면서도 "그 순간, 거기에서" 중심의 폭력과 주변부의 자기폐쇄의 한계를 넘어서는 계기를 제공한다. 요컨대, 주변부는 강한 중심과의 접촉을 통해 영향을 받으면서 상대적으로 보다 유연하게 변화하는 대응 능력을 가지고 있다.

오늘날 우리는 근대성의 위기를 목격하고 있다. 근대성은 우리에게 계몽과 이성과 진보를 통한 인간 해방의 가능성을 제공하기도 했지만, 전지구적 차원에서 볼 때 그 해방의 혜택은 특정 지역이나 소수의 엘리트들에게만 국한되었다. 즉 그것은 인간의 해방을 선언하는 바로 그 와 중에도 서양과 비서양, 제국과 식민, 문명과 자연, 이성과 비이성, 중심과 주변, 남성과 여성, 백인종과 비백인종, 지배계급과 서발턴 등 다양한 이분법적 구조를 형성함으로써 전 지구적인 차원에서 새로운 차별들의 체제를 구축해왔다. 이는 근대성이 그 기원에서부터 자신의 어두운 이면으로 이미 식민성을 갖고 있었음을 보여준다.

우리는 일차적으로 근대성 극복을 위한 계기나 발화의 위치를 서구와 그 중심부에서 찾기보다 비서양의 주변과 주변성에서 찾고자 한다. 주변의 범주에는 서구 내부에도 있음은 물론이다. 그러나 우리는 주변성을 낭만화하거나 일방적으로 예찬하지는 않을 것이다. 왜냐하면 주변은 한계와 가능성이 동시에 공존하는 장소이자 위치이기 때문이다. 그곳은 근대의 지배적 힘들에 의해 억압된 부정적 가치들이 여전히 사람들의 삶에 질곡으로 기능하는 지점이며 중심부의 논리가 여과 없이 맹목적으로 횡행하는 장소이기도 하다. 하지만 이런 질곡의 이면을 들여다보면 근대에 의해 억압되었고 중심부의 논리에 종속되어야만 했던 잠재적 역량들이 그 내부에 집결해 있다는 사실을 알 수 있다. 그러므로 주변은 새로운 해방과 가능성을 잠재적 조건으로 갖고 있는 장소이기도 한 것이다. 우리는 주변의 이런 가능성을 주변성이라 부르며 그것을 어떻게 키워나갈 것인가에 주목하고자 한다.

우리는 주변성이나 주변적 현실에 주목하되 그것을 고립해서 보거나 그것의 특수한 처지를 강조하지 않을 것이다. 오히려 주변은 스스로를 횡단하고 월경함으로써, 나아가서 주변은 비슷한 처지에 있는 다른 지역과 위치들과의 연대를 통해 자신의 잠재성을 보다 키워나갈 수 있을 것이다. 종국적으로는 특수와 보편의 근대적 이분법을 뛰어넘는 새로운 차원의 보편성(들)을 실천적으로 사고해나갈 수 있을 것이다. 그동안 중심부가 만들어낸 근대적 보편성은 주변부가 자신의 특수한 위치를 버릴 때만 초월적이고 보편적인 지점에 도달할 수 있는 것으로 주장해왔다. 그리고 그 보편적 지점을 일방적으로 차지했던 것은 항상 서구였다. 그 결과 서구의 보편성은 주변에 동질성을 강제하는 억압적 기제로 작용했고, 주변의 삶이 스스로를 부정적으로 인식하도록 만든 결정적 계기가 되었던 것이다. 근대성과 식민성이 여전히 연동하고 있는 오늘날의 전지구적 현실에서 서양적이고 초월적인 보편성은 더 이상 순조롭게 작동하기 어렵다. 이제 필요한 것은 주변들과 주변성의 역량이 서로 횡단하고 접속하고 연대함으로써 복수의 보편들을 추구하는 작업이다. 우리는 이런 과제에 기여하는 것을 꿈꾸고자 한다.

부산대학교 인문한국(HK) 「고전번역＋비교문화학연구단」은 2007년 '고전번역학과 비교문화학을 통한 소통인문학의 창출'이라는 아젠다를 설정하고 출범한 이래 지난 10년간 다양한 연구의 결과물들을 세상에 선보였다. 우리 연구진은 특히 지난 4년간 <창신의 인문정신학>을 주제로 하여 연구를 진행하였으며, 이 책은 그 동안 우리가 뿌리고 거두어온 연구의 결실 가운데 비교적 잘 익은 것들을 주제별로 골라 모은 것이다. 우리의 연구가 문화소통과 고전번역의 학문적 토양에 기름진 거름으로 기능하기를 감히 기대하며 이렇게 두 권의 총서로 내어놓게 되었다.

현재까지 이루어지고 있는 세계의 문화소통과 고전유통의 상황은 그것이 상호이해와 관용을 지향하고 있으면서도 여전히 서구 중심의 경제와 정치의 상황에 따른 권력관계에 강하게 지배받고 있다. 상호문화적 이해는 자칫 공허한 이상에 머물고 다문화적 현상은 상대주의적 가치의 인정으로만 기우는 경향도 목격된다. 이러한 상황 하에서, 문화의 생태적 소통이 이루어지는 토대는 어디에 있고 또 무엇이며, 고전이 종국에는 인류를 위한 보편적 가치에 대해 질문하고 인간 해방의 길잡이가 될 수 있는 창신의 인문정신의 근거의 가능성은 무엇인가를 고민하지 않을 수 없다. 단순한 교류의 차원을 넘어서 진행되고 있는 세계의 민족적, 문화적 '혼융'의 상황에서 주변부의 고전은 과연 어떤 역할을 할 수 있는가? 개별 민족 혹은 지역의 고전은 결국 서로의 존재를 알리고 개성을 보여주는 증거 이상의 가치는 없는 것인가? 중심의 위세가 강하게 밀어닥치는 세계의 주변부는 근대의 한계를 극복하기 위한 세계인의 노력에 과연 어떤 역할을 할 것인가? 여기서 우리는 주변부의 문화와 고전에 주목하여 서구의 한계를 극복하고 진정한 세계의 생태성을 보장하고 창조적 인문정신의 생명력이 여기 '주변부'의 보편적 가치(들)에 있다는 것을 밝히고자 했다.

이번 총서의 5권은 <주변의 보편과 문화의 복수성>이라는 큰 주제 하에 구성된 글들이다. 유럽적 보편주의를 넘어서기 위해 주변의 보편성과 보편의 주변성을 검토하고 다양한 문화적 보편들의 존재를 인정하고 보편적 보편의 확보를 위한 주변의 연대를 다루고 있다.

5권의 1부는 '단일한 보편의 비판과 문화적 복수성의 관점'에서 그 조건들을 검토한다. 「유럽적 보편주의 비판과 보편적 보편주의의 조건」은 유럽적 보편주의의 유럽중심주의를 비판하고 이마누엘 월레스틴, 가라타니 고진, 호미 바바, 응구기 와 시옹오의 보편적 보편주의를 들여다본다. 이들은 특수한 보편이 절대적 보편의 자기모순에 빠지지 않기 위해 '보편적 보편주의'를 제안하며 다양한 보편들의 연대가 필수적이라고 주장한다. 「문화 복수성의 조건과 해석학적 타자 이해」는 가다머의 해석학, 특히 지평융합의 개념에 기초하여 문화 복수성을 확립하려는 테일러의 작업을 분석한 글이다. 문화 간 바람직한 관계를 위해서는 자문화중심주의적 동화의 지양과 타문화에 대한 교정 불가성 테제(incorrigibility thesis)의 부정 모두가 요청된다는 점을 다룬다. 「문화 복수성의 관점에서 읽는 식민지의 언어」는 1930년대 표준어 제정 당시에 이미 표준어의 문제점들이 제기된 사실에 주목하고, 그 당시 제기된 문제점들이 현재 어떤 방식으로 이어지고 있는지 최근 표준어 관련 논의와의 비교를 통해 살펴보고자 한 논의이다. 또「식민지 역사 다시 쓰기」는 이병주의『관부연락선』을 중심으로 작가의 학병체험을 바탕으로 쓰인 이 작품이 한일수교가 이루어진 1960년대 후반의 시점에서 작가가 식민지 역사의 다시 쓰기를 시도한 것이라는 것을 밝힌다. 개인의 체험과 역사를 융합하는 다층적인 글쓰기를 통해 식민 이후의 식민성이 어떻게 영향을 미치고 있었는지를 확인할 수 있다.

5권의 2부는 '중심의 해체와 주변의 연대'가 일어나는 지점들을 역사적 현장, 문학적 텍스트, 고전의 번역의 현장 등에서 다루고 있다.「'유럽'의 해체–데리다의『다른 곶』을 중심으로」는 일생에 걸쳐 유럽중심주의를 비판한 데리다의 '유럽' 해체 작업을 분석한 글이다. 데리다는 유럽에 관한 담론에서 유럽의 지리적 표상으로 등장하는 '곶'의 의미를 실마리 삼아 새로운 유럽의 정체성을 제시하고자 한다.「이동하는 주체와 연대의 가능성」은 디아스포라적 공간 속에서 경험하는 주체의 변화의 문제를 다루고 이것을 주변부의 보편성의 확보의 문제와 연결해 연구했다. 조지프 콘래드와 타예브 살리흐의 소설에서 보여지는 분열적 주체가 헨리 제임스와 이창래의 소설에서 극복되는 양상과 주변부 주체 간의 연대의 가능성까지를 살핀다.「남아프리카공화국과 좌절된 새로운 세계의 전망」은 파농과 비코의 탈식민 사유의 확산과 연대에 대한 논의를 토대로 오늘날 남아공의 현실을 분석하며, 자본과 시장 중심이 아닌 인간 중심의 해방 기획이 왜 필요한지를 논의하고 전지구적 차원에서 보다 인간적인 삶으로의 전환을 모색하기 위해 필요한 사유와 실천을 파악하고자 한다. 또「근대 지식과 전통 가치의 공존, 가정학의 번역과 야담의 번안 및 개작」은『가 정잡지』의 연구를 통해 근대국가의 장에 본의 아니게 끼어든 한국에서 벌어진 가치의 충돌을 생생하게 보여준다.『가정잡지』는 일본의 중역을 거쳐 수용된 가정학과 번안을 통해 다시 살아난 봉건가치 등이 혼재한 대한제국이라는 과도기적 문화적 공간을 미시적으로 중계하고 있다고 본다.

    5권의 3부는 '주변부의 시각과 고전의 해석'은 창조적 미래를 위한 새로운 인문학적 지혜를 주변부의 고전을 통해 살펴보고 있다. 「프란츠 파농의 '새로운 인간주의'와 탈식민 사유」는 진정한 보편성과 실천성을 지닌 인간과 휴머니즘의 출현을 모색하는 파농과 비코의 탈식민 사유의 확산과 연대를 살펴보고, 이를 바탕으로 제3세계 주체들이 연대하며 제시하고 있는 진정한 보편성을 담고 있는 새로운 사상과 의식의 가능성을 짚어본다. 「反-코기토'로 읽는 보들레르와 『악의 꽃』」은 보들레르의 『악의 꽃』에서 도출되는 자아의 확장 혹은 와해는 탈근대적 자아의 모습이자 '反-코기토'의 한 양태임을 증명하고자 한다. 이는 탈근대적 인식 체계로 문학 텍스트를 읽는 소통인문학의 예이자, 근대가 낳은 주변/중심의 경계 자체를 문제시하며 횡단을 모색하는 예이다. 「〈춘향전〉의 번역과 민족성의 재현방식」은 한국의 근대지식인 이광수의 〈춘향전〉 다시 쓰기, 외국인의 〈춘향전〉 번역의 양상을 통해 주변부 고전인 〈춘향전〉과 한국문학의 문화생태를 고찰했다. 다양한 〈춘향전〉 텍스트들은 〈춘향전〉의 원본을 다시 상상하게 만들며, 〈춘향전〉을 한국 민족/국경의 경계를 넘어 세계성을 지닌 주변부 고전으로 변모시키는 모습을 드러냈다. 또 「한국근대문학사와 「운수 좋은 날」 정전화의 아이러니」는 「운수 좋은 날」의 정전화 과정을 시대별 평론 및 문학사 서술, 그리고 작가의 대표작에 대한 인식의 변천 등을 통해 살펴본 것이다. 1960년대 후반 다양한 현대문학의 쟁점들을 배경으로 한국 단편의 정점에까지 오르게 된 「운수 좋은 날」은 텍스트와 시공간의 상호작용이 빚어내는 정전화의 아이러니를 보여준다.

    이번 총서의 6권은 〈주변의 횡단과 문화생태성의 복원〉이라는 주제로 구성한 글들이다. 주변부의 문화적 현현인 언어와 사상, 고전과 번역이 로컬과 글로벌의 건전한 문화적 생태성을 확보하기 위한 방안을 검토한다. 이로부터 우리 사회의 문화적 미래를 비추는 작은 창이 될 수 있기를 기대한다.

6권의 1부는 '고전의 번역과 문화생태'의 문제를 다룬다. 고전과 이를 둘러싼 번역의 행위가 문화의 생태성을 확보할 수 있을지를 검토한다. 「『열하일기(熱河日記)』 번역의 두 주체」는 고전어 한문에 근거한 식민지 한국의 전통적 문화질서에 대한 서구 및 일제의 학문적 승리를 수반하는 식민지 상황에서 이루어진 최남선의 『열하일기』 번역과 아오야기 츠나타로의 번역을 비교분석하여 근대 초기 식민지에서 고전과 번역이 가지는 의미를 제시한다. 「'연암'이라는 고전의 형성과 그 기원」은 박지원이 우리시대의 '고전'으로 어떻게 자리잡게 되었는가를 보기 위해 20세기 초에서 일제강점기 연암을 호명한 前史들을 살피고, 일제강점기 민족주의와 사회주의 진영이 '연암'을 정위시키고자 했던 맥락과 논리들을 조선적 특수성과 세계사적 보편성의 길항 속에서 살펴본다. 「라깡의 '상징계'에 대한 번역가능성 하나」는 라깡의 주체 구성에 있어 탈소외화 과정인 '분리'를 말라르메와 유식불교에 기초하여 재조명하여 이것이 주변부와 중심부, 지역과 지역이 소통하는 세계시민성을 추구함으로써 문화(문명)의 생태성과 대안적 보편성을 추구하는 입장과 다르지 않음을 보여준다. 또 「포스트식민 작가/번역가의 곤경과 가능성」은 영어 번역을 통해 아프리카 외부와 소통하는 한편 아프리카 다양한 지역어로의 번역을 통해 내부와 소통하는 응구기의 이중적인 전략을 살펴본다. 그의 '두터운 번역'은 번역을 다양한 보편들의 대화와 연대, 나아가 보편적 보편을 탐색하는 매체로 간주하는 그의 주장과도 관계한다.

6권의 2부는 '주변부의 언어와 문화생태'를 주제로 하여 주변부의 언어, 교과서, 번역의 문제를 다룬다. 「'문화재 원형' 개념의 형성과정과 한국어의 문화생태」는 한국의 이중어사전, 한국/서양/일본 근대 지식인의 고고학/고전학 논저 등을 중심으로 문화재 원형 개념의 한국적 형성과정을 고찰한다. 이를 통해 서양인, 일본인 그리고 한국인이라는 세 주체들이 함께 펼친 역동적인 당시 한국어의 문화생태를 살핀다. 「제정 러시아 카잔의 러시아어·한국어 이중어 교재와 번역」는 제정 러시아의 고려인을 대상으로 출판된 초기 러시아어 학습교재를 소개하고, 소수민족의 언어인 고려말이 중심언어인 러시아어와 맺는 상호과정을 살핌으로써 20세기 초 한국어의 문화생태의 한 양상을 이해하고자 한다. 「언어생태적 관점에서 보는 20C 전반기 표준어에 대한 논의」는 언어순혈주의의 위험성에 대해 문제의식을 가지고 일제강점기의 언어에 대해 문화 생태성의 관점에서 읽고자 한다. 일제강점기 한국어에 대해서, 언어 민족주의적 관점, 서구적 언어 규범에 대한 동경, 제3의 언어에 대한 시도 등 다양한 측면에서 '언어'를 고찰하고 있다. 또 「번역이라는 고투(苦鬪)의 시간」은 염상섭의 사례를 중심으로 1920년대 소설 문체의 형성 과정 이면에 작가들의 번역 체험이 핵심 변수로 놓여있었다는 것을 밝히고자 한 것이다. 염상섭에게 번역은 '고투의 시간'이었다. 그러나 이 시간을 거치며 그는 조선어를 재발견하고 자신의 소설 문체를 확립할 수 있었다.

6권의 3부는 '주변부의 서사와 문화생태'의 관계를 다룬다. 주변부적 서사가 중심적 서사를 변화시키고 대체하는 과정과 이를 위한 주변의 연대, 주변부 서사와 문학 양식 간의 연대의 양상을 다룬다. 「조선후기 필기의 문화생태성과 새로운 지표(들)」은 정재륜의 <감이록>을 사례로 사대부 사회의 주변에서 견문한 내용을 기록하며 고려말 조선전기에 성립된 필기(筆記) 양식이 부조리한 현실을 '귀이(鬼異)'적 현상에 대비하여 '복선화음(福善禍淫)'의 논리로 해석한 새로운 문화생태적 양식임을 조명해 보았다. 「조선시대 사군(四郡)의 도교 문화적 공간인식」은 조선시대에 사군(四郡)이 도교의 공간이라는 인식이 있었고, 후기로 갈수록 점층되었음을 당대 문헌을 통해 규명한 글이다. 사군은 점차 지상선(地上仙)의 공간으로 인식되어 갔고, 피난처 또는 길지라는 인식도 강해져 십승지에 포함되기도 한 정황은 이를 반증한다. 「하층민 서사와 주변부 양식의 가능성－1980년대 논픽션을 중심으로」는 1980년대 들어 대중적 인기를 모은 다양한 장편 논픽션, 르포소설이 기존 문학과는 다른 형식과 구조를 통해 소외된 하층민의 삶을 효과적으로 재현하면서 위기 극복의 전망을 제시했다는 점에서 하층민 서사의 가능성을 보여준 점을 평가한다. 마지막으로, 「마술적 리얼리즘의 범 주변부적 편재의 양상」은 트리컨티넨탈 지역뿐만 아니라 유럽에서 관심을 모으고 있는 마술적 리얼리즘이 서구의 문화제국주의적 중심주의를 극복하고자하는 동일한 문제의식을 가진 주변부의 공동의 문화적 대응양식이자 주변부의 전 지구적 연대의 가능성을 보여줄 수 있는지를 살펴본다.

우리는 이 총서를 준비하며 이 책들이 주변의 연대의 필요성과 복수의 보편이 실재하는 현상을 낱낱이 조사하고 고전이 번역되는 현상과 번역행위 자체가 문화적 생태성을 담보할 수 있는 중요한 도구적 가능성을 정밀하게 충분히 다루었다고 감히 말할 수는 없다. 다만 이 책들이 토대가 되어 독자에게 고전번역과 문화연구가 상생과 창신의 새로운 인문학적 성찰의 빛줄기를 일부라도 제시할 수 있다면 그것으로 큰 보람을 삼고자 한다.

2017년 5월
부산대학교 인문한국(HK) 「고전번역+비교문화학연구단」

차 례

01

고전의 번역과 문화생태

[고전번역+비교문화학연구단] 총서 6

『열하일기(熱河日記)』 번역의 두 주체[1]
-1910년대 최남선과 조선연구회-

임 상 석

1　식민지와 번역

『열하일기』는 식민지라는 위기에 대처할 수 있는 대표적인 자국의 한 문고전으로 공사(公私)의 영역에서 모두 호출되었다.[2] 한국에서 식민지 의 성립은 고전어 한문에 근거한 전통적 문화질서에 대한 서구 및 일제 의 문화와 학지(學知)의 현실적 승리를 수반한 것이다. 식민 통치의 초반 인 1910년대에 피식민지인 한국에서 『열하일기』를 출간하고 번역했으며, 넓게는 식민자의 범주에 속할 수 있는 재조(在朝) 일본인 단체에서도 『열 하일기』를 번역하여 출간하였다. 이 글은 이 두 가지를 비교분석하여 근 대 초기 식민지에서 고전과 번역이 가지는 의미를 제시하고자 한다.

『열하일기』의 번역은 근대에 최초로 시도된 것은 아니고 "열하긔" 등의 제목을 달고 1700년대 말에서 1800년대 중반에 번역된 것으로 보

---

1) 이 글은 『우리어문연구』 52(우리어문학회, 2015.05)에 게재된 글을 수정한 것임.
2) 연암 박지원의 근대적 소환에 대한 연구도 적지 않다. 이중에 최근의 종합적인 성 과로 김남이(「'연암'이라는 고전의 형성과 그 기원(1)」, 『語文研究』 58, 어문연구학 회, 2008; 「20세기 초~중반 '연암'에 대한 탐구와 조선학의 지평」, 『韓國實學研究』 21, 한국실학학회, 2011)를 참조할 수 있다.

이는 한글판 필사본도 존재한다.3) 넓은 안목으로는 이 한글 번역도 19세기에 이르러 명확해진 서세동점의 위기에 대한 대처일 수 있겠으나, 이식된 근대의 서구 학지를 완전히 승인한 상태에서 수행된 것은 아니므로 최남선의 편저인 『시문독본(時文讀本)』(1918)의 『열하일기』 번역과는 한자리에 놓을 수 없다. 국학과 국역의 초보적인 형태를 보여주는 『시문독본』에서 『열하일기』는 단일 문헌으로는 가장 큰 비중을 차지하였다. 비록 그 번역은 부분적이며 일관된 기준이 없는 것이었지만, 근대 국가에 대한 지향 속에서 이루어진 자국 고전 번역의 초기 형태라는 점에서 다각적인 분석이 가능하다.4)

이 글이 비교대상으로 삼는 『燕巖外集(原文和譯對照)』上下(朝鮮研究會, 1915-1916. 이하 연암외집)는 판권지에 저자로 아오야기 츠나타로(靑柳綱太郞)5)가 기록되어 있는데, 지금의 기준으로는 그가 이 책의 역자에 해당한다. 이 책의 번역에 대해서는 오역과 탈락이 있으나 완역에 가깝다는 평가가 있다.6) 이 책은 1차적으로 조선연구회라는 회원제 조직의 성원을 대상으로 하여 간행된 것이며, 식민통치에 대한 일본 민간의 자발적 참여 욕구에 근간하여 발행되었다.7)

---

3) 김혈조, 「『열하일기』 번역의 여러 문제들」, 『한문학보』 19, 우리한문학회, 2008, 682 ~684면 참조.
4) 『시문독본』의 번역 문제에 관한 연구는 아래와 같다.(임상석, 「1910년대 국역의 양상과 한문고전의 형성-최남선의 출판활동을 중심으로」, 『사이』 7, 국제한국문학 문화학회, 2010a; 임상석, 「국학의 형성과 고전 질서의 해체: 『시문독본』의 번역문을 중심으로」, 『비교문학』 59, 한국비교문학회, 2013.)
5) 아오야기 츠나타로 및 그가 속한 재조선 일본인 단체에 대한 종합적 연구로 최혜주(『근대 재조선 일본인의 한국사왜곡과 식민통치론』, 경인문화사, 2010)를 참조할 수 있다. 한편, 이 글에서 인용한 『연암외집』은 고려대 도서관 소장본을 이용했음을 밝힌다.
6) 김혈조, 앞의 논문, 685면. 이 논문은 『연암외집』에 대한 유일한 선행연구라 할 수 있는데 간략하게 전반적 개황을 제시하였다.
7) 박영미, 「일본의 조선고전총서 간행에 대한 시론」, 『漢文學論集』 37, 근역한문학회, 2013, 참조.

일본 근대의 대표적 민권운동의 흐름인 이른바, 다이쇼(大正) 데모크라시의 원류가 러일전쟁 강화반대 집회에서 촉발했다는 진단이 있다.[8] 국내를 향해서는 민주주의지만 국외를 향해서는 제국주의라는 이중적 잣대는 당대 일본에서 일반화된 현상이었으며 식민지 조선에 대한 민간의 학습열도 이와 같은 흐름 속에 발생했다고 볼 수 있다.

이처럼 이 책은 일본인을 대상으로 한 일본어 번역이기에 한국학계에서 본격적 연구의 대상이 되지는 않은 셈이다. 그러나 그 번역의 대본이 최남선을 편수 겸 발행인으로 하고 출간한 『(연암외집)열하일기』(朝鮮光文會. 1911)이라는 점에서 두 번역은 밀접한 관계를 가진다. 당시의 다양한 『열하일기』 판본 가운데 조선연구회본이 조선광문회의 판본을 저본으로 삼았다는 점은 양자의 비교연구에 단서가 된다.[9] 더욱 식민과 피식민의 관계 속에서 연동된 번역이라는 점에서 두 본을 비교할 여지는 충분하다.

물론 완역에 가까운 『연암외집』과 부분역인 『시문독본』 사이에 전면적 대응을 설정할 수는 없다. 그러나 신문관과 광문회의 결과물인 후자가 한문고전을 근대적 학지 속에서 다시 배치한 것은 일제라는 현실적 권력 때문이었으며, 전자 역시 일제와의 관계에서 비롯되었다는 공통점이 있다. 그리고 광문회판 『열하일기』가 후자의 저본이라는 점을 본다면, 이 두 본의 비교연구는 한일 간의 고전과 번역에 대한 문화적 수용의 방식이 가진 차이와 일제 통치 초기의 검열 문제까지 일별할 수 있는 생산적인 논제가 된다.

---

8) 마쓰오 다카요시, 오석철 옮김, 『다이쇼 데모크라시』, 소명, 2011[1994], 15~20면.
9) 김명호는 무수한 『열하일기』의 이본들을 네 가지로 분류했다. 이에 따르면 광문회와 조선연구회의 『열하일기』는 『열하일기』를 『연암집』의 '외집'으로 통합하고자 한 이본들인 "『연암집』 외집 계열"이다.(김명호, 「『열하일기』 이본의 재검토」, 『東洋學』 48, 단국대 동양학연구소, 2010, 4면) 한편, 『열하일기』의 판본연구를 총체적으로 수행한 성과로 서현경(「『열하일기』 정본의 탐색과 서술 분석」, 연세대 박사논문, 2008)을 참조해야 한다.

2 『연암외집』의 구성과 번역의 전반적 특성

『연암외집』이 광문회판『열하일기』를 대본으로 삼았다는 점은 김혈조가 목차 대조를 통해 지적한 바 있다.10) 양자가 모두 26권 체제로 동일하나,11) 분류의 방식은 다소 차이가 있다. 광문회판은『연암집』속의 외집으로『열하일기』를 분류하여『연암집』의 권수를 표기하였다.12) 즉 「도강록(渡江錄)」은『연암집』17권이며『열하일기』의 1권이 되는 것이다.『연암외집』은『연암집』전체의 권 순서는 표기하지 않아「도강록」은『열하일기』1권이 된다.

광문회판은 2단편집 20행 23자의 연활자본으로 전체 285면 가량이며 『연암외집』은 1단편집으로 14행 40자이다. 상권은 11권을 수록하고 392면이고, 하권은 나머지 15권(실제 14권)을 수록하여 302면이다. 전반적으로 책의 내용을 제외한 지질(紙質)이나 가독성의 측면에서 상품으로서 후자가 더 우월하다고 평가할 수 있다. 20권「구외이문(口外異聞)」에는 탈락된 편들이 있지만 21권까지는 대체로 완역에 가까워, 일관되게 전자의 1면에 후자의 2.7 내지 2.8면이 대응한다. 이 대응이 일정하지 않은 것은 장절의 구분에 따라 지면을 배정하는 방식이 달라서이기도 하고, 전자는 작은 글자로 주석을 처리하였지만 후자는 이를 동일한 활자로 처리하며 괄호를 이용했기 때문이기도 하다.

22권은 탈락되었고 23권「황도기략(黃圖紀略)」, 24권「알성퇴술(謁聖退述), 25권「앙엽기(盎葉記)」에는 생략이나 축약이 잦다. 전체적으로『열하

---

10) 김혈조, 앞의 논문, 685면.
11) 22권인「金蓼小抄」가『연암외집』에는 "정본에 빠져서 생략한다"라는 해설만 남기고 결락되었으나, 광문회판에는 똑같은 해설이 있으나 본문을 수록하였다. 그러므로 실제로 전자는 25권 체제이고 후자는 26권 체제라 하겠다.
12) 권에 따라 "局"으로 오식된 경우가 있다.

일기』의 심오한 담론이나 주요 견문은 그대로 옮겼으나 여기서 벗어난 잡기(雜記)에 속하는 편들을 생략하거나 축약한 양상이다. 그런데 생략된 편들도 목차에서는 그대로 적혀 있는 경우가 많으며 광문회판의 순서를 그대로 따르고 있다.13) 생략되거나 축약된 편들을 아래에 정리한다.14)

20권 「구외이문」에서 생략된 편명
"麈角解", "荷蘭鹿", "別單", "三學士成人之日", "羅約國書", "周翰朱昂"

23권 「황도기략」에서 생략된 편명
"體仁閣", "武英殿", "午門", "極樂世界", "瀛臺", "南海子", "綵鳥舖"
* 이외에 23권에서 "太和殿", "天壇" 등 9편이 넘는 기사들이 축약 되었다.

24권 「알성퇴술」에서는 "觀象臺"와 "試院"이 생략, "朝鮮館" 등 다른 기사들도 축약됨.

위와 같이 잡기 성격의 기록을 생략하였지만, 권의 체제와 편의 순서가 동일하기에 『연암외집』은 광문회판을 저본으로 삼았다 해도 무리는 없을 것이다. 『연암외집』의 번역은 전체적으로 한자를 거의 남겨둔 채, 일본어 조사나 종결어미를 붙이고 가끔 어순을 변경하는 전통적 훈독15) 방식을 취했다. 원문이 대체로 보존된 양상인데,16) 착오도 종종 발견된다.17) 『연암외집』에서 짧은 글 한편을 전재하여 그 번역의 전반적 양

---

13) 다만 20권의 편인 "新羅戶"의 배치는 광문회판과 다르다.
14) 완료된 작업이 아니며 전체적 경계만 일별하여 제시하는 것이다.
15) 일본의 訓讀에 대해서는 金文京(『漢文と東アジア-訓讀の文化圏』, 岩波書店, 2010)을 참조 바람.
16) 제목은 대체로 원문 그대로 가져왔으나, "幻戲記"를 "幻戲の記"로 "一夜九渡河記"를 "一夜に九たび河を渡る記"로 옮긴 경우도 있다. 광문회판과 비교해볼 때, 가장 눈에 띄는 차이는 "王, 皇, 萬曆" 등 경의를 표해야 하는 글자 앞에서 광문회판은 한 칸을 띄나 『연암외집』은 이런 처리가 없다는 점이다.

상을 제시한다.

> 太和殿は皇明の時に舊も皇極殿と名く、三簷九陛、覆ふに琉璃黃瓦
> を以てす、月臺三層各の高き一丈、每層白玉石の護闌を爲し、悉く龍
> 鳳を雕み闌頭は皆な<u>璃</u>首を爲す、<u>外</u>は臺上に<u>向</u>ひ鐵鶴を立て翩然とし
> て舞はんと欲す、庭中に亦に三十餘鼎を列す、其の出色神巧、古の九
> 鼎も亦た或は此に在る也、大抵太和殿は乃ち天子の出で治る所、而
> も甚だ高大ならず。18)

북경의 명승지와 건물들에 대한 기록인 23권 「황도기략」의 "태화전"
인데, 각주에 나타나듯이 원문을 발췌하였다. 천자가 정무를 보는 곳이
고대(高大)하지 않음에 대한 수역(首譯)의 해설을 생략하는 등 원문의
1/3 정도만 번역했다. 그리고 밑줄 친 부분은 오류인데, "璃"는 "螭"를
오기하였고, "外"와 "向"은 "璃首[이무기 머리]"에 붙여 구두를 끊어야 옳다.
전반적 번역은 일본의 한문 훈독을 따른 것으로 지금의 관점으로는 번역
과 현토의 중간 형태라 하겠다. 또한 지금의 관점으로는 한문 구절을 분

---

17) 서문에서 부사 權呬을 "權呬史"로 오기하였는데, 權呬의 바로 뒤에 吏曹判書의 구
절이 나와 吏와 史를 혼동한 듯하다. 이외에도 「關內程史」의 "夷齊廟記"를 "吏齊
廟記"로 「漢北行程錄」을 "漢北行程錄"으로 오기한 사례 등이 있지만 의도적인 변
용은 찾아보기 힘들다.

18) 태화전은 大明의 때에는 원래 황극전이라 이름 하였고, 3층 지붕에 계단이 아홉
이며, 덮음은 누런 유리기와를 가지고 하였고, 월대는 3층 각기 높이가 한 길로,
매 층에 백옥 돌로 난간을 하였으며, 모두 용봉을 새기고 난간머리를 전부 이무
기 머리로 하였고, 밖으로 대의 위를 향하여 철로 학을 세워서 훨훨 춤추고자 하
는 듯, 뜰 가운데는 또 30여개의 정을 배열하였으니, 그 특출하고 신이한 교묘함
이 고대의 九鼎도 역시 혹 여기에 있으리라, 대저 태화전은 곧 천자가 나와 다스
리는 곳이지만, 심히 높거나 크지 않도다.(『연암외집』 하, 252면, 번역은 인용자,
고전종합db(www.db.itkc.or.kr)의 이가원 선생 번역을 참조함, 이하 같음.)
太和殿。 皇明時舊名皇極殿。 三簷九陛。 覆以琉璃黃瓦。 月臺三層。 各高一丈。 每
層爲白玉護闌。 悉雕龍鳳。 闌頭皆爲螭首外向。 臺上鐵鶴。 翩然欲舞。 …… 庭
中亦列三十餘鼎。 其出色神巧。 古之九鼎。 亦或在此也。 ……大抵太和殿。 乃天子
出治之所。 而不甚高大。 (고전종합db)

리하는 통사적 원칙도 일관된 것이 아닌 다소 편의적인 것으로 보이지만, 한문 훈독이라는 전통적 방식으로서 체제를 유지했다고 할 수 있다.

1911년부터 1918년까지 역자 아오야기는 『연암외집』 말고도 『증보문헌비고(增補文獻備考)』, 『목민심서』, 『경세유표』, 『구운몽』, 『삼국유사』, 『삼국사기』, 『동국통감(東國通鑑)』 등을 번역하여 권당 300쪽 이상으로 55권이나 간행하였다.19) 짧은 시간 안에 엄청난 분량의 출간이 가능했던 것은 이런 한문 훈독을 적용했기 때문이고, 그렇기에 위처럼 오류도 적지 않았다.

『연암외집』 같은 조선연구회의 한국 한문 전적 번역은 총독부의 재정적 지원을 받기도 하였으나 기본적으로 회원의 회비로 운영되었다. 재정적 어려움이 있었으나 50권이 넘는 주요 전적을 출간한 것은 조선 식민지를 향한 일본 민간의 상업적 열망이 제국주의와 연동된 사례이다.20) 그리고 이 민간의 제국주의가 고양된 배경이 에도시대 말기부터 축적된 번역 역량에서 비롯되었음은 의미심장하다.21) 한편으로 여기에는 식민통치에도 한문고전이 응용되었던 소위 한자문화권의 사정도 드러나는 것이다.

---

19) 자세한 목록은 박영미(2013, 17~21면)를 참조할 것. 이하 조선연구회에 대한 서술도 이 논문에 근거한다.

20) 군과 관에 유착된 적극적인 제국주의를 보여준 도쿠토미 소호와 달리, 반전사상을 견지한 우찌무라 간조도 최남선이 번역한 「지리학연구의 목적」(『소년』 2-10, 1909.11)에서 해상을 통한 제국 경영의 열망을 보여준다. 국외를 향한 제국주의는 당대 일본에서 저변이 매우 넓었던 것이다.(임상석, 「근대계몽기 한국 잡지에 번역된 제국주의」, 편자 Andrew Hall, 金珽實, *Education History in Manchuria and Korea*, 福岡:花書院, 2016, 참조.)

21) 이 번역 역량은 에도시대부터 축적된 蘭學의 역량과 메이지시대 대량으로 등장한 한문 훈독본이 융합되어 이루어진 것이다.(사이토 마레시, 황호덕, 임상석, 류충희 옮김, 『근대어의 탄생과 한문』, 현실문화, 2010, 참조.)

3   최남선과 한문고전

조선연구회와 조선광문회는 회원제로 운영되었다는 점, 입회한 후에는 중도탈퇴가 불가하다는 점 등 활동의 성격 뿐 아니라 구체적 회칙까지 동일한 면이 있다. 광문회를 주도했던 최남선은 전통적인 문벌과 문한(文翰)을 가지지 못하고서도 출판이라는 문화권력을 획득했다는 점에서 고전어 한문에 근거한 문화적 질서의 해체를 보여주는 시대적 징후라 할 수 있다.

최남선이 자신의 입지를 굳힌 계몽기와 1910년대는 한문고전에서 비롯한 문화질서가 여전한 시점이었다. 특히 계몽기의 대표적 작가들은 모두 과거를 준비하며 전통적 한문 학습을 이수한 사람들이었다. 성균관 출신인 변영만과 조소앙이 그러했고 도쿄에서 교유한 홍명희는 성균관 대사성의 손자로 전통적 가학(家學)을 체득하고 있었다.

최남선이 이와 같은 인사들과 동등하게 교유했다는 것 자체가 신분질서의 변동을 보여주는 징후이다. 더욱 최남선은 문벌도 이들과 다르지만 그 학습의 배경도 전통적인 한문학습과는 달랐다. 가승의 의약서와 한문전적을 수학하면서 거의 동시에 중국의 번역물을 읽었고 과문(科文)이나 과시(科詩) 같은 전통적 교육을 받지 않은 것으로 보인다. 이와 같은 기초에서 13세부터는 경성학당, 도쿄부립제일중학, 와세다대학 등을 거치며 근대학문을 받아들였다.22) 한문고전에 근거한 한문 창작을 지표로 한 문한에서 최남선은 앞에 든 인사들과 동렬에 놓을 수 없었을 터이다. 한편, 이런 학습과정 때문에 한문고전을 체질화한 다른 근대 초기 지식인들과 달리 최남선은 한문고전을 상대화 할 수 있었다

---

22) 류시현, 『최남선 연구』, 역사비평사, 2009, 35~39면.

는 점을 간과할 수 없다.

문벌과 문한이 개인의 가치를 결정하던 조선시대, 아직도 그 유풍이 보존되던 1910년대에 최남선은 이 두 질곡을 넘어서 갓 서른의 나이로 민족대표가 되어 독립선언문을 작성했던 것이다. 최남선의 존재 자체가 조선 문화·신분 질서의 전복을 보여주는 명시적인 징후인 셈이다. 이 과정에서 필수적인 요소가 한문고전이었다는 것은 다소 역설적인 양상이기도 하다.

1910년대의 신문관·광문회 활동이 결국 최남선의 위상을 굳건하게 만든 절대적인 장치였으며 특히 자국의 한문고전 정리를 중심에 놓은 후자의 역할로 인해 그는 김윤식, 류근 같은 대선배들과도 교유할 수 있었다.23) 한문고전의 전통적인 문화질서에서도 출판은 필수적인 일이었다. 조선 문화질서의 원천인 주자(朱子)는 평생 저술을 멈추지 않았는데, 더욱 항상 출판을 염두에 두었다. 생전에 정자(程子)의 『정씨유서(程氏遺書)』, 『정씨역전(程氏易典)』을 교열하여 출간하고, 자신의 『사서집주(四書集註)』, 『시집전(詩集傳)』 등도 출판하였다. 이는 공론을 염두에 둔 것으로 정자(程子)로부터 이어진 자신의 도통을 굳히고 사서삼경이라는 경서를 전유하려는 문화적 헤게모니 활동이었다.

대중매체의 위상을 가진 근대 출판과 성격이 다르지만 조선시대의 출판도 문화 권력의 운동 과정이라는 점에서는 동일하다. 출간된 문집, 특히 관에서 출간된 문집을 가진 가문과 그렇지 못한 가문은 같은 자리에 놓을 수 없었다. 출간물의 저자라는 지위에는 지금의 관점에서 상상할 수 없는 권위가 부여되는 셈이다. 그러므로 출판이란 한 가문의 운

---

23) 신문관은 최남선 내지 최남선 집안의 독자적 기관인 성격이 강했지만, 광문회는 류근 등의 선배들을 비롯한 다른 여러 인사들의 도움이 절대적이었다고 한다. 뒤에 자세히 논하겠지만, 그의 한학은 광문회에서 펴낸 호한한 한적을 모두 담당할 수준은 아니었던 것으로 보인다.

명을 가르는 행위였으며 그 과정에서는 조선의 신분·문화 질서가 공사로 개입되었다.24)

전통적 질서가 흔들린 근대 초기에 오히려 가문의 운명을 걸고 출판에 매진하는 현상이 자주 발생하였다.25) 흔들리는 질서 속에서 전통적 출판 행위를 통해 개인과 가문 내지 학파의 위상을 강화하려는 흐름이 발생하는 것은 자연스런 과도기적 현상일 수도 있겠다. 최남선은 소유한 출판과 인쇄의 기관을 통해 새로운 문화 권력자의 지위를 가지게 되었다.26) 그가 문벌과 문한의 제한을 넘어 문화 권력을 점유한 것은 근대적 매체 환경과 상업 활동에서 비롯되기도 했지만, 조선이라는 공간에서 출판이 가진 전통적인 문화 헤게모니를 이해하고 있었기 때문이기도 했다. 그리고 출판문화가 한문고전과 맺은 밀접한 관계를 숙지했기 때문이다.

전통적 문화 질서와 새로운 매체 환경의 절충이 그가 가진 강점이며 신문관과 광문회가 가진 시대적 대표성이었다. 여기에는 최남선 가문의 재력, 근대학문 수학, 일본이라는 근대 출판언론 시장의 체험 등 다양한 요인이 결부된다.27)

---

24) 현재 고전의 위치를 확고히 점한 『연암집』과 『목민심서』가 1900년대에 이르러서야 간행되었다는 점은 출판을 둘러싼 조선시대의 복잡한 사정을 보여주는 현상이다. 조선시대 문집의 편집과 간행에서 가문과 학파의 위상이 결부되던 구체적 양상에 대해서는 정석태(「『退溪集』의 編刊 經緯와 그 體裁」, 『퇴계학논집』 2, 영남퇴계학연구원, 2008) 참조.

25) 20세기 초까지도 가문의 명운을 좌우할 정도의 재산을 가문의 선조나 학파 시조의 출간으로 소비하는 현상이 발견된다.(류탁일, 『성호학맥 문집간행연구』, 부산대출판부, 2000, 참조.)

26) 황현의 제자들이 그 문집 출간을 위해 최남선과 접촉했다는 기록이 있다.(임상석, 「고전의 근대적 재생산과 최남선의 국한문체 글쓰기」, 『민족문학사연구』 44, 민족문학사연구소, 2010b 참조.)

27) 이에 대해서는 권두연(「신문관의 문화운동 연구」, 연세대 박사논문, 2011): 장병극(「조선광문회 연구」, 성균관대 석사논문, 2011): 박진영(「창립 무렵의 신문관」, 『사이』 7, 국제한국문학문화학회, 2009) 등을 참조할 수 있다.

한문을 상대화 할 수 있는 감각으로 최남선은 한문고전의 세계를 근대의 출판시장에 끌어 올 수 있었던 것이다. 그러면서도 그는 한문에 대한 절대적 필요를 인식하고 있었다. 한문으로 된 글을 많이 읽기를 한배님에게 빌고 있는[28] 그의 일기는 근대 민족주의의 구성을 위해서 전근대적 한문의 세계가 필수적이라는 점을 상징적으로 보여준다. 1918년에 정정합편이 출간된『시문독본』은 당시까지 이루어진 최남선의 출판언론 활동을 집약한 결과물로[29] 특히 여기에 수록된 다양한 한국의 한문고전들은 식민지라는 남루한 현실에 대한 대안으로 모색된 것이었다.『연암외집』등 조선연구회의 한국 한문전적 출간이 넓은 범위에서 식민자의 통치에 부역하는 것이었다면, 광문회의 출판 활동과 그 활동을 부분적으로나마 수록한『시문독본』은 이에 대한 피식민자의 대응이었던 셈이다. 그러므로『연암외집』은 일단 일본인을 대상으로 한 피식민자들의 학지였던 것이고『시문독본』은 조선인을 대상으로 한 자국고전의 재생산이었다.

4   『시문독본』의『열하일기』번역-『燕巖外集』과의 비교

자국의 한문고전에 대한 최남선의 근대화 작업이 집대성 된 결과물이『시문독본』이다. 총 수록 문장의 3분의 1이상이 자국의 한문고전을 번

---

28) "한배님이시어 금년에는 이 혜매는 孫으로 하여금 한참 고요히 한문 글을 읽도록 점지하여 주소서"(인용자 축약, 임상석(2010b)에서 재인용했는데『청춘』(1915)에 게재된 최남선의 일기가 출처이다.)
29) 임상석,「『시문독본』의 편찬 과정과 1910년대 최남선의 출판 활동」,『상허학보』25, 상허학회, 2009 참조.

역하거나 번안한 결과물이고 「아등(我等)의 재산」, 「조선의 비행기」, 「고 대 동서의 교통」 등 주요한 수록문은 자국의 다양한 한문 전적을 인용 하여 작성되었다.30) 국어, 국문과 국사를 상실한 1910년대에 『시문독본』 은 사찬 교과서로 국사와 국어의 역할을 일정 정도 담당하였으며 1920 년대까지 꾸준히 팔려서 8판이라는 기록적인 성공을 거두었다.

『시문독본』에는 최남선의 편저라 하겠지만, 이광수와 현상윤 등의 정론도 이념적으로 적지 않은 비중을 차지한다.31) 전반적으로 자본주 의적 근면과 실행력 및 민족주의가 이 책의 편집기조라 할 수 있다. 식 민자로서 조선연구회가 한국의 한문고전을 식민통치의 보조로서 번역 했다면 피식민자인 최남선은 한문고전을 자본주의와 민족주의라는 이 념 속에서 재배치하고 번역한 것이다. 그리고 이 노력은 억압적인 조선 총독부 교육에 맞서 일정한 성과를 거둔 셈이다.

『시문독본』에는 『열하일기』 외에도 『택리지(擇里志)』 등 조선광문회에 서 출간된 고서들의 번역이 포함되었다. 조선연구회 등의 재조선 일본 인 단체들의 한국 고서 출간은 광문회보다 더 시기가 빠른데다, 앞에 서술하였듯이 완역에 가까우며 등 책으로서의 품질도 더 훌륭했다. 광 문회가 일본인 단체들에 대하여 대항의식을 가졌으리라 추정하는 것은 자연스럽다.

광문회판 『열하일기』는 최남선을 편수(編修)겸 발행인으로 명기하고 있으므로 『시문독본』의 번역은 광문회의 작업을 계승한 것으로 보인 다. 그러나 그 번역의 실상을 점검하면 여러 가지 의문이 나온다. 『시 문독본』에서는 「도강록(渡江錄)」, 「옥갑야화(玉匣夜話)」, 「환희기(幻戲記)」

---

30) 임상석(2010a): 임상석(2013) 참조.
31) 명시적인 일제부역 이전인 1920년대 이전 최남선의 이념에 대해서는 최현식(『신 화의 저편』, 소명, 2007)과 황호덕(「북계의 신화, 구원과 협력의 장소」, 『벌레와 제국』, 새물결, 2011) 등을 참조할 수 있다.

등을 발췌하여 「심양까지 1-2」(3권 3-4관. 이하 「심양」), 「허생 1-2」(3권 5-6) 그리고 「환희기 1-2」(4권 15-16)로 수록하였다.32) 『시문독본』의 『열하일기』 번역 부분과 『연암외집』의 대조를 통하여 한문고전에 대한 최남선의 인식과 그가 내세운 시문을 파악해 보도록 하겠다.33)

『시문독본』과 『연암외집』의 번역에서 가장 큰 차이점은 전자에 문체의 일관성이 결여되었다는 점이다. 『시문독본』 전체에서 문체적 일관성이 결여되어 있지만, 『열하일기』라는 한 작품을 번역한 문체가 일관성이 없다는 점은 별도의 문제라 하겠다. 『연암외집』의 문체 역시 통사적 일관성이 있다고 하기는 어렵지만, 적어도 훈독이라는 전통적 체제를 유지하여 한자와 자국어의 표기방식은 일정하다. 『시문독본』은 한자와 자국어의 표기가 일정하지 않다.

> ……三十里。衣服盡濕。行人髭鬚結露。如秧針貫珠。西邊天際。……
> (『열하일기』, 「도강록」 6월 27일)
> ……여긔꽈지三十里동안에衣服이촉촉하게젓고行人의髭鬚에이슬매친것이마치秧針에구슬꾀어진것가트며西邊天際에……(「심양」)

위의 인용은 한자어를 한글로 번역한 부분이 많다. "盡濕"이 "촉촉하게 젓고"로 "結露"가 "이슬 매친"으로 "貫珠"는 "구슬 꾀어진"으로 옮겨진 것이다. 이는 계몽기 국한문체를 벗어나 그가 발행하던 『소년』의 문체를 연상시키는 양상이다. 그런데 같은 글에서도 아래 같은 부분은 번역의 양상이 다르다.

---

32) 임상석의 『시문독본』(경인문화사, 2013[1918])을 참조 바람.
33) 원문은 고전종합db(www.db.itkc.or.kr)에 정리된 본을 주로 사용하였고 확인이 필요한 곳은 광문회판을 확인했다. 고전종합db본은 1932년 박영철이 연활자로 간행한 판본으로 김택영의 간행본과 구분하여 삼간본으로 부른다. 인용한 부분에서는 광문회판 및 『연암외집』과 차이지는 부분은 발견하지 못했다.

　　……是日極熱。回望遼陽城外。林樹蒼茫。萬點曉鴉。飛散野中。一帶朝煙。橫抹天際。……(「盛京雜識」7월 1일)

　　……日氣極熱。遼陽城을回望하니林樹가滄茫하다萬點曉鴉가野中에飛散하고一帶朝烟이天際에橫抹한데……(「심양」)

　　이 구절은 한문 원문이 그대로 남아 있고 어순만 변경하고 조사를 덧붙인 양상이다. 「허생」과 「환희기」는 대부분 위 인용문과 같은 형식으로 번역되었다. 하나의 동일한 텍스트를 전혀 다른 원칙을 적용하여 표기한 셈이다. 인용문에서 나타나듯이 원문의 문체가 달라지거나 다른 번역의 원칙을 적용할 여지가 있는 것이 아니다. 예언(例言)에서 『시문독본』은 원문에 거리끼지 않으며 문체는 완정을 구하지 않은 과도기의 한 방편이라 적어놓기는 했다. 그러나 이 예언에 밝혔듯이 『시문독본』은 "우리글에 대한 어느 정도의 암시"를 주려한 교과서 성격을 가진다. 그리고 『열하일기』의 번역이 120과 중 6과를 차지한 것은 최남선 자신이 『열하일기』를 우리글에 꼭 참조해야 할 고전으로 파악한 것이다. 그렇다면 고전에 대한 위와 같은 번역 태도는 논란의 여지가 많다. 다음으로는 『시문독본』과 『연암외집』의 번역 방식을 대조해 본다.

　　①……望見鳳凰山。恰是純石造成。拔地特起。如擘掌立指。如半開芙蓉。如天末夏雲。秀峭戌削。不可名狀。而但欠淸潤之氣。……(「도강록」, 6월 27일)34)

　　②……鳳凰山을바라보니純石으로생긴것이쌍에서빼어나우쑥섯스매秀峭하기名狀키어려우나淸潤한氣가업서欠이러라。……(「심양」)

---

34) "멀리 봉황산(鳳凰山)을 바라보니, 전체가 돌로 깎아 세운 듯 평지에 우뚝 솟아서, 마치 손바닥 위에 손가락을 세운 듯하며, 연꽃 봉오리가 반쯤 피어난 듯도 하고, 하늘 가에 뭉게뭉게 떠도는 여름 구름의 기이한 자태와도 같아서 무어라 형용키는 어려우나, 다만 맑고 윤택한 기운이 모자라는 것이 흠이다."(이가원 번역, 고전종합db 제공번역문, 이하 번역문은 같음.)

③……鳳凰山を望見するに恰も是れ純石の造成、地を拔き特起し掌
　を劈き指を立るが如く、半開の芙蓉の如く天末の如し、夏雲秀峭
　戌削し名狀す可らず、而も但だ清潤の氣を欠く、……(『연암외
　집』 상, 15~16면.)

　②에서 빠진 "恰"은 착오로 보이나 "如擘掌立指。如半開芙蓉" 구절이
빠진 것은 의도적인 것일 수도 있다. 서술을 생략하거나 축약하는 일은
「심양」에서 자주 보이고 있다. ③도 착오를 보여주는데, "天末の如し、
夏雲秀峭戌削し" 구절은 각주의 번역문을 참조하면 아무래도 구두를 잘
못 끊었을 확률이 많다.35) 훈독 방식을 일관되게 적용하지 못할지언정
『연암외집』은 원문의 글자를 다 포함하고 있으며 직역의 원칙을 지키
고 있다 하겠다.36)

　더 문제가 되는 점은 『시문독본』에서는 당태종이 안시성에서 패배한
사적, 봉황성이 평양이라는 설 등 「도강록」의 주요한 대목들을 전부 생
략하였으나 『연암외집』에는 전부 수록한 점이다.37) 특히 이 생략된 대
목들은 영광스런 한국 역사의 구성이라는 『시문독본』의 편찬의도와 밀
접한 관계를 맺고 있는 부분이다. 분량의 문제로 수록하지 못했다면
"당시 세계의 가장 강력한 군대인 당나라 부대가 이 근처에서 패배하고
당 태종은 눈알도 하나 잃었더라"는 식으로 축약하여 기술할 수 있는
문제이다. 「해상대한사」, 「아등의 재산」 등에서 영광스런 역사를 증명
할 사적을 적극적으로 물색하던 최남선이 「도강록」의 이 부분을 그대

---

35) 에도 말기부터 훈독본이 많이 출간되었는데 오류가 많다고 한다.(사이토 마레시,
　　앞의 책, 참조)
36) 여기서 또 하나의 흥미로운 점은 "欠淸潤之氣。" 부분이다. 최남선의 번역이나 이
　　가원의 현대어 역이나 "청윤한 기가 없다"라는 직역투를 취하지 않고 "청윤한 기
　　가 없어 흠이다"라는 의역투를 취한다. 훈독의 직역투와는 다른 전통이라 하겠다.
37) 특히 『연암외집』에는 한양의 북한산이 王氣를 가진 곳이라는 서술까지 모두 옮
　　기고 있다.(『연암외집』 상, 16면.)

로 지나친 점은 이해하기 어렵다. 특히 「백탑기(白塔記)」를 축약한 「심양」
의 부분에서는 원문에 없는 "(백탑이)高句麗先民의手澤이라"는 구절도
덧붙이고 있다.38) 없는 구절을 덧붙이면서 왜 원문에 있는 구절도 제
대로 이용하지 못했던 것인가? 「심양」의 번역은 『시문독본』의 전체 편
집의도에도 어긋나고 있다. 다음의 구절 역시 명백한 오역을 보여준다.

> ④西南廣闊。作平遠山淡沱水。千柳陰濃。茅簷疎籬。時露林間。平堤
> 綠蕪。牛羊散牧。遠橋行人。有擔有携。立而望之。頓忘間者行役之
> 儃。(6월 27일)39)
>
> ⑤西南이廣闊하야들이되고遠山이淡沱한데水干에는翠柳가陰濃ㅎ고
> 茅簷과疎籬가군대군대林間에露見ㅎ며平堤綠蕪에牛羊이散牧하고
> 遠橋의行人은擔負한이도잇고携帶한이도잇스니한참서서보매頓然
> 히間者行役의儃를이즐러라。(「심양」)40)
>
> ⑥西南은廣闊にして平遠山淡沱水と作り、千柳陰濃茅簷疎籬時露
> の林間、平堤の綠蕪、牛羊の散牧、遠橋の行人、擔ふ有り、携ふ
> 有り、立つて之を望めば頓に間者行役の儃を忘れ、(『연암외집』,
> 25-26면)

⑤의 밑줄 친 부분은 구두가 잘 못 떨어지고 글자도 오기가 되어있
다.41) ⑥도 잘 해석이 안 되었는지 다른 부분과 달리 구두를 분할하지

---

38) 이 구절은 광문회판에도 없다.

39) "서남쪽은 탁 트여서 대체 평원한 산과 질펀한 물이었다. 우거진 버들에 그늘은
짙고, 띠지붕과 성긴 울타리가 숲 사이로 은은히 보이며, 가없이 푸른 방축 위에
소와 양이 여기저기서 풀을 뜯고 있다. 먼 강 다리에 행인들이 혹은 짐지고 혹은
이끌고 가는 것을 나는 바라보고 있노라니, 자못 요사이 행역(行役) 중의 고단함
을 잊어버릴 듯싶다."

40) 특히 이 밑줄 친 구절은 광문회판 『열하일기』에 발견 되지 않는 오류이다.

41) 한편 「심양」의 7월 1일조에서는 원문의 "天下"를 "漢土"로 바꾸었는데 이는 중화
의식에 대한 최남선의 반감을 보인 것으로 추정된다. 『시문독본』의 『어우야담』
번역에도 이와 같은 사례가 드러난다.(임상석(2010a), 참조.)

못했다. ③의 "夏雲秀峭戌削" 부분도 역시 해석이 잘 안 되어 구두를 분할하지 못한 것으로 보인다. 『연암외집』 역시 오류가 적지 않지만 번역의 분량을 감안한다면 『시문독본』과는 사정이 다르다 하겠다.42) 이용한 연암외집의 부분들을 살펴보면 훈독은 완전한 번역이라기보다는 그 예비단계에 속하는 성격이 강하다. 어순을 바꾸는 "擔ふ有り、携ふ有り、" 같은 부분이 나타나기에 일본어의 통사구조를 적용한 경우가 있지만 일괄적으로 적용된 양상은 아니다. 지금의 번역 관행을 따르자면, 마치 다음의 교열자를 기다리는 상태라 하겠다. 그러나 이와 같은 훈독을 이용해 일본은 대량의 한문전적을 빠른 시간에 소화할 수 있었으며, 그 역량이 근대화의 바탕이 되었다.43)

『시문독본』의 「허생」에서도 허생이 이완 대장을 꾸짖으며 북벌정책을 비판하는 부분을 생략하고 「환희기」에서도 서(序)와 지(識)를 생략하여 주제의식이 담긴 핵심 부분을 빠트렸다. 또 아래와 같은 부분은 『열하일기』 원문을 축약하며 원의를 왜곡한 양상이다.

> ⑦或曰。售此術以資生。自在於王法之外而不見誅絶何也。余曰。所以見中土之大也。能恢恢焉並育。故不爲治道之病。若天子挈挈然與此等較三尺。窮追深索。則乃反隱約於幽僻罕覲之地。時出而衒耀之。其爲天下患大矣。故日令人以戲觀之。雖婦人孺子。知其爲幻術。而無足以驚心駭目。此王者所以御世之術也哉。(「환희기」 序)44)

---

42) 2장의 『연암외집』 인용문에서 구두를 잘못 분리한 것처럼 「옥갑야화」에서도 安城을 "城を安んずる"로 오역하였다.(『연암외집』 하, 237면.)
43) 사이토 마레시, 앞의 책 참조.
44) "혹은 말하기를, '이런 술법을 팔아 생계를 유지하는 자는 스스로 왕법(王法) 밖에 두어서 이를 주절(誅絶)시키지 않는 것은 무슨 까닭입니까." 하고 묻기에, 나는 답하기를, "이는 중국 땅이 커서 한없이 넓으며 끝이 없어 이런 것도 같이 길러내므로 정치에 병이 되지 않기 때문이지요. 만일 천자가 좀스러워서 이런 것을 자로 계교하고 깊게 추궁한다면, 도리어 깊숙한 곳에 잘 보이지 않게 살다가 때로 나와서 세상을 흐려 놓을 것이니, 천하의 근심이 클 것 이므로 날마다 사람으

⑧世ㅣ降할스록術이더욱繁하고巧하야件件物物이總히人으로하야곰
心驚目駭하야幻임을忘하고眞으로認케하나니噫ㅣ라人의奇巧ㅣ실
로回測한것이로다(『시문독본』「환희기」)45)

⑧은 ⑦을 뭉뚱그린 부분에 해당하는 데, 각주의 번역을 비교해 보면
『시문독본』이 『열하일기』의 원의를 다른 방향으로 왜곡했던 것이 드러
난다. 박지원은 중국이라는 거대한 나라를 다스리는 하나의 방편으로
환술도 필요한 것임을 차분히 설명하였으나 최남선은 이와 같은 뜻을
전혀 전달하지 못한 것이다. 특히 "無足以驚心駭目。"을 "人으로하야곰心
驚目駭하야幻임을忘하고眞으로認케하나니"로 옮긴 것은 원문과 완전히
반대된 양상이다.

『열하일기』는 『시문독본』에서 분량의 차원으로는 고전의 비중을 가
지고 있다. 특히 자국의 고전이라는 점에서 『시문독본』의 편집방향에
서 질적으로도 확고한 위상인 것이다. 그러나 위 인용문에 드러나듯이
그 번역은 완전히 자의적인 양상이었다. 『시문독본』에는 당대 일본 주
요 작가들인 다카야마 조규, 도쿠토미 소호, 쓰보우치 쇼요 등의 작품도
5편이 편성된다. 그런데 그 번역의 양상은 위 『열하일기』보다 훨씬 원
문을 존중한 방향이었다. 그리고 우찌무라 간조의 지리학 관계 서적을
번역한 『소년』의 「지인론(地人論)」도 약간의 의역을 제외하면 완역과 직
역에 가까운 성격이었다.46) 『시문독본』은 외양으로는 국학을 지향하고
있었지만 국학의 근원인 고전에 대해서는 전적으로 자의적인 태도를

로 하여금 장난삼아 구경하게 하면 비록 부인이나 어린이라도 이것을 묘술로 알
게 되어, 족히 마음을 놀래고 눈을 현란하게 하지 않을 것이니, 이것이 임금된 자
로서 세상을 어거하는 방법이 아니겠소.'"
45) "세월이 내려올수록 기술이 더욱 복잡하고 교묘하여 사건마다 물건마다 모두 사
람으로 하여금 마음에 놀라고 눈이 어지러워 환술임을 잊고서 진짜로 느끼게 하
느니, 오호라! 사람의 기교가 실로 헤아리기 어려운 것이로다."(번역은 인용자.)
46) 임상석(2013) 및 임상석(2016) 참조.

취하였다.

　여기서 확인해야 할 사항이 한 가지 더 있다. 『시문독본』은 8판이라는 당대로서는 기록적인 상업적 성공을 달성한 책이다. 지금 인용한 본은 1921년의 5판본이다. 이렇게 판이 거듭되었다면 수정을 할 시간적 여유도 많았던 것이고, 이런 오류를 보완해줄 만한 한학 지식을 가진 인사들이 최남선의 지근거리에 있었다. 실제로 5판의 「예언」 뒤에는 "4판이후 정오표"를 첨부해 놓았는데, 이 정오표에도 『열하일기』의 오류를 교정한 흔적은 없다. 그리고 『연암외집』을 참고했다면 위와 같은 오류를 줄일 수 있었을 것이다. 『열하일기』라는 '아등(我等)의 재산'에 대한 최남선의 취급은 한배님을 모시며 우리의 자랑거리를 강조하던 그의 일상적인 논조와 너무나도 어긋났던 것이다. 또한, 그가 편수(編修)를 맡았다는 판권지의 기록도 상당히 의심스럽다 하겠다.[47]

5 　근대초기의 한문고전과 번역

　앞장의 분석과 관계없이 『시문독본』이 국역과 국학의 시원적 형태를 보여주었으며 결과적으로 예언에 제시한 "우리글에 대한 어느 정도의 암시"를 제공한 것은 분명하다. 한문고전을 순한글 어휘로 옮기는 시도는 당시로는 극히 찾아보기 힘든 경우였으며,[48] 어떤 방식으로든 후대

---

47) 당대의 판권지는 실무자를 지칭하는 경우보다는 상업적인 권리를 가진 사람을 제시하는 경우가 많았다. 편수와 발행의 책임, 상업적 권리가 최남선에게 있는 것은 분명한 것으로 보인다. 그러나 간행의 가장 중요한 실무인 편수가 그의 손에서 이루어졌다는 것을 보장하지 않는다.

48) 계몽기의 『그리스도신문』에서 한국 한문고전을 순한글로 번역한 경우가 있다. (이상현, 「한국신화와 성경, 선교사들의 한국신화 해석」, 『비교문학』 58, 한국비

에 공헌을 남겼다고 평가해야 할 것이다. 자국 한문고전의 자국어 번역을 근대적 독본체계에 배치했다는 점에서 『시문독본』의 『열하일기』 번역은 기념해야 할 터이다.

『연암외집』의 번역이 『시문독본』과 질과 양에서 비교할 수 없는 것은 기술과 체제의 차원에서 자연스런 현상이다. 그러나 다른 언어라면 몰라도 한문고전의 번역에서 한국은 석독(釋讀)과 언해 등으로 이어진 천년에 가까운 전통을 축적하고 있었다.[49] 이 전통적 문화가 근대 초기에 계승되지 못한 것에 대해 생각할 여지가 많다.

4판 이후 추가된 『시문독본』의 정오표에서 다른 기사들은 극히 사소한 맞춤법의 오류들도 교정이 된다. 그런데 앞에서 제시한 『열하일기』 번역문의 중대한 오류들은 전혀 교정되지 않았다. 이는 『시문독본』의 다른 기사들에 비해 『열하일기』의 번역은 별로 읽혀지지 않았다는 방증이기도 하다. 언해라는 빛나는 전통을 가지고도 당대의 한국에서는 자국 한문고전의 번역이 제대로 수행되지도 못하고 향유되지 못했다. 이 원인은 부분적으로 1910년이 되어 국문이 결국 좌절된 상황과 관계가 있을 것이다. 1894년에 국문 칙령이 나왔지만, 1905년의 을사늑약에 이르러서야 발신의 유일한 수단인 한문이라는 조선의 문화 질서는 전도될 수 있었던 것으로 본다. 1910년에 국문은 결정적으로 좌초하고 다시 한문의 영향이 강화되는 경향이 나타난다.

1910년대는 가혹한 식민 통치가 부과되었으며 총독부는 교육도 독점하려 했다. 1913년에 발행된 총독부의 "고등조선어급한문독본"은 제목과 달리 조선어 수록문의 비중은 한문의 1/3이 되지 못하며 그나마 모두 일본인이 작성한 글을 번역한 것이었다. 이른바 문화정치라 불리는

교문학회, 2012, 참조)

49) 부산대학교 점필재연구소 고전번역학센터, 『한국 고전번역사의 전개와 지평』, 점필재, 2017, 참조.

1920년대의 총독부 교과서에서는『삼국사기』등의 한국 전적을 수록하지만, "王"과 "國"을 다른 어휘로 집요하게 바꾸었다.50) 그런데, 광문회에서 출간한 한문고전들은 이런 검열에서 비교적 자유로웠다. 총독부가 학교 교육의 독점을 시도한 1910년대부터 전통적 한문서당이 활성화된 양상과도 연결될 수 있는 사정이다. 언해라는 자국적 전통이 근대적으로 적용되지 못한 요인은 이와 같은 배경 속에서 조명할 수 있으며, 결국 국문의 좌절이라는 식민지적 상황과 연결되는 사안이다.

마지막으로 조선광문회 활동과 최남선의 관계에 대해서 언급하면서 마무리하고자 한다. 앞장에서 논했듯이『시문독본』에 나타난 자국의 한문고전에 대한 최남선의 태도는 원문에 대한 면밀한 교감과 교열이 요구되는 광문회의 실무에 전혀 어울리지 않는다. 또한, 자신이 편수자로 된 광문회본에 발견되지 않은 오류가 그의 번역이 확실한『시문독본』의『열하일기』에 등장하는 것은 판권지와 달리 최남선이 편수 작업을 맡지 않았다는 강력한 증거이다. 그가 광문회에 여러모로 관여하였으며, 직간접적인 공로를 끼친 것은 분명하나 광문회의 출판과 편집 작업 실무를 직접 담당했을 확률은 매우 적다고 생각한다. 그러므로 광문회판『열하일기』판권지의 기록이나 여러 가지 개인적 증언에도 불구하고, 광문회와 최남선의 관계에 대해서는 일정한 구분을 정하고 논해야 할 것이다.

---

50) 임상석, 「조선총독부 중등교육용 조선어급한문독본의 조선어 인식」,『한국어문학 연구』57, 한국어문학연구회, 2011, 참조.

참고문헌

권두연, 「신문관의 문화운동 연구」, 연세대 박사논문, 2011.

김남이, 「'연암'이라는 고전의 형성과 그 기원(1)」, 『語文硏究』 58 (어문연구학회, 2008).

_____, 「20세기 초~중반 '연암'에 대한 탐구와 조선학의 지평」, 『韓國實學硏究』 21 (한국실학학회, 2011).

김명호, 「『열하일기』 이본의 재검토」, 『東洋學』 48 (단국대 동양학연구소, 2010).

김혈조, 「『열하일기』 번역의 여러 문제들」, 『한문학보』 19 (우리한문학회, 2008).

류시현, 『최남선 연구』 (역사비평사, 2009).

류탁일, 『성호학맥 문집간행연구』 (부산대출판부, 2000).

박영미, 「일본의 조선고전총서 간행에 대한 시론」, 『漢文學論集』 37 (근역한문학회, 2013).

박진영, 「창립 무렵의 신문관」, 『사이』 7 (국제한국문학문화학회, 2009).

부산대학교 점필재연구소 고전번역학센터, 『한국 고전번역사의 전개와 지평』 (점필재, 2017).

서현경, 「『열하일기』 정본의 탐색과 서술 분석」, 연세대 박사논문, 2008.

이상현, 「한국신화와 성경, 선교사들의 한국신화 해석」, 『비교문학』 58(한국비교문학회, 2012).

임상석, 「근대계몽기 한국 잡지에 번역된 제국주의」, 편자 Andrew Hall, 金玟實, *Education History in Manchuria and Korea* (福岡:花書院, 2016).

_____, 「국학의 형성과 고전 질서의 해체: 『시문독본』의 번역문을 중심으로」, 『비교문학』 59 (한국비교문학회, 2013).

_____, 「조선총독부 중등교육용 조선어급한문독본의 조선어 인식」, 『한국어문학연구』 57 (한국어문학연구회, 2011).

_____, 「1910년대 국역의 양상과 한문고전의 형성-최남선의 출판활동을 중심으로」, 『사이』 7 (국제한국문학문화학회, 2010a).

_____, 「고전의 근대적 재생산과 최남선의 국한문체 글쓰기」, 『민족문학사연구』 44 (민족문학사연구소, 2010b).

_____, 「『시문독본』의 편찬 과정과 1910년대 최남선의 출판 활동」, 『상허학보』 25 (상허학회, 2009).

장병극, 「조선광문회 연구」, 성균관대 석사논문, 2011.

정석태, 「『退溪集』의 編刊 經緯와 그 體裁」, 『퇴계학논집』 2 (영남퇴계학연구원, 2008).

최남선, 임상석 옮김, 『시문독본』 (경인문화사, 2013).

최현식, 『신화의 저편』 (소명, 2007).

최혜주, 『근대 재조선 일본인의 한국사왜곡과 식민통치론』 (경인문화사, 2010).

황호덕, 「북계의 신화, 구원과 협력의 장소」, 『벌레와 제국』(새물결, 2011).
마쓰오 다카요시, 오석철 옮김, 『다이쇼 데모크라시』(소명, 2011).
사이토 마레시, 황호덕, 임상석, 류충희 옮김, 『근대어의 탄생과 한문』(현실문화, 2010).
金文京. 『漢文と東アジア-訓讀の文化圈』(東京: 岩波書店, 2010).

○참고자료: 『연암외집』의 서문

※『연암외집』의 서문인데 광문회판 『열하일기』에도 들어있는 원문 서문을 훈독으로 옮긴 것이다. 훈독의 성격을 보여주기 위해 자료로 첨부한다. 광문회본에도 동일한 서문이 붙어 있다.

熱河日記 序
　正廟四年庚子夏六月、正使錦城尉朴明源、副使權卿史、吏曹判書鄭元始、書狀官兼掌令趙鼎鎭を遣はし、淸の乾隆帝七旬を賀す、時に先生は正使に從ひて行く、燕京に至る比ろ淸帝は已に避暑して熱河に往けり、三使疾く趲せて之に赴き、遂に隨つて往き太學に館し、鴻臚寺少卿趙光連、布衣王民皥と與に橫豎談論し、事竣へて八月を以て東還し、行中記する所を捃撫し此書二十六編を作れり。

열하일기 서
정조 4년(1780) 경자 여름 6월, 정사 금성위 박명원(朴明源: 연암의 삼종형). 부사 권함사(각주 17에 밝혔듯이 "권함"의 오기임). 이조판서 정원시, 서장관겸 장령 조정진을 보내서 청나라 건륭제의 칠순을 축하하니, 이때에 선생이 정사를 따라갔는데, 연경에 이르자 황제는 이미 피서하여 열하로 가 있어서 삼사(三使: 정사, 부사, 서장관)는 급히 이동하여 열하에 다다랐고, 드디어 함께 가서 태학에 머무르며 홍려시(鴻臚寺: 접대를 담당하는 관청) 소경(少卿: 차관) 조광련(趙光連: 「환희기」 등장), 포의(布衣) 왕민호(王民皥: 「鵠汀筆譚」 등장) 등과 함께 원대하게 담론하고 일을 마침에 8월이라, 이에 귀국하여 여행 중 기록한 바를 모아 엮어 이 책 26편을 만든다.

주 제 어: 『열하일기』, 최남선, 『시문독본』, 『연암외집』, 한문고전, 아오야기 츠나타로, 번역, 식민지, 조선연구회, 조선광문회, 박지원, 조선총독부, 신문관
인적사항: 林相錫 부산대학교 점필재연구소 HK교수. 2007년 고려대 대학원 국문과에서 학위논문 「근대계몽기 국한문체 잡지 연구」로 박사학위를 취득하였다. 한국 근대문학과 고전번역을 연구하고 있다. 『20세기 국한문체의 형성과정』, 『시문독본』(역서), 「A STUDY OF THE COMMON LITERARY

LANGUAGE AND TRANSLATION IN COLONIAL KOREA: FOCUSING ON TEXTBOOKS PUBLISHED BY THE GOVERNMENT-GENERAL OF KOREA」 등을 간행하였다. oakie@hanmail.net

요 약 문: 『열하일기』는 식민지라는 위기에 대처할 수 있는 대표적인 자국의 한문 고전으로 공사(公私)의 영역에서 모두 호출되었다. 한국에서 일제식민지의 성립은 고전어 한문에 근거한 전통적 문화질서에 대한 서구 및 일제의 문화와 학지(學知)의 현실적 승리를 수반한 것이다. 식민 통치의 초반인 1910년대에 피식민자 최남선은 『열하일기』를 출간하고 번역했으며, 넓게는 식민자의 범주에 속할 수 있는 재조(在朝) 일본인 단체인 조선연구회의 아오야기 츠나타로가 『열하일기』를 번역하여 『연암외집』이라는 이름으로 출간하였다. 이 글은 이 두 가지를 비교분석하여 근대 초기 식민지에서 고전과 번역이 가지는 의미를 제시하였다. 1910년대의 식민지 조선에서 국문의 좌절과 함께, 한문의 영향이 강화되고 언해의 전통이 약화된 사정 그리고 조선광문회와 최남선의 관계에 대해서 논했다.

'연암'이라는 고전의 형성과 그 기원[1]

1   들어가는 말

지금도 '연암'은 연구자에게든 대중에게든 '고전(古典)'으로 주저 없이
호명된다. 「양반전」「호질」「허생」을 비롯한 『열하일기』는 '만화 고전'
으로도 다시 그려졌고, 거듭 출판되고 읽힌다. 이 연구는 연암(燕巖) 박
지원(朴趾源, 1737~1805)이 우리시대의 '고전'으로 어떻게 자리잡게 되었
는가를 살펴보려는 생각에서 출발하여, 그가 살았던 18세기 당대부터
20세기 중반에 이르기까지 각 시대마다 어떤 맥락에서 호명되었는가를
고찰한 것이다. 앞선 시기인 19세기 말 20세기 초 연암에 대한 '발견'의
과정을 거칠게나마 살펴보기도 했는데,[2] 필자와 비슷한 문제의식을 가
진 연구들이 '다산'과 '연암'에 집중되어 나왔다.[3] 연암의 '발견'과 관

---

1) 이 논문은 『한국실학연구』 21 (2011: 303-349)에 실은 필자의 「20세기 초~중반
   '燕巖'에 대한 탐구와 조선학의 지평-연암'이라는 고전의 형성과 그 기원(2)-」을
   이 책의 논지에 따라 수정하였다. 한자는 괄호 병기를 원칙으로 하였으나, 서명과
   작품·기사의 제목은 원제의 표기를 따라 그대로 두었다.
2) 졸고(2008), 「연암(燕巖)'이라는 고전의 형성과 그 기원(1)」, 『어문연구』 58, 어문
   연구학회.
3) 최재목(2010), 박홍식(2010), 최재목은 안재홍·정인보·최익한이 다산을 어떻게
   발견해갔으며 그것의 의미는 무엇인가에 초점을 두었다. 고동환(2010)은 19세기
   후반 다산의 호출의 양상을 규명함으로써 조선 후기 지식 세계의 변화를 드러내

련하여 김조순(金祖淳, 1765~1832), 김윤식(金允植, 1835~1922), 김택영(金澤榮, 1850~1927), 조긍섭(曺兢燮, 1873~1933), 최남선(1890~1957) 등이 중요한 착목자로서 논의가 이루어졌고4) 여기에 김옥균(1851~1894), 박영효(朴泳孝, 1861~1939), 신채호(1880~1936)의 '연암'에 대한 '발견'이 더해졌다.5) 개별 작품으로 「허생전」의 정전화(正典化) 방식을 규명한 연구도 나왔다.6)

이 글에서는 그간 본격적으로 규명되지 않았던 '연암'에 대한 발화와 착목의 지점을 살펴보려고 한다. 먼저 '연암'을 호명한 또다른 전사(前史)들을 간략히 살피고, 일제강점기 민족주의와 사회주의 진영이 조선적 특수성과 세계사적 보편성의 길항 속에서 '연암'을 정위시키고자 했던 맥락과 논리들을 살펴보고자 한다. 이로써 '연암'을 발견하고 소환했던 가닥을 잡고, 1980년대까지의 흐름을 거칠게나마 소묘하며 저마다의 새로운 시대적 요청과 부딪치며 어떻게 변주되고 있는가를 확인할 수 있을 것이다. 이는 우리 문학사에서 '연암'이라는 고전의 형성과 변주를 살피는 것만이 아니다. 하나의 '고전'이 탄생하는 과정은 그러한 탄생을 가능하게 했던 당대의 사회·문화사적 맥락을 드러내는 것이기도 하다. 또한 이 글의 바탕을 흐르는 질문은 이것이다. 우리가 지금 주저없이 '고전'으로 받아들인 '연암'이라는 고전을 우리가 과연 제대로 알고 있는가? 그리고 지금 이 시대에, '연암'이 우리에게 줄 수 있는 메시지는 무엇인가? 이후의 논의에서 드러나겠지만 20세기 초반 '연암'에

고자 하였다. 필자가 『한국실학연구』에 이 논문을 발표한 2011년부터 6년 사이에 보다 심화된 문제의식을 가진 논고들이 제출되었을 것인데, 이 지면에서 모두 충분히 다루지 못하였다.

4) 김남이(2008), 송혁기(2009).
5) 박영효 등의 초기 사상가들이 박지원의 문집을 강의하기도 하고, 개혁 사상으로 인식했던 상황은 조광(2004), 송혁기(2009)를 참조하기 바란다.
6) 김문희(2013), 「허생전」이 일제 강점기부터 주목받기 시작하여 1950년대에는 고소설사라는 학문의 장에서 중요한 작품으로 다루어졌으며, 1980년대 후반 교육과정에 편입되면서 '민족 고전' '한국적 고전'으로 인식되었던 과정을 규명했다.

대한 발견은 민족적 위기를 타개할 방향을 고심하던 민족주의자와 사회주의자들에게서 명확하고 주도적으로 이루어졌다. 이후 근대-산업화의 도상에 선 한국사회에 필요한 '서구/근대적 가치'를 발현한 존재로서 빛나게 다루어져 왔다. 각각의 시대가 필요로 하는 가치가 있고, 그에 부응한 '연암'의 '국면'들이 중요하게 부각되어 왔던 것이다. 이것은 '연암'에 대한 의도적/의도되지 않은 오독의 역사라고 부를 수도 있을 터이다. 그 역사적 과정에 대한 탐색에서 지금 우리에게 가장 중요한 것은 지금 이 시대에 필요한 연암[고전]의 의미와 가치를 부여할 새로운 길을 찾아내는 것이라 생각한다.

2 전사(前史)들

연암이 세상을 떠난 후, 거의 100년 만에 창강 김택영(金澤榮)은 연암의 문집을 공간(公刊)했다. 이와 같은 김택영의 작업을 통해 연암은 조선 최고의 고문가로서 지위를 공인받았다. 이때, 『연암집』 간행에 참여하거나 『속편 연암집』에 글을 올린 사람들은 기본적으로 한학의 소양을 갖고 있는 개신/유학자들이었다. 이들은 이른바 비전(秘傳)되고 있던 '연암'이라는 텍스트를 공간하면서 그 의미를 각기 다르게 주장하고 있지만, 공히 중세적 사유의 근간을 이루는 유학적 세계관/문학관이라는 중세-자기의 맥락에서 연암을 전유하거나 또는 거리를 두려는 태도를 취하고 있다. 이는 근본적으로는 중세적 세계관을 근간으로 하고 있다. 더욱이 '연암'은 보수적 유학자의 한문폐지불가론이라는 해묵은 주장의 근거로 다시 소환되기도 했던 것이다.[7] 이 장에서는 그간의 연구에서 언급된 인물들 외의 다른 인물들의 발언들을, 본론에 앞서, 마저 살피기로 한다. 이들이 연암을 호명한 방향은 대략 세 가지이다. 첫째, 중세 유교 사회의 붕괴를 두려워하던 보수주의자들에게는 중세 문명의 찬란한 증거이자 지속되어야 할 한문학 학습의 전범으로 인식되었다. 둘째, 문학이 독창성의 유로라는 관점에서 하나의 전범에 구획되지 않은 새로운 경지를 드넓게 개척한, 새로운 문학의 전범으로 인식되었다. 셋째, 외부 세계에 대한 지식의 필요성이 폭증하던 때, 외부 세계에 대한 지식 정보를 담고 조선 문명화에 기여할 고전으로서 불려 나왔다.

먼저, 김택영의 『연암집』 발간 사업에 함께 했던 김교헌(金敎獻, 1868~1923)[8]과 신기선(申箕善, 1851~1909)은 연암을 사마천(司馬遷)의 경지를 이룬 독보적인 존재로 평석하였다. 그중 신기선은 『속편 연암집』의 서문을 썼는데, 사마천이 역사를 통괄하는 전범으로 불릴 수 있는 까닭을 그가 '사물을 따라 형상을 그려내며 만 가지 형태로 변화시킬 수 있었기 때문'이라고 했다. 신기선은 이 지점에서 연암을 사마천이 이룩한 경지를 다시 구현한 유일한 존재로 불러왔다. 그런데 이 논리는 신기선 자신의 지론인 한문폐지불가론으로 전유되고 만다.[9] '연암'을 한문이 이룩한 완전한 전범으로 규정하고, 한문을 쓰지 않는다면 '연암'의 위대성 또한 알려질 수 없다는 논조를 전개했던 것이다. 만약 (한문을 폐지하지 않아서) '연암'이 전범으로서의 가치를 계속 발휘하게 된다면 '연암'을

---

7) 이와 또 다른 시선에서 卞榮晚과 金允植은 서구적 진보와 발전을 추동하는 학문과 기술을 구비한 조선의 선구적 위상을 입증하는 존재로 '연암'을 전유했다. 김윤식은 이질적인 동서양의 만남을 육경으로 상정되는 동양 유교문명과 서양문명 사이의 동질성을 강조하는 논리로 해명하였다. 동양적 문화와 세계관의 지평 위에서 서구/근대의 문명을 동양적으로 전유했던 것이다. 이 점에 대해서는 임형택(2003), 송혁기(2009), 김남이(2008)의 연구에서 논의가 되었으므로 여기에서는 다루지 않았다.

8) 김교헌은 조선의 고전을 지키고 보급하기 위해 1910년 최남선이 조선광문회를 설립했을 때, 박은식·장지연 등과 함께 활동하였다.

9) 그는 학부대신으로 있으면서 국한문혼용이 불가하다며 올렸던 疏가 1896년 『독립신문』에 알려지면서 극심한 비판을 받은 바 있다.

통해 한문 글쓰기의 전범을 배우고, 창의적인 세계를 구현할 수 있다는 것이다. 신기선은 한문의 폐지가 유교 경전에 대한 폐기이며 이는 곧 유교적 세계의 붕괴로 이어지는 것으로 사고했던 인물이다.[10) '연암'은 중세적 세계를 여전히 강고하게 유지하려는 보수적인 관점을 견지하던 신기선과 같은 인물들에게, '한문으로 쓰인' 세계가 구축할 수 있는 최고의 경지를 상징하는 것으로 동원되었다.

황현(黃玹, 1855~1910)은 『속편 연암집』에 「속집연암집발(續集燕巖集跋)」[11) 을 썼다. 그는 단일하게 규정된 확고한 전범-정종(正宗)이 문장을 도리어 쇠퇴하게 만든다는 입장을 이 글에서 표명했다. 그리고 성정(性情)의 독창적 유로(流露)로서의 문학에 더 기울어 있던 자신의 문학론을 '연암'을 통해 발현하고 있다. 즉 황현이 볼 때, 조선시대의 문학이 이룬 성취는 순아(馴雅)함이라는 단일한 잣대만을 놓고 보면 '정(正)'을 구현한 것이라고 수긍할 수도 있는 것이었다. 그러나 그것은 '두 길이 있을 수 없'도록 단일하게 구획된 것이었다. 아마도 황현은 '부동(不動)의 문장 전범'으로서 인정되고 있었던 당송팔대가와 같은 고문가들을 의식하고, 그 중에서도 유독 '구양수와 증공만'이 추대되던 상황을 갑갑하게 여겼던 듯하다. 황현은 고인(古人)들이 글을 쓸 때, 전적으로 순일한 재재와

10) 1896년 독립신문을 통한 이 논쟁이 있은 뒤 그는 보수적인 인사들을 결집한 대동학회를 결성하고 한문폐지불가론을 대대적으로 전개했다. 강명관a(1985), 213~215면.
11) 黃玹, <續集燕巖集跋>『梅泉集』권2(국립중앙도서관본). 같은 글이 『속편 연암집』에는 <諸家燕巖集評>이라는 제하에 14명 중 하나의 글로 올라 있다. "自夫文章家之有以正宗稱 而古文遂衰 盖古人之文 其取才不必純 擇語不必莊 立心也不必有用 而結體也不必相類 興會所至 不過吐其胸中之奇 而發敍其獨得之妙 居然成天然之至文…是何嘗有一定之軌也哉. 國朝文尙馴雅 極其選 殆無二途 動以歐曾相推詡 正固正矣 而求其宏肆偉燁之觀 則於古亦或遜也 而燕巖先生出而力振之 才爲之興 而身爲之御 惟意所欲 飛動橫絶 卽方言俚語無不錄 而不患其纖也 牛鬼巳神無不搜 而不患其幽也 九流百氏無不驅駕 而不患基淸雜也 凡世間難宣之情 不可詰之狀 歷歷曲肖冥寫 一笑一嚬 眞景躍如 不屑屑規仿一家 而徐安古法 不合者鮮…嗚呼 國朝之文 至先生抑可以觀止矣"

장엄한 말만을 골라 쓴 것이 아니며, 유용성만을 가지고 입심(立心)하지 않았음을 환기하고 있다. 단일한 전범에 치우치지 않았던 그 자세야말로 고인들이 문장을 짓는 '법도 아닌 법도'였던 것이다. '연암'은 그런 측면에서 조선 문학의 새로운 정종(正宗)이자 고전으로 불려나왔다. 그것은 또다른 불변의 규범이 아니라, 규범을 넘나들며 '넓고 자유로우면서 위대한[宏肆偉燁] 경지를 창출할 수 있는 새로운 가능성을 구현하는 가변적인 존재로서였다.12)

이후, 장지연(張志淵)과 최남선(崔南善) 등을 통해서 '실학'의 개념이 환기되었고, 유형원(柳馨遠)에서 시작되는 특정 계보의 인물들이 실학'파'로 분류되기 시작했다. 최남선은 1923년, '실학'이라는 명칭을 『조선역사강화(朝鮮歷史講和)』의 지면에 등장시켰다.13) 비록 그 당대에 대단한 호응을 얻지는 못했다 하더라도, 실학이라는 개념과 그 현전에 대한 관심은 분명하였던 것으로 보인다. 이때 연암은 반계-성호-다산으로 이어지는 계보와는 다른 부류의 실학파에서 언급되었다.

최남선은 이미 1910년대 조선광문회 활동을 통해 조선의 '진면목을 담은 고서'들을 간행했거니와 그가 주목했던 옛 책들은 '조선후기 사상계의 개혁적 계보를 의식한' 것이었다.14) 그중 두드러진 것은 『열하일

---

12) 한편으로 황현은 明나라 公安派의 한 사람인 袁宏道의 문집을 구해 읽고, 원굉도가 '기량이 크지 못하다'거나 '체재가 순아하지 못한' 단점은 있다 해도, 常情과 俗筆로는 얻을 수 없는 不正軌의 탁월한 경지를 이룬 문장가'로 고평했다.(「袁中郎尺牘選序」, 『梅泉全集』 권4, 전남대 호남문화연구소 편, 한국인문과학원, 2001) 이는 연암을 평석하는 시야와 매우 비슷해 보인다. '연암'과 '원굉도'를 공히 인증한 것은 '獨造'를 중시했던 황현의 문학논리를 선연하게 드러내는 것이어니와 우리 문학사에서 '연암'이 존재할 수 있었던 외적 자양분으로 원굉도를 비롯한 양명좌파의 존재(강명관b:144)를 다시금 분명하게 환기시킨다.
13) 최남선은, 1929년 정인보가 『星湖僿說類選』 서문에서 "依獨求實之學"이라는 말로 '실학'이라는 명칭을 처음 쓴 이후, 1930년 『동아일보』에 『조선역사강화』 중 「문화의 진흥」에서 "'實地, 實證, 實用'에 근거한 '실학의 풍'이 일어났다"는 표현으로 '실학'을 언론 매체에 공식적으로 등장시켰다. 박홍식(2010), 53면.
14) 조광(2004), 232면.

기』이다. 『열하일기』는 조선광문회가 발표한 발간 예정 서목에서 이익의 『성호사설』, 이수광의 『지봉유설』과 함께 품휘류(品彙類)에 올랐다. '실학파의 인물'이라 범주화된 사람들의 저서는 모두 품휘류에 올라 있다. 그러나 이것은 아직까지는 실학'파' 라는 그룹에 대한 인식이 작동한 분류라기보다 '품휘류', 즉 다양한 지식정보에 대한 현실적 필요에 호응하는 책들을 선발한 결과이다.

품휘류, 곧 백과사전류가 담고 있는 다양한 지식들 조선 문명화를 위한 최남선의 지적 운동에서 매우 중요한 요소였다. 그가 간행한 『소년』 『청춘』에는 지식정보의 성격이 강한 글들이 많이 수록되어 있다. 이는 그가 '외부 세계'에 대한 풍부한 지식과 탐험심이 조선문명화의 자양분이 된다고 생각했기 때문이다. 당대에 『걸리버 여행기』나 『로빈슨 크루소』와 같은 탐험심 가득한 여행기, 세계 주유기(周遊記)가 번역되고 독서물로 권장되었던 것도 같은 맥락에서이다.15) 『열하일기』는 연암 당대에서부터 풍부한 정보를 담은 지식서로 활용되면서 영향력을 가졌거니와16) 최남선에게도 이런 관점은 유효하였다. 그리하여 『열하일기』는 여 전통의 수신(修身) 덕목과 함께 필수적인 교양으로 요청되었던 외부 세계에 대한 지식을 담은 백과사전으로서 20세기 초의 현실 국면으로 불려나왔던 것이다.

이처럼 『열하일기』는 외부의 새로운 세계에 대한 새로운 눈을 열어,

---

15) 별도로 『방경각외전』에 수록된 칠전은 「涉獵少抄(『청춘』1.1915)라는 이름으로 연암의 자서(自序)와 함께 전재되었다. 표기방식은 한문현토였다. 여기에는 최남선이 쓴 별도의 敍가 첫머리에 달려 있는데 "道는 가까이에 있으니, 안의 것을 버리고 밖에서 스승을 찾아서는 안 된다"는 것이 주된 메시지이다.

16) 심전(心田) 박사호(朴思浩)는 1828년 청나라에 다녀오면서 쓴 『심전고』의 곳곳에서 『열하일기』의 내용을 직접, 간접적으로 인용하며 자신의 연행 기록을 써나갔다. 다산의 『여유당전서』 또한 도처에서 지리와 언어, 역사 등등의 주석으로 『열하일기』가 거론되고 있다. 이것은 주해·해석·비평과 함께 인용과 참조의 공급원으로서, 그리고 역사상, 제도상 선례에 관한 지식 공급원으로서의 사용되면서 하나의 텍스트가 고전/정전으로 자리잡아 가는 과정을 예시한다. 김남이(2009), 187면.

조선 문명화를 도울 지식의 저장고로 환기되었다. 그리고 이는 외부에
서 받은 자극 탓이기도 했다. 우선 일제가 『열하일기』의 일본어 번역판
을 내는 등, 식민지학으로서의 조선연구를 수행하던 것에 대항하면서
촉발된 것이기 때문이다. 또 최남선 자신이 일본 유학과 출판 활동을
통해 '서양'‘근대'를 경험하며 받은 지적 자극에서 기인한 것이기도 했
다. 이 점은 실학의 가치를 인식하는 데 있어서도 마찬가지였다. 서구
문명과의 부딪침, 서양의 학술에 대한 경험은 자기 갱신의 계기를 마련
해 주었다.[17]

최남선에게 '연암'이 어떤 면에서 가치가 있는가 하는 질문과 답은
심도 있거나 구체적이지 않았다. 실제로 조선광문회를 통해 출간된 『열
하일기』는 현토, 구두가 되어 있지 않은 순한문이었다. 잘 알려져 있듯,
『열하일기』를 비롯한 연암의 저작은 쉽게 번역될 수 없는 난해하고 중
층적인 의미를 담고 있다. 그런 점에서 대중적 독서물로 읽힐 수 있는
번역이 결여된 순한문이라는 것은, 당시가 한문을 읽을 수 있는 사람들
이 많았다는 점을 고려한다 하더라도, 최남선의 고전 출판 운동의 의도
를 질문하게 만든다. 그러나 그렇다고 또 그 의미를 완전히 폄훼할 수
는 없다.

무엇보다 중요한 점은 『열하일기』의 간행이 이후 '연암'과 『열하일기』
를 탐구하는 사람들에게 중요한 참조점을 주면서, 이해의 또 다른 지평
을 열어 주었기 때문이다. 잘 알려져 있듯이 조선광문회는 1910년대 동
안 박지원의 『열하일기』를 비롯하여 이중환의 『택리지』, 이수광의 『지
봉유설』, 그 외 『연려실기술』 등의 실학 기반의 실용적 서적들과 고서
들을 지속적으로 출간했다. 1930년대 들어 김태준은 "조선학 연구열이
높아져 광문회본·고서간행회본이 대중없이 비싸게 된"(김태준b, 353)

---

17) 임형택a(2000), 23면.

현실을 지적한 바 있다. 이 언급은 1930년대에 폭발적으로 일어난 국학운동의 자료적 기반이 1920년대 최남선의 고전 관련 활동에서 마련되었던 것임을 보여준다. 1940년대, 역사학자 김석형(金錫亨, 1915~1996) 또한 「朴燕岩과 熱河日記」(춘추4, 1941)에서, 광문회 간행본 『열하일기』의 해제를 인용하였다. 처음에 『열하일기』는 백과사전류의 하나로 올라 다양한 지식정보의 보고로 부각되었지만, 이 시기에 이르면 '연암'에 관심을 가진 사람들에게 참조와 인용의 대상이 되면서 또 다른 다른 이해의 지평을 열어주는 기반이 되었던 것이다.

3   20세기 초~중반 '연암'에 대한 탐구와 조선학의 지평

3.1. 조선적 특수성과 '연암'에 대한 탐구

일제강점기의 연암에 대한 발언과 탐구는 '국학'으로서의 조선학 운동/연구의 문제와 연동되어 있다. 20세기 초 민족적 위기 상황에서 부각된 조선적 특수성의 문제는 주로 민족주의 계열의 탐색에서 주목했다. 당시 민족주의 진영의 관심이 국학이나 조선학 자체에 대한 엄밀한 자기규정에 있지는 않았던 듯하다. 식민 치하에서 '조선'학은 상상적으로만 가능했던 것이기도 하다.[18] '조선심'과 '조선얼'을 핵심으로 한 1920년대 국학 연구에서 '연암'은 뚜렷한 흔적을 드러내지 않았다.[19] 이 시기 조선학을 '조선 고유의 것'에 대한 운동/학술적 탐구라고 한다

---

18) 차원현(2004), 104면.
19) 1920년대 실학, 실학파에 대한 당대 지식인의 관심과 공론, 출판 등에 대해서는 조광(2004)에서 상세하게 다루어져 있다.

면, 민족 고유성에 대한 탐구는 '외래 사상에 물들지 않은 순수한 영역이자 원형'으로 간주된 민족의 上古에 집중되어 있었기 때문이다.[20] 그와 같은 민족주의 지평에서 '한문으로 된 글을 쓴' 연암에 대한 관심과 언급은 이후에 살필 사회주의 진영에 비하여 수적으로 영성하다. 연암을 학적 탐구의 대상으로 삼아 본격적인 논설을 전개한 경우도 그리 많지 않다.

1930년대 국학은 1920년대 국학운동에 대한 반성과 계승의 지점을 찾으며, '고전부흥기획을 중심으로 한 조선학 연구의 시기'로 불린다. 이어진 1930년대는 일제의 탄압이 자심해지면서 "순수 학문으로의 굴절이 불가피"했고, 경성제국대학을 통해 근대 학문을 체계적으로 학습한 세대가 활동하며 1920년대의 국학을 반성적으로 사고하기 시작했던 시기였다. 그리고 "유물론적 보편사관과 학문적 과학성"을 강조하던 맑시스트들의 목소리가 높던 때이기도 했다.[21] 그런데 왜 하필 과거의 고전이며 전통유산이었던가? 이 문제에 대해서는 이 시기 고전부흥운동과 관련하여 많이 인용되었던 「조선일보」의 글을 단서로 생각해 본다.

> 一部 論者들의 意見은 새로운 文學이 誕生할 수 없는 不利한 環境 아래 오히려 우리들의 古典으로 올라가 우리들의 文學遺産을 繼承함으로써 우리들 文學의 特異性이라도 發揮해 보는 것이 時運에 피할 수 없는 良策이라고 말하며, 一部의 論者들은 우리의 新文學建設을 위하여 그 前日의 攝取될 營養으로 必要하다고 말한다.[22]

위의 인용문은 고전을 신문학 건설의 자양분으로 선택한 두 가지 생각을 보여준다. 하나는 당대를 새로운 문학을 탄생시킬 수 없는 '불리

---

20) 정출헌(2008), 17~21면.
21) 정출헌(2008), 25~26면
22) 『조선일보』 1935년 1월 22일; 김윤식(1976), 320면에서 재인용.

한' 환경으로 규정하는 위에서 과거의 문학 유산을 '계승'함으로써 조선 문학의 '특이성'을 발휘해 보자는 것이다. '신문학'이 담지하고 있는 보편성을 획득하기에 불리한 여건이라면, 불리한 일을 좇기보다는, 차라리 조선적 '특수성'을 고전에서 찾아야 한다는 논리이다. 식민지 하의 '조선'을 '국가'로 상정할 수 없는 처절한 현실에 대한 인식이 깔려 있다.

또 다른 입장은 신문학 건설을 위해 필요한 자양분으로서 고전의 필요성을 인지한 것이다. '신문학'의 건설은 우리가 잘 알고 있는 것처럼 근대 국민국가 국민문학의 창출과 연결된 것이다. 후자의 입장에서 고전은 근대 신문학 건설에 필요한 역사의 자양분이었다. 고전에 대한 생각은 여기에서 차이를 드러낸다. 전자는 신문학 건설이 불가능한 상황에서, 조선적 특수성 '만이라도' 드러내어 보자는, 일종의 단절처에서 고전을 불러내고 있다. 반면 후자는 보편적 신문학의 구축을 과거와 연속된 지점에서 사유하고 있는 것이다. 이 두 가지의 입장은 이렇게 고전에 대한 관념, 그리고 보편성과 특수성의 길항 속에 있으면서도, 고전을 통해 '조선 문학의 특수성과 보편성을 탐색하고 발현하는' '복고'의 방식으로 미래의 상을 꿈꿔 보려고 했다는 공통의 맥락에서 배태된 것이었다.

보편성과 특수성의 길항은 조선학에 대한 개념 규정의 차이로까지 이어졌다. 1930년대 국학 연구의 중추적 인물로 알려진 문일평(文一平, 1888~1939)은 「朝鮮學의 意義」[23]에서 '조선학'을 자국어 문학과 사학

---

23) "近日에 使用하는 朝鮮學은 흔히 埃及學과 앗시리아學과 並稱하는 傾向이 있다마는 여기서는 다소 그 意義가 다르니 廣義로는 宗教 哲學 藝術 民俗 傳說할것없이 朝鮮研究의 學的對象이 될만한것은 모다 包含한것이나 狹義로는 朝鮮語 朝鮮史를 비롯하여 純朝鮮文學 같은것을 主로 指稱하여야 하겠다. 다시 말하면 朝鮮人의 特殊性을 表示하는 그 言語를 비롯하여 朝鮮人의 過去相을 反映하는 그 歷史이며 또는 朝鮮人의 實生活을 朝鮮말로 써내인 朝鮮文學같은 것이 朝鮮學을 構成한 中心骨子가 되어야 하겠다. 朝鮮말은 朝鮮人과 함께 아득한 옛날에 發生하였겠으나 (중략:필자) 아무래도 朝鮮글을 創定하는等 自我에눈뜨는 그時期가 될것이며 (중략:필자) 朝鮮文學은 깜안古代에 벌써 濫觴하였으나 그것이形式으로 內容으로 眞正한 朝鮮文學이 됨에는 朝鮮말이 朝鮮글로 적히게된 以後의일이다." 「朝鮮學의

중심의 협의의 개념으로 정의한 바 있다. 그는 조선학이 조선어, 조선의 역사, 조선의 문학만을 대상으로 하는 협의의 것이어야 한다고 했다. '조선인의 특수성을 표시하는 언어, 조선인의 과거를 반영한 역사, 조선인의 실생활을 조선말로 써낸 조선 문학'이야말로 조선학의 골자가 된다는 것이다. 무척 좁은 개념을 적용하고 있는데, 조선 고유의 것과 그 순수성에 대한 집중/집착이 만들어낸 논리이다.24)

문일평의 조선학에서 연암은 문학, 그중에서도 탁월한 문장가로서의 위치를 부여받았다. 그가 연암을 탁월한 문장가로 접근했던 것은 문일평 자신의 성향/취향의 영향이 컸다. 그는 엄격한 학자로서보다는 문필가적 성향을 많이 가졌다고 평가받는다. 역사적 사실들을 대중들이 접근하기 쉬운 문체로 전달하여 대중화하는 방식을 선택했기 때문이다. 문일평은 「史上에 나타난 藝術의 聖職」에서 52개의 항목(문일평2, 169)에서 우륵(于勒)부터 한말 왕성순(王性淳)이 편찬한 '여한십대가(麗韓十大家)'에 이르기까지의 인물들을 짤막한 수필적 문체로 기술해 놓았는데, 연암은 그 중 문학가로서, 시보다는 문장에 뛰어났던 대문호로 칭해지고 있다.(문일평2, 170) 한편, 정인보는 다산에 대한 탐구를 통해 이 시기 국학 연구의 중추를 이룬 사람이다. 연암에 대한 언급이 그의 문집 『담원문록』에 간혹 보이지만25) 본격적인 관심의 대상은 아니었다. 국학이라 해도 그 대상은 다산과 같은 "근기 남인"에 집중되어 있었기 때문에 연암에게는 관심이 덜했던 것이다.

국어학자이자 사학자인 이윤재(李允宰. 1888~1943)26)는 1939년부터

意義」, 문일평2:15~16.

24) 물론 문일평 그 자신의 개인적 성향이 반영된 것이기도 하다. 실제로 그의 전집은 근대 조선의 '정치외교사, 문화풍속, 수필과 기행'(문일평1:1)으로 구성되었는데 그에 수록된 많은 내용들이 그 자체로 그의 조선의 삶과 문화, 역사에 대한 탐구의 결과물이다. 문일평이 강조했던 순수한 '조선심'의 발현체들인 것이다.

25) 작품으로는 연암이 벗 정철조를 위해 쓴 제문 「祭鄭石痴文」이 『담원문록』에 수록되어 있다.

1943년 무렵까지 총 10회에 걸쳐 「渡江錄」을 번역하여 전재(『문장』1권10호~2권10)하였다. 그리고 그의 사후 1947년에 『渡江錄』(서울대출판부)이 단행본으로 출판되었다. 「渡江錄」 번역 연재를 시작하며 쓴 간략한 서문을 보면 이윤재가 『열하일기』를 애독하던 독자였고, 문장사(文章社)의 부탁을 받아 번역을 시작했음이 확인된다. 번역의 방식은 '초역(抄譯)'이었는데, 그의 「도강록」 번역이 갖는 사적 의미는 '번역과 주석이 달린 한국어 번역'이었다는 점이다. 비록 일부이지만 『열하일기』가 '조선의 고전'으로서 실질적으로 조선의 독자들과 대면할 수 있게 되었던 것이다. 당시 『문장』의 같은 지면에서는 이병기는 조선 최고의 명작이라고도 칭해진 「恨中錄」에 대한 주해를 연재하고 있었다. 조선학에 대한 탐구가 대중에게 확산될 수 있는 구체적인 결과물을 번역을 통해 얻어낸, 고전부흥기획의 성과라고 할 수 있겠다.

특히 베이징에 머물던 시절, 이윤재는 호적(胡適)의 '문학혁명'에 큰 관심을 보였다. 그는 베이징에 머물면서 「북경대학을 중심으로 한 학계와 정계의 큰 충돌」을 비롯하여, 중국에 대한 현장 보고의 성격이 짙은 5종의 글을 조선에 보내어 『東明』과 『時代日報』에 연재하였다. 또 『白話文學史』를 쓰고, '백화로만 쓸 것', 곧 "國語의 文學, 文學의 국어를 근본주의로 삼은"(東明2-10.1923.4.29) 호적의 글을 「胡適氏의 建設的 文學革命」(『동명』1923.4.29)이라는 제목으로 번역하여 싣는 등 기민한 움직임을

---

26) 이윤재는 1921년 중국 베이징 대학 사학과에서 공부를 하고 1924년 귀국하여 정주의 오산학교를 비롯 협성·경신·배재·중앙 등의 학교에서 교편을 잡았다. 1927년 계명구락부의 조선어사전 편찬위원이 되었고, 민족정신의 보전·계승을 위한 잡지 『한빛』을 편집, 발행하였고 국어통일운동의 중진으로 활동하기 시작하였다. 한글강습회 강연, 조선어학회의 기관지 『한글』의 편집 및 발행 책임을 맡았으며, 한글보급과 우리말사전 편찬에 주력하였다. 1942년 조선어학회사건으로 조선어학회 관련자 33명과 함께 일제에 의해 치안유지법에 의한 내란죄로 몰려 체포되었고, 이극로·이윤재·최현배·이희승 등과 기소되어 함흥형무소에서 복역 중 옥사하였다. 『聖雄李舜臣』(漢城圖書株式會社, 1931), 『渡江錄』, 『文藝讀本』(震光社, 1931·1932) 등의 저서가 있다.

보였다. 그가 『열하일기』 중의 「도강록」을 한국어 번역으로 만들어 낸 것은, 이와 같은 민족의 언어에 대한 자기 내적·외적 자극들이 자양분이 되었던 것이다.

3.2. 세계사적 보편성의 문제와 '연암'에 대한 탐구

사회주의 진영에서는 과학성과 객관성에 근거한 고전연구와 전통론을 제기하며 당대 공론의 장에서 우위를 확보하고자 했다. 사회주의자이며 신간회 중앙위원을 지낸 바 있는 홍기문(洪起文, 1903~1992)은 민족주의 국학 연구를 "첫째, 역사의 원동력을 정신에서 찾았으며, 둘째, 지나친 배타주의로 인해 국수주의에 빠졌고, 셋째, (국학의) 보조과학에 대한 소양이 부족했"[27]다고 조목조목 비판했다. 유물론적 시야에서 '조선심'이나 '조선얼'과 같은 정신에서 역사의 원동력과 조선적인 고유성을 찾는 것은 허망한 집착으로 일소되었다. 그런 집착은 배타적 국수주의의 이념을 동반했으며, 과학적·객관적 방법론의 탐색에도 실패한 것으로 여겨졌다. 이러한 홍기문의 비난은 1920년대 신채호의 연구를 겨냥한 것이었지만, 민족주의적 조선학 연구를 비판하는 사회주의 진영의 시선을 대변하는 것이기도 했다. 이처럼 1930년대 국학으로서의 조선학은 조선적 특수성과 세계적 보편성을 전장(戰場)으로 삼아 길항하던 민족주의 계열과 사회주의 계열의 국학연구자들의 담론 속에서 만들어져갔다. '연암'은 이와 같은 당대 국학 운동의 담론적 결전의 한 장 속에서 '검색'되고 '천명'되었다.

---

27) 정출헌(2008), 25면.

3.2.1. 조선 문학사의 변증법적 발전과 '연암': 김태준과 홍기문의 정위(定位)

홍기문과 김태준은 1930년대 후반, 본격 논설과 조선소설사를 통해 '연암'을 정위하였다. 홍기문은 기왕의 논의[28]가 충분하기에 상론하지 않겠지만, '있는 그대로의 연암을 검색하고 천명할' 것을 강조했다. 이 또한 민족주의 진영의 고유성에 대한 집착과 이념 편향에 대한 대항적 성격을 갖는 것이었다. 홍기문은 「朴燕嚴의 藝術과 思想」(조선일보, 1937. 7. 27.~8.1)에서 연암의 작품들이 '한문'으로 쓰였음에도 불구하고 "조선 민족 고유의 향토의 언어와 문화"를 살려냈다는 점에서 그를 민족문학의 영역 내로 포괄했다. 이와 함께 초기의 연암 전들이 주목받았고, 연암은 조선 사회 내부의 모순을 고발하는 차원을 포함하여, '조선후기 사회가 계급 투쟁을 통해 중세봉건사회에서 시민계급사회로 진전하였음'을 예증하는 존재로 정위되었다. 이러한 사회주의 계열의 입론은 민족주의 계열의 '종교적이고 관념화'된 조선학 연구에 대립각을 세우고, 과학적 · 비판적 태도로 무장하여 담론의 장에서 우위를 갖기 위한 것이었다.

잘 알려져 있듯이, 김태준(金台俊, 1905~1949)은 '조선소설사'를 통해 연암을 조선의 '대문호'의 자리에 앉히고, 문장가이자 소설가로서의 위상을 확고하게 각인시켰다. 그는 『增補朝鮮小說史』(1939)에서 연암을 '근대-소설'의 한 장으로 다루었다. 물론 소설사라는 책의 성격을 감안해야 하지만, 이 두 가지 용어에서 김태준이 '연암'을 호명한 시야는 분명하게 드러난다. 김태준은 "연암을 문장가 · 소설가로서 본다" 전제를 분명히 했고, 그 이유는 연암이 단편[소설] 때문에 "헐가로 대우받았던" 안타까운 현실때문이라고 했다. 이와 함께 그는 "연암의 소설"의 명단을 제시하였다.(김태준d, 169) 후대에 장르 논의가 불거진 「열녀함양박씨전」을 포함하여 10편으로 정리된 연암 소설의 목록은 1960년대 중반

---

28) 송혁기(2009).

연민 이가원 선생이 연암 소설을 본격 연구할 때에도 그대로 이어졌다.29) 근대적 문학 장르로서 소설이 받았던 각광은 재론할 필요가 없을지도 모른다. 그렇게 관심을 얻은 연암의 소설은 "양반이라는 봉건붕괴 사상을 암시하며, 사회의 모든 불의적 존재-일체의 허위 · 타락 · 당론 · 계급-를 완전히 그려"(김태준d, 170~126) 내며 봉건사회 붕괴 이후의 상태를 보여 주는, '근대-소설'의 장(場)이 되었던 것이다.

조선 문학사에서 '소설' 장르가 갖는 위상과 의미를 강조한 것은, 김태준이 『朝鮮漢文學史』(1931)에서 한자로 된 '詩文'이 중국문학을 모방한 앵무에 지나지 않는다며 이른바 '정통의 한문학 양식'들을 비판했던 맥락도 있다. 그리고 더 근원적으로는 '한문'이 외래의 것이요 민족어가 아니라는 설정에 있다. 그런데 '민족의 언어로 된 민족문학/국민문학을 수립하는 것이 중요한 과제로 인식되면서, 한문문어 대 조선구어는 근대적 민족국가의 수립을 위한 기획 속에서 상호 배제하는 구도 속에 배치되었다. 그러면서도 '엄연하게 현전하는 과거인 한문으로 된 지적 전통과 그 결과물'들을 어떻게 포섭하거나 배제할 것인가 하는 문제는 오래도록 남아 있었다.30) 김태준은 수년간의 작업을 거쳐 제출한『朝鮮漢文學史』(1931)31)를 "중국 한문학의 모방에 지나지 않아 독립적 가치가 없는 한문학에 대한 결산보고"의 차원으로 그 가치를 폄훼한 바 있다. 후대 연구자들이 비판했듯, 김태준 자신의 이념적 구도 속에서 조선 한문학을 실상과 무관하게 무가치한 것으로 평가한 것이다. 김태

---

29) 李家源(1965), 『燕巖小說硏究』, 을유문화사.
30) "한문학사에 무슨 방법론이 필요할지" 회의하면서도 "京鄕 곳곳에 쌓인 문집과 몇천 몇만 한문학자의 문집을 역사과학적 입장에서 일소에 부쳐버리기가 可惜"(김태준c, 248)하다고 했다.
31) 『조선한문학사』는 조선한문학의 역사를 기술하려는 통사적 시도로 큰 의미가 있었지만, 한문학에 대한 김태준의 시각과 방법론 등이 갖는 문제에 대한 비판이 이루어져 왔다. 이에 대해서는 이민홍(2001); 류준필(1998); 박희병(1993)의 논의가 있다.

준은 이 문제를 헤겔의 변증법적 전개로 풀었다. 한문학을 '반(反)'의 자리에서 조선 문학사의 발전을 끌어온 것으로 정리했고(김태준a, 191) 한문으로 작성된 연암의 소설들은 '변증법적 구도' 속에서 조선소설사의 '근대'를 구성하는 증표로 인정되었던 것이다.

이렇게 순전히 한문 작품만을 남긴 연암을 조선소설사의 대문호로 정위하는 과정은 '민족문학'의 개념을 정하는 문제와 연동되었다. 그는 『증보조선소설사』의 서론에서 '민족어'와 '민족문학'의 개념과 범위를 조금 넓게 확장하며 세계문학적인 보편성을 강조했다. 그는 조선소설이 중국을 배경으로 한 문제를, 메이지 이전 일본이 중국에서, 영국의 셰익스피어가 대륙에서 취재(取材)한 것과 마찬가지의 보편적인 현상이라고 설명했다. 연암의 소설은 "작가 감정의 발로인 동시에 국민의 사회생활을 묘사한 것이므로 소위 민족문학이라는 가치에 변동을 주는 것은 아니"라고 했다. 물론 이 말은 "중국의 문예를 모방하며 동경한 끝에 나타난 기형적 진보"(김태준d, 19)를 보이는 조선소설의 혼동된 국면을 어떻게 온당하게 문학사에 포섭할 것인가 하는 고민 속에서 나온 것이다. 그러므로 전적으로 한문의 문제를 화두로 한 말은 아니겠다. 그러나 문화의 중국적/사대적 요소를 배제하려는 중화주의로부터의 탈피 의식을 첨예하게 드러낸 부분이 '한문'이었다는 점을 고려한다면, 위의 김태준의 언급을 '국문소설의 중국적 요소'에 관한 것으로만 국한할 필요는 없을 듯하다. "조선인의 조선어에 의한 문학"이라는 민족문학사의 구도 속에서 한문으로 쓰인 (연암의) 작품을 조선소설사에서 어떻게 배치할 것인가. 이 고민에서 김태준은 문학사의 전개를 변증법적 구도로 설명함으로써 조선의 문학사를 세계사 차원의 보편성 논의로 넓혔다. 그리고 이 논리 위에서 '민족'문학사를 차지하는 당당한 대문호로 '연암'을 확실하게 정위했던 것이다.

3.2.2. 온건한 개량론자와 사상의 혁명가[32]의 간극: 역사학자 김석형과 김성칠의 시선

역사학자 김석형(金錫亨, 1915~1996)과 김성칠(金聖七, 1913~1951)은 연암의 저작에 대한 논설을 통해, 연암을 중세 봉건사회에서 그 다음 단계로의 역사 발전을 추동한 존재로 자리매김했다. 공교롭게도 두 사람은 대구공립고등보통학교(대구고보) 출신이다. 1928년 '대구지역학생비밀결사'가 일어나 그 지역을 뒤흔들었을 때 그 결사의 중심에 있었던 대구고보에 함께 재학 중이었다.[33] 두 사람은 '온건한 개량주의자'와 '사상의 혁명가'라는 서로 다른 연암의 상을 보여 주는데, 이 차이는 두 사람이 갖고 있던 이념적 성향의 차이를 보여주는 것이기도 하다.[34]

경성제대를 졸업한 인텔리이자, 해방 후 북으로 간 역사학자 김석형[35]은 '연암'을 봉건사회의 몰락을 간파하고 중상주의(重商主義)를 통해 역사발전을 추동한 온건한 사회개량론자로 위치지었다. 그는 1941년 『열하일기』에 주목하여 「허생전」 초기(抄記)와 현토(懸吐) 「호질」 원문을 포함한 상당한 분량의 논설 「朴燕巖과 熱河日記」(춘추4, 1941)를 제출

---

32) 여기에서 거론하는 연암 관련 자료의 대부분(홍기문, 이승규, 김형석, 권덕규, 김성칠, 최익한)은 임형택・오수경 선생님께서 수집하여 1988년 연암 탄생 250년을 기념하는 『한국한문학연구』11에 수록한 자료에 힘입은 바 크다. 이를 기본으로 개별 관련 저서의 텍스트를 참조하였다. 임형택・오수경(수집) 『연암 (燕巖) 관계자료』, 『한국한문학연구』 11, 한국한문학회, 1988.

33) 김석형은 1학년 입학생이었고, 김성칠은 2학년이었다. 대구지역을 뒤흔은 이 학생맹휴로 김성칠은 검거되어 1년을 복역했고, 김석형은 이에 연루된 행적이 뚜렷하게 드러나지 않는다.

34) 그러나, 김석형의 경우, 이 글을 쓸 무렵, 20대 중반을 갓 넘긴 경성제대 학생이었다. 몇 년 뒤 공산당에 입당하기 전까지, 그의 생애에서 사회주의자로서의 면모가 드러난 행적은 없다. 그러므로 김석형이 연암을 평석한 시선에서 사회주의 이념과의 관련성만을 찾으려는 것은 무리일 수 있다.

35) 1946년 대학동기생인 박시형과 함께 월북, 평양에 신설된 김일성종합대학 역사학부 교수로 취임하였다. 그 뒤 1956년 1월 과학원(사회과학원의 전신) 역사연구소 소장이 되어 1979년까지 재임하면서 북한 역사학계의 중진・원로로 지도적 역할을 수행하였다.

했다. 그는 『열하일기』가 담고 있는 '교양'과 '능수능란 글 솜씨' '다방면의 견문'이 다분히 매력적이라는 점을 인정했다. 그러나 그것이 '붕괴의 필연을 가진 조선후기, 양반지식인층을 대상으로 한 글'이었다는 점에서 결코 단순한 기행문이 아니라는 점을 간파했다. 과연 그가 『열하일기』에서 주목한 것은, 그의 표현을 따르자면, '흥상(興商)-호질(虎叱)-지전설(地轉說)'이다. 그는 이 세 축을 중심으로 연암을 '온건한 사회개량론자'로 정의했다.

  김석형의 『열하일기』에 대한 탐구는 연암이 살았던 조선후기라는 시대적 배경에 철저하게 기반하고 있다. 그는 대구고보 재학 시절 이미 조선왕조실록을 탐독한 것으로 알려져 있거니와, 『정조실록』의 기록을 근거로 조선후기 '봉건지배의 무질서한 혼란상'을 지목했다. 그리하여 조선후기를 '도학', 그리고 '숭명사상'이 교착된 봉건지배의 시기이자 멸망의 역사 궤도에 올라있던 시기로 규정했다. 연암은 이런 조선후기의 역사적 현실을 정확하게 꿰뚫고, 숭명사상과 짝을 이루고 있던 도학적 이념에 도전하며, 흥상론을 골자로 하는 북학론[36]을 제기했고, 이것이 역사발전을 추동했다는 것이다. 이 지점에서 의미있는 존재로 호출된 것이다. 중상주의와 북학론은 연암을 중심으로 한 일련의 실학자들을 '이용후생파'로 범주화하며 핵심이 된 개념이기도 하다. 또한 김석형은 실학사상이 기반한 합리적 과학 사상이 서학(西學)으로부터 온 것이며, 조선후기 지식인들의 지적 지형도에 서양과 일본의 영향력이 엄존했음을 지적했다. 외래적 영향력을 강조하는 것은 '조선의 고유성의 신화'를 추구하던 민족주의 진영의 담론에 대항하는 역할을 하는 것으로, 세계사적 보편성을 강조하던 사회주의 진영의 공통된 입장이기도 했다.

  역사학자 김성칠[37]은 1949년 『열하일기』에 관한 논설(學風2-2, 1949.3)[38]

---

36) 「朴燕巖과 熱河日記」, 『春秋』 4, 1941.
37) 김성칠은 일찍부터 국사를 비롯한 국학 등 민족문화는 물론 청나라와 조선 시대

을 통해 20세기 초반의 현실의 문제를 조선후기의 봉건적 정체성으로 소급하여 풀이하며, 연암을 봉건사회를 지나 '자본주의적 정신을 가진 시민사회'를 모색한 사상의 혁명가로 불러냈다. 요컨대 김성칠에게 '연암'은 '자본주의적 시민사회로 진행하는 근대정신'의 이상을 '혁명적인 새로운 문장'으로 구현한 존재로 호명되었던 것이다. 김성칠은 '민족 자체의 힘으로 봉건제도를 벗어나지 못한 채 정체에 빠져 있는 상황에서 외래자본주의의 침략을 받은 것'이 당면한 현실의 원인임을 거듭 말했다. 그렇듯 '민족의 가장 큰 불행'인 '봉건사회 선탈(蟬脫)의 매듭을 짓지 못한' 조선후기 속에서 연암은 선진적으로 '시민사회의 이상을 암중모색한 학자'이고, 『열하일기』는 그의 대표 저작물로 인지되었던 것이다.

김성칠은 『양반전』과 『호질』은 '양반 타도'를 부르짖은 것이었다는 그간의 지적에 동의하면서, 그것을 계급을 넘어선 '새로운 관념 체계'의 문제로 사유했다. 즉 양반 계급에 대한 계급적 질타의 차원을 넘어 계급 사회를 떠받치고 있던 중세 관념의 핵심인 '주자학을 공격한', 인식론의 근저를 공격하고 있다는 점을 더욱 강조했다. 이 '새로운 관념체계'는, 김성칠에 의하면 '시민사회'의 구성을 목표로 하는 것이었다. 통상과 무역을 강조한 것 또한 그 시민사회의 '자본주의정신'의 맥락에서 풀이된다. 또 연암이, 독재와 잔혹한 법률정치를 비난하면서도 정작 자신들이 그런 행태를 보였던 동양 역대의 지식인과 정치가들을 조소했던 것 또한 훌륭한 근대정신의 발현으로 설명했다. 이는 히틀러와 무솔리니를 비난하면서도 결국 그들을 추수하는 그 당대 역사적 현실에 적용될 만한, 탁월한 보편성을 가진 통찰력으로 그려졌다.

지식층의 문화 교류에 큰 관심을 가지고 연구를 계속하였다. 1941년 「龍飛御天歌」 10권을 번역하였으며(1948년 금융조합연합회간), 1946년에는 『朝鮮歷史』를 펴냈다. 1945년 『熱河日記』 번역을 마치고 1948년부터 1950년에 이르는 동안 이를 5책으로 간행하였고, 펄벅(Buck, P.)의 『大地』를 번역하기도 했다.
38) 「思想의 革命家/燕巖 朴趾源」, 『學風』 2-2, 1949. 3.

3.2.3. 비판적 사실주의의 성취와 해소되어야 할 전통: 최익한의 전망

1930년대 전통부활론의 중추를 이루었던 사회주의자 최익한(崔益翰, 1897~?)[39]은 1920년대 「허생전」이라는 텍스트에 착목하여 연암에 대한 실증적 탐사를 시작했다. 그리고 일본 와세다 대학 유학을 통해 학문적 훈련을 받은 이후, 공산당 활동을 거치며 이론적/이념적 기반을 다졌다. 1930년대에는 국학-실학에 대한 탐구에 학문적으로 침잠하여 큰 성과를 이루었다. 그 대표작인 「朴燕岩의 實學思想」[40]은 최익한 월북(1948) 이후, 북한 체제 속에서 발표된 『실학파와 정다산』(1955)의 한 부분에 속한 것이다.[41] 시기적으로 1950년대에 속하지만 1930년대 최고조를 이루었던 그의 국학 활동, 실학에 대한 탐구의 성과가 응집된 것이고, 사회주의 이론가로서 그가 이룬 지평이 깊고 넓게 펼쳐져 있기에 여기에서 살펴 보려고 한다.

최익한의 연암에 대한 탐색은 '실학파'라는 개념과, 그 학파의 문학과 사상적 특성을 드러내는 작업의 일환으로 이루어졌다. 최익한은 실학

---

39) 최익한은 "당대 한학전통의 중심에서 촉망받으며 성장하여, 신문명의 근대학문을 접하고, 사회주의로 전환한 사상적 궤적을 그렸으며", 1920년대에 사회주의 활동을 벌이며 7여 년을 수감생활을 한 뒤로 제한되는 사회 활동 속에서 '국학 고전을 탐구하며 이를 대중 매체를 통해 알리는 활동을 주로 하였던"(김진균, 130) 인물이다. 최익한에 관해서는 임형택(2004), 김진균(2008), 박홍식(2010)의 연구들이 있어 이를 참조하였다. 김진균(2008)의 논문에 최익한과 관련된 기존 연구가 잘 정리되어 있어, 여기에서는 재론하지 않았고, 2010년 12월 정인보·안재홍·최익한의 다산에 대한 연구를 탐구한 논문(박홍식, 2010)이 제출되었다는 점을 밝힌다. 『동아일보』에 65회에 걸쳐 「與猶堂全書를 讀함」(1938.12.9~1939.6.4.)을 연재하였고, 1948년 월북 이후 『실학파와 정다산』(1955)을 제출하여 일제강점기와 그 이후 다산 연구에서 정인보와 함께 쌍벽을 이룰 만한 인물이다.
40) 이 글은 『실학파와 정다산』(1955)에서 「실학의 사적 발전」을 기술하는 부분에서 홍대용, 박제가, 박지원을 함께 다룬 부분의 일부이다. 최익한은 이들이 반계 유형원-성호 이익의 계보와 "직접적인 관계는 없지만 적지 않은 영향을 받은 조선의 실학 일파"라고 규정하였다. 최익한(1955), 110면.
41) 그에 따라 연암의 실학 사상을 다룬 「朴燕岩의 實學思想」의 결론, 그 마지막은 강력한 공산주의 이념에 기반한 남한 체제 비판으로 이루어졌다.

파로서의 연암을 다섯 가지 정도의 주제화된 영역을 설정하여 조망했다. 먼저 (1)연대기적 생애 (2)18세기 조선의 정신적, 물질적 상황을 먼저 조목별로 분석, 이어 (3)천문학의 새로운 지식에 기반한 자연과학적 세계관의 전개와 그것이 갖는 의미, (4)『과농소초』「한민명전의」를 중심으로 하는 민생과 경제문제, (5)『열하일기』수록된 「양반전」「호질」등의 봉건제 계급사회에 대한 풍자와 폭로로 이룬 비판적 사실주의의 성취42), (6)조선(문)학으로서의 연암 한문학의 성취와 한계 (7)결론43)인데, 그중 (3)~(6)이 핵심이다. 여기에서 최익한은 연암을 배출한 18세기 조선의 물질적·정신적 '모순' 상태를 여섯 가지로 설명했는데44) 그 중 마지막의 두 가지가 실학과 관련되어 있다. 하나는 "공리공론의 유자(儒者)에 대항하는 실학파의 투쟁의식이 성장했다"는 것이고, 또 하나는 "'정통 문학'에 대항하는 '실학파 및 문예파의 문학운동'이 일어났다"는 것이다. 그리고 이 문학운동은 "한문 또는 국문으로 조국의 부강화와 민족적 자각, 인민의 생활 감정의 형상화"를 지향하는 것이었다(최

---

42) 「양반전」「허생전」「호질」은 봉건적 사회의 계급 문제를 비판적 사실주의 방법론에 입각하여 문학적으로 구현한 작품으로 평석되고 있다. 최익한은 초기 작품인 『방경각외전』의 칠전(七傳) 모두가 "양반을 반대하는 입장에서 형상화된 주인공들"로 "言行, 性格, 才藝, 良心 모든 방법이 양반에게는 없는 美點을 형상화하였으며" "이로부터 연암의 反封建 反兩班的 人道主義, 革命的 情熱과 美學的 思想을 충분히 볼 수 있다"고 하였다. 최익한(1955), 144면.

43) (7)결론에서는 연암의 창작 생애를 『방경각외전』의 초기 창작시기와, 『열하일기』의 중년 시기, 그리고 『과농소초』와 「한민명전의」의 만년기로 나누고 이 세 시기의 문학적 특징들이 그의 실학사상의 발전을 여실하게 증명하고 있다고 하였다. (최익한, 1955: 148) 이처럼 최익한은 작가의 생애와 작품의 연대기를 구성하고, 별도의 구분된 주제 영역을 분명하게 설정하여 논의를 전개했다.

44) 첫째, 봉건경제의 지주적 착취에 저항하는 농민 봉기의 양적·질적 발전. 둘째, 상인 자본 세력의 증대. 셋째, 귀족적 분권형태의 이상을 담았던 탕평정치의 허위성 노출과 양반계급 자체 내의 당쟁. 넷째, 양반사회를 전복시킬 만큼 커진, 문벌·적서·지방에 대한 차별이 초래한 대중적 불평의 위세. 다섯째, 공리공담에 빠진 유자들에 대한 실학자들의 투쟁 인식. 여섯째, '정통 문학' 및 '科文'에 대항한 실학파 및 문예파의 문학운동. 최익한(1955), 132~134.

익한, 1955: 131~133).

특히 최익한은 『과농소초』와 그 끝에 부기된 「한민명전의」를 연암의 중요한 저작이자 실학사상이 집대성된 노작으로 밀어올렸다. 고금의 농서(農書)에 수록된 학설들이 더해져있고, 농민의 일상적인 구담가요(口談歌謠)들까지 아울러 다양한 '경험'에 입각해 있다는 점을 높게 평가했기 때문이다. 특히 「한민명전의」는 당대 농민 봉기의 원인이 토지를 잃어버린 것이라 파악하고, 토지의 재분배를 제안한 글로 파악했다(최익한, 1955: 114).

우선, 여기에서는 거친 형태로 연암의 논의를 따라가 보려고 한다. 그 논점은 토지의 소유를 일정하게 제한하자는 것이다. 백성들이 농사의 소출은 일정하지 않고, 온갖 세금은 해마다 빠짐없이 납부해야 하는 상황에 몰려 농토를 부호에게 팔 수밖에 없다는 판단에서 출발했다. 부호가들의 악랄한 겸병(兼併)을 비판하고 있지만, 연암은 한편으로 이것을 부호에게 착취 의도가 없고, 백성이 농술에 밝아도 해결할 수 없는 구조적인 문제로 돌렸다. 제도적 차원에서 부호의 토지 소유를 일정한 기준으로 제한하면 겸병이 없어지고, 이로부터 백성의 토지 소유 또한 보장되고 산업이 안정될 수 있다는 것이다. 김석형이 「한민명전의」를 연암의 노작으로 추천한 것은, 그가 이 글을 '토지의 재분배'라고 집약한 것에서 확인되듯 사회주의 이상에 부합할 수 있는 논리를 갖고 있기 때문이었다.

한편, 조선적 특수성과 고유성의 탐구에서 언어는 핵심적인 문제였다. 그런데 연암처럼 한문으로 된 유산/고전을 남긴 존재를 조선적인 고유성과 특수성의 영역에 포괄하고 설명하는 데에는 논리적인 어려움이 따랐다. 앞에서 살폈지만 홍기문과 김태준은 연암의 작품들이 '한문으로 작성되었지만 조선적인 것을 구현했다'는 논리로 이 문제를 풀고자 했다. 물론 변증법적 설명이 제시되었지만 한자를 외래의 것으로,

한문문화를 핵으로 하는 중세 봉건사회의 몰락과 선탈(蟬脫)을 역사발전의 필연으로 보는 그들의 논리에서, 오로지 한문만을 구사한 연암을 조선의 특수성과 고유성을 발현한 존재로 자리매김하는 연결 고리는 선명하지 않다. 이로부터 약 20년 뒤 최익한은, 지금 우리에게는 어찌 보면 당연한 논리일 수도 있겠지만, 당대 동아시아의 문화적 판도, 『열하일기』가 갖고 있던 구체적 맥락 속에서 이 문제를 돌파하려고 했다.

최익한은 연암의 시대에 '한문'이 동아시아 한문문화권의 보편문화로서 가졌던 위상, 그리고 그 판도 내에서 경쟁해야 했던 조선 지식인들의 상황을 고려해야 한다고 했다. 『열하일기』가 지식인의 자기비판과 자기갱신을 촉구하는 지식인 대상의 구체적인 목적성을 가진 텍스트였기 때문에 더욱 그렇다고 했다. 그리고 최익한은 이 문제를 민족어가 아닌 라틴어로 글을 썼던 서구 르네상스 시대 지식인들의 행보에 비견했다. 중세를 마감하고 근대로 향해가는 서구(=세계)의 역사적 '보편적' 여정에 18세기 조선 또한 올라 있었다는 말이다.45) 그러나 최익한은 여기서 앞서의 김태준보다 한 걸음 더 나간 변증법의 논리를 구사했다. '연암'은 한문이 조선에 수입된 이래, 그것이 이룰 수 있는 절정의 경지를 증명하는 존재라는 것이다. 그러나 그가 이룬 절정의 경지야말로 조선 문학이 '한문을 버리고 민족어를 표기 매체로 삼아야 하는' 역사적 당위를 계시하는 결정타라고 말한 것이다. 이는 그의 전통논의 핵심을

---

45) "(전략:필자)그러나 燕巖의 時代로 본다면 漢文은 文學界에 아직 支配的인 勢力을 가지고 있었을 뿐만 아니라 燕巖의 文學的 目的 또한 蒙昧한 大衆을 相對로 하기 보다도 먼저 敎養이 있고 文化上 風力이 있는 知識人의 階層을 啓蒙하는 데 있었던 때문이며 또 當時 朝鮮의 文人들은 國際的으로 中國의 文學과 서로 呼應 競爭하는 必要도 있었기 때문이다. 이는 西歐 文藝復興時期 各國의 휴만이스트 作家들이 흔히 自己 民族語를 두고 從來 慣用하여 오던 라텐文으로 自己 作品을 發表하였던 것과 同一한 事情이다. 燕巖의 作品들은 그 思想性으로나 技術面으로 漢文이 朝鮮에 輸入使用된 後 數千年 동안 여러 發展 階段을 거쳐 燕巖에 이르러 그의 最高 絶頂을 보여 준다." 최익한(1955), 148면.

관통하는 논리이다.

최익한은 「傳統探究의 現代的 意義」(동아일보.1939.1.1~1.7)를 통해 전통의 권위는 현 단계의 필요에 의해서만 부여될 수 있고, 그 권위 또한 종당에는 해소되어야 할 것(최익한:1939.1.7.5회)이라는 전통론을 피력했다. 전통을 탐구하는 이유는 "전통에 대한 정당한 이해를 통해서만이 전통을 극복하고, (새로운 것을) 창조할 수 있기" 때문이었다.

> 그는 漢文으로써 自己 나라 文學의 특징을 나타내기에 成功하였다. 그러나 이 成功은 결국 自己 矛盾을 더욱 暴露하였다. 왜 그러냐하면 그의 文學의 內容은 朝鮮的이였으나 形式은 漢文이였으므로 그가 大衆을 위하여 써내놓은 文學은 大衆이 읽을 수 없는, 大衆과 떨어져 있는 것이기 때문이였다.
> 그리하여 朝鮮에 있어서 漢文文學이 燕巖의 藝術的 天才로서 그 絶頂에 到達하였다는 事情은 바꿔 말하면 朝鮮의 文學이 더는 前進할 수 없는 漢文의 歷史的 限界를 發見한 同時에 自己民族의 言語와 文字에 歸着하여 民族文學을 完成치 아니하면 안될 必然의 方向을 우리 文學史의 發展 過程에서 明白히 보여 주는 훌륭한 契機였다.(최익한, 1955: 151)

위의 인용문은 연암에 대한 긴 탐구를 맺는 자리에서 조선의 전통이자, 미래적 가치로서의 '연암'을 총평하여 말한 것이다. 이야기를 열기 위해 최익한은 러시아의 대문호 톨스토이에 대한 레닌의 평석을 인용했다. 그 핵심은 그들의 이데올로기를 기반으로 보았을 때 "무력하고 약점 많은 톨스토이의 작품들 속에 묘사된 혁명 이전의 러시아는 과거로 물러갔다. 그러나 그의 遺産 속에는 과거로 물러가지 않고 미래에 속하는 것이 있다. 그 강점들은 미래에 속하는 유산이 된다"는 것이다(최익한, 1955: 153). 최익한에게 '연암'은 과거에 속한 전통이 그 나름의 진화 과정을 거치면서, 미래에 속한 가치를 제시하는 방식을 보여 주는 존재였다. 그리고 궁극적으로 미래의 그 어느 지점이 달성되는 순간 해소되어야 하는 운명을 가진 것이었다.

이상, 일제강점기 '연암'은 보편적 역사 발전의 과정에서 조선적 고유성과 보편성을 환기하는 존재로 호명되었다. 특히 사회주의 계열의 국학 연구자들이 '역사발전의 세계사적 보편성'에 집착했던 것은, 일차적으로는 그들의 이념적 기반을 이루던 사회주의 이데올로기의 지침과 역사인식에 따른 현상이었다. 또 한편으로 그토록 사회주의 이념에 집착했던 것은 '조선학'이 '국학'일 수 없었던 처참한 식민지 현실때문이기도 했다. 김태준이 '국학적 연구'와 '사회적 연구'를 대비하며 '국학적 연구'를 어용적인 것으로 표현했던 것은 왜일까(김태준b, 353). 결국 그 '국/학'이란 것은 일본 제국의 식민지 조선에 대한 연구였던 탓이 아니겠는가. 이런 상황 속에서 '조선 고유의 것-전통'과 그 저력은 세계의 보편적 흐름 속에서 그 고유성을 인정받고, 현재의 필요에 근거하여 창안됨으로써, 미래에 속하는 가치로 존재감을 가질 수 있었던 것이다.

또한 최익한, 김석형, 김성칠은 공히 실학이 갖고 있던 과학적 정신의 형성에서 '외부/서양의 영향'을 반드시 지적하곤 했다. 이는 세계사적 보편성 하에 자국의 역사 발전을 배치한다는 이념을 기반으로 한 것이다. 민족주의 계열의 국학 운동가들이 '외래의 영향이 감지될 수 없는 조선 순수의 영역을 찾아 순수한 기원의 신화화를 희망하던 것'과 분명하게 대비되는 현상이다. 그리고 이러한 이념은 민족주의 국학이 염원한 '기원의 신화화'를 보다 논리적인 차원에서 비판하며 대항 담론을 만들어내는 데 유용한 것이기도 했다.

'연암'에 대한 탐구에만 해당되는 현상은 아니겠지만, 국학으로서의 조선학의 지평은 조선 내 담론적 결전(決戰)과 아울러, 동아시아적인 국면 또한 고려해야 한다. 1930년대 국학파의 중추를 이루던 정인보는 장병린(章炳麟)·엽덕휘(葉德輝)와 같은 중국 국학자들과 교유하고 있었다. 또한 1930년대 국학파들이 '실학'에 집착했던 것은 도쿠가와 막부 말기에 존재했던 일본 실학의 다기한 발흥에 사상적 맥을 대고 있을 것으로 추정되고 있다.46) 김태준이 『조선소설사』와 『조선한문학사』를 통해 기획한 조선 문학의 구도 또한 동아시아적인 차원에서 호적의 백화문학사, 또 호적과 진덕수가 포함되어 있던 중국의 신문학 운동의 한 지평 안에 있는 것이기도 하다.47) 실제로 잡지 『開闢』은 1921년 신년호 제사(題辭)를 호적에게 청하기도 했고, 호적은 중국에서 『開闢』을 열독하기도 했다.48) 이윤재 또한 1921년~1924년 중국 베이징 대학에서 수학하면서 호적의 「建設的 文學革命」을 현지에서 번역하여 조선에 보내 『동명』에 실었다. 그리고 「북경대학을 중심으로 한 학계와 정계의 큰 충돌」을 비롯한 중국에 대한 현장 보고성 글을 역시 『동명』과 『시대일보』에 연재하였다. 이는 개인들 사이의 교호 문제를 넘어 1920년대 이후 조선 문학 형성을 위한 운동과 연구를 위한 장에서 이루어졌던 교섭의 한 현장을 적시하는 것이다.

진덕수와 호적은 잡지 『新靑年』을 중심으로 서양의 민주주의와 과학 정신을 소개하고 중국의 전통을 과학적으로 비판하는 의식개혁 운동을 전개했다. 1922년 베이징대학 내에 국학문연구소(國學門硏究所)가 설립된 뒤, 1923년 창간호가 발간된 잡지 「國學季刊宣言文」은 호적이 작성한 것인데, 국학 연구의 방향성을 천명한 것이었다. 이 시기 중국에서 진행되었던 국학 운동의 방향성과 의미는 별도로 논급해야 할

---

46) 정출헌(2008), 31~32면.
47) 김태준과 노신·호적의 비교 연구는 홍석표(2006), 류준필(1999)의 논문이 참조가 된다.
48) 홍석표(2006), 165면.

것이지만, 거칠게 말해 보자면 "역사적 태도를 견지하여 사물의 생성과 발전 과정을 과학적으로 체계화하려 했으며, 전통에 대한 새로운 관점을 세우면서 이른바 속문학과 민간문학, 희곡 등이 학적 연구의 대상으로 삼았다." 더욱이 주지하듯 1919년 조선과 중국은 반제국주의적 항거인 3.1운동과 5.4운동을 겪었으며, 그 경험은 일본의 메이지식의 서구문명화 방식을 더 이상 모델로 삼을 수 없음을 더 뼈저리게 느끼게 한 계기였다.[49]

자명한 사실을 반복하는 것이 될지 모르겠만, 김태준 또한 일본 근대에 신도(神道) 부활의 모토오리 노리나가(本居宣長)를 거론하며 "우리가 이제 다시 역전해서 메이지 유신의 원동력이 되었던 그들을 본받아야 하겠는가"(김태준b, 353)라고 반문한 바 있다. 이러한 지점들은 동아시아 삼국이 국학을 통해 자국의 특구성과 고유성을 탐문하는 과정에서 서로를 참조하고 배제하는 과정을 보여 준다. 애초에 일본은 동아시아, 특히 '중국'을 '지나'로 바꾸어 명명하면서 세계의 중심으로서의 중국의 지위를 박탈했다. 우리가 잘 알고 있듯이 근대 시기 일본의 동양학은 그런 과정에서 만들어진 체계였다. 그리고 이런 일본의 방식은 중국과 조선에게 참조점이 되었지만, 이후의 역사적 경험들로 인하여, 훨씬 복잡한 모방과 배제의 심상을 갖게 되었던 것이다.

4 1950년대 이후, 근대화의 시대와 '연암'

일제강점기까지의 '연암'에 대한 탐구들을 살펴 오면서 필자는 필자

---

49) 김소정(2009), 311면.

가 배운 '연암'이 이 시기 사회주의 진영의 인물들이 정위시킨 연암의 형상에서 촉발된 것이 많다는 느낌을 받았다. 실학과 연암이 뚜렷하게 연계되는 것은 1950년대 이후의 일로 보이는데 이 또한 일제강점기 사회주의 진영의 연암에 대한 소환과 탐구가 영향을 주었던 것이라 생각된다. 이 글에서 1950년대 이후까지 본격적으로 다루기는 어렵다. 다만, 1960년대 중반부터 1980년대까지, '연암'이 '서구 근대'라는 새로운 '보편성'에 대한 요청(또는 강제된 현실)과 만나며 어떻게 변주되고 있는가를 이 장에서 거칠게 소묘해 보려고 한다. 한국 학계에서 '연암'을 하나의 뚜렷한 기표로 정초(定礎)한 성과들도 이 시기에 나왔는데, 아득하게 먼 후학으로서의 외람됨을 무릅쓰고 언급하지 않을 수 없다.

1960년대 중반 연민 이가원 선생은 『燕巖小說硏究』를 제출는데, 이는 김태준의 목록을 이어받아 연암의 '소설'을 '10편'으로 명확하게 범주화하고, 그와 관련된 많은 실증 자료들을 모았으며, 그에 대한 고증과 주석 작업을 해냄으로써 실증주의적 성취를 이룬 역작이다. 일제강점기 무렵 전개된 연암에 대한 탐구에 일정 부분 맥을 대고 있는 것으로 보인다. 연민 선생이 조선시대 한문소설을 보는 시각, 유형화한 방식은 김태준과 노신(魯迅)의 영향력이 거론되기도 했다.[50] 이 작업을 통해서 연암은 조선의 중세성을 탈각한 선진적 근대성의 증좌로서 의미를 부여받았다. 연민 선생을 통해 '연암'이라는 존재가 뚜렷한 형상으로 우리 학계에 제시되었다는 점에서 '연암' 연구의 큰 물줄기를 열었다고 말할 수 있다.

연민 선생이 연암 소설을 연구한 관점은 '역사 전기적 방법, 민족주의적 시각, 반봉건 의식과 근대성에 대한 관심'[51]이라고 정리되기도 한다. 역사 전기적 방법은 '사회의 반영으로서의 문학'이라는 관점을 연구

---

50) 이현식(2007), 70면.
51) 이현식(2007), 77면.

에서 실천하여 봉건사회 해체기라는 맥락 위에서 '연암'을 실증적이고 총체적으로 이해하고자 했던 것을 말한다. 민족주의적 시각이란 선생이 연암 소설에서 '민족문학적 특성'을 읽어낸 것을 말한다. 그 내용은 한문을 쓰면서도 조선의 속담과 은어를 구사한 점, 조선의 언어 관습을 한문으로 표현한 것과 같은 것들이다. 이런 과정을 통해 선생은 연암의 소설이 보여준 양반 계층에 대한 비판을 계급 타파 의식과 반봉건주의의 기치로 분명하게 규정짓고 강조하였다. 이 점, 앞에서 살핀 바 홍기문이나 명륜전문학원 시절 사제의 인연이 있었던[52] 김태준의 시야와 일정 부분을 공유한 것이다. '연암'에게서 반봉건 의식과 계급 타파를 뚜렷하게 부각하고 이를 민족문학의 탁월한 성취로 강조한 것은 더욱 그러하다.

벽사 이우성 선생은 1970년대 초반, 이전까지의 실학의 개념과 범주에 대한 논란을 불식하며 실학을 영·정조 이래의 새로운 학풍을 지칭하는 특정 시기의 역사적 산물이자, 봉건 말기의 징후 속에서 근대로 통하는 길을 물었던 현실적인 학문으로 규정하였다. 실학파의 학문적 명제를 '근대화에 필수적인 토지제도와 상공법, 생산기술의 혁신과 향상'에 관한 것으로 제시하고, 사대부에서 벌열화되지 못한 근기(近畿) 지역의 '사(士)'의 의식적 각성과 개혁적 성향을 실학의 근대적 면모와 연계하였다. 그 중 연암은 실학의 제2기에서 「허생전」과 같은 작품을 통해 '이용후생학파'로 소개되고, 소영업·소생산자의 활동과 성장을 옹호한 것이라는 점이 부각되었다. 벽사 선생은 실학의 면모를 '근대지향적' 측면과 연결지었으며 "실학파에 있어서의 사(士)로서의 인간 자세는 근대 양심적 인텔리의 사명감과 상통되었던 것"[53]으로 평석하였다.

근대적 인텔리 의식과 반(反)중세적 구도는 '실학파의 문학과 사회관'을 아우르는 선생의 논고를 통해 더욱 구체화되었다. 벽사 선생은 연암

52) 이에 대해서는 이현식(2007), 83~86면 참조.
53) 이우성(1970), 25면.

의 소설을 거론하며 이것이 "전통적 사대적 권위주의의 면피를 벗겨버린 것"[54]이며, 「광문자전」과 「열녀함양박씨전」은 여성의 동등성과 남녀의 상호성을 제기하며 인간성 긍정과 왜곡을 강요하는 도덕적·사회적 규범으로부터의 해방의 당위성을 표시하는 것이라고 하였다. 벽사 선생을 통해 '연암'은 "민감한 천재"로서 "신흥 상공업자를 위시한 도시적 서민의 움직임 속에서 역사의 새로운 방향을 희구했던" 존재이며 그런 연암이 보여 준 풍자와 해학은 시민 의식의 반영으로서 큰 의미를 부여받았던 것이다. 벽사 선생은 연암의 이같은 '사상적 진보성과 문학적 독창성'을 한 천재적 개인의 소산이 아니라 그의 사회적 위치와 시대적 사정의 소산물이라는 성찰을 보여 주었다. 그 진보성은 다음 시대에 발흥한 서민문학을 위한 '과도시대'에 속한 것이었다. 중세에서 근대로의 역사 발전, 그리고 그러한 이행기의 소산물로서의 문학-'연암'이라는 구도는 1980년대 중반에 이르면 조동일 교수의 한국문학통사를 통해 확고하게 한국문학사에서 구현되었다.

1980년대 조동일 교수가 제출한 『한국문학통사』는 이러한 선학들의 문제의식과 구도를 거시적인 구도와 이론화된 체계 속에서 집약한 노작이다.[55] 『한국문학통사』는 "우리의 現代史가 한국문학 연구자들에게 부과해온 역사적 문제의식들을 잘 집약"하였다 평해진다. 그 문제의식이란 "한국문학사의 내재적 발전원리 규명, 고전문학과 근대문학의 단절론 극복, 한국문학의 특수성 속에서 세계사적 보편성의 확인"[56]과 같은 것들이다. 그에 따라 조동일 교수는 조선후기를 "중세문학이 아직 위세를 유지하고 있으면서도 근대문학을 지향하는 움직

---

54) 이우성(1973), 69면.
55) 조동일 교수의 『한국문학통사』의 고전문학사 서술의 지표와 이론, 그리고 실제를 갈래론과 시대구분론을 통해 분석적으로 고찰하며, 이 저작이 갖는 성과와 문제가 되는 지점에 대해서는 강상순(2008)이 상세하게 탐구하였다.
56) 강상순(2008), 5면.

임이 다각도로 나타나"는 시기로 보고 조선후기 문학을 "중세문학에
서 근대문학으로의 '이행기'로 규정하였다. 민족문학론 또한 중시되는
데, '화이론 자체에 대한 비판', '조선 문화의 독자성에 대한 강조'와
함께 "중세 보편주의를 넘어서 근대 민족주의를 지향하려는 움직임"
으로 설명되었다"[57)

이때 민족문학의 문제에서 중세적 한문-문어의 전통은 다시 문제가
되었다. 이전 선학들의 논리는 '한문이지만 조선적 고유성을 담았다'는
데에 주로 있었다. 조동일 교수는 이 문제를 아예 '이행기의 긴요한 과
제'[58)로 풀었다. 근대를 부동의 목표로 발전해 가는 문학사의 구도에서
'이행기'는 필연적이고 선험적인 시기로 '존재'하고 있었던 것이다. 이
구도에서 '연암'은 '이행기다운 고충'과 성취를 이룬 존재였다. 조동일
교수는 홍대용과 박지원이 한양의 도회적 분위기에서 문화예술 취향을
가질 수 있었던 사회문화적 배경을 아울러 고려하는 방식을 취하면서,
'비판을 위한 문학'과 '한문 글쓰기에 따른 문학관의 획기적인 전환'을
이룩했던 것으로 그들을 평가했다. 그것은 "교화를 중시하는 문학에 대
한 반발이자, 풍자와 익살을 일삼는 하층 예술의 새로운 동향과 연결된
것"[59)으로 해석된다. 연암의 '소설'을 다룬 각론에서는 9편의 작품을 분
석하는데, 계속 환기되는 부분은 이 작품들이 (어떤 종류의) 소설일 수 있

---

57) 조동일(1989), 137면.
58) "한문학에 계속 힘쓰면서 민족의 현실을 발견하고 독자적인 표현의 가능성을 탐
    색하는 것이 그 당시로서는 긴요한 과제였으므로, 그렇게 하자는 주장도 민족문
    학론의 범위 안에 포괄된다. 박지원과 정약용은 국문문학에는 관심을 보이지 않
    으면서 한문학을 민족문학으로 재정립하는 방향을 찾는 데 특히 두드러진 성과
    를 보여주었으므로 여기서 재론할 필요가 있다.(중략:필자) 민족문학이란 민족어
    의 가치를 발현하는 문학이자 민족이 당면한 현실에 참여하는 문학이라고 한다
    면, 17세기부터 19세기까지에는 국문문학과 한문학이 민족문학을 수립하는 과업
    을 각기 다른 측면에서 감당하며 서로 보완하는 작업을 했다고 할 수 있다." 조
    동일(1989), 「민족문학론의 등장」, 142면.
59) 조동일(1989), 197면.

는가 하는 점이다. 이런 검증을 통해 연암의 소설은 전(傳)과 야담을 기반으로 하여 (근대적 의미의) 소설로 발전해 가는 노정에서 한문소설의 수법과 사상을 결정적으로 발전시켰다는 위상을 부여받을 수 있게 된다.60)

전후(戰後), 그리고 자유민주주의를 기치로 한국 사회에 진입한 새로운 보편자, 곧 서구 중심의 세계체재에 편입해야 할 필요성은 '인습-낡고 후진 것'으로서의 한국의 전통의 구도를 창출했다. 그러면서도 어떻게든 '한국적인 것'을 발견하고 그것을 다시 세계적인 보편성-근대화의 흐름에 포괄시켜야 하는 필요성이 제기되었다. 1950년대 전통론자들에게 그것은 야나기 무네요시(柳宗悅) 식의 비애미(悲哀美) 같은 '한국 미(美)'의 계보를 잇는 듯한 정적인 미의 탐색으로 나타나기도 했지만, 곧 이른바 4·19와 5·16을 겪으며 성장한 새로운 세대로부터 격렬하게 비판받았다. 대표적으로 조동일 교수는 '세계문학에까지 파급될 만한 힘을 가진 한국적 전통'을 운위하며 '우리 역사의 주체없음, 그리하여 그 문화적 정체성과 후진성을 말하게 된 원인이 무엇인가를 규명해야 한다'며 식민사관을 비판했다. 그리하여 우리에게 전통은 '재발견, 재창조되어야 할 것'임을 명백하게 제기했다.61) 이런 흐름 속에서 한국 또한 서구와 같은 역사적 진보의 과정을 밟아 왔으며 그 동인(動因)-이른바 '근대의 맹아'가 조선후기 사회에 존재하고 있다는 내재적 발전론이 폭발적으로 나타났던 것이다.

이 시기의 '연암' 또한 이런 맥락 속에서 이전 시대 '연암'에 대한 탐구를 이어받아 부동(不動)의 반봉건-근대인(近代人)의 형상으로 빚어졌다. 민족/국민문학사를 수립하고, 근대를 향한 역사 발전의 궤도에 우리의 역사를 안착시켜야 하는 다급한 요청 속에서 '연암이 중세인으로서 세련되게 축적했던 어떤 경지'와 자기시대의 맥락에서 읽어야 할 국

---

60) 조동일(1989), 「박지원의 작품」, 448~455면.
61) 이상 1960년대의 전통론과 그 내용은 김주현(2006), 386~390면을 참조한 것이다.

면은 배제되거나 시야 밖에 있을 수밖에 없었다. 또한 근대적 개념의 협소한 '문학주의'를 극복하기 위해 문학사-사상사-사회사가 총체적으로 결합된 문학사를 서술하려 했던 조동일 교수 이후의 많은 노력들은, 그 한편에서 이들 영역간의 "병행적 상응관계에 대한 실증의 요청"을 받고 있거니와62) 연암을 놓고 보더라도 조선후기의 사상사의 변화를 '실학이라는 근대적 새로운 사유의 틀'로 설명하게 되면서, 그에 상응할 수 있는 부분들만을 전적으로 강조하는 형태로 드러날 수 밖에 없기도 했다. 이런 유실(遺失)들은 '근대를 우리 역사 발전의 필연적 귀결로' 사유(해야)했던 시대적 요청(강제)에서 기인한 점이 있다.

『한국문학통사』에서 실학과 문학의 '새로운 방향'을 논하던 장의 끝에 부기된 조동일 교수의 말은, 그렇게 지워진 연암과 관련된 '낡은 사실'을 완전히 배제하지 못한 고민의 토로처럼 들린다. 연암이 중세적 규범을 애써 부각한 '근대' 지향적 인물이었음에도 '고문가'로 평가받았다는 점. 기대했던 바, "늘 긴장된-자아와 세계의 긴장된 대결 구도 속에" 있지도 않았고, 중세 선비의 흔한 취향이 그에게도 있어 "사대부라면 으레 그렇듯 시문으로 흥취를 찾고 남의 비문이며 묘지며 하는 것들을 지어 주는 일"도 했다는 점. 조동일 교수는 "어느 면에서 연암은 자기 시대를 넘어선 근대적 작가라고 하겠지만, 중세 문인으로서 갖추어야 할 수련을 철저하게 다진 것을 토대로 해서 변모를 시도했다."63)는 말로 연암에 대한 평석을 마무리했다.

이상, 거칠게 살펴 본 흐름이지만, '연암'에 대한 착목은 일제강점기 이래 사회주의 진영의 '연암'에 대한 탐구의 전사에서 배태된 점이 많이 보인다. 이것은 1960년대 이후 '연암'에 대한 탐구에서 일관되게 보이는 줄기라도 말할 수 있다. 일제강점기, 국가를 상정할 수 없던 시대

---

62) 강상순(2008), 39면.
63) 이상은 조동일(1989), 199면.

의 김태준, 홍기문, 최익한은 세계 역사 발전 선상에서 봉건사회의 해체를 담지한 사회주의적 혁명성의 농도를 연암에게서 따졌으며, 그것을 민족적 차원의 위대한 예술적 성취로 표명했다. 같은 착목점을 가졌다 해도 우리의 선학들이 당면했던, 그리고 풀어야 했던 시대적 요청, 이념적 기반은 달랐다. 그 '연암'은 당면한 시대의 요청과 현실을 의식하며 얻은 깊은 고민의 유로(流路)였다. 지금의 우리가 경계해야 할 것은, 그것이 어떤 특정의 주의나 이념인가를 판정하는 문제가 아닐 것이다. 이후의 우리가 '연암'을 시대적 맥락을 소거한 채 오독하거나 그 오독을 반복하면서 편향된 이미지를 재생산해온 점, 그것이 문제적이다. 이것이 필자가 '연암'이라는 고전의 형성 과정이라는, 어렵고도 버거운 시도를 한 이유이기도 하다. 또한 우리시대의 고전으로서의 '연암'을 현실의 맥락에서 다시 그려내는 일도 지금처럼 계속되어야 할 것이다. 어떤 점에서 그것은 '중세인' 연암을 더 이상 낯설게 여기지 않으며 그에 대한 독서를 지속하는 일에서부터 시작되어야 한다.

즉 연암에 대한 호명의 역사적 과정은 '연암'에게 몰각된 부분이 있음을 분명하게 환기하고 있다. '반봉건'의 혁혁한 주자로서의 '연암'에 대한 정의는, 연암이 여성의 성적 욕망을 인정했다는, 참신한 탈중세적/근대적 성취를 이룬 인물이라는 데까지 나아갔다. 이에 따라 예컨대 「열녀함양박씨전」은 중세 사회의 억눌린 여성의 욕망을 긍정한 발화물로, 연암은 '남녀차별의 중세적 봉건성을 탈피한' 근대성을 상징하는 인물로 평가받아 왔다. 또한 연암은 한양의 경화사족이었으며 고급한 문화 취향을 누렸다. 이러한 연암의 현실적 기반은 이른 시기의 연구에서부터 지적되어 왔다. 그런 그에게서 세련된 도시 양반으로서의 의식을 완전히 소거하고 계급 타파와 반봉건의 철두철미한 정신만 강조되어 왔다. 이런 평가와 함께, 연암의 '다른' 많은 언급과 면모들은 '연암'이라는 문면에서 소거되고 말았다. 더 중요한 것은 그렇게 됨으로써 '연암'

은 자기의 전체 맥락 속에서 온당한 평가를 받을 수 있는 기회를 상실해왔다는 점일 것이다.[64] 지금의 우리라면, 연암의 맥락을 실사구시적으로 탐사해야 하고, 그럴 때 조선후기 사대부 지식인으로서의 연암을 더 엄밀한 지평 위에서 평가할 수 있을 것이다. 근대를 넘어서는 새로운 세계를 상상할 수 있는 방향타를 찾기 어려운 현재의 시점에서 '연암'뿐만 아니라 '실학'[65]을 비롯하여 조선후기에 있었던 일련의 학술은 어떤 의미 있는 지표를 줄 것인가?

---

64) 강명관은 최근의 연구에서 지금까지의 『열녀함양박씨전』 독해가 학계의 근대주의에서 기인한 연암에 대한 오독을 보여준다고 비판하였다. 강명관은 『연암집』에 수록된 여성, 여성의 수절과 관련된 맥락들을 다시 찬찬히 살피며, 연암이 말하려던 것은 여성의 욕망과 해방과 같은 것에 대한 인정과 같은 것이 아니라 '순절(殉節)의 과도한 확산에 대한 우려', 그리고 여성이 '욕망을 어떻게 윤리화했는가' 하는 점이라는 것을 제기하며, 그러한 오독(誤讀)이 과도한 근대주의의 산물임을 다시 한 번 비판하였다. 강명관c(2011).

65) 2016년 한국실학학회에서는 "실학을 다시 생각한다"라는 주제로 실학의 개념과 역사적 성격, 현재적 가치에 대한 종합적인 논의를 진행한 바 있다. 이 기획에서 강명관은 "조선후기 사족체제의 자기조정 프로그램, 곧 개혁론 위에 자연학, 기술학, 문학, 예술, 경학 등"이 포함된 개념을 1930년대 이후 한국 학계에서 '실학'이라 불렀다고 부르기 시작했지만, 그것은 17세기 말부터 경화세족의 문화로 존재했던 것들이고, 조선 내부 사족체제 내부에서의 발달뿐만 아니라 중국 학계, 서양학의 전래 등과 복잡한 관계 속에 놓인 것임을 규명했다. 따라서 실학에서 내재적 근대의 논리나 민족적 성격을 강조하는 것은 타당하지 않다는 입장을 표명했다. 조선후기에 존재했던 학술 현상들을 근대 이후 만들어진 개념을 가지고 역으로 적용하여 설명하기보다 중세 '사족체제의 이름으로 먼저 소환해야 실상에 부합할 것이라고 하면서, 실학의 개념과 주체, 범주와 역사성에 대하여 근원적인 질문을 던졌다. 강명관d(2016).

참고문헌

1. 자료

간행위원회 편, 「民世 安在鴻選集」 (지식산업사, 1981).

김석형, 「朴燕巖과 熱河日記」, 『春秋』 4 (1941).

김태준a, 『朝鮮漢文學史』 (1931).

김태준b, 「朝鮮學의 國學的 연구와 社會學的 硏究」, 정해렴 편역, 『金台俊 文學史論選集』 (현대실학사, 1997).

김태준c, 「朝鮮漢文學史 방법론」, 정해렴 편역, 『金台俊 文學史論選集』 (현대실학사, 1997).

김태준d, 『증보조선소설사』(학예사, 1939), 박희병 교주 (한길사, 1990).

문일평, 『湖岩全集1~4』 (京城: 朝光社, 1939).

이윤재 역, 「胡適氏의 建設的 文學革命」, 『東明』 2권 18호 (1923. 4. 29.)

이윤재, 「조선글은 조선적으로」, 『東光』 2권 5호, 『이달의 문화인물』 10 (1926) (국립국어연구원, 1992).

이윤재, 「歷史上으로 본 平壤」, 『新家庭』 1권 3호, 『이달의 문화인물』 10 (1933) (국립국어연구원, 1992).

이윤재, 「北京에서의 丹齋」, 『朝光』 2권 4호, 『이달의 문화인물』 10(1936) (국립국어연구원, 1992).

정해렴 편역, 『金台俊 文學史論選集』 (현대실학사, 1997).

차승기·정종현 편, 『徐寅植全集』 1, 2 (도서출판 역락, 2006).

최원식·정해렴 편역, 『安自山 國學論 選集』 (현대실학사, 1996).

최익한, 「許生의 實蹟」, 『동아일보』 (1925. 1. 14.).

최익한, 『실학파와 정다산』 (청년사, 1989).

홍기문, 『洪起文 朝鮮文化論選集』, 김영복·정해렴 편 (현대실학사, 1996).

2. 논저

강동엽, 「80년대 이후 연암 문학, 연구경향과 그 전망」, 『한국한문학연구』 11 (1988) 53~57.

강명관a, 「漢文廢止論과 愛國啓蒙期의 國·漢文論爭」, 『한국한문학연구』 8 (1985) 195~252.

강명관b, 「조선 후기 양명좌파의 수용」, 『오늘의 동양사상』 16 (예문동양사상연구원, 2007) 125~148.

강명관c, 「열녀함양박씨전 재론」, 『東洋漢文學硏究』 32 (2011), 5~24.

강명관d, 「실학을 다시 생각한다: 경화세족(京華世族)과 실학(實學)」, 『한국실학연구』 32 (2016), 297~315.

강상순, 「『한국문학통사』 다시 읽기」, 『古典文學研究』 28 (2008), 3~48.

고동환, 「19세기 후반 지식세계의 변화와 다산(茶山) 호출(呼出)의 성격」, 『다산과 현대 5 (2012), 25~48.

김남이, '연암(燕巖)'이라는 고전의 형성과 그 기원(1)」, 『어문연구』 58 (2008), 181 ~200.

김명호, 『열하일기 연구』 (창작과비평사, 1990)

김문희, 「「許生傳」의 正典化 과정과 방식 연구」, 『語文研究』 157 (2013), 151~178.

김병구, 「고전부흥의 기획과 '조선적인 것'의 형성」, 『민족문학사연구』 31 (2006), 12~38.

김소정, 「淸末民初 교육개혁과 文學연구의 흥기」, 『중국어문논총』 42 (2009), 299~ 324.

김윤식, 「古典論과 東洋文化論」, 『韓國近代文藝批評史研究』 (일지사 , 1976)

김주현, 「1960년대 '한국적인 것'의 담론 지형과 신세대 의식」, 『상허학보』 16 (2006), 379~410.

김진균, 「崔益翰의 전통주의 비판과 전통 이해의 방식」, 『열상고전연구』 27 (2008), 119~156.

두창구, 「연암 연구사에 대한 고찰(Ⅰ)(Ⅱ)」, 『어문연구』 65・66 (1990), 257~276.

민두기, 「자료소개: 이윤재의 현대중국 현장보고 5종」, 서울대 동양사학과 『논집』 11 (1987), 229~266.

민족문학사연구소 편역(2000), 『근대계몽기의 학술・문예사상』 (소명출판, 2000)

박홍식, 「일제강점기 정인보(鄭寅普), 안재홍(安在鴻), 최익한(崔益翰)의 다산(茶山) 연구」, 『다산학』 17 (2010), 45~93.

박희병 「天台山人의 국문학연구(상)」, 『민족문학사연구』 3 (1993), 248~283.

小川晴久, 『한국실학과 일본』 (한울아카데미, 1995).

송재소, 「동아시아 실학연구가 가야 할 길」, 『한국실학연구』 12 (2006), 7~20.

송찬섭, 「최익한과 다산연구」, 『실학파와 정다산』 (청년사, 1989).

송찬섭, 「일제 해방초기 최익한의 실학연구」, 『한국사학사연구』 (우동조동걸선생정 년논총간행위원회, 1997)

송혁기, 「연암문학의 발견과 실학의 지적 상상력」, 『한국실학연구』 18 (2009), 447 ~484.

이가원, 『燕巖小說研究』 (을유문화사, 1965).

이만열, 「국학의 성립 발전과 그 과제」, 『동방학지』 100 (1998), 1~57.

이민홍, 「韓國漢文學 연구 분야와 방법론의 새 地平」, 『동방한문학』 21 (2001), 83~ 106.

이우성, 「實學研究序說」, 『文化批評』 7・8 (1970) (『韓國의 歷史像』, 1983, 재판 재수록).

이우성, 「實學派의 文學과 社會觀」, 『韓國思想大系』 I, 성균관대 대동문화연구원((『韓國의 歷史像』(1983, 재판) 재수록)

이현식, 「『燕巖小說研究』의 선행 연구 영향에 관한 고찰」, 『동방학지』 13 (2007), 55~90.

임형택·오수경 수집(1988), 「연암(燕巖) 관계자료」, 『한국한문학연구』 11 (1988), 123 ~263.

임형택a, 「국학의 성립과정과 실학에 대한 인식」, 『실사구시의 한국학』 (창작과 비평사, 2000)

임형택b, 「21세기에 다시 읽는 실학」, 『대동문화연구』 42 (2003), 1~22.

임형택c, 「1930년대 실학인식과 최익한」, 한국실학학회 춘계학술대회 자료집 (2004).

장효현, 「김태준(金台俊)의 『조선소설사(朝鮮小說史)』, 그 의의(意義)와 한계(限界)」, 『우리어문연구』 33 (2009), 161~186.

전영표, 「육당 최남선의 출판행위와 ≪소년≫지 연구」, 『출판잡지연구』 12 (2004), 5~21.

정영순, 「북한에서의 실학 연구-1950년대 김하명의 『연암 박지원』을 중심으로」, 『사학연구』 90 (2003), 187~227.

정출헌, 「국학파의 '조선학' 논리 구성과 그 변모양상」, 『열상고전연구』 27 (2008), 5~40.

조광, 「개항기 및 식민지시대 실학연구의 특성」, 『한국실학연구』 7 (2004), 209~258.

조동일, 『한국문학통사』 3(2판) (지식산업사, 1989).

차승기, 「1930년대 후반 전통론 연구-시간·공간 의식을 중심으로」 (연세대 박사학위논문, 2002)

차원현, 「1930년대 중·후반기 전통론에 나타난 민족 이념에 관한 연구」, 『민족문학사연구』 24 (2004), 95~125.

최재목, 「일제강점기 정다산(丁茶山) 재발견의 의미 -신문, 잡지의 논의를 통한 시론(試論)-」, 『다산학』 17 (2010), 95~131.

한영우, 「실학 연구의 어제와 오늘」, 『다시, 실학이란 무엇인가?』 (푸른역사, 2007).

홍석표, 「胡適과 김태준의 문학사서술의 특징-『백화문학사』와 『조선한문학사』를 중심으로-」, 『中國語文學誌』 22 (2006), 159~190.

라깡의 '상징계'에 대한 번역가능성 하나
ㅡ말라르메와 유식불교를 중심으로ㅡ[1]

장 정 아

이미 부재로 만들어진 존재인 언어 (『세미나 1』)
如來說一合相 卽非一合相 是名一合相 (『금강경』)
말라르메에게 언어는 사물의 부재를 담을 수 있는 탁월한 그릇이다.

1 들어가는 말

19세기 프랑스 상징주의 시인 말라르메(S. Mallarmé. 1842-1898)는 절대를 추구한 시인으로 회자된다. 말라르메에게는 감성을 통해 우주적 합일에 이른 경험이 있다. 시인이 "순수개념"(Une Conception Pure)[2]이라고 표현한 그것은 시인의 개별적 자아, 자아의 분별적 사유활동, 자아와 세계의 이원성이 사라진 어떤 정신의 양태이다. 20대 초반의 그 경험은 시인의 일생을 좌우한다. 시인이 스스로에게 부과한 시적 임무가 다름아닌 이원적이지 않은 그 지점에 이르기까지의 이미지를 담는 것이기 때문이다 : "내 사유는 […] 순수 개념에 도달했지요 […] 말할 수 있는

---

1) 이 논문은 『동아시아불교문화』 26 (2016: 61~88)에 실은 장정아(2016)의 「유식불교로 읽는 말라르메 : 라깡의 '상징계'에 대한 번역가능성과 탈경계의 생태성」을 이 책의 논지에 따라 수정하였다.
2) Stéphane Mallarmé, *Correspondance* (Gallimard, 1995) 342. (이하 'Corr'로 표기)

건 내가 이제 비인칭(impersonnel)이라는 것, 자네가 알던 스테판이 아니라 나였던 것을 지나 스스로를 보고 스스로 전개되는 정신적 우주가 지닌 한 능력이라는 것이오. 나는 우주가 제 정체성을 내 속에서 발견하는데 절대적으로 필요한 전개들을 감내할 수밖에 없소. 이렇게 나는 […] 그 전개의 이미지가 될 작품의 범위를 정해보았소"(Corr342-343).

그런데, 위와 같은 이원적이지 않은 상태에 이르기까지 시인은 "끔찍한 한해를 보냈다"(Corr342). "순수개념"은 개별적 자아의 정신적 죽음에 동반되는 것으로, "나는 완전히 죽었다"(Corr342)고까지 시인은 토로하게 되는 것이다. 즉, 시인의 작품은 개별적 자아의 정신적 소멸 없이는 불가능하다. 그러므로 가능하지 않다. 비존재와 같은 순수개념과 그것에 이른 감성에 대한 인식, 즉 비존재와 존재의 공존을 요구하기 때문이다. 본고에서는 이와 같은 말라르메의 시 세계가 어떻게 라깡의 '상징계'에 대한 하나의 번역가능성이 될 수 있는지, 그리고 그것은 유식불교의 세계인식과 어떻게 비교가능한지를 고찰할 것이다.

2 언어의 한계 : 말라르메의 네앙과 유식불교의 삼성

2.1. 말라르메의 네앙

고찰의 출발점은 시인이 "순수개념"에 도달한 때로부터 1년 전이다. 24세의 시인은 시를 쓰다가 "네앙"(néant, 없음)을 만난다(Corr297). 그리고 시인의 "미"는 이 "네앙"과 불가분의 관계에 있다 : "네앙을 발견하고서 나는 미를 찾았소"(Corr310). 이때 "미"는 시인 작품의 지향점이다 : "한마디로, 내 작품의 주제는 미이며, 따라서 표면상의 주제는 그곳을 향하는 구실에 지나지 않지요"(Corr279). 그리고, 시인 작품의 주제인 이 "미"는 시인 존재의 어떤 양태와 관련된다 : "나 자신의 열쇠/중심을 발견하고서야 내 작품 전체 구상을 마쳤습니다"(Corr315). 즉, 시인의 작품이 도달해야 하는 "미"와 시인 존재의 중심과 시인이 발견한 네앙은 불가분의 관계에 있다. 그렇다면, 시인의 작품인 언어뿐만 아니라 시인 존재의 어떤 양태와도 관련되는 이 네앙은 무엇인가.

> 불행하게도 이 지점에서 시를 파헤쳐가다가 나를 절망케 하는 두 개의 심연에 마주쳤다오. 그 중 하나는 네앙(néant)이오. […] 그래서 나는 아주 비탄에 빠져 내 시조차 믿지 못하고 작업을 다시 할 수 없어, 이런 짓누르는 생각 때문에 작업을 포기하고 말았다오. 그렇지요 *나는 알고 있지요* 우리가 물질의 헛된 형태에 불과하다는 것을, 그러나 아주 고상하여 신과 우리 영혼을 창조할 만큼은 된다는 것을. 그토록 고상하여, 친구여! 물질에 대한 의식을 가지고서, 그러나 물질이, 존재하지 않는다고 알고 있는 꿈속에 열렬히 뛰어들면서, 우리 속에 어릴 때부터 쌓여 온 것과 같은 신성한 인상과 영혼을 노래하면서, 그리고 진실인 리엥(rien) 앞에서 이 영광스런 거짓말들을 선언하면서, 나는 물질의 그 광경을 내게 부여하고 싶소! 이러한 것이 내 서정적 책자의 설계도이며 아마도 그 제목은 거짓의 영광 아니면 영광스러운 거짓이 될 거요.(Corr297-298)

말라르메는 시 「에로디아드 *Hérodiade*」의 도입부 <서주 *Ouverture*>를 쓰다가 네앙(néant, 없음)을 만났다. 등장인물 에로디아드에게는 고립의 이미지가 필요했고, 그렇게 시 속에서 불모(不毛)의 시어를 벼리다가 시인은 네앙을 발견한 것이다. 즉 시어-언어의 지시대상이 언어 외부의 세계 속 실체가 아니라는 자각을 하게 된 것이다. 달리 말해, 말라르메의 네앙 발견은 언어의 대상이 인간 사유의 허구적이고 개념적인 구성물일 뿐이라는 자각이다. 그러므로 인간의 언어와 그 언어로 이루어지는 사유는 "거짓"일 뿐이다 : "그런데 네앙이란 무엇인가? 생각, 모든 생각이다."3) 인간은 "물질의 [헛된] 형태"에 불과한 것이다.

그러므로, 시인은 절망한다. 자신의 꿈, 꿈인 시, 그 모두가, 있는 것이 아닌 "거짓"으로 드러났기 때문이다. 그리고 그 절망이 인간과 신의 관계에 대한 전복으로 이어진다. 나아가 그 절망을 가져온 "거짓" 자체가 "영광"이 된다. 즉, 언어의 지시대상이 관념적 구성물이라는 자각이 신에 대한 전복적 사고로 연결되고, 언어가 현실의 긍정항과 아무런 관련이 없다는 사실이 절망에 이어 시인 시의 영광으로 전환되는 것이다. 왜인가.

> 언어는 형태이지 실체가 아니다. 이 진실을 충분히 파악하기는 쉽지 않을 것이다. 우리의 학술용어에서 발견되는 모든 오류, 언어라는 것을 나타내는 우리의 잘못된 방식은 모두 언어현상 속에 어떤 실체가 있을 것이라는 이러한 반사적 가정에서 생겨나기 때문이다.4)

이렇듯, 말라르메의 "네앙" 발견에 함축된 언어와 대상, 언어와 존재의 관계에 대한 자각은 현대적이다 혹은 탈현대적이다. 즉, 소쉬르가 철학의 언어학적 전회를 가져온 것은 이 지점의 경유 없이는 불가능하다. 소쉬르의 언어 이론은 "언어를 긍정항이 없는 차이들의 체계라고 말함으로써 서양 철학을 지배해온 '있음의 형이상학'에 암암리에 의문을 제기"5)하며, 의미와 주체를 구조 안에서 발생하는 효과로 전락시킨 것이다. 그리고 언어에 대한 이러한 자각은 니체와도 무관하지 않다. 니체는 언어와 존재의 관계에 대한 오해에 대한 자각, 즉 "연필이라는 개념과 연필이라는 물건과를 혼동했다"(Le Livre du Philosophe)는 일갈을 토대로,

---

3) Georges Poulet, Études sur le Temps humain 2 (plon, 1952) 323-324.
4) Ferdinand de Saussure, Cours de linguistique générale (Payot, 1965) 169.
5) 캐서린 벨지, 정형철 옮김, 『비평적 실천』(신아사, 2003) 205.

서양 2천년의 철학·종교·과학 등 문화적 체제에 대한 그릇된 견해를 비판한 것이다.[6]

　즉, "언어는 실체가 아니고", "의미를 지니는 것은 차이"라고 언명한 소쉬르에 의해, 대상의 이름표가 아닌 언어와 기호의 "자의성"이 정립되고, 언어와 대상의 그와 같은 "탈동기화된"(immotivé) 관계는 다름 아닌 탈형이상학적 사유의 출발점이 되는 것이다.[7] 그것은 데리다의 "차연"(差延 la différance)[8]에서 확인할 수 있다. 즉, 초월적 기의, 실체적인 의미를 부인하는 데리다에게 의미, 중심, 기원은 실체로서의 현존이 아닌 흔적이고, 그때 흔적이 의미의 절대적 기원이라는 것은 기원이 없다는 것, 기원이 자기 은폐적이라는 말로써, 처음에 있는 것은 중심이 아니라 중심의 부재이며, 중심으로 간주될 수 있는 곳에서는 교환과 대체의 유희가 일어난다. 기원은 안과 밖 사이의 관계적 사건인 것이다. 이 관계적 사건이 만드는 구조가 중심 없는 구조, 탈중심화된 구조, 차연의 구조, 근원적 구조이다.[9] 그렇게, 기원과 의미가 흔적일 뿐인 중심 없는 구조에서, 중심의 자리를 대체하며 총체성을 무한히 연장하는 탈동기화된 교환의 유희, "차연"이 드러나는 것이다. 차연은 "모순 대립의 택일적 투쟁으로 나아가지 않고 차이(差) 속에서 서로 상대방에게 자기의 것을 공간적으로 연장(延)시키거나 시간적으로 연기(延)시키는 것"[10]으로서, 소쉬르의 "차이"에서 출발한 데리다의 탈형이상학적 궤적을 요약한다.

　다시 말해, 말라르메의 "네앙" 발견은 소쉬르보다 니체보다 먼저 언

---

6) 박이문, 『認識과 實存』(문학과지성사, 1982) 195 참조.
7) Ferdinand de Saussure, *Cours de linguistique générale*, 169 · 163 · 100 · 101.
8) Jacques Derrida, *Marges de la philosophie* (Les Éditions de Minuit, 1972) 7.
9) 김상환, 「해체론에서 초월론으로 -데리다의 구조주의 비판 소고」, 『철학과 현실』 38 (1998) 20-22 참조.
10) 김형효, 「세상의 사실로서의 差延과 道-데리다의 동양적 이해-」, 『프랑스학연구』 21, (2001) 357.

어와 존재, 언어와 그 대상 간의 탈동기화된 관계를 자각한 결과이고, 그러한 자의성을 바탕으로 시인은 인간 사유의 허구성 인각에서 나아가, 데리다에서 볼 수 있는 것과 같이, 형이상학을 거부하는 지점으로까지 나아가는 것이다.11) 그러니까, 지시대상의 네앙(없음)인 말라르메의 네앙(없음)은 언어의 대상이 외부 세계에 긍정적 실체로서 있는 것이 아니라는 자각이고, 그럼에도 언어가 대상을 지칭하게 되는 근간인 언어와 대상의 보편성은 따라서 개념적 구성물일 뿐이며, 즉 보편성 자체가 실체 혹은 실체의 속성으로서 존재하는 것이 아니며, 그렇게 말라르메에게 언어는 인간 사유를 구성하는 것으로 의미를 갖게 되고[그러므로 인간은 물질의 형태일 뿐이게 된다], 그렇게 해서 실체로서의 보편자 혹은 신의 존재가 부인되는 것이다. 말라르메의 네앙은 "형이상학적 네앙"12)이다. 그리고 언어와 지시대상의 관계에 대한 자각으로 요약되는 말라르메의 이 네앙은 유식불교의 "삼성"과 비교가능하다.

2.2. 유식불교의 삼성

<중관불교와 함께 2대 대승불교를 이루는 유식(唯識)불교는 "중관학의 가치"가 "선험적 가상의 본질을 깨닫게 하는 데 있다"고 보고, "그런 가상이 어떻게 구성되어 있는지, 그런 가상이 발생하는데 필요한 성분들은 무엇인지"와 같은 "문제에 답을 하려면 실질적 체험에 대한 분석이 요구된다"13)는 필요에 따라, 요가 수행자들의 선정 체험을 바탕으

---

11) 주체의 층위에서 이와 같은 말라르메의 탈형이상학적 지평을 요약하는 개념이 '反-코기토'이다. 졸고, 「『중론』으로 읽는 「주사위 던지기」의 '성좌'와 말라르메 코기토」, 『한국프랑스학논집』 85 (2014) 참조.

12) Eric Benoit, De la crise du sens à la quête du sens (Les Éditions du cerf, 2001) 12.

13) 무르띠, 김성철 옮김, 『불교의 중심 철학, -중관 체계에 대한 연구-』 (경서원, 1999) 595.

로, "스스로 대상세계를 비추어 내어 이것을 인식"하는 "식(識)"이, "시시각각으로 변화하여 흘러가는 세계 위에" "나와 법"을 "가설"하는 "구조"14)를 삼성(三性)과 삼무자성(三無自性)을 통해 설명한다.>15) 그런데 이 삼성과 삼무자성의 토대가 언어와 대상과 관념의 관계에 대한 통찰이다. 즉, 유식불교의 제법에 대한 설명은 말라르메의 네앙 발견에 내포된 인식론적 의의를 드러내는 비교항이 될 수 있다.

불교의 무아(無我) 및 공(空)은 모든 존재현상의 비실체성을 말하는 것으로, '이것이 있으므로 저것이 있고, 이것이 생함으로 저것이 생한다. 이것이 없으면 저것이 없고, 이것이 멸하면 저것이 멸한다'는 연기(緣起)에 다름 아니다. 즉, 법계는 중중무진의 연기로 이루어진 인연화합의 세계이므로 비실체적이다. "이처럼 자신 이외의 중연이 갖추어져 생하게 되는 것을 유식은 '다른 것에 의지하여 생한다'는 의미에서 '의타기성'(依他起性)이라고 한다."16) 의타기는 다름 아닌 인연화합인 것이다. "어떤 것이 제법의 의타기의 모습인가? 모든 법의 연으로 생기는 자성이니 이것이 있으므로 저것이 있고, 이것이 생기므로 저것이 생긴다는 것"17)이다. 즉, 주관과 객관도 이 인연화합에 다름 아니다. 그러니까, 인식 이전에 인식주체와 인식객체가 주객으로 나뉘어져 미리 있는 것이 아니라, 인식과 함께 "그 식에 의해 반연된 것으로서만" 인식대상('境')이 존

---

14) 다케무라 하키오, 정승석 옮김, 『유식의 구조』 (민족사, 1995) 18.
15) 졸고, 「말라르메의 통합적 어휘와 『금강경』의 일합상」, 『프랑스어문교육』 37 (2011) 465 재인용.
16) 한자경, 『유식무경』 (예문서원, 2011) 168.
17) 원측, 지운 역주, 『원측소에 따른 해심밀경』 (연꽃호수, 2009) 186-191. 『解深密經』은 한역 본과 티벳어역 본이 남아있다. 서품을 제외한 나머지 부분 모두가 『유가사지론』 권 75-78에 포함되어 있다. 원측의 『해심밀경소』는 『해심밀경』에 대한 주석서이며, 한문 본과 티벳어역 본이 있다. 본고에서는 위의 『원측소에 따른 해심밀경』의 페이지에 따라, '『해심밀경』 「4. 일체법상품(一切法相品)」, 186면'과 같이 표기하기로 한다. 졸고, 「말라르메의 통합적 어휘와 『금강경』의 일합상」, 466, 각주 32 재인용.

재하고, 그러한 인식을 이행하는 인식주체('根')가 "식을 산출하는 가능 근거 또는 잠재적 능력이란 의미로 […] 시설"된 것이다. 즉, 인식주체와 인식대상은 인연의 화합으로서, 다시 말해 의타기로서 발생하는 식의 '견분'(見分)과 '상분'(相分)이고, 유식(唯識)은 바로 이 유식무경(唯識無境)에 다름 아니며, 그것은 사실상 "식외무경"(識外無境)을 일컫는다. 그러니까, "유식무경"의 "유식"은 감각 세계의 존재가 없다는 것이 아니다. 다만, 감각 대상이 감각을 떠나 그 자체로서 감각 너머의 외적인 것으로 실재하는 것이 아니라는 것이다 : "유식에서 색법은 실유가 아니라고 강조할 때, 그 말은 색법이 아예 존재하지 않는다는 뜻이 아니라 색법은 식을 떠나서 따로 존재하는 독립적인 객관 실재가 아니라는 뜻이다. 왜냐하면 색법으로 분류되는 개체적 사물의 존재 자체는 부정될 수 없기 때문이다."[18]

그렇지만 범부는 '유식'을 알지 못해, 인식주체와 인식대상 그 둘을 각각 독립되어있는 실체로 여겨 분별, 집착한다. 이것이 "'두루 계산하여 집착한다'는 의미에서 '변계소집성'(遍計所執性)"[19]이다. "어떤 것이 제법의 변계소집의 모습인가? 모든 법의 이름을 자성과 차별로 임시적으로 세우고, 나아가 그에 따라 언설을 일으키게 하는 것이다"(『해심밀경』「4. 일체법상품(一切法相品)」, 186면). 즉, 의타기의 유식, 다시 말해 유식무경 및 식외무경을 간파하지 못하는 것은 존재현상에 붙여진 언어 때문이다. 언어에 의한 분별적 사고란 다름 아닌 언어의 대상을 인연화합에 의한 것이 아닌 자성적 실체로서 받아들이는 것을 의미하는 것이다.

반면, 의타기를 자각하고, 변계소집에서 벗어날 때 드러나는 것이 원성실성(圓成實性)이다 : "어떤 것이 제법의 원성실의 모습인가? 모든 법의 평등한 진여를 말한다"(『해심밀경』「4. 일체법상품」, 191면). 언어적 대

---

18) 한자경, 『유식무경』, 53・60・51・50.
19) 같은 책, 169.

상에 대한 실체적 집착이 없으니 분별이 사라지고, 불이(不二)의 평등이 현현하는 것이다.

즉, "의타기자성은 변계소집분으로 인하여 생사를 이루고, 원성실분으로 인하여 열반을 이룬다."[20] 그리하여 유식불교는 의타기의 모습을 여실히 알아 변계소집의 집착에서 벗어나 원성실이 그대로 드러나는 이치를 보여주고 그 수행방법과 과위를 설한다 : "만약 모든 보살이 의타기의 모습의 위에서 무상의 법을 여실히 안다면 곧 잡염상의 법을 단멸할 수 있다. 만약 잡염상의 법을 단멸한다면 곧 청정한 모습의 법을 증득할 수 있다"(『해심밀경』「4. 일체법상품」, 202면).

달리 말하면, 언어에서 지시대상의 부재를 보면서 네앙 및 형이상학적 네앙에 노출된 말라르메는 변계소집성의 허망함을 간파한 것, 다시 말해 언어가 의미라는 이름으로 그 지시대상을 어떤 실체로서 담보하고 있다고 여기는 일상 언어사용 및 세계인식의 실태를 자각한 것이고, 그러한 그의 경험이 시인을 "리엥"(rien)으로 이끄는 것이다. 다음 장에서 살펴볼 "리엥"은 지시대상의 없음을 언어의 본질로서 받아들여 그러한 텅 빈 언어를 향해 나아가는 시인의 인식변화를 요약하는 것으로, 시인의 그러한 인식변화는 변계소집에서 벗어나 의타기의 실상을 체득하는 유식불교의 "전의"와 비교가능해진다.

---

20) 무착, 현장 한역, 동국대학교부설동국역경원, 『섭대승론본』, 『한글대장경 233』(동국대학교부설동국역경원, 2001) 318. 『攝大乘論 Mahaynasamgraha』은 무착 Asaṅga이 『대승아비달마경』의 「섭대승품」을 해석한 논서이다. 『섭대승론』의 한역본에는 불타선다의 『섭대승론』(531년), 진제의 『섭대승론』(563년), 현장의 『섭대승론본』(647-649년) 등이 있다. 논문의 텍스트는 현장이 한역한 『섭대승론본』을 동국역경원에서 국역한 것이지만, 혼란을 피하기 위해 『섭대승론』으로 표기하기로 한다. 『섭대승론』을 주석한 논서에 『섭대승론석』이 있기 때문이다. 세친 Vasubandhu의 『섭대승론석』 한역자에는 진제, 달마급다 외, 현장이 있고, 무성 Asvabhva의 『섭대승론석』은 현장이 한역했다. 본고에서는 위의 『섭대승론본』의 페이지에 따라 '『섭대승론』「3. 소지상분」318면'과 같이 표기하기로 한다. 졸고, 「말라르메의 통합적 어휘와 『금강경』의 일합상」 466, 각주 33 재인용.

3 언어의 세계 : 말라르메의 리엥과 유식불교의 전의

3.1. 말라르메의 리엥

언어의 지시대상이 세계 속의 긍정항이 아님으로써, 언어로 이루어진 사유, 그 사유에 의한 꿈, 시 등이 모두 "거짓"이 되어 말라르메는 절망했으나, 곧이어 "진실인 리엥(rien)", "영광스러운 거짓", "거짓의 영광"을 말한다. 즉 시어와 그 지시대상 간의 탈동기화된 관계가 사실은 언어의 본질이라는 것을 자각한 이가 그러한 자각의 첫 순간의 놀라움을 딛고, 언어 본연의 모습, 달리 말해 외부의 실체적 대상과 전혀 상관없는 상태에 도달한 언어를 자신의 시적 궁극으로 삼게 되어, 그러한 궁극이 실현되는 순간의 영예로움이 "거짓의 영광", "영광스러운 거짓"으로 표현되는 것이다. 현실과 상관없는 언어는 사실이 아닐 테니 말이다. 즉, 말라르메의 궁극은 소쉬르 식으로 말하면 "언어현상 속에 어떤 실체가 있을 것이라는 [···] 반사적 가정"에서 깨어나는 것이다. 그리고 그것은 존재와 언어의 층위 모두에서 요구된다. 즉, 무조건적 반사와도 같이 언어에 의해 환기되는 실체로서의 대상은 언어의 지시대상이자 인간 사유의 [기존/고정]관념인 것이다. 그리하여, 인간 사유활동 속에서 무조건반사와 같이 일어나는 언어와 실체적 대상의 연결을 끊는 것, 그렇게 외부의 실체적 대상으로부터 자유로워진 언어가 현현하도록 하는 것, 말라르메가 '시'의 이름으로 하고자 하는 것은 바로 이러한 모습으로 자리잡는다. 말라르메에게 인간의 사유는 언어로 이루어지기 때문이다. 그 결과, 다음의 인용문이 말라르메의 궁극을 요약하는 하나가 된다.

내가 꽃!이라고 말한다, 그러면 내 목소리가 어떤 윤곽도 형성하지 않는 망각, 그 망각 또한 지나서, 알려진 꽃송이들과는 다른 어떤 것으로, 모든 꽃다발의 부재, [감각이] 감미로운 관념 자체가, 음악적으로 솟아난다.[21]

'꽃'이라는 어휘에서 야기되는 어떠한 기존의 관념도 구체적 대상물도 없는 부재에 이르러, 나와 꽃과의 접점에서 새롭게 피어나는 관념(idée), 말라르메에게는 이것이 이데아(Idée)이다 : "마멸된 의미들에 어떤 실재를 통지하기 위한, 만져서 알 수 있는 이데아, 자연"(la nature, Idée tangible pour intimer quelque réalité aux sens frustes, OC402). 즉, 시어의 구체물로서의 지시대상을 제거함으로써, 언어의 본질, 즉 언어와 그 지시대상과의 탈동기화된 관계를 드러내보이는 것, 다시 말해, 어떤 구체적 지시물과도 연결되지 않는 상태로 언어를 돌려놓는 것은 인간의 사유활동을 구성하는 언어의 기존관념을 없애는 것이고, 그것은 인간의 개별적이고 분별적인 사유활동이 멈춰진 상태를 뜻하여, 그것은 세계와의 접점 속에서 세계를 지칭하는 언어에 덧입혀진 고정된 관념이 다 벗겨져, 그 세계를 그 세계에 대한 명칭으로 인식하되, 비어있는 이름, 즉 "가명"(假名)[22]으로서 인식하는 시선으로 연결된다. 다시 말해, 시인 작품의 전체 구성을 가능하게 한 "나 자신의 중심"이란, 개별적 자아와 분별적 사유활동이 사라진 "비인칭" 혹은 그 비인칭에서만 현현하게 되는 "순수개념"의 어떤 양태인 것이다. 바꾸어 말하면, 네앙 발견 이후 말라르메의 절대 추구는 자기 외부의 형이상학적 실체가 배제된 상태에서 이행되고, 그러한 절대 추구는 자아의 정신적 죽음을 요구하여, "비인

---

21) Stéphane Mallarmé, *OEuvres Complètes* (Gallimard, 1945) 368. 이하 'OC'로 인용.
22) Cf. 용수, 『중론』, 구마라집 한역, 김성철 역주 (경서원, 2005) 414 : "연기인 것 그것을 우리들은 空性이라고 말한다. 그것(=공성)은 의존된 假名이며 그것(=공성)은 실로 中道이다"(『중론』24-18).

칭"인 "순수개념"이 존재층위에서의 궁극이 되는 것이다. 그러므로 말라르메의 시 속에서 시인이 "익명"(OC415)이어야하는 것은 존재층위에서의 말라르메의 궁극의 변주이다. 그리고 그러한 시 속에서 시인으로부터 일원성 추구를 위임받는 것은 다름 아닌 시어들이다. 시어들은 지시대상에서 자유로운 상태를 향해, 즉 뜻과 소리의 이원성이 극복된 어떤 일원적 상태, "통합적 어휘"(OC368)를 향해 나아가는 것이다. 즉, 존재와 언어는 모두 개별적 자아의 분별적 관념과 기존의 고정된 의미를 무화(無化)시켜야 한다.

이렇듯 절대를 추구하는 말라르메의 시는 아무 것도 의미하지 않는 "아무 것도 아닌 시"(Corr392-393)를 향해있다. 이제 시어/언어는 어떠한 실체적 대상도 없는 네앙(néant)이 아니라 대상의 부재를 담을 수 있는 탁월한 그릇으로서의 리엥(rien), 즉 '아무 것도 아닌 그 어떤 것'으로 탈바꿈한다. 실체로서의 지시대상이 없는 시어/언어는 절망의 대상이 아닌 시적 추구의 궁극이 되는 것이다. 말라르메의 리엥은 네앙의 절망에서 전환된 인식의 결과물이다. 그리고 이러한 인식의 전환은 유식불교가 "삼성"에 대한 인식을 통해 촉구하는 "전의"와 비교가능하다.

3.2. 유식불교의 전의

변계소집성, 의타기성, 원성실성의 "삼성"을 통해 언어적 분별을 떠나기를 촉구하는 유식불교의 수행지침의 요체는 언어의 대상, 나아가 사유의 대상이 실체가 아니라는 것이다. 따라서 '전식득지'(轉識得智), 허망분별에 포섭되는 식을 있는 그대로 보아 지혜로 바꾸는 것, 다시 말해 "전의"(轉依)가 수행의 마무리 단계를 요약한다. "생사는 의타기성의 잡염분을 말하고, 열반은 의타기성의 청정분이다. 두 가지의 의지처는 두 부분에 통하는 의타기성을 말한다. 전의는 의타기성의 다스림이 일어날 때 잡염분을 전환하여 버리고 청정분을 전환하여 얻는 것이다"(『섭대승론』「10. 과단분(果斷分)」 354면). 그렇다면 그 실천적 수행방향은 어떠한가. 그것은 변계소집이 생기는 양상을 이해할 때 그것을 역으로 관찰해 들어감으로써이다. 그리고 변계소집은 언어에 의한 분별과 그 대상에 대한 집착에 다름 아니다.

'변계소집'은 의타기성을 알지 못하고 대상을 실체로 파악, 집착함으로써 생긴다. 그런데 그때 대상은 '명칭'으로서 파악된다. "변계소집자성은 […] 명칭을 반연하여 대상으로 삼고, 의타기자성에 대해서 그 모습을 취한다"(『섭대승론』「3. 소지상분(所知相分)」 314면). 『섭대승론』이 상술하고 있는 명칭과 대상 간의 집착과 분별, 변계소집의 양상은 다음과 같다. "명칭(名)에 의지해서 대상의 자성을 두루 계탁함이니, 이러한 명칭에 이러한 대상이 존재한다고 말한다. 대상에 의지해서 명칭의 자성을 두루 계탁함이니, 이러한 대상에 이러한 명칭이 존재한다고 말한다. 명칭에 의지해서 명칭의 자성을 두루 계탁함이니, 아직 알지 못한 대상의 명칭을 두루 계탁함이다. 대상에 의지해서 대상의 자성을 두루 계탁함이니, 아직 알지 못한 명칭의 대상을 계탁한다. 두 가지에 의지해서 두 가지의 자성을 두루 계탁함이니, 이것의 명칭과 이것의 대상은 이와 같은 체성이라고 두루 계탁한다."(『섭대승론』「3. 소지상분」 314-315면).

그러므로, 의타기를 깨닫는 요체는 명칭과 대상의 조건반사와 같은 관련성을 끊는 것, 다시 말해 명칭과 대상의 탈동기화된 관계를 직시하는 것에 있다 : "무엇에 의거하여 어떻게 깨달아 들어갈 수 있는가? […] 있는 그대로 유식에 깨달아 들어가기 위해서 부지런히 닦고 가행함으로써 곧 글자와 대상으로 사현한 생각 속의 언어에 대해서, 글자와 명칭은 오직 생각 속의 언어뿐이라고 추구한다. 또한 이 글자와 명칭에 의지하는 대상도 역시 오직 생각 속의 언어뿐이라고 추구한다. 명칭과 대상의 자성과 차별은 오직 가립뿐이라고 추구한다. 어느 때 오직 생각

속의 언어만이 존재함을 증득하면, 그때 명칭이나 대상의 자성과 차별이 모두 가립임을 깨닫는다 [⋯] 이 글자와 대상으로 사현한 생각 속의 언어에 대해서 문득 오직 식만이 존재함을 능히 깨닫는다"(『섭대승론』「4. 입소지상분(入所知相分)」327면).

관건은 "생각 속의 언어", 즉 관념적 구성물을 자각하는 데 있다. 즉, 명칭이 대상을 가리키는 것은 명칭과 대상이 모두 사유의 구성물인 "공상"(共相, 보편적 속성)을 나타내기 때문이다. 그러니까 외부의 어떤 보편자가 있어 명칭에 그것이 담지되고, 그러한 명칭이 그 명칭에 의해 지칭되는 모든 대상을 보편적으로 가리키게 되는 것이 아니라는 말이다. 명칭과 대상 사이의 지칭관계가 가능한 것은 사유를 통해 "생각 속의 언어"로서 구성된 "공상"이라는 보편적 속성 때문이다.[23] 즉, 공상을 담지한 언어가 가리키는 것은 대상의 공상이며, 그 공상은 관념에 의해 만들어진 것이다. 명칭과 대상의 즉각적 일치와 그에 따른 분별 · 집착

---

[23] 디그나가(Dignāga, 陳那)는 이를 그의 『프라마나삼웃차야』(Pramāṇasamuccaya, 集量論)에서 정리하고 있다. 즉, 인식수단은 추리와 지각이고 언어는 추리의 일부이다. 추리에서는 추리기호와 추리되는 속성 모두가 보편적 속성인 공상(共相, sāmānyalakṣaṇa)을 나타내고, 그 공상은 타자의 배제에 의해 사유를 통해 구성된 개념이다. 반면, 지각은 언어화 · 개념화 이전의 자상(自相, svalakṣaṇa)을 인식대상으로 하는, 즉 대상의 있는 그대로를 인식하는 직접적인 인식수단이다. 달리 말해, 단어는 특수자(vyakti), 보편자(jāti), 보편자와 특수자 사이의 관계(sambandha), 보편자에 의해 특징지어지는 특수자(jātimat) 등의 실재 대상을 가리킴으로써 의미를 갖게 되는 것이 아니라, 타자의 배제(anyāpoha)를 통해 의미를 구성한다는 것이다. 배제 이론인 디그나가의 아포하론은 니야야-바이세시카학파 등에서 생각한 언어의 기능, 즉 언어가 언어 외부에 있는 긍정적 대상을 지칭함으로써 의미를 갖는다는 실재론적 관점과 대비를 이루며, "가명"(假名)으로 표현될 수 있는 불교인식론의 언어이론을 요약하는 한 가지 방법이 되고, 말라르메와 라깡이 이해한 언어의 본질과 비교가능한 위치에 있게 된다(Masaaki Hattori, *Dignāga, On Perception* (Cambrige, Massachusetts Harvard University Press, 1968) 23-70 참조(『프라마나삼웃차야』 제1장 영역). Richard P. Hayes, *Dignāga on the Interpretation of Signs* (Kluwer Academic Publishers, 1988) 231-249 · 252-300 참조(『프라마나삼웃차야』 제2장 · 제5장 영역). 졸고, 「말라르메의 네앙을 위한 디그나가의 아포하론 읽기」, 『프랑스어문교육』 41 (2012) 참조.

에 다름 아닌 변계소집성에 대한 자각, 즉 그 즉각적 일치를 끊는 것은 다름 아닌 언어와 대상의 연결이 관념적 구성물에 의한 것임을 아는 데 있고, 그것을 논은 "생각 속의 언어"로 표현하고 있는 것이다.

이렇게 명칭과 대상의 지시관계에 의한 언어 사용이 관념적 구성물("공상")에 의한 것임을 알 때 비로소 "변계소집성"에 깨달아 들어가, 분별과 집착의 대상의 실체성이 허구적인 것임을 알게 되고, 그리하여 "의타기성"에 깨달아 들어가, 무자성의 연기(緣起)에 다름 아닌 무아 및 공의 "원성실성"에 요달하게 된다. 그리고 이러한 자각의 과정은 무시 이래 "아뢰야식"에 "종자"로서 "훈습"되어 있는 "유식의 표상"을 없애는 과정을 동반한다(『섭대승론』 「4. 입소지상분」 328면 참조).24)

식의 변화로 존재현상을 설명하는 유식불교는 식의 하나인 "아뢰야식"에 모든 마음의 변화가 "종자"로 저장되어 있어, 그것이 발현되는 양상에 따라 개별적인 식의 분화의 양태가, 즉 세계를 보는 양태가, 결국 개개의 세계가 결정된다고 본다. 그때, 모든 사유와 행위가 "종자"에 저장되는 것을 "훈습"(熏習)이라 칭하고, 그 양상에 따라 "명언훈습"(名言熏習), "아견훈습"(我見熏習), "유지훈습"(有支熏習)으로 나눈다. 그 가운데 개념적 사유작용의 결과물이 종자에 스며드는 "명언훈습"이 나머지 둘을 포함한다. 마음의 움직임은 모두 언어의 작용이기 때문이다. 결국 "종자"와 "훈습"은 사유작용, 즉 언어작용의 결과물인 것이다.25) 즉, 명칭

---

24) 논은 유식의 표상을 없앤 이후, 대상의 표상을 없애고, 모든 대상으로 사현한 것이 생겨날 수 없기 때문에 오직 식으로 사현하는 것도 역시 생겨날 수 없고, 따라서 분별의 의미가 사라져, 인식대상과 인식주체의 평등하고 평등한 무분별지혜를 일으킬 수 있고, 따라서 원성실성에 깨달아 들어간다고 설명한다(『섭대승론』 「4. 입소지상분」 328면 참조).

25) 『섭대승론』 「2. 소지의분(所知依分)」 289 · 294 · 305면. 한편, 모든 "종자"가 언어활동에 의해 이식된 것으로 보는 것은 『해심밀경』 이래 유식사상에 일관하는 공통된 견해라고 한다(요코야마 코우이츠, 묘주 역, 『유식철학』 (경서원, 1989) 139. 안환기, 「유식학의 진여(眞如)와 라캉의 실재(réel)에 관한 비교연구」, 『불교학연구』 45 (2015, 309) 각주 12 재인용).

과 대상의 지시작용의 원리를 자각함으로써 변계소집을 알아채고 벗어나는 것, 그리고 훈습되어있는 명언종자를 맑히어 식의 표상, 즉 관념의 고정된 모습을 벗기어내는 것은 둘이 아니다.

이렇게, "만일 모든 의미가 오직 언어뿐임을 아"(『섭대승론』「4. 입소지상분」 331면)는 것, 그리하여 지시의미론에서 벗어나는 것, 즉 언어에서 자동적으로 연상된 대상이 사유의 구성물일 뿐임을 아는 것이 말라르메와 불교의 세계인식의 공통된 기초를 형성한다. 말라르메의 네앙(néant)의 절망이 그 언어 및 사유의 가상성에 대한 첫 자각의 산물이라면, 그러한 가상적인 언어와 사유를 외부의 ―실체라고 믿어지는― 대상으로부터 지켜내어 부재를 담는 탁월한 그릇으로서 시를 정초한 것, 그때의 언어와 시, 그것이 말라르메의 리엥(rien)인 것이다. 그리고, 불교 인식론의 요체이며 모든 존재현상에 상일주재적 실체가 있는 것이 아니라는 불교의 무아(無我)는 "이름이 실체를 보장하는 것이 아니라 가명(假名)일 뿐이고 그 실체 또한 단지 이름을 대상의 속성으로 본질화한 착각에 지나지 않는다는 일갈"26)이며, 이것은 언어가 지시하는 대상을 고정불변의 실체로 여기는 사유구조를 벗어날 때 통각 가능해지는 것으로 이해된다. 그리고, 이러한 말라르메와 불교의 언어 및 세계관이 라깡의 '상징계'에 대한 가능한 번역의 예를 제공한다. 라깡의 주체 구성에 있어서도, 주체에 대한 '상징계'의 권한, 즉 언어적 인과성이 부각되고 있지만, 주체 스스로 자신의 존재결여를 실재를 향한 욕망의 환상으로 대체하고 있는 것처럼, 언어를 벗어나 언어의 한계를 극복할 수 있는 주체 고유의 차원이 전적으로 배제되어 있는 것은 아니기 때문이다. 살펴보자.

---

26) 졸고, 「말라르메의 통합적 어휘와 『금강경』의 일합상」, 462 재인용.

4 언어의 한계 혹은 세계 그리고 라깡의 상징계

이상과 같이, 말라르메의 시작(詩作)과 유가행파의 수행은 모두 "명칭과 사물이 서로 객(客)이 되"(『섭대승론』「4. 입소지상분」 330면)는 상태를 지향한다. 그리고 이를 위해서 말라르메의 시작이 사실상 "비인칭"에 이른 시인의 정신적 양태를 요구하듯, 유가행자들의 수행은 "유식의 표상작용을 조복"(『섭대승론』「4. 입소지상분」 329면)하는 것으로 요약된다. 달리 말하면, 언어와 대상의 재현적 관계에 있어서 "탈동기화된" "자의성"을 인각하는 것, 그것이 관건이다. 여기에, 유식불교로 읽는 말라르메가 라깡의 '상징계'에 대한 탈경계적 번역가능성의 하나가 되는 이유가 있다. 라깡의 범주론을 구성하는 상징계는 다름아닌 언어의 질서가 지배하는 세계이고, 거기서 라깡의 주체, 즉 무의식적인 욕망의 주체가 탄생하는 것은 다름 아닌 언어와 언어가 지시 혹은 대리하는 대상의 관계에 있어서, 언어의 재현이 실체로서의 긍정적 대상과 무관한 것과 관련되기 때문이다.

<라깡에게 주체는 "무의식적으로" "구성"되는, 실체가 아닌 "환상"이다.[27] 그리고 이러한 주체 구성은 '상징계'에서 일어난다. 거울에 비친 자신의 이미지를 세계 속에 가시화된 결함 없는 자아로 여기며 그렇게 포획된 자아를 중심으로 현실을 재구성하고자 하는 '상상계'에서는 아직 주체가 구성되지 않는다. 라깡의 주체는 언어에 의한 상징계의 지배를 받아들이며 시니피앙으로 대체됨으로써 의미의 담지자로서 탄생한다. "시니피앙은 주체를 초월해있는 언어의 물질적 실재로, 순수차이인 시니피앙의 작용을 통해 의미의 세계인 상징계가 만들어지고 주체의

---

27) 자끄 라깡, 맹정현·이수련 옮김, 『세미나 11』(새물결, 2008) 98·131. 이하 괄호 안 숫자는 이 책 페이지 수를 표기한 것.

운명을 규정한다. 상징계는 주체의 원인이자 활동무대가 되는 위상학적 공간을 말하며, 시니피앙의 연쇄적 결합과 상호작용에 의해 구성된다.”28) 그러므로 시니피앙의 연쇄 속에서, 뒤이어오는 시니피앙을 위해 첫 시니피앙이 주체를 대리할 때, 의미로서 탄생하는 주체는 그 존재가 소멸되는 “소외”(aliénation, 318)를 겪는다. 라깡에게는 주체의 존재와 주체의 의미가 분리되어 있는 것이다. 소외는 이렇듯 주체의 분열과 함께한다. 이러한 소외는 언어의 질서가 지배하는 상징계에 편입되기 위한 주체의 필연적 과정이다. 달리 표현하면, “시니피앙이 진정한 시니피앙으로서 기능하는 것은 오로지 […] 주체를 그저 하나의 시니피앙으로 환원시킴으로써”이고, 이로써 주체는 “아파니시스”(사라짐) 혹은 “주체의 ‘페이딩’(fading)”을 통해 “사라짐의 운동 속에서 모습을 나타낸다”(314). 이때 주체의 의미는 주체를 대리한 시니피앙의 몫이고, 그 의미는 연쇄 속에서 뒤이어 오는 시니피앙에 의해 결정되므로 “시니피앙의 의미효과에 의해 주체를 출현시키는”(314) 것은 “대타자의 장”(374)이다. 즉, 주체가 구성되고 탄생하는 곳이 “대타자의 장”(315), “무의식의 장”(62)인 것이다. 라깡에게 무의식은 주체에 대한 말의 효과(226), “말이 주체에 대해 발휘하는 효과들의 총체”(192)이며, “무의식은 언어처럼 구조화된다”(226)>29).

즉, 라깡의 주체구성이 일어나는 ‘상징계’와 거기서 구성된 라깡의 주체는 “소외”를 운명적으로 겪는다. 그리고 이 소외는 ‘상상계’의 소외에 이어지는 것이다. “상상계의 소외는 재현체와 피재현체 사이의 유사성에 근거한 ‘재현의 유사성 이론’”과 관련된다면 “상징적 소외는 ‘재현의

---

28) 김석, 『에크리, 라캉으로 이끄는 마법의 문자들』 (살림, 2014) 116.
29) 졸고, 「불교의 ‘무아(無我)를 바탕으로 말라르메의 「주사위던지기」와 라깡의 『세미나 11』에 나타난 ‘환상의 주체’ 연구」, 『동아시아불교문화』 23 (2015) 190-191 재인용.

기호적 이론'에 해당"[30] 한다. 그리고 무엇보다 문제가 되는 것은 상징계의 소외이고, 그것은 상징계를 지배하는 언어가 대상과 갖는 재현의 관계가 동기화되어있지 않은 것에서 출발한다. 탈동기화된 자의성에 의해 결합되는 시니피앙과 시니피에에서 운명적이고 결정적인 필연성은 없고, 따라서 언어의 사용을 가능하게 하는 언어의 보편성은 언어 외부의 어떤 형이상학적 보편자에 의해 주어지는 것이 아니며, 따라서 언어가 재현하는 것은 사유의 허구적 구성물일 뿐임으로서 사실상 그 지시대상인 사물의 부재일 뿐이게 되는 것이다.

즉, 라깡의 사유의 바탕에는 "이미 부재로 만들어진 존재인 언어"(『세미나 1』)[31]가 자리하고 있는 것이다. 즉, 라깡에게 언어는 실체로서의 지시대상을 가지는 것이 아니다. 따라서 라깡의 사유체계의 기저는 말라르메, 나아가 불교 인식론과 만난다. 말라르메에게 언어는 "사물의 부재를 담을 수 있는 탁월한 그릇"[32]이고, 불교 인식론의 요체인 무아 및 공은 언어가 대상을 지시할 때, 언어의 대상이 외부의 긍정항으로 존재하는 것이 아니라는 것과 다르지 않으며, 특히『금강경』은 '즉비-시명'으로서 35회 정도 반복하여, 언어의 가상성, 즉 가명(假名)을 설파하고 있는 것이다 : "如來設一合相 卽非一合相 是名一合相(『금강경』제30장). "이름 붙이기는 존재의 부름이고 부재 속에 존재성을 유지하는 것이다"(『세미나 2』).[33]

즉, "시니피앙은 그 본성상 부재의 상징이다" 또는 "글자는 죽인다"[34]와 같은 라깡의 인각은 다름 아닌 말라르메의 "네앙" 발견과 같은

30) 박찬부,『라캉 : 재현과 그 불만』(문학과 지성사, 2011) 121-122.
31) 같은 책 85, 재인용.
32) 졸고,「말라르메의「에로디아드Hérodiade」연구 -일원적 존재-언어를 중심으로-」(부산대학교 박사학위논문, 2009) 154.
33) 박찬부,『라캉 : 재현과 그 불만』, 85 재인용.
34) Jacques Lacan, Écrits (Seuil, 1966) 24 · 848.

궤를 형성한다. 그리고 상술한 바와 같이 네앙의 발견이 말라르메에게 절망을 가져온 것처럼, 그리고 네앙의 발견이 드러내는 언어의 본질에 도달하기 위해서는 사실상 일반적인 언어사용의 영역 바깥에 있어야 하는 것처럼, 라깡의 사유 체계에서 '상징계'에서 주체가 구성되면서 겪어야 하는 "소외"는 결정적이고 운명적이다. 그런데, 불교인식론은 언어사용이 그 지시대상과 탈동기화된 관계에 의한 것이라는 자각에서 출발하는 해탈의 가능성을 열어두고 있다. 그리고 말라르메는 자기 이외의 어떤 것도 담아내지 않는 언어에 의해 완성되는 자신의 시적 궁극을 위해 일생을 바쳤다. 말라르메의 궁극이 완성될 때, 진실인 "리엥"의 "영광스러운 거짓" 혹은 "거짓의 영광"이 성취되는 것이다. 그렇다면 이러한 불교인식론과 말라르메의 시학으로 라깡의 '상징계'를 새롭게 조명할 수는 없을까. 그리하여 "소외"의 존재결여를 운명으로서 가져다주는 '상징계'에서 새로운 윤리를 모색해볼 수는 없을까. 라깡이 정식화한 '상징계'란 언어의 세계이고, 그것은 다름 아닌 우리의 일상 세계이므로, 그곳에서 존재결여가 필연적이라면, 그것에서 헤어나올 수 있는 방법 모색, 적어도 그 존재결여를 적극적으로 수용하는 방법 모색 또한 우리에게는 필연적인 과제일 것이다. 여기서 주목해야 하는 것이 라깡의 주체 구성에 있어서 "소외"에 이어오는 "분리" 과정이다.

5 나아가는 말 : 라깡의 상징계에 대한 번역가능성으로서 말라르메와 불교

'상징계'에 진입하여, 시니피앙에 의해 의미로 태어나면서 존재결여를 겪은 주체가 그 존재결여로부터 자유로워지며 주체 구성을 마무리하는 연산이 "분리"이다 : "주체가 소외[…]로부터 돌아오는 길을 찾는 연산에 분리(séparation)라는 이름을 붙였다."35) 즉, "분리"는 탈소외화 과정이다. 이때 "주체가 그것으로부터 해방되어야 하는 것, 그것은 이항 시니피앙(signifiant binaire)의 사라짐의 효과이다"(p.200). 즉, 문제가 되는 것은 "해방/자유"(la liberté, p.200)이고, 그것은 "소외"의 연산을 거치면서 겪게 된 존재의 결여로부터의 벗어남이며, 따라서 시니피앙인 대타자로부터의 자유이며, 이러한 해방을 위한 주체 구성 연산이 "분리"인 것이다 : "주체 그 자체는 언어의 효과에 의해 분열되어 있으므로 불확실성 속에 있다 […] 주체는 대타자의 장에 종속됨으로써만 주체라는 것은, 주체가 이 대타자의 장에 공시적으로 종속됨으로써 생겨난다는 것이다. 그렇기 때문에 주체는 바로 그곳에서 빠져나와야 하고, 그곳에서 헤어나야 한다"(p.172).

그런데, 여기서 반드시 주목해야 할 점이 있다. "분리"를 통해 벗어나야 하는 지점이 "이항 시니피앙의 사라짐의 효과"라는 것이다. 이것은 우선 "소외"를 겪은 주체의 존재 결여를 일컫는다. 대타자 시니피앙에 의해 의미로 태어나면서 이제 막 상징계 속에서 구성된 주체의 결여된 존재 말이다. 그런데 이는 동시에 주체를 의미로 태어나게 한 바로 그 대타자 자체의 존재 상실("이항 시니피앙의 사라짐의 효과")도 포함한다. 시니피앙에 의해 의미로서 탄생한 주체는 자신뿐 아니라 자신의 존재결여를 야기한 대타자 자체도 존재결여를 겪고 있는 것을 알게 된 것이다. 존재를 댓가로 의미로서 탄생하는 것은 상징계를 이루는 모든 언어의 운명이다. "하나의 결여가 또 다른 결여와 중첩됩니다. 따라서 - 오

---

35) Jacques Lacan, *Le Séminaire, Livre XI. Les quatre concepts fondamentaux de la psychanalyse* (Édition du Seuil, 1973) 199. 자끄 라깡, 『세미나 11』, 331. 번역 수정. 이하 이 책 프랑스어판본의 페이지는 '(p. + 숫자)'로 표기하기로 한다.

래 전부터 제가 이 둘이 서로 같은 것임을 지적해온— 주체의 욕망과 대타자의 욕망을 연결하는 욕망의 대상들의 변증법은 욕망에는 직접적으로 응답이 주어지지 않는다는 사실을 경유해야 합니다"(p.195). 주체와 대타자는 똑같이 '존재'를 욕망하고, 그 존재는 상징계 속에서 '결여'될 수 밖에 없다. "그리고 바로 이러한 [주체가 종속되어있는 대타자의 장에서] 헤어남으로써 주체는 결국 […] 대타자도 자신과 똑같이 거기서 헤어나야함을, 거기서 빠져나와야 함을 알게 될 것이다"(p.172). 존재결여에서 벗어나야 하는 것은 주체와 대타자 모두의 욕망을 구성하는 것이다.

그렇다면, 주체 자신 뿐 아니라 대타자까지도 의미로서의 탄생의 댓가로 치르게 되는 존재결여, 그 존재결여에서 빠져나오게 하는 "분리"의 정체는 무엇인가. 아니 무엇일 수 있는가. '상징계' 속의 주체의 분열, 즉 의미와 존재로의 분열, 다시 말해 존재결여가 피할 수 없는 운명으로 되어있는 상징계 속에서 말이다. 바로 이 지점이 유식불교에 기초한 말라르메 독서가 주목하는 곳이다. 즉, 라깡의 주체 구성의 마지막 "연산"(opération) "분리"는, 그것이 존재결여에서 해방되기를 원하는 한에서, 비어있는 언어, 대상과의 탈동기화된 관계 아래에서 의미를 담지하는 언어의 한계 자체에 저항하는 어떠한 "작용"(opération)일 수밖에 없는 것이다. 상징계에서 주체는 존재결여를 벗어날 수 없다.

> 주체는 이러한 [대타자의] 욕망의 포착에 대해 […] 전단계의 결여, 즉 자기 자신의 사라짐을 갖고 대답하게 된다. 여기서 주체는 대타자 안에서 감지해낸 결여의 지점에 자신의 사라짐을 위치시키게 된다(p. 195).

즉, '상징계' 속에서 존재의 결여는 필연적이므로, 자신과 마찬가지로 대타자도 존재를 향한 욕망을 채울 길이 없다. 방법은 하나이다. 실제적이지 않은 길, 환상을 통하는 것이다. 즉 주체가, "분리" "전단계"인 "소외"가 갖고온 존재의 결여, "자기 자신의 사라짐"을, "대타자 안에서 감지해낸" 대타자의 존재결여의 빈 자리에 환상의 대상을 위치시킴으로써 정식화하는 것이다. 이때 이 "전이를 초래하는 것이 […] 내가[라깡이] 대상a라고 지칭한 그 무엇"(p.121-122)이다. 즉, 탈소외화 과정으로서의 분리는 대타자로부터의, 대타자의 욕망으로부터의 주체의 분리를 말하며, 그것은 대타자의 욕망 앞에서 주체가 자신의 존재결여를 환상인 "대상a"를 위한 전적인 희생으로 만듦으로써, 상징계 속의 주체 구성을 마무리하는 과정을 일컫는다.

달리 말하면, "분리"에서 문제가 되고 있는 것은 "소외" 연산에서 상실된 존재의 결여, 그것의 다른 이름인 존재에의 욕망이다. 결여를 자각한 주체는, 따라서 욕망에 노출된 주체는 "욕망의 과녁"(p.167)을 필요로 한다. 그 욕망의 과녁이 되는 것이 "대상a"(l'objet a, p.169)이다. 그러나 주체 앞에 노출된 결여 혹은 욕망은 상징계의 운명으로서, 언어의 질서 속에서는 결코 채워질 수 없다. 그러므로 "대상a"는 "욕망의 과녁 속에 결코 자리잡을 수 없는 것"(p.169)이다. 그러므로, "그 욕망의 대상은 일반적인 의미에서 볼 때 하나의 환상 아니면 속임수이다"(p.169). "주체는" "결함/공백이 있는 것"이고, "주체가 어떤 대상의 기능을 만들어내는 것은 이 결함/공백 속에서이며" "그 어떤 대상은 [이미] 잃어버린 대상"(objet perdu, p.168)이다. "이것이 대상a의 위상이다"(p.168). "대상a"는 존재를 위해 상정된 대상이되, 이미 그 존재성을 여읜 존재(être perdu)인 것이다. 즉, "분리" 과정에서 주체는 자신의 존재결여의 원인인 대타자의 욕망을 "대상a"로서 주체화하면서, 대타자로부터 벗어나고,36) 그러한 "대상a"를 통해 존재에의 욕망인 실재에의 욕망을 자신의 윤리로서 담당한다. "[대상a라는] 속임수는 주체의 실재와의 관계에 대한 […] 모든

36) Cf. 브루스 핑크, 이성민 옮김, 『라깡의 주체』 (도서출판 b, 2010) 137.

선결되어야 할 문제를 제기한다"(p.169).

즉, 주체가 마주하게 된 자신과 대타자의 욕망은 존재의 욕망이고, 그 존재는 상징계로 진입함으로써 상실한 것이며, 또한 그 존재는 상징계라는 언어의 질서 속에서 결코 언어로 표현되지 않는 "실재"와 관련되므로("실재계는 결코 말을 기다리지 않는다"37)), "분리" 연산이 감당해야 할 존재에의 "욕망"은 결코 채워질 수 없다. 따라서 욕망의 "대상a"는 "환상"에 의해 상정된 하나의 "속임수/술책", "상징계"로의 진입으로 인해 잃어버린 존재 차원의 환기물, 대상과 탈동기화된 관계에 있는 언어의 세계에서 존재를 잃은 주체가 자기 존재결여를 옹호하기 위해 내세운 보상물로서 자리한다.

이와 같이, "소외"가 대타자에 대한 복종에 의해 진행되는 것과는 달리, "분리"는 자발적인 자기 희생이며, 대타자 혹은 대타자의 욕망과의 일종의 대결을 통해 성취된다.38) 이때, 이러한 "분리" 과정에 내포된 주체의 자발성, 결단력 등을, 어떠한 대상도 실체로서 지시할 수 없는 비어있는 언어의 양태를 수용하는 하나의 적극적 자세로, 나아가 일종의 저항으로 읽는 것, 이것이 유식불교를 바탕으로 한 말라르메 독서가 라깡의 '상징계'를 번역한 한 가지 가능성이다. "분리"는 다름 아닌, 의미와 존재로 분열된 주체 자신에 대한 스스로에 의한 −허구의− 봉합, 나아가 그러한 분열을 가져오는 언어의 세계 속에서 꿈꾸는 전체성(존재와 의미가 하나인 양태)에의 −자기소멸에 의한− 봉헌,39) 그리고 그러한 꿈에 동원되는 인간 인식의 적극적 행위이기 때문이다. 즉, 라깡의 "소외"에서 "분리"로의 이행은 다름 아닌 말라르메의 "네앙"에서 "리엥"

37) Jacques Lacan, Écrits, 388.
38) Cf. 김상환, 「데카르트, 프로이트, 라깡: 어떤 평행관계」, 『근대철학』 4(1) (2009) 37. cf. 박찬부, 『라깡 : 재현과 그 불만』, 129.
39) Cf. 브루스 핑크, 『라캉의 주체』, 122 : "주체가 전체성, 완전성, 충족성, 안녕의 환영적 감각을 성취하는 것은 바로 대상a에 대한 주체의 복합적 관계 속에서다."

으로의 전환, 유식이 말하는 청정한 "의타기"의 현현에 버금가는 인간 인식의 비상을 내포한다.

여기서 관건은 "대상a"의 환상성에 대한 자각이다. "분리"에서 이행되는 주체의 자율적인 존재상실은 바로 이 "대상a"와의 환상 속의 관계에 의해서이므로, "대상a"에 대한 고착의 정도에 따라 "분리"가 갖는 자율성의 정도가 정해지는 것이다(고착이 심해지면, 이때의 존재결여는 또 다른 "소외"일 뿐이게 된다). 따라서 분석가와 분석수행자의 관계에서 "분석수행자들이 분석가에게 환상들에 대해 이야기 할 때, 그들은 자신들이 대상a에 관계되기를 원하는 방식, 다시 말해 그들이 대타자의 욕망과 관련하여 위치지어지고 싶은 방식에 대한 정보를 분석가에게 제공"하는 것이고, "분석가는 분석수행자의 환상의 구성을 흔들어놓고, 주체가 욕망의 원인(대상a)과 맺고 있는 관계를 변경하는 것을 목표로 하는"40) 것이다.

즉, 환상으로서의 대상을 상정해놓고 그것에 대한 전적인 희생으로서 자발적인 존재상실을 이행하는 "분리"가 그 대상 자체의 허구성에 대한 자각을 동반한다면, 다시 말해 어떤 것에도 고착되지 않는다면, 분리에 내포된 자발적인 존재상실이 상징계를 가장 상징계답게 만드는 행위, 존재가 비어있는 언어를 가장 언어답게 만드는 행위가 되어, 상징계에 대한 가장 적극적인 수용으로서, 상징계에 대한 하나의 저항이 되는 것이다. "쓰이지 않기를 멈추지 않는 실재계"(『세미나 20』)41)란 다름 아닌 쓰이지 않음으로써 존재일 수 있는 실재계란 말이고, 그것은 쓰임(말) 속에서는 부재로서 존재하는 실재계란 뜻이며, 그것은 말이 담아내는 부재가 실재의 존재에 다름 아님을 의미하기 때문이다. 시니피앙의 그물이 쳐지기 전, 상징계는 그것 그대로 실재계인 것이다.42)

---

40) 브루스 핑크, 『라캉의 주체』, 122 · 126.
41) 김석, 『에크리, 라캉으로 이끄는 마법의 문자들』, 238 재인용 : "실재계가 쓰이지 않기를 멈추지 않는다."

달리 말하면, "이미 부재로 만들어진 언어"를 순전히 부재이게 하는 자발적 존재결여라면, "분리"는 인간 언어에 대한 자각을 바탕으로 가장 철저하게 상징계를 상징계로 만듦으로써 상징계에 대한 하나의 저항이 된다. 말라르메와 유식이 보여주는 절대를 향한 인간인식의 여정이 바로 이 빈 언어에 대한 자각을 바탕으로 하는, 분별적인 '자기'에 대한 소멸의 길인 것이다. '나'와 '너'의 구분을 포함하는 모든 분별은 언어에서 비롯되는 것이다.

이렇듯, 상징계가 가장 상징계다울 때, 그것 자체로 실재계의 긍정이 되는 것, 이것은 "원융"(圓融)이다. 원융은 상대를 부정해서 얻어지는 것이 아니다. 존재를 들여놓지 않는 상징계의 언어질서 자체의 진리가 가능한 것이다. 그때 언어를 들여놓지 않는 실재계의 존재질서가 또 하나의 진리로서 가능해진다. 진속이제(眞俗二諦)의 원융무이상(圓融無二相), 즉 속제가 없을 때는 진제도 없다.

아울러, "분리"의 존재상실에서 "대상a"의 환상성을 자각한다는 것은 소외 연산 이후 주체를 떠나지 않는 결여감, 죽음욕동 등의 정서적 반응을 무화시키는 힘을 가진다는 것을 의미한다. 대상a의 환상성의 자각은 분리의 존재결여가 진정으로 자율적임을 뜻하고, 그것은 상징계의 언어가 빈 존재의 언어임을 인각·수용한다는 뜻이므로, 그리하여 텅 빈 언어의 배후에 무엇이 있으리라 혹은 있어야하리라 생각하지 않는다는 뜻이므로,[43] 상징계 내의 존재결여에 따른 불안, 결여, 죽음욕동은 더 이상 없는 것이다.

이렇게, "대상a"의 환상성을 자각하는 주체가 "분리" 과정을 통해 회

---

42) Cf. 브루스 핑크, 『라캉의 주체』, 61 : "문자는 문자 이전에, 단어 이전에, 언어 이전에 있었던 실재를 죽인다."

43) Cf. 김석, 『에크리, 라캉으로 이끄는 마법의 문자들』, 143 : "사실은 주체가 실제로 무엇인가를 잃어버린 게 아니라 언어적 경험이 되풀이되면서 마치 무엇인가를 잃어버린 것처럼 언어가 주체를 착각하게 만든다."

생과도 같은 존재결여를 자율적으로 이행함에 따라, 존재결여에 따른 부정적 정서에서도 자유로워질 때, 상징계는 이제 그것 그대로 어떤 충만한 비어있음으로서, 또 하나의 실재계가 될 채비를 마친다. 결국 상징계를 적극적으로 긍정함으로써 상징계에 대한 저항의 가능성이 되는 분리 연산은 상징계와 실재계의 경계를 무화시키는 데까지 나아간다. 이와 같이, 자발적 존재결여로서의 "분리"는 "선의"를 바탕으로 하는 하나의 "희생"(p.247)의 "윤리"(p.247)로서, 상징계/언어/시니피앙의 한계를 적극 수용하여 그 한계를 넘어서는 하나의 자세가 된다. "욕망의 경로와 관련하여 어려움을 겪는 것은 대타자도 마찬가지라는 확실성에 기초한 선의"(p.172) 말이다44)(- 이것은 애초에 "분리"가 대타자의 욕망을, 그 존재결여를 주체화하면서 시작된 것을 가리킨다).

　　<주체가 자신의 소멸된 존재를 발견하는 가능성은 상징계에서 의미로 위치지워진 자신에 대해 회의하는 것에서 출발할 수밖에 없고, 그러한 이유로 인간의 의심 및 회의가 어떤 영웅적 고행에까지 비견될 수 있는 것이라면(p.203-204), 또한 그러한 예가 불교의 수행, 절대를 추구하는 말라르메의 고행과도 같은 시작(詩作)이라면, 라깡의 환상 및 욕망의 주체가 상징계에 저항하는 윤리적 주체로 거듭나는 것 또한 수행 및 고행에 가까운 실천을 요청할 것이다.>45) "소외"와 "분리"가 무한히 소급되는 상징계에서, 매번 "대상*a*"의 환상성을 자각하면서 "분리"를 이행한다는 것은 언어가 비어있음을 잊지 않는 것, 그리하여 지시의미론에

---

44) Cf. 김석, 「소외와 분리: 욕망의 윤리가 발생하는 두 가지 결정적 순간」, 『라깡과 현대정신분석』 (2008) 72 : "욕망이 실재계에 속하는 존재에 대한 열정이라면 그것은 언제나 윤리적일 수밖에 없다." 이때 "윤리의 토대는 '본질적으로' 우리 행동의 부산물인 어떤 것으로서 발생할 수 있는 '무한한' 것을 우리 자신의 것으로서 재인식하도록 하는 명령"(알렌카 주판치치, 이성민 옮김, 『실재의 윤리』 (도서출판 b, 2015) 155)일 것이다.

45) 졸고, 「불교의 '무아'(無我)를 바탕으로 말라르메의 「주사위던지기」와 라깡의 『세미나 11』에 나타난 '환상의 주체' 연구」, 197 재인용.

서 자유로워진 언어로써 일상을 영위한다는 것, 그리하여 언어에 의한 분별을 가립된 것으로 간파하여, 그 언어의 경계들을 넘어서서 분별의 언어를 사용할 수 있다는 것을 뜻하므로, 거기에는 말라르메의 시작(詩作)과 유가행파의 수행이 요청하는 자아의 정신적 죽음만큼의 어려움이 요구된다. 그러나, 다른 방법은 없는 것 같다. 그 어떠한 대상/환상에도 고착되지 않은 "자유", 나와 너의 경계, 언어의 한계마저도 넘어서는 자유를 위해서라면 말이다.

참고문헌

김상환, 「데카르트, 프로이트, 라깡: 어떤 평행관계」, 『근대철학』 4(1) (2009).

김상환, 「해체론에서 초월론으로 -데리다의 구조주의 비판 소고」, 『철학과 현실』 38 (1998).

김석, 『에크리, 라깡으로 이끄는 마법의 문자들』 (살림, 2014).

김석, 「소외와 분리: 욕망의 윤리가 발생하는 두 가지 결정적 순간」, 『라깡과 현대 정신분석』 (2008).

김형효, 「세상의 사실로서의 差延과 道 -데리다의 동양적 이해-」, 『프랑스학연구』 21 (2001).

다케무라 하키오, 정승석 옮김, 『유식의 구조』 (민족사, 1995).

무르띠, 김성철 옮김, 『불교의 중심 철학, -중관 체계에 대한 연구-』 (경서원, 1999).

무착, 현장 한역, 동국대학교부설동국역경원, 『섭대승론본』, 『한글대장경 233』 (동 국대학교부설동국역경원, 2001).

라깡, 자끄, 맹정현·이수련 옮김, 『세미나 11』 (새물결, 2008).

박이문, 『認識과 實存』 (문학과지성사, 1982).

박찬부, 『라깡 : 재현과 그 불만』 (문학과 지성사, 2011).

벨지, 캐서린, 정형철 옮김, 『비평적 실천』 (신아사, 2003).

안환기, 「유식학의 진여(眞如)와 라깡의 실재(réel)에 관한 비교연구」, 『불교학연구』 45 (2015).

용수, 구마라집 한역, 김성철 역주, 『중론』 (경서원, 2005).

원측, 지운 역주, 『원측소에 따른 해심밀경』 (연꽃호수, 2009).

장정아, 「말라르메의 네앙을 위한 디그나가의 아포하론 읽기」, 『프랑스어문교육』 41 (2012).

장정아, 「말라르메의 「에로디아드Hérodiade」연구 -일원적 존재-언어를 중심으로-」 (부산대학교 박사학위논문, 2009).

장정아, 「말라르메의 통합적 어휘와 『금강경』의 일합상」, 『프랑스어문교육』 37 (2011).

장정아, 「불교의 '무아'(無我)를 바탕으로 말라르메의 「주사위던지기」와 라깡의 『세 미나 11』에 나타난 '환상의 주체' 연구」, 『동아시아불교문화』 23 (2015).

장정아·전광호, 「『중론』으로 읽는 「주사위 던지기」의 '성좌'와 말라르메 코기토」, 『한국프랑스학논집』 85 (2014).

주판치치, 알렌카, 이성민 옮김, 『실재의 윤리』 (도서출판 b, 2015).

지안, 『금강경 이야기』 (클리어마인드, 2007).

핑크, 브루스, 이성민 옮김, 『라깡의 주체』 (도서출판 b, 2010).

한자경, 『유식무경』 (예문서원, 2011).

Benoit, Eric, *De la crise du sens à la quête du sens* (Les Éditions du cerf, 2001).

Derrida, Jacques, *Marges de la philosophie* (Les Éditions de Minuit, 1972).

Hattori, Masaaki, *Dignāga, On Perception* (Cambrige, Massachusetts Harvard University Press, 1968).

Hayes, Richard P., *Dignāga on the Interpretation of Signs* (Kluwer Academic Publishers, 1988).

Lacan, Jacques, *Écrits* (Seuil, 1966).

_____, *Le Séminaire, Livre XI. Les quatre concepts fondamentaux de la psychanalyse* (Édition du Seuil, 1973).

Mallarmé, Stéphane, *Correspondance* (Gallimard, 1995).

_____, *OEuvres Complètes* (Gallimard, 1945).

Poulet, Georges, *Études sur le Temps humain 2* (Plon, 1952).

Saussure, Ferdinand de, *Cours de linguistique générale* (Payot, 1965).

포스트식민 작가/번역가의 곤경과 가능성[1]

이 효 석

1 들어가며

'범 아프리카 작가공동체'(pan-African writers' collective)를 표방하는 <잘라다>(Jalada)[2]는 2016년 3월 22일 케냐의 나이로비(Nairobi)에서 발행하는 온라인저널 『잘라다 아프리카』(*Jalada Africa*)를 통해 기쿠유어(Gikuyu)로 쓴 응구기 와 시옹오(Ngugi wa Thiong'o)의 단편을 30개의 다른 아프리카어로 번역하여 발표하였다.[3] 아프리카 문학사에서 기념비적인 이 사건을 기념하며 무코마 와 응구기(Mukoma wa Ngugi)는 "아프리카어로 쓰고 번역하는 작업"이야말로 "아프리카문학을 탈식민화하는 일"(to decolonize

---

1) 이 글은 『비교문화연구』 46 (2017.03)에 게재된 논문으로서 내용의 일부를 수정한 것이다.
2) 'jalada'는 스와이힐리어로 '표지 또는 제본'을 의미한다.
3) 『일어선 혁명: 인간은 왜 일어서 걷게 되었나?』(*Ituika Ria Murungaru: Kana Kina Gitumaga Andu Mathii Marungii*)라는 제목의 응구기의 단편은 인체의 팔다리 등이 상호 유기적으로 잘 협력하다 머리와 입의 농간에 빠져 순간 서로를 질투하고 다투다 서로는 서로에게 의지하고 있다는 사실을 깨닫고 원래의 상호 신뢰와 협력의 관계를 회복한다는 줄거리의 우화이다. 이 작품은 이후 다른 언어로 번역을 계속한 결과 2016년 11월 8일 현재 총 55개 언어로 번역되어 "아프리카 문학사에서 가장 번역이 많이 된 단편"이라는 기록을 얻게 되었다. 이는 https://nairobinow.wordpress.com/tag/ituika-ria-murungaru-kana-kiria-gitumaga-andu-mathii-marungii/ (검색일: 2017. 1. 31)를 참고할 것.

African literature)이라고 주장하며 다음과 같이 말했다.

> 번역에 있어서, 세계문학과 글로벌문학을 생산하는 영어와 불어가 따로 있고 토착문학, 토속문학, 현지문학, 지역문학, 부족문학을 생산하는 토착어, 토속어, 현지어, 지역어, 부족어가 따로 있는 것이 아니다. 오로지 다양한 언어가 있고 다양한 문학이 있을 뿐이다.4)

그에 따르면, "천 개의 아프리카어는 천 개의 기회이며 [새로운] 문학사를 구성"하는 일과 같다. 응구기의 기쿠유어(語) 단편을 매개로 하여 다양한 아프리카 지역어들의 언어적 가치와 권위를 복권시키고자 하는 이러한 작업은 서구의 강력한 중심부 언어에 맞서 주변부 언어의 독자성과 가치를 옹호하는 응구기의 사상에 시발점을 두고 있는 것으로 보인다.

특이한 사실은 『잘라다 아프리카』의 이 번역작업은 '아프리카 소수언어'들의 문학이 가능하다는 것을 자기 증명하는 목적을 두고 진행되는 일이지만 여기에는 처음부터 응구기 자신이 직접 참여한 '영어' 번역본이 함께 게재되고 있다는 점이다. 응구기는 영어로 생산된 아프리카문학을 '유럽문학'으로 규정하며 아프리카 작가가 유럽어로 문학하는 행위를 부정적으로 비판한 바 있다. 왜냐하면 아프리카의 유럽어 문학은 유럽어권 대중에게 소비됨으로써 아프리카가 생산한 "관념과 이미지의 창고" 즉, 아프리카의 유산을 유럽에 가져다 바치는 것과 같기 때문이다. 응구기는 이를 "도난당한 유산"(Penpoints 126)이라고 지칭한 바 있다.

하지만 응구기는 기쿠유어로 작업한 그의 후기문학을 자신이나 다른 번역가의 손을 통해 적극적으로 영어로 번역하였다는 점은 언뜻 이율배반적으로 보이기도 한다. 응구기 문학과 사상에 정통한 사이먼 기칸디(Simon Gikandi)는 『마티가리』(Matigari)와 같은 응구기의 소설이 "살아남아 읽히게

---

4) Mukoma wa Ngugi, "A Revolution in Many Tongues." http://africasacountry.com/2016/04/a-revolution-in-many-tongues/ (검색일: 2017. 1. 4.)

된 이유가 그것이 마치 영어로 쓴 소설처럼 읽히고 평가되었기 때문"이라고 판단하며 아프리카어 문학의 영어번역의 효과에 대해 부정적이다. 주변부 언어로 쓴 작품을 강한 언어인 영어로 번역하는 작업은 "양날의 무기(a double-edged weapon)"(Epistemology 166)와 같기 때문이라는 것이다. 포스트식민의 상황은 번역을 둘러싼 여러 층위에 예상하기 힘든 효과를 가져 오는 것은 분명한 것 같다. 하지만 아무리 번역의 효과가 예측불가능하다 하더라도 응구기의 영어번역이 응구기가 기쿠유 원본에서 추구한 "정치적 및 언어적 의도를 배반했다"는 단정 역시 성급한 판단일 수 있다.

세계화와 포스트식민의 상황 속에서 더욱 활발하게 벌어지는 번역의 현상은 최근 포스트식민 문학을 연구하는 진영에서도 번역학에 상당한 관심을 기울이게 만들고 있는 것 같다. 특히 응구기의 '다양한 중심의 문화론'이나 '문화적 대화로서의 번역'의 개념에 동의하며 이를 토대로 포스트식민 문학과 문화를 고민하는 학자들의 논의가 활발하다. 포스트식민 번역을 다루는 여러 학자들은 '두터운' 번역이 원본의 권위를 훼손하기 보다는 일종의 '새로운' 텍스트로서 문화적 대화와 소통의 메커니즘 속에서 작동한다고 주장한다. 또 응구기는 영어 번역본을 통해 아프리카 외부와 소통하고 아프리카 다양한 지역어로의 번역을 통해 내부와 소통하는 이중적인 전략을 구사한다. 응구기는 번역을 다양한 보편들의 대화와 연대, 나아가 보편적 보편을 탐색하는 가능성의 매체로 본다.

따라서 필자는 다소 성급하지만 이 글의 결론을 먼저 소개하고자 한다. 첫째, 응구기의 후기 기쿠유어 작품은 기쿠유어 문화의 맥락뿐만 아니라 영문학의 전통을 포함한 전 세계적 문학과의 교감 속에서 읽어야 한다. 둘째, 응구기의 영어 번역본은 '두터운 번역'(thick translation)의 개념을 통해 이해할 필요가 있다. 셋째, 응구기는 영어 번역본을 통해 아프리카 외부와 소통하고 아프리카 다양한 지역어로의 번역을 통해 내부와 소통하는 이중적인 전략을 구사한다.

이 글은 우선 응구기의 문화론과 번역론의 관계를 포괄적으로 검토하고 둘째, 응구기의 영어소설의 효과에 대해 부정적인 사이먼 기칸디의 주장을 비판적으로 점검하고 셋째, 이를 최근의 포스트식민 번역의 논의와 연관시켜 생각해보고자 한다.

2 응구기의 문화이론과 번역의 이론

언어의 문제는 응구기의 문학과 문화의 이론에서 논의의 시발점이다. 응구기가 자신의 사상을 크게 빚지고 있는 프란츠 파농(Frantz Fanon)에 따르면, 주변부 주체가 열등한 위치에서 빠져나오지 못하는 것을 언어의 상실의 문제와 직결된다. 파농이 볼 때, "말하는 것은 특정 언어의 일정한 어법을 사용하고 어형을 이해할 줄 안다는 것을 의미한다. 무엇보다도 이것은 특정한 문화를 상정하는 일이며 문명의 무게를 감당할 수 있다는 것을 의미한다"(*Black Skin* 8). 다시 말해, "특정한 언어를 소유한 인간은 그 언어가 표현하고 함축하는 세계를 소유하게 된다"(9). 언어는 문화와 문명의 기초로서 기능하기 때문에 각각의 언어는 그것에 상응하는 혹은 고유한 특정한 문화와 문명을 만들어내게 된다는 것이다. 자연히 식민지의 온전한 독립에서 언어의 문제는 중요하게 된다.

따라서 파농의 문제의식을 공유한 응구기가 자신의 조국인 케냐에서 영어와 아프리카어의 문제를 심각하게 고민한 이유를 우리는 충분히 이해할 수 있을 것 같다. 무엇보다도 응구기는 영어가 아프리카에서 문제가 되는 이유를 식민주의 시대 제국의 언어였을 뿐만 아니라 포스트식민 시대에도 여전히 지배계급의 권력독점의 수단이었다는 이유 때문이다. 영어를 비롯한 '강한' 유럽의 언어는 제국주의 시대에 유럽을 "문자와 교양 계층"과 동일시하고 식민지 아프리카는 "농촌, 구어, 반역사성"(Penpoints 108)과 동일시하게 만들었다. 그런데 포스트식민의 상황에서도 이러한 문제는 묘하게 반복되고 있다는 것이 응구기의 불만이다. 영어를 이해하고 자유롭게 구사하는 엘리트층과 영어를 모르는 케냐의 다수의 대중 즉, 노동자와 농민은 영어 때문에 구별되고 차별받는다는 말이다.

이런 논리에서, 영어소설은 문학이라는 문화의 영역에서 영어에 무지한 일반 민중들을 소외시킬 것이며 문화를 향유하고 지배하는 아프리카의 교육 받은 엘리트와 아프리카 밖의 영어권 독자들에게 봉사하는 효과를 낳을 수 있다. 응구기는 세계에는 하나의 중심만이 존재하는 것이 아니라 다수의 중심이 존재하기 때문에 아프리카의 작가와 지식인들이 '아프리카어'라는 아프리카의 유산을 보존해야 한다고 주장한다. 그는 정신의 해방과 독립을 위해 핵심은 "유럽의 언어에서 아프리카와 전 세계의 다른 언어로 중심을 이동시키는 문제"(Moving the Center 10) 즉, "중심의 이동의 문제"라고 요약한다.

언어는 응구기가 세계 속 다양성의 평등을 설명하기 위해 자주 드는 예이다. 우리 인간이 사용하는 수많은 언어들은 그것들 간의 차이는 있지만 우열은 있을 수 없다. 당연히 "언어의 접촉은 평등을 기초로 이루어진다."[5] 그러나 현실은 전혀 그렇지 않다. 유럽이 근대 이후 비서구 지역을 식민 지배한 제국주의 시대뿐만 아니라 정치경제적으로 주변부에 여전히 머물고 있는 제3세계의 다양한 언어들은 소수 언어의 곤경을 벗어나지 못하고 있다. 응구기가 볼 때, 이들 지역어인 소수언어로 문학하는 행위는 여전히 세계의 중심언어로 위세를 과시하는 유럽어, 특히 영어와 불어가 중심적 지위를 차지하지 못하게 만드는 전략이다.

응구기는 어떠한 개별 문화도 "특수성과 보편성(particularity and universality)"

---

5) Ngugi, Interview. http://postcolonial.org/index.php/pct/article/view/567/859.

의 요소를 동시에 가지고 있다고 생각한다. 문화의 특이성은 "보편이 자신을 표현하는 양식"이다. 각 개별 문화는 보편성 때문에 "더욱더 많이 공유할 필요"가 있으며 보편적 요소를 공유하고 있기 때문에 대화하고 소통할 필요가 있다. 이들 특수는 그 자체로 열등과 우열이 있을 수 없다. 따라서 "인간 경험의 보편성을 특정한 하나의 문화에서만 찾을 필요는 없다."6)

응구기는 특수와 보편의 관계를 언어적 차원에서 다시 설명한다. 그가 볼 때, 언어 역시 '특수한' 동시에 '보편적'이다. 하지만 어떤 언어도 그 자체만으로 보편적인 언어가 될 수 없다. 언어적 체험은 기본적으로 '지역적'이기 때문에 언어를 통한 인식과 체험은 보편적이지 않다. 영어라고 해서 어떤 언어보다 더 보편적일 수는 없다는 말이다. 그러므로 개별들 사이를 차이 내는 것은 무의미하다. 화단이 다채로운 빛깔의 꽃으로 구성될 때 아름다운 것처럼 세계는 다양한 언어, 다양한 문화, 다양한 중심으로 구성될 때 아름다운 것이다.7)

응구기의 비유는 단순히 문학적인 비유의 차원이 아니다. 그것은 구체적 현실에 토대를 둔 실천적인 의미가 있다. 응구기는 단순히 다양한 중심의 현존만을 목적으로 하지는 않는다. 다양한 중심들 즉, 다양한 문화들이 개별적 단자(單子)들로만 떨어져 현존한다면, 만약 그러할 경우 그것은 보편성을 토대로 하는 대화의 불가능성을 전제하는 상대주의로의 전락을 피하기 힘들게 된다. 가야트리 스피박(Gayatri Spivak)은 각 지역의 역사적 차이에도 불구하고 주변부의 다양한 문화들과 주체들은 세계의 가장자리가 공유하는 동질적인 포스트식민의 경험을 가진다고 본다. 포스트식민 사회의 역사와 정치적 상황이 동일하게 전개되는 이유가 바로 여기에 있다는 것이다. 요컨대 포스트식민성은 "서구 이외

---

6) Ibid.
7) Ibid.

지역의 제국주의의 유산"이며, 이들 지역의 주체들은 "제국의 문화에 접근가능"할 뿐만 아니라 유사한 경험을 바탕으로 이들은 서로 소통할 수 있으며 이를 통해 서구의 중심부의 거주민들보다 더 쉽게 "초국가성을 확립"(316) 할 수 있다는 것이다.

응구기는 이와 비슷하게, 포스트식민 국가들이 처한 상황은 보편적인 문제를 안고 있다고 본다. 포스트식민 주변부 지역의 비극은 제국의 식민지로부터 독립한 이후의 상황이 독립 이전과 별반 달라지지 않았다는 점에 있다. 응구기는 『마티가리』의 서문격인 "독자/청자님들께"라는 장에서, "이 이야기는 여러분이 선택한 나라 어디에서든 일어날 수 있는 이야기이다.//"(ix)라고 규정한다. 다시 말해, 케냐의 작가인 응구기가 묘사하는 『마티가리』의 사건은 식민과 포스트식민의 경험과 영향의 보편적 상황으로 인해 파생된 유사한 문제를 안고 있는 아프리카를 포함한 트리컨티넨탈 포스트식민 주체들에게 보편적인 사건임을 명시한다. 응구기가 말하는 주변부의 다양한 중심들은 서구의 중심과 구별되면서도 포스트식민적 경험이라는 보편소를 통해 서로 연결되어 있는 것이다.

그렇다면 각자 개별적인 중심으로 재배치된 주변부 포스트식민 주체들은 이러한 보편적 상황을 어떻게 인식할 수 있는가? 응구기는 이를 '예술'의 기능에서 찾을 수 있다고 본다. 그가 볼 때, 예술은 인간과 인간을 "연결"시키는 힘이 있으며 예술의 가능성은 "분리하려는 경계를 돌파하는 것"[8])에 있다. 예술은 앞선 선배들의 작업을 넘어서기 위한 후배들의 '영향에의 불안'이 변화의 동력인 것처럼, 그것은 다양한 문화들이 상대주의와 자기중심주의의 늪에 빠지는 위험을 막아주고 변화를 미덕으로 수용하게 해준다. 응구기는 서구의 중심부 언어와 문화에 저항하기 위한 다양한 로컬의 언어와 문화를 강조하면서도 "지배언어와 주변부 언어 간의 대화 및 주변부 언어들 간의 대화"가 요긴하다고 강

---

8) Ngugi, Interview. http://postcolonial.org/index.php/pct/article/view/567/859.

조한다. 그는 이때 필요한 것이 바로 예술이며 '번역'은 개별 문화와 예
술들을 연결시켜주는 역할을 할 수 있다고 본다.

응구기는 "번역"을 "언어들과 문화들 사이의 대화"로 규정한다. 그는
에메 세제르(Aimé Césaire)의 말을 빌려 "문화의 접촉은 산소"와 같다고
말하면서 번역은 문명이 자폐적 공간에서 병들지 않고 건강하기 위해
서는 이러한 문화적 산소 공급인 문화들 상호간의 접촉과 대화가 필요
하며 이를 번역이 해줄 수 있다고 보는 것이다(*Globalectics* 1-2). 요컨대
번역은 문화들과 예술들 사이의 대화적 행위이자 또한 매개체가 된다.
번역은 특정 지역의 문화를 그 문화가 소속한 더 큰 지역인 대륙과 소
통하고 종국에는 전 세계와 열린 대화를 가능하게 하는 도구인 것이다.

응구기의 작품을 출판하는 일에 가까이서 지켜보고 협력한 헨리 차카
바(Henry Chakava)는 응구기가 기쿠유어로 소설을 쓸 때부터 "번역의 힘
을 깨달았다"(16)고 설명한다. 번역은 문화의 흐름과 소통의 문제와 깊
이 연결되어 있는 문제였기 때문이었다. "모든 사회는 일종의 동심원이
며 그 자체로 완전"하기에 "그 사회의 좋은 것들은 보다 더 큰 국가 차
원으로 흘러들어 흡수될 것이다." 그런 다음 그것은 "지역 혹은 대륙의
동심원 속으로 흘러들어 흡수될 것이고 오직 최상의 것만이 세계라는
동심원 속으로 들어설 수 있다(17)"는 것이다. 응구기를 비롯한 많은 민
족주의 성향의 작가와 문인들은 문화가 민족과 국가, 지역과 대륙을 넘
어 세계와 대화할 수 있게 하는 원동력은 바로 번역에 있다고 보았다.

> 우리는 이러한 동심원들을 가로지르는 가교가 바로 번역이라고
> 보았다. … 첫 번째 동심원을 넘어선 작품은 키스와힐리어로 번역될
> 수 있고 종국에는 영어로도 번역될 수 있을 것이다. 이를 통해 국가
> 적, 대륙적, 국제적 산포가 가능해질 것이다. … 우리의 계획은 이런
> 식으로 아프리카가 생산한 창조적 생산품 중 최상의 것만을 세계의
> 다른 지역에 소개하는 것이었다. (17)

응구기는 기쿠유어로 소설을 쓸 때 영어라는 단일한 절대적 중심의 권위를 무너뜨리기 위한 복수의 중심 만들기라는 목표를 겨냥하면서도 소설을 자체 내의 기쿠유어 독자만이 아니라 영어를 매개로 하여 전 세계의 독자를 동시에 목표로 하고 있었던 것이다.

그런데 번역을 통한 주변부 문화와 예술의 확산이라는 이 전략은 응구기는 문학의 제도 즉, 포스트식민 사회 내의 영문학과를 새로이 구성하는 문제와도 연결된다. 그는 1972년 발표와 동시에 많은 논쟁을 야기한 글인 「영문학과의 폐지에 대하여」("On the Abolition of the English Department")의 근본 취지를 설명하는 최근의 어느 자리에서, 그것은 "영문학의 폐지가 아니라" 영문학과의 이름을 "문학과"로 단순화하고 "새로이 커리큘럼을 구성하자"(*Globalectics* 26)는 것이었다고 해명했다. 그것은 "아프리카 문학과 이에 관련된 문학을 영문학 및 기타 유럽어 문학과 함께 배치"하는 내부적 운동과 함께 "번역 작업이라는 외부적" 운동도 병행하는 운동이었다. 결국 아프리카 문학을 유럽의 강한 언어로 번역하고 또 그 반대의 경우도 모색하면서, 그런 텍스트 전체를 모아 하나의 문학 즉, 세계문학을 구성하자는 의도였던 것으로 보인다. 그에게 영어로의 번역은 아주 이른 시기부터 그 용도의 다양성을 인식한 중요한 작업이었던 것이다.

이런 점에서 우리는 그가 기쿠유어로 창작하고 이어 자신이나 혹은 전문 번역가를 통해 작품을 영어로 번역한 이유를 이해할 수 있을 것 같다. 응구기의 영어 번역은 새로운 독자층을 찾는 과정에 그치는 것이 아니라 다양한 문화의 구성과 소개와 접촉과 전파를 목표로 하는 다원적 전략이자 새로운 세계문학의 커리큘럼을 구성하는 원대한 기획이었던 것이다.

3   기칸디의 『마티가리』와 응구기 비판

앞에서 우리는 응구기가 영어소설을 포기하고 기쿠유어 소설쓰기를 시작한 이유를 첫째, 주변부 언어로 전락한 민족 언어를 그러한 망각의 동굴에서 해방시키고 둘째, 소설이라는 문화의 장에 기쿠유 언어권의 독자를 입장시켜 그들과의 대화와 공감을 유도하고 셋째, 이를 통해 포스트식민 주체의 '정신을 탈식민화'하려는 것으로 정리하였다. 그러는 한편 그는 자신의 소설을 영어로 번역함으로써 영어 사용자들과의 만남을 이어가고 있다.

그러나 응구기의 작품과 사상을 가장 잘 이해하는 비평가 중의 한 사람인 사이먼 기칸디는 구체적으로 응구기의 영어소설 『마티가리』를 예로 들어 응구기의 기쿠유 소설의 애초의 취지와 번역본인 영어소설 사이의 간극에 대해 불만을 제기한다. 『마티가리』의 기쿠유어 원제는 *Matigari Ma Njirũũngi*이고 영어번역본은 *Matigari*이다. 그런데 기칸디는 과연 이 소설의 영어번역본이 오로지 영어로만 쓴 이전의 영어소설들과 달리 급격한 "인식론적 단절"을 성취했는지 즉, "식민 언어와 그것의 에피스테메의 감옥으로부터 과연 해방되었는지"(Epistemology 163) 의문스럽다고 주장한다. 오히려 그의 이전의 영어소설처럼 "유럽어에 기원을 둔 소설적 장치와 언어적 실천을 확인"시켜준 것은 아닌지 의심한다. 요컨대 영어 번역본은 기쿠유 원본과 달리 영문학 혹은 서구문학에 익숙한 서구의 독자들의 입맛에 맞춘 변형물이 아니냐는 말이다.

하지만 응구기 자신이 내세운 여러 가지 기준에도 불구하고, 『마티가리』는 그의 인식론적 및 서사적 욕망에 못 미치는 것 같다. 무엇보다도 영어 번역본을 읽은 독자라면 이 소설이 그가 부정하고자 노

력한 바로 그 유럽언어의 전통에 얼마만큼이나 포박당해 있는지를
모를 리가 없다.

(…)

응구기는 기쿠유어로 소설을 쓰기 위해서는 구전 전통을 부활하고 성
서적 언어를 재건해야 한다고 주장한다. 하지만 문제는 바로 이것이다.
그가 부활시킨 구전문학성이 유럽의 "리얼리즘" 전통에 경도된 응구기
즉, 신체 및 역사에 대한 세부묘사, 시간성 및 의식을 재현하는 가운데
드러나는 그의 이데올로기와 관련이 있어 보이는 바로 그 전통에 경도
된 응구기 자신을 얼마만큼 바로 잡아주고 있느냐 아닌가? (164)

요컨대 기칸디가 볼 때 응구기는 영어소설을 번역할 때 그가 배우고
익힌 영문학의 관습 즉, 그런 전통에 익숙한 영어 독자들을 위한 소설
의 전통으로 달아나고 있다는 것이다. 응구기 자신이 표명한 대로 기쿠
유어 청중과 교감하고 아프리카적 시각을 소환하기 위해서는 당연히
"기쿠유어 서사장치를 창안"하는 데에 관심을 두어야 하지만 응구기는
서구의 소설에 기원을 둔 "기존의 소설 장르를 전유"(164)하는 수준에
머물고 말았다는 것이다. 결국 기쿠유어 원본과 영어 번역본은 "두 부
류의 대립적 청중들을 선택적으로 겨냥한 두 개의 별도의 작품(two
different artifacts selectively directed at two antagonistic audiences)"(165)이 되고
말았다는 것이 기칸디의 결론이다.

기칸디는 응구기가 기쿠유어 원본 *Matigari Ma Njirũũngi*를 영어로 번
역할 때 영어권 독자들의 읽는 '불편함'을 줄이기 위해 '제목'과 '표지'
에도 변화를 주었다고 지적한다. 이 변화가 지향하는 것 혹은 그것의 효
과는 원본이 지향한 주제의 무거움을 덜어주는 것이 되었다는 말이다.
기칸디에 따르면, 원본의 제목인 'Matigari Ma Njirũũngi'에서 'Njirũũngi'
는 케냐의 마우마우(Mau Mau) 무장투쟁에 참가한 독립운동가에겐 '총
알'을 나타내는 일종의 은어이기 때문에 제목 'Matigari Ma Njirũũngi'는
'총알의 나머지(찌꺼기)' 즉, 탄피라는 뜻이다. 그러므로 케냐사람들에게

'Matigari Ma Njiruūngi'는 인물을 가리키는 호칭이 아니라 무장투쟁이라는 역사적 '사건'을 가리킨다. 그런데 영어 제목인 'Matigari'는 이러한 맥락을 상실한 채 다만 주인공의 이름에 지나지 않게 되었다는 것이 기칸디의 설명이다. 또 원본의 표지에는 "장총을 두른 채 데드록을 입고 언덕을 오르는 마우마우 전사"(165)가 그려져 있지만 영어 번역본은 이것이 삭제되고 없다. 결국 영어본은 식민지 제국이나 신식민지 케냐 독재정권이라는 국가 권력에 대해 "아무런 위협이 아닌" 그런 것이 되고 말았다는 것이다. 요컨대 영어 번역본은 유럽적 전통에 따라 소설을 읽게 될 독자들에게는 "원본이 부정하고자 했던 유럽적 정체성을 (번역을 통해) 암암리에 인정하는 논리"(166)에 빠지고 말았다는 것이 기칸디의 비판이다.

기칸디는 이러한 변화 혹은 변질을 번역가의 곤경 혹은 포스트식민 번역가의 어려움과 연결시켜 이해하고자 한다. 그는 번역가는 번역의 목적언어인 영어로 번역할 때 강한 언어인 영어의 문화적 차이를 더 크게 느끼게 된다고 말하며 이를 "번역의 인식론(epistemology of translation)"(166)이라 부른다. 이는 번역하는 언어에 따라 나타나는 사회의 문화적 및 관습적 차이를 번역가가 의식하고 이에 따르기 때문에 나타난다. 응구기의 『마티가리』의 원본과 영어본 사이의 차이가 발생하는 근본적인 원인 즉, 마우마우 무장투쟁의 역사성이 나타나고 배제되는 그 차이는 "영어가 기쿠유어보다 더 힘이 강한 정치적 상황"에 있다는 것이다. 기칸디가 볼 때, 응구기의 의도가 기쿠유 텍스트를 모든 번역본이 거기에 복종하는 강한 원본으로 만들고 싶은 것이었다 하더라도 "그 의도는 실패했다." 그것은 '탄피'라는 의미의 'Matigari Ma Njiruūngi'를 영어본에서 변형시킴으로써 이 말이 갖는 정치적 의미가 삭제된 이유에서 뿐만 아니라 나아가 "번역의 행위 자체"를 통해서도 그러하게 되었다는 것이다. "유려한 영어 번역본"은 "아프리카어를 아프리카인의 경험을 중재하는 언어로 곧추세우려 했던 응구기의 의도를 좌절"시키고 있다. 번역본을 유려한 영어로 옮기는 행위는 "양날의 무기"가 되어 "응구기의 텍스트가 살아남아 독자에게 읽히게 해주는 혜택을 주면서도 마치 그것이 영어 소설인양 읽히고 이야기되도록 만들고 있다"는 것이 기칸디의 주장이다.

다시 말해, 왕구이 와 고로(Wangũi wa Goro)라는 번역가는 응구기 "원본의 정신을 포착하려는 의도"와 "번역의 효율성을 고려한 [번역] 행위"(166)가 상호 충돌하는 곤경에 처하고 말았다. 특히 기쿠유 "속담과 격언"을 그에 적절한 영어로 옮기기 어려운 상황을 만나면 번역가는 "글의 유려함을 위해 이러한 속담들을 지워버렸다." 따라서 영어 번역본은 "원본을 단정하게 위생 처리한 판본(a simplistic, sanitized version of the original)"이 되어버리고 말았다는 것이다.

기칸디는 『마티가리』의 영어 번역가가 "원본에 숙달할 수 없는 독자의 무능력"을 고려하고 "기쿠유어의 번역불가능한 요소"(167)를 협상해야하는 번역가 즉, 문화적 기원이 다른 두 언어를 중재해야하는 난처한 번역가의 곤경을 이해하면서도 그것이 영어라는 강한 언어의 권위와 너무 쉽게 타협한 것은 아닌지 의심하는 것이다. 『마티가리』의 주인공 마티가리가 무장투쟁의 숲을 나서며 스스로 무장을 해제하고 마을로 들어서는 것처럼 소설 『마티가리』는 기쿠유어 원본이 가진 제국인 영국에 맞서 싸운 케냐인의 투쟁의 역사를 무화시켜 영어소설의 전통 속으로 무장해제하고 들어선 것과 마찬가지가 되고 말았다는 것이다.

기칸디의 비판적 논리를 그대로 따른다면, 우리는 『마티가리』의 영어 번역본을 '기쿠유어의 까칠한 부분을 제거한 유려한 영어소설'로 요약할 수 있을 것이다. 마우마우 투쟁이 식민모국인 영국에 대한 케냐의 독립투쟁의 획기적인 사건이었다는 점으로 볼 때, 원본의 제목이 암시하는 그러한 맥락을 영어본의 제목이 삭제해버린 점이나 기쿠유어 속담과 격언을 상당 부분 순화시킨 점은 이 소설을 영어권 독자가 읽을 때는 기쿠유어 소설이 아니라 영어소설 정도로 이해하게 될 위험은 분명히 있다. 기칸디가 직접 말하고 있지 않지만, 그의 가장 큰 불만은 이러한 효과를 예상하면서도 저자인 응구기가 적극적으로 이를 막지 않았다는 점에 있는 것 같다.

사실 기칸디는 응구기에 대한 평전에서 지적하고 있는 대로, "응구기의 미학은 비록 후기에 파농(Fanon)과 마르크스(Marx)로 경도되지만, 처음부터 매슈 아널드(Matthew Arnold)와 F. R. 리비스(F. R. Leavis)와 연결되는 영국성의 원리"(*Ngugi wa Thiong'o* 250)에 뿌리를 두고 있었다고 본다. 응구기의 초기소설은 교양과 인생비평을 미학의 기본원리로 삼는 이러한 인문주의적 전통의 영국소설에 빚지고 있다는 것이다. 기칸디는 "도덕과 감수성"의 인문주의적 영국소설의 전통이 비단 초기소설에만 영향을 준 것이 아니라 "역사와 인식론"(253)에 기초한 이데올로기적 주제의식의 후기 기쿠유어 소설 속에서도 계속해서 나타나고 있다고 본다. 요컨대 응구기의 후기의 "성숙한 작품들은 과거의 자신의 문학과의 분명한 결별이 아니라 이러한 과거가 그의 이데올로기적 선언과 서사적 실천 속에 계속해서 출몰하고 있다"(2)는 것이 기칸디의 주장이다.

따라서 기칸디의 "번역의 인식론"이라는 개념은 한편으로는 번역 언어의 성격을 고려하고 타협해야하는 번역가의 곤경을 말하는 것인 동시에 응구기의 후기 작품이 초기의 영국적 소설의 전통과 온전히 결별한 것이 아니라는 점을 에둘러 말하고 있는 다른 표현으로도 볼 수 있을 것 같다. 기칸디가 응구기의 이러한 경향을 비판하는 것인지 수긍하는 것인지는 사실 모호하다. 왜냐하면 응구기에 대한 평전에서 기칸디는 응구기가 초기 작품으로부터 결별을 선언한 후기 작품에서도 초기 작품의 경향 즉, 영국 소설적 전통의 그림자를 계속 읽고 있기 때문이다. 번역가가 원전의 정신과 목표 언어의 문화적 차이 사이에서 고민하고 그 흔적을 남긴다는 주장이나 응구기의 후기 작품이 초기 작품의 흔적을 가지고 있다는 주장은 그 주장의 논리상 서로 겹치기 때문이다.

다음 장에서는 기칸디의 『마티가리』의 영어 번역에 대한 이러한 불만을 응구기의 다른 후기 영어 번역본과 연결시켜 보았을 때 과도한 불만이라는 점을 지적하고 나아가 포스트식민 번역에 대한 다른 비평가의 주장을 통해 종합적으로 검토하고자 한다.

4   기칸디의 불만에 대한 재고: 포스트식민 번역의 가능성

기칸디는 기쿠유어 원본보다 더 강한 영어 번역본 때문에 『마티가리』가 생존하고 있는 현실과 그러한 국제 문화정치학적 맥락에서 작업하는 번역가의 곤경을 이야기하였다. 응구기의 후기 소설에 초기 소설의 영문학적 전통의 그림자가 유령처럼 "출몰한다(haunt)"(*Ngugi wa Thiong'o* 2)는 지적 역시 구연성에 기초한 기쿠유의 서사전통을 지향할 때조차도 영국 소설의 영향력을 온전히 벗어나지 못한다는 말에 다름 아니다. 『마티가리』와 같은 기쿠유어 소설이 "영어 번역을 통해 생존한다"(Pheng Cheah 376)는 역설은 영어 혹은 영어 문학이 "신식민지 국가의 수사와 활동을 위협"하는 것으로 이해할 수 있을 것이다. 영어 번역 때문에 응구기의 기쿠유 "문화상품의 전 지구적 유통"이 가능할 수 있었지만 "영어 복제품이 원본을 찬탈(usurpation of the original by its English double)"하는 효과를 피할 수는 없었다는 것이다.

그런데 기칸디의 불만이나 이에 동조하는 펭 치아의 주장은 원본을 복제품 혹은 영어 번역본에 의한 피해자 혹은 원작자와 번역가의 고통의 차원에서 이야기하고 있다는 점은 재고해보아야 한다. 진정 응구기는 이러한 현실 앞에 고통스러워하고 기쿠유의 문화적 권위는 짓밟히고 있는가? 다시 말해, 주변부 예술가와 번역가는 포스트식민 정치와 세계화의 문화적 상황 하에 수동적인 피해자 혹은 소극적인 동조자의 역할만을 강요받고 있는가? 오히려 응구기는 적극적으로 영어 번역을 이용하여 자신의 기쿠유 문화를 전파하고 있는 것은 아닌가? 영어 번역 은 포스트식민 번역가에게 세계를 향한 새로운 가능성의 창으로서의 기능이 더 많은 것은 아닌가?[9]

사실 『마티가리』 영어 번역본에 대한 기칸디의 불만은 『마티가리』라 는 하나의 작품에만 한정해서 볼 때 일면 유효한 비판이다. 하지만 『십 자가의 악마』와 『까마귀 마법사』(Wizard of the Crow)를 포함한 응구기의 후기 전체 작품을 두고 볼 때, 응구기의 소설은 근대 영문학의 소설 전 통과 다른 기쿠유의 구연전통을 문학화하는 특징이 더욱 강조되고 있 다. 따라서 응구기의 문학은 하나의 작품만을 떼어놓고 보기 보다는 그 의 다른 작품들과 자서전과 비평문 전체 속에서 보는 것이 더 균형 잡 힌 시각을 담보한다. 그럴 때 그의 문학이 영문학 혹은 근대유럽문학과 다른 차별성이 더 두드러지기 때문이다.[10] 따라서 필자는 응구기를 비 롯한 포스트식민 작가의 작품과 영어 번역본을 다음과 같은 맥락에서 읽어야 한다고 제안한다.

---

9) 이 글의 앞에서 소개한 『잘라다 아프리카』의 작업은 응구기의 기쿠유 작품을 50 여개 이상의 아프리카 지역어로의 번역과 함께 응구기 자신이 직접 영어로 옮겨 놓았다. 필자를 비롯한 아프리카 바깥의 독자는 영어라는 매체를 통해 응구기와 대화하고 있는 것이다.

10) 응구기가 매년 노벨문학상의 후보로 오르면서도 그의 유럽에 대한 비판적인 시각 과 유럽적 문학의 전통을 벗어난 후기소설의 경향으로 수상하지 못하고 있는 것 은 주지의 사실이다. 필자가 볼 때, 응구기는 유럽소설의 양식을 빌려오면서도 그 내용이 유럽 혹은 스웨덴 왕립학술원의 취향을 벗어나고 있기 때문이다. 한편 존 노딘(John Nordin)은 케냐의 대다수 백인들이 응구기의 『십자가의 악마』가 예수를 지나치게 폄훼한다고 비판하는 것을 목격한 이야기를 전하고 있다. 확실히 응구기 의 후기소설은 영문학의 전통보다는 유럽적 관점과 취향을 넘어선 기쿠유문화 혹 은 응구기의 독특한 시각이 더 강한 것은 분명하다. 이는 Nordin, "Colonialism on the Cross"를 볼 것.

첫째, 응구기의 후기 기쿠유어 작품은 기쿠유어 문화의 맥락뿐만 아니라 영문학의 전통을 포함한 전 세계적 문학과의 교감 속에서 읽어야 한다. 응구기의 작품 속에 나타나는 영문학의 특징은 그것이 작가의 의도와 달리 그를 괴롭히는 일종의 유령적인 존재가 아니라 그가 적극적으로 전유하는 기법, 소재 및 주제로 보아야 한다. 응구기는 기쿠유 민족을 포함하는 아프리카의 언어와 문학만을 종교적으로 맹신하지 않는다. 그는 중심과 주변의 수직적 관계를 깨뜨리기 위해 언제나 다른 문화와 문학을 향한 문을 열어 놓음으로써 문화의 수평적 관계망을 구축하고자 한다. 그가 늘 강조하듯이, "우리의 손때 묻은 담배통 안에 든 것들" 즉, 아프리카의 전통과 유산을 아프리카 바깥의 "남들과 공유"해야 한다. 따라서 "문학 역시 (담배처럼) 우리끼리 나누고 또 남과 공유해야하는 무엇"(Preface 46)이다. 『십자가의 악마』가 성서와 괴테(Goethe)를 비롯한 유럽문학의 테마와 토머스 하디(Thomas Hardy)와 너새니얼 호손(Nathaniel Hawthorne) 작품의 모티프가 들어 있는 것이나 『마티가리』가 예수의 수난과 부활의 모티프를 강하게 차용하고 있는 것도 이런 맥락에서 이해할 수 있다.

이처럼 응구기는 후기소설을 케냐의 전통 속에 서구 나아가 트리컨티넨탈 주변부의 문학적 전통까지 수용하여 주제와 기법의 '보편성'을 확보하고자 한다. 즉, 기쿠유 예술적 전통을 중심에 두면서도 그것을 세계의 문학적 전통과의 교감 하에서 적극적으로 차용하여 작업하는 것이다. 이는 그가 문학을 포함한 예술을 문화접촉과 소통의 일환으로 보기 때문이다. 그의 말대로 "문화의 접촉은 문명의 산소"[11]와 같기 때문에 다른 문학과 예술 및 사상을 수용하고 전파하는 것은 당연하다. 왜냐하면 문화는 사회의 내적 차원 즉, "문화 자체의 모순이나 사회의 다른 요소들과의 관계에서 발생"하는 것이기도 하지만 외적 차원 즉, "다른 사회와의 접촉이라는 외적 환경으로부터 발생"(*Moving the Centre* 27)

---

11) Ngugi, Interview. http://postcolonial.org/index.php/pct/article/view/567/859.

하기도 하기 때문이다. 근대 이후 지난 4백년 간 서구의 발전이 서구 자체의 "내적 사회적 역학의 결과"이자 "아프리카, 아시아, 남미와의 관계의 결과"인 것처럼 중심과 주변의 수직적 관계는 다양한 중심을 만드는 작업을 통해 해체하면서도 그 중심들이 새로운 중심주의로 고정되는 것을 막기 위해 서로의 차이로부터 배우고 지속적으로 변화하는 수평적 운동을 지향하는 것이 중요하다. 응구기의 후기문학이 유럽적 전통을 안에 담고 있는 것은 그의 이러한 문화관이 적극적으로 반영된 결과이다.

둘째, 응구기의 영어 번역본은 '두터운 번역'(thick translation)의 개념을 통해 이해할 필요가 있다. 발터 벤야민(Walter Benjamin)은 축자적 번역에 집착할 때 번역에 미칠 부정적 영향을 경계하는 대표적인 이론가 중의 한 사람이다. 벤야민은 그의 유명한 글인 「번역가의 과제」("The Task of the Translator")에서, "번역의 본질은 진술 혹은 정보의 전달에 있지 않다"(71)고 하며 그러한 번역은 "나쁜 번역의 징표"라고 단언했다. 그가 원본의 언어와 그것을 번역하는 언어의 관계를 "유사성"이 아니라 "친족관계"에서 찾는 이유도 여기에 있다. 그가 원전에 대한 충실성 자체를 반대하는 것은 결코 아니지만 원본과 번역본 모두 표상작용에 있어 일정한 한계를 가진 개별 언어에 의지하여 생존한다는 점을 강조한다. 기칸디가 "번역의 인식론"이라는 개념을 통해 언어의 한계와 원본에 대한 번역본의 왜곡가능성을 불만스럽게 말하기는 했지만, 기칸디 역시 언어의 차이에 따르는 불가피성을 인정하고 있다고 봐야 한다. 벤야민이 볼 때, "개별 어휘를 충실히 번역한다고 해서 원전의 의미를 충분히 재현할 수 있는 것은 결코 아니다"(79). 따라서 좋은 번역을 위해서는 "원본의 의미를 닮으려고 하기보다는 원본이 의미화하는 양식을 세밀하게 수용하는 것이 필요하다." 원본과 번역본은 모두 "거대한 언어(a great language)"(79) 혹은 "순수 언어(pure language)"(80)를 구성하는 부분이라는 인식이 중요하다는 것이다. 동일한 대상의 의미를 개별 언어들이 서로 조금씩 다르게 표현하는 것처럼 "번역은 일종의 양식이다." 번역은 원본의 의미를 뒤쫓아 다니기 보다는 원본의 의미를 번역 안에서 메아리치게 하는 것이 중요하다. 그럴 때만이 비로소 번역가의 "충실과 자유(fidelity and freedom)"가 확보될 수 있다는 것이다.

크와쿠 A. 기야시(Kwaku A. Gyasi)는 번역이론의 다양한 층위를 설명하는 가운데 최근의 번역은 과거의 단어와 문장의 일대일 대응을 지향한 "언어학적 번역"의 개념을 벗어나고 있다고 지적한다. 기야시가 볼 때, 아프리카의 포스트식민 작가들은 그 자신이 작가이자 번역가로서 두 가지 이상의 문화를 잘 알고 이를 의식하여 번역하는 문화번역가인 "비판적 번역가(critical translators)"(24)가 된다. 응구기와 월레 소잉카(Wole Soyinka)를 포함한 포스트식민 작가와 번역가들은 기본적으로 "해석학적 모델(hermeneutic model)"의 번역을 지향한다는 것이다. 그래서 그들은 목표 언어가 담을 수 없는 원전의 뉘앙스를 담아내기 위해 번역은 "설명적인" 번역, "원본을 재진술할 뿐만 아니라 설명적인 맥락을 창조하는" 번역을 지향한다. 그래서 번역은 원전이 탄생한 문화에 대한 부가적인 설명과 해설을 포함하게 되는 경향이 있다는 것이다. 그는 이러한 번역의 방식을 "사회-문화적 접근법(socio-cultural approach)"이자 콰메 애피아(Kwame Appiah)의 "두터운 번역"의 개념과 유사하다고 설명한다. 원전과 번역본을 일대일의 언어적 대응에 초점을 두지 않고 원전의 문화적 맥락과 차이를 설명함으로써 원전보다 더욱 '두터운' 번역이 된다는 것이다.

기칸디는『마티가리』의 영어 번역본이 번역하기 어려운 기쿠유 속담 등이 제대로 번역되지 못했다고 불만을 표시했지만 응구기는 영어 번역본의 서문에 소설 내용의 정치사회적 맥락을 설명하고 있고 또 작품 속에 주석을 첨부하여 이러한 문제를 어느 정도 해결하고 있다. 이는『십자가의 악마』나『까마귀 마법사』의 영어 번역본에서도 마찬가지이다. 기야시가 설명하는 번역의 해석학적 모델에 따른다면, 응구기의 후기 소설들은 그의 다른 영어 비평서와 전기 및 단편들과 인터뷰 등을 포함하여 전체로 이해할 필요가 있다. 하나의 문장과 하나의 작품을 원전 그대로 재현하려는 전통적인 번역의 태도를 넘어서서 작가의 글 전체의 맥락에서 바라본다면 기칸디의 불만은 다소 과하다는 것을 알 수 있다.

셋째, 응구기는 번역을 문화 소통의 대리자이자 포스트식민 문학을 새로운 세계문학의 적극적 구성 주체가 되게 해주는 매체라고 간주한다. 따라서 그는 안으로는 아프리카 소수언어 간의 번역을 촉구하고 밖으로는 영어번역을 통해 세계와 소통하고자 한다. 올리버 러브시(Oliver Lovesey)는 응구기의 이러한 작업이 "영어로만 구성된 세계문학학과들을 해체"하고 새로운 "텍스트와 자원의 서고를 창조"함으로써 "범아프리카적 디아스포라의 지혜의 유산에 접근가능"(184)하게 해준다고 본다. 응구기의 번역의 태도는 "지정학적 실용주의"이며 효율적인 포스트식민 사회의 전략으로 명명할 수 있다는 것이다. 『잘라다 아프리카』가 추구하는 다양한 언어로의 번역은 "다중심적 번역(polycentric translation)"을 통해 "영어의 헤게모니를 대체"(Nichols 196)하려는 시도인데, 여기에 응구기는 중심에 서 있다. 헨리 차카바(Henry Chakava)의 주장처럼, 기쿠유어를 비롯한 아프리카 지역어 간의 상호 번역을 통해 아프리카의 문화유산과 포스트식민 사회의 경험을 공유하고 이를 영어로 번역하는 작업을 통해 세계문학을 새로이 구성하려는 야심찬 기획(17)은 응구기가 오래전부터 구상하고 실천한 것이었다.

5 나가며

응구기는 서구의 강한 문화를 대체하기 위해 다양한 로컬의 문화들의 부활과 연대를 강조하면서도 그것이 자기중심주의로 빠지지 않도록 하기 위한 열린 수평적 운동을 주장한다. 이때 "번역"이 이러한 역할을 수행할 수 있다고 보는 것이다. 그는 지배언어와 주변부 언어 간의 대화뿐만 아니라 주변부 언어들 서로 간의 대화를 강조하며 "문화의 접촉은 문명의 발전을 촉진하는 산소"와 같고 번역은 이를 매개하는 수단이라고 본다.

응구기는 최근 기쿠유어로 쓴 자신의 작품을 50여개 이상의 아프리카 지역어로 번역하는 작업에 관여하면서 로컬의 다양한 언어와 문화의 가치를 수호하기 위한 구체적인 행동에 나서고 있다. 한편 응구기는 자신의 작품을 영어로도 직접 번역하였는데, 이는 아프리카 문화의 폐쇄성을 막고 그것을 외부의 지평으로 열어두는 수평적 운동을 지향한다. 다양한 문화적 중심을 위한 번역의 개념과 문화 사이의 소통을 통해 문명 발전의 산소로서 보는 번역의 개념이 바로 『잘라다 아프리카』의 초석이 된 것으로 보인다. 아프리카 내부적으로 지역 언어들 간의 번역을 가속화하는 한편 영어로의 번역을 통해 세계와 소통하는 작업은 응구기가 추구해온 문학과 번역의 입장과 일치한다.

사이먼 기칸디와 같은 학자는 응구기의 영어소설이 응구기 자신이 보존하려는 기쿠유어가 아니라 오히려 번역 언어인 영어를 더욱 강화시켜 주는 것은 아닌지 의심한다. 강한 언어인 영어로의 '유려한' 번역이 상대적으로 소수언어인 기쿠유어 원본의 존재와 권위를 훼손할 우려가 있다는 것이다. 그러나 포스트식민 번역을 다루는 여러 학자들은 '두터운' 번역이 원본의 가치를 보존하고 일종의 '새로운' 텍스트가 되어 문화적 대화와 소통의 메커니즘을 작동하게 한다고 주장한다. 요컨대 영어를 통해 아프리카 외부와 소통하고 아프리카 다양한 지역어를 되살려 내부와 소통하는 이중적인 전략을 구사하는 응구기의 번역작업은 다양한 보편들의 대화와 연대, 나아가 보편적 보편을 탐색하는 가능성을 보고 있는 것이다.

참고문헌

"An Evening of Readings with Prof. Ngugi wa Thiong'o, Nov. 10 2016 Pawa 254 Hub," *Nairobi Now: arts, culture and events*. 2016. 11. 10.
https://nairobinow.wordpress.com/tag/ituika-ria-murungaru-kana-kiria-gitumaga-andu-mathii-marungii/ (검색일: 2017. 01. 31)

Bandia, Paul F., "Postcolonialism and translation: the dialectic between theory and practice," *Linguistica Antverpiensia, New Series-Themes in Translation Studies* 2 (2003).

Benjamin, Walter. "The Task of the Translator," *Theories of Translation: An Anthology of Essays from Dryden to Derrida*, Eds. Rainer Schulte and John Biguenet (Chicago and London: Chicago UP, 1992).

Chakava, Henry, "Publishing Ngugi: The Challenge, the Risk, and the Reward," *Ngugi wa Thiong'o: Texts and Contexts*, Ed. Charles Cantalupo (Trenton, NJ.: Africa World Press, 1995).

Cheah, Pheng, *Spectral Nationality: Passages of Freedom from Kant to Postcolonial Literatures of Liberation* (New York: Columbia UP., 2003).

Fanon, Frantz, *Black Skin, White Masks*, trans. Richard Fhilcox (New York: Grove Press, 2008).

_____, "Frantz Fanon Speech at the Congress of African Writers in 1959," *Pan-African News Wire*, 2008. 12. 24.
http://panafricannews.blogspot.kr/2008/12/frantz-fanon-speech-at-congress-of.html(검색일: 2017. 01. 10)

Gikandi, Simon, *Ngugi wa Thiong'o* (Cambridge: Cambridge UP, 2000).

_____, "The Epistemology of Translation: Ngugi, *Matigari*, and the Politics of Language," *Research in African Literatures* 22.4 (1991).

Hall, Stuart, "Cultural Identity and Diaspora." *Identity: Community, Culture, Difference* (London: Lawrence&Wishart, 1990).

Lovesey, Oliver, *The Postcolonial Intellectual: Ngugi wa Thiong'o in Context* (London and New York: Routledge, 2016).

Mukoma wa Ngugi, "A Revolution in Many Tongues." http://africasacountry.com/2016/04/a-revolution-in-many-tongues/ (검색일: 2017. 01. 04)

Nantambu, Kwame, "Pan-Africanism Versus Pan-African Nationalism: An Afrocentric Analysis," *Journal of Black Studies* 28.5 (1998).

Ngugi wa Thiong'o, "African Identities: Pan-Africanism in the Era of Globalization and Capitalist Fundamentalism," *Macalester International* 14.9 (2004).

_____, "After 50 Years, Unity Is Still an African Dream," *The Guardian,* 2013.05.23. http://www.theguardian.com/commentisfree/2013/may/23/unity-dream-african-union-inspire (검색일: 2017. 01. 04)

_____, *Decolonising the Mind: the Politics of Language in African Literature* (Oxford: James Currey, 1986).

_____, "Europhone or African Memory: the Challenge of the Pan-Africanist Intellectual in the Era of Globalization," *Wajibu: A Journal of Social and Religious Concern* 21 (2004). http://africa.peacelink.org/wajibu/articles/art_7516.html (검색일: 2017. 01. 04.)

_____, *Globalectics: Theory and the Politics of Knowing* (New York: Columbia UP., 2014).

_____, Interview, "From the Garden of Languages, the Nectar of Art: An Interview with Ngugi wa Thiong'o," *Postcolonial Text*, With Uzoma Esonwanne, 2.2 (2006). http://postcolonial.org/index.php/pct/article/view/567/859 (검색일: 2017. 01. 04)

_____, *Matigari* (Trenton: Africa World Press, 1998).

_____, *Moving the Centre: the Struggle for Cultural Freedoms* (Oxford: James Currey, 1993).

_____, *Ngugi wa Thiong'o Speaks: Interviews with the Kenyan Writer*, Eds. Reinhard Sander and Bernth Lindfors (Trenton: Africa World Press, 2006).

_____, "Preface to Devil on the Cross," Trans. Evan Mwangi, Appendix to "Gender, Unreliable Oral Narration, and the Untranslated Preface in Ngugi wa Thiong'o's *Devil on the Cross*," *Research in African Literatures* 38.4 (2007).

Nicholls, Brendon, *Ngugi wa Thiong'o, Gender, and the Ethics of Postcolonial Reading* (London and New York: Routledge, 2016).

Nordin, John, "Colonialism on the Cross." http://www.amazon.com/Devil-Cross-African-Writers-Thiongo/dp/0435908448/ref=sr_1_1/181-5180183-5024031?ie=UTF8&s=books&qid=1239098264&sr=8-1#. (검색일: 2017. 01. 04)

Spivak, Gayatri Chakravorty, *Outside in the Teaching Machine* (New York: Routledge, 2009).

02

주변부의 언어와 문화생태

'문화재 원형' 개념의 형성과정과 한국어의 문화생태[1]
─한국 개신교선교사의 고고학 논저, 이중어사전 그리고 한국의 문화유산

이 상 현

1 「파고다公園考」(1915)의 근대 학술사적 문맥

오늘날 종로구 탑골공원에 있는 국보 제2호 '圓覺寺址 十層石塔'은 과거에도 서울 도심 속에 있으면, 누구라도 쉽게 접촉할 수 있는 한국의 문화유산이자 옛 이정표였다. 이는 한국을 방문한 외국인에게도 마찬가지였다. 1883~1884년 한국을 방문했던 미국의 천문학자 퍼시벌 로엘 (Percival Lowell, 1855~1916)은 이 석탑의 외형을 상세히 묘사했으며 서울에서 쉽게 볼 수 없는 불교적 건축물이자 예술적 영감을 제공해주는 문화유산으로 소개한 바 있다.[2]

---

1) 이 논문은 『반교어문연구』 42(2016)에 실은 「이중어사전과 개념사 그리고 한국어문학」을 이 책의 논지에 따라 수정하였다.
2) 퍼시벌 로엘, 조경철 옮김, 『내 기억 속의 조선, 조선사람들』(예담, 2011), 156~159[Percival Lowell, *Chosön, the Land of the Morning Calm*(Boston : Ticknor and company, 1888)].

<사진 1> 퍼시벌 로엘이 남긴 원각사지10층석탑

<사진 2> 조선총독부 공문서 속
원각사지 10층석탑

그렇지만 로엘에게 이 한국의 문화유산은 그냥 '이름 없는 대리석탑'이었다. 또한 석탑을 세심하게 관찰하는 것 자체가 큰 어려움이었다. <사진 1>이 보여주듯, 1902년까지 주위에 민가들이 놓여 있는 한복판에 이 석탑이 있었기 때문이다. 따라서 로엘은 한국인의 양해를 얻은 후 민가의 지붕 위에 올라가 이 석탑을 관찰해야만 했다. 즉, 이 시기 원각사지 10층석탑은 일종의 방치된 한국의 문화유산이었다. 반면 <사진 2>에서는 민가가 철거된 모습과 돌난간이 생긴 모습이 보인다. 이는 조선총독부에 의해 새롭게 조성된 공원의 모습으로, 일반인에게 공원이 개방된 1913년 이후의 모습이다.3) 이 석탑은 1910년대 일종의 전시 대상이자 동시에 관광명소에 배치된 문화유산으로 변모된 셈이다. 하지만 제국 일본의 보존관리의 대상이 된 문화유산이었

3) 김해경, 김영수, 윤혜진, 「설계도서를 중심으로 본 1910년대 탑골공원의 성립과정」, 『한국전통조경학회지』 31(2)(2013).

음에도, 석탑의 건립시기와 연원은 정확히 규명되지 못한 형국이었다.

이와 관련하여 게일(James Scarth Gale, 1863~1937)이 왕립아시아학회 한국지부 학술지에 투고한 「파고다公園考(The Pagoda of Seoul)」(1915)는 이 석탑의 역사적 연원을 규명한 학술적인 논문이다.4) 원각사지 석탑이 세조의 명에 의해 1464~1466년 사이 건립된 것으로 추정했으며, 무엇보다도 이 석탑이 중국으로부터 전래된 것이 아니라 한국인에 의해 건축된 문화유산이라는 사실을 논증했다. 이러한 게일의 고증이 가능했던 이유는 마멸되어 해독이 불가능했던 金守溫(1410~1481)의 비문(「大明朝鮮國大圓覺寺碑銘」)이 『續東文選』 20권에 수록된 사실을 발견했기 때문이다. 즉, 그의 논문은 '원각사지 10층석탑'의 건립과 그 저변의 역사적 원형을 복원해준 뜻 깊은 글이었다. 이 글은 모리스 쿠랑(Maurice Courant, 1865~1935)을 비롯한 유럽 동양학자들의 초기 한국학의 수준을 뛰어 넘는 모습을 보여준 1910년대 게일의 대표적인 고고학/고전학 논저이기도 했다.

하지만 이렇듯 한국의 전근대 문헌에 대한 번역 혹은 매개를 통해 창출한 게일의 저술들 즉, 그의 한국고전학 논저들은 게일 개인만의 업적이 아니었으며, 공동의 작업이 전제되어 있었으며 또한 그에 준하는 한국의 근대 학술사적 문맥이 존재했다. 이는 서양인, 일본인 그리고 한국인이라는 세 연구주체들이 함께 펼친 역동적인 활동의 장으로 복수의 언어를 원천으로 한 '근대초기 한국학'이 형성되던 현장이기도 하다. 이 글의 목적은 이러한 현장 속 대화적 상황을 보여주는 근대 한국어의 문화생태를 살펴보는 것이다. 특히 한국어, 영어, 일본어가 뒤섞인 혼종적 상황 속에서 3차례 출판된 게일을 비롯한 사전편찬자들의 이중어사전

---

4) J. S. Gale, "The Pagoda of Seoul," *The Transactions of the Korea Branch of the Royal Asiatic Society* VI(Ⅱ)(1915): 게일의 대표적인 저술목록은 凡外生, 「獻身과 活動으로 一貫한 奇一 博士의 生活과 業績」, 『조광』 18(1937. 4), 95에서 소개된 바 있는데, 본고에서 게일의 이 영문논문을 지칭할 「파고다公園考」는 여기서 소개된 한 글제명임을 밝힌다.

들이 보여주는 근대 한국어 형성의 현장을 통해, 한국에서의 '문화재 원형' 관념의 형성과정5)을 묘사해보고자 한다.

2 이중어사전에 등재된 번역어, 한문어[한자어]로서의 "原形"

「파고다公園考」(1915)가 놓인 근대 학술사적 문맥을 재구하기 위해서는 한국의 문화유산을 논하고 있던 당시 복수의 주체들의 대화적 상황 즉, 이를 구성하고 있는 다양한 언어들과 한국의 고문헌 등이 복잡하게 얽혀있던 당시 한국어의 문화생태를 재구해볼 필요가 있다. 게일의 한국학 저술 중 이중어사전은 이러한 종합적 정황들을 가늠할 유효한 자료이다.6) 물론 사전에 어떠한 어휘가 등재된 사실이 곧 해당어휘의 최초출현을 의미하는 것은 아니다. 하지만 우리는 사전에 등재된 어휘가

---

5) 문화재 보존, 관리, 활용의 기본원칙이자 보호법의 원칙을 구성하는 '원형' 개념에 대한 어원적이며 개념적인 발전과정을 살핀 특집[문화재 '원형' 개념의 역사적 변천과정과 적용상의 제문제]이 국립문화재연구소『문화재』49(1)에 수록되어 있다. 특히 필자는 한국의 근현대에 있어서 원형 개념의 유입 및 변천과정을 일괄한 이수정의 논문(「한국의 문화재 보존·관리에 있어서 원형개념의 유입과 원형유지원칙의 성립, 그리고 발달과정」)과 고건축물을 중심으로 원형 개념의 다층적인 층위를 명쾌히 정리하고, 이를 문화재 보존의 문제와 관련하여 검토한 강현의 논문(「건축 문화재의 원형 개념과 보존의 관계-한국 목조건축문화재 수리 역사의 비판적 검토를 중심으로」)을 통해, 본고의 논제와 관련한 귀중한 시사점을 얻을 수 있었음을 주석 상으로 밝힌다.

6) 게일의 이중어사전편찬과정에 대한 사항은 이상현,『한국고전번역가의 초상, 게일의 고전학과 고소설 번역의 지평』(소명출판, 2013), 100～124과 황호덕·이상현,「게일, 한영사전(1897～1931), 한국어'의 새로운 형상을 만들다」, 부산대 점필재연구소 고전번역학 센터 편,『동아시아, 근대를 번역하다-문명의 전환과 고전의 발견』(점필재, 2013)에 정리되어 있다.

어떤 특정한 사회집단 속에서 어느 정도 공유·균질·표준화된 의미를 지니며 해당어휘가 자연·관습화가 이루어진 정황을 증언해준다는 가설은 던져볼 수 있다. 따라서 사전에 등재된 어휘는 '기원'의 관점이 아니라 '사용'의 관점에서 접근해야한다.7)

이러한 관점에서 한국의 이중어사전들이 보여주는 근대 한국어의 역사이자 그 형성과정을 고찰한 시론적인 연구성과들이 있다.8) 이러한 성과에 의거하여 "원형(原形)"의 등재양상을 살펴보면, 아래와 같이 조선총독부의 『朝鮮語辭典』(1920)에서 처음 그 모습이 보인다. 이후 金東成 (1890~1969)·게일 두 사람의 한영사전(1928/1931), 文世榮(1888~?)의 한국어사전(1938)에서도 발견할 수 있다.

---

7) 이러한 관점은 이병근, 「서양인 편찬의 개화기 한국어 대역사전과 근대화」, 『한국문화』 28(2001)과 황호덕·이상현, 『개념과 역사, 근대 한국의 이중어사전』 1(박문사, 2012)의 서설과 1장을 참조 : 본고에서 활용하는 이중어사전은 황호덕·이상현 편, 『한국어의 근대와 이중어사전』 Ⅰ～Ⅺ(박문사, 2012)이다. 개별 사전에 대한 서지사항은 [참고자료]에 수록된 약호로 인용하기로 한다. 또한 부산대학교 [고전번역＋비교문화학연구단]의 '지능형개화기한국어사전'(http://corpus.pusan.ac.kr/ dicSearch/)과 『현대 한국어로 보는 한불자전』(소명출판, 2015)을 함께 활용하기로 한다.

8) 한국의 이중어사전에 관한 다음과 같은 연구성과를 기반으로 논의를 전개하고자 한다. 먼저, 이중어사전을 비롯한 한국어 관련 사전에 관한 논의는 이병근, 『한국어사전의 역사와 방향』(태학사, 2000)을 참조했으며, 이중어사전의 편찬과정과 그 계보에 관한 고찰은 황호덕·이상현, 앞의 책 1부와 부산대 인문학연구소, 『한불자전연구』(소명출판, 2013)의 1부와 3부의 논의를 기반으로 한다. 이들 연구성과를 비롯한 국내의 이중어사전에 관한 선행연구와 그 연구사적 검토는 강용훈의 논문(「이중어사전 연구 동향과 근대 개념어의 번역」, 『개념과 소통』 9(2012); 「개념의 지표를 공유하는 또 다른 방식-황호덕·이상현, 『개념과 역사, 근대 한국의 이중어사전』 1·2(박문사, 2012)」, 『개념과 소통』 10(2012))에서 이루어진 바 있어, 이에 대한 상론은 생략한다. 다만, 상기 논의들로 해결될 수 없는 지점이 있어 이에 대해서는 간략히 언급하도록 한다. 이중어사전 편찬과 관련된 외국인 한국어학 전반에 관해서는 고영근의 저술(『민족어학의 건설과 발전』(제이앤씨, 2012))을, 황호덕·이상현의 저술 속 서지사항에 관한 오류에 관해서는 한영균, 「19세기 서양서 소재 한국어 어휘자료와 그 특징」, 『한국사전학』 22(2013)을 참조할 필요가 있음을 밝힌다.

원형(原形) : 本來の形狀(朝1920) → original form(김1928 ~ Gale1931)
　→ 본디의 형상(문1938)

　즉, "원형(原形)"은 1920년대 이후 한국어로 정착하게 된 어휘란 사실을 어느 정도 확정할 수 있다. 하지만 각 사전 사이 등재양상의 계보는 실상 그 연속선을 분명히 말할 수 없다. '原形'은 '일본어에 대한 번역어'이자 '한국문헌 속에 수록되어 있는 한문어'라는 두 가지 형상을 함께 지니고 있기 때문이다. 먼저, 게일과 김동성의 경우, 이 표제항의 등재와 그에 대한 풀이를 일영사전에서 가져왔을 가능성이 크다. 게일이 사전편찬 작업에 있어 참조했을 가능성이 높은 이노우에 쥬키치(井上十吉, 1862~1929)의 일영사전을 펼쳐보면, 1909년 판본부터 "GenKei(原形) = The original form"이라는 대응관계가 보이기 때문이다.9) 즉, 김동성과 게일은 조선총독부가 펴낸 사전이 아니라 이노우에의 사전을 참조하여 이에 대한 영어풀이를 작성했을 가능성이 있다.

　물론 '사용'의 관점에서 볼 때 1909년에 출판된 일영사전에 등재된 "GenKei(原形)"는 김동성·게일이 편찬한 사전 속 "原形"과는 다른 어휘이다. 1909년 일영사전 속에 수록된 "GenKei(原形)"는 어디까지나 일본어 어휘였다. 1920년대까지 한국어 관련 사전편찬자들이 한국어의 어휘로 포괄하지 않았다. 즉, 그들은 "GenKei(原形)"가 지닌 어떠한 특정한 용례와 문맥을 재구할 수 없었고 따라서 한국어 속에 정착되지 못한 어휘로 인식했던 셈이다. 이와 달리 조선총독부, 김동성, 게일, 문세영의 사전에 등재된 原形은 이 어휘가 '1910년대 후반 한국에서 자연·관습·토착화된 어휘'였으며 동시에 당시 분명한 역사적 용례를 지니고 있음을 증언해 주고 있다. 그렇지만 "原形"은 동시에 '번역어'가 아니라 전래되었던 한국어였을 가능성 또한 크다. 이와 관련하여 게일이 중요

9) 井上十吉 編, 『和英辭典 : 新譯』(三省堂, 1909), 335.

한 참조사전으로 밝힌 조선총독부의 『朝鮮語辭典』(1920)을 주목해볼 필요가 있다. 조선총독부의 사전과 이노우에의 일영사전에 수록된 "原形" 표제항의 상호관계를 명확히 밝힐 수는 없기 때문이다.[10] 또한 조선총독부의 사전에서 "原形"이란 표제항을 김동성, 게일, 문세영이 재수록했을 가능성 역시 배제할 수 없다.

<표 1> 『朝鮮語辭典』(1920) 수록 原形 표제항 풀이 일본어 어휘의 대역관계

	朝1920	김1928	Gale1931	문1938
본래 (本來)	もとより。	Originally ; from the first	Originally ; at first	본디
형상 (形狀)	かたち。 なり。	Shape ; form ; figure ; configuration	Form ; appearance ; look	물건의 형체, 모양, 꼴

상기도표가 잘 보여주듯, 조선총독부 사전에서 원형을 풀이해주는 어휘인 "本來"와 "形狀"을 김동성, 게일, 문세영의 사전 속에서 찾아보면, 각 사전에 수록된 원형을 풀이해주는 개별 한국어 표제항에 대한 풀이 양상 역시 동일하기 때문이다. 하지만 그 풀이양상을 엄격히 살펴보면, 이 모든 풀이는 실상 "원형"을 구성하는 개별 한자 "原"과 "形" 자체에 대한 풀이란 사실을 알 수 있다.[11] 주지하다시피 『朝鮮語辭典』은 한국 한문문헌에 대한 해독을 위한 사전이란 성격을 지닌다.[12] 또한 『朝鮮語辭典』의 편찬에 깊이 관여한 오구라 신페이(小倉進平, 1882~1944)는 이

---

10) 황호덕, 이상현 편역, 『개념과 역사, 근대 한국의 이중어사전』 2(박문사, 2012), 192~225[小田幹治郎, 「朝鮮語辭典 編纂의 經過」, 『朝鮮語辭典』, 朝鮮總督府, 1920. 12.1.(印刷), 1920.12.5.(發行); 『서류철4(書類綴4, 奎 22004)』(서울대 규장각 소장)]
11) 게일의 1914년 한자-영어 사전에는 다음과 같이 풀이되어 있다.
原(언덕) A high level ; a plain. **Origin** ; source. A moor.
形(형상) **Form** ; figure ; shape. The body. To appear. Appearance ; To be manifest.
12) 황호덕 · 이상편 편역, 앞의 책, 137(「朝鮮語辭典編纂事務終了報告書①」)

사전을 어디까지나 한국인이 편찬한 사전으로 분류했다. 나아가 애초에 이 사전이 "한국어 표제항-한국어 풀이문-일본어 번역문"이란 형식으로 작업되었던 사정을 주목할 필요가 있다.13) 『朝鮮辭書原稿』(1920)에는 그 흔적이 다음과 같이 남아 있다.

　　　原形(원형) 本來의貌樣(又称原狀)。/ モトノママノ形狀。14)
　　　原狀(원상) 原形과仝. / 原ノ狀態(モトノアリサマ)。15)

상기 두 표제항에 대한 한국어풀이문과 일본어번역문이 동일하지 않다는 점을 주목할 필요가 있다. 즉, "原形(원형)"과 "原狀(원상)"이 한국어 풀이문에서 동의어로 되어 있지만, 일본어 번역문에서는 두 어휘가 각각 "形狀"과 "狀態"라는 다른 어휘로 풀이되고 있다. 일본어 번역문에서 "原形(원형)"이 외형적인 형태를 뜻한다면, "原狀(원상)"은 물리적이며 환경적인 상태 및 상황을 포괄하는 의미를 지니고 있다.16) 『朝鮮語辭典』의 편찬자들은 최종적인 출판물에서는 "原狀(원상)"을 소거하고 "原形＝本來の形狀"으로 등재시켰다. 비록 형체, 모양, 꼴과 함께 상태를 포괄하는 "形狀"으로 풀이했지만, 이 역시도 "원래의 상태(原ノ狀態)"를 포괄하는 개념은 아니었다. 하지만 더욱 주목해야 될 점은 "原狀(원상)"과 함께 "原形(원형)"은 어디까지나 번역어가 아니라 엄연히 한국어 어휘로

---

13) 小倉進平, 『增訂朝鮮語學史』(刀江書院, 1940), 51; 이병근, 「朝鮮總督府 編 『朝鮮語辭典』의 編纂目的과 그 經緯」, 195~205.

14) 朝鮮總督府 編, 『朝鮮辭書原稿』 35((필사본), 1920), 49.

15) 위의 책, 47.

16) "原形(원형)"과 그 풀이는 서울대 규장각에서 보관하고 있는 1917년판 『朝鮮辭書原稿』에서도 발견할 수 있다. 그렇지만 1917년 판에는 일본어 번역문이 첨가되어 있지 않았다. 이 자료는 부산대 인문학연구소에서 제공하는 『웹으로 보는 조선총독부 사전(http://corpus.pusan.ac.kr/)』을 통해 검토할 수 있다. 原形과 原狀에 관한 이러한 개념적 구분과 역사적 용례는 이수정, 앞의 글, 103~106과 강현, 앞의 글, 132을 참조.

등재된 어휘였던 사실이다. 『朝鮮辭書原稿』의 풀이와 같이 "原形"[더불어 이와 동의어라는 차원에서의 "原狀(원상)"]은 동아시아의 한문맥 속에서 "본디의 모양", "원래의 형태, 본 모양"이라는 의미를 지니고 있었으며, 그 용례를 아래와 같이 찾아볼 수 있다.17)

> 장빙(張憑)의 초혼장의(招魂葬議)에 이르기를, '예전(禮典)을 보면 혼령을 불러 장사 지낸다는 글이 없습니다. 만약 빈 관을 가지고 장사 지내어 마지막 가는 길을 받든다면 **원형(原形)**을 장사 지내는 실제가 아니며, 혼령을 매장하여 구원(九原)에 갇혀 있게 한다면 신령을 섬기는 도를 잃는 것입니다.' 하였다.[張憑招魂葬議云, "禮典無招靈之文, 若葬虛棺以奉終, 則非**原形**之實, 埋靈爽於九泉, 則失事神之道。"]18)
>
> – 金長生, 「附虛葬」『疑禮問解』(『沙溪全書』40)

> 진한이 청파에, "원래 이 갓트시면 득죄 다다하도소이다."
>
> 하고, 다시 묻되, "이 요도가 가히 물이 변형하야 이 갓치 환영작관하오니, 저에 진형을 내여 뒤에 폐단이 업게 하소서."
>
> 한대, 사선인이 진언을 외우며 꾸짖되, "일후야 쾌히 **원형**을 나타내라."
>
> 하니, 주뎡선이 할일 업서 쌍에 업더지더니 한 번 쑤여 변하야 선학이 되는지라.
>
> 『설뎡산실긔』51면(『구활자본 고소설 전집』7)

---

17) 이하 "原形" 및 "原狀(원상)"에 대한 고전적 용례는 단국대학교 동양학연구소, 『漢韓大辭典』2(단국대학교, 2000), 1008, 1012을 참조했다. 지면관계상 '原形'에 관한 사례만을 제시하도록 한다. 본고에서는 해당 어휘의 용례를 검토하기 위해서 국립국어원, 『21세기 세종계획 최종 성과물 수정판(CD)』(문화체육관광부·국립국어원, 2011)의 말뭉치와 함께, '한국고전종합DB'와 '한국역사정보통합시스템'을 활용할 것이다. 이하 인용은 어휘의 소재문헌을 간략히 제시하는 것으로 대신하도록 한다.
18) 해당 역문은 한국고전종합DB에 의거하여 제시했다. 해당구절은 「招魂葬」, 『常變通攷』22에서도 발견할 수 있다.

첫 번째 인용문은 喪禮에서 招魂葬 및 虛葬의 문제와 관련하여『通典』에서 해당 내용의 개요를 간추린 부분이다. 이 대목은 비록 중국 측 문헌의 내용을 기반으로 하고 있지만, 金長生(1548~1631)이 한국 유가지식층이 虛葬의 是非를 묻는 질문에 대한 답변과 이에 대한 근거가 되는 先儒의 글을 제시한 것이기도 하다. 두 번째 인용문은『薛仁貴征東』이라는 제명으로 익히 잘 알려진 중국소설을 축약, 번안한 작품,『薛丁山實記』에서 발췌한 것이다. 본래 "原形"은 "馬脚"과 유사한 의미에서 "가식하여 숨긴 본성이나 진상(眞相)"이 드러남을 의미하기도 했는데, 이러한 용례가 한국어 구문 속에서도 잘 드러나 있다. 이러한 사례를 감안해본다면, 原形이란 한문어 역시 한국인에게도 그리 낯선 어휘는 아니었던 셈이다. 따라서 "원형(原形)"은 폭 넓은 대상의 '本來의 形狀'이라고 제시한『朝鮮語辭典』의 새로운 풀이와 충돌 없이 통용될 수 있는 어휘였다.[19]

하지만『朝鮮辭書原稿』(1920)에서 "原狀"에 대한 일본어 번역문이 제시해 주는 '본래의 상태(原ノ狀態(モトノアリサマ))'라는 의미는 소거된 셈이다. 또한 이와 궤를 같이하며『朝鮮語辭典』(1920)의 "形狀"에 대하여『朝鮮辭書原稿』(1917~1920)는 "表現하는 外貌의 稱(형용)"이라고 풀이하는 모습을 보여준다. 즉, 일본어사전과 한국어사전에 등재된 "原形"은 완전히 일치하는 개념을 지니고 있지 않은 셈이다. 이러한 두 언어의 차이점과 관련하여, 조선총독부 사전편찬 관계자들이 어휘의 수집이란 차원이 아닌 사전의 편제구성과 관련하여 참조한 일본어사전을 주목할 필요가 있다. 근대초기의 한국

---

19) 반면 학술적인 관점으로 보기에는 매우 '추상적이며 모호한 용어'였던 셈이다. 애당초 출현과 성립 그 자체가 외국어이자 학술적 개념어로서의 성격을 지니고 있지는 않았던 셈이다. 예컨대, 사전 속에 등재된 "原形"은 "archetype"나 "prototype"에 대한 일대일 등가관계를 지닌 대역어이자 학술개념어도 아니었다. 참고로 이 중에서 "prototype"의 대역어는 원한경의 영한사전(1925)에서 발견할 수 있다. 하지만 이는 그 한자형태가 다른 "원형(原型)"으로 등재되어 있다. 후일 문세영은 이 어휘에 대하여 "제작물의 근본이 되는 거푸집, 또는 본"(문1938)이라고 풀이하며 "원형(原形)"과 분명히 다른 어휘로 구별했다.

어학자이기도 했던 가나자와 쇼사부로(金澤庄三郎, 1872~1967)가 편찬한『辭林』(1909)에서도 표제항 "げん-けい[原形]"를 발견할 수 있기 때문이다.

げん-けい[原形](名) ① もとのかたち。以前の狀態。② 原始のかたち。進化なさほどの狀態20)

『辭林』의 "原形"에 대한 풀이는『朝鮮語辭典』을 비롯한 한국의 이중어사전과 동일하지 않다. 특히『辭林』의 '풀이 ②'는 그러한데, 이 풀이는 '문화재 원형보존'의 '원형'과 관련하여 주목되는 측면이 있다. "進化"와 "原始"라는 어휘를 포함한 이 풀이는 이후 상술할 전근대와 근대 사이의 불연속점, '폐허의 발견'과 같은 개념을 함의하고 있기 때문이다. 그렇지만 흥미롭게도『辭林』(1909)을 한국어로 번역한 사전,『鮮譯 國語大辭典』(1919)에서 '풀이 ②'는 다음과 같이 누락되었다.

ゲン-ケイ[原形](名) 원형」 이전모양。본래형용。原ノ形。21)

상기 사전 속에서 "原形"은 한국어로 풀이되어야 할 '번역어'이지만 '풀이 ②'는 생략되었다. 또한 "もとのかたち。以前の狀態"라는『辭林』의 본래 풀이와 달리, "狀態"가 아니라 "모양 및 형용"(かたち)만을 취했음을 알 수 있다. 결과적으로 본다면, '풀이 ①'에 대한『鮮譯 國語大辭典』(1919)의 한국어번역은『朝鮮語辭典』의 편찬과정 그리고 이후 김동성, 게일, 문세영의 사전에서 개별 한자들이 풀이되는 모습과 큰 차이점을 지니고 있지 않다.22)『鮮譯 國語大辭典』(1919)의 일본어 "ゲン-ケイ

20) 金澤庄三郎 編,『辭林』(三省堂, 1907), 469.
21) 船岡獻治 譯, 金澤庄三郎, 小倉進平, 林圭, 李完應 玄櫶 교열『鮮譯 國語大辭典』(東京：大阪屋號書店(간행), 京城：日韓印刷所, 1919), 339.
22) 狀態에 대한 등재양상을 정리해보면 다음과 같다. 비록 게일의『韓英字典』(1911)

[原形]"가 등재·번역되는 양상은 한문고전 속의 한자 혹은 '한문어'가 한국어 통사구문의 '한자어'로 재배치되는 층위와 동일하다. "原形"은 본래의 "貌樣(『朝鮮辭書原稿』(1917~1920), 모양·형용(『鮮譯 國語大辭典』(1919)), 형체, 모양, 꼴(문1938)"이라고 풀이되고 있기 때문이다. 이러한 한국어의 개념층위는 외국어[일본어] / 한문어 "原形"이 한국의 이중어사전 속에서 한국 한자어로 무리 없이 등재되게 해 준 가장 중요한 기반이란 사실을 알 수 있다. 한국의 미디어 속에서 "原形"의 용례 역시 이러한 모습에서 크게 위배되지 않는다.

① … 十錢은 原形더로 ᄒ되…(『황성신문』 1898.3.8.)
② … 土地의 原形을 變ᄒ며…(『황성신문』 1898.3.8.)
③ … 物情이 原形에 回復케ᄒ던지…(『대한매일신보』 1905.08.11.)
④ … 이 窟[인용자 : 석굴암]이 近日에 오아 荒壞가 甚함으로 大正 4년에 이도 또한 修理를 加하얏는데 修理라 하면 原形그대로 하는 것이 아니라 (「慶州行」, 『개벽』 18, 1921.12.01.)
⑤ 社稷壇은 原形保存, 공원의 설계는 다소 변경, 금년에는 길부터 내인다……"(『동아일보』 1922.10.21.)

물론 '본래의 형상'이란 어의를 지닌 原形의 '기원'을 우리는 성급히 진단할 수 없다. 또한 한국의 이중어사전에 수록된 "原形"이 본래 '번역어', '한문어', '한국어'였는지를 쉽게 단정하는 것 역시 어려운 일이다. 그렇지만 "原形"이 '번역어', '한문어[혹은 한자어]'란 형태로 동시에 존재했던 당시 한국어의 문화생태, 또한 이러한 혼종적 상황 속의 "原形"이 『朝鮮辭書

에는 "Aspect, appearance, form, condition, state"라고 잘 등재되어 있지만, 『朝鮮語辭典』의 편찬과정에서는 " 內情이 發表하는 者(『朝鮮辭書原稿』(1917)), 內情이 發外하는 意/アリサマ、ヤウス。(『朝鮮辭書原稿』27(1920), 72면), 有樣。樣子。(朝1920)"와 같이, 일본어 풀이에서는 외형적 형체를 뜻하며 한국어 풀이에 있어서는 혼란스러운 모습을 보여준다. 이러한 이중어사전의 대역관계망이 『鮮譯 國語大辭典』에서의 번역양상을 불러온 것으로 추론된다.

原稿』(1917~1920) 이후 본래의 "상태"라는 개념이 배제된 본래의 "형상[=형체, 모양, 꼴]"(문1938)이란 한정적 의미로 한국어로 정착하게 되는 과정을 주목해야 한다. 나아가 1920년대 이후 한국의 미디어 속에서 문화재 보존 관념이 출현할 때 "原形" 개념 역시 주로 문화유산의 외형적 형태를 의미한 점은 매우 흥미로운 사실이다.[23] 이와 관련하여 우리는 상기예문 ④와 ⑤에서 "原形"의 용례 즉, '무엇의 원형' 중 '무엇'에 한국의 문화유산이 배치된 '문화재의 원형'이라는 용례의 출현을 주목해야 한다. 또한 문화재란 유사개념을 담고 있었던 용어들 즉, 한국의 문화유산을 지칭하던 한국어 어휘들을 살펴보아야 한다.

3 '문화재 이전의 문화재' 지칭 어휘군의 대역관계망

'문화재'는 문세영의 한국어사전(1938)에서도 그 자취를 찾아볼 수 없는 어휘이다. 즉, 문화재란 어휘를 우리는 1880~1938년 사이 출판된 주요한 한국어 관련 사전을 통해서는 발견할 수 없다. 한국에서 "문화재"란 용어와 개념이 출현한 것은 1920년대 후반경이다. "자연에 인위를 가하여 어떤 이상을 실현하는 과정을 총칭하는" 것이 "문화"이며, 이와 관련하여 "文化財"(Cultural Properties, Kulturgüter)는 그 과정의 총결산물이라고 미디어 속에서 명시된 바 있다. 물론 이러한 정의는 천연기념물과 무형문화재 등을 포괄하는 오늘날의 문화재 개념과 완전히 일치하는 것은 아니었다.[24]

---

23) 이수정, 앞의 글, 104~105: 강현, 앞의 글, 128~129.
24) "이경렬, 「문화의 의의-인류의 이상」, 『동광』 9(1927.1.1.)"과 "최남선, 「朝鮮의 古

　　그렇지만 '문화재 이전의 문화재', 즉 한국의 문화유산을 지칭하는 유
사한 한국어 어휘의 존재는 분명히 있었다. 나아가 한국어 대역어 없이
외국어 그 자체로 한국의 문화유산에 관해 논의했던 외국인[서양/일본인]
의 논저들이 존재했다. 요컨대, 외국인들의 논의를 구성하는 주요 개념
및 어휘들에는 적어도 그에 대응되는 여러 가지 대상을 지니고 있었다.
예컨대 한국의 문화유산 그리고 이와 유사한 한국어, 적어도 이에 기반
이 되는 개념과 관념들 혹은 한국어와 경계가 그리 크지 않은 일본어
어휘[개념·관념]들이 바로 그것이었다.25) 비록 불충분한 표본이지만, 한
국개신교 선교사의 고고학 논저의 제명에서 한국의 문화유산 전반을
가리키는 상위 개념어를 추출해 본 후, 그들의 영한사전 속 한국어 대
역어 목록만을 정리해보아도 다음과 같은 좌표를 설정할 수 있다.

蹟」(1933), 『육당 최남선 전집』 9(고려대 아세아문제연구소, 1974)"를 대표적인
사례로 든다. [정수진, 「근대적 의미의 조선 문화, 예술」, 『한독사회과학논총』 15
(2005), 197~201; 정수진, 「무형문화재에서 무형문화유산으로 : 글로벌 시대의
문화표상」, 『동아시아문학연구』 53(2013), 94~95; 정수진, 「문화재 보호제도와
전통담론」, 『문화재』 47(3)(2014), 175~178면.]
25) 이와 관련하여 원한경(元漢慶, Horace Horton Underwood, 1890~1951)의 서구인
한국학 서목(1931) XI장 「예술과 유적(Art and Antiquities)」에는 한국의 미술 및
예술 일반, 화폐, 도자기, 기념비 및 유물들을 논한 서구인들의 논저목록이 존재한다.
여기서 '기념비와 유물(Monuments and Antiquities)'을 다룬 소주제 항목이 본고의
주제와 관련된 주요연구대상이다. H. H. Underwood, "A Partial Bibliography of
Occidental Literature on Korea," *The Transactions of the Korea Branch of Royal
Asiatic Society* 20(1930), 155~157; 해당 논저목록은 본고의 참고자료에 정리해
놓았다. 더불어 '문화재 원형보존관념'형성에 가장 큰 영향력을 제공했을 『朝鮮古跡
圖報』(1915~1935)로 대표되는 일본인들의 고적조사사업과 그 결과물을 주목할
필요가 있다. 이러한 일본인의 고적조사사업에 대한 전반적인 검토는 이순자, 『일제
강점기 고적조사사업 연구』(경인문화사, 2009)를 참조

<표 2> 영한사전 수록 antiquity, relic[s], remain[s], monument에 대한 한국어 대역어

	Underwood 1890	Scott 1891	Jones 1914	Gale 1924	Underwood 1925
antiquity	샹고	녯젹, 샹고	샹고(上古) : 고디(古代) : 녯적(昔)	샹고(上古), 태고(太古), 원시(元始)	(1) 샹고(上古) (2) 고물(古物), 고인(古人), 고풍(古風), 고졔(古制)
relic[s]	×	×	유물(遺物) : 고물(古物) : 긔념물(記念物) : (bones of a saint) 셩골(聖骨)	×	(1) 늠아지물건, 유물(遺物), 고젹(古蹟). (2) 유골(遺骨)(셩도 聖徒와 슌교쟈 殉敎者 등의 씻친빅골 白骨), 셩골(聖骨) (3) 긔념물(記念物).
remain(s)	×	×	늠다(剩餘) : (sojoun) 머므다(留) : 두류ㅎ다(逗留)	유젹(遺跡)	(pl.) (1) 시톄(屍体), 송쟝, 죽은것, 유골(遺骨), 잔히(殘骸). (2) 유젹(遺蹟).
monument	불망비, 비	비문, 비셕	×	긔념비 (記念碑)	(1) 비(碑), 긔념비(記念碑). (2) 긔념물(記念物).

상기도표의 서구어-한국어의 대응관계를 구성하는 어휘들은 한국의 '문화재 이전 문화재' 개념의 형성과정을 가늠할 중요한 어휘이자 좌표이다. 개신교 선교사들의 논저를 보면, 한국의 문화유산은 주로 "antiquity, relic[s], remain(s), monument"이라는 상위개념 안에 포괄된다. 이는 오늘날 한국의 문화유산을 지칭하는 중요한 영어 어휘이기도 하다. 또한 이 영어 어휘의 한국어 대역어로 상정된 "유물, 유적, 고적, 고물"을 '문화재'라는 신조어 등장 이전에 한국의 문화유산을 지칭한 대표적인 어휘들로도 상정할 수 있을 것이다. 이 일련의 어휘를 포괄하는 가장 핵심적인 영어 어휘는 후대의 대응관계를 감안해보면 "Remains"와 "Relics"

이다. 그렇지만 두 핵심적 영어어휘에 대하여 1910년대 이전 영한사전에는 대응관계 자체가 설정되어 있지 않았다. 물론 언더우드(Horace Grant Underwood, 1859~1916), 스콧(James Scott, 1850~1920)의 영한사전은 일상회화를 위한 포켓용 소사전이라는 한계점을 지니고 있지만, 두 영어 어휘에 대한 한국어 대역어를 굳이 상정할 필요가 없었던 상황만큼은 암시해준다. 하지만 더욱 포괄적인 한국어 어휘를 담고 있는 당시의 이중어사전들 즉, 한국어 어휘를 표제항으로 삼았으며 한국의 문어를 포괄한 대형사전들을 함께 면밀히 검토할 필요가 있다. 파리외방전교회의 한불사전, 게일의 한영사전, 조선총독부의 한일사전, 문세영의 한국어사전을 포괄하여 1910년대 이후 영한사전에서 대역어로 제시된 해당 한국어 어휘들의 등재양상은 다음과 같다.26)

① 고물(古[故]物) viel objet, chose ancienne[오래된 물건, 옛 것](Ridel 1880) Curios(Gale1897~1911) 古きめの(人と物とにいふ。)(朝1920) Curios, antiques(Gale1931) 옛날 물건, 오래된 물건 또는 사람(문1938)

② 유적(遺跡) Historical monuments(Gale1897~Gale1931) 끼친 자취, 남은 자취(문1938)

③ 고적(古蹟) Ancient documents, former traces, old landmarks (Gale1897~Gale1911) → 古代の事跡(朝1920) **Ancient remains, old landmarks**(Gale1931) 옛 날의 사적, 옛 날의 자취(문1938)

④ 유물(遺物) Things or property left by a deceased person, bequest, legacy(Gale1911) → 遺存せること(朝1920) **Remains, relics, bequest, legacy**(Gale1931) 후세에 끼친 물건(문1938)

---

26) 게일의 『한영ᄌ뎐』(1897) 2부 한자-영어사전[옥편] 부분을 보면, "蹟, 跡, 迹"은 동일한 한자란 점을 명시하고 있다. 본고에서는 인용자료 원문을 그대로 제시하지만, "古[遺]蹟, 古[遺]跡, 古[遺]迹"는 동일한 어휘로 인용함을 밝힌다.

물론 상기 한국어 어휘에 대한 개념풀이를 보면, 이 어휘들은 넓게 본다면 문화재 이전의 문화재, 한국의 문화유산을 지칭하는 광의의 함의를 분명히 지니고 있다. 그렇지만 이 일련의 어휘들은 1911년까지 출판된 사전 속에서는 "Remains" 그리고 "Relics"와 같은 영어 어휘와는 일대일 대응관계를 이루지 못하고 있었다. 즉, 서구적 개념과 등가관계를 지니지 못하고 있었던 셈이다. 각각의 어휘를 보면, 『韓佛字典』(1880)부터 그 어휘의 존재를 일찍부터 찾아볼 수 있는 ①("古物")은 한국의 문화유산을 지칭하는 영어어휘를 통해서 풀이되지 않으며, 그 의미는 오히려 '골동품'에 근접한 의미이다. 공간적인 의미를 지녔으며 '문화재 이전의 문화재'를 지칭하는 우리가 찾을 수 있는 가장 적절한 어휘는 "역사적인 기념물이자 기념비"로 풀이되는 ②("遺蹟")와 '고대의 문서, 옛 흔적, 옛 이정표'를 뜻하는 ③("古蹟")이다. 여기서 ③이 1931년판 게일의 한영사전에서 새로운 대응관계의 형태로 그 의미가 변모되는 점이 주목된다. 1911년에 처음으로 출현한 ④("遺物") 역시 이러한 변모양상과 동일하며, 변모이전에는 '고인이 남겨놓은 물건이나 재산'이란 의미를 뜻하고 있었다.

"古蹟"과 "遺物"에 대한 풀이방식의 변모와 관련하여 가장 큰 영향을 주었을 가능성은 게일이 1931년판 사전의 서문에서 밝힌 두 참조사전을 일차적으로 생각해볼 수 있다. 그렇지만 게일은 조선총독부의 사전보다는 이노우에 쥬키치의 일영사전을 참조했던 것 같다. 게일의 한영사전의 풀이항은 영일사전의 아래와 같은 풀이항에 보다 근접한 양상을 보여주고 있기 때문이다.

Koseki(古蹟) Ruins ; historic remains[27]
Ibutsu(遺物) ① Remains; relics(遺跡, 記念物) ② [遺産] A bequest (動産にいふ); a legacy ③ [生き殘ろ人又物]Survivals"[28]

---

27) 井上十吉 編,『和英辭典 : 新譯』(三省堂, 1909), 908.

　이러한 참조양상에는 1910년대 이후 한국어와 일본어 양자의 관계가 외국어로 한정할 수 없는 번역적 관계를 지니고 있었던 사정이 관련된다. 물론 종국적으로 게일은 "遺物"과 달리 "古蹟"에 대해서는 영일사전보다는 자일즈(Herbert Allen Giles, 1845~1935) 중영사전(1892)의 풀이방식(古蹟 : ancient remains)을 채택했다. 그렇지만 이러한 풀이방식의 채택 역시도 게일을 비롯한 사전편찬자가 "古蹟"과 "遺物"을 1911년까지의 풀이양상과는 다른 차원의 의미로 풀이되어야 했던 사정과 관련된다. 즉, 이 속에는 "古蹟"과 "遺物"이 '근대 국민국가 단위의 민족문화를 구성하는 문화유산'이란 함의를 얻게 되는 과정 또한 사전의 편찬자들이 보기에 '서구적 개념과 등가교환의 관계를 지닌 문화유산'이란 의미를 획득하게 되는 과정이 놓여 있었던 셈이다.

　지금까지 고찰한 가장 중요한 한국어 어휘를 뽑아본다면, "古蹟"과 "遺物"이라고 말할 수 있다. 게일을 비롯한 개신교선교사의 이중어사전과 관련시켜본다면, "古蹟＝Ancient Remains"과 "遺物＝Remains, Relics"라는 대응관계의 출현이 중요한 함의를 지니고 있었다. 이러한 등가관계 형성을 가능하게 한 가장 큰 근본적인 계기는 무엇보다도 제국일본과 일본 지식인이 진행한 고적조사사업으로 추론된다. 조선총독부가 박물관 전시를 위해 또한 1916년 이후 5개년 계획으로 본격적인 고적조사사업을 실시하기 위해 제정한 「古蹟及遺物保存規則」을 보면, 이 점을 충분히 추론해볼 수 있다. 이 법규의 제1조에는 고적과 유물에 관한 개념규정이 있으며 나아가 이 규정은 아래와 같이 『매일신보』 1916년 7월 6일에 한국어로도 함께 제시된 바 있기 때문이다.

　　古蹟 : 패총, 석기, 골각기류를 포유(包有)하는 토지 및 수혈(竪穴)
　　　　　등의 선사유적, 고분 및 도성, 궁전, 성책, 관문, 교통로, 역

28) 위의 책, 532.

참, 봉수(烽燧), 관부, 사우(祠宇), 단묘, 사찰, 도요(陶窯) 등
의 유지(遺址) 및 전적(戰跡), 기타 사실(史實)과 관계있는
유적을 뜻함.

遺物 : 오래된 탑, 비, 종, 금석불, 당간(幢竿), 석등(石燈) 등으로 역
사, 공예, 기타 고고 자료가 될 만한 것.

특히, 고적은 문화재 원형보존 개념의 형성과 관련해서 가장 주목해
야 할 어휘이다. 유물에 비해 건축물과 같은 부동산은 상대적으로 최초
의 형태나 상태에서 변모될 가능성이 높기 때문이다. 즉, 문화유산의 원
형 및 보존/보수를 더욱 염두에 둘 수밖에 없는 문화재인 셈이다.29) 물
론 고적을 비롯한 전술했던 어휘들에 대한 용례는 이러한 규정 이전에
도 분명히 발견된다. 일례로,『東國輿地勝覽』에는 해당 지역의 '古蹟'이
란 항목 아래 연원이 오래된 문화유산이 명시되어 있으며, 근대 초기의
신문자료에서도 다음과 같은 사례가 보인다.

이타리는 구라파즁에 가장 유명흔 나라이라 **라마고젹(鸚馬古蹟)**
과 명인의 셔화가 만흘쁜외라   (『독립신문』 1896.4.7.)

世界上文明흔民族은新事業이發達될사록**古代의遺蹟**을더욱崇拜ᄒ고
保守ᄒᄂ니盖其新文明이卽舊文明에셔胚胎흠을硏究ᄒ고思慕흠이오且古
代傳人의事業을崇拜ᄒ고保守ᄒᄂ것이卽一般國民으로ᄒ여곰自國을崇拜
ᄒ고自國을保守ᄒᄂ精神을培養흠이오
                    (「我國古代發達의遺蹟」,『황성신문』 1909. 2. 6. 2면 1단)

이들 어휘의 용례를 살펴보면, 비록 원형이라는 개념어를 활용하지는
않았지만 문화재 원형보존의 관념 역시 충분히 도출해낼 수 있다. 그렇
지만「古蹟及遺物保存規則」의 제 5조30)가 잘 보여주듯, 이는 한국 문화

---

29) 강현, 앞의 글, 121.

유산에 관한 '원형유지의 원칙'이 최초로 법령으로 제시된 사례였다. 나아가 조선총독부의 고적 및 유물에 대한 개념 규정[범주화]에는 19세기 말부터 이어진 일본인들의 수행적이며 제도적인 실천이 전제되어 있었다. 1902년부터 건축물 및 고분에 대한 학술적 조사라는 차원에서 외국인과 한국 문화유산의 접촉이 있었으며, 그 이전에도 접촉이라는 차원에서만 생각해본다면 고려자기를 비롯한 공예물이 약탈되거나 한국의 고분이 도굴되는 사례가 많았다. 또한 「古蹟及遺物保存規則」은 메이지 일본에서 시행되었던 문화재보호법이 한국에 적용된 사례였으며, 1910년경 반포된 일련의 법령들(「鄕校財産管理規程」(1910), 「寺刹令」(1911) 등)과 연속선을 지니고 있었다.31) 이러한 제국 일본의 개입으로 말미암아 한국의 문화생태에 새롭게 생성되는 문화재 관념들과 개신교 선교사의 고고학적 논의들의 상관관계를 살펴보기로 한다.

4 "古蹟=Ancient Remains"의 성립과정과 개신교 선교사의 고고학 논저

개신교 선교사 언더우드, 구한말 외교관 스콧이 1890년경에 발행한

---

30) "古蹟及遺物臺帳에 등록된 物件의 現狀을 變更, 그것을 移轉, 修繕하거나 만약 處分하려고 할 때 또는 그의 보존에 影響을 미칠 施設을 하려고 할 때에는 當該物件의 所有者 또는 管理者는 다음 事項을 구비하여 警察署葬을 경유하여 미리 許可를 받아야 한다."

31) 이순자, 앞의 책, 15~68: 유승훈, 「일제시기 문화재보호법의 '중점보호주의'와 '포괄적 법제'에 관하여」, 『역사민속학』 17(2003), 301~305: 김왕직·이상해, 「목조 건조물문화재의 보존이론에 관한 연구: 일본 건조물문화재의 수리사례를 중심으로」, 『건축역사연구』 11(3)(2004), 35~44: 박선애, 「1910년대 총독부의 조선 문화재 조사 사업에 관하여」, 『역사와 경계』 69(2008), 208~245.

영한사전에서, 한국어 어휘와 대응관계를 지니고 있으며 한국의 문화유산을 지칭하는 영어 표제항은 아래와 같다.

<표 3> 1890-1910년대 영한사전 수록 표제항(antiquity, monument)의 한국어 대역어

	Underwood 1890	Scott 1891	Jones 1914
antiquity	샹고	녯적, 샹고	샹고(上古) : 고디(古代) : 녯적(昔)
monument	불망비, 비	비문, 비석	×

1910년대까지 'antiquity'는 "遺蹟, 遺物, 古蹟" 등의 어휘와 대역관계를 지니지 않았다. 하지만 한국에서 서구인들의 언어생활과 한국인과의 의사소통을 위하여, "샹고, 녯적, 고디"와 같은 '한국의 고대'를 지칭하는 한국어 어휘를 찾는 것이 그리 어렵지 않았던 정황을 보여준다. 'monument'라는 영어표제항과 이 어휘가 지칭하는 "비문"들의 존재는, 한국이 연원이 오래된 역사와 문명이 지닌 장소임을 말해주는 것이었다. 또한 한국의 고대와 비문을 지칭하는 한국어 어휘들과 이에 대한 영한사전의 대역관계는 당시 '서구인 한국학의 지평'에도 잘 조응된다.

1900년 이전 '서구인 한국학 전반에 관한 연구사적 성격'을 지닌 저술 2편(그리피스(William Elliot Griffis, 1843~1928)의 『은자의 나라, 한국』(1882), 러시아 대장성의 『한국지』(1900))을 펼쳐보면, 한국의 문화유산은 별도의 주제항목으로는 편제되어 있지 않다. 그러나 역사는 단행본 속 주제항목으로 배치되어 있으며 한국의 고대사가 수록되어 있었다. 그들은 한국 고대왕국의 역사를 분명히 인식하고 있었다.[32] 『은자의 나라 한국』

---

32) W. E. 그리피스, 신복룡 역주, 『은자의 나라 한국』(집문당, 1999), 49~123 [William Elliot Griffis, *Corea, the Hermit Nation*, London : W. H. Allen & Co., 1882]: 러시아 대장성, 한국학중앙연구원 편역, 『국역 한국지』(한국학중앙연구원, 1984), 9~17[Описаніе, *Кореи*, St-Pétersbourg, 1900, 3].

과 달리, 『한국지』는 한국을 직접 체험할 수 있었던 구한말 외교관[혹은 유럽의 동양학자]과 개신교선교사의 논의들을 반영한 저술이다. 하지만 여전히 그들에게 과거 한국의 역사는 어디까지나 지극히 한정적인 '한국의 문헌' 혹은 '한국인의 구술'이라는 매개를 통해서만 접근이 가능한 대상이었으며, 이 역시도 1890년경에 이르러 서서히 탐구되기 시작한 연구대상이었다. 그렇지만 이러한 그들의 '고전학적 탐구'는 '고고학적 탐구'와 분리되는 실천이 아니었다. 이는 발굴된 한국 문화유산의 그 원형을 재구하는 데 밑바탕이 될 역사적 좌표가 상정되는 과정이었기 때문이다.

애초에 '한국의 문화유산에 대한 발굴 및 조사'는 국가 혹은 특정기관의 대규모 지원 없이 연구자 개인이 홀로 담당할 수 없는 규모의 사업이었으며 그만큼 특정하며 전문적인 기술이 필요한 사업이었다. 1890년대 중반 한국을 접촉했던 외국인이란 입장과 처지에서 그들이 소속된 국가 혹은 기관에게 이러한 고고학적인 발굴 작업을 수행할 명분과 보조를 얻기는 매우 힘든 일이었다. 설사 그러한 지원이 가능했을지라도 '그들이 이를 발굴하여 보수 · 보존해야한다'는 의무감과 사명을 가지기는 분명히 어려웠을 것이라고 판단된다. 이러한 정황을 감안한다면, 한국에 머물렀던 선교사, 외교관[혹은 유럽 동양학자]에게 수집 및 조사가 상대적으로는 용이한 당시 한국의 문화유산은 아무래도 한국의 고문헌과 비문들이었다. 예컨대, 한국에서 『한국서지』(1894~1896/1901)를 집필하고 있던 쿠랑이 콜랭드 플랑시(Collin de Plancy, 1853~1922)에게 보낸 아래와 같은 서한내용을 보면 이러한 당시 외국인의 초상이 잘 드러난다.[33]

---

33) PAAP, Collin de Plancy 2; 이 서한자료에 대해서는 이은령 · 이상현, 「모리스 쿠랑의 서한과 한국학자의 세 가지 초상-『플랑시 문서철』(PAAP, Collin de Plancy Victor)에 새겨진 젊은 한국학자의 영혼에 대하여」, 『열상고전연구』 44(2015)를

2주 정도 후면 제가 가진 모든 문서에 나타나는 비문들을 주사와 함께 자세히 읽어보는 작업이 끝날 것 같습니다. 게다가 이제는 서울의 세 곳과 여기서 멀지 않은 묘지의 비문만 탁본하면 됩니다. 그러면 이 일을 잠시 쉬었다가 서울에서 했던 만큼 북경이나 파리에서도 이어나갈 수 있을 것입니다.

[1891.8.27., 서울]

9월에는 서울과 그 주변의 유적들에 대해 계획했던 조사가 완료된 기념으로 강화도로 소풍을 갔습니다. 거기서 지금까지 보아온 조선인 중에서 가장 상냥한 사람을 만났습니다. 강화군수인 그는 아전들이 저를 맞이하게끔 하였고, 온 힘을 다해 제게 집과 하인을 하사하려고 했으며, 저를 위해 탁본을 뜨도록 했습니다. 그 이후로는 그가 서울에 있기에 그는 저를 보러왔고 저는 그를 점심 식사에 초대했습니다.

[1891.11.6., 서울]

『韓佛字典』(1880)에는 본고에서 고찰할 한국의 문화유산을 지칭하게 될 핵심적 어휘 "遺蹟, 古蹟"이 등재되어 있지 않았다. 이 두 어휘는 게일의 『韓英字典』(1897)에서 비로소 출현하며 각각 "역사적인 기념물", "고대의 문서, 옛 흔적, 옛 이정표" 정도로 풀이된다. 이러한 새로운 한국어 표제항이 등장한 까닭은 게일이 참조한 자일즈의 중영사전(1892)에 수록된 다음과 같은 두 표제항이 관련된다.

遺跡：historical monuments[34)
古蹟：**ancient remains**, as of buildings; vestiges of former events, as a footstep of Buddha; places of historic interest.[35)

참조 : 이하 이 서한자료를 인용할 시에는 '년월일, 장소'로 표시하기로 한다.
34) H. A. Giles, *A Chinese-English dictionary*(London : Bernard Quaritch; Shanghai : Kelly and Walsh, 1892), 558.
35) *Ibid*, 636.

여기서 "遺蹟"에 관한 풀이양상은 게일-자일즈의 사전이 동일하다. 반면 "古蹟"의 경우는 동일하지 않다. 그렇지만 이 두 어휘는 과거 한적에서 그 용례를 일괄적으로 정리할 수 없을 정도로 많이 활용된 어휘이다. 나아가 아래와 같이 국문가사 속에서도 그 용례를 충분히 찾아볼 수 있는 어휘이기에 충분히 '한국화된 한자어'라고도 말할 수 있을 것이다.

　… 丹靑한 큰 碑閣이 漢昭烈의 **遺蹟**이라 … 天下大觀 古今 **遺蹟** 歷歷히 다 보고서 故國에 生還하야 … (李邦翼, <漂海歌>, 『歌集』(『雅樂部歌集』, 『樂府』)
　… 그 덧시 무슴 일노 외로이 혼ᄌ 남아 **古蹟**을 본더마다 눈물 계울 쟌이로다 … (<白馬江歌>, 『17세기 가사 전집』)
　… 凄涼한 이 江山에 죠흔 **古蹟** 依舊하다. (<彈琴歌>, 『歌集』(『雅樂部歌集』, 『樂府』))

물론 사전편찬자들은 상기의 국문가사를 참조하지는 못했을 것이다. 또한 여기서 遺蹟과 古蹟의 용례를 면밀히 살펴볼 때, '한국의 문화유산'을 지칭하기보다는 '중국적인 전고'를 가리키는 표현인 경우(<漂海歌>, <彈琴歌>)도 있으며, 때로는 과거 유배 중이던 부친의 자취를 나타내는 표현인 사례(<白馬江歌>)도 있다. 하지만 이는 동아시아의 한문맥에서 "古人의 遺風", "古人의 法帖이나 墨迹"을 뜻하기도 하는 "古蹟"의 용례와 "예부터 남아 있는 자취"를 뜻하는 "遺迹"의 용례에 상응하는 것이다. 또한 "古蹟"에는 이후 "Ancient Remains"와 의미개념이 연결될 만한 "고대의 遺跡"이라는 함의가 존재했다.36) 이와 관련하여 『東國輿地勝覽』에서 "古蹟"이 '한국 해당지역의 역사적 유적을 기술할 편목으로 배치되어 있음을 주목할 필요가 있다. 즉, "남아 있는 옛적 물건(物件)이

---

36) 단국대학교 동양학연구소, 『漢韓大辭典』 2(단국대학교, 2000), 1126; 단국대학교 동양학연구소, 『漢韓大辭典』 13(단국대학교, 2008), 1202.

나 건물(建物)", "옛 물건(物件)이나 건물(建物)이 있던 자리. 성터·절터·
가마터 따위. 옛 자취"를 뜻했음을 알 수 있다.

『東國輿地勝覽』은 쿠랑의 『한국서지』에서 소개된 이후, 개신교 선교
사 역시 유용하게 활용한 저술이었다. 이 저술을 The Korean Repository
에 소개한 인물이 헐버트(Homer Bezaleel Hulbert, 1863~1949)였는데, 그는
'古蹟' 편목을 "Ancient monument, inscriptions, remains…"라고 번역했
다.[37] 이는 게일이 편찬한 이중어사전에서 두 어휘[특히 古蹟] 모두
"Relics"나 "Remains"와 등가관계를 이루거나 이러한 영어어휘를 매개
로 하여 풀이되지 않은 점과는 지극히 대조되는 모습으로, 향후 '古蹟/
遺蹟'이란 한국어 어휘와 대역관계에 놓이게 될 영어어휘의 변모[의미
변화]를 예언해주고 있는 듯하다. 이는 헐버트란 저술자의 특징이 여실
히 잘 드러난 셈이기도 하다. 이후 그의 개별 논저들이 단행본으로 수
렴된 『대한제국멸망사』(1906)는 다른 서구인의 한국학 관련 저술과 비
교해볼 때, 개신교 선교사의 고고학/고전학 논저들의 발전과정이 집약
된 저술이었다.

개신교 선교사의 초기 고고학 논저를 살펴보자면 The Korean Repository
(1892~1898) 수록 총 3편의 논저를 들 수 있다. 모든 논저는 이 잡지의
창간해인 1892년에 게재된 글들이었다. 1892년 중국에 의료선교사역을
펼친 미국 침례교회 선교사 맥그완(D. J. MacGowan, 1815~1893)은 연해주
(블라디보스톡 우수리) 지역에서 이루어진 패총에 대한 러시아 측의 발굴
조사보고서를 소개했다. 더불어 같은 해 이 보고서를 발췌, 번역한 기사
가 수록되었다.[38] 즉, 이는 당시 한국의 국경 바깥, 재외에서 발견된 한

---

37) 모리스 쿠랑, 이희재 역, 『한국서지』(일조각, 1994), 533~534; H. B. Hulbert,
"An Ancient Gazetter of Korea," *The Korean Repository* Ⅳ(1897), 408.
38) D. J. Macgowan, "Notes on Recent Russian Archaic Researches adjacent to Korea
and Remarks on Korean Stone Implements," *The Korean Repository* I(1892), .25~
30; Mr. Margarieff, Trans. Mr. Korylin, "Discoveries in Kitchen-Mounds near Korea,"

국의 유적이었던 셈이다. 그렇지만 이 기사와 원본 기사 사이에는 상당한 시차가 놓여 있었다. 그 저본은 1881년 얀콥스키 미하일 이바노비치(Янковский, Михаил Иванович 1842~1912)와 마르가리토프 바실리 페트로비치(Маргаритов, Василий Петрович, 1854~1916)의 '시데미[현재 얀콥스키 반도]패총'에 관한 보고서였다.[39] 나아가 이 글은 온전한 한국 개신교 선교사의 논저라고 보기는 어려운 사례였다. 어디까지나 외부 조사작업의 성과가 중국 주재 미국선교사를 통해 한국에 소개된 사례였기 때문이다. 한국 개신교선교사의 본격적인 고고학 논저는 오늘날 '부여 정림사지 5층석탑'과 관련된 비문을 소개한 글이 1편 보일 뿐이다. 익명의 필자는 이 비문이 고대왕국 백제의 멸망과 관련된 역사적으로 중요한 유적이라고 평가했다. 그렇지만 당시 개신교선교사에게 이 오랜 세월 동안 훼손된 비문을 복원하여 소개하는 작업은 사실상 불가능한 것이었고, 따라서 이에 대한 공개는 후일로 미뤄졌다.[40]

이렇듯 백제의 멸망과 관련된 고고학 논저는, 이후 개신교 선교사들이 접촉하고 주목하게 될 한국 내에 존재하는 문화유산의 존재를 이야기해준다. 그들이 주목한 장소는 한국에서 멸망된 왕조 혹은 고대왕국의 古都였기 때문이다. 이를 뒷받침해주는 것이 원한경의 서목 속 개신

The Korean Repository I(1892), 251~261.

39) 강인욱의 연구(「러시아 연해주 출토 석검의 연구」, 『동북아 문화연구』 28(2011), 54)에서도 해당 원전서명은 제시되어 있지 않다. 고고학 논저들에서 인용되는 두 사람의 논문은 다음과 같다. 마르가리토프 바실리 페트로비치, 「시데미 강 부근 아무르 만 해안에서 출토된 부엌 흔적/잔재들」(블라디보스톡, 1887)(Маргаритов В.П. Кухонные остатки, найденные на берегу Амурского залива, близ р. Сидеми. - Владивосток, 1887): 얀콥스키 미하일 이바노비치, 「슬라뱐카 해변과 시데미 강 하구 사이에 위치한 아무르 만 해안 반도에서 출토된 부엌 흔적들과 돌 도구」, 『IVSORGO러시아 지리학회 동부 및 시베리아 부문 소식지』 12(2-3)(1881). (Янковский М.И. Кухонные остатки и каменные орудия, найденные на берегу Амурского залива на полуострове, лежащем между Славянской бухтою и устьем р. Сидеми // ИВСОРГО. - 1881. - Т. 12. - Вып. 2-3.).

40) Z, "Discovery of an Important Monument," *The Korean Repository* I(1892), 109~111.

교선교사의 고고학 논저들이다. 이들 논저를 보면 1883년과 1901년 사이가 긴 공백의 시간으로 남겨져 있다. 이들의 학술적 논저는 한국의 문화유산보다는 한국 민족의 기원과 그 정체성을 말해줄 한국의 역사서 속 한국의 고대에 초점이 맞춰져 있었기 때문이다. 이러한 동향에 맞춰 이 시기 개신교선교사의 고고학 논저에서 한국의 문화유산은 역사기록으로 탐구될 수 없는 과거 문화의 존재양상을 알려주는 징표가 아니었다. 오히려 한국의 고대사를 증빙해 줄 역사적 기념물로 존재했던 셈이다.

개신교선교사의 고고학 논저 역시도 한국의 문헌과 비문에 상대적으로 더욱 초점이 맞춰져 있었다. 또한 1892~1910년 사이 그들의 논저에서 한국의 고적 및 유물에 대한 '보존'보다는 '발견'이라는 측면이 강조되는 점 역시 중요한 특징이라고 볼 수 있다. 이러한 '발견할 대상으로서의 한국고적/유물'과 다른 모습들이 *The Korea Review*(1901~1906) 수록 개신교선교사의 고고학 논저에 보인다. 물론 *The Korea Review*는 발행주체란 측면에서 볼 때, *The Korean Repository*와 연속된 잡지였다. 일례로, 전술했던 백제멸망과 관련된 비문에 관한 후속원고가 1902년 게재된다. 이 글을 통해서 제시되는 비문의 제목은 「平百濟國碑文」이며, 또한 이는 개신교선교사가 발굴한 비명이 아니라 중국인 세관리이자 육영공원의 교사로 임명받았던 당소위(唐紹威, 1860~1938)에 의해 1886년에 발굴된 것이었다.41)

그러나 과거에 불가능했던 비문에 대한 재구 및 번역, 소개의 모습이 잘 말해주듯, 1902~1904년 사이 *The Korea Review*의 개신교선교사의 고고학 논저는 한결 더 진전된 모습을 보여준다. 을사늑약 이전 한국의 문화적 독립성을 보여주고자 한 전반적인 논저들의 지향점에 맞춰, 한국의 문화유

---

41) "A Celebrated Monument Marking the Fall of Pak-je," *The Korea Review* II (1902), 102~107.

산을 논한 기사들이 보이기 시작하기 때문이다. 예컨대 경주의 문화유산을 논한 논저에서, 문헌 속에서만 언급된 金尺과 같은 보물을 말하기도 했지만, 성덕여왕신종 그리고 첨성대와 같이 그들이 실제 접촉했던 유적에 관해서도 이야기된다. 강화도의 전등사를 향하는 그들의 여행길에 있어 답사장소로 마니산 단군의 유적을 언급한 글도 보인다. 이는 발견/발굴 이후 보다 한결 일상화된 한국 문화유산의 형상이라고 말할 수 있다.42)

즉, 한국의 문화유산은 한국의 고대사에 대한 인식이 확대되면서, 문헌과 여행[혹은] 답사를 통해 쉽게 접촉할 수 있는 대상으로 변모된 것이다. *The Korea Review*의 한국 문화유산에 관한 새로운 지평과 지향점이 수렴된 저술이 바로 헐버트의『대한제국멸망사』(1906)였다. 이 저술은 한국의 역사를 개괄하며 다양한 도상자료를 통해, 한국의 문화유산에 관해 이야기해준다. 또한 이 저술 속에서 한국의 문화유산은 단행본의 한 주제항목을 구성할 수 있을 만큼 내용과 분량이 확보되어 있었다.43) 헐버트는 이 주제항목의 서두에서 한국의 문화유산에 대하여 다음과 같이 말한다.

> 4천 년이나 되는 전설적인 역사를 가지고 있는 나라에서는 지난날의 모습을 보여주는 여러 가지의 기념물과 유적을 보게 되리라고 기대하게 되는데 그런 점에 있어서는 한국도 마찬가지여서 우리는 그러한 기대에 실망을 느끼지 않는다.44)

---

42) "The Treasures of Kyong-ju," *The Korea Review* II(1902), 385~389: "The Oldest Relic in Korea(Tangan's Altar, Kangwha Island)," *The Korea Review* IV(1904), 255~259, 더불어 서울의 원각사지 10층석탑에 관한 논저가 있는데, 이에 대해서는 후술하도록 한다.

43) H. B. 헐버트, 신복룡 옮김, 『대한제국멸망사』(집문당, 1999), 345~358[Homer Bezaleel Hulbert, "Monuments and Relics," *The Passing of Korea*(New York : Doubleday, Page & Company, 1906)].

44) 위의 책, 345.

고대 한국의 유적들(Relics of Ancient Korea)

한국의 문화유산은 비록 잘 관리되며 보존된 것은 아니었다. 하지만 충분히 발견/발굴할 수 있는 흔적 및 자취가 남겨져 있었다. 더불어 이러한 문화유산에 관한 헐버트의 서술은 '과거 한국의 고대왕국과 역사에 대한 증언'이라는 의미로만 한정되지 않는다. 그의 서술 속에는 '한국민족이 생산한 고유하며 가치 있는 문화유산'이란 의미가 부여되어 있기 때문이다. 예컨대, 헐버트가 한국의 대표적인 문화유산으로 여긴 성덕여왕 신종에 관한 다음과 같은 서술부분을 들 수 있을 것이다.45)

… 그 안에는 세계에서 가장 큰 종중의 하나가 걸려있다. 그 종은 신라의 전성시대인 지금부터 1,400년 전에 만들어진 것이다. 그 크기는 모스크바에 있는 대종과 같지만 무게는 그만 못하다. 반면에 그 종은 아직도 대들보에 걸려 있으며 그것을 만들 때와 다름없이 은은하고도 맑은 소리를 내고 있다. 이 종은 우리로 하여금 여러 가지 신라 문물의 우수성을 인정하도록 하기 때문에 어느 의미에서 보면 이 종이야말로 한국에서 가장 흥미롭고도 눈여겨볼 유물(Relic)이라고 볼 수 있다. 광물을 깨내어 그것을 녹이고 주형을 만들어 흠이 없이 종을 만들고 그곳에 달아맬 수 있는 능력은 그 당시의 문화수준이 매우 높았음을 말해 주는 것이다.

이러한 그의 서술 속에서 한국의 문화유산은 '문화재 이전의 문화재'라고 말할 수 있는 형상을 지니고 있다. 여기서 성덕여왕 신종은 근대

---

45) 아래의 도상자료와 영문제명은 위의 책, 101에서, 이 문화유산에 대한 기술은 347~348에서 발췌한 것이다.

국민국가 단위에서 민족문화의 우수성을 구성해주는 문화유산이라는 함의를 충분히 지니고 있기 때문이다. 이러한『대한제국멸망사』에서 보이는 '문화재 관념'은 사실 1905년에 출판한 그의 일련의 역사서 이후 출현한 것이었다.46) 즉, 문헌을 매개로 한 '고전학'과 문화유산을 매개로 한 '고고학'은 별도로 구축된 것이 아니었다. 더불어 헐버트의 이러한 서술은 그가 자신의 저술 서문에서 명시했던 바대로, 그의 개인적 견해가 아니었던 점을 우리는 기억해야 한다. 헐버트는 자신의 역사서술이『東史綱目』,『東國通鑑』,『文獻通考』, 또한 이름을 밝히지 말아달라고 부탁한 한국인 학자가 소장한 왕조사 필사본과 같은 순수한 한국사료에 의거한 저술임을 강조했다.47) 한국을 방문한 '관광객'들의 피상적인 견해와 다른 자신의 독자적인 견해가 자신의 저술을 구성하고 있음을 밝혔다. 나아가 그의 견해는 오랜 한국체험을 통한 그의 개인적 관찰, 한국인 또는 한국인의 저작을 통해 도출한 '내지인의 관점'에 의거한 것임을 명시했다.48)

그럼에도 게일을 비롯한『韓英字典』의 편찬자들은 헐버트의 서술과 번역용례 혹은 자일즈의 사전을 통해 충분히 참조할 수 있었던 "古蹟=Ancient Remains"란 등가관계를 1911년까지 수용하지 않았다. 그 이유는 1900년 게일-헐버트의 지면논쟁 속에 보인 게일의 재반론을 통해 대략적으로 유추해볼 수 있다.49) 헐버트는 라틴문명과 영국의 관계와

---

46) 호머 헐버트, 마도경·문희경 옮김,『한국사 드라마가 되다』1~2(리베르, 2009) [H.B. Hulbert, *The History of Korea* 1~2(Seoul : Methodist Publishing House, 1905)].
47) 호머 헐버트, 마도경·문희경 옮김,『한국사 드라마가 되다』1(리베르, 2009), 14~16.
48) H. B. 헐버트, 신복룡 옮김,『대한제국멸망사』(집문당, 1999), 17 : 또한 본고의 3장에서 제시한 것처럼, 한국 미디어 속 고적과 유적의 용례는 이러한 헐버트의 서술에 부응하는 예문을 찾을 수 있다는 점도 감안할 필요가 있다.
49) J. S. Gale, "The Influence of China Upon Korea," H. B. Hulbert, "Korean Survivals," G. H. Jones, J. S. Gale, "Discussion," *Transactions of the Korea Branch of Royal*

중국문명과 한국의 관계를 유비로 배치시키며 한국의 고유성을 주장했다. 그렇지만 게일은 한국인과 중국고전문명의 관계가 서구인과 그리스, 로마 고전문명과의 관계와 동일하지 않다고 보았다.

게일이 보기에, 한국인에게 한문고전은 서구인의 고대 그리스 로마의 고전과는 결코 동등한 것이 아니었다. 그리스 로마 문명과 영국의 관계가 진보("앞으로 전진!")로 묶여지는 것이라면, 중국문명과 한국의 관계는 그렇지 않았기 때문이다. 오히려 중국문명은 한국인의 사유 속에서 전부였고 현재적이며 동시대적인 것이었다.[50] 양자의 관계 속에는 어떠한 '고전의 죽음이라고 할 수 있는 불연속점[단절]', '고전을 통한 현대적 재창조'라는 부활의 의미는 존재하지 않았다. 즉, 한국인에게 한문고전은 분명히 하나의 '전범'이자 '공준(公準)'이었을지 모르지만, '현재와 구분되는 과거의 것', '진보를 향한 미래지향적 기획'은 아니었던 것이다. 게일은 이러한 개념상의 불일치를 분명히 인식하고 있었던 것이다. 이렇듯 게일-헐버트 사이 고전에 관한 인식상의 차이점은 한국의 문화유산에 관한 인식과도 궤를 같이하는 것이었다.

5 게일의 한국고전학과 문화재의 원형

1911년까지 게일을 비롯한 『韓英字典』의 편찬자들은 "古蹟"의 의미를 자일즈, 헐버트와는 다른 모습("Ancient documents, former traces, old landmarks")

Asiatic Society 1(1900); 왕립아시아학회 학술지에 수록된 게일의 재반론에 관한 서술은 논의전개를 위한 입론은 이상현, 「게일의 한국고소설 번역과 그 통국가적 맥락-『게일 유고』 소재 고소설관련 자료의 존재양상과 그 의미에 대하여」, 『비교한국학』 21(1)(2014), 27~30을 참조.
50) Ibid, 47.

으로 풀이하고 있었다. 또한 그들은 1912～1923년이라는 오랜 시간 동안 사전을 편찬하지 않았다. 그렇지만 "古蹟＝Ancient Remains"라는 등가관계를 게일은 훨씬 더 이전 시기에 수용했다.51) 1910년 이후 한국 사회의 변모는 한국어 자체에 큰 영향을 줄만큼 지대한 것이었기 때문이다. 그렇지만 우리가 더욱 주목하고 고찰해야 할 질문이 있다. 그것은 '"古蹟"과 "Ancient Remains"사이 등가관계가 형성됨은 무엇을 의미하는 것인가?' 이다. 이 질문과 관련하여 『韓英字典』(1897～1911)은 "古蹟"과 "Ancient Remains" 양자가 지닌 의미상의 차이점을 보여주고 있다. 두 영어어휘["Ancient", "Remains"]와 두 개별 한자["古", "蹟"]의 훈에 대한 풀이양상을 비교해보면, "蹟"과 "Remains"가 등가교환의 관계가 아님을 알 수 있기 때문이다.52) 이와 관련하여 영한사전들을 통해 "Remains"와 한국어 대역어휘 사이 등가관계의 형성과정을 면밀하게 살펴볼 필요가 있다.

---

51) 예컨대, 게일의 고고학 논저 속에서도 "古蹟＝Ancient Remains"이라는 번역용례는 발견할 수 있다. 그 대표적인 것이 *The Korea Magazine* 에 1918～1919년 사이에 연재된 고대 한국의 유적들에 대한 게일의 글을 들 수 있다.[J. S. Gale, "Ancient Korean Remains," *The Korea Magazine* Ⅱ(1918), 354～356, 401～404, 498～502: "Ancient Korean Remains," *The Korea Magazine* Ⅲ, 1919, 15～18, 64～68, 114～116] 이 글은 게일이 저자로 제시되어 있지는 않지만, 『게일 유고』에 소장된 책자형 자료(*Old Korea, Miscellaneous Writings* 30) 속에서 동일원고를 발견할 수 있다. *The Korea Magazine* 소재 게일의 기사목록은 유영식, 『착훈목쟈 : 게일의 삶과 선교』 1(도서출판 진흥, 2013), 459～465을 참조: 한국의 문화유산을 소개한 이 글의 영문 제명 자체가 "Ancient Korean Remains"이며, 매번 연재 시기마다 게일은 『朝鮮古蹟圖報』에 수록된 도상자료를 함께 참조해야 할 자료로 그 수록번호를 함께 제시했다. 게일은 『朝鮮古蹟圖報』를 "Pictorial Albums of Ancient Korean Remains"이라고 번역했다. 즉, 이는 1911년 『韓英字典』에서 보이지 않던 "古蹟 ＝ Ancient Remains"라는 대응관계가 게일의 번역용례를 통해서 드러난 사례인 셈이다.

52) 1914년에 출판된 게일의 『韓英字典』 2부에서 "古"는 "Ancient; old"로, "蹟"은 "Foot-prints; traces. To follow; to search"라고 풀이된다.

<표 3> 영한사전 수록 "Remain(s)" 표제항의 한국어 대역어

remain(s)	Underwood 1890	Scott 1891	Jones 1914	Gale 1924	Underwood 1925
remain(s)	×	×	늠다(剩餘) : (sojoun) 머므다(留) : 두류ᄒ다(逗留)	유젹 (遺跡)	(pl.) (1) 시톄(屍体), 송장, 죽은것, 유골(遺骨), 잔히 (殘骸). (2) 유젹(遺蹟).

상기도표가 잘 말해주듯 "Remain(s)"은 언더우드와 스콧의 초기 영한 사전에서는 풀이되지 않은 영어 어휘였다. "remain(s)"이 명사로 등재된 사례는 게일의 『三千字典』(1924)에서 보인다. 『三千字典』은 당시 "한국 어의 일부가 되어 있는 새롭고 보다 근대적인 용어에 대한 지식을 얻는 데 도움을 주"고자 한 사전이었다.53) 물론 "遺跡"은 신조어와 번역어는 아니었다. 이미 "遺蹟"이라는 표제항이 『韓英字典』(1897~1911)에 등재되 어 있는 모습은 이 어휘가 한국어로 정통성을 획득한 어휘란 사실을 반 증해주기 때문이다.54) 하지만 『韓英字典』(1897~1911)과 『三千字典』(1924) 에 대응되는 서구어는 결코 동일하지 않다. 즉, 『三千字典』에 수록된 "Remain(s)"의 대역어, "遺跡"은 과거 『韓英字典』(1897~1911)에 수록되 었던 遺跡과는 그 개념이 다른 것이었다. 한국어 "遺跡"보다 이에 대한 영어 대역어 Remain(s)이 "遺跡"의 어의변화를 잘 말해주는 셈이다. 이 후 출판된 원한경의 영한사전(1925)을 보면, 명사형 "remain(s)"에 포함 된 다양한 의미를 전달해 줄 한국어가 필요하게 된 현황을 보여준다.

더불어 『三千字典』에서 이 등가관계는 본래 "Remains[Ruins]＝遺跡"으

---

53) 황호덕·이상현 편역, 『개념과 역사, 근대 한국의 이중어사전』 2(박문사, 2012), 144.
54) 비록 조선총독부의 『朝鮮語辭典』(1920)에 이 어휘에는 누락되어 있지만, 『朝鮮辭 書原稿』(1917)에는 "遺傳한 事蹟의 稱"이라고 풀이되어 있다.

로 제시되어 있음을 주목해볼 필요가 있다. 이 등가관계 속에는 'Ruins'
란 영어 어휘도 개입되어 있다. "Ruins"에 대한 영한사전 속 대역관계의
계보를 제시해보면 다음과 같다.

<표 4> 영한사전 수록 "Ruin(s)" 표제항의 한국어 대역어

	Underwood 1890	Scott 1891	Jones 1914	Gale 1924	Underwood 1925
Ruin(s)	결단내는 것, 결단낸 것, 결단난 것 / 망케ᄒᆞ오, 결단내오.	패ᄒᆞ다, 헐다, 헐러지다, 문허지다, 퇴락ᄒᆞ다	멸망(滅亡) : 회멸(毀滅) : (ancient remains) 영락(零落) : 고젹(故跡) : (of a house) 퇴락(頹落)	유젹 (遺跡)	(pl) 구젹(舊跡), 고젹(古跡), 헌터. (2) 결단(決斷), 랑패(狼狽), 와히(瓦解), 몰락(沒落), 타락(墮落) / 망케ᄒᆞ다(亡), 결단내다, 패ᄒᆞ다(敗), 멸ᄒᆞ다(滅), 헐다, 문으지르다, 황폐되다(荒廢), 와히되다.

"Ruin(s)＝ancient remains＝古蹟＝遺蹟"이라는 번역용례는 의당『三千
字典』이전으로도 소환될 수 있다. 즉, 존스의 영한사전(1914)을 보면,
"Remain(s)"이 아니라 "Ruin(s)"이라는 영어 표제항에 한국어 대역어,
"고젹(故迹)"이 보이기 때문이다. 또한 이는 단순히 이중어사전 안에서
의 용례로 제한되는 것이 아니다. 예컨대, 헐버트의 번역용례 속에서도
한국의 문화유산을 "폐허"란 어휘를 통해 제시한 사례를 분명히 발견할
수 있기 때문이다. 헐버트는 신라의 불교유적인 '분황사지 석탑'에 관해,
"고대 신라의 '황금탑의 폐허/유적"(Ruins of "Golden Pagoda" Ancient Silla)
이라고 명명한 바 있기 때문이다.

이러한 헐버트의 '폐허'라는 규정에 걸맞게, 사진 속 분황사지석탑은
오래 세월 속에 방치된 흔적이 그대로 남겨져 있다. 본래 영어어휘에
담겨 있던 "폐허"와 "시체, 송장, 죽은 것, 유골"과 같은 뜻이 공통적으

 RUINS OF "GOLDEN PAGODA"
ANCIENT SILLA

로 함의하는 바는 '죽음 혹은 멸망'이다. 헐버트는 통일 신라가 고도의 문명을 지닌 국가였지만 중화사상이 유입되면서 한국이 서서히 국력이 몰락하게 된 시초라고 말했으며, 300여년의 통일 신라시대를 "급속한 쇠락의 세기(centuries of rapid decline)"라고 평가했다.55) 분황사지 석탑이 보여주는 폐허는 물론 현재 한국으로 이어지는 연속된 과거였다. 하지만 동시에 전술했던 선덕여왕 신종과 같은 신라 문물의 우수함이 "오늘날에도 한국인들에 의해 성공적으로 이룩될 수 있는지의 여부에 대해 필자는 회의를 느낀다"56)는 그의 언급처럼, 현재와는 단절된 고대왕국 신라의 형상이기도 했다. 나아가 그의 저술이 출판되던 당시 한국은 "대한제국의 멸망"이라는 큰 단절의 사건이 놓여 있는 시공간이었음을 주지할 필요가 있다.

이렇듯 헐버트가 폐허화된 한국의 문화유산을 보면서 느낀 심미적 체험이 본래 "古蹟 혹은 遺蹟"이란 어휘 속에서 담겨있었던 것일까? 분명히 한자문화권에서 이 어휘들은 이러한 심미적 체험을 표현할만한 고전적 용례를 지니고 있었다. 그렇지만 전술했던 게일의 헐버트에 대한 반론을 상기할 필요가 있다. 동양의 懷古[혹은 詠史] 속에서 이러한 왕조의 '죽음과 멸망마다 새로운 부활이 뒤 따'라야 하는 것은 아니었다. 무엇보다 이 폐허의 흔적은 물리적으로 다시 복원되며 보존되어야 할 대상으로 소환되지는 않았다. 즉, 詠史와 懷古의 대상이라고 할 수 있는 '고전/고적/유물'은 "죽고 다시 태어나며, 매번 자신과 동일하지만 또한 매번 다른 모습"은 아니었던 셈이다. 이와 달리 서구인의 '고전적 고대'

55) H. B. 헐버트, 신복룡 옮김, 앞의 책, 105~106.
56) 위의 책, 348.

에 관한 "순환적 모델, 언제나 죽은 것으로 주어지고 또 언제나 다시 태어나는" 고전/고적/유물에 대한 반복적인 집착57)을 헐버트의 한국문화유산에 관한 서술에서 발견할 수 있다.

오랜 시간 방치되었기에 폐허가 되어버린 문화유산의 존재는 서구인에게 그들이 과거 서구의 문화유산을 보는 것과 유사한 정서를 상기시켜 주었을 것이다. 서구인의 시선 속에서 한국의 문화유산은 이와 같은 폐허의 공간에서 서구적 의미와 대등한 것으로 (재)출현한다. 즉, 발굴 이전에 '죽어 있던' 한국의 문화유산은, 발굴과 함께 '재탄생'하게 된다. 과거에 죽어 있던 존재와 장소가 마치 발굴/발견과 함께 유령이자 귀신처럼 복귀하는 형식이다. 한국의 문화유산이 보존의 대상이 아니라 방치되어 있던 상황은 발굴 자체만으로도 이러한 죽음/재탄생의 형식을 저절로 이끌어 내는 것이기도 했다. 즉, 전술했던 헐버트의 말처럼, 한국의 "기념물이나 유적은 사람들이 살고 있거나 또는 경배의 대상이 되고 있는 건물의 형태로 존속되고 있는 것은 아니"었기 때문이다. "극동의 모든 건축 양식은 그것을 전체적으로 개축하리만큼 철저하게 보수하지 않고서는 100년 이상을 존속할 수 없"는 것이지만, 역으로 "그렇기 때문에 고대 이집트의 유적과 같은 사원을 볼 수는 없지만, 그와 거의 맞먹는 고적을 찾기란 어렵지 않"았다.58) 즉, 문화유산의 원형을 보존한다는 개념 이전에 문화유산은 이미 훼손된 것으로 발견되며, 이러한 문화유산의 발견은 그 원형을 상상하게 만들기 때문이다.

그렇지만 이러한 헐버트의 문화유산에 대한 조명 그 자체가 문화유산에 대한 보존 및 보수란 실천과 등치되는 것은 아니었다. 이와 달리, 『朝鮮古蹟圖報』로 수렴된 고적조사사업 및 이 도록의 편찬과정을 주도

---

57) 살바토레 세티스, 김운찬 옮김, 『고전의 미래 : 우리에게 고전이란 무엇인가』(길, 2009), 139.
58) H. B. 헐버트, 신복룡 역, 앞의 책, 345.

했던 인물, 한국 고고학 연구의 여명을 연 도쿄제국대학 공과대학 조교
수 세키노 타다시(關野貞, 1868~1935)의 행보는 다른 성격을 지니고 있었
다. 세키노의 조사작업 자체는 개인적 저술의 차원이 아니라 국가 단위
의 차원에서 이루어진 거대한 사업이었으며, 공개적인 아니 더 엄밀히
말하자면 홍보적인 차원에서 이루어졌다. 1910년대『매일신보』를 통해
지속적으로 한국인에게 그의 조사와 강연 소식은 소개된다.59) 또한 세
키노의 조사작업은 건축양식에 대한 전문적인 식견과 실제의 수리경험
을 기반으로 한 문화재에 대한 보존/보수 관념이 전제되어 있었다.60)
나아가 한국의 문화유산이 발견/발굴되는 차원이 아니라, 일본의 국보
로 편입되고 보존·관리의 대상이 된 점은 헐버트-세키노 사이의 가장
큰 변별점이었다.61) 이중어사전에 수록된 "國寶"라는 표제항은 이러한
정황을 보여준다.

---

59) 1910년대『매일신보』를 펼쳐보면 일일이 나열하기 어려운 수준이다. 대표적인 기사
만을 선별해 보아도「古蹟調査의 旅程」(1912. 9.21), 4,「평양통신 : 古墳調査」(1912.
9.29.), 3,「關野박사의 관람」(1912.10.4.), 4,「關野박사의 시찰」(1912.10.6.), 4,「新羅
時代珍寶」(1912.10.31) 4,「二大遺利 發見, 木賊과 鑛鐵冷泉」(1912.12.20.), 4,「朝鮮
最古의 寶物, 一千 三百五十年 前의 壁畵, 江陵의 古鍾 浮石寺의 建築, 工學博士 關野貞
氏談」(1913.1.1.), 13,「千年 고분의 발견」(1913.9.11.), 2,「黃海통신 : 關野 박사의
강연」(1913.9.26.), 4,「咸鏡道 古蹟調査(1~3), 關野博士의 講演」(1914.1.9~1.11),
「백제의 古蹟(1~3), 공학박사 關野貞氏 강연」(1915. 8.22~8.24),「關野박사 조사
일정」(1916.9.27.) 4,「확인된 樂浪郡 郡治의 장소(1~2)」(1916.12.5~12. 6),「朝鮮古
墳의 變遷(15)」(1918.1.8.) 4 등 다수를 들 수 있다.
60) 세키노 타다시의 한국에서 고적조사사업과 그의 저술활동 전반에 관해서는 "우동
선,「세끼노 타다시(關野貞)의 한국 고건축 조사와 보존에 대한 연구」,『한국근현대
미술사학』11(2003); 강현,「關野貞과 건축문화재 보존」,『건축역사연구』41(2005)"
를 참조.
61)「日本國寶에 編入된 者」,『황성신문』(1910.9.11.),「古代의 建築物」,『매일신보』
(1910. 9.29),「古建築物 보호」,『매일신문』(1911.10. 4),「國寶編入의 조사」,『매일신
문』(1912. 2.24).

國寶 : The wealth of a country; the national treasures(Gale 1911
~1931) → (一) 君上의 御印의 稱, (二) 一般 國民의 愛重하는 古物의 稱;
(一) 君王の 御印, (二) 國ノタカラ。(『朝鮮辭書原稿』(1917~1920))[62] →
㋐「國璽」(국새)に同じ。㋑國の寶物。(朝1920) → National treasures
(김1928).

國寶는 근대 국민국가 단위의 문화유산이라는 의미로 『韓英字典』
(1911)에 등재되어 있다. 또한 결국 출판되지 못한 원고이지만 『朝鮮辭
書原稿』에서는 "一般 國民의 愛重하는 古物"을 뜻하는 한국어 어휘였다.
물론 한국인은 문화유산의 발굴/보존/보수의 주체는 아니었다. 하지만
이 보존 및 관리의 체계에서 배제된 존재가 아니었다. 또한 제국 일본
의 관리에 놓이게 된 문화유산을 민족의 문화유산으로 상상할 수 있으
며 愛重할 수 있었다.[63] 나아가 총독부의 문화유산 복원 및 보수작업
이후에도 그것이 얼마나 원형을 보존했는지를 질문할 수 있으며, 본래
그 문화유산은 '언제 무엇을 위해 존재했는가?'와 같은 역사적인 연원
과 존재양상을 물을 수 있었다. 게일 역시 이러한 점에 있어서는 마찬
가지였다. 그는 「파고다公園考」를 여느 도입부로 세키노의 저술을 인용
했다.[64] 그 이유는 과거 원각사지 10층석탑에 관한 외국인의 비평·학

---

62) 朝鮮總督府 編, 『朝鮮辭書原稿』 4(필사본, 1920), 49.

63) 1913년 진행되기 이전 조선총독부의 석굴암 수리공사와 관련하여, 다보탑과 석
굴암을 서울로 이전한다는 소식에 소요가 발생했고 이 소식이 誤報란 사실을 알
리는 다음과 같은 기사는 이러한 사실을 잘 보여준다.(「慶州古寶와 流說」, 『매일
신보』(1912.10.30), 4; "慶州에 在혼 新羅 古都의 多寶塔 及 石窟庵의 佛蹟 等을 總
督府에서 京城으로 移轉保管혼다는 流說을 傳혼 結果로 慶州地方의 鮮民 等은 大
히 騷擾혼 事가 有호나 右는 何等의 誤報인지 全然無根이오 總督府에서는 絶對的
京城으로 移轉홀 意志가 無호고 但 其保存及修理에 關호야는 現狀과 如히 放棄키
不能호느 然이느 其 修理費도 巨額을 要호야 支出의 方法으로 總督府에서 保管홀
必要도 有호고 或은 此等 修理保存의 方法에 關호야 如斯혼 虛報를 傳홈인 듯 호
다더라.")

64) 주지하다시피, 게일은 일본인들의 조선학 논저를 참조하지 않지만 이러한 그의
선택에 있어서도 예외의 지점이 있다. 그것은 朝鮮古書刊行會, 朝鮮硏究會와 같은

술적 언급들과 다른 세키노의 글이 지닌 미덕 때문이었다. 세키노는 경천사지 석탑과 이 석탑의 건축양식이 동일함을 주목했다. 게일은 이러한 선행연구성과에 의거하여 원각사지 석탑의 모델을 경천사지 석탑으로 인식했다. 또한 세키노의 이러한 탐구의 저변에는 한국의 문헌자료를 통해서 원각사지 10층석탑의 역사적 연원을 살피고자 한 새로운 지향점이 담겨져 있었다.

이는 한국 문화유산의 "본래의 형상" 즉, 그 원형(原形, Original form)에 관한 탐구였다. 물론 세키노의 논의 이전에도 이 석탑의 역사적 연원을 살피고자 한 개신교선교사들의 논의는 있었다. 알렌(Horace Newton Allen, 1858~1932)과 헐버트 역시도 과거 여행가들의 시선과는 달리, 이 석탑의 연원과 그 유래를 탐구했다.65) 두 사람은 南公轍(1760~1840)의 『金陵集』(1815)에 수록된 기록(「高麗佛寺塔記」)에 근거하여, 이 석탑은 豊德 擎天寺에 세워진 '경천사지 10층석탑'과 함께 元나라의 황제인 順帝가 忠順王의 딸이자 자신의 황후[金童公主]를 위해 고려에 보낸 선물이라고 이야기했다. 하지만 이는 남공철의 글 이후 잘못 전승된 당시 한국인, 일본인, 서구인의 통념이었다.66) 세키노가 잘 지적한 바처럼, 남공철이 전

재조선 일본민간학술단체가 발행한 한국고전 영인본과 조선총독부가 편찬을 주관한 『朝鮮古蹟圖報』(1915~1935)에 수록된 도상자료이다.(R. Rutt, *James Scarth Gale and his History of the Korean People*(Seoul : the Royal Asiatic Society Korea Branch, 1972), 357~361과 R. King, "James Scarth Gale, Korean Literature in Hanmun, and Korean Books," 서울대 규장각한국학연구원 편, 『해외 한국본 고문헌 자료의 탐색과 검토』(삼경문화사, 2002), 246~250) 세키노 타다시의 저술은, 게일이 자신의 원고에서도 종종 인용되는 독특한 사례였다.(關野貞, 강태진 역, 『한국의 건축과 예술』(산업도서 출판공사, 1990), 143~148[關野貞, 『韓國建築調査報告』(東京: 東京帝國大學工科大學, 1904), 87~93]).

65) H. N. Allen, "Places of Interest in Seoul," *The Korean Repository* Ⅱ(1895), 4; H. N. Allen, *Korea, Fact and Fancy*(Seoul : Methodist Publishing House, 1911), 146; H. B. Hulbert, "The Marble Pagoda," *The Korea Review* Ⅰ(1901), 534~538; 호머 헐버트, 신복룡 옮김, 앞의 책, 118~119.

66) 「京城古塔」, 『西友』 11(1907), 35~38에는 김수온의 글이 드러나기 이전, 남공철의 기록(『金陵集』 12, 「高麗佛寺塔記」), 알렌, 헐버트의 글을 비롯한 이 석탑에 대

「파고다公園考」에 수록된
「大圓覺寺碑」 사진

거문헌으로 삼은 『고려사』에는 해당 기사가 없으며, 『고려사』에 수록된 역사적 사실과 남공철의 기록내용은 어긋나는 점이 많았다. 그렇지만 세키노 역시도 종국적으로 남공철의 기록에서 합리적인 지점을 선별하여 원각사지 10층석탑 역시 경천사지 10층석탑과 함께 중국에서 고려로 전래된 것이라는 결론을 내렸다.[67] 그가 이와 같은 오류를 범했던 까닭은 두 건축물의 건축양식이 유사했으며, 시데하라 다이라(幣原坦, 1870~1953)와 함께 당시 원각사지 10층석탑과 함께 있던 「大圓覺寺碑」를 해독하고자 했지만 성공하지 못했기 때문이다.[68] 후일 세키노는 자신의 이 오류를 시정했다. 아사미 린타로(淺見倫太郎, 1869~1943)의 도움으로 『續東文選』의 기록을 보고 이 석탑이 조선시대의 문화유산이란 사실을 발견했기 때문이다.[69] 즉, 세키노는 본래 이 석탑의 물리적이며 건축학적인 원형은 고구할 수 있었지만, 이에 대한 역사적인 연원을 담고 있는 「大圓覺寺碑」를 복원하지는 못했던 것이다.

게일의 글은 이러한 세키노의 오류를 정정하고 원각사지 10층석탑의 역사적 연원을 규명해 준 논문이었다. 물론 세키노와 게일 사이에는, 두 사람이 검토할 수 있었던 한국 고문헌의 차이가 분명히 존재했다. 그것은 1910년대 재조선 일본 민간학술단체들이 대량으로 영인, 출판한 한국고전으로 발생한 두 사람 사이의 간극이기도 했다. 하지만 게일의 이

한 당시의 다양한 논의들이 잘 정리되어 있다.
67) 關野貞, 강태진 역, 앞의 책, 144~145.
68) 위의 책, 418~419 : 물론 세키노는 『동국여지승람』의 기록을 통해 김수온의 비문의 존재를 분명히 알고는 있었다.
69) 關野貞, 『朝鮮の建築と藝術』, 569~570.

러한 작업이 가능했던 이유는, 그가 스스로 밝혔듯이 김수온이 작성한
「大圓覺寺碑」사본의 존재를 알려준 인물, 止齊 金瑗根(1868~1940)이라는
한학적 지식인이 있었기 때문이다.70) 이러한 협업은 단지 한국개신교
선교사 집단에만 한정되지 않았다.『청춘』에 연재된 최남선의 일지(「一
日一件」(1914.12.6))에는, 게일이 최남선과 김교헌을 만나 자문한 흔적이
다음과 같이 새겨져 있다.

> … 쩨, 에쓰, 쩨일 博士가 來訪하야 圓覺寺와 및 敬天 등 塔에 關하야
> 問議가 잇거늘 金茂園 先生으로 더부러 答說하다. 그가 갈오대 碑文에
> 도 잇거니와 朝鮮初期에 朝鮮匠色의 손에 製作된 것인대 精巧하기敬歎
> 할밧게 업스니 갸륵하다하며 거긔 對한 몃 가지 疑難을 提出하더라.71)

The Pagoda of Seoul.

(A translation of the inscription that has disappeared
from the face of the tablet that stands on the turtle's
back.)

by
Kim Soo-on.

It was in the 10th year of the reign of King Se-je who won great
praise for his righteous rule,demonstrated the principles of justice,
and brought the sweet music of peace and rest to the state,making the
people amid all that pertained to them happy and glad. At this time His
Majesty gave himself up to the religion and meditated on the deep truths
of the faith,desirous also that the people might be impregnated with a

『게일 유고』 소재 「大圓覺寺碑」 번역문

상기의 사진자료가 잘 보여주듯 게일의 글은『게일 유고』(Gale, James
Scarth Papers) 속에도 다른 금석문 번역문들과 함께 보존되어 있는데, 그

---

70) 김원근은 시화나 야사를 국한문혼용체로 풀이하여 잡지 및 신문에 많은 기사와
논저를 남긴 한학자였다. 또한 배제학당, 경신학교, 정신여학교에서 교편을 잡은
교육자이기도 했다. 그는 게일의 오랜 동료였으며 그의 한국역사서술을 가능하게
도와주었던 인물이었다.[「育英에 卄五年 金瑗根氏祝賀」,『동아일보』(1928. 4.22);「
貞信校金瑗根先生 卄五年勤續記念」,『동아일보』(1930.10.14.);「育英盡瘁卄五星霜
敎育界精神的貢獻者들」,『동아일보』1935. 1. 1; 이종묵,「일제강점기의 한문학 연구
의 성과」,『한국한시연구』13(2005), 431].
71) 최남선,「一日一件」,『청춘』3(1914. 12. 6.)

말미에는 1914년 10월 2일 서울에서 번역한 것이라고 적혀 있다.[72] 즉, 그는 비문에 대한 번역작업을 마친 후, 최남선과 김교헌을 찾아가 자신의 논문에 대한 검증을 받았던 것이다. 최남선이 남긴 구절은 아주 짧은 기록이지만, 한국 문화유산의 우수성에 관한 인식이 분명히 전제되어 있다. 나아가 원각사지 10층석탑과 경천사지 10층석탑의 관계 등과 같은 주요요지와 논점, 과거 세키노의 오류와 이에 대한 게일의 정정내용이 잘 반영되어 있다. 즉, 게일 논문의 요지를 김원근, 최남선, 김교헌은 함께 공유하고 있었던 셈이다. 여기서 최남선이라는 근대 지식인을 주목할 필요가 있다. 최남선의 한국 문화유산에 관한 인식은 서구인의 인식에 충분히 부응하고 있었다. 예컨대, 최남선의 『조선광문회고백』 소책자(1910)에서 한국의 문화유산은 다음과 같이 일종의 폐허이자 복원되어야 할 존재로 형상화된다.[73]

> … 내 일찍이 대동강 위에 편주를 띄우고 물결을 따라 내려오는데, 깨진 성곽과 무너진 누각, 버려진 폐허와 남은 주춧돌이며 높은 벽, 얕은 물결과 깊은 굴, 뾰족한 돌이 모든 반만년 풍상의 자취가 아님이 없고 수백 대의 榮枯를 반복함이라. 大聖山[인용자 : 고구려 유적이 많이 남겨진 평양의 북부에 있는 산]에 이르니 저 기장만 더부룩하고 만경대를 문안하니 깨진 항아리가 쓸쓸한데, 아사달의 석양은 창연하게 머리를 드리우고 장성 한 쪽에 용솟음치는 물은 은근히 할 말이 있는 듯 하여라 …

이 소책자에서 제시되는 한국의 문화유산은 전술했던 '폐허의 발견과 죽음/재탄생'이란 의미에 부합한다. 그는 이 책자에서 청천강 강에

---

72) J. S. Gale, "The Pagoda of Seoul," *Miscellaneous Writings* 29, 62~66.[『게일 유고』 <Box 8>(캐나다 토론토대 토마스피셔 희귀본장서실 소장)]

73) 임상석, 「고전의 근대적 재생산과 최남선의 국한문체 글쓰기 : 「조선광문회고백(朝鮮光文會告白)」 검토」, 『민족문학사연구』 44(2010)에서 첨부자료로 제시한 자료를 참조

남은 을지문덕의 비와 조각상이 버려진 현실을 말하고, 통군정에서 동명성왕을 그리며 그 기록의 산실을 애달파했다. 더불어 에도박물관에서 광개토왕비 탁본을 보고, 금강에서 사비성 왕업과 계백을 그리며 백제의 역사를 상상했다. 김해 구자봉과 남릉을 방문하여 버려진 가야 유적들을 보았다. 여기서 제시되는 한국의 문화유산은 일종의 폐허이자 죽은 것이지만, 동시에 '재탄생/복귀'시켜야 할 대상으로 소환되고 있다. 비록 게일의 사전만으로는 그 등재된 흔적과 자취를 찾을 수 없지만, 우리는 1914~1915년경 게일과 한국인이 "古蹟[혹은 遺蹟]=Ancient Remains"라는 대응관계 속에서 원각사지 10층석탑이라는 한국의 문화유산에 관한 대화를 나눴던 흔적만큼은 충분히 논증할 수 있다. 요컨대, 이 시기 서구인의 문화유산에 대한 대등한 관념이 한국인과 한국어 속에서 출현하고 사회화된 사실만큼은 충분히 말할 수 있는 셈이다. 이는 게일의 고전학이 놓여 있던 근대 학술사적 문맥이자 사전편찬자 게일과 한국 근대 지식인이 나눈 학술적 교류의 현장이었다. 이 현장은 게일의 사전을 비롯한 한국의 이중어사전만으로 발견할 수 없는 순간, 우리에게 서양인과 한국인이 한국의 문화재와 그 원형 개념을 공유하던 순간을 증언해주는 셈이다.

【참고자료】 근대초기 한국어관련 사전의 서지사항 및 약호

1. Ridel 1880 : Les Missionnaires de Corée, de la Société des Missions Étrangères de Paris. 『한불ᄌ뎐韓佛字典(*Dictionnaire Coréen-Français*)』(Yokohama : C. Lévy Imprimeur-Libraire, 1880).

2. Underwood 1890 : Underwood, Horace Grant, 『한영ᄌ뎐(*A Concise Dictionary of the Korean Language*)』(Yokohama : Kelly and Walsh, 1890).

3. Scott 1891 : Scott, James, *English-Corean dictionary : being a vocabulary of Corean colloquial words in common use*(Corea : Church of England Mission Press, 1891).

4. Gale 1897 : Gale, James Scarth, 『韓英字典한영ᄌ뎐(*A Korean-English Dictionary*)』(Yokohama : Kelly and Walsh, 1897).

5. Gale 1911 : Gale, James Scarth, 『韓英字典(*A Korean-English Dictionary*)』(Yokohama : The Fukuin Printing CO., L'T., 1911).

6. Jones 1914 : Jones, George Heber, 『英韓字典영한ᄌ뎐(*An English-Korean dictionary*)』(Japan : Kyo Bun Kwan, 1914).

7. Gale 1914 : Gale, James Scarth, 『韓英字典(*A Korean-English dictionary(The Chinese Character)*』(The Fukuin Printing CO., L'T. Yokohama, 1914).

8. 朝 1920 : 朝鮮總督府 編, 『朝鮮語辭典』(朝鮮總督府, 1920).

9. Gale 1924 : Gale, James Scarth, 『三千字典(*Present day English-Korean : three thousand words*)』(京城 : 朝鮮耶蘇教書會, 1924).

10. Underwood 1925 : Underwood, Horace Grant & Underwood, Horace Horton, 『英鮮字典(*An English-Korean dictionary*)』(京城 : 朝鮮耶蘇教書會, 1925).

11. 김 1928 : 金東成 著, 權悳奎 校閱, 『最新 鮮英辭典(*The New Korean- English Dictionary*)』(京城 : 博文書館, 1928).

12. Gale 1931 : Gale, James Scarth, 『韓英大字典(*The Unabridged Korean- English Dictionary*)』(京城 : 朝鮮耶蘇教書會, 1931).

13. 문 1938 : 문세영, 『조선어사전』(박문서관, 1938).

참고문헌

1. 자료

『게일 유고(*Gale, James Scarth Papers*)』, 캐나다 토론토대 토마스피셔 희귀본장서
　　실 소장.

『플랑시 문서철』(PAAP, Collin de Plancy) 2.

국립국어원, 『21세기 세종계획 최종 성과물 수정판(CD)』(문화체육관광부 · 국립국
　　어원, 2011).

단국대학교 동양학연구소, 『漢韓大辭典』(단국대학교, 2000).

러시아 대장성, 한국학중앙연구원 편역, 『국역 한국지』(한국학중앙연구원, 1984).

凡外生, 「獻身과 活動으로 一貫한 奇一 博士의 生活과 業績」, 『조광』18 (1937).

에밀 부르다레, 정진국 옮김, 『대한제국 최후의 숨결』(글항아리, 2009).

朝鮮總督府 編, 『朝鮮辭書原稿』(필사본), 1920 (국립중앙도서관 소장).

최남선, 「一日一件」, 『청춘』3 (1914. 12. 6).

파리외방전교회, 펠릭스 클레르 리델 편, 이은령 · 김영주 · 윤애선 옮김, 『현대 한
　　국어로 보는 한불자전』(소명출판, 2015).

퍼시벌 로엘, 조경철 옮김, 『내 기억 속의 조선, 조선사람들』(예담, 2011).

황호덕 · 이상현 편역, 『개념과 역사, 근대 한국의 이중어사전』2 (박문사, 2012).

　　　　　　　　　 편, 『한국어의 근대와 이중어사전』 I ~ XI (박문사, 2012).

호머 헐버트, 마도경 · 문희경 옮김, 『한국사 드라마가 되다』1~2 (리베르, 2009).

H. B. 헐버트, 신복룡 옮김, 『대한제국멸망사』(집문당, 1999).

W. E. 그리피스, 신복룡 역주, 『은자의 나라 한국』(집문당, 1999).

關野貞, 강태진 역, 『한국의 건축과 예술』(산업도서 출판공사, 1990).

Allen, H. N., "Places of Interest in Seoul," *The Korean Repository* II (1895), 4.

　　　　　　, *Korea, Fact and Fancy* (Seoul : Methodist Publishing House, 1911).

Gale, J. S., "Ancient Korean Remains," *The Korea Magazine* II ~ III (1918~1919).

　　　　, "A Contrast," *The Korea Mission Field* (1909).

　　　　, "The Influence of China Upon Korea," *The Transactions of the Korea
　　Branch of Royal Asiatic Society 1* (1901).

　　　　, "The Pagoda of Seoul," *The Transactions of the Korea Branch of the
　　Royal Asiatic Society* IV(II) (1915).

Giles, H. A., *A Chinese-English dictionary* (London : Bernard Quaritch; Shanghai :
　　Kelly and Walsh, 1892).

Hulbert, H. B., "Korean Survivals," *The Transactions of the Korea Branch of Royal*

Asiatic Society 1 (1901).

_____, "The Marble Pagoda," *The Korea Review* I (1901).

Jones, G. H., Gale, J. S., "Discussion," *The Transactions of the Korea Branch of Royal Asiatic Society 1* (1901).

Macgowan, D. J., "Notes on Recent Russian Archaic Researches adjacent to Korea and Remarks on Korean Stone Implements," *The Korean Repository* I (1892).

Mr. Margarie, Trans. Mr. Korylin, "Kitchen Mounds Near Korea. Proceedings Soc. for study of Amoor region," *The Korean Repository* I (1892).

Rufus, W. C., "Trip to Kyungju," *The Korea Magazine* I (1917).

Underwood, H. H., "A Partial Bibliography of Occidental Literature on Korea," *The Transactions of the Korea Branch of Royal Asiatic Society* 20 (1930).

_____, "Nam Han, or the South Fortress," *The Korea Magazine* II (1918).

Z, "Discovery of an Important Monument," *The Korean Repository* I (1892).

"A Celebrated Monument Marking the Fall of Pak-je," *The Korea Review* II (1902).

"Antiquarian Study," *The Korea Magazine* II (1918).

"Tan Goon (Legendary Founder of Korea)," *The Korea Magazine* I (1917).

"The Oldest Relic in Korea(Tangan's Altar, Kangwha Island)," *The Korea Review* IV (1904).

"The Tomb on the Chosen Christian College Grounds," *The Korea Magazine* II (1918).

"The Treasures of Kyong-ju," *The Korea Review* II (1902).

關野貞, 『韓國建築調査報告』 (東京 : 東京帝國大學工科大學, 1904).

_____, 『朝鮮の建築と藝術』 (東京 : 岩波書店, 1941).

金澤庄三郎 編, 『辭林』 (三省堂, 1911).

井上十吉 編, 『和英辭典 : 新譯』 (三省堂, 1909).

船岡獻治 譯, 金澤庄三郎, 小倉進平, 林圭, 李完應 玄櫶 교열, 『鮮譯 國語大辭典』 (東京 : 大阪屋號書店(간행), 京城 : 日韓印刷所, 1919).

윤애선·이은령·김인택·서민정, 『웹으로 보는 한불자뎐-1880 v.1.0』(D-2008- 000026)

_____, 『웹으로 보는 한영자뎐-1911 v.1.0』(D-2008- 000027)

윤애선, 이은령, 『웹으로 보는 조선총독부사전(1.0 v.)』

국립문화재연구소 http://www.nrich.go.kr/

한국고전종합DB http://db.itkc.or.kr/

한국역사정보통합시스템 http://www.koreanhistory.or.kr/
국립국어원 표준국어대사전 http://stdweb2.korean.go.kr/

2. 논저 및 단행본
강용훈, 「개념의 지표를 공유하는 또 다른 방식 - 황호덕·이상현, 『개념과 역사, 근
　　　대 한국의 이중어사전』 1·2(박문사, 2012)」, 『개념과 소통』 10 (2012).
_____, 「이중어사전 연구 동향과 근대 개념어의 번역」, 『개념과 소통』 9 (2012).
강인욱, 「러시아 연해주 출토 석검의 연구」, 『동북아문화연구』 28 (2011).
강　현, 「건축 문화재의 원형 개념과 보존의 관계-한국 목조건축문화재 수리 역사
　　　의 비판적 검토를 중심으로」, 『문화재』 49(1) (2016).
_____, 「關野貞과 건축문화재 보존」, 『건축역사연구』 41 (2005).
김왕직·이상해, 「목조 건조물문화재의 보존이론에 관한 연구: 일본 건조물문화재
　　　의 수리사례를 중심으로」, 『건축역사연구』 11(3) (2004).
김해경·김영수·윤혜진, 「설계도서를 중심으로 본 1910년대 탑골공원의 성립과정」,
　　　『한국전통조경학회지』 31(2) (2013).
박선애, 「1910년대 총독부의 조선 문화재 조사 사업에 관하여」, 『역사와 경계』 69
　　　(2008).
부산대 인문학연구소, 『한불자전 연구』 (2013).
부산대 점필재연구소 고전번역학 센터 편, 『동아시아, 근대를 번역하다 - 문명의 전
　　　환과 고전의 발견』 (점필재, 2013).
살바토레 세티스, 김운찬 옮김, 『고전의 미래 : 우리에게 고전이란 무엇인가』 (길,
　　　2009).
우동선, 「세끼노 타다시(關野貞)의 한국 고건축 조사와 보존에 대한 연구」, 『한국근
　　　현대미술사학』 11 (2003).
유승훈, 「일제시기 문화재보호법의 '중점보호주의'와 '포괄적 법제'에 관하여」, 『역
　　　사민속학』 17 (2003).
유영식, 『착훈목쟈 : 게일의 삶과 선교』 1 (도서출판 진흥, 2013).
육당연구학회 편, 『최남선과 근대 지식의 기획』 (현실문화, 2015).
이병근, 「서양인 편찬의 개화기 한국어 대역사전과 근대화」, 『한국문화』 28 (2001).
_____, 『한국어 사전의 역사와 방향』 (태학사, 2000).
이상현, 「게일의 한국고소설 번역과 그 통국가적 맥락 - 『게일 유고』 소재 고소설관
　　　련 자료의 존재양상과 그 의미에 대하여」, 『비교한국학』 21(1) (2014).
_____, 「『삼국사기』에 새겨진 27년 전 서울의 추억 - 모리스 쿠랑과 한국의 고전
　　　세계」, 『국제어문』 55 (2013).
_____, 『한국고전번역가의 초상, 게일의 고전학과 고소설 번역의 지평』 (소명출판,
　　　2013).

_____, 「한국신화와 성경, 선교사들의 한국신화해석 - 게일(James Scarth Gale)의 성취론과 단군신화 인식의 전환」, 『비교문학』 58 (2012).

이수정, 「한국의 문화재 보존・관리에 있어서 원형개념의 유입과 원형유지원칙의 성립, 그리고 발달과정」, 『문화재』 49(1) (2016).

이은령・이상현, 「모리스 쿠랑의 서한과 한국학자의 세 가지 초상 - 『플랑시 문서철』 (PAAP, Collin de Plancy Victor)에 새겨진 젊은 한국학자의 영혼에 대하여」, 『열상고전연구』 44 (2015).

이순자, 『일제강점기 고적조사사업 연구』 (경인문화사, 2009).

이종묵, 「일제강점기의 한문학 연구의 성과」, 『한국한시연구』 13 (2005)

임상석, 「고전의 근대적 재생산과 최남선의 국한문체 글쓰기 : 「조선광문회고백(朝鮮光文會告白)」 검토」, 『민족문학사연구』 44 (2010).

정수진, 「근대적 의미의 조선 문화, 예술」, 『한독사회과학논총』 15 (2005).

_____, 「무형문화재에서 무형문화유산으로: 글로벌 시대의 문화표상」, 『동아시아 문학연구』 53 (2013).

_____, 「문화재 보호제도와 전통담론」, 『문화재』 47(3) (2014).

한영균, 「19세기 서양서 소재 한국어 어휘자료와 그 특징」, 『한국사전학』 22 (2013).

황호덕・이상현, 『개념과 역사, 근대 한국의 이중어사전』 1 (박문사, 2012).

King, R., "James Scarth Gale, Korean Literature in Hanmun, and Korean Books," 서울대 규장각한국학연구원 편, 『해외 한국본 고문헌 자료의 탐색과 검토』 (삼경문화사, 2002).

Rutt, R., *James Scarth Gale and his History of the Korean People* (the Royal Asiatic Society Korea Branch, 1972).

小倉進平, 『增訂朝鮮語學史』 (刀江書院, 1940).

제정 러시아 카잔의 러시아어·한국어 이중어 교재와 번역[1]

-『고려인을 위한 기초 러시아어 교과서: 회화수업을 위한 시험적 교재』(1901)에 새겨진 20세기 초 한국어 문화생태-

1 들어가며

1.1. 연구 목적

1864년 함경도 주민들이 제정 러시아 남(南) 우수리스크 지방으로 이주를 시작한 이후, 러시아 최초 한인마을 '지신허(地新墟)'를 비롯한 한인 마을이 생겨나기 시작하였다. 이후 이들 마을에 거주하는 이주 한인 자녀들을 위한 러시아어 교재가 20세기 초 카잔 러시아정교 선교회(Православное миссионерское общество)에서 출판되기 시작하였고, 이와 동시에 러시아인들을 위한 한국어 교재가 양방향으로 출판되었다.[2] 본 논문에

---

1) 이 논문은 한지형, 「『고려인을 위한 기초 러시아어 교과서: 회화수업을 위한 시험적 교재』(1901)에 관한 소고」, 『노어노문학』 28-2(2016), 73~102.를 이 책의 논지에 따라 수정·보완하였다.

2) 이 논문을 작성하기에 앞서 러시아 이주 한인과 이들의 언어를 지칭하는 용어에 대한 정립이 요구되었다. 한민족(韓民族)을 지칭하는 용어는 사용 목적과 범위에 따라 다양하게 변주되기 때문이다. 오늘날 한민족은 상이한 정치적 환경 속에서, 남한에서는 '한국 사람·한국인', 북한에서는 '조선 사람'으로 지칭되며 이에 따라

서는 고려인과 러시아인을 대상으로 출판된 한국어와 러시아어 양방향 언어교재 중, 그 첫 번째 교재인 『고려인을 위한 기초 러시아어 교과서: 회화수업을 위한 시험적 교재 *Первоначальный учебник русского языка для корейцев: пособие для разговорных уроков (Опыт)*』(이하 『기초 러시아어 교과서』)에 대한 연구의 시작을 담고 있다. 연구의 목표는 한국학계에서 생소한 제정 러시아의 고려인을 대상으로 출판된 초기 러시아어 학습교재로서 『기초 러시아어 교과서』를 소개하고, 그 구성과 내용을 중심으로 외국어 학습 교재로서의 특징과 출판의미를 고찰하는 것이다. 그리고 더 나아가 본 연구가 제정 러시아 시기, 소수민족의 언어로서 고려말이 러시아어와 상호관계를 맺는 과정을 통해 20세기 초 한국어의 문화생태를 살펴볼 수 있는 계기가 되길 기대한다.

1.2. 카잔의 러시아어 · 한국어 교재와 『기초 러시아어 교과서』

카잔은 상트-페테르부르크대학교(Санкт-Петербургский университет), 블라디보스톡의 동방학 연구소(Восточный институт)와 더불어 제정 러시아 한국학의 주요 중심지였다. 19세기 후반부터 동방학의 중심지로 부상한

언어도 '한국어'와 '조선어'로 구별된다. 러시아 이주 한인들에 대한 용어도 '고려사람(корё сарам)'으로 자칭되는 반면 한국에서는 '고려인'으로 구별되어 사용되고 있다. "왜 '조선'이 아닌 '고려'인가?"에 대한 답은 러시아 이주 한인뿐만 아니라 한민족 전체를 일컫는 러시아어 '코레이츠이(корё-йцы, 즉 코료-이츠이)'를 통해 유추 가능할 것이다. 한민족을 세계에 알린 고려(高麗)라는 국호가 유럽에서도 널리 통용되었기에, 러시아에서 '초손-츠이(чосон-цы)'보다 '코레이츠이'가 이주 한인에게 민족 정체성을 인정받기 용이한 용어로 작용하였을 것이다. 이 논문에서는 러시아 이주 한인을 '고려인'으로 지칭하고, 이들이 구사하는 모국어를 '고려말'로 통일하여 사용한다. 이와 함께 20세기 초 한반도에서 구사되는 언어를 국호에 기인한 '조선말'로 구별 짓는 반면, '한국어'라는 용어는 한민족의 언어로서, '고려말'과 '조선말'을 모두 아우르는 의미에서 사용된다. 그리고 술어로서의 '고려말' 사용의 타당성에 대해서는 러스 킹, 연재훈, 「중앙 아시아 한인들의 언어–고려말」, 『한글』 217(1992), 84~87.을 참고하였다.

카잔은 이주 고려인들이 수학한 카잔 신학 아카데미(Казанская духовная а кадемия)의 신학교육원을 위시하여, 러시아정교 선교회의 주도로 고려인 자녀들의 러시아어 교육을 위한 실용적 언어교재들을 편찬하는 등 한국학의 중심지 역할을 담당하였다.3) 이와 함께 카잔은 카잔 언어학파(К азанская лингвистическая школа)4)의 태동을 목도한, 슬라브의 구조주의 언어학을 상징하는 도시이기도 하다. 이러한 토양 위에 러시아정교 선교회가 클류치니코프 석판 인쇄소(Типо–Литографія Ключникова В. М.)를 통해 출판한 5권의, 한국어와 러시아어 학습교재는 제정 러시아의 초기 한국학 연구를 위해 주목할 만한 자료이다. 그리고 교재 출판을 위한 준비 과정이 상세히 기록되어 있는 자료가 필사본의 형태로 보존되어

---

3) Концевич, Л. Р., "О развитии традиционного корееведения в царской России", Э нциклопедия корейцев России. 140 лет в России. Ред. Цой Броня (М.: РАЕН, 2003), 77~102.

4) '카잔 언어학파'란 얀 보두엥 드 쿠르트네(Jan Baudouin de Courtenay, 1845~ 1929)와 그의 제자 크루쉡스키(Крущевский Н. В., 1851~1887)를 중심으로, 보고 로디츠키(Богородицкий В. А., 1857~1941), 불리치(Булич С. К., 1859~1921) 등 에 의해 1875년부터 1883년 동안 카잔 제국대학교(현 카잔 연방대학교)에서 전개 된 언어학 사상을 일컫는다. 학파의 주요 개념은 카잔 제국대학교에서 진행된 보 두엥의 강의에서 구축되었다. 카잔 언어학파는 구조주의의 창시자로 불리는 스위 스의 언어학자 소쉬르(Ferdinand de Saussure) 이전에 통시적 언어 연구와 공시적 언어 연구를 구분 짓는 시도를 하였고, 추상적 언어(язык)와 개별적 발화(речь)를 구별하였다. 이는 소쉬르의 연구에 영향을 미쳐 랑그(langue)와 파롤(parole)의 개 념으로 반영되었다. 카잔 언어학파의 연구는 구조주의 언어학과 형태론의 발달을 이끌었고, 특히 모스크바 음운학파와 페테르부르크 음운학파에 영향을 주어, 두 학파의 활발한 연구와 논쟁이 러시아 음성학과 음운론의 발달을 가져왔다. 카잔 학파와 보두엥에 대한 정보는 다음의 글을 참조하시오: 유학수, 「I. A. 보두엥 드 꾸르뜨네의 삶과 학문적 사상의 인과」, 『슬라브연구』 18-1 (2002), 247~265.; 이 기웅, 「러시아 언어학의 정점」, 『언어학』 12 (1990), 53~68.; 이명자, 「까잔학파의 음운론에 대한 연구」, 『노어노문학』 9 (1997), 149~164.; 전명선, 「구조주의의 파 종자 보두엥 드 꾸르뜨네에 관하여」, 『러시아소비에트문학』 7 (1996), 9~27.; 표 상용, 「보두엥 드 꾸르뜨네의 언어학적 사상에 관한 연구」, 『노어노문학』 11-2 (1999), 303~335.과 「보두엥 드 꾸르뜨네가 슬라브어학 발전에 미친 영향」, 『동유 럽발칸학』 2-1(2000), 27~45.

있다. 필사본『한국어 사전과 문법서를 위한 자료들 *Материалы для сл
оваря и грамматики корейского языка*』(1904)을 포함하여, 이상의 총 6
권의 자료에 대한 서지정보를 간략하게 정리하면 다음과 같다.

<표 1> 20세기 초 카잔 러시아정교 선교회가 출판한 러시아어 · 한국어 교재 목록

No.	서적명	출판년도	페이지수5)	비고
1	『고려인을 위한 기초 러시아어 교과서: 회화수업을 위한 시험적 교재 *Первоначальный учебник русского языка для корейцев: пособие для разговорных уроков (Опыт)*』	1901년 4월 20일	*pp. I-XXI, pp. 1~84* 총 105면	고려인 대상
2	『고려인을 위한 문자 교본 *Азбука для корейцев*』	1902년 4월 7일	*pp. I-XXVII, pp. 1~86* 총 113면	고려인 대상
3	『노한회화 *Русско-корейские разговоры*』	1904년 3월 22일	*pp. I-XIX, pp. 1~76* 총 95면	러시아인 대상
4	『노한회화를 위한 어휘와 표현 *Слова и выражения к русско-корейским разговорам*』	1904년 5월 24일	*pp. I-XXXV, pp. 1~41* 총 76면	러시아인 대상
5	『시험적 노한소사전 *Опыт краткого русско-корейского словаря*』	1904년 9월 20일	*pp. I-XVII, pp. 1~138* 총 155면	고려인 대상
6	『한국어 사전과 문법서를 위한 자료들 *Материалы для словаря и грамматики корейского языка*』	1904년	총 233면	필사본 미출판

위의 자료는 러시아에서도 입수하기 어려운 희귀 자료이다. 이에 대

---

5) 본 논문에서 교재의 페이지 번호는 서문의 경우 로마 숫자로, 본문의 경우 아라비
아 숫자로 표기된다. 이는 서문과 본문의 페이지 번호가 아라비아 숫자로 중복 표
기된『기초 러시아어 교과서』를 제외한,『고려인을 위한 문자 교본』,『노한회화』,『노
한회화를 위한 어휘와 표현』,『시험적 노한소사전』에 매겨진 페이지 번호 방식을
따른 것이다. 이러한 페이지 표기는 카잔 러시아정교 선교회 출판서적의 자료 출
처를 일관된 기준으로 제시하기 위해서이다.

한 연구는 자료를 보유한 소수의 연구자들에 의해 진행된 상태이나, 단편적으로 다루어지거나 간략히 소개되는 차원의 연구에 머물고 있다. 한국에서는 특히 곽충구가 『노한회화』와 『시험적 노한소사전』을 중심으로 20세기 초의 함경북도 방언에 대한 사료로서 고려말 연구를 오랫동안 진행하였다.[6] 그에 의해 진행된 『기초 러시아어 교과서』에 대한 연구도 중앙아시아 고려말의 역사 속에서 시기별 고려말의 특징을 살펴보기 위해 제1기 고려말에 대한 사료로서 다루어진 바 있다.[7] 최근에는 스메르틴(Смертин Ю. Г.)과 이종원의 연구에서, 『기초 러시아어 교과서』를 제외한 나머지 4권의 자료가 카잔 연방대학교 동방학부의 한국학 연구와 교육에 대한 자료로서 소개되었다. 하지만 고송무의 연구와 마찬가지로 서적명만 짧게 언급하는 수준이다.[8] 그리고 러시아 및 해

---

6) 곽충구의 카잔 자료들에 대한 연구는 「노한회화(해제)」, 『한국학보』, 12-3(1986), 206~220.; 「노한소사전의 국어학적 가치」, 『관악어문연구』 12-1(1987), 27~63. 등이 있으며, 「로한ᄌ뎐의 한국어와 그 전사에 대하여」, 『이화어문논집』 11(1988), 125~155.에서는 푸칠로(Пуцилло М. П.)의 『노한ᄌ뎐 *Опыт русско-корейского словаря*』(1974)과 『시험적 노한소사전』에서의 고려말의 키릴문자로의 전사를 비교하였다. 최근에는 잔재 지역(relic area) 또는 방언섬(dialect island)으로서의 육진방언과 소멸 위기에 처한 현재 중앙아시아 고려말에 대한 연구를 활발히 전개하고 있다: 「육진방언의 음운변화」, 『진단학보』 100(2005), 183~220.; 「육진방언 어휘의 잔재적 성격」, 『진단학보』 125(2015), 183~211.; 「중앙아시아 고려말의 자료와 연구」, 『人文論叢』 58(2007), 231~272.; 「중앙아시아 고려말 소멸 과정의 한 양상 : 50대 고려말 화자의 경우」, 『방언학』 10(2009), 57~92. 등. 그리고 최근 함북 육진방언에 대한 연구는 소신애를 통해 음운 변화의 관점에서 진행되고 있다. 소신애는 언어 변화의 기제로 과도 교정 개념을 재검토하기 위해, 실제 음성형을 정밀 전사한 자료로서 4권의 카잔 교재 『기초 러시아어 교과서』, 『고려인을 위한 문자 교본』, 『노한회화』, 『시험적 노한소사전』를 선정하여, 과도 교정의 구체적인 기제를 고찰하였다: 소신애, 「수의적 교체를 통한 점진적 음운 변화」, 『국어학』 48(2006), 101~124.; 「言語 變化 機制로서의 過度 矯正 −20世紀 初 咸北 方言을 중심으로」, 『語文硏究』 35-1(2007), 183~208 등.

7) 곽충구, 「중앙아시아 고려말의 역사와 그 언어적 성격」, 『冠嶽語文硏究』 29(2004), 127~168. 특히 본 선행연구에서 『기초 러시아어 교과서』에 반영된 고려인의 방언을 특정 짓기 위해 키릴문자로 전사된 고려말을 일부분 한글자모로 변환하여 제시하고 있다. 하지만 교과서의 서문에서 설명하고 있는 러시아어와의 대조 음성·음운학적 관점에서의 음가와 다소 차이가 나는 모습을 보이고 있다.

외 연구 현황도 한국과 크게 다르지 않으며, 러시아의 한국학 역사에서
그 존재만 언급되거나 고려말 연구 자료로서 다루어지고 있다.9)

이렇게 살펴본 카잔의 출판본에 대한 연구가 다른 해외의 한국학 자
료에 비해 활발히 진행되지 못한 주요 원인에 대해 다음의 세 가지로
정리해 볼 수 있다.

첫째, 카잔의 출판본은 앞서 밝힌 바와 같이 희귀 서적이다. 실례로『시
험적 노한소사전』의 존재는 람스테트(Ramstedt G. J.)의『한국어 문법 *A
Korean Grammar*』(1939) 머리말에 사전에 대한 서지정보와 사전에 반영
된 한국어의 방언적 성격이 간략하게 언급됨으로써 세상에 알려지게
되었다. 이후 Koncevich L. R.10)와 고송무11)를 통해 사전명, 사전의 출
판지와 출판년에 대한 정보가 러시아의 한국학 연구목록에 등록되었다.

---

8) 고송무, 「제정 러시아에서의 한국어 및 한국 연구」, 『한글』 169(1980), 193~212.
에서 제정 러시아의 한국연구로 카잔의 4권의 서적을 각각 『한국인용 문자교본』,
『러시아어-한국어 회화집』, 『러시아어-한국어 회화의 단어와 표현집』, 『러시아어
-한국어 소형사전』으로 번역하여 서적명을 소개하고 있으며, 유.게.스메르틴·
이종원, 「제정 러시아 시대의 한국학 연구와 교육의 연관성」, 『교육학논총』 30-2
(2009), 65~92.에서는 첫 번째 교재를 『정교도 선교회의 한국인을 위한 문자 교
본』으로 번역한 것만 제외하고 고송무와 동일한 서적명으로 언급하고 있다.

9) 특히 해외학자인 King Julian Ross Paul은 러시아를 비롯한 미국 등에 산재해 있
는 제정 러시아 시기의 한국어 관련 문헌들을 발굴하고 그 문헌에 수록된 한국어
를 연구하면서 중앙아시아 한인들의 고려말 조사를 병행하는 연구를 1980년대
후반부터 지금까지 진행하고 있다. King, J. R. P., "An Introduction to Soviet
Korean", *Language Research*, 23.2(1987), 233~274.와 박사논문 "Russian Sources
on Korean Dialects", Ph. D diss., Havard University (1991).에서 제정 러시아 시
기의 카잔에서 간행된 문헌을 통해 한국어와 중앙아시아 현지에서 조사한 고려
말을 소개하고 그 언어적 성격과 특징을 밝히고 있으며, 국내의 연구자들과 함께
활발히 연구를 진행하고 있다: 러스 킹·연재훈, 「중앙 아시아 한인들의 언어-고
려말」, 『한글』 217(1992), 83~134.; 김동언·러스 킹, 「개화기 러시아 관련 한글
자료에 대하여」, 『한글』 255(2002), 205~262. 한편 러시아에서 한국학 정보는 러
시아·CIS 고려인 사이트 '고려사람(http://koryo-saram.ru/)' 등을 통해 손쉽게
확인해볼 수 있으나, 카잔에서 출판된 러시아어 서적에 대한 연구는 제정 러시아
한국학 중심지로서의 카잔을 설명하면서 간략하게 언급될 뿐이다.

10) Koncevich, L. R., 「蘇聯의 한국어학」, 『亞細亞研究』 14-2(1971), 187~216. 참조.

11) 고송무, 「제정 러시아에서의 한국어 및 한국 연구」, 421.

독일 Bochum 대학의 Adami Norbert R.[12]는 이 사전의 소재와 편찬 경위, 그리고 국어 연구 자료로서의 가치의 일단을 언급하였다. 그리고 곽충구는 『시험적 노한소사전』이 한국어학의 연구 자료로서 뿐만 아니라 한국어와 관련된 외국어 사전의 편찬사를 기술함에 있어서도 매우 가치 있는 서적임에도 이에 대한 연구가 학계에서 깊이 있게 이루어지지 않은 까닭은 "세계적으로도 희관(稀觀)에 속하는 귀중본(貴重本)"이라는 사실에 기인한다고 강조하였다.[13]

둘째, 카잔 출판본에 반영된 고려말은 당시 한반도의 표준어가 아닌, 함경북도 출신의 이주자 자녀들이 구사하는 19세기 말-20세기 초의 육진방언(六鎭方言)이다.[14] 발음 제보자로서 『고려인을 위한 문자 교본』의 편찬에 참여한 고려인으로 길주 출신의 글렙 파블로비치 세가이(Глѣбъ П

---

12) Adami, Norbert R., "Die il.J Russland vor 1910 Erschienenen Materialien zur Koreanischen Sprache-Lexicalisches", in Hau: *Korea Kultur Magazin*, Heftz, Institut für Kor. Kultur(1982), 50~60.; 곽충구, 「노한소사전의 국어학적 가치」, 27.에서 재인용.

13) 그는 『시험적 노한소사전』의 입수 경로에 대한 설명을 덧붙여 이를 설명한다. 자신이 소장하고 있는 사전의 형태는 동대학의 고송무 교수의 후의를 통한, 핀란드 헬싱키대학 도서관의 『람스테트 문고(文庫)』 소장본의 복사본임을 밝히고 있다. 곽충구, 「노한소사전의 국어학적 가치」, 27~28. 카잔 교재에 대한 희귀본으로서의 평가는 출판 부수에 대한 확인을 전제로 이루어질 수 있다. 하지만 러시아 출판본에 일반적으로 명기되는 부수에 대한 정보가 카잔 출판본에 부재할 뿐만 아니라, 현재 이에 대한 자료가 충분하지 않은 상태이다.

14) 육진(六鎭)은 역사적으로 조선조 세종이 두만강 연안에 위치한 함경북도 북부를 개척하고 설치한 회령(會寧)·종성(鐘城)·온성(穩城)·경원(慶源)·경흥(慶興), 부령(富寧)의 여섯 진(鎭)을 지칭하며, 육진방언이란 부령을 제외한 이들 지역에서 쓰이는 동북방언의 하위 방언을 지칭한다. 육진 지역은 지리적으로 정치·문화의 중심지인 한양을 중심으로 하는 중부 지역과 가장 먼 거리에 위치하고 있다. 이러한 지리적 여건으로 인해 오늘날에도 한국어의 방언 중에서 가장 보수적인 성격을 지니고 있으며, 인접하는 함경도 방언과도 차별되는 이질적인 요소도 많이 가지고 있는 방언으로 평가 받는다. 특히, 음운적 특징이 중세 국어와 유사하며 어휘적 측면에도 고어(古語)가 다수 남아 있어 잔재 지역(relic area)의 성격을 지닌다. 곽충구, 「육진방언의 음운변화」, 183.; 김영황, 『개정 조선어방언학』, (파주, 태학사, 2013), 25~29.; 방언연구회, 『방언학 사전』, (파주, 태학사, 2003) 참조

아블로비치 Шегай), 경원 출신의 니키타 페트로비치 한(Никита Петровичъ Ханъ), 경흥 출신의 콘스탄틴 포미치 칸(Константинъ Ѳомичъ Канъ)이 서문에 언급되어 있으며,15) 특히 칸은 『노한회화』에서도 참여한 것으로 기록되어 있다.16) 그러므로 카잔 자료는 한국어 방언학이나 한국어사 연구에 유용하게 활용될 수 있는 사료임에 분명하나, 전사된 고려말의 방언적 특수성으로 인해 한국어사에 대한 지식뿐만 아니라 해당 지역의 방언에 대한 지식이 없는 연구자가 접근하기 쉽지 않은 자료이다.

셋째, 카잔 출판본의 고려말은 한글자모가 아닌 키릴문자로 온전히 전사되었다. 키릴문자가 전달하지 못하는 고려말의 경우 키릴문자에 다양한 보조기호(diacritic mark)를 첨가하거나, 키릴문자에 기반한 새로운 문자형을 고안함으로써 고려말을 정밀하게 전사하고 있다. 이러한 전사 표기법은 러시아어에 익숙한 연구자에게도, 한국어를 아는 연구자에게도 난점으로 작용한다(그림 2 참조).

[그림 1] 『기초 러시아어 교과서』의 내표지   [그림 2] 『기초 러시아어 교과서』의 고려말 표기 기호17)

15) 『고려인을 위한 문자 교본』, p. XVII.
16) 『노한회화』, pp. II-IV.

이상으로 살펴본 카잔에서 출판된 교재는 연구상의 여러 제약과 어려움을 내포함에도 흥미로운 연구대상임에는 틀림없는 것으로 보인다. 교재가 담고 있는 한국어는 제정 러시아의 이주 고려인들이 구사하는 생생한 구어로, 람스테트가 한국어를 재구하고 알타이어 계통론을 수립하는 데 기여한 사료이다. 그리고 19세기 서양인들에 의해 체계적으로 기술되기 시작한 한국어 연구사에서 유럽과 영미의 한국학과 차별되는 제정 러시아의 초기 한국학 모습을 되짚어보고, 대조언어학 관점에서 한국어에 대한 러시아인의 직관과 음성학적·음운론적 관점을 고찰할 수 있는 계기를 제공한다는 점에서 연구의 유의미성을 찾을 수 있을 것이다.

2 『기초 러시아어 교과서』의 구성과 내용

2.1. 서문

『기초 러시아어 교과서』는 총 21페이지에 달하는 서문을 통해 출판 목적과 참고문헌, 고려말의 키릴문자 전사표기법과 편찬에 참여한 고려인 학생에 대한 정보 등을 상세히 밝히고 있다.

2.1.1. 교과서 편찬의 목적은 서문의 첫머리에서 다음과 같이 언급되고 있다.

---

17) 『기초 러시아어 교과서』, *pp. III-IV.*

　　본 교재는 우리의 동부 변강지역, 즉 블라디보스톡 근방에 거주하고 있는 고려인들에게 러시아어 학습교재를 제공하고자 하는 목적으로 편찬되었다. 그리고 본 교재는 **시도**의 형태로서 많지 않은 부수로 인쇄되었으며, 교재의 편찬 목적이 학습자인 고려인들에게 적합한 것인지에 대한 **검증을 거치지 못한 채** 출판되었다. 본 교재의 이러한 시기상조적 출판은 어느 정도의 **부족함**을 야기하기도 하였으나, 이는 올해(1901년) 카잔 교원신학교에서 교육과정을 마친 고려인들에게 제공을 하고자 하는 바람에서 이루어진 것이다. 이 같은 매우 미완성의 수업 교재라 할지라도 고려인 동포들에게 러시아어에 대한 지식을 주고자 하는 그들의 노고를 어느 정도 덜게 해줄 수 있기 때문이다. 교재의 편찬목적은 러시아어 교사들에게 회화 수업을 위해 선별된 단어들과 러시아어 표현을 위한 예문들을 제공하는 것이다. 본 교재에 인용된 이러한 유형의 예시들은 충분하지는 않다. 해당 과에서 제공되는 모든 단어들에 대한 (또는 유사한) 표현을 선별하는 작업은 온전히 교사들의 몫이다. 낯선 언어의 영역에서 가져온 지식을 학생들에게 전달하기 위해 가공하는 작업은 반드시 선행되어야 한다, 학생들의 습득은 이러한 작업을 거쳐야만 가능하기 때문이다.[18]

　　서문에서 직접적으로 언급하고 있는 출판의 1차적 목적은 카잔 교원신학교 졸업을 앞둔 고려인 학생에게 러시아어 교육 교재를 제공하는 것이다. 그리고 이 교재가 귀향한 졸업생들의 러시아어 교육에 활용됨으로써, 그들이 러시아어 교사로서 성장할 수 있는 자질과 안목을 갖게 하는 발판을 마련해 주는 것도 교재 편찬의 목적으로 상정되었음을 알 수 있다. 하지만 무엇보다 표면상 드러나지 않은 출판의 주된 목적은 러시아어 교육을 통한 고려인 졸업생들의 러시아 정교의 포교일 것이다.

---

18) 『기초 러시아어 교과서』, *pp. I-II.* 인용된 부분의 볼드체는 편찬자가 강조한 원문의 이탤릭체를 반영한 것이다.

2.1.2. 교과서의 편찬을 위해 참고한 문헌으로 언급된 서적은 총 3권으로, 다음의 순서로 제시된다.19)

1) Grammaire Coréenne et exercices gradués–par les missionnaires de Corée de la société des missions étrangéres de Paris. Iokohama, 1881. (이하 『한어문전』)

2) Dictionaire Coréenne–français. **Составленъ ими же.** Iokohama, 1880. (이하 『한불ᄌ뎐』)

3) Manuel de la langue coréenne parlée, à l'usage des français, par M. Camille Imbault–Huart, Paris, 1889. (이하 『조선어 구어 독본』)

『한어문전』은 1881년 프랑스 파리 외방선교회 선교사인 펠릭스 클레르 리델(Félix Clair Ridel, 한국명 이복명李福明, 1830~1884, 제7대 조선교구장)에 의해 일본 요코하마(橫浜)에서 출판된 최초의 한국어 문법서이다. 천주교 사제들의 한국어 습득을 위한 실용서로, 서양의 문법체계에 기반하여 한국어 문법을 체계적으로 재구성한 점에서 그 가치를 지니며, 이후 근대 국어학자들에게 서구 언어지식을 받아들이는 직·간접적 통로의 역할을 수행한 문법서로 평가 받는다.20)

『한불ᄌ뎐』은 프랑스 파리 외방선교회에서 『한어문전』보다 1년 전에 출판한 한·불대역사전(韓佛對譯辭典)이다. 시기적으로 러시아의 미하일 파블로비치 푸칠로(Михаил Павлович Пуцилло)가 편찬한 노한대역사전 『노한ᄌ뎐 *Опыт русско-корейского словаря*』(1874)에 이은, 두 번째로 발간된 한국어·유럽어 대역사전이다. 하지만 『노한ᄌ뎐』이 함경방언을

19) 『기초 러시아어 교과서』, *p. III.*
20) 韓國敎會史硏究所編輯部 編, 『한어문전 *Grammaire Coréenne*』 (서울, 太英社, 1986), 간행사 1-2. 및 이은령, 「『한어문전』의 문법기술과 품사구분 : 문화소통의 관점에서 다시 보기」, 『프랑스학연구』 56 (2011), 177~210. 참조.

중심으로 대역어휘집의 수준에 머문 반면, 『한불᠀전』은 서울말을 중심으로 표준적 한국어를 대상으로, 한글자모 표제어에 대한 발음 병기와 의미 설명, 한자 등이 병행되고, 사전으로서의 체계와 일관성을 갖추고 있다는 점에서 최초의 한국어 이중어 사전으로 평가 받는다.[21]

그리고 『조선어 구어 독본』은 1889년 프랑스 외교관인 카미유 엥보-위아르(Camille Imbault-Huart)에 의해 프랑스 파리에서 출판된 한국어 학습서이다. 『한어문전』과 달리 한국어에 대한 기본적인 회화 습득을 목표로 집필되었다.[22]

특히 『한어문전』과 『한불᠀전』은 『기초 러시아어 교과서』에서 키릴문자로의 고려말 전사법을 위한 주요한 참고 문헌일 뿐만 아니라, 이렇게 고안된 표기법의 우월성을 드러내기 위한 비교의 대상으로 소환되는 자료이다.

2.1.3. 뒤이어 참고문헌을 바탕으로 이주 고려인 2세들의 발화를 반영하기 위해 고안된 키릴문자를 소개한다. 이주 고려인 2세들이 구사하는 고려말을 세밀하게 기록하기 위한 새로운 표기법은 총 59개의 기호로 구성된다([그림 2]와 <표 2> 참조). 이는 다시 고려말의 모음 표기기호 20개, 자음 표기기호 37개, 그리고 반모음 표기기호 2개로 분류된다. 이들 표기기호의 배열순서와 음가는 키릴문자의 체계에 따르며, 기본적으로 대문자와 소문자의 쌍을 이루고 있다. 반면 대문자가 존재하지 않는 기호는 어두에서 발음되지 못하는 소리를 의미한다.[23] 이에 대한

---

21) Ridel Felix Clair 편저, 황호덕·이상현 공편, 『한국어의 근대와 이중어사전 : 영인편. 1, 「한불᠀던(韓佛字典)」』 (서울, 박문사, 2012), 7~8. 참조
22) 디지털 한글박물관 http://www.hangeulmuseum.org/ (검색일: 2016.05.23) 및 윤우열, 「프랑스인을 위한 조선어 구어 독본』에 대한 소고」, 『프랑스문화예술연구』 34(2010), 197~217. 참조
23) 하지만 이에 해당되지 않은 예외적 표기기호가 л과 n이다. 표기기호 л, 즉 "연자음 л(мягкое л)"은 후행 하는 전설모음과 결합할 경우 어두 위치에 나타날 수 있으며, 이때 л는 교재에서 л로 표기된다. 이때 발생하는 장음 л는 лл로 표기된다,

이해를 돕기 위해 『기초 러시아어 교과서』 편찬 당시의 키릴문자 체계와 오늘날의 키릴문자 체계와 함께 아래의 표로 정리하였다.

<표 2> 키릴문자와 『기초 러시아어 교과서』의 고려말 전사 기호[24]

No.	키릴문자				고려말 전사기호		No.	키릴문자				고려말 전사기호	
	1918년 이전		현대					1918년 이전		현대			
	대문자	소문자	대문자	소문자	대문자	소문자		대문자	소문자	대문자	소문자	대문자	소문자
1	A	a	A	a	A	a	36	-	-	-	-	-	рлʼ
2	-	-	-	-	À	à	37	C	c	C	c	C	c
3	Б	б	Б	б	Б	б	38	-	-	-	-	*С*	*с*
4	В	в	В	в	В	в	39	Т	т	Т	т	Т	т
5	Г	г	Г	г	Г	г	40	-	-	-	-	Ť	ť
6	Д	д	Д	д	Д	д	41	-	-	-	-	Тʻ	тʻ
7	-	-	-	-	Д	д	42	-	-	-	-	Ţ	ţ
8	Е	е	Е	е	Йе	йе е	43	-	-	-	-	Т	т
9	-	-	-	-	Йэ	йэ э	44	У	у	У	у	У	у
10	(Ё)	(ё)	Ё	ё	-	-	45	-	-	-	-	Ỳ	ỳ
11	Ж	ж	Ж	ж	-	△	46	-	-	-	-	Ў	ў
12	-	-	-	-	Ц	ц	47	Ф	ф	Ф	ф	-	-
13	З	з	З	з	З	з	48	Х	х	Х	х	Х	х
14	-	-	-	-	S	s	49	Ц	ц	Ц	ц	Ц	ц
15	И	и	И	и	И	и	50	-	-	-	-	*Ц*	*ц*
16	-	-	-	-	-	ĭ	51	-	-	-	-	Цʻ	цʻ
17	(Й)	(й)	Й	й	Й	й	52	Ч	ч	Ч	ч	Ч	ч
18	I	i	-	-	-	-	53	-	-	-	-	*Ч*	*ч*

예: 10 рублей '10 루블' — Ял—ляни <얄–랸이>. 반면 표기기호 n의 경우 대응하는 대문자 활자가 부재하기에, 대소문자 구분 없이 사용된다, 예: щека '뺨' — na ми <뺨이>, 『기초 러시아어 교과서』, pp. IV-V. 그리고 본 논문에서 기호 ' '는 해당 표제어의 어휘의미를 나타내며, 기호 < >는 키릴문자로 표기된 고려말을 현대 한국어에 대응하여 추정한 형태를 의미한다. 그러므로 기호 < > 속에 제시된 형태는 차후 수정될 수 있음을 밝힌다.

24) 『기초 러시아어 교과서』, p. III-IV.

No.	키릴문자				고려말 전사기호		No.	키릴문자				고려말 전사기호	
	1918년 이전		현대					1918년 이전		현대			
	대문자	소문자	대문자	소문자	대문자	소문자		대문자	소문자	대문자	소문자	대문자	소문자
19	К	к	К	к	К	к	54	-	-	-	-	Ч'	ч'
20	-	-	-	-	Ҟ	ҟ	55	Ш	ш	Ш	ш	Ш	ш
21	-	-	-	-	К'	к'	56	Щ	щ	Щ	щ	-	-
22	Л	л	Л	л	Л	л	57	Ъ	ъ	Ъ	ъ	-	-
23	-	-	-	-	-	л́	58	Ы	ы	Ы	ы	Ы	ы
24	М	м	М	м	М	м	59	-	-	-	-	Ы̀	ы̀
25	Н	н	Н	н	Н	н	60	-	-	-	-	-	ы
26	-	-	-	-	-	н̇	61	Ь	ь	Ь	ь	-	-
27	-	-	-	-	-	н̦	62	Ѣ	ѣ	-	-	-	-
28	О	о	О	о	О	о	63	Э	э	Э	э	Э	э
29	-	-	-	-	Ò	ò	64	-	-	-	-	Э̀	э̀
30	-	-	-	-	Йö	йö ö	65	Ю	ю	Ю	ю	Ю	ю ÿ
31	-	-	-	-	Йô	йô ô	66	-	-	-	-	Йv	йv v
32	П	п	П	п	П	п	67	Я	я	Я	я	Я	я ä
33	-	-	-	-	-	n	68	-	-	-	-	Йâ	йâ â
34	-	-	-	-	П'	п'	69	Ѳ	ѳ	-	-	-	-
35	Р	р	Р	р	Р	р	70	(V)	(v)	-	-	-	-

※ 괄호 안에 제시된 키릴문자는 공식적인 지위를 획득하지 못한 문자이거나 1918년
   의 정자법 개혁이전에 이미 사용되지 않은 문자를 의미한다.
※ 기호 -는 상응하는 기호의 부재를 의미한다.
※ 키릴문자 Ж ж는 고려말 전사기호에서 독립적으로 나타나지 않으나, 구개음화된 Д
   д의 발음에 뒤따르는 보조음으로 언급되기에 기호 ᇫ 로 표시하였다.

『기초 러시아어 교과서』가 편찬될 당시의 키릴문자 체계와 고려말
전사기호로서의 키릴문자를 비교해보았을 때, 35개의 문자(결합문자의 구
성문자 포함)가 새롭게 고안·변형되었고 9개의 키릴문자(괄호 안의 문자
제외)가 활용되지 않았음을 확인할 수 있다. 후자의 경우에 해당하는 문
자는 한국어에는 부재한 순치음 В в, Ф ф와 그리스 알파벳 Θ θ에 기인
한 Ѳ ѳ, 경·연자음 기호 Ъ ъ와 Ь ь, 무성 치경구개 파찰음 Щ щ, 유성

치경구개 마찰음 Ж ж와 19세기 말 이미 모음 Е е와 И и로 각각 통합되는 양상을 보인 Ѣ ѣ와 I i이다. 전자의 경우에 해당되는 문자는 모음 13개(А̀ à, Й э йэ э, О̀ ò, Й ö йö ö, Й ô йô ô, У̀ у̀, Ы̀ ы̀, ы, Э̀ э̀, Ю ю ў, Й v йv v, Я я ä, Й â йâ â), 반모음 2개(Ў ў, ĭ), 자음 20개(Д д, Џ џ, S s, К̄ к̄, Ќ ќ, л̇, н̇, ꞃ, n, П̇ п̇, рл̇, С̀ с̀, Т̇ т̇, Т́ т́, Ѣ ѣ . Т т, Џ̇ ц̇, Ц̇ ц̇, Ч ч, Ч́ ч́)이다.

특히 주목할 만 한 점은 상당수의 기호가 생성된 고려말 자음의 전사 기호에 대한 설명과 그 음성·음운적 특징이다. 교과서의 편찬자는 고려말 자음의 전사법에서 『한불ᄌ뎐』과 차별되는 한국어의 무성음(глухие согласные)과 유성음(звонкие согласные), 경음(硬音)과 격음(激音)을 표기하는 기호 체계를 강조한다. 무성음과 유성음을 구분하지 않고 동일하게 표기되고, 경음과 격음이 겹철자로 표기되는 『한불ᄌ뎐』에서와 달리, 『기초 러시아어 교과서』에서 제시하는 표기법은 무성자음과 유성자음에 대한 기호의 차별화(예1), 경음과 격음 각각에 대한 기호의 단일화(예2)로 나타난다.

<표 3> 『한불ᄌ뎐』과 『기초 러시아어 교과서』의 무·유성음과 경음의 표기법 비교[25]

	『한불ᄌ뎐』	『기초 러시아어 교과서』	추정 대응 고려말	어휘의미
(1)	Ḳosyountottchi	Ḳозун–дочи	<고준–도취>	'고슴도치'
	Moḳi	Моги	<목이>	'목'
	Ṗani	Ṗан–гыни	<반–근이>	'반(半)'
	Iṗi	Иби	<입이>	'입'
(2)	Ḳaraki	Ḳараги	<가락이>	'손가락'
	Ḳkotsi	Ḳоди	<꼳이>	'꽃'
	Ṣarămi	Ṣарыми	<사름이>	'사람'
	Ṣsota	Ṣоги	<쏘기>	'쏘다'
	Ṭjata	Цаги	<자기>	'자다'
	Ṭtjata	Цаги	<짜기>	'짜다'

25) 『기초 러시아어 교과서』, pp. XII-XIII.

『기초 러시아어 교과서』가 제시하는 무성음과 유성음, 경음과 격음의 전사방법에 대해 구체적으로 살펴보면 다음과 같다.

첫 번째, 한국어에서 변이음으로 나타나는 무성음과 유성음의 경우, /ㄱ/, /ㄷ/, /ㅂ/, /ㅅ/, /ㅈ/에 대한 기저음을 덜 유표적인 무성음(К к, Т т, П п, С с, Ц ц)으로 상정함으로써, 키릴문자 Г г, Д д, Б б, З з, S s는 유성음을 유표한다.

(3)	Ежъ	К̱озун–дочи	＜고준-도취＞ ‘고슴도치’	p. XIII
	Шѐя	Мог̱и	＜목이＞ ‘목’	p. XIII, p. 3
(4)	Полфу̀нта	П̱ан–гыни	＜반-근이＞ ‘1/2 푼트’	p. XIII, p. 39
	Ротъ	Иб̱и	＜입이＞ ‘입’	p. XIII, p. 4
(5)	15 коп.	Т̱он–бани	＜돈-반이＞ ‘15코페이카’	p. XIV, p. 39
	Двугрѝвенный	Т̱у–д̱они	＜두-돈이＞ ‘20코페이카 은화’	p. XIV, p. 39
(6)	Ног̀а	Т̱ари	＜다리＞ ‘다리’	p. XIV, p. 3
	Бедр̀о	Шин–д̱ари	＜쉰-다리＞ ‘넓적다리’	p. XIV, p. 5

두 번째, 러시아어에는 부재한 한국어의 경음은 "강한 무성음(сильные глухие звуки)"으로 명명되며, 이를 위해 고안된 기호는 К к̄, Т̌ т̌, n, С с, Т т, Ц ц, Ч ч로 제시된다.[26]

(7)	Медъ	К̱ури	＜꿀이＞ ‘꿀’	p. 17
	Пчел̀а	К̱ур–пэри	＜꿀-벌이＞ ‘꿀벌’	p. 42
(8)	По̀ясъ	Т̌ы	＜뜨＞ ‘허리 띠’	p. XIII, p. 15
	Земля	Т̌ай	＜따이＞ ‘땅’	p. X, p. 44
(9)	Вис̀окъ	К̈уанди꘠е	＜관디뻬＞ ‘관자놀이’	p. X, p. 3
	Щек̀а	nами	＜빰이＞ ‘빰’	p. V, p. 3

---

26) 『기초 러시아어 교과서』, p. XI. 기호 Т т 는 т̌ т̌의 구개음화되어 자신의 뒤에 아주 약한 쉬소리 보조음 ш를 동반하는 소리를 표시하며, 기호 Ч ч는 이러한 т̌ т̌에서 쉬소리가 약화된 소리를 의미한다. 『기초 러시아어 교과서』, p. XV.

(10) Mòшка　　*C*арагы　　<싸라귀>　'등에 · 조그만 날벌레' *p. IX, p. 41*

　　　Сѐять　　*C*и–дуги　<씨–두기>　'씨뿌리다'　　　　*p. XVI*

(11) Солѐный　*Ц*абунтэ́　<짜붕게>　'짠'　　　　　　*p. 51*

　　　Ткать　　*Ц*аги　　<짜기>　'짜다 · 무늬를 놓다'　*p. XIII, p. 16*

그리고 한국어의 격음은 x와 유사한 보조음이 뒤따르는 소리로, 문자
К к, Т т, П п, Ц ц, Ч ч 뒤에 보조기호 '로 표시된다고 설명한다.27)

(12) Большòй　K'ынтэ́　<쿵거>　'커다란 · 큰'　*p. XVI, p. 7*

　　　Рукà　　П'ари　<팔이>　'팔'　　　　*p. 3*

　　　За́яцъ　　Т'о̄ки　<토끼>　'토끼'　　　*p. XVI, p. 30*

　　　Ды́ня　　Ц'амä　<참야>　'참외'　　　*p. XVII, p. 20, 21*

　　　Пшеница　Ч'а̀мири　<채밀이>　'밀'　　　*p. XVII, p. 19*

이렇게 살펴보았을 때 『기초 러시아어 교과서』의 무성음과 유성음,
경음과 격음의 표기 원칙은 한국어 무성 평음(平音)을 기저음으로 먼저
상정한 후 유성음을 유표한다. 그리고 경음과 격음은 그 다음 단계로서,
기저음을 나타내는 키릴문자에 대한 동기화(motivation)를 기반으로 기호
의 변형으로 전개된다. 즉 경음은 /ㄱ/ — К к, /ㄷ/ — Т т, /ㅅ/ — С
с, /ㅈ/ — Ц ц의 대응관계에서 보조기호(К к̄, Т̂ т̂), 이탤릭체(*C c, Ц ц*),
볼드체(**Т т**)의 변형 방법을 통해 표기된다. 라틴어 철자 n의 경우 П п에
대한 외형적 유사성에 기인한 차용으로 보이며, 이 역시 동기화, 즉 /ㅂ
/ — П п — n에 따른 것으로 유추해볼 수 있다. 그리고 한국어의 격음
의 경우 /ㄱ/ — К к, /ㅂ/ — П п, /ㄷ/ — Т т, /ㅈ/ — Ц ц 와 Ч ч에
기식성(aspiration)이 유표된 기호 '를 첨가함으로써 표기된다.

이러한 표기 체계는 한국어와 러시아어간의 음운적 차이에 기반한다.

---

27) 『기초 러시아어 교과서』, *pp. XVI-XVII.*

한국어의 자음 체계는 "평음 : 경음 : 격음"의 3항적 대립인 반면, 러시아어의 자음 체계는 기본 2항적인 "무성음 : 유성음"의 대립과 이에 대한 "경자음 : 연자음"이 각각 대응됨으로써 4항 대립 체계를 구성하고 있기 때문이다. 『기초 러시아어 교과서』는 이러한 러시아어 자음의 4항 대립 체계에 한국어의 자음을 이식하여 대립항을 확장시킴으로써, 한국어 자음의 음운 자질뿐만 아니라 음성 자질까지 반영한 표기법을 선보이고 있다. 새로운 표기법으로 구현된 한국어 자음 체계는 "무성 평음 (기저음) : 유성음 : 경음 : 격음"으로 구축될 수 있다. 이를 간략화하여 제시하면 다음과 같다.

(13) /ㄱ/　к　:　г　:　k̄　:　к'
　　　/ㄷ/　т　:　д　:　†　:　т'
　　　/ㅂ/　п　:　б　:　n　:　п'
　　　/ㅅ/　с　:　з　:　c　:　-
　　　/ㅈ/　ц　:　s　:　ц　:　ц'

2.1.4. 서문의 마지막은 카잔 교원신학교(Казанская учительская семинария)의 고려인 대학생들의 참여로 집필된 서적임을 밝히고 있다. 이때 참여한 고려인 대학생은 포시예트(Посьет) 지방 얀치헤(Янчихе) 출신의 야코프 안드레예비치 킴(Яковъ Андреевичь Кимъ), 모이세이 파블로비치 랸(Моисей Павловичь Лянъ), 미하일 바실리예비치 텐(Михаилъ Васильевичь Тенъ)과 포시예트 지방 아디미(Адими) 출신의 표트르 엘리세예비치 한(Петръ Елисеевичь Ханъ)으로 총 4명이다. 이들의 출신과 이후의 행적에 대해 서문에서 자세히 밝히고 있으며 특히 본 교과서의 발음 전사에 있어 랸의 발음을 중심으로 한의 발음도 참고 되었음을 언급하고 있다.

　　마지막으로 본 교과서의 편찬은 4명의 고려인 카잔 신학생들의 노고 덕분임을 언급하여야 한다: 이들은 야코프 안드레예비치 킴, 모이

세이 파블로비치 랸, 미하일 바실리예비치 텐, 그리고 표트르 엘리세 예비치 한이다. 앞의 3명은 올해(1901년) 학업을 마쳤으며 동부로 귀향할 예정이다. 이들의 귀향에 대해 서문의 앞부분에 이미 언급되었다. 3명 모두는 각각 연해주 지역의 남우수리스크, 포시예트, 얀치허 출신으로 김은 시골마을 자레치예, 랸은 시골마을 나고르노예, 텐은 시골마을 크라스노예 출신이다. 한의 고향은 포시예트 지역이지만 다른 읍인 아디미 읍에 위치한 시골마을 지신허이다. 이러한 정보는 본 교과서의 고려말 단어와 발음이 어느 지역성에 속하는지를 알려주기 위해서이다.28)

발음 제보자에 대한 상세한 정보는 『기초 러시아어 교과서』에 전사된 고려말에 대한 신뢰도를 높이는데 기여한다. 특히 동일한 고려말 단어에 대한 이형이 나타날 경우, 발음 제보자의 이름을 함께 명기한다. 예를 들어 고려말 Косун–дочи <고순-도취>와 Козун–дочи <고준-도취>가 함께 제시되는 표제어 Ежъ '고슴도치'의 경우, 후자의 표기가 신학생 텐의 발음에 기인하였음을 밝히고 있다.29) 이는 교과서에 제시되는 고려말이 고려인 대학생들의 생생한 구어를 주의 깊게 청취하여 정밀하게 전사한 결과라는 사실을 증명한다.

이상으로 『기초 러시아어 교과서』의 서문에서 밝히는 출판목적과 참고문헌, 고려말의 키릴문자 전사표기법, 그리고 편찬에 참여한 고려인 학생에 대해 살펴보았다. 이러한 정보들을 종합해 볼 때 교과서의 출판 준비 단계에서 편찬 목표와 교육 대상이 명확히 상정되었고, 이에 따라 프랑스 외방선교회의 선교사들이 출판한 한국어 문법과 어휘에 대한 이론서들을 통해 한국어에 대한 언어학적 선행연구가 이루어졌음을 알

---

28) 『기초 러시아어 교과서』, pp. XIX-XX.
29) 『기초 러시아어 교과서』, p. XIII.

수 있다. 그리고 이러한 한국어에 대한 이론적 토대 위에 고려인 대학생들의 발화를 면밀히 관찰하고, 그 내용을 러시아어와의 대조 음성・음운학적 관점에서 적용하여, 표기법을 완성한 것으로 보인다. 하지만 이를 수행한 『기초 러시아어 교과서』의 편찬 책임자에 대한 정보가 전혀 언급되어 있지 않다. 이후 편찬된 『고려인을 위한 문자 교본』의 출판 책임자 聖 구리이 형제회의 대표 체복사르스키 요안(Чебоксарскій Іоаннъ)과 『노한회화』, 『노한회화를 위한 어휘와 표현』, 『시험적 노한소사전』에서 러시아정교회의 번역협의회장으로 언급된 카잔 아카데미 교수 마샨노프(М. Машановъ)가 『기초 러시아어 교과서』의 출판에 어느 정도 기여하였음을 추측할 수 있으나, 현재 이에 대한 자료가 부재한 상태이다.

2.2. 교과서의 내용

『기초 러시아어 교과서』가 다루고 있는 내용을 목차 형식으로 정리하면 다음과 같다.

<표 4> 『기초 러시아어 교과서』의 내용

ПРЕДИСЛОВІЕ 서문 (*pp. I-XXI*)
Человѣкъ '사람' (*p. 3*) / Голова́ '머리' (*p. 4*) / Глазъ '눈(目)' (*p. 4*) / Носъ '코' (*p. 4*) / Ротъ '입' (*p. 4*) / Ту́ловище '몸통' (*p. 5*) / Рука́ '손' (*p. 5*) / Нога́ '다리' (*p. 5*) / Вну́тренности '내장' (*p. 6*) / Приме́ры на употребле́ніе числи́тельныхъ '수사 사용 예시' (*pp. 6~8*) / Наименованія родства '친족 명칭' (*pp. 8~9*) / Заня́тія '직업' (*p. 10*) / **Ка́чества '성질'** (*pp. 10~11*) / **Мѣстоиме́нія '대명사'** (*pp. 11~13*) / Уче́бныя принадле́жности '수업 비품' (*p. 14*) / Оде́жда '의복' (*pp. 15~16*) / Ку́шанья '음식' (*pp. 16~18*) / Припра́вы '향신료' (*p. 18*) / Хлѣба́, тра́вы '곡식, 풀' (*pp. 19~20*) / Плоды́ '열매・과실' (*p. 20*) / Огоро́дные о́вощи '텃밭 채소' (*pp. 21~22*) / Домъ '집' (*pp. 22~23*) / Вѣщи въ до́мѣ '집안 물품' (*pp. 23~25*) / Стро́енія на дворѣ́ '마당 건물' (*p. 25*) / Сбру́я '마구' (*pp. 25~26*) / Дома́шнія живо́тыя '가축' (*pp. 26~28*) / Дома́шнія пти́цы '가금류' (*pp. 28~29*) / Вѣщи на гумнѣ́ '헛간 물품' (*p. 30*) / Ди́кіе зве́ри '야생짐승' (*pp. 30~31*) / Ди́кія пти́цы '야생 조류' (*pp. 31~32*) / Ры́бы '생선'

Ка̀чества и сво̀йства. 성질과 특성 (pp. 49~55)

Глаго̀лы. 동사 (pp. 55~81)

Паха̀ть '경작하다 · 밭을 갈다' (pp. 55~56) / Боронѝть '밭을 고르다' (p. 56) / Сѣ́ять '씨뿌리다 · 파종하다' (pp. 56~57) / Жать '짜다 · 압박하다' (pp. 57~58) / Вяза̀ть '묶다 · 뜨개질하다' (p. 58) / Поло̀ть '잡초를 뽑다 · 제초하다' (p. 58) / Брать '쥐다' (p. 59) / Косѝть '베다 · 가로 쳐서 쓰러뜨리다' (pp. 59~60) / За-прячь '(마소 등을) 메우다 · 힘든 일을 시키다', Взн-узда̀ть '(말에) 재갈을 물리다 · 고삐를 달다', С-тренѐжить '(말의) 세발을 결박하다', Пу̀тать '엉키게 하다 · 얽히게 하다', Сѣдла̀ть '(말 등에) 안장을 얹다 (pp. 60~61) / Варѝть '(물에) 삶다', Жа̀рить '(기름에) 튀기다', Печь '(열기로) 굽다', Сушѝть '건조시키다', Коптѝть '(연기로) 훈제하다', Кипятѝть '팔팔 끓이다', Стря̀пать '(음식을) 차리다 · 밥을 짓다' (pp. 61~63) / Пить '마시다', Ѣсть '먹다', Ку̀шать '먹다', Жа̀ждать '목말라하다 · 갈망하다', Голода̀ть '굶주리다 · 배고프다', На-сы̀титься '실컷 먹다 · 포식하다' (pp. 63~65) / Купа̀ть '목욕시키다, 미역 감기다', Мыть '씻기다', Плыть '수영하다', О-куну̀ть '담그다 · 적시다', Нырну̀ть '잠수하다' (pp. 65~66) / Встрѐтить '만나다', При-блѝзиться '다가오다', У-далѝться '멀어지다', Ходѝть '걷다 · 다니다', Иттѝ '(걸어서) 가다' (pp. 66~68) / Говорѝть '말하다', Крича̀ть '고함치다', Пѣть '노래하다', Пла̀кать '울다', Ау̀кать '아우하고 외치다', Свиста̀ть '휘파람 불다', Визжа̀ть '쇳소리를 내다', Выть '통곡하다', Ревѐть '울부짖다' (pp. 68~70) / Хулѝть '비방하다 · 호되게 욕하다', Хвалѝть '칭찬하다', Бранѝть '꾸짖다', Руга̀ть '험담하다 · 꾸짖다', Судѝть '평가하다 · 심판하다', О-горча̀ть '괴롭히다', Гнѣ̀ваться '분노하다', Сердѝть '화나게 하다', Ха̀ять '비난하다 · 욕하다' (pp. 70~72) / Лгать '거짓말하다', Врать '거짓말하다', Обма̀нывать '속이다', Ошиба̀ться '실수하다 · 잘못하다', Заблужда̀ться '잘못하다 · 길을 잘못 들다' (pp. 72~73) / Брать '잡다 · 쥐다', Держа̀ть '(손으로) 쥐고 있다', Хватѝть '붙잡다 · 체험하다' (pp. 73~75) / От-пустѝть '놓아주다 · 방면하다', От-правля̀ть '보내다 · 발송하다', Вы̀-слать '보내다 · 파견하다', Гнать '쫓다 · 몰아내다', Толкну̀ть '밀다' (pp. 75~76) / Пред-ложѝть '제공하다', Дать '주다', Брать '빌려주다' (pp. 76~77) / Дрожа̀ть '진동하다', Трястѝсь '동요하다 · 떨다', Кача̀ться '흔들리다', Колеба̀ться '진동하다', Шата̀ться '흔들리다 · 비틀비틀거리다' (p. 77) / Вѣ̀сить '매달다 · 재다', Висѐть '걸려있다 · 매달려있다', По-вѝснуть '매달리다' (pp. 78~79) / Спѣшѝть '서두르다', Торопѝть '재촉하다', Ме́длить

‘미루다·연기하다’, O-поздáть ‘늦다·지각하다’(*pp. 79~80*) / Начáть ‘시작하다’, Пред-прин-я́ть ‘시작하다·착수하다’, На-мѣревáться ‘~하려고 하다’, За-води́ть ‘획득하다·성취하다’, Кòнчить ‘끝내다’, Вы̀-полнить ‘완수하다’, Ис-пòлнить ‘성취하다·실행하다’(*pp. 80~81*)

Нѣкоторыя неправильности въ начертанíи корейскихъ словь. 고려말 단어 표기 오류 (***pp. 82~84***)

Опечатки въ русскихъ словахъ. 러시아어 단어 오탈자 (***p. 84***)

교과서는 기본적으로 러시아어 표제어와 이에 대응되는 고려말 어휘를 대칭적으로 나열하는 어휘집의 구성을 따르고 있다. 러시아어 회화 수업을 위한 기본 모델로서 선별된 러시아어 표제어는 총 1,147개이다. 이 표제어들은 품사를 기준으로 명사 ⇒ 형용사 ⇒ 동사의 순으로 제시되고, 명사와 형용사의 경우 습득된 어휘를 중심으로 어구로 확장된 "러시아어 표현을 고려말로 번역하는 연습문제(Образцы̀ ру̀сскихъ выражѐнíй для перевòда на корейскíй языкъ)"가 배치되는 반면, 동사의 경우 문장으로 확장된 러시아어 표현을 고려말로 번역하는 연습문제가 해답과 함께 제시된다.

2.2.1. 명사 어휘군은 교과서의 가장 많은 부분을 차지하며, 의미 영역의 관점에서 상위 어휘가 먼저 제시된 후 하위 어휘를 나열함으로써 어휘를 확장시키는 구조를 취하고 있다.

<표 5> 명사 어휘군의 예시

Человѣ̀къ. ‘사람’30)			
러시아어 표제어	고려말 대역어	추정 대응 고려말	어휘의미
Человѣ̀къ	Сарыми	<사름이>	‘사람’
Душà	Хони	<혼이>	‘영혼’
Тѣ̀ло	Шинче, моми	<쉰체, 몸이>	‘신체·몸’
Головà	Кори	<골이>	‘머리’
Шѐя	Моги	<목이>	‘목’

Человѣкъ. '사람'30)			
러시아어 표제어	고려말 대역어	추정 대응 고려말	어휘의미
Грудь	Касыми	<가슴이>	'가슴'
Спинà	Сады	<사드>	'등'
Рукà	П'ари	<팔이>	'팔'
Ногà	Тари	<다리>	'다리'

Образцы рýсскихъ выражèнiй для перевòда на корейскiй языкъ
'고려말 번역을 위한 러시아어 연습문제'31)

<...> Чèрное тѣло. '검은 몸' <...> Корòткая щèя. '짧은 목' <...> Ỳзкая грудь. '좁은 가슴'

『기초 러시아어 교과서』에서 규정하는 러시아어 명사 표제어에 대응하는 고려말의 기본형은 열린음절 형태이다. 고려말 대역어가 닫힌음절의 단어인 경우 '-이'를 결합시킨 형태로 제시되는 반면, 열린음절의 단어인 경우 그대로 제시되는 것이 특징이다. 이는 본 교과서가 참조한『한어문전』의 라틴어 문법의 영향을 언급하지 않더라도, 언어 유형학적으로 굴절어에 속하는 러시아어 문법의 격 체계를 적용한 결과로 부분적으로 설명될 수 있을 것이다. 하지만『한어문전』에서 제시하는 'ㅣ, 이, 가, 끠셔, 히'의 한국어의 주격 표지에서32) '-이'만의 활용과 이에 대한 일관되지 않은 적용은 고려말 대역어가 한국어의 형태론에 기반한 번역이라기보다, 어휘의미와 형식적 통일성에 중점을 둔 번역어의 성격을 띠고 있음을 보여준다.

또한 명사 어휘군에는 명사뿐만 아니라 형용사가 "성질(Кàчества)"의 어휘군으로 소수 제시되며, "대명사(Мѣстоимèнiя)"(표 6)와 "수사 (Числѝтельныя)"(표 7)가 부분적으로 소개된다.

---

30) 『기초 러시아어 교과서』, *p. 3*
31) 『기초 러시아어 교과서』, *p. 8*
32) 이은령, 「『한어문전』의 문법기술과 품사구분 : 문화소통의 관점에서 다시 보기」, *194.*

<표 6> 대명사 어휘군의 예시

Мѣстоимѣнія. '대명사'33)			
Я	Нà	\<내\>	'나'
Ты	Нэ̀	\<네\>	'너'
Онъ	Тэ–сарыми	\<듀–사름이\>	'그'
Онà	Тэ–анкани	\<듀–안간이\>	'그녀'
Мы	Ури	\<우리\>	'우리'
Вы	Таншини, нэдэри	\<당쉰이, 너덜이\>	'당신·당신들'
Онѝ	Тэ–сарымдэри	\<듀–사름덜이\>	'그들'
Онѣ̀	Тэ–анкандэри	\<듀–안간덜이\>	'그녀들'

<표 7> 수사 어휘군의 예시

Числѝтельныя. '수사'34)			
Одѝнъ	Ханнà	\<한내\>	'1'
Два	Тури	\<두리\>	'2'
Три	Сэи	\<서이\>	'3'
Четы̀ре	Нэи	\<너이\>	'4'
Пять	Тасыши	\<다스쉬\>	'5'
Шесть	Йэсыши	\<여스쉬\>	'6'
Семь	Ниргуби	\<닐굽이\>	'7'
Во̀семь	Ядырби	\<야듧이\>	'8'
Дѐвять	Ауби	\<아웁이\>	'9'
Дѐсять	Яри	\<알이\>	'10'
Одѝннадцать	Яр–ханнà	\<알–한내\>	'11'
Двѣна̀дцать	Яр–тури	\<알–두리\>	'12'

2.2.2. 형용사 어휘군은 "성질과 특성(Ка̀чества и сво̀йства)"이라는 항목 아래 로마 숫자로 표시된 총 12개의 하위 그룹으로 분류된다. 인간의

33) 『기초 러시아어 교과서』, p. 11.
34) 『기초 러시아어 교과서』, pp. 35~36.

생리적 상태와 관련된 어휘들을 중심으로 사회적, 신체적 상태 등을 표현하는 다양한 형용사들이 제시된다. 이를 대략적으로 정리하면 다음과 같다.

〈표 8〉 형용사 어휘군의 예시

제Ⅰ그룹	음식으로 인한 생리 상태에 대한 어휘			
Сы́тый	Пä–пурунтэ	〈뱌–부룽게〉	'배부른'	pp. 49, 64
Голо́дный	Пä–коп'унтэ	〈뱌–고풍게〉	'배고픈'	pp. 49, 64
제Ⅱ그룹	온도에 대한 어휘			
Тёплый	Тэбунтэ	〈더붕게〉	'따뜻한'	pp. 18, 50
Холо́дный	Ц'антэ	〈창게〉	'차가운'	pp. 18, 50
제Ⅲ그룹	감촉에 대한 어휘			
Твёрдый	Т̌анꞇан–хантэ	〈딴딴–항게〉	'굳은'	pp. 45, 50
Мя́гкій	Подурабунтэ	〈보두라붕게〉	'부드러운'	pp. 46, 50
제Ⅳ그룹	미각에 대한 어휘			
Вку́сный	Маш–иннынтэ	〈마쉬–인능게〉	'맛있는'	p. 51
Солёный	Цабунтэ	〈짜붕게〉	'짠'	p. 51
제Ⅴ그룹	가족관계에 대한 어휘			
Семе́йный	Шик̄и–иннынтэ	〈쉬끼–인능게〉	'가족의'	p. 51
Жена́тый	Шэбан–кангэ	〈셔반–간게〉	'유부남의'	p. 51
제Ⅵ그룹	신체능력에 관한 어휘			
Си́льный	Шими–сентэ	〈쉼이–셍게〉	'힘이 강한'	pp. 30, 52
Прово́рный	парынтэ	〈빠룽게〉	'빠른'	p. 52
제Ⅶ그룹	굵기, 깊이, 높이, 길이, 넓이에 관한 어휘			
Кру́пный	Кургунтэ	〈굴궁게〉	'굵은'	pp. 21, 52
Глубо́кій	Тип'унтэ	〈디풍게〉	'깊은'	p. 52
Высо́кій	Ноп'унтэ	〈노풍게〉	'높은'	pp. 33, 52
Дли́нный	Кингэ	〈긴게〉	'긴'	p. 52
У́зкій	Цобунтэ	〈조붕게〉	'좁은'	pp. 7, 52
제Ⅷ그룹	신체 상태에 관한 어휘			
Горба́тый	Хоги–иннынтэ	〈혹이–인능게〉	'꼽추의'	p. 53
Сухору́кій	П'ар–марынтэ	〈팔–마릉게〉	'곰배팔이의'	p. 53

Безно́гий	Тари–эмнынтэ	<다리–엄능게>	'다리가 없는' pp. 13, 53
제IX그룹 옳고 그름에 관한 어휘			
Правди́вый	Орынтэ	<올응게>	'올바른' p. 53
Винова́тый	Кырынтэ	<그릉게>	'죄가 있는' p. 53
제X그룹 가치와 빈부에 관한 어휘			
Дорого́й	Капши–сентэ	<갑쉬–셍게>	'비싼' pp. 45, 53
Дешё́вый	Нугунтэ	<누궁게>	'값싼' p. 54
Бога́тый	Пудä	<부댜>	'부유한' pp. XIII, XXI, p. 54
Бе́дный	Кананантэ	<가난낭게>	'빈곤한' p. 54
제XI그룹 지능에 관한 어휘			
Забы́вчивый	Низэпуринынтэ	<니저부리능게>	'건망증이 있는' p. 54
Безу́мный	Кунни–эмнынтэ	<궁니–엄능게>	'어리석은' p. 54
제XII그룹 성질에 관한 어휘			
До́брый	Эдинтэ	<어딩게>	'선한' pp. 55, 10
Стара́тельный	Меншим–ханынтэ	<멩쉼–하능게>	'부지런한' p. 55

러시아어 형용사 표제어에 대응하는 고려말이 대부분 '-ㄴ/-ㅇ 게'의 형태로 제시된다. 본 형태는 서구 문법에서 계사(copula)와 결합하여 서술어 기능을 수행하는 형용사와 차별된 한국어 형용사의 특수성을 고려한 결과로 추정된다. 즉 계사를 동반하지 않고 서술어의 기능을 수행하는 한국어 형용사의 기본형을 '있다'와 결합될 수 있는 부사형 어미 '-게'로 상정함으로써 굴절어의 문법체계에 상응한 형태를 제시한 것으로 보인다. 또한 다른 품사와 달리 품사명 "Прилагательныя"가 아닌 "Ка́чества и свойства"로 명명된 것으로 미루어보아 한국어 형용사에 대한 교과서 편찬자의 고민을 엿볼 수 있다. 형용사 Бога́тый에 대한 대역어로서 명사 Пудä가 제시되는 예외가 존재하기는 하나, 앞서 살펴본 명사와 비교해 볼 때 형용사의 경우 품사에 상응하는 고려말 대역어를 보다 일관되게 제시하고 있다.

2.2.3. 『기초 러시아어 교과서』에서 동사 어휘군은 상·하위어의 관계 뿐만 아니라, 의미장(семантическое поле)과 조어족(словообразовательное гнездо)을 함께 제시하는 가장 복합적인 구조로 나타난다. 즉, 동사를 중심으로 불완료상/완료상의 상쌍과 함께, 이와 동일한 어근을 가진 명사와 형용사 등을 아우르는 단어들의 그룹을 일목요연하게 제시하고 있다. 이는 선행한 어휘군에 대한 습득을 전제로, 접사를 통한 어휘파생이 활발한 러시아어의 조어적 특성도 반영함으로써, 고려인 학습자의 어휘력 향상을 위한 효과적인 구성으로 평가된다. 그리고 러시아어 동사 표제어에 대응하는 고려말의 기본 형태는 '-기'로 일관되게 제시된다.

<표 9> 동사 어휘군의 예시35)

러시아어 표제어		고려말 대역어
Пить '마시다'		Машиги, муру мӯки. <마쉬기, 물우 머끼>
Вы- *** '다마시다·취하다'		
	Вы-пивать. '술을 많이 마시다'	
На- ***-ся '충분히 마시다'		
	На-***-ся. '충분히 마시다'	
Питьѐ. '음료'		
Ѣсть '먹다'		Имшегы мӯки. <임셱으 머끼>
На- ***-ся. '배불리 먹다'		
	На-ѣдàться '배불리 먹다'	
Съ- *** '다 먹다'		
Ѣдà. '음식(물)'		
Кушать '먹다·식사하다'		
На- ***-ся '포식하다'		
От- *** '식사를 마치다'		
По- *** '먹다·조금 먹다'		
С- *** '잡수시다'		
Кушанье. '식품·요리'		

---

35) 『기초 러시아어 교과서』, pp. 62~63.

Жа́ждать.	'목말라하다'
Жа́жда.	'갈증'
Голода́ть.	'굶주리다'
На- ***-ся	'굶주림에 고통받다'
Про- ***-ся	'허기지다'
Голо́дный	'배고픈'
Го́лодъ.	'배고픔·기근'
На- сы́титься.	'포식하다'

На-сыща́ться.	'포식하다'

Сы́тый.	'배부른'

Я пью во́ду.	'나는 물을 마신다.'
На̀ муры мэннында.	〈내 물으 멍는다.〉

Я ѣлъ хлѣбъ.	'나는 빵을 먹었다.'
На̀ тэгы мэгэсо.	〈내 떡으 머거쏘.〉

2.2.4. 교재의 마지막에는 잘못 표기된 고려말을 교정하는 "고려말 단어 표기 오류(Нѣкоторыя неправильности въ начертанiи корейскихъ словъ)"와 인쇄 상의 러시아어 오자(誤字)를 수정하는 "러시아어 단어 오탈자(Опечатки въ русскихъ словахъ)"가 부록으로 할애되어 있다. 전자의 경우 수정된 총 63 개의 고려말 단어가 페이지 번호와 함께 제시되었으며, 이 중 신학생 텐의 발음에 기인한 정정은 알파벳 T로 표시되었다. 후자의 경우 역점이 표시 되지 않거나, 철자가 누락된 러시아어 단어 총 6개가 수정되어 제시된다.

3 나오며

이상으로 살펴본 1901년 카잔에서 출판된 『기초 러시아어 교과서』의 외국어 학습 교재로서의 특징을 정리하면 다음과 같다.

첫째, 본 교과서에 표기된 고려말은 한글자모가 아닌 키릴문자만으로 전사되어 있다. 러시아어에 부재한 고려말의 음성·음운적 특성을 반영하기 위해 상당수의 전사기호가 키릴문자를 기반으로 새롭게 고안되었다. 특히 한국어의 무성음과 유성음, 경음과 격음은 러시아어 자음의 "무성음 : 유성음"과 "경자음 : 연자음"의 4항 대립 체계로 변형·이식되었다. 그 결과 키릴문자에 반영된 한국어 자음 체계는 "무성 평음(기저음) : 유성음 : 경음 : 격음"으로 새롭게 구축되었다. 이를 통해『기초 러시아어 교과서』의 편찬 방향이 효율적인 러시아어의 습득을 위해 한글자모의 효용성을 최대한 축소시키고 키릴문자의 활용을 극대화하는 한편, 고려인 학습자가 키릴문자로 전사된 모국어의 표기법을 익히는 과정에서 모국어와 차별되는 러시아어의 음성·음운적 특성을 자연스럽게 터득할 수 있도록 하는 것이었음을 추정해볼 수 있다.

둘째, 교과서의 구성은 기본적으로 러시아어 표제어와 이에 대응되는 고려말 어휘를 대칭적으로 나열하는 어휘집의 구성을 따르고 있다. 특히 명사 어휘군에 대해 교과서의 상당 부분이 할애되어 있으며, 주로 상위 어휘와 하위 어휘 관계를 통해 어휘 확장이 이루어진다. 특히 동사 어휘군의 경우 의미장과 조어족이 함께 제시되는 복합적인 구성으로 제시되며, 이는 고려인 학습자의 어휘력 향상을 위해 러시아어의 조어적 특성을 반영한 효과적인 구성으로 평가될 수 있다. 반면 러시아어 표제어에 대한 고려말 대역어의 기본형을 통해 본 교과서에서의 한국어 사용은 의미전달을 위한 보조적 수단에 머물고 있음을 확인할 수 있다.

셋째, 회화수업을 위한 기초 외국어 학습교재로서 영역별 불균형한 모습이 도드라진다. 일반적인 기초 외국어 교재의 구성에서 우선적으로 할애되는 알파벳에 대한 소개와 음가에 대한 설명은 생략되어 있으며, 러시아어 문장구성을 위한 형태론과 통사론에 대한 이론적 지식도 제공하고 있지 않다. 대신 키릴문자를 이용하여 모국어를 전사하는 표기법이 서문을 통해 상세하게 설명되고, 본문에서는 러시아어 명사, 형용사, 동사 등의 단어가 어휘집의 형태로 제시된 후 이 어휘들을 활용한 작문 연습문제와 해답이 이어진다. 러시아어 회화를 위한 기초 교과서로서의 이러한 불친절한 구성과 불균형적인 문법내용은 교육 대상자로서의 고려인의 러시아어 수준에 기인한 것으로 보인다. 즉『기초 러시아어 교과서』의 교재로서의 내용은 생활 속에서 이미 러시아어를 접하고 어느 정도 읽고 쓸 수 있는 수준의 고려인을 대상으로, 이들이 새로운 어휘를 습득하고 작문 연습을 함으로써 러시아어 표현의 폭을 넓힐 수 있는 방향으로 구성되어 있음을 알 수 있다.

참고문헌

1. 1차 분석자료

카잔 러시아정교 선교회, 『고려인을 위한 기초 러시아어 교과서: 회화수업을 위한 시험적 교재 *Первоначальный учебник русского языка для корейцев: пособие для разговорных уроков (Опыт)*』(Казань: Типо–Литографія В. М. Ключникова, 1901).

2. 참고자료

고송무, 「제정 러시아에서의 한국어 및 한국 연구」, 『한글』169 (1980), 411~430.

곽충구, 「노한회화(해제)」, 『한국학보』12-3 (1986), 207~220.

_____, 「노한소사전의 국어학적 가치」, 『관악어문연구』12-1 (1987), 27~63.

_____, 「로한ᄌ뎐의 한국어와 그 전사에 대하여」, 『이화어문논집』11 (1988), 125~155.

_____, 「육진방언의 음운변화」, 『진단학보』100 (2005), 183~220.

_____, 「중앙아시아 고려말의 자료와 연구」, 『人文論叢』58 (2007), 231~272.

_____, 「중앙아시아 고려말 소멸 과정의 한 양상 : 50대 고려말 화자의 경우」, 『방언학』10(2009), 57~92.

_____, 「육진방언 어휘의 잔재적 성격」, 『진단학보』125 (2015), 183~211.

김동언·러스 킹, 「개화기 러시아 관련 한글 자료에 대하여」, 『한글』255 (2002), 205~262.

김영황, 『개정 조선어방언학』(태학사, 2013).

러스 킹·연재훈, 「중앙아시아 한인들의 언어-고려말」, 『한글』217 (1992), 83~134.

방언연구회, 『방언학 사전』(태학사, 2003).

소신애, 「수의적 교체를 통한 점진적 음운 변화」, 『국어학』48 (2006), 101~124.

_____, 「言語 變化 機制로서의 過度 矯正 -20世紀 初 咸北 方言을 중심으로」, 『語文研究』35-1 (2007), 183~208.

유.게.스메르틴·이종원, 「제정 러시아 시대의 한국학 연구와 교육의 연관성」, 『교육학논총』30-2 (2009), 65~92.

윤우열, 「『프랑스인을 위한 조선어 구어 독본』에 대한 소고」, 『프랑스문화예술연구』34 (2010), 197~217.

이은령, 「『한어문전』의 문법기술과 품사구분 : 문화소통의 관점에서 다시 보기」, 『프랑스학연구』56 (2011), 177~210.

韓國敎會史硏究所編輯部 編, 『한어문전 *Grammaire Coréenne*』(太英社, 1986).

Концевич, Л. Р., "О развитии традиционного корееведения в царской России", Э

нциклопедия корейцев России. 140 лет в России. Ред. Цой Броня (М.: Р
АЕН, 2003), 77~102.

Adami, Norbert R., "Die ilJ Russland vor 1910 Erschienenen Materialien zur
Koreanischen Sprache-Lexicalisches". in Hau: *Korea Kultur Magazin*, Heftz,
Institut für Kor. Kultur(1982).

King, Julian Ross Paul, "An Introduction to Soviet Korean", *Language Research*
23.2 (1987).

──────────────, "Russian Sources on Korean Dialects". Ph. D diss., Havard
University, 1991.

Koncevich, L. R., 「蘇聯의 한국어학」, 『亞細亞研究』 14-2 (1971), 187~216.

Ridel, Felix Clair 편저, 황호덕·이상현 공편, 『한국어의 근대와 이중어사전 : 영인
편. 1, 「한불ᄌ뎐(韓佛字典)」』 (박문사, 2012).

3. 전자자료

디지털 한글박물관 http://www.hangeulmuseum.org/ (검색일: 2016. 05. 23)

러시아·CIS 고려인 사이트 『고려사람』 http://koryo-saram.ru/ (검색일: 2016. 05. 20.)

언어생태적 관점에서 보는 20C 전반기 표준어에 대한 논의[1]

서 민 정

1   머리말

이 연구는 1930년대 표준어 제정 당시의 신문이나 잡지 등에 실린 표준어에 대한 여러 논의들을 검토하여, 한국어 표준어의 제정 과정을 고찰하고자 한다. 그 과정에서 특히, 제정 당시에 표준어의 문제점들이 제기된 사실에 주목하고, 그 당시 제기된 문제점들이 현재 어떤 방식으로 이어지고 있는지 최근 표준어 관련 논의와의 비교를 통해 살펴보고자 한다.

지금 한국에서 지정되어 사용되고 있는 표준어는 1988년 1월 19일 문교부에서 고시한 <한글맞춤법>과 <표준어규정>을 따르고 있는데, 이 규정들은 명시적으로는 조선어학회가 중심이 되어 제정한 "한글마춤법 통일안"(1933년)과 "(사정한) 조선어 표준말 모음"(1936)에 기반을 두고 있다. 그렇다면 1930년대에 제정한 규정이 - 중간에 약간의 수정은 있었다 하더라도 - 역사적 상황이나 정치 사회 제도의 변화에 대한 반영

---

1) 이 논문은 『코기토』 79(2016: 156~183)에 실은 서민정(2014)의 「20세기 전반기, 표준어에 대한 인식 검토」를 이 책의 논지에 따라 수정하였다.

없이 2010년대까지 이어져 오고 있다는 것인데, 이것은 최근 우리 사회에서 표준어나 표준어 규정의 한계들을 언급하고 있는 근본적인 원인과 무관하지 않다.

알려진 바와 같이, 1930년대 표준어가 처음 제정될 당시에, 『한글』5-7권(『한글』 통권47호, 1937: 564)을 '표준어 특집호'로 출판한 조선어학회뿐만 아니라 홍기문, 박승빈 등 과 같은 많은 지식인들의 표준어의 필요성이나 의의에 대한 많은 논의가 이루어졌다.2) 그리고 1960년 이후에는 표준어의 필요성이나 의의에 대한 논의보다는 표준어 어휘나 표준어 규정 자체, 방언과 표준어의 관계, 학교 교육에서 표준어의 문제 등이 주로 다루어졌다. 그러다가 2000년 이후에는 표준어와 표준어 규정의 필요성에 대한 근본적인 질문을 제기하는 논의가 많아지면서3) 표준어 규정을 대신할 대안들이 제안되기도 했다.

그런데 최근 논의에서 지적하고 있는 표준어의 문제점은 표준어 제정 당시에도 인식하고 있었다는 점에서, 표준어의 한계를 이해하기 위해 먼저 표준어 제정 당시의 논의를 다시 살펴볼 할 필요가 있다. 이를테면 1935년 1월 16일 『조선일보』에 실린 홍기문의 '표준어 제정에 대하여(2)'에서 "저 표준을 쓴다고 명확한 규정이 없는 이상 그 비빔밥의 표준은 결국 표준의 혼돈화(渾沌化)에 불외(不外)한다."라고 지적한 것은 최근 최경봉(2011), 신승용(2014) 등에서 표준어의 기준이 모호하다고 지적한 것과 같은 맥락이다.

이 연구에서는 표준어 제정 당시인 1930년대 전후의 표준어에 대한

---

2) 조선어학회에서는 1937년에 『한글』 5-7을 표준어 특집호로 출판하였다.
3) 조규태(2003), 이광석(2006), 이태영(2006), 조태린(2007), 김도경(2012), 한성우(2012), 신승용(2014) 등과 같이, 최근 표준어에 대한 다양한 평가들이 나오고 있다. 이들 논의들은 대부분 표준어와 표준어 정책의 문제점을 지적하거나 지역 언어의 중요성을 설명하고 있다. 표준어 관련 논의에 대한 검토는 남경완(2010: 39~62)을 참조할 수 있다.

논의를 통해, 표준어를 제정하는 당시에 논의되었던 표준어 제정의 한계와 문제점들이 무엇이었으며, 그 문제점들이 현재 거론되는 표준어의 문제점과 어떤 관련이 있는지에 대해 고찰하고자 한다. 이러한 고찰은 현재 표준어에 대한 인식을 이해하고 문제점을 선명하게 하기 위해 필요한 작업이라고 생각한다.

2 표준에 대한 인식과 표준어 제정

이연숙(2006), 야스다 도시아키(2009)에 따르면, 일본에서 '표준어'라는 개념이 처음 소개된 것은 1895년 우에다 카즈토시의 '표준어에 대해서'에서이다. 여기에서 우에다는 "표준어란 전국 어디에서나, 어떤 장소에서나, 누구에게나 이해되는 말로서, 도쿄에서 교육을 받은 사람들의 말"이라고 규정했다고 한다.

한국에서는 '표준'이라는 어휘는 19세기 후반 자료에서부터 빈번하게 나타나지만, '표준어'라는 어휘는 1920년이 되어야 자료에서 확인할 수 있다. 1894년 고종 칙령4) 이후, 대한제국에서는 1907년 국문연구소를 개소하고 윤치오, 어윤적, 이능화, 주시경, 지석영, 현은, 권보상, 윤돈구, 송기용, 이민응 등의 연구위원들이 표기법을 정리하여 1909년에 '국문연구의정안'을 발표하였다.

---

4) 고종칙령 제1호 제14조(1894)의 내용은 아래와 같다.
　(1) "모든 공문(법령, 칙령)에 국문을 본으로 삼고 한문을 무기하거나 한문을 혼용할 수 있다"

(1) 국문연구의정안(1909)

   ㄱ. 국문의 연원(淵源)과 자체(字體) 및 발음의 연혁

   ㄴ. 초성 가운데 ㆁ, ㆆ, ㅿ, ◇, ㅱ, ㅸ, ㆄ, ㅹ 등 8자를 다시
       사용할지 여부

   ㄷ. 초성의 된소리 표기를 'ㄲ, ㄸ, ㅃ, ㅆ, ㅉ, ㆅ' 등 6자로 정
       할지 여부

   ㄹ. 중성 가운데 'ㆍ'자의 폐지 여부, '='자 창제 여부

   ㅁ. 종성의 'ㄷ, ㅅ' 2자의 용법과 'ㅈ, ㅊ, ㅋ, ㅌ,ㅍ, ㅎ' 6자를
       종성에 통용할지 여부

   ㅂ. 자모(字母)의 칠음－아음(牙音), 설음(舌音), 순음(脣音), 치
       음(齒音), 후음(喉音), 반설음(半舌音), 반치음(半齒音)－과
       청탁의 구별 여하

   ㅅ. 사성표(四聲票) 사용 여부와 국어음의 고저(高低) 표기 여부

   ㅇ. 자모의 명칭

   ㅈ. 자순(字順), 행순(行順)

   ㅊ. 철자법(綴字法)

(1)에서 볼 수 있듯이 국문연구의정안은 주로 철자법에 대한 것이다.
1910년 이전의 국어와 국문에 대한 대표적인 공식 문서가 '국문연구의
정안'이라고 했을 때, 1910년 전까지는 표준어에 대한 개념이나 필요성
에 대한 인식보다는 철자법을 정리하고 '국문'을 제대로 갖추는 것이
더 시급했던 것으로 보인다.

1910년 이후부터 표준어에 대한 인식이 조금씩 확인되는데, 조선총
독부에서 1912년 4월에 발표한 <제1차 보통학교용 언문철자법>에5)

---

5) 조선총독부는 한국병합 후 보통학교에서 사용하는 한국어 교과서의 철자법을 정
리, 통일하였는데, 시오카와는 國分象太郎, 新庄順貞, 高橋亨, 姜華錫, 魚允迪, 兪吉
濬, 玄檃 등과 함께 위원으로 활동하였다. 그들은 1911년 7월 28일부터 11월까지
5회에 걸친 회의 끝에, 1912년 4월 공식 철자법을 확정하였다. 시오카와는 1912년
3월 31일 부로 취조국 관제가 폐지됨에 따라 관직을 그만두게 된다. 『鹽川一太郎
氏關係文書』는 보통학교용 언문철자법 제정과 관련된 서류를 비롯하여 시오카와

"경성어를 표준으로 함"이라고 규정한 내용에서, '표준어'라는 어휘는 사용하지 않았지만 표준어에 대한 '인식'은 있었다고 볼 수 있다. 여기서 조선총독부의 <제1차 보통학교용 언문철자법>은 이후의 조선총독부에서 제정하는 <조선어 철자법 규정>뿐만 아니라 조선어학회의 '한글맞춤법통일안'(1933)[6]이나 현재 한국어의 '한글맞춤법'(1988) 규정까지 이어지고 있다는 점에서, 현행 한국어의 철자법과 표준어 규정의 '시작'에 일제 식민정책의 한 부분이었던 식민지 언어 정책이 관련되어 있다고 할 수 있다.[7]

한편 '표준어'라는 어휘는 『개벽』 제6호(1920년 12월 1일)에 양백화(梁白華)가 번역한 「胡適氏를 中心으로 한 中國의 文學革命(續)」이라는 글에

가 조선총독부 취조국 사무관 시절에 작성된 서류가 주를 이룬다.
(http://db.history.go.kr/item/level.do?itemId=fs&setId=119670&position=0)
(1) 1912년 4월 제1차 보통학교용 언문철자법
ㄱ. 경성어를 표준으로 함
ㄴ. 표기법은 표음주의에 의하고 발음과 먼 역사적 철자법 등은 피함
ㄷ. 한자음으로 된 어를 언문으로 표기하는 경우에는 특히 종래의 철자법을 채용함
6) 1933년 제정한 '한글 마춤법 통일안'의 총론은 다음과 같다.
(1) 한글 마춤법 통일안(한글 頒布 第 四百 八十 七回 記念日/昭和 八年 十月 二十 七日)
總論
一. 한글 마춤법(綴字法)은 표준말을 그 소리대로 적되, 語法에 맞도록 함으로써 原則을 삼는다.
二. 표준말은 大體로 現在 中流 社會에서 쓰는 서울말로 한다.
三. 文章의 各 單語는 띄어 쓰되, 토는 그 웃 말에 붙여 쓴다.
7) 1910년 이후에는 조선총독부가 식민지 언어정책을 주도했다고 할 수 있는데, 철자법 혹은 표준어와 관련된 정책은 아래와 같다.
(1) 1912년 4월 보통학교용 언문철자법 제정공포. 한민족독립운동사 5 p.302.
(2) 1921년 3월 조선총독부, 보통학교용언문철자법대요 제정. 한민족독립운동사 5 p.303
(3) 1921년 4월 1일 普通學校 敎科用 諺文綴字法 調査委員會에서 섬안한 東亞日報 1921.4.1 일제침략하 36년사-6 p.120
(4) 1929년 5월 조선총독부, 언문철자법조사위원회 개최하고 조선어의 일제조선침략일지
(5) 1930년 2월 조선총독부, 언문철자법 공포. 한민족독립운동사 5 p.304

서 처음 보인다.

> (2) 胡適氏를 中心으로 한 中國의 文學革命[8]
>
> (전략) 말하자면 국어로써 제작된 活文學이 성립되어야 비롯
> 으 국어의 통일과 발달을 圖할 수 잇다는 생각이다. 딸아서 표
> 준어를 云云하기 전에 먼저 白話文學의 발달을 講할 것이다.
> 그러면 표준어는 스스로 定하야 진다하는 결론이 되고 만다.
> 日「二三의 人이「若 국어로써 문학을 作고저 생각하면 아모
> 리 하야도 먼저 국어가 업스면 안되겟다 現今 표준어도 업는
> 데 어떠케<86> 국어적 문학을 作하겟느냐」하고 말하지마는
> 이는 道理로는 그럴 듯 하되 實은 그러치 아니한 것이다. 국어
> 는 단지 멋사람의 言語學者가 모여서 作하는 것도 아니오. 幾冊
> 의 국어교과서와 국어자전으로도 作하는 것도 아니다. 만일
> 국어를 作하랴 생각하거던 먼저 국어적 문학을 作하지 아니하
> 면 아니된다. 그것만 되면 국어는 自然히 定한다. … 국어적 소
> 설, 시문, 희곡이 世에 行하게 되는 날이 中國國語가 성립하는
> 時일다. …요컨대 吾人이 今日 用하는「標準白話」는 모든 이 幾
> 部의 白話的 문학이 정하야 된 것이다」. 彼는 그 論斷이 誤가
> 아님을 證하기 위하야 歐洲 近世의 국어문제가 大文豪의 출현
> 에 의하야 해결된 事를 예증으로 擧하얏다.(梁白華, 『개벽』 제6
> 호(1920년 12월 01일, 86~87)

위의 밑줄친 '표준어'라는 어휘는 (2)의 글에서 비로서 나타난다는
것을 받아들인다면, '표준어'에 대한 인식은 이미 그 전에 있었다 하더

---

8) (2)의 자료는 한국사데이터베이스(http://db.history.go.kr/)에서 가져온 것이고, 밑
줄은 저자가 친 것이다.
(2)는은 양백화가 아오키 마사루의 글을 번역한 것으로 알려져 있다. 번역문인 (2)
에서 '표준어', '표준백화'라는 표현이 있는 것을 통해 일본어로 쓰인 원전에서 그
대로 한글로 옮긴 것으로 예상할 수 있으나, 이 연구에서 원전을 확인하지 못해 여
기서는 '표준어'라는 어휘가 사용된 것만 확인하고 이 자료에 대한 설명은 다음 연
구로 미룬다.

라도, '표준어'라는 어휘는 1920년에 들어오면서 사용되기 시작하여 1920년대 중반을 지나면서는 일반적으로 사용된다. 이를테면 1924년 11월 2일자『동아일보』1면 4단「학예란」에 "표준어"라는 제목의 기사가 실렸는데, 그 기사는 표준어 제정의 필요성과 범위, 보급 등에 대한 내용을 담고 있다. 그리고 한결(김윤경의 호)이, 1926년 9월 1일자『동광』제5호에 '조선말과 글 에 바루 잡을 것'이라는 글에서, 표준어를 '본보기말(標準語)'라고 하고 그 본보기말의 필요성과 범위 등에 대해 설명하고 있다. 그 외에도 표준어의 개념 설명이나 필요성과 의의에 대한 논의도 여러 곳에서 확인할 수 있다. 이와 같이 '표준어'라는 어휘는 1920년 중반 이후 지식인들을 중심으로 일반화되었다고 볼 수 있다.9)

한편 표준어를 어느 지방의 말을 정해야 하는가의 문제에 대해 이 시기의 기사나 학자들의 논의를 바탕으로 보면, '중앙지방', 혹은 '서울' 말로 정해야 한다는 것에 대체로 같은 의견을 보인다. 1924년 11월 2일자『동아일보』1면 4단「학예란」(1924.11.2.)에서는 '勢力範圍가 모든方言 中 에 가장 偉大한 것이다'라고 하면서 '中央都會地'의 말을 표준어로 정해야 한다고 하고 있다. 그리고 아래에서 볼 수 있듯이, 김윤경(1926)에서도 '여럿이 다 알만한 말'이 '중앙 말' 곧 '서울 말'이라고 하면서 표준어를 여러 방언 가운데 '서울' 말로 정해야 한다고 설명하고 있다.

(3) 본보기말(標準語)
이와같이 여럿이 다 알만한 말은 어느 곳 말이냐 하면 곳 중앙 말 곳 서울 말이외다. 대개 서울 말은 어느 곳에서던지 다 알게 됩니다. 이는 서울이 학술, 실업, 정치, 교통, 종교의 중심이 되는 까닭으로 모든 책과 신문과 잡지가 서울 말로 쓰이고

---

9) 이외에도『개벽』제9호(1921.3.1.)에 실린 朴達成의「東西文化史上에 現하는 古今의 思想을 一瞥하고」라는 글과『동광』제11호(1927. 3. 5.)에 실린 安自山의「幷書不可論, 한글토론(3)」이라는 글 등에서 '표준어'라는 어휘를 볼 수 있다.

딸아서 이것으로 여러 곳 사람들이 날마다 서울 말을 읽어 배우고 알게 될 뿐더러 여러 곳 사람이 서울로 모이고 또 서울 사람이 여러 곳으로 헤어지는 때문에 서울말은 가장 널리 알게됨이외다. 그러한즉 서울말로 본보기말을 삼음이 가장 펼리한 일이외다.('조선말과 글에 바루 잡을 것', 『동광』 제5호 (1926. 9. 1), 한결)

한편 1930년대에 들어오면서, 이희승(1932), 최현배(1934) 등의 논의에서 볼 수 있는 바와 같이, '표준어'라는 개념이 본격적으로 소개되고 사용되었다. 이희승(1932: 2), 최현배(1934: 12~13) 등에서 설명하는 표준어의 개념에 따르면, 표준어는 방언을 대표하기는 하나 어떤 방언과도 동일하지 않고 '인위'적이고 '이상'적인 것이다.

> (4) ㄱ. 標準語란것은 一國의言語의 標準을삼기爲하야 人爲的으로制定한言語니 純理論上「槪念」이란말과비슷하야 모든方言을 代表하는 말이면서 그모든方言中의어느것과 全然同一한말이아니다 卽標準語의總體는 한抽象的言語요 어느具體的言語는아니라할수있다.(이희승, 1932: 2)
>
> ㄴ. 다시 생각하건데, 중류사회의 서울말이라하더라도 역시 그대로 채용할 수는 없는 것이다. 그 소리내기(發音)와 말수잡기(語彙決定)와 말법에 더하여 자세한 조사를 하고 정확한 연구를 더하여, 틀린것은 바로잡고, 여러 가지로 흐트러진것은 한가지로 삼고, 깎을것은 깎고 기울것은 기워서, 그것에 인위적 개량(人爲的 改良)을 더하여야만 한다.(최현배, 1934: 12~13)

(4ㄱ)에서 보듯이 이희승(1932)에서는 표준어는 인위적으로 제정한 언어이고 구체적인 것이 아닌 추상적 언어임을 설명하고 있다. 또한 (4ㄴ)과 같이 최현배(1934)에서는 표준어는 '자연상태'의 중류사회의 서울

말이 아니라, 자연상태의 서울말을 '인위적으로 개량'을 더해야만 함을 강조하고 있다.

따라서 위의 글만을 통해서 보더라도, '표준어'는 인위적인 언어이기 때문에 자연적으로 습득할 수 있는 언어가 아니라 학습이 필요하며, 학습을 한다고 하더라도 완전한 표준어의 실행은 처음부터 쉬운 것이 아닌 것이다. 이러한 표준어 제정 당시의 인식은 최근의 표준어 관련 논의들에서도 지적된, 한국어 화자는 대부분 습득된 자신의 모어로 말하고 쓰는데 제한을 느끼면서 학습을 통해 '배운' 표준어로 언어생활을 했다는 설명과 같은 맥락에 있다고 볼 수 있다.

한편 철자법과 표준어가 틀을 형성해 가던 1930년을 전후한 시기는 아래 박승빈(1931)「朝鮮語學講義要旨」의 서언에서 말하고 있는 바와 같이, 언어가 곧 민족이며, 민족의 운명이 언어에 달려있다는 언어민족주의적 관점이 보편화되어 가던 시기이다.

> (5) 한 민족의 언어는 그 민족의 성쇠(문화병세력)와 더할 수 없이 귀중한 관계를 가진 것이다. 그러므로 자기 민족의 언어에 대해서 문전(文典)이며 철자법을 운위(云爲)할 때에는 가장 경건한 태도로 하는 것이 마땅하다.[10)]

위와 같은 성격의 글은 유길준의『朝鮮文典』(1904), 주시경의『대한국어문법』(1906)의 서문 등 19C 말부터 광복 이후까지 많은 글들에서 찾아 볼 수 있다. 알려진 바와 같이, 대한제국기부터 '언어'의 문제가 개화와 계몽을 위해 당대 지식인들의 중요한 관심사였던 것이 일제강점기에는 독립이나 애국 등과 연결되면서 언어민족주의가 더 강조되고 강

---

10) (5)는 역대문법대계 第1部-第19冊 ①48의 朴勝彬「朝鮮語學講義要旨」(1931)의 서언을 현역한 서민정, 김인택(2010)에서 인용하였음을 밝혀 둔다.

화되었다.11) 이러한 언어민족주의 관점에서 표준어의 제정은 당시 지식인들에게는 아주 중요한 문제였음이 틀림없다.12)

이러한 표준어에 대한 필요성이나 의의는 아래의 김윤경(1926)의 글에서 확인할 수 있듯이 1920년대에 본격적으로 논의된 바가 있다.

> (6) 동광 제5호 1926년 09월01일 조선말과 글에 바루 잡을 것
> 우에 말한 것 같이 사토리를 없이 하여 말을 한갈같이 하고 글로 적기를 또한 한갈같이 하려면 어느 곳의 말이던지 한가지를 가리어 쓰지 아니하면 아니될 것이외다. 이것이 「바루되는 말」 곳 「본보기 말」을 세우어야 되겠다 함이외다.

(6)에서 김윤경은, 사투리를 없애고 말과 글을 통일되게 쓰기 위해 '본보기말' 곧 '표준어'를 제정해야 한다고 설명하고 있다. 또한 1924년 11월 2일자 『동아일보』 1면 4단 '학예란'에 실린 "표준어"라는 글은 상당히 많은 지면을 할애해 표준어의 필요성과 의의에 대해 설명하는데 그 맥락은 (6)과 같다. 그 외에도 이극로(1931, 1936, 1937), 이희승(1932, 1937), 정인섭(1935), 최현배(1934, 1937) 등에서 설명하는 표준어의 필요

---

11) 이 시기의 언어민족주의에 대한 고찰은 미쓰이 다카시(2003), 이연숙(2006), 김도경(2002) 등을 참조할 수 있다.

12) 알려진 바와 같이, 1900년대 초 한국에서 '언어'는 안으로는 '민족'의 존립을 지키기 위한 것으로, 밖으로는 서구 문화를 받아들이고 소통할 수 있는 중요한 '도구'라는 측면에서 여러 분야의 지식인들로부터 지대한 관심을 받았다. 또한 개화기와 식민기를 거치면서 한편으로는 '한국어와 한글'에 대한 강한 애착과 자부심을 느끼는 것으로, 다른 한편으로는 '서구 언어와 언어 규범'을 이상적으로 생각하게 되는 양면성을 가지게 되었다. 이러한 언어에 대한 관심은 조선어의 정비, 외국어학습에 이르기까지 다양했는데, 이러한 문제들이 역사적으로 근대적 시공간에서 요구된 '표준'과 '국가-국어'의 문제의 관점에서 접근할 필요가 있다. 독일 사학자인 코젤렉은 유럽의 전통사회로부터 근대사회로의 대전환기에 언어혁명이 있었고, 이 언어혁명을 통해 유럽사회가 더욱 빠른 속도로 근대화되었다고 지적한 바 있다. 한국어의 급변도 이러한 코젤렉의 지적과 맥이 닿아 있다고 할 수 있으며 한국의 근대성을 가장 명확히 보여주는 것은 '언어'라고 할 수 있다.

성은 '의사소통'과 '교육'으로 요약할 수 있다.

한편 이러한 표준어에 대한 인식은 알려져 있다시피 서구 근대언어적 관점과 관련되어 있다. 표준어 제정에 가장 큰 영향력을 가지고 있던 지식인으로 대표적인 인물인 이극로13)를 통해 이러한 관점을 확인할 수 있는데, 독일에서 박사 학위를 받고 서구의 경험을 가지고 귀국한 이극로는 귀국 후 가장 먼저 어문규정 제정과 사전 편찬 등의 작업을 시작하였다. 특히 '규범화, 통일화, 표준화'에 대한 이극로의 생각은 『조선일보』(1935. 7. 8)에 투고한 그의 글을 통해서 알 수 있다.

> (7) 현대 문명은 모든 것이 다 표준화한다. 철도 궤도의 폭은 세계적으로 공통화하였으며, 작은 쇠못으로부터 큰 기계에 이르기까지 어느 것이나 대소의 호수가 있어 국제적으로 공통된 표준이 없는 것이 없다…더욱이 한 민족사회 안에서 생각을 서로 통하는 언어에 있어야 통일된 표준이 없지 못할 것은 환한 일이다. 그러므로 각 민족은 제 각각 표준어 통일에 노력하였고 또 노력하고 있다.(『조선일보』, 1936.11.1, 3면, '표준어 발표에 제하야')

(7)에서 언급한 것처럼 이극로는 세계의 변화에 따라 국제적으로 통일된 표준을 도입해야 하며, 특히 각 민족은 각 언어의 표준어 통일을 위해 노력하고 있으니 우리도 표준어로 통일된 언어를 제정해야 한다는 주장을 하고 있다. 실제 이극로는 조선어학회에서 적극적으로 활동하면서 독일 유학, 유럽과 미국에서의 경험을 바탕으로 언어의 근대성을 추구하며 한글맞춤법을 비롯한 어문규정의 제정에 결정적인 역할을 했다.

그리고 다음의 김윤경(1926)의 글과 같이, 당시 지식인들의 글에는 일본을 포함한 서구와의 비교를 통해 우리가 해야 할 일들에 대해 설명한다는

---

13) 일제강점기 이극로에 대한 자세한 연구는 박용규(2009)와 서민정(2009) 참조.

점에서 '서구'의 기준이 우리의 기준이자 표준이 되었음을 알 수 있다.

(8) 우리는 많은 시간을 가지고라도 적은 시간을 가진 남만한 지식
을 얻지 못하는 것을 생각하면 참말 분하고도 불상하외다. 「톨
쓰토이」가 열 여덟 살에 대학교수가 되었다던가 「롱펠로」가
열 아홉 살에 대학교수로 결정되었지마는 나이가 어리어서 돌
이어 나이 차기를 기다리었다던가 하는 것을 듯고 우리는 조
달(早達)이라고 놀라기도 하고 불업게 너기기도 하겠지마는
그 까닭을 궁구하여보면 놀랄 것도 없고 불업다 할 수도 없음
니다. 우리 글 같이 쉽은 글을 쓴다 하면 그들보다도 더 일쪽
될 수 있음니다.
그러하나 이 꼴대로 두고서는 그들보다 교육이 늦게 되지 아
니하려 하여도 도모지 아니 늦을 수가 없음니다. 눈 우에 서리
란 셈으로 우리는 우리 글이 그처럼 여러가지로 적는 법이 있
는데 또한 아니 배우면 아니될 그러하나 그것도 또한 그만치
뒤숭숭한 글을 가진 말까지 남보다 한가지 더 있어서 그것 저
것 다 치면 우리는 참말 말 배우기에 머리가 세고 말 것이올시
다. 그러하나 딴 걱정은 덮어놓고 우리 글에 대하여 말하면 『우
리 글로만 적는 것을 본보기 글로 삼아 쓰자』하는 것이 나의
말하고저 하는 바외다. 그리하여 이것 한 가지만 배우고 이것
한 가지로만 두로 쓴다 하면 많은 시간을 얻게 되고 딸아서 전
문 지식을 얻기에 남보다 뒤떨어지지 아니할 것이매 딸아서
문화를 빨리 일으키게 될 것이며 딸아서 잘 살수 있을 것이올
시다. 곳 다시 말하면 글 그것에만 종이 되지 아니하고 다른
것을 많이 연구 발달 하게 될 것이올시다.

이외에도 이웃나라의 표준어 정책에 대해 언급함으로써 표준어 제정
이 필요함을 간접적으로 보이기도 했다. 다음은 『삼천리』 제16호(1931.
6. 1)에 실린 김동환이 편집한 글로 당시 중국에도 표준어 운동이 한창
임을 설명하고 있다.

(9) 삼천리 제16호(1931. 6. 1), 新興中國展望, 中國現下 運動과 統計,
金東煥 編
여기에 모힌 論文과 統計는 或은 中國論客 或은 日本評論家, 또
는 日中共同調查會에서 調查發表한 것을 適宜按配하여 參考삼
고 編輯한 것이외다. 따라서 飜譯도 잇고 參照도 잇나이다.
國語統一運動
中國言語는 南北에 의하여 顯著히 差異가 잇다. 南北人은 全혀
會話도 아니되는 極端의 例까지 잇슴으로 言語統一을 위하야
南京의 <u>標準語</u>를 全國에 普及식히려하는 運動으로 漸次 效果가
나타나고 잇다.

또한 정인섭(1935: 380)에서는 다음과 같이 문명국은 언어가 통일되어
있고, 외국에서도 표준어 제정 운동이 활발하다고 언급한 바 있다.

(10) 文明國에서는 原始族과 같은 言語의 分裂은 없고 統一現象이
濃厚하다. 그가운데 方言地域이 없다는 것이 아니나, 그 接近
線은 그리 명백하지 아니하다.(중략) 그러므로해서 각 外國에
서는 社會政策上으로나 敎育上으로 標準語 制定 運動이 盛해
서, 政府가 有力한 團體가 혹은 專門家들이 제정함이 星行하여
民衆은 直接으로 間接으로 그 恩惠를 믿고 있는것이다.

이와 같이 당시 많은 지식인들은 서구를 이상적이고 모범적인 문명
국으로 설정하고, 우리도 그러한 문명국이 되기 위해서는 언어의 통일
즉 '표준어'를 제정해야 함을 강조하고 있다. 따라서 표준어 제정의 인
식의 바탕에는 서구중심적 사고가 있었음을 인정하지 않을 수 없다.
한편, 야스다 도시아키(2009: 205)에서는 이희승(1932, 1937)의 글에 대
해 다음과 같이 지적한다.

(11) 이러한 점은, 우에다의 '표준어에 관해서(1895)'에서 전개되고 있는, '표준어'를 실제로 사용되는 언어에 연마하여, 방언에서 바르게 초절(超絶)시켜, 교육제도 안에서 통용시키고, 진선미의 제덕(諸德)을 집어넣어야 한다라는 의논을 상기시킨다. 물론 우에다의 이 논 자체는 헤르만·파울『言語史原理』(1880)의 의논에 기초한 것이기 때문에 특수성을 주장할 필요는 없다.

　(11)의 설명을 바탕으로 보면, 이희승(1932)의 논의가 헤르만 파울의 『言語史原理』(1880)에서 영향을 받은 우에다(1985)의 글을 연상시킨다고 했는데, 실제 야스다 도시아키(2009)는 이희승(1932)의 글과 우에다(1895)의 글이 거의 유사함을 거듭 강조하고 있다. 그래서 야스다 도시아키(2009)의 논의를 받아들인다면, 조선의 표준어 개념은 당시 일본에서 들어왔으며, 이것은 결국 일본이 서구의 근대를 받아들였기 때문에 표준어가 필요하다는 인식의 형성 과정에서 일본을 경유한 서구적 언어에 대한 인식, 언어를 기획할 수 있다는 근대적 언어 인식이 작용했다고 할 수 있다.14)

　한편, 조선어학회의 표준어 사정 진행 과정은 조선어학회(1936)의 서문을 통해서만이 아니라,15) 당시 발간된 신문 등의 기사를 통해서도 확인할 수 있다. 아래의 기사는 조선어학회에서 표준어사정위원회가 출발했음을 보도하는 기사인데, 『東亞日報』와 『朝鮮中央日報』에서 같은 날(1934.12.30.) 보도되었다.16)

---

14) 이러한 생각은 김도경(2012), 미쓰이 다카시(2003) 등의 논의에서도 지적된 바 있다.
15) 표준어 사정 위원회에 대한 당시의 신문 사설에 대해서는 조선어학회 편집부(1935)를 참조할 수 있다.
16) (12), (13)은 한국사데이터베이스(http://db.history.go.kr/search/, 2015.12.23)에서 검색한 자료이다.

(12) 『東亞日報』(1934.12.30.)

이달에 朝鮮語學會에서는 朝鮮標準語를 제정하기 위한 資料蒐集과 方言調査를 完了하였으므로 標準語査定委員會를 구성하고 이를 심의하는 한편 辭典편찬에 착수하기로 결정하다. 따라서 1月 2日부터 5日까지 忠南 溫陽에서 다음의 委員을 召集하여 會合을 갖기로 하다.

(가나다順) 權悳奎 金克培 金炳濟 金允經 金昶濟 金炯基 文世榮 朴顯植 方信榮 方鍾鉉 白樂濬 徐恒錫 申明均 申允局 安在鴻 尹福榮 李鉀 李康來 李克魯 李基允 李萬珪 李命七 李秉岐 李世楨 李淑鍾 李沄鎔 李允宰 李鐸 李泰俊 李浩盛 李熙昇 張志暎 金弼淳 鄭烈模 鄭寅燮 車相瓚 崔鉉培 韓澄 成大勳 洪에스터17)

(13) 『朝鮮中央日報』(1934.12.30.)

民族文化의 金子塔 : 『한글』 標準語의 草案作成完了 / 明年正初에 査定委員會열고 正式으로 討議決定

위의 기사를 시작으로 아래 (14), (15)에서 볼 수 있듯이, 두 신문에서는 조선어학회의 표준어 사정의 진행 과정을 자세히 보도하고 있다. 그 정도로 당시 표준어 제정의 문제는 언론이나 지식인들을 포함하여 이 시기의 많은 관심이 집중되고 있었다.

(14) 『東亞日報』의 기사

1934-12-30, 한글 統一의 第二段, 標準語를 制定, 溫陽에서 來月二日 査定委員會, 各界人士網羅會合

1934-12-31, 標準語査定 愼重을 期하라

1935-01-05, 通俗的 京語를 選擇 우리말 標準語査定, 朝鮮語學會 主催로 卅餘名會合, 準備會서 各部委員選定(牙山)

---

17) 동아일보 기사에서는 (12)와 같이 되어 있으나, 1936년에 작성된 『(사정한) 조선어 표준말 모음』의 머리말에 있는 '표준말 사정의 과정'에서는 날짜도 1월 2일에서 7일까지이고 수정위원도 16인으로 조금 변경되는데, 자료의 성격상 조선어학회(1936)의 내용이 정확할 것이다.

1935-01-07, 標準語查定 委員會 延期(牙山)

1935-01-08, 語文運動上 大收獲 四千標準語查定, 朝鮮語 標準語
査定委員會成果, 修正委員十六人選擧//豫定一日 延
期, 顯忠祠도 參拜 長春館에서 歡迎會開催[寫]

1935-01-25, 詩論과 標準語[偵察機]

1935-01-25, 詩論과 標準語(오메가)

1935-08-05, 朝鮮語標準語 査定會開催, 五日間 牛耳洞 鳳凰閣에
서 選定委員은 七十名

1935-08-08, 十七項目으로 精密한 取捨 修整한 語彙는 四千餘
語, 標準語查定二讀會

1935-08-11, 標準語查定 二讀會終了 전체적 체제를 세운 뒤
발표, 修正委員은 卄五名[寫 : 標準語查定委員들]

1936-07-29, 朝鮮語 標準語 最終査定會 今月卅日 仁川公普서

1936-07-31, 朝鮮語標準 査定委員會 開催, 昨日仁川普校에서[寫]

1936-08-03, 査定된 標準語와 朝鮮民衆

1936-08-03, 査定된 標準語와 朝鮮民衆[社說]

1936-08-03, 標準語查定三讀會圓滿終了語彙三千一個確立[寫]

1937-07-14, 標準말 모음 發刊, 朝鮮語學會에서 査定된 一萬語
語文整理의 指南針!

(15) 『朝鮮中央日報』의 기사

1934-12-30, 民族文化의 金子塔 :『한글』標準語의 草案作成完了

1935-01-07, 八部로 나뉜 數千語彙 個別的으로 査定

1935-02-24, 한글統一을 攪亂한 是非를 討議暴露 朝鮮語學臨時
總會서

1935-08-06, 標準語查定會

1935-08-07, 標準語查定 二讀會進行順調

1935-08-11. 標準語查定 二讀會原案通過

1936-07-29, 朝鮮語標準語 第三讀會를 開催 卅日仁川公普校에서

1936-08-01, 朝鮮語標準語查定第三讀會

1936-08-03, 標準語查定 第三讀會終了 仁川에서 三日間討議

위의 기사에 따르면, 약 2년 여에 걸쳐 표준어 사정 작업을 한 것으로 확인된다.[18] 조선어학회(1936)에 따르면, 사정 어휘수가 표준어는 6,231개, 약어 134개, 비표준어 3,082개, 한자어 100개로 총계 9,547개로 사정된,[19] 『(사정한)조선어 표준말 모음』은 1936년 10월 28일에 완성되었다. 그리고 동아일보 기사에 따르면 1937년 7월 14일에 배포되었다. 이와 같은 표준어 사정의 과정은 1933년 『한글마춤법통일안』이 나오는 과정에 비하면, 논란이나 논쟁의 과정이 적었다.

한편 조선어학회(1936)에서 다음과 같이 설명한 바와 같이, 『(사정한) 조선어 표준말 모음』에는 경기 출신 위원들의 의견이 주로 반영되었다.

> (16) 곧 全 委員 七十 三人 가운데 반수 이상인 三十 七人은 京畿 出生 그중에 京城 出生이 二十 六人으로 하고 (중략) 會議時에는 한개 의 낱말을 處理함에 있어서, 처음에는 다만 京畿 出生의 委員에 게만 決定權이 있고, 혹시 地方 出生의 委員中으로서 거기에 대 하여 異議가 있는 때에는 반드시 이를 再番理에 붙이어(하략)

3 표준어의 한계에 대한 인식

1930년대에 들어와서 본격적으로 표준어의 '사정' 작업이 이루어졌다. 이 과정에서 표준어 사정위원이나 수정위원들이 표준어의 한계나

---

18) 표준어 사정 작업 전에 방언 자료를 모은 논의에 대해서는 최경봉(2006ㄱ)을 참조할 수 있다.
19) 현재 국립국어원 표준국어대사전(http://stdweb2.korean.go.kr/guide/entry.jsp)은 "일러두기:표제어"에 따르면 표준어, 북한어, 방언, 옛말, 흔히 쓰는 비표준어, 전문어, 고유 명사를 포함하여 약 50여만 어휘를 수록하고 있다고 했다. (http://www.korean.go.kr/niklintro/10years05_01_02.jsp, 2015.12.20.)

문제점을 인식하지 못한 것은 아닌 듯하다. 아래 글에서 밑줄은 표준어가 가지고 있는 한계를 인식하고 그것을 문헌과 방언을 통해 보충하겠다는 내용을 담고 있다.

> (17) 이극로, 조선말의 사투리(『동광』 29호, 1931.12.27.)
>
> 朝鮮語의 方言狀態는 上述한 바와 같이 紊亂하다. 그러나 우리는 그 方言이 많음을 근심할 바가 아니요 다만 標準語와 標準綴字가 서지 아니 한 것을 걱정할 뿐이다.
>
> 朝鮮語는 적어도 獨特한 제 文字로 적어온 제가 이미 半千年이 되엇으니 文獻도 적지 아니 하려니와 또 2,000餘萬人의 혀끝에 살아서 날로 움직이니 그 言語의 硏究材料는 山같이 쌓여잇다. 그러나 科學者의 開拓의 힘이 아직 넉넉이 미치지 못한 것을 恨嘆하는 바이다.
>
> 標準語를 세우는 科學的 方法은 여러 方言 中에 <u>가장 勢力잇는 方言 하나를 가리어서 標準을 삼고 不足한 點과 잘못된 點은 文獻과 다른 方言으로써 補充하며 質正하는 것이다.</u> 그래서 우리도 이제 標準朝鮮語를 세우는 데는 서울方言을 標準삼고 다른 地方의 方言과 또 옛 文獻으로써 그 못자람을 채우고 잘못 됨을 바로잡아서 國語의 科學的 基礎를 세우는 것이 마땅한 일이다. 標準語와 標準綴字의 成立은 마즘내 標準辭典이 完成되어야 될 것이다.

(17)과 같은 표준어에 대한 한계나 문제점에 대해 많은 지식인들이 언급하고 있으나, 언어를 '표준화'하고 통일하여야 한다는 시대의 큰 흐름은 거스르지 못하고 지금까지 이르고 있다고 할 수 있다. 즉 지금까지 살펴본 바와 같이, 표준어 제정 당시에 표준어에 대한 지나친 가치부여로 발생하는 문제점에 대해 지적한 이광석(2006), 이태영(2006), 국립국어원(2011), 신승용(2014) 등의 논의를 받아들인다면, 표준어 제정 당시의 문제가 현재까지 더 강화되면서 이어지고 있다고 할 수 있다.

한편 이 시기 표준어 제정을 반대했던 논의로 대표적인 논의로 홍기문(1934, 1935) 등이 있다.

(18) ㄱ. 조팝도 朝鮮語 조밥도 朝鮮語 모도도 朝鮮語 모다도 朝鮮語 하여서도 朝鮮語, 해서도 朝鮮語 다 가튼 朝鮮語에서 어느 하나를 取하고, 어느 하나를 버린다는 것도 웃으운 소리려니와 無條件 자긔네의 便宜를 딸아 이말을 標準 삼느니, 저 말을 標準 삼느니, 하는 것도 웃으운 소리다.(홍기문, '朝鮮語文研究의 本領', 『조선일보』, 1934.10.5.~10.20.)

ㄴ. 그러니까 수도어 본위 다수 본위 또는 언어정화 본위 등의 표준을 함께 참작한다고 하여 그야말로 비빔밥의 표준을 취할지도 모르나 거기에는 표준에 대한 표준의 규정을 요한다. 어느 때는 이 표준을 쓰고 또 어느 때는 저 표준을 쓴다고 명확한 규정이 없는 이상 그 비빔밥의 표준은 결국 표준의 혼돈화(渾沌化)에 불외(不外)한다.(홍기문, '표준어 제정에 대하여(2)', 『조선일보』, 1935. 1. 16.)

(18)에서 홍기문은 서구와 우리의 상황이 다름에도 불구하고 표준어를 무조건적으로 도입하여 억지스럽게 표준어를 제정했을 때, '규정'이 가지고 있는 한계로 궁극적으로 표준을 정하더라도 그것이 새로운 혼돈을 가져올 수 있음을 들어, 당시 조선어학회의 '조선어 표준말 제정'에 반대하였다. (18)과 같은 홍기문의 논의는 이광석(2006), 이태영(2006), 최경봉(2011) 등의 논의에서 공통적으로 지적되고 있는 표준어 '기준'의 모호함과 관련되어 있어, 현재 논의되는 표준어를 둘러싼 많은 문제들이 표준어 제정 당시에 이미 제기되었고 지금까지도 해결되지 못한 채 이어지고 있다고 볼 수 있다.

그리고 다음의 정인섭(1935: 380)은 표준어 제정으로 있을 수 있는 문제를 미리 경계하고 있다.

(19)

第三節 標準語 制定의 態度와 方法

그러면 어떠한 態度와 方法으로써 이것을 制定할가 함에는 대개 다음의 세 가지가 있겠으니,

一、論理的 態度
二、博物的 態度
三、折衷的 態度
라 하겠다。

一은 標準語를 制定함에 있어서 言語의 法則을 重要視하야 歷史的으로 보아 文法的 正當性을 가진것을 取하는 래도이요。

二는 言語의 自由性을 認定하야 制裁를 加하는 것을 罪惡視하고 모든 말은 벌서 그것으로써 각기 標準이 된다는것이니, 일치의 말에 同等의 權利를 주는 博物學者的 見地를 취하는 것이다。

(19)의 '표준어 제정의 태도'에서 정인섭은 표준어 제정에서 모든 말에 '同等한' 권리를 주는 '박물학자적' 견지를 취해야 함을 논의하고 있는데, 이것은 조태린(2007), 신승용(2014) 등 최근 표준어의 문제점을 지적한 논의들의 맥락과 같은 선상에 있다.

그리고 다음은 1936년 표준어 사정 작업을 마친 이후인 1937년의 최현배의 글인데, 아래에서 볼 수 있듯이 표준어의 한계를 명확히 인식하고 있었다고 할 수 있다.

(20) 이제 표준말을 시골말과의 關聯에서 생각하여 보자. 元來 표준말은 어느 시골(地方)(혹은 標準 中心地 一個 處의, 혹 多數의, 혹은 全體의) 의 말로 된 것이다. 그러나, 여러 가지의 原理애서 決定된 표준말은 어떤 시골말 그대로가 아니요, 그 地方的

色彩가 磨滅된 말이다. 예스뻴센님의 말과 같이, 표준말은 綜合
寫眞에 比할수 있는 것이다. 綜合寫眞이란 것은 몇 사람(同一 人
種 乃至 類似 人種의)의 寫眞을 同一 乾板 위에 포개어서 사진
박으면, 본대것과의 잔 相異點은 다 없어지고, 典型만이 純粹히
나타게 된다. 이렇게 해서 된 肖像은 顯著히 훌륭한 것이 된다.
이 모양으로 사투리를 말끔 떨어버린 말(표준말)은 一種의 理
想的의 말이요, 實際의 말은 다 이에 가깝게 될수 있을따름이
다. 이러므로, 예스뻴센님은 표준말을 定義하여, 그 發音으로
말미암아 어떤 시골(地方)의 사람임을 분별할수 없는 사람의
말이라 하였다. 그런데, 사람은 누구를 勿論하고 다 完全히 言
語上 地方的 色彩를 完全히 떨어버리기가 至極히 어려운 일인
즉, 完全한 표준말의 實行은 如何한 文明國의 사람을 勿論하고
到達하기 어려운 일이다. 표준말은 다만 사람의 規範 意識이 그
實現을 要求하는 理想的 言語이다.(최현배, 1937: 564)

특히 (20)에서 '사람은 누구를 勿論하고 다 完全히 言語上 地方的 色
彩를 完全히 떨어버리기가 至極히 어려운 일인즉, 完全한 표준말의 實行
은 如何한 文明國의 사람을 勿論하고 到達하기 어려운 일이다. 표준말은
다만 사람의 規範 意識이 그 實現을 要求하는 理想的 言語이다.'라고 한
부분을 바탕으로 보면, 표준어 제정 당시에도 표준어를 제대로 사용하
는 것은 거의 어려우며 실현되기도 쉽지 않음을 인식하고 있었다.

이러한 표준어 제정에서의 혼란은 맞춤법과의 관계를 설명하는 다음
의 글을 통해서도 예상할 수 있다. 다음은 1937년에 수정한 '한글 맞춤
법 통일안'의 서문에 제시된 글이다.

(21) "마춤법"은 어떠한 말을 물론하고 그 말을 글자로 적는 방법
을 규정하는 것이요, "표준말"은 같은 뜻을 가진 여러 말들
가운데서 하나씩을 뽑아서 표준을 세우는 것이니, 맞춤법과
표준말은 근본적으로 딴 성질의 것이다.

  (21)에 따르면 당시에 제정한 '한글 맞춤법'은 말을 글자로 적는 방법을 규정하는 것이고, 표준말은 표준이 되는 말을 하나씩 뽑은 것이다. 그래서 이 글에 따르면 한글 맞춤법 통일안은 방언이든 표준어이든 입말을 글자로 옮기는 방법을 제시하는 규정이다. 이것은 맞춤법과 표준어에 대한 틀을 형성되어 가는 시기에 조금 혼란은 있었겠으나, 이러한 어문 규정 제정에 참여한 지식인들의 의식에 말을 먼저 글로 옮길 수 있는 규칙을 먼저 찾고, 그 다음으로 표준어를 가려뽑자는 것이 있었던 것으로 예상할 수 있다.

  그러나 이것은 한글맞춤법 총칙의 1항에는 '한글 맞춤법은 표준말을 소리대로 적되'라고 하는 것과는 배치된다. 그러나 왜 철자법이 먼저 발표되고 표준어는 뒤에 발표되었는지에 대한 설명은 될 수 있을 듯하다. 즉 '한글 맞춤법 통일안'의 총칙에 따르면, '표준말'이 먼저 정해져야 맞춤법이 제정될 수 있다. 그러나 현실은 그와 반대로 1933년에 한글 맞춤법 통일안이 발표되었고, 1936년에 표준어 모음이 발표되었다. 이것이 당시 시대적 상황 상 어쩔 수 없었다고 하더라도 현재 한국어 어문 규정이 가지고 있는 모순과 한계[20]의 출발이었음은 확실하다.

  이와 같이 일제 강점기에 많은 혼란과 한계를 가진 채 제정된 표준어와 맞춤법은 광복 이후 조선어학회에서 제정된 규정이 거의 그대로 한국어 정책에 반영되었다. 그리고 한국어 정책은 이 규정들에 권위를 부여하고 언중들이 이 규정을 잘 따를 수 있도록 유도하는 방향으로 진행되어 왔다. 이것은 (22)에 제시된 국립국어원 홈페이지[21]의 표준어 사정 원칙 제1항 "표준어는 교양 있는 사람들이 두루 쓰는 현대 서울말로

---

20) 현재 한국어 어문 규정의 한계와 문제점에 대해서는 국립국어원(2011)에서 참조할 수 있다.
21) 국립국어원 표준어 규정 제1부 표준어 사정 원칙(http://www.korean.go.kr/front/page/pageView.do?page_id=P000085&mn_id=94) 인용글의 밑줄은 논의의 편의를 위해 필자가 친 것이다.

정함을 원칙으로 한다."에 대한 해설에서도 드러난다.

(22) '중류 사회'는 그 기준이 모호하여 세계 여러 나라의 경향도 감안하여 '교양 있는 사람들'로 바꾼 것이다. 이 구절의 또 하나의 의도는, 이렇게 정함으로써 <u>앞으로는 표준어를 못하면 교양 없는 사람이 된다는 점을 강조하기 위함이다.</u> 표준어는 국민 누구나가 공통적으로 쓸 수 있게 마련한 공용어(公用語)이므로, 공적(公的) 활동을 하는 이들이 표준어를 익혀 올바르게 사용하는 것은 너무나 당연한 필수적 교양인 것이다. 그러기에 영국 같은 데서는 런던에 표준어 훈련 기관이 많이 있어 국회 의원이나 정부 관리 등 공적인 활동을 자주 하는 사람들에게 정확하고 품위 있는 표준어 발음을 가르치는 것이다. 표준어 교육은 학교 교육에서 그 기본이 닦여야 한다. 그러기에 모든 교육자는 무엇보다도 정확한 표준어를 말할 줄 알아야 한다. 이렇게 볼 때, 표준어는 교양의 수준을 넘어 국민이 갖추어야 할 의무 요건(義務要件)이라 하겠다.

(22)에서 밑줄 친 부분을 보면 표준어를 사용하지 못하면 국민의 의무 요건을 갖추지 않은 사람이 된다. 그렇다면 최경봉(2011)에서도 지적된 바와 같이, 과연 우리나라에 국민의 의무 요건을 갖춘 사람은 얼마나 될 것인가.

앞에서 살펴본 바와 같이 '표준어'가 한편으로는 소통을 위해 편의상 정해 둔 인위적인 것이라 한다면, 국가기관인 국립국어원과 '국어기본법'이라는 법률로 표준어를 규정하고 국민이 표준어를 사용하도록 하는 이러한 상황이 타당한가 아닌가에 대한 근본적인 고민을 해야 할 시점이다. 그렇지 않으면 그에 대한 판단은 보류하더라도 표준어 규정 그 자체, 표준어 규정의 시행 방식에 대한 반성은 분명히 필요한 일이다.

4   마무리

지금까지 이 연구에서는 20C 전반기 한국어 표준어 제정 당시에 신문, 잡지 등에 실린 표준어에 대한 여러 논의들을 통해, 표준어 제정 과정에 대하여 고찰하였다. 그리고 이러한 고찰을 바탕으로 당시에 제기된 문제점들이 현재 어떤 방식으로 진행되고 있는지 최근 표준어 관련 논의와의 비교를 통해 확인하고자 한다.

2장에서 표준어라는 어휘가 사용된 예와 표준어의 개념에 대해 논의한 당시의 글을 통해 표준어의 개념에는 효율적인 의사소통을 위해 서울말로 특정되는 특정언어를 표준으로 삼아 인위적으로 기획되었다고 할 수 있음을 살폈다. 그리고『동아일보』,『조선중앙일보』의 신문기사와 조선어학회(1936)을 바탕으로 표준어 제정 과정을 검토하고, 그 과정에서 서구적 언어 인식이 작용하였음을 살폈다.

3장에서는 표준어 제정 당시에 이미 인식하고 있었던 표준어의 한계와 문제점에 대해 이극로(1931), 홍기문(1934, 1935), 정인섭(1935), 최현배(1937) 등의 논의를 중심으로 고찰하였다. 이러한 고찰을 통해 당시 지식인들이 제기되었던 표준어의 한계와 문제가 최근 학자들에서 제기되는 표준어의 기준의 문제, 방언과의 차별화 등의 문제와 같은 선상에 있음을 확인하였다. 그리고 이와 같은 제정 당시부터 제기된 문제점이 아직까지 해결되지 않은 것에 대한 반성과 인식의 전환이 필요함을 고찰하였다.

따라서 현재 한국어가 직면한 방언의 주변화, 한국어 규정에 내재된 모순, 국제어와의 내부 경쟁 등과 같은 언어문화적 관점의 다양한 문제들이, 근대성의 도입에 따른 '표준어'의 추구와 무관하지 않으며, 결국 현재 한국어의 문제를 해결하기 위해서는 근대적 기획이 언어에 적용 가능한가라는 근본적인 질문부터 다시 해야 함을 남은 과제로 둔다.

참고문헌

1. 자료

國文研究所, 『國文研究議定案』, 역대문법대계(이하 역문) ③10 (박이정, 1909).

김두봉, 『조선말본』(새글집, 1916),

김윤경, 「조선말과 글에 바루 잡을 것」, 『동광』 5호 (1926. 9. 1.).

박승빈, 「朝鮮語學會查定」「한글마춤법통일안」에 對한 批判, (朝鮮語學研究會, 1936)

유길준, 『조선문전』, 역대문법대계(이하 역문) ①01 (박이정, 1904).

이극로, 「조선말의 사투리」, 『동광』 29호 (1931. 12. 27.)

이극로, 「표준어 발표에 제하야」, 『조선일보』 (1936. 11. 1.)

이극로, 「標準語와 辭典」, 『한글』 5-7 (조선어학회, 1937), 10~11.

이희승, 「標準語에 對하야」, 朝鮮語文3 (1932).

이희승, 「標準語 이야기」, 『한글』 5-7 (조선어학회, 1937).

정인섭, 「표준어 문제」, 『한글』 3-7 (조선어학회, 1935), 379~385.

조선어학회, 『(사정한) 조선어 표준말 모음』 (1936).

주시경, 『대한국어문법』, 역문 ①11 (박이정, 1906).

최현배, 「중등 조선 말본의 길잡이(2) - 대중말」, 『한글』 2-3 (조선어학회, 1934).

최현배, 「표준말과 시골말」, 『한글』 5-7 (조선어학회, 1937).

최현배, 『한글의 바른 길』, 조선어학회 (1937)

최현배, 『한글갈』, 正音社 (1942)

홍기문, 『朝鮮語文 研究의 本令』, (조선일보 1934. 10. 5.~20.)/ 역대문법대계(김민
　　　수 외 편, 1979) ③22) (1934)

국사편찬위원회 한국사데이터베이스(http://db.history.go.kr/)

한국언론진흥재단(http://www.mediagaon.or.kr/)

2. 논저

국립국어원, 『새국어생활』 21-4호 (2011).

김도경, 「표준어의 이념과 '사투리'의 탄생」, 『어문학』 117 (한국어문학회, 2012),
　　　339~359.

남경완, 「표준어 규정과 표준어 정책에 대하여 : 국어 교육의 측면을 중심으로」, 『한
　　　국학연구』 33 (고려대학교 한국학연구소, 2010), 39~62.

미쓰이 다카시, 「식민지하 조선에서의 언어지배 -조선어 규범화 문제를 중심으로-」,
　　　『한일민족문제연구』 4 (한일민족문제학회, 2003), 203~233.

서민정, 「주변부 국어학의 재발견을 위한 이 극로 연구」, 『우리말 연구』 25 (우리

말학회, 2009).

서민정, 「한국어 문법 형성기에 반영된 서구 중심적 관점」, 『한글』 288 (한글학회, 2010).

서민정·김인택, 『번역을 통해 살펴본 근대 한국어를 보는 제국의 시선』 (박이정, 2010).

신승용, 「표준어 정책의 문제점과 대안」, 『어문학』 123 (한국어문학회, 2014), 67~89.

야스다 도시아키, 나공수 옮김, 『국어의 근대사: 제국 일본과 국어학자들』(제이앤씨, 2009).

이광석, 「정책학의 관점에서 본 국어정책의 의미와 방향」, 『한글』 271(한글학회, 2006), 161~204.

이연숙, 고영진, 임경화 옮김, 『국어라는 사상』 (제이앤씨, 2009).

이응호, 『개화기의 한글 운동사』 (성청사, 1975).

이태영, 「지역 언어의 중요성과 표준어 정책의 문제점」, 한국지방정부학회 학술대회자료집 (2006), 321~335.

조규태, 「표준어 교육과 지역 언어 교육」, 『한글』 262 (한글학회, 2003), 247~288.

조선어학회 편집부, 「표준어 사정 위원회에 대한 각 신문의 사설」, 『한글』 21호 (조선어학회, 1935), 212~214.

조태린, 「표준어 정책의 문제점과 대안 모색」, 『한말연구』 20 (한말연구학회, 2007), 215~241.

최경봉, 『우리말의 탄생』(책과 함께, 2006ㄱ)

최경봉, 「표준어 정책과 교육의 현재적 의미」, 『한국어학』 31 (한국어학회, 2006ㄴ), 335~363.

최경봉, 「현대 사회에서 표준어의 개념과 기능」, 『새국어생활』 21-4호 (국립국어원, 2011), 215~241.

한성우, 「방언과 표준어 의식」, 『방언학』 16 (한국방언학회, 2012), 383~410

번역이라는 고투(苦鬪)의 시간[1)]
─염상섭의 번역과 소설 문체의 형성과정─

손 성 준

1 1920년대 소설 문체의 기(奇)현상

한국 근대소설 연구에서 문체의 변천에 주목한 논의는 꽤나 풍부한 편이다. 소설의 '문체(文體)'는 일반적으로 작가 개인의 개성이자 스타일을 이루는 문장의 특성(어휘 선택, 문장길이, 수사법 등)이나, 가시적으로 구현되는 문장의 제 요소(한자어 비중, 통사구조, 품사 및 시제 활용) 자체를 의미한다. 이 중 근대소설의 형성과정과 관련해서는 후자의 논의가 활발했고, 그중에서도 순국문체와 국한문체라는 이중어문체제와 소설어의 관련 양상은 핵심 화두였다. 대체로 합의를 얻고 있는 구도는 다음과 같은 것이다. 일단 1900년대의 경우 대개 '신소설'과 '역사전기소설'로 분류되는 텍스트 군이 각기 순국문체와 국한문체라는 구별된 문체적 토대를 가지고 있었는데 1910년대로 넘어가며 전성기를 맞는 신소설과는 달리, 소설어로서 부적합했던 국문한문체는 역사전기소설의 종언과 함께 도태되어 간다는 인식이 존재한다.[2)] 그리고 신소설과 더불

---

1) 이 논문은 『한국문학논총』 67(2014: 205~246)에 실은 손성준(2014)의 「번역이라는 고투(苦鬪)의 시간 -염상섭의 번역과 초기 소설의 문체 변화」를 이 책의 논지에 따라 수정하였다.

어 번안소설들을 통해 확고하게 자리매김해가는 1910년대 소설의 순국
문체 주류성은, 최초의 근대 장편으로 공인되다시피 한 이광수의 <무
정>에 이르러 정점을 이룬다. 이 문체적 구도의 계승자는 김동인이다.
1920년대의 김동인은 전대까지 이광수가 성취한 소설 문장에 더욱 토
착화 된 구어적 요소를 추가한 인물로서 평가되어 왔다.3) 이렇게 정리
하고 보면 언문일치 지향의 순국문체라는 종착점을 지닌, 일련의 근대
소설 문체사가 그려진다.4)

하지만 문체의 변화 양상은 이러한 단선적 구도로 설명하기 어렵다.
1910년대만 하더라도 유학생들의 단편을 중심으로 한 국한문체 소설이
국문체 소설의 대립항으로 존재하고 있었다.5) 무엇보다 이러한 구도는
1920년대의 양상을 시야에 넣는 순간 문제점을 노정한다. 특이한 예외
를 적용할 필요도 없이, 현재 '정전' 격으로 인정받는 소설의 다수가 위
구도 속에는 포섭되지 않는 것이다. 좀 더 구체적으로 말하자면, <무
정>에 이르러 결론이 난 듯해 보이는 '근대소설=순국문체'라는 도식은
1920년대로의 진입과 함께 출현한 김동인, 염상섭, 현진건, 나도향 등의
초기 소설에서 보기 좋게 깨어진다. 작가 개인의 편차는 있지만 한글을
전용하는 경우는 찾아볼 수 없으며, 일부는 가히 '한자어의 향연'이라
할 만한 경우도 발견된다. 물론 그들의 국한문체는 한자 비중이나 어휘

---

2) 두 진영을 경쟁구도로 보는 시각을 비판한 연구로는 손성준, 「전기와 번역의 '종횡
(縱橫)'-1900년대 소설 인식의 한국적 특수성」, 『현대소설의 연구』 51(2013) 참조.
3) 잘 알려졌듯이 이는 김동인이 「조선근대소설고」(1929)를 통해 스스로에게 내린 평
가에서 비롯되었다. 김동인, 「조선근대소설고」, 『김동인전집』 16(조선일보사, 1988)
참조.
4) 본고의 입론과는 다르지만 언문일치와 근대어, 근대 소설어의 연관 관계 자체도
문제시해야 할 필요가 있다. 예컨대 고모리 요이치는 언문일치 자체를 근대 소설
어의 위상을 공고히 하기 위한 근대문학사의 기획이자 허상으로 보았다. 고모리
요이치, 정선태 역, 『일본어의 근대』(소명출판, 2003), 146~169.
5) 양문규, 「1910년대 구어전통의 위축과 국한문체 단편소설」, 『한국 근대소설의 구
어전통과 문체 형성』(소명출판, 2013), 111~120 참조.

선택, 그리고 통사구조 등의 차원에서 근본적으로 1900년대의 그것과는 궤를 달리하지만,[6] 이 시기에 이르러 한글전용으로 가던 소설 문체의 규범화가 와해된 것은 명백하다.

임형택은 당시 어문질서에서 다시금 국한문체가 강화된 현상의 주요인으로 "사회주의가 사고와 실천의 논리로 도입된 점"을 꼽는다. 사회주의를 통해 "식민지 현실을 설명하는 언어"를 학습하여 계몽주의 담론을 극복하고 논설의 시대를 열었다는 것이다.[7] 지식인들이 식민지의 객관 현실을 갈파하는 논리적 글쓰기를 위해 익숙한 한자를 동원하는 것은 필연적 귀결이었다. 보다 소설에 국한하여 덧붙여보자면, 당대의 문체 역전 현상은 일본에서 서구 근대문학과 문예사조를 접한 유학파 진영의 출현과 연관되어 있기도 하다. 이른바 '동인지'와 함께 등장한 그들은 기왕의 조선문단과 친화할 생각이 없었다.[8] 그들이 전범으로

---

6) 임형택은 이를 "근대적 국한문체"라고 칭했다. 임형택, 「소설에서 근대어문의 실현 경로」, 『흔들리는 언어들』(성균관대학교 출판부, 2008), 236.
7) 임형택, 앞의 글, 234~235.
8) 이광수 소설에 대한 염상섭의 평가는 이와 관련하여 시사하는 바가 있다. 간명하게 말해 염상섭은 이광수에게 부여되어 있던 조선문단의 총아 혹은 조선 근대소설의 선구자적 지위를 인정하지 않는 '무관심적 입장'을 우회적으로 표명했다. 염상섭은 1919년에 발표한 「상아탑 형께―「정사(丁巳)의 작(作)」과 「이상적 결혼」을 보고」(『삼광』, 1919.12)에서 1918년 봄까지 그의 이름도 몰랐다는 사실을 밝히고서, "여하간 그같이 숭배와 찬양을 받고, 또 유치한 신흥하려는 문단일망정 잡지 부스러기나 보는 형제의 입으로, '대천재·대문호'라는 칭호까지 받들어드리는 그이의 작품이 어떠한가 하는 큰 기대와 호기심을 가지고, 묵은 잡지를 얻어다 놓고 두어 가지쯤 읽어보았소이다. 그러나 나는 만족한 감흥을 얻음보다도 실망함이 오히려 많았소이다."(한기형·이혜령 편, 『염상섭 문장 전집』 I (소명출판, 2013), 54. 이하 염상섭의 비문학류 글을 이 자료집에서 인용할 경우 '『문장 전집』과 페이지 숫자만 제시)라는 평가를 내렸다. 몇 년 후에 쓴 「문단의 금년, 올해의 소설계」(『개벽』, 1923.12)에서의 이광수 평도 비슷하다. "이광수 씨에게 대하여는 별로 아는 것이 적다. 『무정』이나 『개척자』로 문명(文名)을 얻었다는 말과, 『동아일보』에 『선도자』를 연재할 때에 "그건 강담이지 소설은 아니라."라고 자미없는 소리를 하는 것을 들었고, 또 씨의 유창한 문장을 보았을 뿐이다. 소위 예술적 천분이 얼마나 있는지 나는 모른다. 기회 있으면 상기한 장편을 보겠다는 생각은 지금도 가지고 있다. 그러나 이번에 본 「거룩한 죽음」은 나에게 호감을 주었다는 것보다는 실

삼은 것은 서양의 '노블(novel)'과 이를 선행학습한 일본소설까지였다. 그들은 자신들이 진정으로 쓰고 싶은 소설을 쓰고자 했고 그를 통해 조선문단을 재편하고자 했다. 한문소양, 일본어를 경유한 근대소설 학습을 배경으로 한 당시의 그들에게, 순국문체는 애초에 근대소설의 에크리튀르(écriture)와는 간극이 컸다. 논설이든 문학이든 자신의 의지를 관철하는 글쓰기에는 그에 걸맞은 문체가 필요했던 것이다.

그런데 본 연구에서 보다 주목하는 것은 그 이후다. 조선문단에서 새로운 주류를 형성하기 시작했던 세대들 또한 1924년을 전후로 약속이나 한 듯 순국문체 소설을 집중 생산하게 되는 것이다. 이로 인해 전술한 1920년대 한국소설에서 나타나는 문체의 선회 현상은 또 한 번 뒤집어지게 된다.[9] 처음의 문체 역전이야 신진 문인들이 가졌던 문제의식으로 설명한다 해도, 이러한 문체의 '재역전 현상'은 어떻게 설명해야 할 것인가? 임형택 역시 이 문제를 규명하는 것이 쉽지 않다는 것을 고백한 바 있다. "하필 1924년의 시점에서 유독 소설 장르에서 한글전용으로 선회하는 현상이 일어난 이면에 어떤 기제가 작동을 하였는지, 의문점에 대한 해답을 나는 아직 발견하지 못했다."[10]

설명할 방법이 아예 없는 것은 아니다. 해당 시점에 이르러 그들 또

망에 가까운 느낌을 받게 한 것을 슬퍼한다. 일언(一言)으로 폐(蔽)하면 문예의 작품이라는 것보다는 종교서의 일절(一節)이라거나 전도문(傳道文) 같다."(『문장 전집』 I, 287) 위 내용에서 염상섭은 이광수 소설에 대해 자신이 별다른 관심을 기울이지 않았다는 것을 의도적으로 환기하고 있다.

9) 이 현상을 먼저 화두로 올린 것은 임형택이다. "그렇다면 논설과 나란히 국한문체로 출발했던 근대소설이 한글전용으로 선회한 것은 언제이며, 거기에는 또 어떤 계기가 있었을까? 이 의문점은 실증적인 조사를 요하는 사안이다. 필자 자신이 실사한 바로 1924년이 획기적인 전환점이었으며, 1925년에서 1926년으로 가면 소설의 문체는 국문체가 이미 주류적으로 바뀌었다는 답을 얻었다. …(중략)… 일반적 글쓰기의 여러 형식들은 물론이고 문학적 글쓰기도 대체로 이 근대적 국한문체였다. 소설 역시 근대적 국한문체로 함께 출발을 하였다가 이내 한글전용으로 선회한 것이다." 임형택, 앞의 글, 235-236.

10) 임형택, 앞의 글, 236-237.

한 '대중' 또는 '독자'를 본격적으로 의식하기 시작했다는 것이다. 1920년대는 여성 및 아동이 근대 미디어의 새로운 독자층으로서 적극적으로 포섭된 시기다. 개벽사는 1923년 3월에 『어린이』를, 동년 9월에 『신여성』을 창간하여 여성과 아동을 겨냥한 전문화 된 독자 전략을 펼쳤고, 『동아일보』의 경우 1924년에서 25년 사이 학예면에 여성과 아동, 문예 지면이 뿌리를 내리게 된다.11) 이러한 정황을 고려하면 1924년경 전면화 되는 소설의 한글전용 흐름은 1900년대의 시대성이었던 계몽담론의 1920년대 버전이라는 측면에서 이해할 수 있다. 1900년대에도 『가정잡지』처럼 여성을 대상으로 한 잡지는 순국문체였고, 소년층을 염두에 둔 『소년』의 문체도 이전과는 확연히 차별화 된 국한문체였다. 『라란부인전』, 『애국부인전』 등 여성의 독물로 기획된 것이 대개 한글전용을 따랐음은 물론, 신소설을 포함하여 '소설'이라는 기표 자체가 대중성 획득을 위한 전제조건으로 기능하며 국문표기를 전제로 하고 있었다.12) 이상의 기획은 역설적으로 한문소양의 남성 지식인들에 의해 이루어졌다. 이 구도는 1920년대에도 되풀이된다. 이혜령은 "여성과 아동을 위한 계몽의 실천은 사실상 그들을 대표하고자 하는 미디어적 주체가 수행하는 두 존재에 대한 지식의 생성과정"이었다고 지적하며, "여성과 아동에 대한, 이들을 위한 지식의 창출과 정체성 구성의 주도권이" 당사자에게 존재하지 않았던 1920년대 상황을 서술했다.13) 이때 주도권을 지닌 '미디어적 주체'에게 있어 순국문은 전략적 언어였다. 결국 소설을 국문의 영토로 삼는다는 의식 속에는 이렇듯 적극적으로 대중을 포섭하고자 했던 미디어의 방향성과, 그에 대한 작가의 동조가 깔

---

11) 이혜령, 「1920년대 『동아일보』 학예면의 형성과정과 문학의 위치」, 『대동문화연구』 52(2005), 109~110.
12) 보다 상세한 논의는 손성준, 앞의 글, 60~67 참조.
13) 이혜령, 앞의 글, 110.

려있다. 물론 작가에게 있어 독자의 비중은 미디어 전략과는 별도로 강화되어갔을 여지도 있다. 그렇다면 전자의 경우 그 의식의 근저에는 '생계의 문제'[14)가, 후자의 경우에는 '문학관' 자체의 변화가 놓이게 되겠지만, 이 둘은 경계는 어차피 희미할 것이다.

하지만 이러한 대답은 여전히 충분치 못하다. 우선, 어째서 미디어들은 이른바 문화정치로 빗장이 풀린 직후부터 그러한 독자 전략을 가동시키지 않았는가? 다시 말해, 이상의 구도만으로는 『동아일보』, 『조선일보』, 『개벽』 등이 초창기에 창작이나 번역을 망론하고 높은 한자어 비중의 국한문체 소설을 지속적으로 게재한 현상을 제대로 설명해내지 못한다. 여기에 '시행착오론'을 내세우는 것은 근대 인쇄매체의 본질이라 할 독자 획득의 욕망을 경시하는 것이 된다. 더구나 신소설과 번안소설, 그리고 <무정>에 이르기까지 순국문소설과 깊은 친연성을 맺고 있던 『매일신보』의 사례가 생생하던 당시였다. 다음으로, 집필 초기의 신진 문인들이 과연 그때에는 독자의 눈에 무심했느냐라는 반론도 가능하다. 이를테면 현진건의 경우 『개벽』에 처녀작 <희생화>(1920.11)를 발표한 직후의 설레임, 그리고 황석우의 혹평으로 인한 분노와 좌절을 회고한 바 있는데,[15) 이러한 반응은 외부 시선에 대한 강렬한 의식 없이는 이루어질 수 없는 것들이다. 그러나 <희생화>는 어려운 한자어를 수반한 국한문체였다.[16) 다른 한편, 문체 선회 현상을 '독자론'으로써만

---

14) 식민지 작가들의 현실이 열악했다는 것은 주지의 사실이며, 1920년대는 문학 텍스트를 시장 가치로 환산하는 문제의식들이 문인들의 회고나 작품 속에서 본격적으로 등장하던 시기이기도 하다. 이를테면 현진건의 <빈처>(1921), 조명희의 <땅 속으로>(1925) 등을 들 수 있다.

15) 현진건, 「처녀작 발표 당시의 감상-「희생화(犧牲花)」」, 『조선문단』, 1925.3.

16) 물론 <희생화>에서의 현진건 문체는 염상섭 등과 비교해보면 상대적으로 한자어 비중이 크지 않다. 그러나 당시의 현진건 또한 상용어로 보기 힘든 한자어까지 동원했다는 것은 명백한 사실이다. <희생화>의 마지막 대목을 예로 들어둔다. "玉肌도 타버리고 紅顔도 타버리고 錦心도 타버리고 繡腸도 타버린다! 방안에 켯던 燭불 홀연이 꺼지거늘 웬일인가 삷혀보니 초가 벌서 다 탓더라! 兩頰이 젓던

답할 경우의 가장 큰 문제는 결국 의문이 원점으로 회귀한다는 것이다. 만약 문체의 순국문 주류성이 독자 중시에서 비롯된다고 할 때, 과도기를 종식시킨 실질적 계기는 무엇인가? 즉, 왜 하필 1924년쯤에 이르러 독자에 대한 인식이 동시다발적으로 강해지는가의 문제다.

혹시 질문의 방식이 그릇된 것은 아닐까? 문체 변화의 진상에 접근할 때 특정 '시기'나 '계기'에 집중하는 것은 과연 유의미한가? 오히려 신(新)문체의 정착이란 부차적으로 가시화 된 현상이 아니었을까? 문체 변화의 핵심은 결국 과정에 있기 때문이다. 문체는 필요에 따라 즉각 교환 가능한 상품이 아니다. 새로운 문체란 그 자체가 실험과 실험의 연속을 통해 정련되어 나타는 것이다. 그렇다면 1924년이 새로운 출발선으로 보이는 것은 일종의 착시일 수 있다. 문체 전환기에 나타나는 일련의 징후들은 분명 과도적 형태로 존재할 것이다. 그 지점을 추적할 때 비로소 1924년의 의미도 설명할 수 있을 것이 아닐까.

이상의 문제의식 속에서 이 글은 염상섭의 문체 변화에 주목한다. 익히 알려져 있듯, 염상섭의 초기 소설 문장은 당대의 신진 문인 중에서도 극단적이라 할 만큼 한자어 비중이 높았다. 하지만 그랬던 그조차 문체의 재역전 현상에 동참하게 된다. 따라서 체감되는 염상섭 문체의 변폭은 실질적으로나 체감적으로나 더 크게 다가온다. 염상섭의 문체 변화에 초점을 맞춘 연구들은 공통적으로 이 지점을 의식할 수밖에 없었다.17) 그러나 해당 연구들의 시선이 닿지 않은 부분이 있다. 바로 번역의 문제다. 본 연구는 염상섭의 케이스를 중심으로 하여 1920년대 소

눈물 갑작이 마르거늘 무슨 緣由 뭇잿더니 숨이 벌서 끈첫더라!"
17) 해당 논의를 검토하기 위해 필자가 참조한 연구들은 다음과 같다. 정한모, 「염상섭의 문체와 어휘구성의 특성 −형성과정에서의 그의 가능성을 중심으로」, 『문학사상』 6, 문학사상사, 1973 ; 서정록, 「염상섭의 문체연구」, 『동대논총』 8-1(1978) ; 김정자, 「1920년대 소설의 문체」, 『한국근대소설의 문체론적 연구』(삼지원, 1985) ; 강인숙, 「염상섭편」, 『한국 근대소설의 정착과정 연구』(박이정, 1999) 등

설의 문체 선회 현상의 이면에 작가들의 번역 체험이 핵심 변수로 놓여 있었다는 것을 밝히고자 한다.18)

2   번역과 한자어의 타자화

염상섭은 평론으로 먼저 이름을 알렸고, 1921년 <표본실의 청개구리>로 등단한 이후 식민지시기의 대표적인 소설가로 성장했다. 그런데 1920년대 전반기의 그는 고급 번역가이기도 했다. 현재까지 제출된 방대한 분량의 염상섭 연구 가운데 그의 번역 활동을 조명한 사례는 극소수에 불과하며, 그 연구들도 염상섭의 번역 체험을 작가로서 발돋움하는 과정과 접맥시키는 방식은 아니었다.19) 현재까지 알려진 염상섭의 번역소설 여섯 편 중 다섯 편은 공교롭게도 그의 글쓰기가 자리를 잡아가던 1922년에서 24년 사이에 발표되었다. 하지만 이러한 문제성에도

---

18) 번역과 번안이 근대소설의 문체형성과 직결된 문제임은 정선태, 박진영 등에 의해 예전부터 지적된 바 있다(정선태, 「번역과 근대 소설 문체의 발견 -잡지『少年』을 중심으로」, 『대동문화연구』 48(2004) ; 박진영, 「한국의 번역 및 번안 소설과 근대 소설어의 성립 -근대 소설의 양식과 매체 그리고 언어」, 『대동문화연구』 59 (2007). 해당 연구들은 번역을 문제삼는다는 전제 자체는 이 글과 일치하지만 방법론적으로는 상이한 연구들이라 할 수 있고, 무엇보다 1920년대는 연구 대상으로 삼지 않았다. 한편 번역과 문체 변화의 상관성을 보다 거시적 관점에서 풀어나간 연구로, 서강선, 「번역과 문체의 습합 및 변용」, 『우리말글』 56(2012) 참조.

19) 김경수, 「廉想涉 小說과 飜譯」, 『語文硏究』 35-2(2007) ; 송하춘, 「염상섭의 초기 창작방법론 -『남방의 처녀』와 『이심』의 고찰」, 『현대문학연구』 36(2007) ; 오혜진, 「"캄포차 로맨쓰"를 통해 본 제국의 욕망과 횡보의 문화적 기획」, 『근대서지』 3(2011) ; 정선태, 「시인의 번역과 소설가의 번역 -김억과 염상섭의 「밀회」 번역을 중심으로」, 『외국문학연구』 53(2014) ; 손성준, 「텍스트의 시차와 공간적 재맥락화-염상섭의 러시아 소설 번역이 의미하는 것들」, 『한국어문학연구』 62(2014).

불구하고 이들 번역소설은 저본 확정조차 이뤄지지 않고 있다가 근자에 와서야 약간의 진전이 보이는 정도다.[20] 필자는 최근 수행한 염상섭 연구를 통해, 번역 대본을 확정하고 그의 번역태도가 저본에 충실하다는 것과 조선어 선택 및 절제된 한자어 사용 등에서 역자의 노력이 나타난다는 점을 다룬 바 있다.[21] 본절에서는 이 문제를 염상섭 초기 소설과의 상관관계로 확대시켜 고찰해보고자 한다.

먼저 염상섭이 진정성을 갖고 번역에 임하게 된 배경을 고찰할 필요가 있다.[22] 이는 그의 첫 번째 번역소설 <四日間>이 실린 『개벽』의 「世界傑作名篇 開闢二周年記念號附錄」 이 지면을 통해 유추할 수 있다. 염상섭의 <四日間>은 유명 문인들이 각자의 애독 작품을 직접 번역하는 이 기획으로 인해 나올 수 있었다. 염상섭 외에도 김억, 현철, 현진건, 방정환, 김형원, 변영로 등 총 7인이 참여한 이 기획에는 시, 소설, 희곡에 걸쳐 10여 편의 작품이 소개되어 있다. 다음은 『개벽』의 학예부주임 현철[23]의 기획 취지문이다.

---

20) 염상섭의 첫 번역소설인 <사일간>과 두 번째인 <밀회>의 저본은 얼마 전 필자에 의해 규명되었다. 이 둘은 모두 일역된 러시아 문학 번역집에서 중역한 것으로, 해당 저본은 바로 후타바테이 시메이(二葉亭四迷, 1864-1909)가 번역한 『片戀 : 外六編』(春陽堂, 1916)이다. 염상섭은 이 서적의 작품 중 <四日間>을 동명의 소설로 먼저 번역한 후, 약 9개월 후 <あひびき>를 <密會>로 번역했다. 이와 관련된 자세한 내용과 텍스트 선택의 의미 등은 졸고, 앞의 글 참조. 참고로 이 일역서에는 <片戀>(투르게네프), <ふさぎの蟲>(고리키), <奇遇>(투르게네프), <二狂人>(고리키), <あひびき(밀회)>(투르게네프), <四日間>(가르쉰), <露助の妻>(시메이)의 작품들이 수록되어 있다. 한편 일찍이 김병철은 <쾌한 지도령>의 중역 저본이 福永渙 譯編, 『三銃士』, 目黑分店刊, 1918.12.25일 것이라고 지적하였고(김병철, 『한국 근대 번역문학사 연구』(을유문화사, 1975), 631- 632), <南邦의 處女>에 대해서는 오혜진이 "외국 영화를 소설로 재현한 것이거나, 혹은 그런 소설 텍스트를 번역 혹은 번안한 것"(오혜진, 앞의 글, 222)이라는 의견을 개진한 바 있다.

21) 하지만 그 연구의 초점은 번역을 통한 메시지 발화에 있었기 때문에 번역태도와 관련해서는 기본적인 언급만을 해두었을 뿐이다. 손성준, 앞의 글(2014), 제2절 참조

22) 인용문을 포함한 이하의 네 단락은 필자의 앞의 글(2014)에서 부분적으로 수정하여 다시 가져왔다. 해당 연구보다 이 글의 주제에 더욱 적절한 내용이기 때문이다.

23) 현철은 개벽사의 창립멤버 중 한 사람으로 1922년 7월 31일에 퇴사할 때까지 『개

우리는 이 2주년 생일을 당하여 무엇으로써 우리를 자기 一身가티 사랑하여 주는 여러분에게 만분지일이라도 보답할가? 여러 방면으로 생각한 결과 기념부록으로 외국명작을 譯하기로 작정이 되엇습니다.

우리의 문단을 돌아 볼 때에 얼마나 그 작가가 적으며 얼마나 그 내용이 빈약한지는 여러분과 한가지 이 開闢學藝部에서 더욱이 느낌이 만흔 것이올시다.

이러한 현상을 밀우어 보면 우리의 지금 문단은 창작 문단 보담도 번역문단에 바랄 것이 만코 어들 것이 잇는줄 밋습니다.

이러한 의미에서 이번 이 번역부록이 적지 아니한 의미잇는 일이라고 합니다. 그리고 번역의 힘드는 것이 실로 창작이상의 어려운 것인 줄 압니다.

더욱이 지금과 가티 혼돈한 우리문단에 AB만 알아도 번역을 한다고 하고 カナタラ만 알아도 번역을 한다고 날뛰는 이 시대에서는 금번에 이 계획이 대단한 燈明臺가 될줄 압니다.

이에 臠載한 글은 세계의 명편일 뿐만 아니라 우리문단의 일류를 망라하야 평생에 애독하는 명편중에 가장 자신잇는 명역이라고 自薦합니다.

다못 一流중에도 몃분이 遠地에 잇서 未參한 것을 유감으로 아는 바이올시다.

-(지나는 말로... 學藝部主任)-

일반적으로 번역 기획을 소개하는 글은 소개될 작품들이 얼마나 의미 있는 것인지를 내세운다. 그러나 현철은 세계문학의 소개보다 "번역문단"이라는 가상의 주체를 부각시키며 번역 작업의 고충을 환기한다. 아울러 작금의 저급한 번역문화를 비판하고 이에 대비될 본 기획의 번역을 상찬하고 있다. 요컨대 현철은 '번역이라는 행위 자체와 번역 수준'의 문제에 보다 방점을 찍었다. 『개벽』의 학예부가 이 기획을 "一流"

_____

벽』의 학예부주임을 맡았다. 유석환, 「개벽사의 출판활동과 근대잡지」 (성균관대 석사학위논문, 2006), 6-7.

문인들에게 의뢰할 당시 무엇을 강조했는지는 이로써 자명하다. 『개벽』은 "명역"이 가능한 "일류"들을 안배하여 작품 선정은 각자에게 일임하되, 번역 수준에 있어서는 "대단한 燈明臺"가 될 만한 것을 요청했던 것이다. 현철 자신이 본 기획에 참여한 번역자 중 한 명이었던 사실에서 미루어,[24] 당시의 번역 문화에 대한 이 문제의식은 필자진 사이에서도 공감대를 형성하고 있었을 것이다. 거기에 본 기획에서 준비한 번역의 수준이 "가장 자신잇는 명역이라고 自薦"한다고 공언할 정도였으니, 참여자들에게 이 작업은 자존심과도 직결된 문제라 할 수 있었다. "번역을 한다고 날뛰는" 저류들을 부끄럽게 할 만한 수준은 물론이고, 함께 역재(譯載)하는 문인들 상호간의 암묵적 경쟁도 예상되는 상황이었다.

<密會>가 실린 『동명』의 지면 역시 주어진 조건은 대동소이했다. <密會>는 1923년 4월 1일자 『동명』(제2권 14호)의 ≪文藝≫라는 항목 아래 배치된 여러 작품 중 하나였다.[25] 『동명』에서 이 같이 집중적으로 번역문학을 소개한 전례는 없었다. 변영로, 현진건, 최남선, 양건식, 염상섭, 이유근, 이광수, 홍명희, 진학문까지 총 9명이 각 한 편씩의 소설을 담당했는데, 해당 호의 총면수인 16면(표지, 광고 제외) 중 13면을 본 기획이 채울 정도였다. 당시 『동명』의 기자였던 염상섭과 현진건을 비롯하여 변영로까지는 전년도 『개벽』 때에 연이어 이름을 올렸는데, 매체의 특성상 최남선 그룹의 문인들이 가세하여 진용상의 지명도는 오히려 당시 이상이라 할 수 있었다. 여러모로 『개벽』의 기획을 참조한

---

24) 본 기획에서 현철은 아일랜드의 극작가 존 싱(John Millington Synge, 1871- 1909)의 1904년 희곡, Riders to the sea를 번역한 <바다로 가는 者들>을 발표했다.

25) 함께 실린 작품은 다음과 같다. <文藝> 도입부의 언급에 따르면 "원고 도착한 차례로" 순서가 배정되었다. (1)正妻 / 앤톤·체호브 작 ; 卞榮魯 譯 (2)나들이 / 루슈안·대카부 작 ; 玄鎭健 譯 (3)萬歲 / 또우데 원작 ; 崔南善 飜譯 (4)懺悔 / 파아존 작 ; 梁建植 譯 (5)密會 / 투루게에네프 작 ; 廉尙涉 역 (6)負債 / 몹파상 작 ; 李有根 譯 (7)인조인 / 李光洙 譯述 (8)「로칼노」거지로파 / 크라이스트 작 ; 洪命憙 譯 (9)月夜 / 몹파상 저 ; 秦學文 譯

듯한 본 기획 역시, 번역에 참여하는 문인으로서는 부담을 가질 수밖에 없는 자리였다. 요컨대 <四日間>과 <密會>의 번역이 놓여있던 이상의 사정은 염상섭의 문체에 여러 가지 변화를 야기하기에 충분했다. 염상섭은 저본에 충실하면서도 그것을 제대로 된 조선어로 구사하는 데 노력을 경주했을 것이며, 이것은 결국 번역자 자신의 문체가 정련되는 계기로 작용했다.

이제 실질적인 문체의 비교로 들어가 보자. 이른바 '염상섭 초기 3부작'인 <표본실의 청개구리>, <암야>, <제야>는 1921년에서 22년에 걸쳐 발표된 것들이다. 이들의 경우, 한자어가 높은 비중을 차지하고 있으며, 문어체투 자체도 사실상 염상섭이 평론에서 구사하던 것과 거의 변별되지 않았다.26) 그런데 동시기에 나온 <사일간>의 경우는 한자 노출의 비중이 현격히 떨어진다. 다음은 ①처녀작 <표본실의 청개구리>(1921.8-10)와 ②세 번째 단편인 <제야>(1922.2-6), 그리고 ③<제야> 직후에 나온 <사일간>(1922.7)의 문장들을 연속하여 배치한 것이다.

①東西親睦會 會長,—世界平和論者,—奇異한 運命의 殉難者,—夢現의 世界에서 想像과 幻影의 甘酒에 醉한 聖神의 寵臣,—五慾六垢, 七難八苦에서 解脫하고, 浮世의 諸綠을 저버린 佛陀의 聖徒와, 嘲笑에 더럽은 입술로, 우리는 作別의 人事를 바꾸고 울타리 밧그로 나왔다.
　울타리 밋까지 나왔던 나는, 다시 돌쳐서서 彼에게로 향하얏다.27)
②果然 6年間의 東京生活은 家庭에서 經驗한 것과도 또 다른 華麗한 舞臺이엇습니다. 나의 압헤 모여드는 形形色色의 靑年의 한 떼는, 寶玉商陳列箱압헤 선 婦人보다도, 나에게는 더 燦爛하고 滿足히 보엿습니다. 그들 中에는 音樂家도 잇섯습니다. 詩人도 잇섯습니다. 畫家도 잇섯습니다. 小說家도 잇섯습니다. 法律學生, 醫學生, 獨立運動者, 社

---

26) 이는 이미 여러 논자들에 의해 언급된 사실이다. 이를테면 정한모, 앞의 글, 271 : 강인숙, 앞의 글, 264 등.
27) 염상섭, 「표본실의 청개구리」 2회, 『개벽』 15, 1921.9, 150.

會運動者, 敎會의 職員, 神學生... 等, 各方面에. 아즉까지 안혼 生娘알이지만 그래도 朝鮮社會에서는, 제가끔 죽음 或은, 知名의 士라는 總中이엇습니다. 美男子도 잇거니와 醜男子도 잇고 紳士나 學者然하는 者도 잇거니와 粗暴한 學生틔를 벗지 못한 者도 잇섯습니다. 神經過敏한 怜悧한 者도 잇고 鈍物도 잇습니다. 豊饒한 집 子弟도 잇고 貧窮한 書生도 잇습니다. 그러나 어떠한 男子던지, 各其 特色이 업는 것이 업섯습니다. 多少라도 好奇心을 주지 안는 男子가 업섯습니다.[28]

③얘 이것 별일이다. 암만해도 업드러저 잇는 모양인데, 눈을 가리는 것이라구는, 단지 손바닥만한 지면뿐. 족으만 풀이 몃 닙사귀하고, 그 중 한 닙사귀를 딸허서, 걱구루 기여 나려오는 개미하고, 작년에 남은 말은 풀의 기념인듯한 쓰레기 한줌 쯤 되는 것, - 이것이 그때의 人 眼中의 小天地이엇다. 그것을 외쪽 눈으로 보기 때문에, - 한편 눈은 무엇인지 단단한 나무가지 가튼 것에 눌니우고, 게다가 또 머리가 언치랴고 하는 고로 여간 거북하지 안타. 몸을 좀 움즉어리랴도, 이상도하게 조금이나 꼼짝할 수 잇서야지. 그대로 잠간 지냇다. 굿드래미가 우는 소리하고 벌(蜂)이 붕붕하는 소리 외에는 아모 것도 들니지 안는다. 조금 잇다가 한바탕 고민을 하고 나서 몸 알에에 깔니엇든 오른손을 겨오 빼여가지고, 두 팔쭉지로 몸을 밧치면서 니러나랴 하야섯지만, 다른 것은 고사하고, 송곳으로 비비는 것가티, 압흔 病이 무릅에서 가슴과 머리로, 쬐뚜르는 것처럼 치미러 올라서, 나는 다시 걱구러젓다. 또 우밤중 가티 前後不覺이다.[29]

①과 ②에서 나타나는 비교적 일관된 한자어 사용 방식과, ②와 시간차가 거의 없는 ③에서 나타나는 그것에는 현격한 차이가 있다. <사일간>의 문체가 염상섭 본인에게 얼마나 이질적이었는지를 알 수 있는 대목이다. 물론 전체의 일부를 취사선택한 것들이라 또 다른 부분들을 비교한다면 차이의 정도는 달라질 수 있지만, 전반적 양상은 변함이 없

---

28) 염상섭, 「제야」 2회, 『개벽』 21, 1922.3, 46.
29) 염상섭, 「사일간」, 『개벽』 25, 1922.7, 부록 4.

다고 본다.

　그렇다면 염상섭 소설이 한글전용으로 자리잡은 기점은 언제였을까? 이는 『동아일보』에 연재한 중편 <해바라기>(1923.7.18.-1923.8.26.)부터라 할 수 있다.

연도	제목	문체	매체	발표 시기
1921년	표본실의 청개구리	국한문체	개벽	1921.8-10(1921.5 작)
1922년	암야	국한문체	개벽	1922.1(1919.10.26 작)
	제야	국한문체	개벽	1922.2-6
	① 사일간(가르쉰)	국한문체	개벽	1922.7
	묘지 ※미완	국한문체	신생활	1922.7-9
	E선생	국한문체	동명	1922.9.17-12.10
1923년	죽음과 그 그림자	국한문체	동명	1923.1.14
	② 밀회(투르게네프)	국한문체	동명	1923.4.1
	③ 디오게네스의 유혹 (빌헬름 슈미트본)	국한문체	개벽	1923.7
	해바라기(신혼기)	순국문체	동아일보	1923.7.18-8.26
1924년	너희들은 무엇을 얻었느냐	순국문체	동아일보	1923.8.27-1924.2.5
	잊을 수 없는 사람들※미완	순국문체	폐허이후	1924.2
	금반지	▼국한문체	개벽	1924.2(1924.1.15 작)
	만세전 ※「墓地」의 재연재	▼국한문체	시대일보	1924.4.6-6.7(1923.9 작)
	④ 남방의 처녀 (원작자 미상)	순국문체	단행본	1924.5.1(1923겨울 역)
	⑤ 쾌한 지도령 (알렉상드르 뒤마)	순국문체	시대일보	1924.9.10-1925.1.3
1925년	전화	순국문체	조선문단	1925.2(1924.12 작)
	난 어머니	순국문체		1925.2 ※ 단편집 『해방의 아들』(1949) 수록
	검사국대합실	순국문체	개벽	1925.7(5.27 작)
	고독	순국문체	조선문단	1925.7(6.15 작)
	윤전기	순국문체	조선문단	1925.10(9.18 작)

위 도표는 1921년부터 25년까지, 염상섭이 발표한 창작과 번역소설을 함께 나열한 것이다(음영-번역).[30) 정리한 바대로 염상섭 소설의 순국문체 사용은 <해바라기>를 기점으로 한다. 도표에 순국문체로 분류한 소설들 역시 한자가 등장하기는 하나 괄호로 병기될 뿐이며, 그나마도 소수에 불과하다.[31)

<해바라기>의 문장은 분명 새롭다. 그러나 그것은 갑자기 탄생한 것이 아니다. 염상섭은 <해바라기>를 빚어내기 직전 연달아 두 번의 번역을 체험했다. 투르게네프 원작의 <밀회>와 빌헬름 슈미트본 원작의 <디오게네스의 유혹>이 그 대상이다. <해바라기>의 발표시기에 보다 근접해있는 후자의 일부를 통해 그 성격을 살펴보자.

> 에톤. 인젠 개도 너 갓흔 놈은 무서워는 안 한다.
> (「띄오게네쓰」 꼼짝도 안이하고 섯다.)
> 카도모쓰. 야, 새빨간 빗이 옷에 내비치네. 목아지로 기어올라가서, 저거 봐 귀ㅅ밋까지 갓네. 저거 봐. 살쩍까지 갓네.
> 띄오게네쓰. 잠간 가만 잇거라. 아즉 웃기에는 좀 이르다.
> 이아슨. 뭐라구. 무얼 우물쭈물하니.
> 띄오게네쓰. 업시녀김을 밧는 것은 내가 안이라 너희들이다.
> 敎師. 우리들이 업시녁임을 밧는다구. 웨 그런가 말을 해.
> 띄오게네쓰. 저 계집애가 나를 사루잡은 게 안이다.
> 에톤. 글세, 너를 안이구, 누굴를 사루잡엇단 말이야. 우리들이나 사루잡은 듯 십흐냐.
> 카도모쓰. 그러치 안으면 네가 저 계집이나 사루잡은 듯 십흐냐.
> 띄오게네쓰. 그래. 저 계집을 사루잡은 것은 내다. 精神을 차리고

---

30) 현재까지 확인된 경우에 한해, 이 도표에 포함되지 않은 염상섭의 번역소설은 1954년에 나온 알퐁스 도테 원작의 <그리운 사랑> 뿐이다.
31) 중편에 해당하는 <해바라기>에는 총 33회의 한자어 병기가 확인되고, 장편인 <너희들은 무엇을 얻었느냐>는 <해바라기>보다 약간 높은 비율로 등장하는 수준에 그친다. <잊을 수 없는 사람들> 의 경우 한 차례의 한자어 등장도 없다.

　　잘 보아라. 얘 이리 온.

　　(「이노」 두 팔을 나리고 가만히 섯다.)

　　이아슨. 꾀두 네가 하는 소리를 잘두 들을라.

　　띄오게네쓰. 자, 좀 기대려보렴. 좀 잇스면 올 테니.[32]

　　표면상 국한문체이지만 한자어는 제한적으로 등장하고, 노출된 한자 자체도 평이한 수준이다.[33] 사실상 한자를 괄호 속에 넣지만 않았을 뿐 순국문체의 느낌에 가깝다. 무엇보다 <디오게네스의 유혹>은 대부분의 내용이 대화인 '희곡의 번역'이었다. <사일간>은 독백이나 회상이 주가 되고 <밀회>의 경우 대화가 없는 것은 아니나 정경 묘사와 '나'의 독백 비중이 크다. 이로 미루어, 염상섭은 세 번째 번역인 <디오게네스의 유혹>에 이르러 구어식 발화가 소설에 적용되는 형태를 다양하게 훈련할 수 있었을 것이다. 이 번역 체험 직후에 나온 <해바라기>가 한자를 거의 배제한 평이한 문장과 많은 분량의 대화를 선보일 수 있었던 것은 단순한 우연이 아니다. 염상섭이 『동아일보』의 소설 활용 전략에 대응하는 가운데 문체적 변화를 일구어냈다는 설명은 물론 타당하지만,[34] 그것만이 강조된다면 그 결과에 도달하기까지 기울여졌던 작가 개인의 노력이 은폐될 수 있다. 매체는 문체 변화를 추동하는 직접적 계기였다기보다 이미 정련되고 있던 실험적 글쓰기를 본격적으로 펼쳐낼 수 있는 장(場)을 마련하는 역할을 했다. 이광수의 <선도자>가 순국문체로 연재되던 『동아일보』 1면의 소설란을 염상섭이 <해바라기>로써 계승할 수 있었던 배후에는, 일련의 번역을 통한 문체적 자극과 거

---

32) 윌헴·슈밋트·뿐(作), 廉想涉(譯), 「『띄오게네쓰』의 誘惑」, 『개벽』, 1923.7, 53.

33) 물론 인용문 이외의 내용에서 더 다양한 한자들을 발견할 수 있다. 하지만 역시 '通', '先生', '時間', '森林' 등 상용어에서 벗어나지 않는 수준이며, 한 번 등장한 것이 재등장하는 패턴을 보이기도 한다.

34) 이희정·김상모, 「염상섭 초기 소설의 변화 과정 고찰-매체와의 상관성을 중심으로」, 『한민족문화연구』 38(2011).

기서 비롯된 실험적 소설어의 사용 경험이 먼저 존재했다.

한편, <해바라기> 이후에도 두 차례의 국한문체 소설이 등장하는 것이 이채롭다(도표의 ▼). 바로 <금반지>와 <만세전>이다(<만세전>과 관련된 상세한 논의는 이 글의 4절에서 하도록 한다). <금반지>의 경우, <해바라기> 직전의 창작인 <죽음과 그 그림자>만큼 한자의 존재감이 크지는 않지만 '괄호 병기'가 아니라 직접 노출의 형태를 띄고 있고, 단편이면서도 한자어 노출 횟수는 중편 <해바라기>의 33회를 훨씬 뛰어넘는다(150여회). 이러한 한자 비중은 당연히 <금반지> 이전에 <해바라기>, <너희들은 무엇을 얻었느냐>, <잊을 수 없는 사람들> 등에서 보여준 흐름과는 역행하는 것이다. 여기서 우리는 소설어의 개인적 정착조차 시간추이에 따라 일정하게 진전되어간 것이 아니라 여러 변수의 작용 속에서 길항하며 이뤄진 것임을 직감하게 된다. <금반지>의 경우 변수는 『개벽』의 소설란 자체였을 것이다. 『개벽』이 소설의 한자를 괄호처리하기 시작한 것은 1924년 6월호(48호)부터였다.[35] 따라서 1924년 2월에 게재된 <금반지>는 애초에 한자어를 노출해도 좋은 상황이었는데, 이로 말미암아 염상섭 본연의 문체와 그가 생각하는 소설 문체 사이의 긴장이 경감되었을 가능성이 크다.

하지만 1925년이 되면 한자어는 다시 한 번 눈에 띄게 격감한다. <전화> 9회, <검사국대합실> 8회, <난 어머니> 5회, <고독> 2회, <윤전기> 9회 등이 경우 모두 10회 이하의 괄호 병기만이 확인될 뿐이다. 강조해야 할 것은 <금반지>와 그 이후에 나온 위의 작품들 사이에도 번역이 놓여있었다는 사실이다. 이때 나온 <남방의 처녀>나 <쾌한 지도령>은 모두 철저히 한글전용이 관철된 케이스였으며 한자어는 괄호 병기로 극소수가 확인될 뿐이다. 특히 거의 넉달간 연재한 <쾌한 지도령>의 번

---

35) 그 이후로도 괄호 없이 한자어가 노출된 소설이 종종 등장하지만, 흐름상 한자가 병기된 순국문이 주를 이룬다. 이에 대해서는 임형택, 앞의 글, 235-236 참조

역은 순국문체 소설쓰기를 더 깊이 체화하는 계기가 되었을 것이다. 아울러 <쾌한 지도령> 직전에 같은 『시대일보』에 발표한 염상섭 소설이 높은 한자어 노출 빈도를 가진 <만세전>이었다는 사실을 환기해둔다. 비록 <만세전>의 실제 탈고일은 다시 여러 달 이전으로 소급되지만, 발표는 <쾌한 지도령>과 불과 석 달 정도의 간격으로 이루어졌다. 이는 단일 매체 속에서도 독자층의 이원화를 염두에 둔 소설문체의 선택적 구사가 가능했다는 뜻이다. <만세전>의 독자층은 대개 등단 초기의 염상섭을 기억하는 이들이었겠지만, <쾌한 지도령>이 있었기에 염상섭은 전혀 다른 독자층을 포섭할 수 있었을 것이다. 이렇듯 순국문체 소설쓰기에 적응해가는 과정은 독자와 콘텐츠에 대한 감각을 보다 유연하게 만드는 계기이기도 했다.

한문 소양의 지식인이 한자어라는 익숙한 도구에서 탈피하는 과정은 결코 수월할 수 없다. 일본어와 조선어의 경계에서 살아온, 아니 독해나 쓰기의 체험에 있어서는 오히려 전자의 짙은 그늘 아래 있었던 염상섭이기에, 일본식 표현을 조선적인 것으로 대체하기 위해 기울인 노력 역시 짐작되는 바다. 물론 한자에 있어서 일본식 혹은 한국식이라는 구분 자체가 국민국가의 틀을 전제하는 시각이다.[36] 하지만 근대에 이르기까지 동아시아 각 지역의 언어 세계를 관주해 온 한자어 문맥의 견지에서 볼 경우, 염상섭의 고투 과정은 오히려 더 심각하게 다가온다. 어려서부터 한문을 익히고 일본 유학을 통해 새로운 한문의 세계까지 진출했다는 것은, 그의 글쓰기가 한자에 기반한 어문체계의 역사적 무게나 공간적 변이를 두루 겪으며 나름의 특색을 갖추게 된 것을 의미하기 때문이다. 그가 복합적인 한문 소양을 바탕으로 견고한 자기 문체를 구축하고 있었던 것은 초기 평문이나 소설의 에크리튀르에서부터 충분히

---

36) 齊藤希史, 『漢文脈の近代 —淸末＝明治の文学圈』(名古屋大学出版會, 2005), 2.

확인되는 바다. 따라서 이상의 문체 변화는 염상섭 스스로가 정주하고 있던 세계를 해체하는 지난한 과정이었을 것이다.

3   번역과 자기 문체의 재정립 : '彼'에서 '그'로

번역에서 촉발된 문체 변화는 단순히 한자어 노출 빈도의 축소로만 국한되지 않는다. 염상섭은 번역 과정에서 끊임없이 스스로가 구사하던 조선어 활용의 임계점을 깨닫고 그 경계를 조정해나갔을 것이다. 이는 이제 막 소설가로서의 행보를 시작한 염상섭에게 중차대한 의미가 아닐 수 없었다. 1922년을 기점으로 염상섭의 소설 쓰기 방식 자체가 근본적으로 변한다는 사실은 기존 연구에서도 지적된 바다. 이 지점을 가장 힘주어 이야기 한 연구자는 김윤식이다. 특히 김윤식은 초기 3부작과 <만세전> 사이에 발생한 문체 변화를 지적하며, 3인칭 대명사의 변화 문제를 집중적으로 살폈다.[37] 그는 염상섭의 소설에서 일본어식 3인칭 표현인 '彼'/'彼女'가 1922년 9월 <E선생>에서부터 '그'/'그 여자'로 바뀐 것을 두고, "이 변화는 매우 중요한 소설사적 의의"[38]라고 단언하는데, 그 이유로 일본 근대소설의 '내면적 고백체'라는 제도적 장치로부터의 탈피를 제시한다.[39] 초기 3부작의 성격을 살피건대, 김윤식이 지적한 의의에 대해서는 필자 역시 공감한다. 다만 '彼/彼女'가 작가 염상섭의 출발이 일본 고백체 소설의 자장 속에 있었다는 증좌일 뿐 아니

---

37) 김윤식, 『염상섭연구』(서울대학교출판부, 1987), 218-241.
38) 김윤식, 앞의 책, 164.
39) 김윤식, 앞의 책, 224-225.

라, 이러한 방식의 3인칭 표기를 작가 이전의 염상섭이 사용해왔던 사실도 덧붙일 필요가 있다.[40]

그런데 '彼'에서 '그'로의 변화가 소설에서 처음 나타나는 것은 김윤식의 주장처럼 <E선생>(1922.9)이 아니라, 그 직전에 발표한 <四日間> (1922.7)에서였다.[41] 다음을 살펴보자.

① Fsewolod Mihailovitch Garsin (1855-1888)은 露西亞 文豪의 1인이니, 처음에 鑛業學校에 修業하고, 1877년에 군대에 入하야, 土耳其에 出戰하얏슬제, 彼의 제일걸작인 이「四日間」의 제재를 得한 바이라 하며, 其後 1880년에 일시 發狂하야 加療한 결과, 2년만에 快復된 후, 鐵道會議의 書記가 되엿든 事도 잇고, 一女醫와 결혼하야, 다시 문학생활을 계속하얏스나, 1888년에 狂症이 재발하야 자살하얏다 한다. (譯者)

② 퍽 오래잔 모양이기에 눈을 깨여 보니까, 벌서 밤. 그러나 저러나 아모 것도 변한 일은 업고, 상처는 압흐며 이웃것은 예의 커-다마한 五軆가 길게 누어서 쥐죽은 듯하다. 암만해도 이자가 마음에 걸린다. 그는 그러나, 날지라도 애처럽은 것 사랑하는 것 다 떼버리고 산넘고 물넘어 300里를, 이런 勃加里亞 三界에 와서, 줄이고 얼고 더위에 고생하는─ 이것이 어째 꿈이 안일가?

③ "그들의 눈으로 보아도, 나는 愛國家는 아닌가."

①은 염상섭이 <사일간>을 번역하며 모두에 달아둔 원저자 가르쉰

---

40) 예컨대 염상섭 소설에서 '彼女'가 처음 사용되는 것은 <除夜>(1922.2-6)에서지만, 평문에서는 「樗樹下에서」(『폐허』, 1921.1.20)를 통해 먼저 등장한 바 있다.

41) 최근의 연구 역시 <E선생>을 '彼/彼女'가 배제되는 기점으로 파악하고 있다(안영희, 『한일 근대소설의 문체 성립 -다야마 가타이·이와노 호메이·김동인』(소명출판, 2011), 115). 이는 염상섭의 창작에 한정할 때는 사실이지만, 소설의 문장 자체로 따지자면 <사일간>이 앞선다.

(Vsevolod Garshin, 1855-1888)의 소개 글이고, ②와 ③은 <사일간>의 내용 중 일부이다. <사일간> 번역 이전까지의 염상섭에게는 '彼'를 번역의 대상으로 삼는다는 인식 자체가 부재했다.42) 심지어 ①이 증명하듯

---

42) 문학류로서는 <사일간>을 첫 번역이라 꼽을 수 있지만, 부분 번역과 비문학류까지 포괄한다면 그 이전에도 번역은 이루어지고 있었다. 「朝鮮人을 想함」, 『동아일보』, 1920.4.12-4.18(야나기 무네요시) ; 「조선 벗에게 정하는 서」, 『동아일보』, 1920.4.19-20(야나기 무네요시의 논설) ; 「樗樹下에서」, 『폐허』, 1921.1.20(도스토예프스키) ; 「至上善을 위하여」, 『신생활』, 1922.7(막스 슈티르너) ; 「至上善을 위하여」, 『신생활』, 1922.7(<인형의 집>) 등이 그것이다. 이중 1920년 4월『동아일보』에 연재한 「朝鮮人을 想함」(柳宗悅, 霽生 譯, 「조선인을 想함」(전6회), 『동아일보』, 1920.4.12.~4.18)은 그의 대표적인 비문학류 번역이다. 이 글은 야나기 무네요시가 『요미우리신문(讀賣新聞)』에 게재한 「朝鮮人を想ふ」을 조선어로 옮긴 것으로서, 첫머리의 번역은 다음과 같다. "窟院(경주 石佛寺 석굴암)의 佛像을 본 것은, 지금도 잊을 수 없는 행복스러운 순간적 추억이다. 오직 그 晨光으로 비춰보는 彼女(觀音의 조각)의 橫顔은, 실로 지금도 나의 호흡을 빼앗는다."(『문장 전집』 I, 84) 여기서 염상섭은 일본어 '彼女'를 그대로 사용할 뿐 아니라, '晨光' 같은 난이도 높은 한자나 '橫顔' 같은 조어를 사용한다. '彼女' 외에도 "彼等(移住者)은 어떠한 美를 捕得하였는가.", "彼의 말을 들은즉"와 같이, 이 글에서 염상섭은 '彼'를 '彼' 그대로 옮겼다. 보다 이후에 발표된 부분 번역에서도 같은 양상을 확인할 수 있다. <사일간>과 발표시기가 중첩되는 1922년 7월의 글 「至上善을 위하여」(廉尙燮, 「地上善을 위하여」, 『신생활』, 1922.7)에는 염상섭이 프로이센의 청년 헤겔학파 철학자 요한 카르파스 슈미트(Johann Caspar Schmidt, 1806-1856), 즉 막스 슈티르너(Max Stirner)를 인용하는 대목이 들어있다. 당연히 이 역시 번역이다. 한 단락에 불과한 해당 인용문에는 '彼'가 17차례나 등장한다. 다음에 인용해둔다. "彼(神)의 道란 무엇인가. 彼는 우리가 요구하는 바와 같이 彼 이외의 道, 즉 진리의 道나, 혹은 愛의 道를 취하였는가. 不然하면 彼 자신의 道를 취하였는가. 제군은 이에 대한 오해로 인하여 감격한다. 그리고 신의 도는 실로 진리와 愛의 道라고, 우리에게 가르치는 동시에, 신은 彼 자신이, 곧 진리와 愛인 고로, 이 道를, 彼의 道와는 다른 道라고, 하지는 못한다고 가르친다. 그러나 제군은 신이 彼 이외의 道(필자 曰, 결국은 신 자신을 위한 道, 즉 진리의 愛의 道이다)를 彼 자신의 道로 하여나감으로 인하여 우리들과 같은 가련한 蛆虫이 된다는 가정 때문에 감격한다 하지마는 '만일에 진리의 道가 신 자신의 道가 아니었으면, 신은 이것을 취하였을까?' 彼는 오직 彼 자신의 道에만 유념하나, 彼는 일체의 일체(全能이란 意다)인 고로, 일체의 道가 彼의 道이다. 그러나 우리는 일체의 일체도 아니요, 우리의 道는 미미하고 비근하기 때문에, 우리는 '일층 숭고한 道'(즉 신의 道)에 봉사치 않으면 아니 된다. 이에 이르러서, 신은 彼 자신의 것에만 유의하고, 彼 자신을 위하여만 활동하고, 彼 자신을 위하여만 고려하여, 彼의 안중에는 자기만이 존재하였다는 것이 명백하게 되었다. 神에게 가납되지 않는 자는, 모두 禍일

<사일간> 번역 당시까지도 자신의 문장에는 '彼'가 등장하고 있다. 이는 '彼'가 사라진 <사일간>의 번역이 염상섭에게 특별한 전환점이었음을 역설한다. 그런데 <사일간>에서 '그' 혹은 '그들'이 사용되는 대목을 일본어 저본과 비교해보면 의외의 사실이 확인된다. 염상섭이 사용한 저본은 후타바테이 시메이(二葉亭四迷, 1864-1909)의 러시아 번역소설 선집 『片戀 : 外六編』(春陽堂, 1916)인데, ②에서의 '그는'이 시작되는 문장, 즉 "그는 그러나, 날지라도 애처럽은 것 사랑하는 것 다 떼버리고 산넘고 물넘어 300里를, 이런 勃加里亞 三界에 와서"는 저본에서 찾아보면 "どうも此男の事が氣になる。遮莫おれにしたところで、憐しいもの可愛ものを殘らず振棄て、山越え川月え三百里を此樣なバルがリヤ三界へ來て"라 되어 있다.[43] 말하자면 여기서의 "그는 그러나"는 "遮莫"(さもあらばあれ) 곧 '그건 어떻더라도', '그렇다 하더라도' 정도의 뜻이다. 즉, 3인칭 남성을 지칭하는 대명사로서의 번역어가 아니라는 것이다.[44] 온당한 의미의 3인칭 번역어 '그(들)'는 ③에서 확인된다. ③에 해당하는 "그들의 눈으로 보아도, 나는 愛國家는 아닌가."[45]는 저본에 "あいらの眼で觀てもおれは卽ち愛國家ではないか"[46]로 되어 있다. 그런데 여기서도 예상과는 다른 지점이 있다. 즉 번역어 '그들'의 출현은 '彼等'이 아닌 'あいら'를 대상으로 먼저 나타났다. 이 문제는 또 다른 측면에서 중요하다. 사실 '번역한다'라는 의식을 갖고 있는 이상, '彼等'에서 '그들'로의 전환은 자연스러운 귀결일 수도 있다. 그러나 '彼等'으로부터의

진저! 신은 자기보다 又 일층 숭고한 자에게 봉사치 아니하고, 오직 彼 자신만을 만족시킨다."(『문장 전집』 I, 217)

43) 二葉亭四迷 譯, 「四日間」, 『片戀 : 外六編』(春陽堂, 1916), 431.

44) <사일간>에서 "그는"의 비슷한 용례는 또 있다. 염상섭이 "그는 그러커니와"(12쪽)라고 쓴 있는 대목은 "それにつけても"(二葉亭四迷 譯, 앞의 책, 434)의 번역이었다. 즉, 이 역시 3인칭 대명사 '그는'은 아니다.

45) 想涉 譯, 「四日間」, 앞의 책, 12.

46) 二葉亭四迷 譯, 앞의 책, 432.

전환이 아니었다면, 거기에 '彼等'의 사용에 익숙한 사람의 번역이라면 문제는 달라진다. 이 경우 염상섭 개인에게 가장 자연스러운 번역은 'あいら'를 '彼等'으로 바꾸는 것이 되기 때문이다. 그러나 염상섭은 '그들'을 선택했다. '彼等'이 자신의 언어로 충분히 흡수되어 있었음에도 불구하고, 번역의 순간에 직면하자 그것을 밀어내기 시작한 것이다. 엄밀히 말해 'あいら'를 '彼等'으로 옮기는 것은 일본어 표현을 또 다른 일본어 표현으로 대체하는 것에 불과한데, 이 단순사실조차 일본어와 조선어의 경계를 넘나드는 어문 주체에게는 간파되기 어려울 수 있으며, 설령 그 차이를 인지했다 하더라도 굳이 자신의 문체를 변경할 필요성은 느끼지 못할 수 있다. 하지만 조선 독자에게 번역의 규범을 제시하고 조선의 저급 번역가를 설복시켜야 한다는 사명이 부가된 <사일간>의 번역 체험은, 염상섭에게 자기 언어의 세계와 거리를 두는 실질적 계기를 제공했다. 기계적, 기술적 언어 전환의 차원을 탈피하는 순간, 번역은 자기 언어의 새로운 영역을 개척하는 행위가 된다.47)

이상과 같이 '彼'가 와야할 자리에 '그'가 사용되기 시작한 후, 염상섭의 글 자체에서 '彼'는 사라져갔다. 앞서 제시한 <사일간> 내의 소개 글과 본문의 편차, 그리고 동시기에 나온 문학과 비문학류 번역문 사이의 편차48) 등 한동안은 '彼'와 '그'가 공존했지만, 곧 '그'로의 수렴이 이루

---

47) 한편, '彼' 계열 대명사를 '그' 계열로 번역하는 양상도 <사일간> 내에서 발견할 수 있다. 다음은 <사일간>의 후반부 중 일부로서, 후타바테이 시메이의 저본과 그에 대한 염상섭의 번역을 함께 제시한 것이다. "嗚呼彼の騎兵がツイ側を通る時、何故おれは聲を立て、呼ばなかつたらう？よし彼が敵であつたにしろ、まだ其方が勝てあつたものを、なんの高が一二時間責さいなまれるまでの事だ"(二葉亭四迷 譯, 앞의 책, 439) : "아 그 기병이 곳 엽흐로 지나갈 때에, 왜 소리를 처서 부르지 안핫든구? 설령 그들이 적이엇슬지라도, 오히려 불럿든 편이 낫섯는데, 뭘 기껏해야, 1, 2시간 단련밧게 더 밧지 안흘 것을"(想涉 譯, 「四日 間」, 앞의 책, 15)

48) 이를테면 전술한 <사일간>의 번역과 「지상선을 위하여」 중에 삽입된 막스 슈티르너 문장의 번역도 이 시기에 나타난다.

어졌다. <E先生>에서의 '그'는 그 결과로 출현한 창작에서의 변화다.49) 염상섭은 이러한 과정을 거쳐 '소설 쓰기'의 영역을 자신의 본래 문장과는 독립된 것으로 대상화했다.

나아가 번역에서 먼저 구현된 '彼→그'의 수렴 양상은 비문학류 문장에까지 확장된다. 염상섭의 비문학류 글에서 '彼'는 「新潟縣 사건에 鑑하여 이출노동자에 대한 응급책」(이하 「新潟縣 사건」)50)을 마지막으로 자취를 감춘다. 이 기사까지만 해도 "彼等 당국자", "원래 彼等에게는", "혹은 彼는 彼요, 我는 我니, 彼等의 운동에 장애가 되고 위협이 된다 할지라도, 彼我間 경쟁자로서" 등 '彼等'을 비롯하여 '彼'를 활용한 여러 표현이 등장하고 있다. 중요한 것은 이 기사의 발표시기다. 『동명』에 게재된 이 기사는 1922년 9월에 나왔으며 기사 말미에 밝혀둔 바에 따르면 실제 집필은 "8월 17일"에 끝났다. 다시 말해 「新潟縣 사건」은 <사일간>의 번역 발표 직후에 씌어진 글이다. 이미 확인했듯 7월에 나온 <사일간>에서도 염상섭 자신의 문장에는 '彼'가 등장했는데, 「新潟縣 사건」은 그것이 8월까지도 명맥을 유지했다는 것을 보여준다.51) 하지만 1922년 9월에 나온 <E선생>52) 이후 염상섭은 비문학류에도 '彼' 계열을 쓰지 않았으며, 그 양상은 10월에 발표된 평론 「민중극단의 공연

---

49) "E先生이 X學校에서 敎鞭을 들게 된 것은, 그가 日本서 貴國한지 半年 지난뒤의 일이었다. 그리고 그가 그학교에서 선생노릇을 한것도, 겨우 반년밧게 아니되엿섯다." 「E선생」, 『동명』, 1922.9.17.

50) 想涉, 「新潟縣 사건에 鑑하여 이출노동자에 대한 응급책」(전2회), 『동명』, 1922. 9.3~9.10.

51) 한편 1922년 8월은 '彼女'가 마지막으로 등장하는 글의 발표시기이기도 했다. 해당 글은 「여자 단발문제와 그에 관련하여 -女子界에 與함」이었다. 이 글에서 우리는 여전히 사용되는 '彼'도 관찰할 수 있지만, 그보다 두드러지는 것은 단연 13차례나 출현하는 '彼女'다. 이러한 집중적 출현이 글의 주제적 특성과 연관되어 있음은 물론이다. 아무튼 이후 염상섭 글에서 '彼女'라는 표현은 다시 찾아볼 수 없다.

52) <E선생>은 1922년 9월 17일부터 12월 10일까지 『동명』에 연재되었는데, 시간상 「新潟縣 사건」 직후에 나온 글이었으며 발표매체도 「新潟縣 사건」와 같은 『동명』이었다.

을 보고」53)에서부터 확인된다.

종합하자면, 번역의 경우 1922년 7월(사일간)부터, 소설의 경우 1922년 9월(E선생)부터, 일반 글의 경우 1922년 10월(민중극단의 공연을 보고)부터 '彼' 계열 대명사가 사라졌다. 염상섭은 '彼'와 '그'의 짧은 공존기를 거친후 '彼'를 영원히 배제시키게 된다. 이 변화를 실천하는 염상섭의 태도는 매우 명확하고도 적극적이었다. 그 결과, 다음의 두 가지 변화가 추가로 나타나게 된다. 하나는 1924년에 간행된 초기 3부작 모음집 『견우화』에서 확인된다. 여기서 염상섭은 『개벽』 연재 당시 <표본실의 청개구리>, <암야>, <제야>에서 사용했던 '彼' 계열을 '그' 계열로 수정하는 부분 개작을 감행했다. 또 하나는 『시대일보』에 연재된 <만세전>에서 나타난다. 『신생활』 폐간과 함께 중단된 <묘지>를 재연재한 이 소설은 <묘지>에서 사용된 '彼' 계열의 흔적을 완전히 지운 상태였다.

이상과 같이 염상섭의 문장에서 '彼' 계열 대명사의 소거는 순차적으로 '문학류 번역' → '문학류 창작' → '비문학류 집필'로 확대되어 나타났다. '비문학류 집필'이라는 최종 단계는 이제 염상섭의 자유로운 글쓰기 속에서도 '彼' 대신 '그'가 선택되었다는 것을 의미한다. 또한 이후 염상섭은 '비문학류 번역'에서도 '彼'를 사용하지 않았다.54) 이는 문체 정착의 결과로서 나타나는 최종 단계의 번외 편이라 할 수 있을 것이다. 이 모든 변화는 번역소설 <사일간>이 발표된 1922년 7월 이후의 연쇄작용으로 이루어진 것이었다.

<사일간>이 그 이전까지의 비문학류 번역과 다를 수밖에 없었던 이

53) 想, 「민중극단의 공연을 보고」, 『동명』, 1922.10.8.
54) 예컨대 염상섭이 제2차 도일기에 발표한 「프롤레타리아문학에 대한 P씨의 言」(『조선문단』, 1926.5.)에는 보리스 필리냐크(Борис Пильняк, 1894~1945) 의 프롤레타리아문학 이론의 일부를 번역 소개하고 있다. 이 글 역시 모두의 소개글과 핵심 격인 번역문이 구분되어 있어 <사일간>을 연상시키는데, '彼'가 잔존했던 <사일간>의 소개글과는 달리 여기서는 번역문뿐만 아니라 소개글에서도 '그들'이 반복 등장하고 있다.

유는 무엇일까? 이는 텍스트의 내적·외적 요인이 복합적으로 작용한 결과다. 내적 요인은 '知'를 정확하게 소개하는 논설의 번역과 '情'의 영역이 우세한 문학의 번역 그 자체의 차이라 할 수 있겠고, 외적 요인은 앞 절에서 논의한 바 고급 번역을 강력히 천명한 『개벽』의 기획에서 오는 압박감이었을 것이다. 『개벽』의 번역 취지는 조선 독자가 작품 속으로 깊은 몰입이 가능할 정도로 번역문장의 수준을 제고하는 것이었고, 염상섭은 그 대응과정에서 자신의 기존 문체를 고집할 수 없었다. 소설의 번역은 창작소설 이전에 새로운 소설어를 예비하는 모태가 되어주었다.

4 근대소설의 에크리튀르 조형 : <밀회>의 번역과 <만세전> 개작의 상관관계

<만세전>은 1924년 4월 6일부터 동년 6월 1일까지 『시대일보』에 연재되었다. 연재 직후인 8월에 간행된 고려공사판 단행본 『만세전』 서문에 따르면, 이 작품의 실제 탈고 시점은 1923년 9월이다. 당시라면 이미 <해바라기>의 연재가 끝난 상태였고 <너희들은 무엇을 얻었느냐>가 연재 초기에 들어가 있었다. 여기에는 의구심을 자아내는 대목이 있다. <해바라기>와 <너희들은 무엇을 얻었느냐>는 모두 순국문체를 바탕으로 한 반면, 오히려 그 다음 작 <만세전>에는 한자어 노출이 상당하기 때문이다. 염상섭 개인의 글쓰기가 선회한 셈이다. 한편 집필 시점으로 미루어 볼 때, <만세전> 직후의 염상섭 소설은 『폐허이후』에 발표한 단편 <잊을 수 없는 사람들>(미완, 1924.2)이다. 이 소설에서는 처음부터

끝까지 단 하나의 한자도 찾아볼 수 없다. 괄호 속 병기조차 등장하지 않는다. 결국 유독 <만세전>의 문체가 돌출적인 셈이다. 그러나 <만세전>이 국문 위주의 소설쓰기를 전면화 하기 전인 <묘지>의 개작 버전인 점을 감안하면 의문은 해소된다. 염상섭은 <묘지> 연재분과 중첩되는 <만세전>의 전반부에 대해서는 <묘지>의 문장을 그대로 쓰되 일부만 손질하고 첨삭하는 차원에서 재연재를 진행했다. 즉, <만세전>의 경우 애초에 1922년 7월의 문체를 계승한 작품이었던 것이다. 후반부 연재분에 대해서도 한자어가 다수 노출되는 것은 단일작품으로서 문체적 통일을 기하기 위해서였을 것이다.

따라서 이때의 한자 노출은 시각적이고 표면적인 문제일 뿐이었다. 더구나 문어체 탈피, 한자어 축소 등 노출된 한자 역시 전과 같지는 않았다. 1922년 7월과 1923년 9월 사이, 이미 염상섭에게는 근본적인 소설어 개혁이 진행된 상태였다. 전술한 <E선생>에서의 3인칭 대명사 변화, <해바라기>의 한자어 노출 지양 등이 그 결과로서 나타나고 있었다. 때문에 한자어 노출의 유사성을 제외하고 본다면 <묘지>와 <만세전>의 문장에는 다양한 차이들이 포착될 수밖에 없다. 특히 염상섭이 종전에 사용한 자신의 문어식 구투를 조선어 실정에 맞추어 풀어내고 한자 표기 자체를 경감시킨 것은, 일종의 자기 언어의 '번역'이라 하겠다.

<묘지>와 <만세전>의 차이를 논하며 '彼'가 '그'로 바뀐 것에 주목하고 큰 의의를 부여한 연구자는 이미 언급한 김윤식이다. 하지만 <묘지>에서 <만세전>으로의 변화를 에크리튀르 변천의 차원에서 보다 본격적으로 개진한 연구는 박현수에 의해 나왔다.55) 박현수의 분석에서 문체와 관련된 것은 인명 표기의 변화, 문어체 문장의 수정, 한자 표기의 한글화, 시제의 변화 등이 있다. 여기서 박현수는 서술방식의 변화에서 온

---

55) 박현수, 「「묘지」에서 「만세전」으로의 개작과 그 의미 : 「만세전」 판본 연구」, 『상허학보』 19(2007).

시제의 문제에 많은 설명을 집중했다. 과거형 문장이 주가 되었던 <묘지>의 시제가 <만세전>으로 넘어오는 가운데 상당수 현재형으로 바뀌게 되고, 새로 연재된 후반부 분량에서도 현재시제가 자주 등장하게 되는데, 박현수는 이를 롤랑 바르트가 근대소설의 에크리튀르로 든 '3인칭대명사'와 '과거시제'가 연동된 문제로 보았다.56) 그렇다면 <만세전>의 '1인칭' 서술과 '현재시제' 사용은 어떤 의미를 획득하는가. 다름 아니라 1인칭 서술에서는 과거시제가 아닌 현재시제가 서술적 자아를 사라지게 만드는 효과를 창출하여 근대소설의 원근법적 체계를 작동시킨다.57) 때문에 박현수는 이러한 서술방식에 대한 고려야말로 <묘지>에서 <만세전>으로 가는 "개작의 주된 초점" 혹은 "개작의 논리"58)였다고 단언한다.

그런데 이러한 분석에는 "무엇이 <묘지>에서 <만세전>으로의 개작을 추동했는가"59)라는 의문이 필연적으로 부가될 수밖에 없다. 박현수는 이 질문을 끝으로 논의를 맺으며 그 단서가 될 만한 것이 1922년과 1924년 사이 염상섭의 행적과 사상에 있을 것이라 전망하는 데까지는 나아갔다. 나는 그 '개작 추동'의 중요한 동인으로서 1923년의 번역 체

---

56) 이때 '3인칭'은 근대소설의 원근법적 체계와 직결되어 있다. 서술적 자아(투시점)가 사라지고 체험적 자아가 초점화자(소실점)의 역할을 할 때 근대소설의 원근법적 체계가 구축되는데, 이것이 잘 구현되는 것이 3인칭 서술이라는 것이다. 또한 3인칭 서술에서 '과거시제'는 단순한 과거가 아니라 스토리가 계량/선택/배치되는 '서사적 과거'를 의미한다. 이상이 '3인칭 서술'과 '과거시제'가 근대소설 에크리튀르의 전형적 기제인 이유다. 박현수, 앞의 글, 398-399.

57) "그런데 1인칭 서술에서 시제는 이와는 다른 성격을 지닌다. 1인칭 서술에서 과거시제는 과거를 의미하는데, 그것 역시 서술적 자아와 체험적 자아와의 관계 때문이다. 곧 과거에 있었던 일에 대한 서술을 담당하는 서술적 자아가 체험적 자아와 동일한 공간에 위치함에 따라 과거시제는 체험적 자아의 과거를 가리키게 되는 것이다. 여기에서 <만세전>의 전반부와는 달리 후반부에서 현재시제가 빈번하게 등장했음을 환기할 필요가 있다. 이러한 현재시제는 체험적 자아 '나'가 이미 서술적 자아 '나'를 의식하지 않게 되었음을 의미하는 것이다." 박현수, 앞의 글, 400-401.

58) 박현수, 앞의 글, 399-400.

59) 박현수, 앞의 글, 404.

험을 제시하고자 한다. 다음은 <묘지>부터 <만세전> 사이에 위치한 염
상섭 소설의 목록이다. <만세전>의 경우 집필 시기를 기준으로 1923년
에 배치해보았다.

연도	제목	서술방식	매체	시기
1922년	**四日間(가르쉰)**	**1인칭**	**개벽**	**1922.7**
	▼墓地 ※미완	1인칭	신생활	1922.7-9
	E선생	3인칭	동명	1922.9.17-12.10
1923년	죽음과 그 그림자	1인칭	동명	1923.1.14
	密會(투르게네프)	**1인칭**	**동명**	**1923.4.1**
	쯰오게네쓰의 誘惑 (빌헬름 슈미트본)	**3인칭(희곡)**	**개벽**	**1923.7**
	해바라기(신혼기)	3인칭	동아일보	1923.7.18-8.26
	너희들은 무엇을 어덧느냐	3인칭	동아일보	1923.8.27-1924.2.5
	▼萬歲前 ※<묘지>의 재연재	1인칭	시대일보	1923.9 作 (1924.4.6.-6.1 연재)

<묘지>는 첫 번째 번역소설 <사일간>과 같은 시기에 발표되었고,
<만세전>은 두 번째와 세 번째 번역인 <밀회>와 <디오게네스의 유혹>
이후 나왔다. 필자는 염상섭의 일관된 문제의식이 복수의 채널로 발화
되는 양상을 <사일간>과 <만세전>의 상호텍스트성을 통해 고찰한 바
있다.60) 문제의 소재는 다르지만 번역과 창작의 연관성 자체는 이미
1922년의 첫 번째 번역부터 나타났던 셈이다. 본절의 초점인 <만세전>
의 새로운 변화, 즉 서술방식과 시제의 전략적 결합은 1923년의 두 번
째 번역소설인 <밀회>의 번역 가운데 획득된 바 크다. <밀회>는 본래
투르게네프의 연작 단편집 『사냥꾼의 수기』에 수록된 25편의 단편 중
하나로, 일본의 경우 후타바테이 시메이가 처음 번역하여 당시 일본의

---

60) 손성준, 앞의 글(2014), 제4절 참조

번역문학계 뿐 아니라 메이지 문단 전체에 지대한 영향을 미치게 된다. 그러한 영향력을 가질 수 있었던 결정적 이유는 바로 후타바테이 시메이가 번역을 통해 구현한 문체적 쇄신에 있었다.61) 이러한 맥락을 염두에 두면 염상섭이 시메이의 번역본을 저본 삼아 중역하면서 스스로의 문체를 점검하고 조정할 수 있었던 것 역시 단순한 우연은 아니라고 생각된다.

<밀회> 역시 1인칭 서술을 따른다. 이 작품의 1인칭 화자이자 사냥꾼인 '나'는 한 쌍의 하층민 남녀의 밀회를 엿보고 대화도 엿듣는다. 시선에 들어오는 상황들에 대한 묘사와 남녀의 대화 사이에 틈입하는 관찰자 '나'의 독백이 <밀회>의 전체를 구성한다. 물론 <만세전>의 경우는 1인칭 주인공 시점이지만, 주인공(이인화)이 기본적으로 관찰자적 태도를 견지한다는 점에서 <밀회>의 서술방식과 닮아 있다. 요컨대 관찰자냐 주인공이냐를 떠나 두 소설은 '체험적 자아=초점화자'라는 점에서 상통하고 있다. 여기서 필자가 주목하고 싶은 것은 <밀회>에서 구현된 '체험적 자아'와 '서술적 자아'의 간극, 그리고 시제의 활용 방식이다. 만약 염상섭이 번역을 통해 해당 요소들을 체험할 수 있었다면, 이미 살펴 본 <만세전>의 변화들은 <만세전>이 아니라 그보다 앞선 <밀회>의 번역을 통해 선취한 것이 되기 때문이다.

우선, <밀회>가 1인칭 서술 속에서 서술적 자아의 존재를 지우고 체험적 자아를 초점화자로 내세우는 데에 성공적이었다는 것은 두말할 나위 없는 사실이다. 이 소설의 시작은 다음과 같다. "가을철 九月스므날께쯤되어서 어느 날 나는 어떤벗나무숩가운데에 안젓섯다."62) 서술적 자아의 존재가 감지되는 이러한 서술은 "萬歲가 니러나든前해ㅅ겨울이엇다"라는 <만세전>의 첫문장을 연상케 한다. 이렇듯 두 소설 모두

---

61) 손성준, 앞의 글(2014), 제3절 참조.
62) 투루게에네프 作, 廉尙涉 譯, 「密會」, 『東明』 2-14, 1923.4, 12.

도입부에는 서술적 자아가 노출되어 있다. 그러나 <밀회>의 독자는 어느새 서술적 자아의 존재는 망각한 채 체험적 자아의 입장이 되어 함께 밀회를 훔쳐보고 있다. 이러한 '현장감'은 <밀회>의 최대 강점이다.

이것을 가능케 한 결정적 요인이 바로 <밀회>의 현재시제 활용이다. 일부분을 예로 들어보자.

> 이러케 크게 뜬 눈을 무슨 소리가 난대로 향한채, 暫間 귀를 기울이고 무엇을 엿듣다가 한숨을 쉬인 뒤에 종용히 이리로 바로 向하면서 아까보다도 더 한層 꿉으리고 천천히 꼿을 고르기 始作하얏다. 눈가가 밝애지고 입술은 매우 피로한 듯이 켕기더니, 다부룩한 눈썹미테서 또다시 눈물이 똑똑 떨어저서 해ㅅ빗에 반쩍인다. 이러기를 한참하면서 계집애는 가끔가끔 손으로 얼굴을 쓰다듬을뿐이요 몸도 까딱하지 안코 무엇을 엿들으랴고 귀를 기울이고 안젓다. 다만 귀를 기울일 뿐이다 ……. 그리자 별안간 또다시 바삭바삭하는 소리가 난다. ― 계집애는 부르르 떨엇다. 그 소리는 끄치긴새뢰, 점점 놉하지고 갓가와지더니, 那終에는 마음껏 빨리닥아오는 발자최 소리가 난다.(「密會」, 『東明』 제2권 14호, 12면)

> ……눈에 띄우는 풍물은 아닌게 아니라 爽快하나 無味하게 哀殘하야서 어쩐지 갓가와 온 겨을의 凄凉한 모양이 보이는 것 것다. 小心한 까마귀가 몸이 묵업은 듯이 날애를 치며 猛烈히 바람을 거슬려 머리우로 놉게 날아가면서 고개를 꼬아 自己의 몸을 보고 그대로 急히 떠올라 소리를 짜서 울며 森林 저 便에 숨어버리니까, 여러 머리의 비듥이떼가 기운차게 庫間잇는 쪽에서 날아오더니 나무짝이가 비꼬인것처럼 날아올라 해둥해둥 들로나려안는다. ―分明히 가을이다. 누군지 벗어진 山 저 便을 지나가는가보아 빈 車ㅅ소리가 놉다라케 떠올른다.……(「密會」, 『東明』 제2권 14호, 14면)

첫 번째 인용문에는 과거시제와 현재시제가 복합적으로 배치되어 있고, 두 번째 인용문의 경우 현재시제만으로 구성되어 있다. 이 둘은 공

통적으로 <밀회>의 현재시제 활용이 전면적이었음을 드러낸다. 둘 중
보다 주목하고 싶은 것은 과거와 현재시제가 교차하고 있는 첫 번째 인
용문이다. 해당부분의 일본어 저본을 보면, 저본이 과거시제로 표현한
것은 과거시제로, 현재시제로 표현한 것은 현재시제로 정확하게 대응하
여 옮겨졌음을 알 수 있다.[63] 즉, 염상섭은 시제의 번역에 있어서 철저
했다. 이러한 정치한 번역 속에서 염상섭은 1인칭 서술에서 현재시제의
활용 가능성을 보다 적극적으로 타진할 수 있었을 것이다. 염상섭의 첫
번째 1인칭 소설이었던 <표본실의 청개구리>의 문장은 과거시제와 현
재시제의 비율이 97% 대 3%였다.[64] 이 압도적 차이를 감안한다면 이듬
해 나온 <묘지>가 과거시제 위주였던 것도 쉽게 수긍할만하다. <만세
전> 이전의 창작 중 가장 근과거의 1인칭 서술이었던 단편 <죽음과 그
그림자>만 해도, 대사나 독백으로 처리된 부분을 제외하면 과거시제가
대세를 이룬다. 이상은 <죽음과 그 그림자>(1923.1)→<밀회>(1923.4)→
<만세전>(1923.9)으로 이어지는 1인칭 서술의 계보에서 현재시제 활용
의 전환점이 <밀회>에 있다고 판단할 수 있는 근거가 될 것이다.

5 수양으로서의 번역

기존의 연구자들은 번역 체험을 시야에 넣지 않았기에, 초기 염상섭
소설들 사이에 급격한 변화의 단층이 존재하는 원인을 온전히 구명할

---

63) 二葉亭四迷 譯, 앞의 책, 398-399 ; 413.
64) 이희정, 「<창조> 소재 김동인 소설의 근대적 글쓰기 연구」, 『국제어문』 47(2009),
    255.

수 없었다. 본 연구는 작가 염상섭의 초기 창작과 맞물려 수행된 번역 활동의 특수성을 분석하여, 그의 소설 창작과 글쓰기 변화의 배경에 바로 번역이 놓여있었음을 드러내고자 했다. 물론 염상섭의 글쓰기 변화가 번역이라는 단일 요인에 의해 추동되었다고는 볼 수 없다. 하지만 본 연구 결과, 번역 체험과 번역 텍스트의 위상을 재고해야만 한다는 점은 명확해졌으리라 생각한다.

이러한 시각이 주효한 이유는, 번역이라는 체험 자체가 특별하기 때문이다. 그동안 염상섭 소설의 형성과정과 성격 변화를 설명하는 방식은 크게 작가의 전기적 배경 및 행적을 끌어들이는 것과, 사상 및 독서의 영향을 통해 접근하는 것으로 구분되어왔다. 그런데 사실상 번역 체험은 이 두 가지의 특성을 모두 포괄한다. 번역은 번역자의 글쓰기에 변화를 야기하는 일종의 사건이며, 동시에 독서 체험의 심화이다. 번역 과정은 대상 텍스트의 구조나 캐릭터의 특징, 작가의 서술 방식, 나아가 어휘 하나하나를 각인하는 과정으로 구성된다. 필요에 의해 의미를 간취하는 것이 독서라면, 번역은 텍스트 전체를 의무적으로 대면하고 고민하는 프로세스를 거친다. 이는 곧 독자의 경우 가볍게 넘길 수도 있었을 원작자의 문제의식을, 번역자의 경우에는 그 말초적 수준까지 추적하게 됨을 의미한다. 번역 체험의 전과 후 번역 대상에 대한 인식은 바뀌거나 깊어지기 마련이며, 그 인식의 전환은 기본적으로 독서 과정에서는 놓쳤던 숨겨진 가치를 발견하는 방향으로 작용한다. 게다가 그 과정을 통해 발견된 것들은 번역자 자신의 활동 영역에서 다기한 방식으로 적용될 수 있다. 결국 번역을 통해 가장 많이 변하는 사람은 번역하는 주체 자신인 것이다.

<만세전>이 한창 연재되던 당시, 염상섭은 또 하나의 번역소설을 발표한다. 통속 정탐물이라 할 수 있는 『南方의 處女』(평문관. 1924.5)였다. 내적 성격뿐 아니라 단행본화 된 최초의 장편 번역이라는 점에서도 기

존의 번역들과는 달랐다. 염상섭은 이 번역서를 내며 중요한 내용이 담긴 「역자의 말」을 붙여두었다.

> 활동사진을 별로 즐겨하지 않는 나는 활동사진과 인연이 깊은 탐정소설이나 연애소설, 혹은 가정소설과도 자연히 인연이 멀었었습니다. 그러나 이 캄포차왕국의 공주로 가진 영화와 행복을 누릴만한 귀여운 몸으로서 이국풍정을 그리어 동서로 표량하는 외국의 일 신사의 불같은 사랑에 온 영혼이 도취하여, 꽃아침 달밤에, 혹은 만나고 혹은 떠나며 혹은 웃고 혹은 눈물짓는 애틋하고도 장쾌한 이야기를 읽고서는 **①비로소 통속적 연애대중소설이나 탐정소설이라고 결코 멸시할 것이 아니라고 생각하게 되었습니다.**
> 　이것은 물론 고급의 문예소설도 아니요, 또 문예에 대한 정성으로 역술한 것은 아니외다. 오히려 문예의 존엄이라는 것을 생각할 제 **② 조금이라도 문예에 뜻을 두고 이 방면에 수양을 쌓으려는 지금의 나** 로서는 부끄러운 생각이 없지도 않음을 깨달았습니다. 그러나 '자미있었다', '유쾌하였다'는, 이유와, 물리치기 어려운 부탁은, 자기의 붓끝이 이러한 데에 적당할지 스스로 헤아리지 않고 감히 이를 시험하여보게 된 것이외다.
> 　　　　　　　　　　　계해(癸亥) 첫겨울 역자(강조-인용자)[65]

<남방의 처녀>의 번역이 끝난 시기는 1923년 겨울로 나와 있다. 즉, 이는 당년 9월에 탈고한 <만세전> 직후에 진행된 프로젝트였다. ①은 염상섭이 <남방의 처녀>를 번역하는 가운데 '통속소설'에 대한 인식을 제고하게 되었다는 고백이다. 그는 스스로 번역을 통해 기존의 관념이 바뀌는 체험을 했고 그것을 공개적으로 증언했다. 한편, ②는 당시 염상섭이 스스로의 상태를 선언한 말이다. "조금이라도 문예에 뜻을 두고 이 방면에 수양을 쌓으려"던 당시의 그에게 번역 또한 중요한 수양이었

---

65) 염상섭, 「역자의 말」, 『남방의 처녀』(평문관, 1924).

음은 자명하다. 그 앞 문장에서 이번 번역이 "문예에 대한 정성으로 역술한 것은 아니외다"라고 말한 것은, 역으로 생각하면 당시까지 그가 직접 선택한 문예물 번역에 그가 쏟은 정성이 상당했다는 뜻이기도 하다. 염상섭의 문예 수양과 번역은 직결되어 있었다. 어쩌면 그 자신부터 습작이라 여겼던 창작의 체험보다 번역을 통해 얻은 개안(開眼)이 그를 더욱 작가로서 달음질하게 만들었을지도 모른다.

그런가 하면, <역자의 말> 마지막에 염상섭은 이번 번역이 스스로에게 부끄럽고 낯선 글쓰기가 될 것이라는 점으로 인해 '시험하는 심정'으로 임했다는 입장을 천명한다. 이러한 진술 이면에 숨어있는 망설임, 그리고 그 간극을 메우기 위한 또 다른 노력이 염상섭의 소설어와 문체를 바꾸는 데 결정적으로 기여했을 것이다. <남방의 처녀>가 보여주는 한글전용의 문장은 번역기간 즈음에 발표한 <너희들은 무엇을 얻었느냐>, <잊을 수 없는 사람들>, <검사국대합실> 등에서 여실하게 적용되고 있기 때문이다. 나아가, 문체뿐 아니라 전술한 통속소설에 대한 그의 인식 전환이 <남방의 처녀> 직후 염상섭 소설에서 묻어나오기 시작한 통속성을 설득력 있게 설명해줄 수 있는 것은 물론이다.66)

벤야민은 "낯선 [원작의] 언어 마력에 걸려 꼼짝 못하고 있는 순수언어를 번역자 자신의 언어를 통해 해방시키고 또 작품 속에 갇혀 있는 언어를 그 작품의 재창작을 통해 해방시키는 것이 번역가의 과제"라고 보았으며, "이 순수언어를 위해 번역자는 자신의 언어의 낡은 장벽을 무너뜨린다."고 했다. 그리고 그것을 실천한 번역가의 예를 들며 "루터, 포스, 횔덜린, 게오르게는 독일어의 경계를 확장했다."고 평가했다.67) 여기에는 번역 체험이 결국 자신의 언어를 바꾼다는 벤야민의 깨달음이

---

66) 염상섭의 통속소설관과 관련된 최근의 논의로는 한기형, 「노블과 식민지 -염상섭 소설의 통속과 반통속」, 『대동문화연구』 82(2013) 참조.
67) 발터 벤야민, 최성만 역, 「번역가의 과제」, 『언어 일반과 인간의 언어에 대하여/ 번역가의 과제 외』(길, 2008), 139.

깃들어 있다. 그의 글 「번역가의 과제」(1923) 자체도 보들레르의 <악의 꽃> 중 <파리풍경>을 번역하는 가운데 서문으로 작성된, 다시 말해 번역 체험 속에서 묘출된 것이었다. 벤야민이 지적한 언어적 체험이나 경계 확장의 이면에는 번역가의 치열한 분투가 놓여 있다. 이 글에서 다룬 모든 논의를 종합해 볼 때, 염상섭에게 번역은 '고투의 시간'이었다. 자국어로 이루어진 언어장 속에 새로운 것을 가져온다는 측면에서, '번역'이란 그것을 차단하는 '검열'과는 대척점에 있다. 하지만 언어적 측면에서 '번역'은 끊임없이 자기를 '검열'하는 작업 그 자체이도 하다. 번역은 역자로 하여금 저본이라는 외적 준거를 통해 자기 언어와의 거리를 강제한다. 그렇게 자기 언어에서 조선어 소설로서의 불순물을 발견한 염상섭은, 과감히 그것들과 결별했다. 이 과정이 쉬웠을 리 만무하다. 그러나 이 시간을 거치며 그는 조선어의 재발견으로 나아갈 수 있었다.

염상섭의 사례가 특별하다고 말할 수는 없다. 다시 처음의 문제로 돌아와서, 1920년 쯤 부터 이른바 동인지 세대로 등장한 신진 문인들의 국한문체 소설은 어째서 1924년경 순국문으로 선회하는가? 이 시기, 즉 1920년부터 1924, 5년 사이는 해당 신진 작가들이 번역가를 겸하던 시기와 겹친다. 『청춘』 그룹 같은 예외적 존재를 제외하면 한국 근대문학사에서 세계문학을 의식적으로 수용하기 위한 번역이 본격화 된 것은 1920년대 진입 이후였다. 이때의 번역자들은 염상섭, 현철, 현진건, 나도향, 방정환, 주요한, 조명희 등 대개가 작가를 겸하던 이들이었다. 일본 유학을 경험한 그들은 일본어 능력에 기대어 활발히 세계문학을 중역(重譯)했다는 공통점을 지닌다. 또 하나의 공통점은 1925년쯤을 기하여 그들이 번역의 일선에서 물러난다는 것이다. 그 결과는 곧 번역 통계수치의 감소로 이어졌다.68) 이는 그 시점을 전후하여 번역 체험을 통

---

68) 이와 관련, 김병철은 다음과 같이 말한다. "상기 역자들의 활동이 1925년을 상한선으로 하고서 그 후 1929년까지 단행본에 관한 한 전연 활동을 하고 있지 않다

한 '수양'이 일단락되었다는 작가들의 판단이 반영된 결과가 아닐까. 그들은 대개 자신들이 모델로 삼던 세계문학의 사숙 단계를 통과한 상태였고, 거의 동시에 문단의 기성 권력으로 자리매김하기 시작했다. 여기서 우리는 그들이 그 과정에서 번역을 통해 한자어와 일본식 표현을 타자화 하며 자기 조선어의 지경을 충분히 넓혀갔다는 것을 기억해야 한다. 창작소설의 규준을 확립하고 나름의 소설어를 갖추게 된 그들이 1925년 3월부터 개시된 『조선문단』의 소설합평회를 통해 한자어 남용 소설들을 비판하는 것은 자연스러운 전개였다. 이렇듯 1920년대 중반에 이르러 정착된 근대소설의 한글전용은 당대의 문인들이 작가이자 번역가라는 이중 정체성에서 전자가 강화되고 후자가 퇴색되는 가운데 나타난 현상이었다.

는 것은 이상한 일이다. 우리말 역서가 팔리지 않는다는 것이 제일 큰 이유이겠지만, 대학에서 외국문학을 전공한 많은 신예한 역자진이 1925년 이후 출현하였으므로 그 신진세력에 의하여 일역의 중역밖에 모르는 그들이 심리적으로 자연 후퇴하지 않을 수 없는 입장에 몰리게 되었다는 것도 하나의 이유이리라." 김병철, 『한국 근대 번역문학사 연구』(을유문화사, 1975), 691. 이러한 설명 방식은 물론 타당하지만, 전문 역자진의 출현과 무관하게 기존의 번역 담당자들이 1차 텍스트 생산자로서의 삶을 본령으로 삼게 되면서 번역과 멀어진 점을 지적해야 한다. 작가로서의 입지 강화와 함께 이전까지는 번역문학을 통해 우회적으로 보여주었던 것들을 이제 자기 작품으로도 감당할 수 있다는 태도를 보이게 된 것이다.

참고문헌

1. 자료

『개벽』, 『동명』, 『동아일보』, 『시대일보』, 『신생활』 소재 소설 및 기사들

김동인, 『김동인전집』 16 (조선일보사, 1988).

염상섭, 「역자의 말」, 『남방의 처녀』 (평문관, 1924).

염상섭, 한기형·이혜령 편, 『염상섭 문장 전집』 I (소명출판, 2013).

二葉亭四迷 譯, 「四日間」, 『片戀 : 外六編』 (春陽堂, 1916).

2. 논저

김경수, 「廉想涉 小說과 飜譯」, 『語文研究』 35-2 (2007).

박진영, 「한국의 번역 및 변안 소설과 근대 소설어의 성립-근대 소설의 양식과 매체 그리고 언어」, 『대동문화연구』 59 (2007).

박현수, 「「묘지」에서 「만세전」으로의 개작과 그 의미 : 「만세전」 판본 연구」, 『상허학보』 19 (2007).

서정록, 「염상섭의 문체연구」, 『동대논총』 8-1 (1978).

손성준, 「전기와 번역의 종횡(縱橫) -1900년대 소설 인식의 한국적 특수성」, 『현대소설의 연구』 51 (2013).

손성준, 「텍스트의 시차와 공간적 재맥락화 –염상섭의 러시아 소설 번역이 의미하는 것들」, 『한국어문학연구』 62 (2014).

송하춘, 「염상섭의 초기 창작방법론 - 『남방의 처녀』와 『이심』의 고찰」, 『현대문학연구』 36 (2007).

오혜진, 「"캄포차 로맨쓰"를 통해 본 제국의 욕망과 횡보의 문화적 기획」, 『근대서지』 3 (2011).

유석환, 「개벽사의 출판활동과 근대잡지」, (성균관대 석사학위논문, 2006).

이혜령, 「1920년대 『동아일보』 학예면의 형성과정과 문학의 위치」, 『대동문화연구』 52 (2005).

이희정·김상모, 「염상섭 초기 소설의 변화 과정 고찰 -매체와의 상관성을 중심으로」, 『한민족문화연구』 38 (2011).

이희정, 「<창조> 소재 김동인 소설의 근대적 글쓰기 연구」, 『국제어문』 47 (2009).

정선태, 「번역과 근대 소설 문체의 발견 -잡지 『少年』을 중심으로」, 『대동문화연구』 48 (2004).

정선태, 「시인의 번역과 소설가의 번역 -김억과 염상섭의 「밀회」 번역을 중심으로」, 『외국문학연구』 53 (2014).

정한모, 「염상섭의 문체와 어휘구성의 특성 –형성과정에서의 그의 가능성을 중심

으로」, 『문학사상』 6 (1973).

한기형, 「노블과 식민지 -염상섭소설의 통속과 반통속」, 『대동문화연구』 82 (2013).

3. 단행본

강인숙, 「염상섭편」, 『한국 근대소설의 정착과정 연구』 (박이정, 1999).

김병철, 『한국 근대 번역문학사 연구』 (을유문화사, 1975).

김윤식, 『염상섭연구』 (서울대학교출판부, 1987).

김정자, 「1920년대 소설의 문체」, 『한국근대소설의 문체론적 연구』 (삼지원, 1985).

안영희, 『한일 근대소설의 문체 성립-다야마 가타이 · 이와노 호메이 · 김동인』 (소명
　　　출판, 2011).

양문규, 「1910년대 구어전통의 위축과 국한문체 단편소설」, 『한국 근대소설의 구어
　　　전통과 문체 형성』 (소명출판, 2013).

임형택, 「소설에서 근대어문의 실현 경로」, 『흔들리는 언어들』 (성균관대학교 출판
　　　부, 2008).

고모리 요이치, 정선태 역, 『일본어의 근대』 (소명출판, 2003).

발터 벤야민, 최성만 역, 「번역가의 과제」, 『언어 일반과 인간의 언어에 대하여/번
　　　역가의 과제 외』 (길, 2008).

齊藤希史, 『漢文脈の近代 ―淸末＝明治の文學圈』 (名古屋大學出版會, 2005).

03

주변부의 서사와 문화생태

[고전번역＋비교문화학연구단] 총서 6

조선후기 필기의 문화생태성과 새로운 지표(들)[1]

신 상 필

1 필기(筆記) 양식의 전통과 정재륜(鄭載崙)의 『감이록(感異錄)』

'필기(筆記)'가 동아시아 한자문화권의 보편적 문학 양식의 하나라는 점은 이론의 여지가 없을 것이다. 굳이 중국의 저명한 연구자였던 유엽추(劉叶秋, 1917~1988) 교수의 『역대필기개술(歷代筆記槪述)』(북경출판사, 2003)에 서술된 필기의 명칭과 내용 구분은 물론, 거기서 거론된 역대 필기 저작들을 언급할 필요도 없다. 오히려 500권에 달하는 방대한 분량의 『태평광기(太平廣記)』가 978년 송(宋) 태종(太宗) 시기에 성립된 사례만으로도 충분히 알 수 있다. 『태평광기』는 한대(漢代)에서 북송 초까지 성립한 500여 종의 문헌자료를 주제별로 묶었는데 이때 활용된 문헌의 대부분이 바로 필기에 속하기 때문이다.

하지만 우리의 경우 '필기'라는 명명은 일종의 시대적 의미를 담은 역사적 문맥에서 읽을 필요가 있으며, 이를 바탕으로 우러난 개성과 독자성이 자체적 의미를 갖는다는 점에 주목을 요한다. 다름 아닌 고려에

---

[1] 이 논문은 『코기토』 80 (2016: 143~169)에 실은 신상필(2016)의 「정재륜의 『감이록』을 통해 본 조선후기 필기의 전개 양상과 새로운 지표(들)」을 수정한 것이다.

서 조선으로의 전개 과정에 성립한 사대부 사회의 존재와 이를 구성한 주체로서의 상층 문인지식인의 성격에서 비롯되는 문제이다. 고려의 귀족 사회가 조선의 사대부 중심 사회로 변화되며 조성된 사회적, 문화적 환경과 분위기를 필기가 한껏 담아냄으로써 기본적으로 여말선초라는 역사성이 한국 필기사의 기본 성격으로 독특한 양상을 변주할 수 있었기 때문이다.[2] 고려 후기에서 조선 전기의 글쓰기 주체였던 학자로서의 '사(士)'와 정치가로서의 '대부(大夫)'의 생활환경에 담긴 성향과 특성이 한국 초기 필기의 성격을 조성한 것이다. 중국의 필기가 역사적 전통과 소재적 다양성을 비롯한 수다한 작가군 등에서 거의 제한이 없다할 호방성을 보여준다면, 우리의 경우 14세기 발흥한 신흥 한문학 양식이자 사대부 중심의 시화와 일화를 골자로 전개된 후발 주자라고 할 수 있다.

한국 필기의 이러한 성격에 관심을 가진 연구자들의 논의는 다방면으로 진척될 수 있었다. 이우성·임형택 역편의 『이조한문단편집』상(일조각, 1973)·중·하(일조각, 1978), 아세아문화사의 『시화총서(詩話叢書)』(1973), 이종은·정민 공편의 『한국역대시화유편』(아세아문화사, 1988), 영신아카데미 한국학연구소의 <한국학자료총서>인 『야사총서의 총체적 연구』(10집, 1976), 『야사총서의 개별적 연구』(11집, 1978), 『한국야사류 속일(續一)』(13집, 1979) 등의 자료적 관심은 대표적 사례이다. 이들 편역과 자료집성 작업들은 그 자체로 필기에 관한 지속적 연구를 견인하였다. 그 중에서도 『이조한문단편집』으로 대표되는 필기에서 야담, 그리고 다시 한문단편으로의 진행과 조선후기 사회경제사의 변동상에 주목한 연구들은 대표적 성과이다. 나말여초 전기소설로부터 17세기를 거쳐 조선후기 장편 국·한문소설로 전개되는 서사문학의 전개에 한문단편이라는 새로운 양식의 존재를 필기와 야담집에서 발굴했다는 점은 많은 시사

---

2) 임형택, 「李朝前期의 士大夫文學」, 『韓國文學史의 視角』, 창작과비평사, 1984.

점과 함께 고무적인 현상임에 틀림없다.3) 이에 비해 필기・야담의 서사문학적 문제가 아닌 필기 그 자체, 혹은 일화・시화・소화의 구체적이고도 개별적인 양상에 대한 진단은 아쉬운 점이 사실이다.

본고는 이에 대한 기본적인 이해를 바탕으로 17세기 중반에서 18세기 전반을 살았던 정재륜(鄭載崙, 1648~1723)의 『감이록(感異錄)』을 소개하고 조선후기 필기의 주변을 살펴보고자 한다. 정재륜은 본관이 동래(東萊), 자는 수원(秀遠), 호는 죽헌(竹軒)으로 부친은 영의정을 지낸 정태화(鄭太和)이며, 좌의정 정치화(鄭致和)에게 입양된 인물이다. 정재륜과 관련해서는 1656년(효종 7) 10살의 나이에 효종의 다섯째 딸인 숙정공주(淑靜公主)와 혼인하여 동평위(東平尉)로 불린 인물로 더욱 잘 알려져 있다. 저서의 경우에도 『공사견문록(公私見聞錄)』과 『한거만록(閑居漫錄)』이 대표적인 필기 저술이다. 반면에 『감이록』은 생소한 작품이다.

『감이록』은 규장각 소장으로 『공사견문록』과 『한거만록』의 사이에 『견문인계록(見聞因繼錄)』과 함께 묶인 4책 구성으로 수록되어 있다. 『감이록』은 정재륜의 다른 저술들에 비해 수록 내용이 양적으로 적은데다, 『공사견문록』과 『한거만록』의 유명세에 밀려서인지 관련된 소개와 연구의 관심이 미치지 못하였다. 여기서는 정재륜의 『감이록』에 대한 소개와 함께 필기의 전개과정에서 그만이 갖는 변모의 양상을 '귀이(鬼異)'와 '복선화음(福善禍淫)의 논리'에 주목해 확인하고자 한다.

---

3) 그 성과는 『야담문학연구의 현단계』 1・2・3(정명기 엮음, 보고사, 2001)에 실린 논문들이 대변하고 있다. 여기에는 그간의 야담 관련 연구를 총론, 형성론, 갈래론, 찬자론, 유형론, 문헌학적 연구, 개별 야담집론, 전개양상론, 변이양상론, 다른 갈래와의 관련 양상, 개별작품론, 미학적 연구, 사회사적 연구, 소설화 과정, 야담과 근대문학, 연구사 등으로 분류해 관련 논문들을 수록하고 있음에서 연구의 전반을 확인할 수 있도록 해주기 때문이다.

2 『감이록』의 내용적 성격과 그 기술 태도

규장각 소장의 『감이록』은 청구기호가 <古 4250-107>과 <奎 471>이다. 각각에는 작품에 대한 해제가 붙어 있는바 전자에 대한 노대환의 해제에는 "1책은 [公私見聞], 제2책은 [公私見聞後], 제3책은 [見聞因繼錄] [感異錄], 제4책은 [閑居漫錄]"으로 구성을 소개하며 "제3책에는 광해군대의 이야기"가 기술된 것으로 내용을 정리하였고, 후자에 대한 김남기의 해제에는 "<公私見聞錄>, <聞見因繼錄>, <公私見聞後>, <間居漫錄> 등의 4部로" 구성되어 있다고 소개하면서, "권② 「見聞因繼錄」·「感異錄」:仁祖反正후 光海의 동정, 孝烈의 感異 등 백여 편"이 기술되었다는 내용에 관한 간략한 소개가 있다.

정재륜의 저술에는 '공사', '한거', '견문', '문견', '록', '만록' 등의 제목이 붙어 필기의 전형적인 저술방식과 의식이 표방되고 있음을 자연스럽게 확인하게 된다. 사대부들의 일상에서 얻어진 소재라는 점에서 '공사', '한거'를, 작자가 직접 보거나 들은 내용이라는 취재 방식에서 '견문', '문견'을, 자유분방한 필치로 서술하고 있음에서 '록', '만록'을 제목으로 삼은 것이다. 다만 조정과 외직을 거치며 견문의 기록을 남겼던 사대부들과는 달리 저자 자신이 효종의 부마라는 점에서 조정 안팎의 사적이 많은 비중을 차지하고 있기에 신분의 특수함으로부터 '공사'를 표방하고 있다.

해제를 통해서도 알 수 있듯이 정재륜의 저술은 『공사견문록』과 『한거만록』에 비해 『견문인계록』과 『감이록』은 그리 주목을 받지 못하고 있다. 내용에 대한 설명 역시 "광해군대의 이야기", "仁祖反正후 光海의 동정, 孝烈의 感異 등"으로 소개하고 있어 대체적으로는 사실이지만 광해군대로 한정하거나 효열에 비중을 맞추고 있는 점 등은 사실과 다르다. 더구나 규장각의 검색시스템에도 '공사견문록'에 가려져 '감이록'으로는 존재 여부가 확인되지 않는다. 이는 『공사견문록』이 전, 후집의 350여 화에 이르는 장편임에 반해 『감이록』은 전체 39화의 구성으로 그 1/8에 미치지 못하는 점도 인지도에 영향을 미쳤을 것이다. 하지만 무엇보다 내용적 특이성이 작품에 대한 접근을 방해하는 하나의 요인으로 작용하고 있다.

『감이록』은 기술한 내용과 명명법에 있어 다른 필기류 저술들과는 양상이 사뭇 다르다. 저자 자신의 생활 주변에서 견문한 특별한 내용이나 기억할만한 사적들에 대한 기록인 점은 동일하지만 "감이(感異)에 대한 기록"이라는 짧은 명명부터가 이채롭다. 『감이록』이 '감이'와 관계된 기록임을 특화시킨 명명이라는 점에서 그러하다. 이를 통해 정재륜의 저술로서 적어도 『감이록』의 경우에는, 작자 자신이 수록한 '내용'에 보다 주목하고 있음을 짐작해 볼 수 있다. 그렇다면 '감이'는 구체적으로 무엇에 주목한 것이며, 기록으로 남기고자 했던 것은 무엇일까.

규장각 해제의 경우 '효열'에 대한 '감이'로 제목을 풀이하고 있다. 제1화, 제2화와 같이 부친이나 조상의 현몽(現夢)을 통한 후손의 기이한 사적이라는 '이몽(異夢)'의 내용을 수록하고 있다는 점에서 "효열에 대한 감이"로 이해한 듯하다. 제1화의 경우 재신(宰臣)을 지내던 이의 선친이 현몽하여 아들의 지난날의 죄과를 지적하자 아들인 재신이 "悔過服罪"한 문서를 남겼다는 내용이고, 제2화의 경우에도 서얼 출신으로 문장에 능했던 이재영(李再榮, 1553~1623)의 과거 답안지 대필이라는 행실에 대해 "天將降罰"한다는 사실을 조상신이 현몽하여 경계하였고 그것이 인조반정(仁祖反正, 1623) 과정에서 징험되었으며, 그의 노비(老婢)에게도 조상신이 현몽하였다는 내용이다. 하지만 실제 수록된 대다수의 내용은 보다 특수하다. 주로 다루고 있는 내용이 '귀이(鬼異)'에 관한 것이기 때문이다.

　　제3화는 무반훈신(武班勳臣)이면서도 자신의 공로로 조상에 대한 추봉(追封)과 추증(追贈)을 바라지 않는 인물의 사연이 기술되고 있다. 그 까닭을 묻는 주변 사람들에게 자신의 공훈과 봉록이 고변으로 인한 것이었는데 당시 무고한 사람들의 재산까지 적몰되었기에 이로써 조상을 현양할 수는 없다고 답변한다. 심지어 "달 밝은 밤이면 희미한 곡소리와 함께 원억(冤抑)을 하소연하는 소리가 공중에서 은은하게 들린다"고 하면서, 부친의 정령도 저승에서 이 소리를 들으실 것이기에 자신의 봉록을 부친의 영전에 바치지 못한다는 것이다.[4]

　　이후의 조목에서는 관직에 있는 사람들의 정치적 악행들에 대한 귀변의 경고가 지속됨에도 불구하고 이를 무시한 채 자신의 죽음은 물론 가문의 몰락으로까지 이어진 사례들을 소개한다. 그렇다면 『감이록』은 '감이에 대한 기록'의 의미이며, 다시 '감이'는 '귀이에 대한 감계(感戒)' 정도가 될 것이다. 즉 '선령(先靈)과 귀물(鬼物)에 대한 느꺼움과 경계에 대한 기록'이다. 특히 주목할 것은 광해조와 인조반정에 걸친 정치적 혼란과 음해에 연관된 귀이의 개입 사례에 관심이 집중되고 있다는 점이다. 그런데 이들 기록에서 정재륜은 약간의 독특한 자세를 취하고 있다. 견문의 기록에 대한 신원 확인을 철저히 하고 있다는 점이다. 일종의 내용 증명을 붙인 셈이다.

> (1) 아무개 공의 사위가 묘지에 맹세한 글을 보고 판서(判書) 장선
>   징(張善澂, 1614~1678)에게 말해 주었는데, 장공이 나를 위해
>   이와 같이 말해주었다.[5]

---

4) 정재륜, 『감이록』, 3면, "每於月明之時, 細哭訴冤之聲, 隱隱若聞於空中. 想吾父精靈聞
　　此冤哭, 必不悅於冥冥之中, 不以吾富貴爲榮, 故吾旣不敢推恩封贈, 亦不敢以因功所得
　　享先." 이하 『감이록』의 인용은 면수만 표기함.
5) 2면, "某公女婿見誓墓文, 言於張判書善澂, 張公爲余言之如是."

(2) 참봉(參奉) 송덕기(宋德基)가 어려서 이재영의 집안을 왕래하
며 변려문을 배웠기에 그 일을 자세히 알아 후손들에게 말해
주었다.6)

(3) 내가 현종조에 판서 조형(趙珩, 1606~1679)과 함께 도총부에
서 수직하는데 조공이 어려서 장로들에게 들었던 일을 이와
같이 말해주었다.7)

(1)은 선친의 묘지에 "悔過服罪"한 내용을 확인한 사위에게 직접 전
해들었던 장선징으로부터, (2)에서는 "能文人"이었던 이재영에게 변려
문을 배웠던 송덕기라는 인물의 전언으로, (3)의 경우 장로들이 전하던
내용을 조형으로부터 전해 들었다는 것이다. 정재륜은 자신이 견문한
이야기 제보자의 신분이나 해당 사실의 연관성 등을 통해 『감이록』의
기재 내용에 대한 신빙성을 부여하고자 한다.8) 그도 그럴 것이 상층 사
대부이자 부마이기도한 저자가 귀신과 신령들의 변고라는 믿기 힘든
내용을 기록할 때 외부의 시선을 고려하지 않을 수 없었던 것이다.

이때 소재의 전파와 견문 과정도 자연스럽게 확인할 수 있게 된다.
(1)은 사건의 직접적인 체험자로부터의 전언 과정을, (2)는 직접적 체험
자로부터 제3자인 다수로의 전언 과정을, (3)은 불특정 다수로부터 구
체적 전언자로의 과정을 말해준다. 기본적으로 사건 자체나 관련 증거
물을 목격한 증언자에 근거를 삼거나, 다수의 인정을 받는 일종의 인증
과정을 마친 견문을 수록한다는 고백이다.

이와 같은 견문 양상과 그 사이에 진행된 전언 과정은 『감이록』에
저류하는 정재륜의 저술의식이 작동한 것이기도 하다. (1)·(2)의 경우

---

6) 2면, "宋參奉德基少嘗往來棻家, 學儷文, 故詳知其事, 言於後人."
7) 4면. "余於顯宗朝與趙判書珩件直揔府, 趙公以其童穉時聞於長老者, 言之如是."
8) 이는 『공사견문록』, 『한거만록』, 『견문인계록』에도 공통적으로 나타나는 현상이
기는 하나 『감이록』이 보다 신경을 쓰고 있다.

현몽의 징험이라는 믿기 어려운 사적을 직접 견문한 장선징과 송덕기의 전언을 통해, (1)·(3)의 경우는 정재륜 자신이 직접 이야기를 들었던 사실로 증명하고 있다. 이는 적어도 정재륜이 수록 내용을 믿을만한 전언자가 확보되었거나 직접적인 체험임을 표방함으로써 『감이록』에 자신의 저술 의도를 수립하고자 기획한 것으로 추정해 볼 수 있다. 예를 들어 제9화에서 전하는 다음과 같은 상황이 그러하다.

> 서류(庶流)인 문관 권칙(權伏)이 일찍이 이 일을 내게 말해주며 "과연 그때 이이첨(李爾瞻)의 집안에 귀이(鬼異)가 크게 일어났다고 합니다." 하였는데 나는 그 말이 허탄하고 괴이해서 준신(準信)하지 않았다. 훗날 우연히 권칙의 말을 판서 장선징에게 아뢰었더니 장공이 이렇게 말하였다. "권칙의 말은 진실로 그러합니다. 이성춘(李成春)이 이미 계해년(1623) 이전에 우리 집안 어르신께 찾아와 말했었기에 나의 선군께서도 들으셨다고 합니다."[9]

이는 광해군 시절 사인(士人)으로 산수 유람을 유독 좋아했던 이성춘이 신유년(1621) 3월 어느 깊은 산 빈 절간에서 만난 귀신들의 이야기 가운데 이이첨과 관계된 언급을 친족에게 전했다는 내용에 대한 견문의 사실 증명이다. 귀신들 서로가 이이첨의 다양한 행악을 거론하면서 그가 계해년(1623) 3월 모일에 죽임을 당하리라 언급하는 것을 들었는데 이후 실제 사실과 부합하였다는 것이다. 믿기 힘든 내용이지만 역사적으로도 이이첨이 인조반정과 연계되어 죽음을 당한 사실과 전언은 일치한다. 더구나 장선징의 집안에서는 계해년 이전에 이미 이성춘이 찾아와 그 말을 종로(宗老)는 물론 선친에게도 전했다는 사실로 정재륜

---

9) 12면, "庶派文官權伏嘗以是事語余, 且曰: '果於伊時, 爾瞻家鬼異大作云.' 而余以其語涉誕怪, 不之準信. 他日, 偶以伏語告張判書善澂, 張公曰: '伏之言誠然. 成春已語癸亥前來言於吾家宗老, 故吾先君亦嘗聞之云.'"

이 권칙으로부터 들었다는 전언의 내용을 반복적으로 증명하고 있다.

이때 정재륜은 권칙의 전언을 탄괴(誕怪)로 판단하고 준신(準信)하지 않았다. 귀신과 관계된 말일 뿐 아니라 이성춘과는 직접적 연관이 적은 권칙의 전언이라는 점에서 아직은 확증이 필요하다고 판단한 것이다. 그래서 장선징의 집안에서 이성춘으로부터 직접 들었음을 통해 권칙의 전언과 부합함을 확인한 후『감이록』에 수록하게 된다. 물론 장선징이라는 인물의 전언에 대한 객관성의 여부도 따질 필요가 있을 것이다. 하지만 장선징은 계곡(溪谷) 장유(張維, 1587~1638)의 아들이자 효종의 비인 인선왕후(仁宣王后)의 오라버니라는 점에서 정재륜과는 상당히 가까운 관계이며, 집안에 전하는 경험담에 대한 신빙성도 상당히 높다고 하겠다. 기이한 내용을 다루고 있는『감이록』이지만 적어도 정재륜이 보여주는 신이적인 소재에 대한 객관적인 수용 태도는 그 과정에서 일정한 저술 태도로 수립되었다고 여겨진다.

3 정치적 혼란에 따른 사회적 반응으로서의 귀이(鬼異)

이와 같은 정재륜의 견문의 기록에 대한 객관적 수용 자세에 비춰 볼 때『감이록』의 내용적 성격은 일정한 괴리감이 느껴진다. 종교적, 혹은 초현실적 존재에 대한 관심과 의문은 첨단문명의 현재적 상황에서도 지속적인 세간의 관심을 얻기도 한다. 하지만 공자(孔子)의 언급으로 유명한 '괴력난신(怪力亂神)'에 대한 거리두기라는 입장을 표명했을 정재륜이 주변의 증언과 전언을 근거로 삼아 '귀이'에 대한 신빙성을 강조하며 이들 내용을 기록한 대목은 어색하게 느껴지는 것이다. 적어도 객관적 저술 태도를 바탕으로 '귀이'에 주목한 기록은 공존하기 어렵다고 여겨지기 때문이다. 어쩌면 이 대목이 『감이록』이라는 저술에 대한 이해의 중요한 관건이 숨겨져 있는 것은 아닐까 싶다. 이와 관련하여 '귀이'에 대한 객관적인 기록이라는 부조화를 이해하는 열쇠는 <'감'이록>에 방점을 두고 찾아야 하는 것이 아닐까 싶은 것이다. 앞서 이를 두고 '감계'로 이해해 보았는데, 여기에 초점을 맞춰 저술 의도를 살펴보기로 한다.

우선 정재륜의 『감이록』 저술은 어느 시기에 진행되었을까. 시기의 문제와 관련해서는 수록 내용의 시간적 범위와 저자의 기록 기간의 두 가지로 구분해 살펴 볼 수 있다. 후자의 하한선은 당연히 저자의 생몰 시기로 한정될 것이나 자세한 기록 시기도 확인할 필요가 있다. 우선 이들 견문을 기록하고 있는 정재륜의 저술 시기는 "今上"으로 표현한 대목이 있는 제4화・33화・39화에서 대략을 가늠할 수 있다. 정재륜이 경종 시기까지 생존했으나 제4화의 "乙卯"(1675), 제33화의 "己巳"(1689), 제39화의 "乙未(1715)"라는 언급을 통해 "今上"으로 표현한 숙종조에 저술이 성립했음을 확인할 수 있다. 이로써 저술의 완성 시기는 기술된 내용의 가장 후대인 제39화의 을미년(1715)에서 숙종 재위 마지막 해인 1720년 사이로 비정된다. 이 점은 일반적인 필기 저술들이 저자의 만년에 이뤄진다는 점과 궤를 같이하고 있다.

여기서 다시 정재륜의 저술 자세와 수록 내용에서 느껴지는 간극에 주목해 보기로 하자. 지금까지 언급한 정재륜의 『감이록』은 귀이(鬼異)를 기록하고 있다는 점에서 특징을 잡을 수 있다. 하지만 『감이록』의 보다 독특한 점은 귀이'만'을 다루고 있다는 것이다. 필기에서 흔히 관심을 갖는 사대부들의 일상과 언행, 인품 등을 담은 일화를 비롯해 시화나 소화와 유사한 내용은 전혀 기록하지 않았다. 마치 필기의 시화와 소화집이 시문과 우스개라는 주제를 중심으로 집필되는 것처럼 정재륜의 경우 귀이라는 새로운 소재를 발견하고 주목한 셈이다. 이 점에서 정재륜의『감이록』은 한국 필기사에서 유래를 찾기 어려운 특별한 자료인 듯싶다.

그 유사성에만 집중해보자면 신라시대의 일실된 작품집인『수이전(殊異傳)』에 가깝다고 하겠다. 하지만『수이전』이 전기소설의 초기적 측면과 함께 논의되는 서사적인 작품이라는 점에서 성격은 판이하다. 더구나 17세기에 이르면 전기소설은 동아시아 전란과 복잡다단해진 사회현실의 문제를 담아내기 위해 자체적으로 양식적 분열을 전개하고 있었다.『최척전(崔陟傳)』,『주생전(周生傳)』,『위경천전(偉慶天傳)』등이 전기양식의 틀을 유지하고는 있었지만 이미 형식적 면모는 파탄의 상황을 맞아 현실적인 측면으로 방향을 잡은 것이다.『운영전(雲英傳)』의 주인공들이 요절한 남녀 귀신의 형상으로 등장은 하지만 이후 전개되는 운영의 과거 서술은 당시의 현재적 시점에서 이루어진다. 심지어 앞 시기 성현(成俔. 1439~1504)의 필기 저술인『용재총화(慵齋叢話)』와 비교해 보더라도 권3 후반에 귀신 관련 서술이 집중되어 있으나 전체적으로 소략한 분량에 불과하다. 여기서『감이록』과의 성격적 차이를 비교해 보기로 하자.

(1) 고을 사람들이 눈물을 흘리며 말렸으나 공은 듣지 아니하였고, 민간의 음사(淫祠)도 모두 태워 헐어버렸다. 관청 남쪽에 오래된 우물이 있는데, 고을 사람들은 그 속에 귀신이 있다 하여 앞을 다투어 모여들어 복을 빌므로 공이 명령하여 이를 메우게 하였더니, (중략) 이로부터 모든 요해(妖害)가 없어졌다.

(2) 상국(相國) 정구(鄭矩)와 부(符) 형제가 집에 오기만 하면 귀신이 두려워하여 달아나고 상국이 간 뒤에 귀신이 다시 돌아오곤 하였다. 상국이 그 일을 알고 하루는 귀신을 불러 말하기를,

"너는 숲으로 가거라. 인가에 오래 머무는 것은 부당하다." 하
니, 귀신이, (중략) 마침내 통곡하며 떠났는데, 끝내 영향이 없
었다 한다.10)

인용문과 같이 『용재총화』의 기이에 대한 태도는 집안 친족과 동료
인 재상 형제의 귀물에 대한 당당함을 기억하고 표창하기 위한 성격이
강하다. 그리고 그러한 당당함에는 유자인 상층 사대부들의 귀물에 대
한 유가적 입장을 (1)군수와 (2)상국이라는 치자의 관점에서 백성들에
게 계도하려는 측면이 강하게 작용하고 있다. 이 점에서 성현을 비롯한
일반적인 필기 저자의 귀이에 대한 인식과 정재륜의 그것은 상당한 간
극을 가진다고 하겠다. 저술 전체를 귀이로 일관한 내용의 특이성은 더
더욱 그러하다. 그렇다면 앞서 확인한 바와 같이 정재륜이 『감이록』을
저술하였던 18세기 전반 귀이에 집중한 이유가 궁금해진다. 기본적으로
는 정재륜의 저술 의식과 관계될 것으로 여겨진다.

여기서 다시 귀이의 서술 내용과 관련된 시기적 측면에 주목할 필요
가 있다. 내용 가운데 시기적으로 이른 이야기는 제3화에서 확인된다.
제3화의 수록 내용은 중종조(1506~1544)로 설정되어 있고 무반훈신과
관련된다는 점에서 중종반정(中宗反正)을 통해 중종이 즉위하고 공신에
대한 포상이 일단락된 상황, 즉 16세기 초반의 사정을 전하고 있다. 상
황이 이러하다면 『감이록』의 귀이 관련 내용은, 그것이 아무리 비현실
적인 내용일지라도, 각 조목마다의 구체적 정황을 떠나 16세기 이후의
사회적 이면을 담아낸 것으로 이해할 수 있다. 적어도 성현의 필기 작

---

10) 성현, 『용재총화』 권3, (1) "州人垂泣止之, 公不聽, 凡民間淫祠, 皆焚而毁之. 衙南有
古井, 州人謂神物在其中, 爭聚祈福, 公命塞之. (중략) 自是妖害盡息."; (2) "鄭相國矩
·符昆季至, 則鬼惶怖出走, 相國去後, 鬼亦還. 相國知其事, 一日招鬼勅之曰: '可往汝
藪, 不宜久在人家.' (중략) 遂痛哭辭出, 竟無影響." 이하 『감이록』 이외의 원전 인
용은 <한국고전번역원>(www.itkc.or.kr)을 따랐다.

품에 등장하는 귀신과 비교해 볼 때 정재륜의 귀이는 구체적 정치 현안과 관계를 맺고 있기 때문이다.

　실제 이 시기는 무오사화(戊午士禍, 1498)에서 비롯된 사화의 시대와 관계되고 있다. 하지만 정재륜은 18세기 전반까지 생존했다는 점에서 이후 반정(反正)과 환국(換局)으로 연계되었던 17세기의 정세에 민감했을 것이다. 더욱이 정재륜 자신이 궁중 생활을 했던 인물로 이러한 사안에 대한 견문이 넓었을 것은 물론 보다 민감하게 반응할 수밖에 없었다.『공사견문록』과『한거만록』이 그러한 반응의 성과이자 결과라고 하겠다. 다만『감이록』은 초현실적 존재들에 집중하고 있다는 점에서 시각을 달리하여 엿볼 필요가 있다. 이와 관계된 정재륜의 목소리를 들어보기로 한다.

　　모관(某官)의 아무개는 독서하며 근칙(謹飭)하는 사람이었다. 금상(숙종-인용자) 을묘(乙卯, 1675) 3월에 벼슬을 그만두고 귀향하여 한가한 틈을 타서 산야에 노닐며 바위와 꽃을 감상하고 찾다가 멀리 산사에 이르렀는데 다리가 풀려 더 이상 나아가지 못하고 피곤한 몸으로 나무 아래 누웠다. 문득 자신의 자(字)로 모관을 부르는 사람이 있어 살폈지만 보이지는 않고 이런 소리만 들렸다. "자네는 나를 모르겠는가?" 모관은 그 목소리를 듣고 자신의 죽은 친구의 혼령임을 알고는 이렇게 말하였다. "유명(幽明)이 이미 나뉘었건만 지금 어째서 나를 부르는가?" "내 자네에게 경계할 말이 있어 이렇게 찾아왔네." 모관은 신인(神人)이 감응하는 이치에 대해 물었다. "그 이치야 너무도 분명하다네." "만일 복선화음(福善禍淫)의 이치가 분명하여 틀림이 없다면 사람들이 권계(勸戒)로 삼을 수 있겠지만 때로 어긋나는 것은 어째서인가?" "선악에의 보답은 절로 그 때가 있는 법이라 끝까지 살핀 연후에야 천심(天心)을 알 수 있다네." "신령은 어떤 일로 나를 경계하시려는가?" "조정의 국면이 바뀌어 지난해(1674) 남인이 정권을 잡았고, 경신(庚申, 1680)년에 이르면 서인이 또 다시 들

어올 것일세. 기사(己巳, 1688)년이 되면 남인이 다시 들어가고 갑술
(甲戌, 1694)년에는 서인이 다시 들어온다네. 저기가 들어오면 여기
가 나가는 사이 번번이 주륙(誅戮)이 행해져 죽는 사람을 이루 헤아
릴 수 없을 것이니 자네는 피차의 의론에 참가하거나 간섭하여 스스
로 흉한 죽음을 재촉하지 마시게." "신령의 말씀이 어째서 갑술년에
그치고 이후의 일은 말하지 않으시는가?" "그대의 수명이 을해(乙亥,
1695)년에 그치니 뒷일은 자네가 알바가 아닐세." "신령은 사람들이
많이 죽는다 하였는데 그 사람들은 누구요?" "천기를 미리 누설함은
하늘이 미워하는 것일세. 내가 자네와 정분이 두터운 까닭에 자네가
처신을 삼가해 화를 면하게 하고자 찾아와 알려주는 것이지만 이는
이미 죄를 범한 것이니 감히 다른 일까지 말할 수야 있겠는가." 신령
이 다시 말하였다. "귀신이 극악한 죄로 여기며 반드시 벌해 용서하
지 않는 자는 바로 면전에서 군부(君父)를 기만하고, 과장(科場)에서
사욕을 행하며, 무고한 사람을 그릇되이 죽이는 이들일세. 이미 혹여
요행으로 면했더라도 반드시 후손에게 미친다네. 자네는 귀신이 제
일 미워하는 바가 이에 있음을 늘 염두에 둔다면 자손을 끝까지 보
전할 수 있을 것일세." "더 가르칠 것이 있으신가?" "어찌 할 말이 없
겠는가마는 신도(神道)가 양계(陽界)와는 달라 비록 부자지간이라도
감히 모든 일을 말해 줄 수는 없다네." 마침내 떠나가 다시는 말해주
지 않았다. 아무 벼슬은 그 말을 듣고 속으로 매우 기이하게 여겨 기
록해두고는 친한 벗인 아무 재상에게만 보여주고 다시는 사람들에게
말하지 않았다. 경신·기사·갑술 연간에 이르러 그 말이 모두 부합
한 다음에야 비로소 신령이 과연 자신을 아꼈음을 믿게 되었고 그
은덕에 감사하였다. 모관은 과연 을해년에 죽어 신령의 말이 또 징험
되었다고 한다. 아무 재상이 병진(丙辰, 1676) 연간에 한 장로(長老)
에게 말해주었다고 한다.[11]

---

11) 4~6면, "某官某讀書謹飭人也. 於今上乙卯三月, 罷官歸鄕, 乘間遊山, 弄石尋花, 遠寺
而行, 脚軟不能前, 困臥樹下. 忽有字呼某官者, 視之無見, 只有聲曰: '君知我乎?' 某官
認其聲音, 知爲亡友之靈曰: '幽明已隔, 今何呼我?' 神曰: '我有戒君之語, 委來以訪
耳.' 某官問: '神人相感之理.' 神曰: '其理甚明.' 某官曰: '若使福善禍淫之理, 昭昭不
差, 則人可勸戒, 而時或有舛, 何也?' 神曰: '善惡之報, 自有其時, 見其末終然後, 天心

다소 긴 내용이지만 『감이록』의 내용 소개를 겸하여 제4화의 전문을 인용해 보았다. 인용문의 강조한 부분은 내용의 핵심 대목이다. 바로 신령이 친구를 위해 예언한 내용이 이후 해당 연간에 그대로 부합하였고, 모관도 예정된 해에 죽음을 맞았다는 것이다. 모관이 기록한 내용을 한 재상에게만 말해주었지만 신령을 만나고 기록을 남겼던 바로 다음해 다른 한 장로에게 누설함으로써 이후 진행된 역사적 변고의 부합 여부를 확인할 수 있었던 셈이다. 이 역시 기이한 사적에 대한 하나의 증명 역할로 작용하고 있다.

인용문에서 지난해로 지목된 1674년은 2차 예송으로 불리는 사건을 통해 남인이 집권한 사실이며, 이후 차례로 경신대출척(庚申大黜陟), 기사환국(己巳換局), 갑술옥사(甲戌獄事)라는 반복적인 당쟁으로 인한 남인과 서인의 20여년의 정치적 변동을 언급한 것이다. 바로 희빈(禧嬪) 장씨(張氏)로 유명한 조선조의 혼란한 시기였다. 뿐만 아니라 이 시기는 정재륜이 28세 때부터 직접 목도한 역사의 현장이기도 하였다. 더구나 부마였던 저자의 신분을 상기하면 이들 정치적 사건에 대한 감각과 이해는 사대부 일반과는 다른 점도 있었으리라 짐작된다. 바로 이 시기의 사건들에 대한 정재륜의 감각과 입장이 『감이록』의 저술로 이어졌으리라 자연스럽게 짐작된다.

可知.' 某官曰: '神將以何事戒我?' 神曰: '朝廷之上, 局面換改, 前年南人秉軸, 至庚申, 西人且復入; 至己巳, 南人復入; 至甲戌, 西人又入. 而彼以此出之際, 輒行誅戮, 死者將不可勝數, 君不可參涉於彼此論議, 自速凶死.' 某官曰: '神之所言, 何止於甲戌而不言其後乎?' 神曰: '君壽止於乙亥, 其後事亦非君所知也.' 某官曰: '神言人將多死, 其人爲誰?' 神曰: '預洩天機, 天之所惡也. 吾與君情厚, 故欲君之謹身免禍, 爲此來告, 而此已犯罪, 敢言其他?' 神又曰: '神鬼之以爲極罪, 而必罰不赦者, 乃面謾君父, 科場行私, 枉殺無辜也. 已或行免, 必及後孫, 君能恒念神鬼之所大惡在此, 則可得今終保有子孫.' 某官曰: '復有所敎乎?' 神曰: '豈無可言者, 神道異於陽界, 雖父子間, 不敢盡言.' 遂去不復與言, 某官聞其言, 心窃異之, 記其語, 只以示親友某宰, 更不向人說道. 至庚申‧己巳‧甲戌, 其言皆符, 然後始信神果愛已感其德也. 某官果以乙亥考終, 神之言又驗云. 某宰於丙辰年間, 言於一長老云."

4 필기류의 귀이를 통한 정치적 관심과 그 흐름

『감이록』을 무참하고도 무고한 죽음이 뒤따랐던 보복적 정쟁(政爭)에 대한 귀이라는 사회적 반응으로 이해해 보았는데, 실제 작품에 수록된 내용을 당쟁이 격화되었던 시기에 주목해 보면 다음과 같다.

화수	관련 사건	관련 인물
2	인조반정(1623)	李再榮(1553~1623)
4	2차 예송, 경신대출척, 기사환국, 갑술옥사	南人, 西人, 張禧嬪
5	인조반정	韓浚謙(1557~1627, 인조 장인)
6	인조반정	李爾瞻(1560~1623)
9	인조반정	이이첨
10	인조반정	서인
11	광해군 복위 거사	柳孝立(1579~1628)
12	이괄의 난	李适(1587~1624)
13	懷恩君 德仁 추대 거사	沈器遠(?~1644)
14	김자점 아들 김식의 역모 사건	金自點(1588~1652)
15	허견의 옥사 사건	福善君 李柟(1647~1680)
30	인조반정	
33	기사환국	
34	병자호란	仁城君 珙(1588~1628)
35	경신대출척, 기사환국	
38	경신대출척	
39	경빈박씨(敬嬪朴氏) 출궁	福城君(?~1533)

17개 화소에 걸쳐 정치적 쟁점들이 해당 인물들과 연계되어 소개되고 있음이 확인된다. 특징적으로는 광해군의 폭정에 이은 인조반정을 중심으로 전후의 사안들이 얽히고 있는 양상으로 느껴지기도 한다. 전

체의 절반에 약간 못 미치는 분량이라는 점에서 인조반정을 전후한 정치적 쟁점을『감이록』저술 의식의 주안점으로 삼기 어려울 수도 있다. 하지만 나머지 화소들의 경우에도 귀변의 문제와 관계된 사안들이라는 점에서 해당 시기와는 멀지라도 일정한 연관성을 보여준다. 그럼에도 불구하고 정리한 도표로 볼 때 특이한 대목이 눈에 띈다. 제16화에서 제29화 사이에 빈 공백이 보인다는 점이다.『감이록』의 전반부와 후반부에 해당하는 부분에서는 인조반정과 당쟁의 부도덕성에 대한 경계와 징치인 귀이의 면모가 직접적으로 소개됨에 반해 중반부에서는 이상하리만치 정치적 연계성이 떨어지고 있다. 이는 정쟁의 부조리를 다루고자 귀이라는 소재에 연계시켰으나 중반부에서는 오히려 귀이의 신이성에만 매몰되었다가 다시 정쟁에 관련한 귀이의 문제로 복귀한 것처럼 보이기도 한다.

실제 제16화의 경우 재신(宰臣) 갑(甲)과 을(乙)의 만남에 들리는 재신 갑 집안의 귀곡성이 을과 만나지 못하게 하려는 전조였다는 내용이고,12) 제17화는 당론과 인물의 품평을 좋아했던 고관 두 사람이 집안의 귀이를 경계하지 않다가 모두 참화를 당했다는 내용이며,13) 제18화 역시 한 귀인이 경제적으로 여유를 지녀 공사(公私)간에 농간을 부리자 귀이가 발현했으나 개의치 않다가 죽음을 맞은 사실을 전한다.14) 이후로 간혹 서인과 남인(제21화), 인조 시절(제25화)로 연관되는 내용이 있기는 하나 구체적인 내용에서 전·후반부의 그것들과는 정치적 감각과 심각성에서 현격한 차이가 난다.

『감이록』에서 느껴지는 이와 같은 내용상의 불균형을 어떻게 이해해

---

12) 17면, "然後始知爲鬼哭, 盖欲其勿與乙深交也."
13) 17면, "有秩高兩人, 好黨論喜評品, 人人多欲殺之. 時兩家皆有鬼異, 若告戒者."
14) 18면, "有一貴人, 家積萬金, 於公於私, 所經營無不如意, 自謂世間無難事, 無所顧忌, 人皆側目, 家有鬼異告戒者."

야 할 것인가. 일반적인 관점에서 저자 자신이 생활했던 격변의 사회적 문제에 저술 의도를 갖고 집필할 때 전·후반부의 호흡과 차이가 나는 중반부를 설정하고 있음은 언뜻 이해되지 않으며, 이는 오히려 작가 의식의 불철저함으로 비춰지는 때문이다. 물론 이 시기의 문제를 서술한다는 것, 그것도 직필로 언급하기는 쉽지 않은 문제이다. 이 점에서 정재륜이 취한 '귀이'를 통한 시대적 정황으로의 우회적 접근은 일면 자연스럽게 이해되며, 하나의 글쓰기 전략으로 충분히 적실한 효과를 발휘하였다고 할 수 있다.

일예로 사화시기의 견문을 정재륜의 경우와 같이 필기로 기록한 사례가 있다. 김육(金堉. 1580~1658)이 충청도관찰사로 재직하면 간행한 『기묘록(己卯錄)』, 일명 『기묘제현전(己卯諸賢傳)』(1638)으로 불리는 자료 역시 인조 연간이라는 점에서 일종의 연관성을 갖는 것으로 여겨진다. 다만 『기묘록』은 기묘사화(1519)에 화를 입은 인물들에 대해 김정국(金正國. 1485~1541)의 『기묘당적(己卯黨籍)』과 김안로(金安老. 1481~1537)의 『기묘록보유(己卯錄補遺)』를 기반으로 증보하였다는 점에서는 차이가 있다.15) 이와 함께 남효온(南孝溫. 1454~1492)의 『사우명행록(師友明行錄)』역시 일정한 정치적 부침에서 저술된 작품으로 동일선상에서 언급할 수 있다. 물론 이들 저작에서는 사림들이 자신들의 무고를 객관적 사실로 전달함으로써 신원을 받고자 하는 당파적 의지가 개입되었기에 귀이와 같은 비현실적 차원의 내용은 전무하다. 바로 저자의 처지와 함께 저술 의식이 작동한 결과이다.

신이(神異)한 성격과 관련되는 측면에서는 오히려 김안로의 『용천담적기(龍泉談寂記)』(1525)가 『감이록』과 계열을 같이 하면서도 선편을 잡았다고 할 수 있다. 『용천담적기』는 전반적으로 필기의 일반적인 수록

---

15) 이와 관련해서는 장영희, 「『己卯錄』 研究」(성균관대학교 석사학위논문, 1996.) 참조

내용과 성격을 따르고 있지만 전체 분량에 비해 볼 때 신이한 사실에 대한 관심이 높은 편이다. 신이한 견문을 직접적으로 기록한 경우는 물론이며, 서술의 경향에 따른 작품의 분위기도 일조를 하고 있다. 이는 그의 「자서(自序)」에서부터 확연히 느껴진다.

> 나의 뜻은 본질을 지키며 충심을 다하여 험악한 일을 무릅쓰고 한 길로만 달리면서 거의 실낱같은 충성을 바치려 하였으나 목을 움직여 말만하게 되면 남의 시기를 받게 되고 발을 들어 행동하기만 하면 함정에 빠져 당실(堂室, 집안 식구)과 폐부(肺腑, 일가 친척)가 모두 구기(鉤機)나 고가(鼓架)가 되었다. 한 사람이 제창하는 것이 마치 불을 부채질하는 것 같아 거기에 천 사람의 의심이 바람같이 호응하고, 칼을 갈고 물을 끓이는 자가 용맹을 떨치며 나를 급히 밀어 넣으려 한다. 어찌 나의 미치고 어리석은 성품이 자신의 힘과 재주를 돌아보거나 헤아리지 않고서 시대에 합당하지 못하였음을 요량하지 않았겠는가마는, 구구한 내가 나라에 몸을 바친 죄를 만 번 죽어도 속죄 받지는 못할 것이다.[16]

자신의 정치적 행보에 대한 주변의 견제와 그로 인한 정쟁의 부침을 언급하고 있다. 사실 『용천담적기』는 그의 아들이 중종의 부마가 되어 권세를 떨치다가 남곤(南袞. 1471~1527)과 심정(沈貞. 1471~1531) 등의 탄핵으로 1524년 경기도 풍덕(豊德)에 유배된 과정에서 저술되었다. 자신의 불안한 정치적 상황이 우러난 목소리라는 점에서 이해되는 바가 있다. 마찬가지로 저술에는 김시습(金時習)과 정희량(鄭希良) 등의 방외인에 대한 행적과 함께 다음과 같은 내용이 보인다.

---

16) 김안로, 『용천담적기』, 「自序」, "妄意守素竭赤, 直冒嶇險, 唯驅一轍, 庶可以效絲毫忠, 喉轉觸忌, 足擧投坑, 堂室肺腑, 俱爲鉤機鼓架之地. 一唱欻扇, 千疑風答, 淬刃湯鑊者, 方且舞勇而急擠之, 豈不自料狂戇之性, 不顧力度材, 冒昧時宜, 區區許國之罪, 非萬死所敢贖."

(상략) 안산(安山) 사람이 말하기를, "소릉이 폐위되기 전날 밤에 울음소리가 마치 능 안에서 나오는 것 같이 들리는 것을 인근의 백성들이 이상하게 여겼는데, 다음날 역마가 갑자기 들이닥쳐 능이 드디어 옮겨졌다는 것이다. 또 민가에서 집을 지을 적에 폐해진 능에서 나온 석물(石物)을 가져다 쓴 사람은 반드시 병을 앓았으며, 양(羊)을 먹이거나 말을 놓아서 묘를 밟게 하면 맑았던 날이 갑자기 어두워지고 폭풍이 불게 되므로 사람마다 조심하며 신처럼 여겼다." 하였다. (하략)17)

정덕(正德) 갑술년(1514)에 닭에 관한 이상스러운 일들이 빈번히 일어나 혹은 암탉이 변하여 수탉이 되고 혹은 세 발 달린 병아리가 생겨나는 등 이러한 이변(異變)들이 모두 기록할 수 없을 정도로 많았다. (하략)18)

옛날부터 항간에 동요(童謠)가 유행하는 것은 처음에는 아무 뜻도 없고 아무런 실정(實情)도 없는 데서 나오며, 인위의 작용이 내포되지 않는 그런 자연적인 천성에서 순수하게 우러나는 것이다. 그런데 그러한 동요가 어떤 미래의 예언이 되어 그것이 하나도 틀리지 않는다. 우리 나라 태종 때에는 (하략)19)

김안로는 단종의 폐위와 중종의 계비인 장경왕후(章敬王后)의 죽음, 태종 이후 당대까지의 동요가 유행하여 부합한 경우 등을 통해 국가의 변고에 대한 의문을 제기하였다. 이 역시 비현실적 측면과 연계시켜 의론을 펼치고 있다는 점이 특징적이다. 앞서 사림들의 사화로 인한 피해의

---

17) 김안로, 『용천담적기』, "安山人言: '陵之未廢, 夜聞哭聲, 如在陵所, 傍民怪之, 明日馹騎猝至, 陵遂遷. 民家營作, 用廢陵石者, 必有疾疫, 牧羊放馬, 踐躪塋地, 則天晴忽晦冥, 大風暴至, 人敬而神之云.'"
18) 김안로, 『용천담적기』, "正德甲戌年間, 鷄異疊興, 或雌鷄化爲雄, 或鷄生三足, 如是者不可勝記."
19) 김안로, 『용천담적기』, "自古街巷童謠之興, 初無意義, 而出於無情, 不容人僞之雜, 純乎虛靈之天. 自能感通前定, 讖應不爽. 我太宗朝(하략)"

측면을 사우 관계를 통해 자신들의 억울하고 처참한 죽음과 상대방의 악독한 행적의 서술로써 정당성을 역설한 사례와 함께, 김안로의 경우 서술의 이곳저곳에서 개인의 정치적 좌절을 현실 너머의 초월적 존재에 하소연하거나 의존하는 듯한 모습을 보여준다. 이 대목에서 정치적 혼란상을 경험한 견문의 기록과 비교함으로써 정재륜의 『감이록』과 일정 정도 유사하지만 동일하지는 않은 궤적이 읽혀짐을 지적해 보기로 한다.

5 『감이록』의 복선화음(福善禍淫)의 저술태도와 필기사적 위치

앞서 비교한 필기들 사이에는 일정한 궤적이 읽혀짐을 지적해 보았는데, 여실한 차이도 존재한다. 기묘제현으로 불리는 사람들의 저술이 현실성에 기대고 있다면, 김안로의 『용천담적기』는 현실과 비현실의 경계에서 스스로가 이해되지 않는 비상식과 자신의 처지를 비현실로부터 대변하려는 듯하며, 정재륜의 『감이록』은 완전하게 비현실의 세계로 넘어가 그로부터 혼란스러웠던 정국에 대한 일정한 의미와 이해를 얻고자 한 것으로 여겨진다. 어쩌면 이는 저술의 내용과 성격, 즉 저술 의식의 측면에서 분기된 결과인데 다른 방식으로도 읽어볼 수 있을 듯하다. 저자의 정치적 성향의 측면에서이다. 기묘사림은 정쟁의 피해자이자 사림이라는 정당성을 주장한 쪽이라는 점에서 객관적 현실과 상황에 대한 강조가 지배적이라고 하겠다. 이 점에서는 남효온의 『육신전(六臣傳)』을 상기해 보아도 좋겠다. 김안로의 경우는 『기묘록보유』를 기술했으면서도 오히려 사림과는 반대편에서 『용천담적기』를 서술한다는 점에서 이해할 수 없는 현실을 울분과 배신의 시각으로 비현실 세계에 호소하는 정치적 이중성을 지닌 인물이다.

이에 반해 정재륜은 조정의 인척이라는 이유에서인지 17세기 당쟁의 상황에 휘둘리지 않으려는 객관적 자세를 유지하기 위해 노력하는 모습이다. 실제 『감이록』은 저술의 전반에서 남인과 서인의 어느 당색에도 찬반을 표명하지 않고 양편의 행동들에 대해 귀이가 공히 경계하고 있는 것으로 소개한다. 앞서 언급한 기묘사림과 김안로의 경우 집단과 개인의 차원에서 분명한 자신의 정치적 견해를 표방함과 동시에 저술 자세에서도 이를 초지일관 견지하고 있다. 하지만 『감이록』의 서술 기법으로 채택한 '귀이'와 '현몽'의 출현은 오히려 정치적 측면의 목소리에서 색깔을 드러내지 않고 있다.

그렇다면 『감이록』의 저술 의도는 어디서 찾아야 할 것인가. 정재륜의 정치적 목소리가 드러나지 않는 듯 보이지만 아무런 의도가 없는 것은 아니다. 다름 아닌 '귀이'와 '현몽'을 통한 징치의 서사는 '복선화음'의 윤리적 입장을 대변하고 있다. 남인과 서인의 반복되는 정쟁과 몇 차례에 걸친 환국의 소용돌이 한복판에서 옳고 그름의 문제는 쉽게 판단하기 어려웠을 것이다. 더구나 조정의 인척으로 별다른 세력도 없었던 저자가 정치적 색깔을 선택하기도 더욱 만무하다. 그러한 저자의 의식은 『감이록』에 자연스럽게 '복선화음'의 선택지가 자리 잡게 만든 것으로 판단된다.

실제 정재륜이 『감이록』을 통해 보복적 정쟁이 반복되던 사안들에 대해 귀이의 경계라는 객관성을 유지하였음에도 작자의 목소리가 전혀 개입하지 않는 것은 아니다. 앞서 도표에서 정치적 관련성이 줄어드는 면모로 확인한 『감이록』의 중반부에서 문득 정재륜의 목소리가 등장하기 때문이다.

귀신이 이와 같은 기이함을 보이는 것은 모두 경고하여 저마다 안분지족(安分知足)을 알아 패망하는 지경에는 이르지 않도록 하려는 것인데, 이 네 사람은 모두 깨우치지 못해 결국 패망에 이르고 말았다.[20]

정재륜은 자신이 『감이록』에 귀이와 연관된 내용만을 기록하는 이유를 "안분지족" 즉 분수를 넘어선 욕심 때문에 화를 당하는 경우를 사례로 보이고자 하는 것처럼 언급하고 있다. 실제 16화~29화에 소개한 귀이는 직접적 정치 사안과의 연관성은 떨어지지만 '복선화음'의 논리에 따른 개과천선의 여부에 의해 귀이의 재앙을 부르거나 그친 사례들이다. 이렇게 볼 때 『감이록』의 전·후반부가 '귀이'와 '현몽'을 통해 당쟁과 환국의 정쟁을 징치하는 듯한 면모는 중반부의 '복선화음'의 목소리를 강조하고 부각시키기 위한 저술 의식과 장치로 읽어야하지 않을까 한다.

예컨대 앞서 길게 인용한 제4화에서 귀신이 절대 용서하지 않는 죄목으로 지적한 내용을 눈여겨 볼 필요가 있다. 바로 "군부 기만, 과장 사욕, 무고 살해[面謾君父, 科場行私, 枉殺無辜.]"야 말로 정재륜이 17세기의 정치적 격동을 거치며 견문한 화패(禍敗)의 요인에 대한 집약적 결론이 아닌가 한다. 이러한 작자의 목소리는 33화에서도 불거져 "귀신이 일으키는 괴이가 사람이 사악한 생각을 싹틔울 때 일어나는 것은 악을 돌려 선으로 나아가 흉한 죽음에 이르지 않게 하려는 것이다. 괴이가 악한 생각이 일어난 뒤에 나타나는 것은 앙화가 장차 이르러 반드시 면하지 못함을 알리는 것"[21]으로 복선화음의 논리를 통해 다시 강조되고 있다.

요컨대 서거정(徐居正. 1420~1488)의 대표적 필기 저술인 『필원잡기(筆

---

20) 20면, "鬼之示異若此者, 皆所以警告, 欲其安分知足, 不至於敗亡, 而四人者, 皆不悟, 卒至敗亡."
21) 28면, "凡鬼之作怪, 在於人邪思方萌之時者, 欲使人轉惡爲善, 不就凶滅也. 其作怪在於惡念闖發之後者, 乃告其禍殃將至, 必不得免也."

苑雜記)』, 『동인시화(東人詩話)』, 『태평한화골계전(太平閑話滑稽傳)』의 일화,
시화, 소화의 기본 성격이 조선조 전반에 걸쳐 지속적으로 산출되었다
면, 사화로부터 비롯된 『기묘록』과 『사우명행록』에서 시작하는 정치에
연계된 특수한 성격의 필기류가 산출될 수 있었다고 하겠다. 정재륜의
『공사견문록』과 『한거만록』이 전자에 속한다면 『감이록』은 후자에 해
당하면서 정치적 색채를 표출하지 않는 '복선화음'의 저술 방식이라는
독특한 면모를 보여준 사례이다. 더구나 '귀이'와 '현몽'이라는 비현실
적인 서사 구도를 지속적으로 견지하면서 당대의 견문을 기록한 측면
은 필기의 역사적 전개에서 새로운 모습이라 하겠다. 하지만 중국 포송
령(蒲松齡, 1640~1715)의 『요재지이(聊齋志異)』(1679)와 같이 방대한 분량
의 현실과 비현실이 뒤섞인 지괴(志怪)의 전통을 일신한 구도를 갖출 수
는 없었다. 한국 필기사의 전통이나 구전의 환경이 중국의 그것과는 달
랐던 것인데, 그럼에도 불구하고 독자적 면모를 선보였다는 점에서 주
목할 필요가 있다.

　이와 관련하여 약간의 필기사적 구도를 언급할 필요가 있다. 정재륜
의 『감이록』이 전혀 개인의 신분적 처지와 문필력에서 평지돌출한 것
으로만 이해할 수는 없기 때문이다. 그 이전 시기에 실기류(實記類)로 일
컬어지는 임진왜란과 병자호란의 정국에서 산출된 약간은 특수한 성격
의 필기가 존재하기 때문이다.[22] 이들 내용에는 전란의 과정에서 무참
히 죽음을 맞은 수다한 생령들의 존재가 등장하며, 이해할 수 없는 사
회악으로서의 전쟁에 대한 시각이 귀이의 양상으로 자주 등장하고는
한다. 이러한 국면은 자연스럽게 『감이록』의 등장으로 이해되며, 전쟁
의 상황이 정쟁으로 대치되었을 뿐이다. 여기에 사족을 더하자면 몽유
록의 백미로 꼽히는 『강도몽유록(江都夢遊錄)』의 첫대목에 등장하는 수

---

22) 장경남, 「임진왜란 실기문학 연구」, 숭실대학교 박사학위논문, 1998.

다한 여인들의 죽음의 형상들이 크로테스크할 정도로 묘사되고 있는 상황 역시 유사한 문학상의 동력에 견인된 것으로 이해할 수 있다. 이점에서 『감이록』은 정치적 국면을 다룬 필기의 전개 과정을 잇고 있으면서도, 정쟁에 대한 저술의식을 '복선화음'의 구도에서 접근한 독특한 사례로 이해할 수 있지 않을까 한다.

이제 조선전기로부터 조선중기의 사화시기를 거치며 형성된 귀이의 정치적 연계 방식이 지금 『감이록』에서 복선화음의 논리로 정식화된 것으로 필기사의 한 흐름을 정리할 수 있게 되었다. 그렇다면 귀이의 경계를 통한 복선화음의 구도가 지닌 저술의식과 기록태도는 이후 필기사에서 어떤 향방으로 나아갔을까. 안타깝게도 조선후기 필기사에서 정재륜의 『감이록』이 특징적으로 보여준 복선화음의 논리를 담은 귀이에의 관심은 잘 확인되지 않는다. 직접적인 연계라기보다는 서사문학의 통속적 성향으로 이해해야겠으나 복선화음의 논리는 오히려 조선후기 국문소설에서 보다 특화된 것처럼 보인다. 아마도 이는 사화와 당쟁의 시기가 영조와 정조로 이어지는 성세의 국면으로 연계되면서 필기 저술들이 이수광(李睟光)의 『지봉유설(芝峰類說)』(1614), 이익(李瀷)의 『성호사설(星湖僿說)』, 김육(金堉)의 『유원총보(類苑叢寶)』(1646)와 같은 학술적 경향을 보이는 한편 다수의 야담집이 등장하는 동향과 관계될 것으로 여겨지는바 이에 대해서는 추후의 과제로 삼을 필요가 있다.

참고문헌

정재륜, 『감이록』, 규장각 소장본.

임형택, 「李朝前期의 士大夫文學」, 『韓國文學史의 視角』 (창작과비평사, 1984).
장경남, 「임진왜란 실기문학 연구」 (숭실대학교 박사학위논문, 1998).
장영희, 「『己卯錄』 研究」 (성균관대학교 석사학위논문, 1996).
정명기 편, 『야담문학연구의 현단계』 1·2·3 (보고사, 2001).

조선시대 사군(四郡)의 도교 문화적 공간인식[1]

이 태 희

1 들어가며

사군은 조선시대에 단양(丹陽), 청풍(淸風), 제천(堤川), 영춘(永春) 네 고을을 아울러 부르던 이름이다. 16세기 중반에 이황이 유기(遊記)를 쓴 뒤부터 이국적인 절경으로 널리 알려지기 시작했고, 17세기 후반에 김창협·김창흡 형제와 그의 문인들이 연이어 유람하고 기행 시문을 제출한 뒤부터 유람객이 급증하여 18세기에는 유기가 가장 많았다. 사군 유기에는 도교적인 공간 인식이 많이 드러난다. 전반적인 양상으로는 선계(仙界) 이미지가 표현된 경우가 비교적 많으며, 유토피아가 존재한다는 설화도 기록되어 있다. 필자는 선행연구에서 조선시대 사군 유람과 유기를 통시적으로 고찰하여 변화상을 추출하고, 유기에 표현된 사군의 공간 이미지를 정리한 바 있다.[2]

필자는 근래에 조선 후기의 야담과 필기, 백과전서 등을 탐색하여 새로운 자료를 얻었고, 사군의 도교적 공간인식이 일정한 흐름을 가지고

---

1) 이 논문은 『코기토』 81 (2017: 473~500)에 실은 「조선시대 사군(四郡) 관련 산문 기록에 나타난 도교 문화적 공간인식의 양상과 의미」를 약간 수정하였다.
2) 이태희, 「朝鮮時代 四郡 山水遊記 硏究」 (한중연 박사논문, 2015).

진행되어 왔음을 확인할 수 있었다. 도교적 세계관이 요청되었던 역사의 시기마다 사군이 거듭해서 소환되었으며, 이로써 사군에는 도교적 공간인식이 적층되어 왔다. 본고는 이러한 사실을 정리하여 제시하고 그 의의를 간략하게나마 제시하는 것을 목표로 한다.[3)]

우리나라 지리 공간에 투영된 세계관은 유교나 불교의 것이 대개를 차지한다. 그간 학계에 보고된 성과들 역시 도교적 공간인식을 논한 경우는 그리 많지 않다.[4)] 국토 전 지역에 사찰과 서원이 분포되었고 현재도 많이 남아 있는 것에 비해, 소격서 폐지 이후 도관(道觀)은 거의 찾아볼 수가 없는 것만 보아도 우리나라에 도교 문화가 그다지 발달하지 못한 것은 사실이다. 하지만 시대적 요청이 있을 때마다 도교 문화는 자취를 남겼고, 이것이 우리 문화를 구성하는 중요한 부분임이 분명하다. 실재하는 장소에 담겨 있는 도교적 세계관을 찾아서 드러내는 일은 우리 문화의 다양성 확보를 위해 적지 않은 가치가 있다.

---

3) 사군을 묶어서 논의하기는 하지만, 자료에서 언급되는 빈도는 단양이 가장 많으며 청풍과 영춘이 다음이다. 제천은 거의 언급되지 않는다. 사군의 지형은 강과 협곡을 중심으로 발달되어 있는 것이 특징인데, 제천은 이와 달리 강이 없고 큰 분지 형태를 이루고 있어 자연지리에서부터 여타의 사군 지역과 다른 면을 많이 보이기 때문이다.

4) 최석기, 「조선 중기 사대부들의 지리산유람과 그 성향」, 한국한문학회, 『한국한문학연구』 26 (2000); 신익철, 「조선조 묘향산에 대한 인식과 문학적 형상」, 비교어문학회, 『비교어문연구』 17 (2004); 서신혜, 「묘향산의 도교문화적 특징과 양상」, 한국도교문화학회, 『도교문화연구』 22 (2005); 최원석, 『사람의 산 우리 산의 인문학』(한길사, 2014). 서신혜는 문집과 필기, 야담 등에서 묘향산에 누적된 도교문화를 추출, 정리하였다. 최석기와 신익철은 기행시문에 나타난 지리산과 묘향산의 공간인식과 작가의식을 연구하였는데, 선경 묘사와 도교 유적의 서술이 중요한 부분을 차지하였던 것으로 밝혀졌다. 최원식은 인문지리학의 관점에서 우리나라의 산악 문화를 연구하였는데, 특히 도교적 공간인식이 지리산 청학동에 오랜 세월 누적되어 왔다고 밝혔다.

2 사군의 지리적 특성과 동천복지(洞天福地)의 상상

도교의 이상적인 지리공간에 대한 관념은 동천복지(洞天福地)라는 용어에 종합되어 있다. 이것은 원래 두 가지로 나뉘어 있던 개념이었다. 동천은 '하늘에 통하는' 길상(吉祥)의 장소로서 천상의 이상 세계로 나아가는 입구이자 통로였다. 복지는 재난을 입지 않고서 불로장생할 수 있는, 도교적 수행에 적합한 '복된 땅'을 가리켰다.[5] 그러던 것이 훗날 하나로 합하여 도교의 세계관이 종합적으로 표현된 공간 개념이 되었다.

도교 서적들을 통해 구체적인 모습을 들여다보면, 동천복지에는 명산대천 내에 삼신산과 같은 선도(仙島)와 동굴이 분포되어 있고, 이인(異人)과 신물(神物) 등이 살고 있다. 또한 그 사회 구성이 속세와 다를 바 없어, 선왕(仙王)·선관(仙官)·선경(仙卿)의 조정이 있고 군현과 취락도 갖고 있다.[6] 기본적인 토대는 인간세계의 자연과 인문지리를 닮아 있되, 세부적인 내용은 인간세계와 이질적인 존재들로 채워져 있다. 동천복지는 대부분 실재하는 장소에 도교적 상상력을 덧붙여 만든 것이다. 신령함이 감지되는 명산대천, 접근하기 매우 어려운 지리적 격절(隔絶), 그 속에 간직된 선경(仙境) 등이 동천복지를 구성하는 물리적 요소이다. 승경을 만났을 때 신선이 되어 노니는 유선(遊仙)을 상상하거나, 속세의 환란을 피하기 위해 숨겨진 이상향을 찾는 행위는 도교적 상상력의 소산으로 볼 수 있다.

사군은 산과 강으로 둘러싸여 있다. 지도를 펼쳐보면 동쪽과 남쪽에는 소백산과 월악산이 다가섰고, 북쪽에는 멀리 치악산이 버텨서 큰 산

---

5) 최원석, 『사람의 산 우리 산의 인문학』(한길사, 2014), 392~393.
6) 동천복지에 관해서는 잔스창, 안동준·런샤오리 뒤침, 『도교문화 15강』(알마, 2011), 637~671을 참조.

줄기가 병풍처럼 에워싼 형국인데, 그 가운데를 남한강 상류가 흐르고
있다. 그리고 줄기에서 가지를 쳐서 내려온 산들이 경내를 채워, 제천을
제외한 청풍, 단양, 영춘에는 큰 농토를 찾아보기 어렵다. 이중환(李重煥)
이 『택리지(擇里志)』 「팔도총론(八道總論)」에서 청풍·단양·영춘은 모두
시내와 골짜기가 험하고 들판이 적고, 제천은 사방에 산으로 둘러싸여
있고 가운데 들판이 펼쳐져 있다고 하였는데,[7] 이 말은 사군의 지형을
정확하게 적시한 것이다.

산과 강으로 둘러싸인 지형적 특성 때문에 사군은 교통이 원활하지
않아 고립되어 있었다. 산으로 가득한 육로는 물론이거니와 강 또한 마
찬가지였다. 남한강은 사군의 경역 내에서 영춘, 단양, 청풍 세 고을을
차례로 거쳐 흘러가며, 세 고을의 관아는 모두 강을 굽어보고 형성되어
있었다. 중심지가 강가에 있어 교통로로 강을 중시하였을 법하지만, 수
로를 편리하게 이용할 수는 없었다. 배의 운행을 위협하는 여울이 많았
기 때문이다. 단적인 예로 윤선거의 1664년 기록에 따르면 영춘에서 청
풍까지 여울이 40곳이 넘는데다, 험한 곳은 일없이 지나가는 것이 요행
이라고 하였다.[8]

지형으로 인한 격절성은 무릉도원처럼 숨어살기 좋은 곳을 연상하게
한다. 고려 말 이색(李穡)이 단양의 어느 산길에서 읊은 시구 "한가한 사
람은 도원(桃源)으로 가서 묵으려는데 / 역리(驛吏)는 촉도(蜀道)처럼 험

---

7) 이중환, 허경진 옮김, 『택리지』 (서해문집, 2007), 118~119.
8) 尹宣擧, 『魯西遺稿續集』 권3, 「巴東紀行」, "自永春以下, 至于黃江, 灘凡四十餘, 而平
灘則乘流, 險灘則皆舍舟步過, 惶恐乃諸灘中之最險者. 余與三客同立岸上, 觀舟下灘之
狀. 有石截江, 水急湍激, 舟下如箭, 篙工輩只張柂呼號而已. 其全與敗, 特一僥倖也. 余
謂三客曰, '忍過此險, 實出於不得已. 死生在天, 非篙工之所容力處也.' 皆曰, "然. 唯虛
舟可以得免, 滿載者覆敗相繼矣.'" 이러한 사정은 20세기까지도 마찬가지여서, 한 조
사에 의하면 1980년대 초반 충주댐 건설로 강의 수위가 높아지기 전까지 충주에
서 영월 사이 남한강에는 약 80개의 여울이 있었다고 한다. 최영준, 「南漢江 水運 硏
究」, 대한지리학회, 『지리학』 35(1987), 51~52.

난하다 다투어 전하네."[9]는 격절된 지형이 사군을 무릉도원으로 여기게
했음을 여실히 보여준다. 무릉도원은 옛날 사람들의 피세의식이 반영된
가상의 공간으로서 유교적 지식인들도 이에 대한 많은 언급과 지향을
보였으나, 본디 남북조 시대 지식인의 도교적 세계관이 반영되었다.

조선시대 사람들이 사군을 신선 세계라고 상상할 수 있었던 또 다른
요인으로 탈속의 분위기를 꼽을 수 있다. 대개 탈속의 분위기는 높은
산 위나 깊은 골짜기 속에서나 느낄 수 있었지만, 사군의 경우는 관아에
서부터 느낄 수 있었던 것이 중요하다. 송시열(宋時烈)은 청풍을 가리켜
"토지는 척박하고 백성은 드물지만, 승경은 동남지역에서 으뜸이요 풍속
은 순박하고 공무는 간략하니 그 맑은 운치[淸致]를 알 만하다. 이런 까
닭에 성시(城市)를 싫어하며 맑고 시원함을 높게 여기는 사대부들은 그
수령 자리를 찾는다."[10]라고 하여 청풍 고을의 분위기가 맑음을 높이
평가하였고, 남학명(南鶴鳴)도 청풍 관아의 한벽루(寒碧樓)를 두고 "관촌
(官村)과 여염집 사이에 있으되 시끄러운 소리가 절로 그쳐 있고, 지척
으로 넓은 파도를 임했으되 쌀·소금·생선비린내의 더러움이 없다."[11]
고 하였다. 관아와 그 주변은 고을에서 가장 번화한 곳인데도 불구하고
탈속의 분위기가 주는 맑은 운치를 느낄 수 있었다고 하니, 고을 전체
가 탈속의 분위기였음은 말할 것도 없다. 경내의 대부분이 산지이며 강
가를 끼고 앉은 관아의 지리환경은 청풍 뿐 아니라 단양과 영춘도 그러
했으므로, 탈속의 분위기는 사군이 동일했을 것이다.

---

9) 『新增東國輿地勝覽』 권14, 「忠淸道·丹陽郡」 '題詠'條, "聞人欲向桃源宿, 郵吏爭傳
   蜀道難."
10) 宋時烈, 『宋子大全』 권142, 「淸風館重修記」, "淸風爲郡, 最居湖西之上游, 地瘠民稀,
    號爲一道之巖邑. 然江山之勝, 甲於東南, 又俗朴事簡, 官吏只課梅花月色, 其淸致可知
    也. 以故士大夫厭城市尙淸疏者, 不嫌於公誦而求之."
11) 南鶴鳴, 『晦隱集』 권2, 「遊四郡記」, "今看玆樓, …… 在官村閭之間而喧囂自息, 臨
    咫尺波濤之闊而絶米鹽魚腥之汚, 所謂增之一分則太長, 減之一分則太短, 其將以此爲
    集大成乎!"

정선(鄭敾) <한벽루(寒碧樓)>

사군의 지리환경에서 또 하나 특기할 만한 것은 석회질토양의 발달로 인해 동굴이 많이 형성되었다는 점이다. 그 중에서도 청풍의 풍혈(風穴)과 수혈(水穴), 영춘의 남굴(南窟)은 『신증동국여지승람』에도 기록되어 있고, 여러 편의 유기에 탐방 기록들이 다수 남아 있다. 동굴이 사군의 중요한 탐방지로서 널리 알려졌음을 알 수 있다.

동굴은 도교에서 매우 중요한 역할이 부여된 지형이다. 외단 수련에서 연단의 재료로 흔히 사용되었던 박쥐와 종유석은 동굴에서 채취되는 물질이었다. 더욱 중요한 것은 도교 설화에서 신선세계 또는 유토피아로 이르는 통로 또는 입구가 대개 동굴로 설정되어 있다는 점이다. 예컨대, "신선놀음에 도끼자루 썩는 줄 모른다."는 속담의 근원이 된 '선경관기(仙境觀棋)' 설화에서 주인공은 동굴을 통해 신선세계로 진입하였고, 도연명(陶淵明)의 「도화원기(桃花源記)」에서도 무릉도원으로 통하는 길은 오직 동굴이었다. 이밖에도 중국 초기 도교 문헌에 기록된 많은 설화에서 신선세계나 유토피아로 이르는 통로는 대개 동굴이었다.12) 우리나라 설화에서도 갑산의 태평동(太平洞), 상주의 오복동(五福洞), 속초의 회룡굴(回龍窟) 등의 유토피아가 동굴 속에 있다고 설정되어 있다.13)

마지막으로 언급할 것은 사군의 경관이다. 사군의 특별히 아름다운 경관은 선경(仙境)이라 불릴 만한 것이었다. 조선 중종 때의 관찬 지리서 『신증동국여지승람』에는 "산천이 기이하고 빼어나서 남도(南道)의 으뜸", "산수가 기이하고 빼어나다"라고 한 바 있다.14) 이러한 평가는 조선 후기까지도 이어져서, 특히 많은 유람객이 몰린 18세기 무렵에는 금강산에 버금가는 명성을 갖게 되었다. 조선 후기에 회자되었던 "해산(海山)은 금강산, 강산(江山)은 사군, 계산(溪山)은 금수정(金水亭)"15)이라는 언급이 이를 증명한다.

선인들이 사군의 경관을 선경으로 여겼던 대표적인 예로 이계원(李啓遠)이 19세기 초에 지은 기행가사 「단산별곡(丹山別曲)」을 들 수 있다.16)

---

12) 중국 초기 도교 문헌에 실린 선경 유력(仙境遊歷) 설화에 대해서는 李豐楙, 「六朝道教洞天說與遊歷仙境小說」, 『誤入與謫降-六朝隋唐道教文學論集』 (臺灣, 學生書局, 1996)을 참조.

13) 이상의 설화에 관해서는 이종은 외, 「韓國文學에 나타난 유토피아 意識 研究」, 한양대 한국학연구소 편, 『동아시아 문화연구』 28 (1996), 77~83.

14) 『新增東國輿地勝覽』 제14권, 「忠淸道」 <淸風郡>과 <丹陽郡>의 '形勝'條. 내용은 <한국고전종합DB>를 검색하여 얻었다.

15) 심재, 신익철 외 옮김, 『교감 역주 송천필담 1』 (보고사, 2009), 176. 이 말은 兪晚柱의 「遊四郡初到義林池記」, 金履萬의 「遊丹陽山水錄」, 沈樂洙의 「遊丹丘記」 등에서도 볼 수 있다.

이 가사는 단양을 유람하는 풍류를 읊은 노래로, 주요 승경을 묘사함에 있어 선계의 이미지를 차용하였다. 즉, 구담 북쪽의 채운봉(彩雲峰)은 양대(陽臺) 전설이 깃든 무산(巫山)으로, 단양 관아의 정자인 봉서정(鳳棲亭)은 신선의 거처로, 하선암(下仙巖)의 흰 반석 위에 우뚝한 바위는 옥반(玉盤)에 담긴 서왕모의 반도(蟠桃)로, 사인암(舍人巖)은 여와씨(女媧氏)의 보천석(補天石)으로, 도담삼봉은 삼신산(三神山)으로, 석문(石門)은 거령(巨靈)이 밀친 산창(山窓)으로, 구담(龜潭) 가의 병풍 같은 절벽은 서 있는 신선들로, 옥순봉(玉筍峰)은 북극을 괸 천주(天柱) 또는 화표주(華表柱)로 비의하였다.17)

　이와 같은 사군의 선계 이미지는 가사 작품에서만이 아니라 제영(題詠) 시문에서도 수없이 찾아볼 수 있다. 그리고 시가문학에 비해서 사실적인 묘사를 사용하는 유기에서도 선계 이미지를 표현한 경우가 많은데, 이것은 특히 18세기에 두드러지게 나타났다.18) 사군 유기의 선계 이미지는 16, 7세기에 유행한 유선시(遊仙詩)의 환상 공간과 닮아 있다.19) 선계 이미지를 차용한 유기에서 유람자는 실재하는 공간 속에서 유선시의 작중 화자처럼 선유(仙遊)를 한 것이다. 이러한 상상이 가능했던 것은 사군의 지리가 도교의 동천복지를 연상케 하는 특징을 가지고 있었기 때문이었다.

16) 종래 학계에서는 「단산별곡」을 18세기 후반에 신광수(申光洙) 또는 고령 신씨의 어떤 사람이 지은 것으로 알려져 있었으나, 선행연구에서 작자와 창작시기를 다시 비정한 바 있다. 이태희, 「朝鮮時代 四郡 山水遊記 硏究」, 85~87.

17) 「단산별곡」의 전문은 김일근, 「申會友齋作 「丹山別曲」 攷」, 건국대학교 교육대학원 편, 『교육논총』 7 (1986), 17~18 참조.

18) 이태희, 「朝鮮時代 四郡 山水遊記 硏究」, 136~141.

19) 조선시대 유선시의 선계 이미지는 정민, 『초월의 상상』 (휴머니스트, 2002), 188~194 참조.

3 이인(異人)의 은거지, 지상선(地上仙)이 사는 고장

  사군은 동천복지라는 도교적 공간관을 강하게 연상시키는 지리적 특성을 가졌고, 사람들은 이러한 공간인식을 바탕으로 도교 문화를 쌓아나갔다. 여기서는 사군에 남아 있는 이인(異人)의 자취를 언급한다.

  그의 아들 이산해(李山海)는 한 시대의 명류였는데, 그를 아끼는 사람이 공(이지번)을 기용하여 단양 군수로 삼았다. 이지번은 단양의 양 언덕 사이에 두 봉우리가 마주하여 솟아 있는 것을 보고 날아다니는 신선의 놀이를 하고자 하였다. 관청에 송사하러 온 백성에게서 칡으로 만든 밧줄을 구해서 두 봉우리를 가로질러 걸쳐 놓았다. 그러고는 나는 학의 모양을 만들어 사람을 그 위에 앉게 하고, 거기에 둥근 고리를 부착하여 밧줄에 매달아 왕래하니, 마치 허공을 날아다니는 것 같았다. 백성들이 이를 바라보고 신선으로 여겼다.[20]

  17세기 초 『어우야담(於于野談)』에 실린 이지번(李之蕃)의 이적(異蹟)이다. 이야기에서 이지번이 세상의 틀을 벗어난 인물임을 알 수 있는데, 신선 흉내를 낸 놀이가 당시로서는 꽤 위험한 일이었으므로 사람들이 기이하게 여길 만했던 것이다. 유몽인(柳夢寅)은 이 이야기 앞에 이지번이 명종 때 사평(司評)을 지낸 인물로서 윤원형(尹元衡)의 권력 농단에 벼슬을 버리고 단양에 은거하였는데, 그가 거처하는 방에서 밝은 빛이 뻗쳐 나왔고 언제나 기이하게 생긴 푸른 소를 타고 단양의 좋은 경치를 감상하였다는 일화들을 기록하여 그를 이인으로 묘사하였다.

  이후 이지번이 신선 흉내를 내는 설화는 앞의 다른 일화들과 분리되어 여러 사람의 손으로 기록되었는데, 옮겨지는 과정에서 이야기가 조

---

20) 유몽인, 신익철 외 옮김, 『어우야담』 (돌베개, 2006), 92.

금씩 변개되었다. 18세기 중반 이윤영의 기록에서는 장소가 단양 구담 (龜潭) 북쪽 기슭의 가은동(可隱洞)으로 구체화되었고, 목학을 타는 사람 은 이지번 자신으로 바뀌었다.21) 기실 이지번은 단양 군수를 지내지는 않았으나 아우 이지함(李之菡)과 함께 가은동에 은거하며 백성들에게 '구담의 신선[龜仙]'이라 불리었던 사실이 있었으므로, 설화에서 이적의 장소가 구체화되면서 이야기의 신빙성이 높아진 것이다.22) 그리고 19 세기의 기록에서는 이야기가 다시 한 번 크게 바뀌어 있다. 1823년 한 진호(韓鎭㦿)의 『입협기(入峽記)』에도 이 설화가 기록되었는데, 여기서는 주인공이 이지번의 아우 이지함으로 바뀌었고 목학을 타고 강을 가로 지르는 것으로 되어 있다. 거기다 이지함이 목학을 타고 강을 가로지르 다가 뱃놀이하는 관찰사를 만나, 공중에 떠 있는 자신보다 세로(世路)가 더욱 험난하다고 힐난하는 일화가 첨가되었다.23) 이러한 변개는 아무 래도 이지번을 이인으로 내세우기 보다는 이지함을 내세우는 편이 독 자에게 수용되기 쉽고,24) 행위가 위험할수록 이인으로서의 풍모가 더 강해지기 때문일 것이다. 첨가된 일화는 설화의 주제를 더욱 분명하게 전달하기 위한 장치일 것이다. 이지번과 이지함 형제의 이인 설화는 적 어도 17세기 초에는 형성되었고, 19세기까지도 문헌과 구전으로 전승되 어 왔을 만큼 흥미 있고 중요하게 인식되었다.

---

21) 李胤永, 『丹陵遺稿』 권11 『山史』, 「可隱洞記」, "嘗考「松窩記」, 有曰: '公起家爲丹陽 守, 繫繩兩峯之角, 跨木鶴而翔于空中.' 蓋亦одн기而迂者耶?"

22) 이지번이 단양에 은거한 사실은 김학수, 『끝내 세상에 고개를 숙이지 않는다』 (삼우반, 2003), 218~224 참조. 그가 '구선'으로 불린 사실은 『선조수정실록』 권 9, 선조 8년 12월 1일, <이지번 졸기> 기사 참조.

23) 韓鎭㦿, 『入峽記』 권하, 4월 25일, "人言李公用鐵索自亭跨江, 繫于石壁, 浮在半空, 躐屐而登, 高坐吹笙簫, 若值風淸月明之時, 怳如仙人之下降. 凡諸邑守宰及觀察使, 或 船游望之, 遙謂李公曰: '公之坐, 不已危乎?' 答曰: '以吾見之, 諸君之坐, 甚於吾矣.' 蓋言世路之險也. 然世多稱土亭爲神人, 此事亦其一耳."

24) 본고에 거론하는 유기와 『어우야담』 외에는 이지번을 이인으로 묘사한 문헌 기 록을 찾기가 용이하지 않다.

    17세기 후반에는 단양 산속에 사는 신선에 관한 설화가 전해졌다. 홍만종(洪萬宗)이 1678년에 지은 『순오지(旬五志)』에는 정경세(鄭經世)가 과거 보러 가는 길에 단양의 숲 속에서 신선으로 보이는 이인을 만난 설화가 실려 있다. 유생원(柳生員)이라고 하는 이인의 집에 하룻밤 묵은 정경세는 그의 외모가 청수(淸秀)하고 건네주는 떡이 조금만 먹어도 배부른 것을 보고 신이함을 알아챘다. 썩지 않는 이치를 물어보자 이인은 유가의 이른바 삼불후(三不朽)를 낮게 평가하고 도가의 죽지 않는 술법을 제시한 뒤, 정경세가 겪어야 할 세 번의 옥사와 이후에 생길 여러 전란을 예언해 주었다고 한다. 홍만종은 정경세의 문인 유후(柳垕)가 자신에게 이야기를 전해주었다고 하면서 신선의 존재를 긍정하는 언급을 함께 옮겼다.[25] 이인이 전란을 예고하는 설화는 임병양란 이후 풍부하게 전해오던 것인데, 여기서는 이인이 단양의 산속에 나타났다는 점을 눈여겨보아야 한다. 적어도 17세기 중반에는 단양에 신선이 살고 있다는 소문이 퍼져 있었으리라는 추측을 가능하게 하기 때문이다.

    18세기에는 설화 속에서가 아니라 사실적인 기록에서 이인의 풍모를 보이는 인물을 볼 수 있다. 정약용(丁若鏞)은 사인암 앞을 지나면서 같은 남인의 선배 오대익(吳大益)의 기행을 언급한 바 있다. 오대익은 운암(雲巖)의 수운정(水雲亭)을 별장으로 삼아 은거하였는데,[26] 사인암에서 이지번의 흥내를 내어 '선인이 학을 타는 놀이[仙人騎鶴之遊]'를 하였다는 것이다.[27] 뿐만 아니라 다른 글에서는 오대익을 신선의 풍모를 지닌 인

25) 홍만종, 이민수 옮김, 『旬五志』 (을유문화사, 1971), 228~235.
26) 李源進, 『鶴下山人存稿』, 「東遊錄」, "又轉而向水雲亭. 其麓如長戟之附枝, 溪水洄漩, 成潭於旬曲之中, 置亭其上, 故相國柳西崖之別墅也. 潭曰大隱, 亭曰水雲. 其後吳參判大益因其舊址而重建, 今又墟矣." 운암과 수운정은 사인암 남쪽에 있으며, 유성룡(柳成龍)의 별장으로 유명하였다.
27) 丁若鏞, 『與猶堂全書』 제1집 「詩文集」 제14권, 「丹陽山水記」, "昔吳承旨大益, 于此頂, 乘木鶴, 執白羽扇, 以繩繫松, 令二僕徐放之, 下至澄潭之上, 號之曰'仙人騎鶴之游', 其亦奇矣."

물로 묘사한 바도 있다.

> 전 병조 참판 오공(吳公-오대익)이 젊을 적에 단양을 찾아 굴혈(窟
> 穴)로 삼고 일찍이 윤건(綸巾)과 우선(羽扇) 차림으로 검은 학과 흰
> 사슴을 타고 운암과 사인암 사이를 노닐다가 중년에 나가 벼슬하여
> 금화전(金華殿)에 오르고 옥당(玉堂)에 들어가며 내외 관직을 두루
> 거쳐서 지위가 아경(亞卿)에 이르렀다. 만년에 다시 단양으로 돌아가
> 서 단약(丹藥)을 고며 초년에 일찍이 하던 일을 다 수행(修行)하여
> 지금 나이 71세인데, 그 화사한 얼굴, 흰머리를 바라보면 신선과도
> 같다.[28]

1799년에 오대익의 71세 수연(壽宴)에서 지은 수서(壽序)이다. 여기 묘
사된 오대익은 벼슬과 은거를 모두 온전하게 누린 복이 많은 사람이다.
눈여겨보아야 할 것은 그가 은거할 때의 모습이다. 젊어서 은거할 때의
차림새와 딸린 동물이 모두 도교 은자의 상징물이다. 만년에 은거할 때
의 모습은 더욱 도교적 풍모를 강하게 띤다. 단약을 다려 외단(外丹) 수
련을 하고, 그 효과로 얻은 화사한 얼굴과 흰머리는 신선전에서 흔히
묘사되는 신선의 모습이다. 이 글은 장수를 축하하는 잔치에서 헌사로
쓰였기 때문에 과장이 있을지언정 거짓을 지어낼 수는 없다. 현재 오대
익에 관한 자료는 이 정도에 그치지만, 이것만으로도 그가 지녔던 이인
의 풍모는 여실하게 드러난다.

비슷한 시기 이윤영(李胤永)은 수많은 도교 성향의 글과 자취를 남겼
다. 이윤영은 1751년에 부친 이기중(李箕重)이 단양 군수로 부임할 때 동
행하여 1755년까지 5년간 단양에서 은거하였다. 그의 신선사상은 사인

---

28) 丁若鏞,『與猶堂全書』제1집「詩文集」제13권,「兵曹參判吳公大益七十一壽序」, "前
   兵曹參判吳公, 少日得丹陽爲之窟, 嘗以綸巾羽扇, 騎玄鶴驂白鹿而游敖於雲巖舍人巖
   之間. 中歲出而仕, 躋金華上玉堂, 歷揚內外, 位至亞卿. 晚年復歸丹陽, 藥爐丹竈, 悉修
   其初年之所嘗爲, 年今七十一, 韶顔白髮, 望之若神仙中人."

암에 남긴 자취에서 두드러진다. 그의 문집인 『단릉유고(丹陵遺稿)』에는 "운화대(雲華臺)", "운화석실(雲華石室)"이라는 단어가 여러 번 보이는데, 이것은 그가 사인암 뒤편의 석실에 붙였던 이름이다. 또한 그는 1753년 서벽정(棲碧亭)이라는 정자를 석실에 세운 바 있는데, 이를 '운화정(雲華亭)'이라 부르기도 하였다. 현재 이곳에는 암자가 하나 세워져 있고, 바위 계단 아래의 절벽에 "운화대(雲華臺)"라는 해서체 글씨와 "윤(胤)"이라는 관지(款識)가 새겨져 있어 문집 기록의 증거가 된다. 또한 단양 하선암(下仙巖) 가운데 솟은 바위 아래에는 이윤영이 전서(篆書)로 써서 주사(朱砂)로 새긴 암각자 "명소단조(明紹丹竈)"가 있다.29) 명소는 이윤영의 호이므로 이 글은 "이윤영의 단약 부뚜막"이라는 뜻으로 이해된다.

"운화대(雲華臺)"와 "윤(胤)" 석각   "명소단조(明紹丹竈)" 석각

이러한 자취는 이윤영이 외단(外丹) 수련과 연단복약(煉丹服藥)에 깊은 관심을 가졌음을 뜻한다. 이윤영은 「운화대명(雲華臺銘)」에서 자신의 정신적 지향을 지키기 위해 경사(經史)의 전적과 운화 한 그릇을 가지고 운화대에서 물과 바위와 함께 지내며 늙겠노라고 다짐하였다.30) 그의

---

29) 이 암각자가 이윤영의 필체임은 아래의 기록이 증명한다. 李源進, 『鶴下山人存稿』, 「東遊錄」, "李丹陵 胤永刻‘明紹丹竈’四篆字, …… 上流石嘴刻‘羽鶴臺’, 又一盤石刻 ‘太始雪’, 竝未詳其何人所題也."

30) 李胤永, 『丹陵遺稿』 권13, 「雲華臺銘」, "吾守吾志, 無搖毀誇. 數篋經史, 一器雲華. 流水同心, 白石爲家. 于以終老, 于澗之涯."

벗 이인상(李麟祥)은 「운화정기(雲華亭記)」에서 이윤영이 '운화를 먹지 않으면 도를 깨달을 수 없다'며 이곳에서 도교 수련을 할 것이라고 다짐했던 일을 기록하였다.[31] 운화는 단약의 재료로 쓰이는 광물질로, 운모(雲母)라고도 한다. 갈홍의 『포박자』에는 운모로 단약을 만들어 복용하면 장생불사하며 공중에서 날 수도 있다는 기록이 있다.[32] 사인암을 운화대라, 서벽정을 운화정이라 부른 데에는 신선세계를 향한 동경이 투영되어 있다. 실제로 외단 수련을 했는지는 알 수 없으나, 이러한 기록과 자취들은 그가 연단복약을 통해 신선이 되는 것을 꿈꾸었음을 보여준다.

이인상도 도교 지향을 강하게 드러낸 인물이다. 그 역시 단양에 은거할 목적으로 1751년 옥순봉 아래에 다백운루(多白雲樓)라는 정사(精舍)를 지었다. "다백운"은 중국 남조의 도사 도홍경(陶弘景)의 시 「산속에 가진 것이 무엇이냐 물으시기에 시를 지어 답하다[問山中何所有 賦詩以答]」의 "산속에 가진 것이 무엇이냐면 / 봉우리 위에 흰 구름이 많다고 하지요[山中何所有, 嶺上多白雲]."에서 따온 것이다. 이 시는 제나라 고제(高帝)의 부름에 답으로 지은 것으로, "흰 구름"은 담박하고 얽매임 없는 삶을 표현하는 상징물이다. 이인상은 은사(隱士)의 취지를 건물 이름에 부친 것이다. 선행 연구에 의하면 이인상의 도교에 관한 관심과 연구는 상당히 깊은 경지에까지 이르렀다고 한다. 그는 「방숙제전(方淑齊傳)」(『뇌상관고(雷象觀藁)』제5책)을 지어 능력을 드러내지 않고 이름을 숨기는 신선상(神仙像)을 제시하였다. 자신의 은둔 지향과 도교 취향을 여기에 투영한

---

31) 李麟祥, 『雷象觀藁』 제4책, 「雲華亭記」, "觀舍人巖者, 相其面, 不相其心. 自李胤之入丹陵看山水, 洞髓括骨, 無微不到, 而後始得窮舍人巖之奧, 將以鍊形養神也. 每至巖前, 委蛇數十步, 便寂然滅影, 人無知者. …… 始李子構此, 歎曰: '不餐雲華, 不能悟道!' 遂扁以雲華, 標舍人巖之奇. 余曰: '非淨心者, 不能餐石髓, 誰與之道者? 請訊舍人之神.'" 김수진, 「凌壺觀 李麟祥 문학 연구」 (서울대학교 국어국문학과 박사학위논문, 2012), 92~95에서 재인용.
32) 葛洪, 『抱朴子內篇』, 「仙藥」, "五芝及餌丹砂‧玉筍‧曾靑‧雄黃‧雌黃‧雲母‧太乙禹餘糧, 各可單服之, 皆令人飛行長生."

것이다. 「내양명(內養銘)」(『뇌상관고』 제5책)에서는 내단학(內丹學)에 대해 상당한 조예를 가졌고, 유가의 심성론(心性論)과 도교의 정기론(精氣論)을 통섭하려는 시도까지도 했음을 감지할 수 있다.[33]

　　오대익, 이윤영, 이인상이 살았던 18세기에는 단양이 신선의 고장이라는 인식은 무척 보편적인 생각이었다. 황경원(黃景源)은 사군으로 가는 이인상을 만류하기 위해 보낸 편지에서 다음과 같이 말하였다.

　　　그대는 궁벽하게 살며 산수를 좋아하여 이제 단양으로 유람을 떠나려 합니다. 단양은 신선의 고을입니다. 구담(龜潭)의 북쪽과 도담(島潭)의 남쪽은, 세간에서 그 사이에 진선(眞仙)이 노닌다고들 하지요. 그러나 『춘추전(春秋傳)』에서 '죽어도 썩지 않는 것은 세 가지인데, 입언(立言)이 그 중 하나이다.'라고 하였으니, 지금 그대가 단양에 들어가지 않더라도 육경에 진선이 있는 것입니다. 어찌하여 구담과 도담에서 배를 끌며 저 우화(羽化)의 술법을 구하려 하십니까?[34]

　　정경세의 설화에서 보았던 삼불후(三不朽)와 신선술(神仙術)의 대립은 이 편지에서도 계속되고 있다. '어찌하여 우화의 술법을 구하려느냐'는 질문에서 이인상이 신선술을 진지하게 갈망하고 있었음을 읽어낼 수 있다. 이인상의 사상적 지향과 황경원의 진지한 어투를 감안하면, '단양은 신선의 고을'이며 '그 사이에 신선이 노닌다'는 말은 단순한 수사가 아니라, 당시에 널리 퍼진 인식임이 분명하다.

　　16, 7세기에 성행한 이인설화는 사화(士禍)와 임병양란이라는 내우외

---

33) 김수진, 「凌壺觀 李麟祥 문학 연구」, 98～108. 이인상의 도교 지향은 단순한 일탈이나 흥미 추구가 아니었으며, 생애 전시기를 통해 도교 지향과 사상적 유연성을 보인다고 평가된다.
34) 黃景源, 『江漢集』 권6, 「與李元靈麟祥書」, "足下窮居好山水, 將游丹陽. 丹, 仙郡也, 龜潭之陰·島潭之陽, 世稱眞仙游於其間, 然『春秋傳』稱'死而不朽者三', 立言其一也. 今足下不入丹陽, 而六經有眞仙矣. 何爲乎挐舟二潭, 以求夫羽化之術邪?"

환을 배경으로 삼아 탄생하였고 이후 신선전 형성에 영향을 미쳤다.[35] 이지번, 이지함 형제와 정경세로 이어지는 이인설화는 이러한 흐름과 닿아 있다. 18세기의 오대익, 이윤영, 이인상 등에 이르면 사군은 신선이 사는 장소라는 인식이 더욱 강해졌다. 당쟁이 극단으로 치달으며 남인과 소론이 몰락해가던 시기에 오대익은 남인으로서 정치적 입지가 위태로웠을 것이며, 이윤영과 이인상은 노론 청류로서 영조 대의 탕평 정국과 북벌론 쇠퇴에 비판적인 입장을 견지하며 출사하지 않았다.[36] 이들의 도교 지향과 신선사상에의 경도는 이러한 현실로부터 배태된 것이었다. 그러나 19세기부터는 사군의 이인이나 신선에 관한 설화나 기록은 새롭게 생성되지 않고 전승되기만 할 뿐이었다.

4 유토피아의 상상, 화란을 피할 십승지(十勝地)

사군의 동천복지 이미지는 명산대천과 선경, 그리고 지형의 격절성으로 말미암아 탄생한 것이다. 그런데 지형의 격절성이 강조된 공간인식이 또 하나 있다. 무릉도원과 같은 유토피아가 그것이다. 우리나라에는 유토피아를 주제로 한 설화가 많이 있는데, 그 대부분은 소국과민(小國寡民)의 이상을 배경으로 하는 무릉도원의 변이 형태이다.[37] 다음에 소개할 단양의 유토피아 설화도 마찬가지이다.

---

35) 16, 17세기 이인설화는 박희병, 「이인설화와 신선전」, 『韓國古典人物傳硏究』 (한길사, 1992) 참조.
36) 김수진, 「凌壺觀 李麟祥 문학 연구」, 60~67.
37) 이종은 외, 「韓國文學에 나타난 유토피아 意識 硏究」, 62.

세상에 전하기를, 교내산(橋內山) 가운데 팔판동(八判洞)이 있으니 골짜기는 끊어지고 봉우리는 모였으며 흐르는 샘물이 감도는데 그 가운데 토지가 열려 백가(百家)가 갈아 먹을 수 있다. 옛날에 여덟 판서(判書)가 세상을 피해 그곳에 살았는데, 우물과 연못과 주춧돌과 방아가 완연히 모두 남아 있고 연못가에는 과실수가 많은데 복숭아와 배의 크기가 세간에 나는 것보다 배는 크다고 한다. 그러나 내가 단양에 온 지 1년이 다되어 가는데도 끝내 목격한 자를 보지 못하였고, 산승과 촌민으로서 해마다 산을 드나들며 산 아래에 나고 자란 자들도 모두 그런 곳이 없다고 말하였다. 그러니 이것은 어쩌면 호사가가 탁의(託意)한 이야기거나, 아니면 선구(仙區)라서 힘써서 얻을 수 없는 것이리라.[38]

이윤영의 유기 「교내산기(橋內山記)」의 첫 대목이다. 교내산은 단양에 소재한 산으로, 현재 '다리안산'이라는 이름으로 불리는 관광지이다. 세상 사람들이 전하는 팔판동의 모습은 바깥세상과 격절되고 자급자족이 되어, 바깥세상과 단절된 상태로 대를 이어 살 수 있는 무릉도원형 유토피아이다. "호사가의 탁의"라는 말은 팔판동의 유토피아 이야기가 나오게 된 배경이 도연명의 「도화원기」와 같이 당대의 시국을 비판하는 데 있다는 뜻이다. 한편으로는 그것이 실재할 가능성이 거의 없으리라는 판단도 함께 내비치고 있다.

이어지는 글에서 이윤영은 교내산 안으로 들어갔지만 결국 팔판동을 찾지 못하고 험한 산길을 헤맬 뿐이었다. 교내산의 진입로에는 동쪽과 서쪽에서 달려오는 두 산이 만나 좁은 골짜기를 이루고 있었는데, 세차게 흐르는 시냇물과 바위 벼랑으로 이루어졌기 때문에 출입구는 10여

---

38) 李胤永, 『丹陵遺稿』 권11 「山史」, 「橋內山記」, "世傳橋內山中, 有八判洞, 壑斷峰集, 流泉濚洄, 中闢土地, 百家可食. 古有八判書避世居之, 其井池礎碓, 宛然具在, 池傍多果木, 桃梨之大, 倍世間所産云. 然余來丹陽且一年, 終未遇目擊者, 山僧・村民, 積年出沒, 生長山下者, 皆言其無有. 此豈好事者托意之說耶, 抑仙區不可力求耶."

길의 나무 사다리뿐이었다. "교내(橋內)"라는 이름은 이 때문에 생긴 것
이다. 사다리 위에는 3층의 연못이 있고, 연못 위를 가로질러 허공에 놓
인 다리를 건너면 다시 용도(甬道, 좁은 복도)가 5리에 걸쳐 뻗어 있다. 양
쪽의 높은 산이 길을 끼고 서 있어 한낮에도 해가 보이지 않았기 때문
에 용도라고 이른 것이다. 「교내산기」는 이와 같은 험한 경로를 묘사하
는 데에 지면의 대부분이 할애되어 있다.

이윤영 외에도 김이만(金履萬), 강호부(姜浩溥), 원경하(元景夏) 등도 교
내산을 탐방하였는데, 모두들 험한 지형의 묘사와 함께 피난할 곳이라
는 세간의 소문 또는 무릉도원의 이미지를 전달하고 있다.[39] 이처럼 교
내산은 대부분의 기록에서 유토피아의 이미지를 가지고 있는데, 18세기
에 들어서야 비로소 나타나 많은 사람들을 주목하게 했으며, 19세기에
는 다시 별다른 관심을 받지 못하였다.[40]

유토피아 설화는 갈 수도 없고 알지도 못하는 저 너머의 어디에 지금
이곳과 같지 않은, 살기 좋은 곳이 있으리라는 작은 소망으로 인해 생
겨난 것이다. 소망을 품은 사람들 중에는 그것을 실제 행동으로 표출하
는 경우도 나타난다. 18세기를 살았던 이의숙(李義肅)은 팔판동 무릉도
원의 설화를 듣고서 속세와 절연하여 은거할 곳으로 점찍고는 팔판동
에 들어가고자 하는 사람들의 이야기를 기록해두었다. 이야기 속 주인
공은 팔판외동(八判外洞)에 6~7년간 거주하며 팔판동 진입을 희망하는
사람을 찾아가서 팔판동에 관한 대화를 나누었다. 그들이 나눈 이야기
는 유토피아 설화가 아니라, 팔판동의 토질이나 농사와 같은 매우 현실

---

39) 이태희, 「朝鮮時代 四郡 山水遊記 硏究」, 159~160.
40) 영춘 남굴에도 유토피아 설화가 있는데, 유만주(兪晩柱)의 유기 「지영춘심남굴・
북벽기(至永春尋南窟北壁記)」(1778)에 보인다. 유토피아처럼 보였던 동굴 속 별
세계가 알고 보니 귀계(鬼界)였다는 내용이며, 유토피아 설화의 흔적이 남아 있
다. 이태희, 「朝鮮時代 四郡 山水遊記 硏究」, 160~162. 이 설화는 18세기 신돈복
(辛敦復)의 『학산한언(鶴山閑言)』 82화에도 거의 동일한 내용으로 실려 있다. 신
돈복, 김동욱 옮김, 『국역 학산한언 2』(보고사, 2007), 129~132.

적인 내용들이다.41) 이들은 유토피아를 단순히 설화 속의 비현실적인 공간으로만 여긴 것이 아니라 실재할 개연성이 높은 현실의 공간으로 생각한 것이다.

무릉도원형 유토피아는 한자문화권에 널리 퍼져 있던 상상 속의 이상세계였고, 십승지론(十勝地論)은 유토피아 개념에 속하되 조선 후기 특유의 사회사상이었다. 십승지는 전란과 같은 위난한 시기에 몸을 숨기고 굶주림을 피할 수 있는 장소 10곳을 꼽은 것으로, 조선 후기에 크게 유행했던 비기서(秘記書) 『정감록(鄭鑑錄)』의 뼈대를 이루고 있다. 『정감록』은 조선 후기에 많은 필사본만 정본 없이 전승되다가 일제강점기에 필사본들을 정리한 활자본들이 간행되었다. 십승지의 위치는 계열에 따라 약간의 차이를 보이지만 대체로 비슷한 경향을 보인다.42)

사군에서 십승지로 꼽히는 지역은 단양과 영춘이다. 『정감록』 가운데 이심(李沁) 계열의 기록에서는 십승지의 다섯 번째로 꼽아 "丹·春" 또는 "丹陽·永春"이라 하였다. 남사고(南師古) 계열의 기록에서는 십승지에는 포함시키지 않았으나, 기타 길지(吉地)에 포함하여 "大白·小白兩山之陰, 南在豊·永, 西在丹·永, 東在奉·安, 爲吉. 北在等地不可."라고 기록하고 있다. 이밖에 「피장처(避藏處)」에서는 단양의 가차촌(駕次村)을 "深邃奇勝之地"라고 하였다.43) 사군에 관련된 『정감록』의 기록은 이 정도가 전부이고, 이 내용은 김용주 본 외의 여러 이본에서도 거듭 동일하게 나타난다. 사군은 십승지의 하나로 온전히 인정된 것은 아니었지

---

41) 李義肅, 『頤齋集』 권8, 「識八判洞事」 참조.
42) 일본의 어용학자 호소이 하지메(細井肇)와 김용주(金用柱)의 편집본이 1923년에 각각 활자로 출간되었고, 이후에 현병주(玄丙周)의 편집본도 활자화되었다. 서지학자 안춘근(安春根)은 필사본들과 활자본들을 취합하여 『정감록집성(鄭鑑錄集成)』(아세아문화사, 1981)을 영인하였다.
43) 『정감록』 십승지의 목록은 양승목이 김용주 본을 대본으로 정리한 것을 참조하기 좋다. 양승목, 「조선후기 십승지론의 전개와 '살 곳 찾기'의 향방」, 한국한문학회, 『한국한문학연구』 63 (2016), 127~128.

만, 단양과 영춘이 피난하여 몸을 보전할 수 있는 길지 또는 피장처로 널리 알려졌던 것은 분명하다.

그렇다면 사군이 길지 또는 피장처로 알려진 것은 언제부터였을까. 그것은 이식(李植)을 주인공으로 하는 설화에서 추측할 수가 있다. 『청구야담(靑邱野談)』 132화 <택당이 중을 만나 주역의 이치를 담론하다[澤堂遇僧談易理]>는 이인이 전란을 예언하는 설화이다. 전체 줄거리는 다음과 같다. 택당 이식이 양주 용문산(龍門山) 용문사(龍門寺)에 병을 조섭하러 가서 주역을 공부하던 차에 절의 부목승에게 역리(易理)를 배웠다. 하산 후, 부목승이 찾아와 평생의 운수를 알려주고 병자년에 전란이 일어나면 영춘(永春)으로 피하라고 예언하였다. 예언대로 병자호란이 일어나자 택당은 어머니를 모시고 영춘으로 들어가 화를 피하였고, 훗날 예언대로 묘향산에서 다시 중을 만났다고 한다.44)

『청구야담』은 1843년에 편찬되었기 때문에, 이 설화를 근거로 이식이 살았던 17세기 전반에 사군이 십승지로 인식되었다고 바로 주장할 수는 없다. 하지만 이식이 병자호란 당시 영춘으로 피란을 간 것은 실제의 일이었다. 그는 인조가 청나라 군대를 피해 남한산성으로 들어갈 때 호종하지 않고 관동으로 피난을 간 모친을 찾으러 갔다가 영춘 산속에서 만났고, 이곳에서 전란이 끝날 때까지 있었다고 한다.45) 이러한 사정을 감안하면 17세기 전반에는 영춘이 피난하기 적당한 장소라고 인식되었던 것으로 보인다.

사군이 피난하기 좋은 장소라는 인식은 18세기 전반의 유기에서도 발견된다. 원경하(元景夏)의 「입동협기(入東峽記)」는 독특한 유기인데, 여행의 목적이 승경 유람이 아니라 피난처를 구하기 위한 것이었기 때문

---

44) 金敬鎭, 김동욱·정명기 옮김, 『靑邱野談 上』(교문사, 1996), 741~745.
45) 李植, 『澤堂別集』 권16, 「澤癯居士自敍」, "未幾, 虜騎猝入, 從駕南漢. …… 聞關東大被屠掠, 恐大夫人不保, 卽申狀方伯, 徑歸省間, 尋至永春山中, 老幼幸全."

이다. 1728년 4월, 무신란(戊申亂)이 평정되자마자 원경하는 벗 김원행(金元行)을 대동하고 사군으로 여행을 떠났다. 국내 정세에 심각한 불안을 느끼던 터에다, 사군은 지역이 궁벽지고 지세가 험하여 난세에 달아나 숨을 만하다는 소문을 들었기 때문이었다.[46] 그는 사군을 여행하는 내내 은거할 곳을 찾아 단양과 청풍의 산골짜기를 탐방하는 데 몰두하였다. 구담 근처의 두곡(杜谷)·고평(高坪)·수촌(水村)과 가차산(駕次山) 아래 마을, 그리고 교내산 아래의 금곡(金谷)과 학곡(鶴谷) 등을 찾아다니며 지형, 가구 수, 농토의 크기, 풍속의 순후함을 따져 보고 아울러 부근에 피난처로 삼을 만한 곳이 있는지를 탐문하였다.[47]

원경하의 사군에 대한 시각은 십승지론과 유사하다. 각각의 배경이 서로 연결되어 있어서일 것이다.『정감록』의 내용은 크게 두 갈래로 이루어져 있다. 전란 끝에 조선이 멸망하고 정씨(鄭氏) 성을 가진 사람이 임금이 되리라는 예언과, 전란이 일어났을 때 피신할 장소의 제시이다. 후자의 피신할 장소가 곧 십승지인데, 이것은 또한 임·병양란을 비롯하여 조선 후기의 정치 투쟁과 국정 문란, 민생의 도탄 등의 경험이 각인되어 발생한 전란의 두려움과 사회 동요가 배경이 된 것이다.[48] 한편 영·정조 대에 무수히 발생한 사회·정치적 변란들은 모두『정감록』을 비롯한 예언서들을 배경에 두었는데, 변란의 주모자가 무신란의 여당(餘黨)으로 인식되거나 예언서들에서 흔히 무신란을 언급하고 있다.[49] 원

---

46) 元景夏,『蒼霞集』권7,「入東峽記」, "余自長山經亂而歸, 以黃驪非棲身之所, 聞東峽 (사군의 별칭-인용자)地僻而勢阻, 當亂世可以遁藏, 遂與金元行伯春相約往觀. 時戊 申四月二十日也." 무신란은 1728년 3월 15일 이인좌(李麟佐)가 청주성을 함락함 으로써 발발하였고, 오명항(吳命恒)이 이끄는 관군이 한 달 만에 이를 평정하고 4월 19일에 개선하였다. 원경하가 이튿날인 4월 20일에 떠났다는 사실에서 피난 하여 살 곳을 절실하게 구했음을 추측할 수 있다.

47) 구체적인 사례는 이태희,「朝鮮時代 四郡 山水遊記 硏究」, 163~164 참조.

48) 황선명,「십승지 고(考)」, 서울대 종교문제연구소,『종교와 문화』5 (1999), 158~ 161.

49) 백승종,「18~19세기『정감록』을 비롯한 각종 예언서의 내용과 그에 대한 당시대

경하가 사군에서 피난지를 찾은 것은 무신란 때문이었으니, 사군을 보는 그의 시각은 외침으로 인한 전란과 극심한 사회 동요의 체험으로 인해 형성된 십승지론의 궤적 속에 포함되는 것이다.

하지만 피난지에 대한 원경하와『정감록』의 시각에는 다른 점도 있다. 원경하는『정감록』에 비하여 구체적인 장소를 언급하고 있으며, 생계유지를 위한 물질적 조건을 중시하는 태도를 보여준다. 이러한 차이는 저작자의 입장 차이에 기인한 것이다. 전자는 왕조교체와 전란을 예언하는 데 중점을 둔 비기서이므로 인민 대중에게 피난처를 제시해주면 그만이겠으나, 원경하는 자신이 머물러 살 곳을 찾아야 했다. 그리고 시간이 갈수록 원경하와 같은 태도는 중시되었다.

18세기 중후반, 신돈복은『학산한언』93화에서 전국의 비경과 복지에 관해 기록하였다. 먼저 남사고의 말을 빌어서 전국의 십승보신지지(十勝保身之地)를 제시했는데, 사군은 포함되지 않았다. 이후 기타 피난처를 거론하였는데, 이 대목에 단양 가차촌, 독락산성(獨樂山城), 교내산과 영춘이 들어 있다. 이어서 태백산과 소백산 남쪽의 풍기와 영주, 북쪽의 단양과 영춘, 동쪽의 봉화와 안동을 모두 길지(吉地)로 꼽았다.50) 앞의 십승보신지지와 뒤의 길지는 각각『정감록』남사고 계열의 십승지 및 기타 길지와 동일하다. 그러나 가운데의 기타 피난처는『정감록』보다 구체적인 지명이 언급되었으며, 내용도 지형, 가구 수, 농토의 크기와 토질 등을 기술하는 등 구체적이다. 원경하와 비교하면 실제 지명의 수는 적어졌으나 물질적 조건에 관한 언급 내용은 보다 풍부해졌다.

『학산한언』의 내용은 19세기 중반의『청구야담』에도 그대로 실려 있고,51) 이규경(李圭景)의『오주연문장전산고(五洲衍文長箋散稿)』로도 옮겨졌

인들의 해석」, 진단학회,『진단학보』88 (1999).

50) 신돈복, 김동욱 옮김,『국역 학산한언』2, 164-172.

51) 金敬鎭,『青邱野談』下 (교문사, 1996), 726-727.

다. 이규경은 <낙토가작토구변증설(樂土可作菟裘辨證說)>에서 실지 답사를 통해 전국의 숨어살 만한 장소를 스스로 검증하여 기록으로 남겼다. 여기에『학산한언』을 빈번하게 인용하였는데, 사군에 관한 내용은 빠짐없이 옮겨 실었고 새로운 장소를 부가한 것도 많이 있다. 청풍의 경우 월악산(月岳山) 신륵사(神勒寺)·덕주사(德周寺)·월악촌(月岳村)와 중대암(中臺庵), 금수산(錦繡山), 인한리(人閑里)·한전리(閑田里)·대전리(大田里)·수촌(水村), 대문(大門), 수락리(水落里)의 석굴 등을 소개했고, 단양은 올산(兀山), 작성산(鵲城山), 두돌항(頭突項), 고평(高坪), 산내촌(山內村)을 기록했으며, 영춘은 밀곡(密谷)을 거론하였다. 거론되는 지명이 매우 많아졌고 물질적 조건에 관한 언급은 지속되었다. 게다가 '일시적으로 숨을 만한 곳[一時可隱處]'으로부터 '속세를 피할 수 있는 길한 장소[避世吉方]', '치세나 난세나 살만한 곳[治亂可居地]', '토질이 비옥하고 난리를 피할 수 있는 곳' 등 다층의 평가가 매겨졌는데, 실제 지리 조건에 대한 심도 있는 조사가 이루어졌음을 짐작할 수 있다.[52]

『정감록』에서『오주연문장전산고』에 이르기까지의 변화는 피난만을 고려하다가 택리복거(擇里卜居)의 조건을 중시하는『택리지』의 관점을 수용하게 되었음을 보여준다.[53] 사군이 계속해서 피난처로 언급되기는 하였으나 주목을 크게 받지는 못하였던 것은 이러한 관점이 작용한 때문일 것이다. 이규경은 <유·마변증설(維麻辨證說)>에서 사군은 곡식과 어염이 부족하여 평시에도 살기 어려운 반면 공주 근방의 유구(維鳩)·마곡(麻谷)은 물산이 풍족한 낙토(樂土)이니 사람들이 사군을 복지라고 일컫는 말은 모르고 하는 소리라고 일축하였다.[54] 지리산 청학동과 속리산 우복동은 조선 후기에 많은 사람들이 이주하여 들어갔는데, 이곳

---

52) 李圭景,『五洲衍文長箋散稿』「天地篇·地理類·地理雜說」, <樂土可作菟裘辨證說>.
53) 양승목,「조선후기 십승지론의 전개와 '살 곳 찾기'의 향방」, 116~124.
54) 李圭景,『五洲衍文長箋散稿』「天地篇·地理類·地理雜說」, <維·麻辨證說>.

들이 동천복지이자 낙토로 여겨졌기 때문이었다.55) 이와 달리 조선 후기 사군에 대규모 이주민이 유입되었던 사실을 쉽게 찾을 수 없는 것은 무엇보다 생계를 꾸리기 어려운 물질적 조건 탓이 컸을 터이다. 그렇지만 19세기 후반 동학 지도부가 단양·영춘·영월 등지에 오랫동안 은신했던 사실은 이곳이 피난처로서 어느 정도 중시되었던 점을 알려준다.

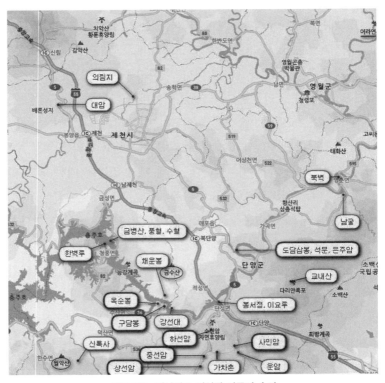

선경 또는 피난처로 인식된 사군의 승경

사군을 피난처로 여기는 공간인식은 적어도 임병양란 직후에는 있었던 것으로 보인다. 택당이 영춘에 피난한 사실에서 알 수 있다. 원경하

---

55) 최원석, 『사람의 산 우리 산의 인문학』, 397~398 및 422~423.

의 유기에서 알 수 있듯이, 18세기에는 많은 사람들이 사군을 피난처로 지목하였다. 이후 『학산한언』과 『오주연문장전산고』를 거치면서 피난하여 살만한 장소의 수가 더욱 많아지며, 서술되는 내용 또한 구체적이다. 이것은 시간이 갈수록 숨어살 곳의 필요성이 더욱 늘어난 시대 상황을 반영하며, 사군의 비중 또한 적어지지 않았음을 보여준다. 사군의 피난처 이미지는 17세기부터 19세기까지 300년가량 지속되며 많은 검증을 거치고 더욱 구체성을 띠게 되었다.

5 의의와 남은 문제들

사군은 격절된 지형 속에 승경과 동굴이 산재하여 동천복지(洞天福地)의 이미지를 연상케 하는 지리적 특성을 가지고 있었다. 이러한 이미지를 바탕으로 16세기의 사화, 16세기 말~17세기 전반의 전란, 18세기의 당쟁을 거치면서 이인(異人) 설화와 도교 지향의 인물들의 자취가 지속되었고, 사군은 지상선이 사는 공간으로 인식되었다. 한편, 사군의 산골짜기와 동굴 속에는 무릉도원형의 유토피아가 존재한다는 설화가 전해졌고, 십승지(十勝地)의 하나로 거론되기도 하였다. 사군을 피난처로 보는 공간인식은 임·병양란을 배경으로 생성되어 조선 후기 사회 동요를 거치면서 확장되어 19세기까지 지속되었다. 사군을 둘러싼 도교적 공간인식은 이 지역이 사람들의 주목을 받은 때로부터 생겨나 이후 전 시기에 걸쳐 점층된 것을 알 수 있다.

조선 후기에 특히 두드러졌던 사군의 도교적 공간인식은 이제까지 잘 알려지지 않았던 것으로, 지리산 청학동과 묘향산 등에 이어 도교적 공간관이 우리나라 실제 지리공간에 투영된 또 하나의 예를 보여준다. 지리산은 예부터 삼신산의 하나인 방장산으로 불리기도 했으며 최치원이 들어가 신선이 되었다는 전설이 깃든 곳이다. 청학동은 고려 후기부터 조선시대에 걸쳐 선경으로 알려져 지식인의 은일(隱逸)하려는 염원이 투영되었고, 조선 중·후기 들어 십승지론이 유행하였을 때는 증가한 유민들이 피난·보신할 땅으로 생각하고 몰려들었다.56) 묘향산은 단군신화의 배경이 된 신성한 장소로서 설화에서 도사가 빈번히 출현하였으며, 방외인들의 은일 공간이었으며, 속세의 혼란이 침입하지 못하는 선계로 인식되었다.57)

이러한 곳들과 비교하면 사군은 상징성이 적은 편이다. 단군과 최치원 같은 역사적 인물의 설화가 남아 있지도 않고, 이인설화는 많지도 않을 뿐더러 이인의 상징성도 약한 편이다. 다른 설화에서는 도술을 잘도 부리던 이지함이 사군에서는 선경(仙境)을 배경으로 고작 신선 흉내를 내고 있을 뿐이다. 십승지론에서도 낙토가 아니라는 이유로 청학동, 우복동과는 달리 큰 주목을 받지는 못하였다. 그럼에도 불구하고 사군이 중요한 것은 16세기부터 지속적으로 도교 문화가 축적되었다는 점이다. 그리고 18세기에는 유기와 같은 문학작품에서 선계 표현이 다른 시기에 비해 두드러졌다. 더욱이 문인지식인 몇 명이 신선사상을 가지고 이곳에 은거하며 외단(外丹) 수련을 한 자취는 무엇보다 중요하다. 조선시대 도교는 내단파(內丹派)가 하나의 조류를 이루었을 만큼 내단이 중시되었고, 외단은 중시되지 않았다. 이런 점들을 종합하면 사군의 도교 문화는 18세기가 가장 중요한 시기라고 생각된다.

---

56) 최원석, 『사람의 산 우리 산의 인문학』, 392~431.
57) 신익철, 「조선조 묘향산에 대한 인식과 문학적 형상」, 비교어문학회, 『비교어문연구』 17 (2004); 서신혜, 「묘향산의 도교문화적 특징과 양상」, 한국도교문화학회, 『도교문화연구』 22 (2005).

사군은 고을 전체가 선계로 여겨진 점이 다른 지역의 선경 유형과 구별된다. 그런 의미에서 필자는 사군에 투영된 공간인식을 동천복지로 이해하였다. 동천복지는 신선의 세계이지만 인간세상의 구조와 닮았다는 것은 2장에서 말한 바와 같다. 사군은 격절된 공간 안에 선경으로 상상될 만한 이국적인 승경이 많이 분포되어 사람들의 선계에 관한 상상을 자극하였다. 그리고 무엇보다 고을 수령이 선리(仙吏)라고 불릴 만큼 관아까지도 탈속의 분위기와 선경이 있어 신선세계로 여겨졌다는 점이 중요하다. 대개의 경우 사람이 많은 조시(朝市)로부터 멀리 떨어진 산속으로 가서야 신선세계를 상상할 수 있었던 것과는 차이가 크다. 이상과 같은 점들은 인문지리학과 도교문화사에서 일정한 의미가 있다.

사군의 도교 문화는 유기사(遊記史)에서도 유의미한 점이 있다. 조선시대 유기에 보이는 우리나라 각 지역의 공간인식은 대체로 유교적 색채가 짙게 드러난다. 유기를 남긴 대부분의 인물이 조선시대 유교 지식인이었으며, 유기가 본격적으로 저작된 것이 명종 대의 신진사림으로부터였기에 그들의 세계관이 기록에 투영된 것이다. 청량산 유기에서 청량산은 유학자들의 구도의 공간이자 퇴계학의 순례지로 인식된 것이 단적인 예이다.58) 반면 유기에 기록된 도교문화는 그다지 많지 않다. 유기에서 작가는 장소에 따라서 드문드문 선취(仙趣)를 드러내기도 하지만 전반적으로는 유학자의 세계관을 기록하는 것이 보통이다.59) 그에 비해 사군 유기에서는 많은 사람들이 지속적으로 선취를 드러내고 적극적으로 선경 묘사를 하고 있다. 특히 18세기 이명배(李命培), 조귀명(趙

---

58) 우응순, 「청량산 유산문학에 나타난 공간인식과 그 변모 양상」, 한국어문교육연구회, 『어문연구』 34 (2006).

59) 유기의 저술 시기나 작자층을 연구 대상으로 삼은 논문을 살펴보면 유기에서 선계 표현은 한때의 감흥을 문학적 관습으로 풀어낸 것이 대개이다. 이혜순 외, 『조선 중기의 유산기 문학』 (집문당, 1997): 노경희, 「17세기 전반기 官僚文人의 山水遊記 研究」 (서울대 석사논문, 2001): 안득용, 「17세기 후반~18세기 초반 山水遊記 研究」 (고려대 석사논문, 2005).

龜命), 이윤영 등 여러 사람의 유기에 나타난 선경 묘사는 독자의 상상력을 크게 자극한다. 이 시기가 한문산문의 예술성이 부각되었던 때인 까닭도 있겠고, 조귀명과 이윤영의 경우처럼 작자가 도교 사상에 관심이 많았던 까닭도 있겠다.

본고에서는 사군의 도교적 공간인식을 산문을 통해서 살펴보았다. 기행한시에 표현된 공간인식은 앞으로의 연구 과제로 삼기로 한다. 아울러 여타 지역의 기행시문과 산문 기록에 표현된 도교 문화에 대해서도 더 많은 자료의 수집과 심도 있는 분석이 필요하다.[60] 한편 사군의 경우 도교 지향을 강하게 나타내는 인물과 동천복지에 관한 문학적 묘사가 18세기에 부각되는 경향을 본고에서 확인하였다. 같은 시기 다른 지역에서도 이러한 경향이 나타나는지, 그렇다면 이와 같은 도교 문화의 부각에 어떠한 배경이 있는지도 연구해야 할 것이다.

---

60) 필자는 사군보다는 금강산과 관동팔경에 도교적 공간인식이 더욱 강렬하게 남아 있을 것으로 추측한다. 신라의 사선랑(四仙郎)이라던가 조선의 양사언(楊士彦) 등 흔히 알려진 자취만 보아도 그 도교적 분위기를 짐작할 수 있다. 다만 이 지역의 한문 기행문학에 관해서 아직은 심도 있는 연구가 이루어지지 않았기에, 앞으로 집중된 연구가 필요하다.

참고문헌

南鶴鳴, 『晦隱集』.
宋時烈, 『宋子大全』.
元景夏, 『蒼霞集』.
尹宣擧, 『魯西遺稿續集』.
李圭景, 『五洲衍文長箋散稿』.
李植, 『澤堂別集』.
李源進, 『鶴下山人存稿』.
李胤永, 『丹陵遺稿』.
李義肅, 『頤齋集』.
丁若鏞, 『與猶堂全書』.
韓鎭㒉, 『入峽記』.
黃景源, 『江漢集』.
『선조수정실록』.
『新增東國輿地勝覽』.
葛洪, 『抱朴子內篇』.
金敬鎭, 김동욱·정명기 옮김, 『靑邱野談』 (교문사, 1996).
신돈복, 김동욱 옮김, 『국역 학산한언』 (보고사, 2007).
심재, 신익철 외 옮김, 『교감 역주 송천필담』 (보고사, 2009).
安春根 편, 『鄭鑑錄集成』 (아세아문화사, 1981).
유몽인, 신익철 외 옮김, 『어우야담』 (돌베개, 2006).
이중환, 허경진 옮김, 『택리지』 (서해문집, 2007).
홍만종, 이민수 옮김, 『旬五志』 (을유문화사, 1971).
李豐楙, 「六朝道敎洞天說與遊歷仙境小說」, 『誤入與謫降-六朝隋唐道敎文學論集』 (臺灣,
    學生書局, 1996).
잔스촹, 안동준·런샤오리 뒤침, 『도교문화 15강』 (알마, 2011).

김수진, 「凌壺觀 李麟祥 문학 연구」 (서울대 박사논문, 2012).
김일근, 「申會友齋作 「丹山別曲」攷」, 건국대학교 교육대학원, 『교육논총』 7 (1986).
김학수, 『끝내 세상에 고개를 숙이지 않는다』 (삼우반, 2003).
노경희, 「17세기 전반기 官僚文人의 山水遊記 硏究」 (서울대 석사논문, 2001).
박희병, 「이인설화와 신선전」, 『韓國古典人物傳硏究』 (한길사, 1992).
백승종, 「18~19세기 『정감록』을 비롯한 각종 예언서의 내용과 그에 대한 당시대
    인들의 해석」, 진단학회, 『진단학보』 88 (1999).

서신혜, 「묘향산의 도교문화적 특징과 양상」, 한국도교문화학회, 『도교문화연구』 22 (2005).

신익철, 「조선조 묘향산에 대한 인식과 문학적 형상」, 반교어문학회, 『반교어문연구』 17 (2004).

안득용, 「17세기 후반~18세기 초반 山水遊記 硏究」 (고려대 석사논문, 2005).

양승목, 「조선후기 십승지론의 전개와 '살 곳 찾기'의 향방」, 한국한문학회, 『한국한문학연구』 63 (2016).

우응순, 「청량산 유산문학에 나타난 공간인식과 그 변모 양상」, 한국어문교육연구회, 『어문연구』 34 (2006).

이종은 외, 「韓國文學에 나타난 유토피아 意識 硏究」, 한양대 한국학연구소, 『동아시아 문화연구』 28 (1996).

이태희, 「朝鮮時代 四郡 山水遊記 硏究」 (한중연 박사논문, 2015).

이혜순 외, 『조선 중기의 유산기 문학』 (집문당, 1997).

정민, 『초월의 상상』 (휴머니스트, 2002).

최석기, 「조선 중기 사대부들의 지리산유람과 그 성향」, 한국한문학회, 『한국한문학연구』 26 (2000).

최영준, 「南漢江 水運 硏究」, 대한지리학회, 『지리학』 35 (1987).

최원석, 『사람의 산 우리 산의 인문학』 (한길사, 2014).

황선명, 「십승지 고(考)」, 서울대 종교문제연구소, 『종교와 문화』 5 (1999).

하층민 서사와 주변부 양식의 가능성
-1980년대 논픽션을 중심으로- [1]

김 성 환

1   저널리즘 글쓰기와 소설의 수용 양상

논픽션, 수기, 르포 등을 일컫는 저널리즘 글쓰기(journalistic writing)가 대중적 문학양식으로 자리 잡은 것은 1960년대 이후부터이다. 저널리즘 글쓰기는 유력한 잡지 콘텐츠로, 관보를 포함한 대다수의 매체가 적극적으로 발굴했다. 저널리즘 글쓰기의 대중성은 인접한 매체를 통해서 증명된다. 저널리즘 글쓰기는 그 자체로 흥미롭게 읽혔을 뿐 아니라, 1980년에는 드라마, 영화 등으로 각색되어 대중적 생산성이 높은 문예양식임을 증명하였다.[2] 이러한 생산성은 저널리즘 글쓰기가 매체의 특

---

1) 이 논문은 『현대문학의 연구』 59 (2016: 403~442)에 실은 김성환(2016)의 「하층민 서사와 주변부 양식의 가능성 -1980년대 논픽션을 중심으로」를 이 책의 논지에 따라 수정하였다.

2) 이 글에서 다룰 이동철의 작품 다수가 발표 직후 영화화될 정도로 인기가 높았다. 「어둠의 자식들」(이장호 감독, 1981), 「꼬방동네 사람들」(배창호 감독, 1982), 「과부춤」(이장호 감독, 1983) 등은 원작에 인기에 힘입어 영화화된 사례이다. 1960년대 이래 대중화된 저널리즘 글쓰기는 대중적 인기를 배경으로 인접 장르로 확산되는 경우를 흔히 볼 수 있다. 1960-70년대 독서시장에서 저널리즘 글쓰기가 차지하는 비중은 적지 않았으며, 대중독자는 이를 적극적으로 소비했다. 이와 관련하여,

성과 밀접하게 연관된 양식이라는 사실과 관련 깊다. 『신동아』가 논픽션 공모를 통해 교양의 읽을거리를 만들었으며, 관보 『노동과 산업』/『노동』이 모범근로자를 호출한 것, 그리고 『대화』가 노동운동의 담론을 노동자 서사로 형상화한 사실이 이를 뒷받침한다. 저널리즘 글쓰기에는 매체의 지향점을 축으로 재현대상과 독자, 그리고 글쓰기 주체가 긴밀히 연결되어 있었다.

문학 텍스트의 독자 수용을 분석한 '기대지평'의 관점에서 보면, 문학 행위란 작가와 독자의 지평이 융합하는 과정을 뜻한다.3) 독서 행위는 문학적 지평에서 해석될 수 있는 것으로, 문학의 생산과 수용, 즉 저자의 글쓰기와 독자의 글읽기는 동일한 차원에서 진행되는 문학 행위로 이해되어야 한다. 그러나 저널리즘 글쓰기는 일반적인 문학 양식과는 구분된다. 문학적 독서 행위가 장르 형성에 영향을 끼친 것과 달리, 논픽션, 르포, 수기 등은 기존 양식의 매개를 요구하지 않았다. 대신 사실성 자체를 재현하는 글쓰기로 이해되면서 새로운 양식의 가능성을 내포한 것으로 평가받는다. 이는 문학의 작가-독자 관계를 넘어서서 글쓰기와 글읽기 주체의 지평 융합을 전제로 한다. 그리고 작가와 독자가 저널리즘 글쓰기가 제시한 동일한 현실적 지평에서 조우할 때, 그 글쓰기는 동일한 공동체의 양식을 지향하게 된다.4) 독서 행위가 기대지평의 융합을 통해 소설의 진화에 기여했으며, 독서 행위의 결과로서 근대

김성환, 「1970년대 논픽션과 소설의 관계 양상 연구: 『신동아』 논픽션 공모를 중심으로」, 『상허학보』 32 (2011); 김성환, 「1970년대 <선데이서울>과 대중서사」, 『중앙어문』 64 (2015) 등의 논의를 참조.
3) H.R. 야우스, 장영태 옮김, 「문예학의 도전으로서의 문학사」, 『도전으로서의 문학사』(문학과지성사, 1983), 179~183.
4) 石原千秋, 『讀者はどこにいるのか』(河出ブックス, 2009), 4장 참조. 공유된 기대지평은 문학적 이미지가 아니라 현실 그 자체에 속하는 것으로 이를 통해 근대-문학의 내면의 공동체를 형성한다. 문학의 경우, 이 내면의 공동체가 독자의 수용영역에서 생성된다. 사실성에 근거한 논픽션, 수기 등은 독자의 지평과 작가의 지평이 융합할 가능성을 상정할 수 있다.

적 공동체, 즉 국민국가의 정체성이 형성되는 기제는 넓은 의미의 문학 범주에 포함되는 논픽션, 수기 등에도 해당할 것이다.

소설 장르와 길항하면서 문학사에 등장한 저널리즘 글쓰기는 특유의 사실성을 근거로 다양한 층위에서 현실을 형상화한다.[5] 경우에 따라 특별한 계기를 가진 글쓰기는 계급적 지향점을 드러내어 이데올로기적 효과를 발휘하기도 한다. 전태일의 일기가 지식인을 노동현장으로 불러낸 것과 같이, 『대화』의 노동자 수기는 노동자의 정체성과 노동운동의 방향성을 설정했다. 『대화』를 통해 문학장에 등장한 노동자는 수기 글쓰기의 발신자인 동시에 수신자이다. 즉 노동자가 쓴 글을 노동자가 읽음으로써 노동자 주체가 성립된다. 나아가 노동자 글쓰기는 저자와 독자를 한데 아울러 노동운동의 목표를 공유하는 노동자 문학의 장을 구성한다. 소설이 근대성의 조건 속에서 내면의 공동체를 구성하고 묵독(默讀)의 독자를 만들어 냈다면,[6] 저널리즘 글쓰기는 현실과 연결된 지향점을 근거로 계급적, 계층적 공동체의 문학의 밑바탕이 되었다. 저널리즘 글쓰기의 주체는 대중매체의 소비자일 수도, 근대국가의 국민일 수도 있다. 따라서 『대화』가 수기를 통해 노동자를 호명하고 노동의 가치를 발굴한 사실 자체는 특기할 만한 일은 아니다. 주류 문학과 비교하자면, 1970년대 이후 노동자 중심의 문학적 실천들, 예컨대 노동자 생활글 쓰기 등의 문예운동은 논픽션, 수기 등의 비문학적·사실적 양식을 통해 실천되었다는 점이 변별점이 될 것이다.[7]

---

5) 19세기 후반 문학사에서 저널리즘 글쓰기는 소설 장르의 발달과 밀접하게 연관되어 있다. 두 장르는 상호 영향을 미치면 근대적 문학장을 형성한 것으로 평가받는다. 이에 관해서는 김성환, 「1970년대 논픽션과 소설의 관계 양상 연구: 『신동아』 논픽션 공모를 중심으로」, 1, 2장의 논의를 참조.

6) 근대독자의 조건이란, 인쇄시설, 보편적인 국어 및 문해 교육, 묵독의 공간, 그리고 이를 통한 계층적 공동체의식, 이를 전달할 대중매체, 그리고 이를 수용할 수 있는 개인의식 등을 들 수 있다. 石原千秋, 『讀者はどこにいるのか』, 56.

7) 노동자의 논픽션, 수기 등의 '자기 재현적' 글쓰기가 문학범주에 포함된 것은 1980

그리고 1970년대 후반 저널리즘 글쓰기기는 또 하나의 계층을 호명한다. 노동자나 농민으로 불릴 수 없는 도시 하층민 혹은 도시 빈민이 그것이다. 범죄자나 매춘부, 걸인 등의 최하층 집단은 일상에서 가시화되기 힘든 존재이다. 이들의 삶은 일반적인 노동과는 다른 방식으로 지탱되며, 농촌 공동체와의 연관성도 약해 사회구조의 변동으로도 명확하게 설명하기 어렵다. 산업화 과정에서 노동자 혹은 근로자가 호명되는 사이, 도시 하층민은 『어둠의 자식들』과 같은 특이한 논픽션 양식을 통해 비로소 재현되었다. 기존 문학 장르에 참조점을 두지 않은 『어둠의 자식들』의 독특한 문체는 하층민 발화를 문자로 기입하기에 적절한 글쓰기 방식이었다. 『어둠의 자식들』은 하층민이 말할 수 있음을, 다시 말해 글쓰기의 효과로서 하층민의 정체성이 구성될 수 있음을 알린 선언과도 같았다.[8] 『어둠의 자식들』은 1960년대 중반 이후 가장 일반화된 저널리즘 글쓰기 양식인 논픽션의 형식을 빌려 하층민 서사의 가능성을 시험했다. 논픽션은 체험수기, 일기, 르포 등을 포괄하는 양식개념으로, 소설과 달리 사실성이 강조되는 매체 서사(media-narrative)의 성격이 강하다.[9] 대표적 사례인 『신동아』 논픽션 공모는 문필가가 독점한 저자

년대 민족문학 논쟁을 거친 이후였다. 그러나 노동자들의 글쓰기가 문학의 일부로써 인정받았지만음에도, 노동자문학에는 전통적인 문학의 관습과 언어가 장벽으로 존재했다. 이같은 사정은 1990년대 이후 주류 문학계로 나아간 '잘 쓰인' 노동자 문학의 등장과 생활글쓰기 운동의 퇴조가 증명한다. 1970~80년대 노동자 글쓰기에 관한 분석은 천정환, 「서발턴은 쏠 수 있는가—1970~80년대 민중의 자기재현과 "민중문학"의 재평가를 위한 일고」, 『민족문학사연구』 47 (2011); 천정환, 「그 많던 '외치는 돌멩이'들은 어디로 갔을까—1980~90년대 노동자문학회와 노동자문학」, 『역사비평』 106 (2014) 참조.

8) 이에 관해서는 김성환, 「『어둠의 자식들』과 1970년대 하층민 글쓰기의 양상」, 『한국현대문학연구』 34 (2011) 참조.

9) 매체서사라는 용어는 이경돈, 『문학 이후』 (소명출판, 2009)의 논의를 따른 것이다. 이경돈은 매체서사를 "매체를 통해 광장으로 진출했던 텍스트들, 즉 미디어 텍스트(mediatext) 중 서사적 특성을 강하게 함유한 텍스트"로 정의했다.(이경돈, 『문학 이후』, 148) 이 글에서는 이 논의에 따라, 저널리즘 글쓰기를 매체서사의 하나로 파악하지만, 저널리즘적 성격, 즉 사실성을 강조한 글쓰기라는 점에서 저널리

의 자격을 일반 독자에게로 확대했으며, 매체의 위상에 걸맞은 글을 요구하여 수준 있는 저자의 반열에 오를 수 있는 기회를 제공했다.10) 전문직 기자의 심층취재나 르포 기사에 비해 일반독자의 논픽션은 전문성은 부족했지만, 경험의 직접성과 사실성을 드러낸다는 점에서 기사 이상의 흥미를 불러일으키기에 충분했다. 『어둠의 자식들』에 혼란스러운 형식은 기왕의 논픽션 서술 양식들을 적극 활용했기에 가능한 것이었다.

이 글에서는 1980년대 초 등장한 하층민 서사를 대상으로 한다. 『어둠의 자식들』의 후속작 격인 『꼬방동네 사람들』(1981)과 바투 이어진 『오과부』(1982), 『먹물들아 들어라』(1982), 『목동 아줌마』(1985) 등 이동철의 일련의 저작들을 살펴볼 것이다. 그리고 '르포라이터'의 지위를 강조한 유재순의 『여왕벌』(1984)과 『난지도 사람들』(1985)도 함께 논의한다. 이들 작품은 논픽션과 소설이라는 장르 표지를 혼용하였지만 형식적 차이는 분명하지 않으며 하층민의 삶을 형상화 한다는 공통점이 두드러진다.11) 도시 하층민은 노동자, 농민, 혹은 민중의 개념과도 분리된 '운동'으로부터도 소외되어 계급성이 희박한 존재이다. 1980년대 노동문학 운동의 스펙트럼이 민족문학의 범주 속에서 민중문학의 실천가능성에 초점이 맞춰진 것과는 달리,12) 하층민을 대상으로 한 글쓰기는 구조적

즘 글쓰기라는 용어를 일반화하였음을 밝힌다.

10) 『신동아』 논픽션 공모 수상자들 중에는 전문적인 논픽션 작가로 나아간 경우도 흔히 볼 수 있다. 소설 등단의 경력이 있었던 이칠봉은 1970년 「사형수 풀리다」로 당선된 후 장편 수기 『벌받는 화사』(노벨문화사, 1971)을 상재하면서 논픽션 작가로 활동했다. 1974년 「매혈자」로 당선된 김도규와 1981년 「난지도 쓰레기 매립장을 찾아서」로 당선된 유재순은 1980년대 전문 논픽션, 르포 작가로 활발히 활동했다. 『신동아』 논픽션 공모는 단행본 출판시장으로 진출할 수 있는 유력한 경로였다.

11) 유재순은 '현장소설', '르포소설'이라는 부제를 통해 체험의 사실성을 강조했다. '현장소설' 『난지도 사람들』은 1981년 논픽션 당선작 「난지도 쓰레기 매립장을 찾아서」의 체험을 바탕으로 쓰였으며, '르포소설' 『여왕벌』은 작가후기에서 실제 취재를 근거로 삼았으며, 상상력은 극히 제한적이라는 점을 강조했다.

12) 김영민, 『한국현대문학비평사』(소명출판, 2000), 9장 3절 및 천정환, 「1980년대

으로 부재하는 계층을 형상화한다는 점에서 문예운동의 일반적인 상황과 어긋난다. 하층민 글쓰기 또한 고유한 현실 구성의 의의를 가지지만, 노동자 글쓰기처럼 외부의 선험적 가치체계를 가지지 못했다. 그렇기에 하층민의 글쓰기는 체험의 직접성을 드러내는 형식을 실험할 수 있었으며, 그 과정에서 다양한 양식, 즉 논픽션과 소설의 경계를 넘나드는 시도들이 가능했다. 이 글에서는 장편 논픽션 및 르포소설을 통해 하층민 글쓰기가 실천과정과 효과, 그리고 하층민 서사의 양식적 가능성에 대해 논의하고자 한다.

2   주변부 주체를 호명하는 문학적 양식

1980년대 저널리즘 글쓰기를 이해하기 위한 첫 번째 물음은 독자에 관한 것이다. 논픽션, 수기, 르포의 독자는 누구인가, 혹은 독자로 상정된 이는 누구인가. 이에 대한 대답은 주체화와 목적에 따라 달라진다. 노동수기는 체험수기의 형식을 통해 노동의 가치와 진정한 노동자의 표상을 발굴했다. 노동운동의 목적에 따라 노동수기의 주체와 대상은 비교적 분명했다. 노동운동에 헌신해야 하는 이들이 노동수기의 저자이자 독자였다. 1980년대 들어 노동자 글쓰기의 범위는 운동으로 확장되어, 노동자 일반을 호명한다. 노동운동이 노동자 글쓰기를 조직하면서 글쓰기의 주체와 대상은 노동 '문학'의 주체로 재호명된다. 노동운동의 지향점에 따라 노동문학의 방향도 선명해졌다. 기존 문학에 대한 비판

문학·문화사 연구를 위한 시론 (1)—시대와 문학론의 "토픽"과 인식론을 중심으로」, 『민족문학사연구』 56 (2014)의 논의를 참조.

을 거쳐 등장한 노동자 문학은 조직의 정체성과 노동자 주체성을 드러내는 글쓰기를 요구했다. 노동자 생활글 모음은 이를 대표할 만하다.13) 그렇다면 노동자 문학운동의 성과는 충실하게 읽혔을까. 이는 분명하지 않다. 노동자의 계급성과 문화 소비가 항상 일치하는 것이 아니라면,14) 노동자 글읽기/글쓰기의 고유성(singularity)을 이데올로기의 영향에서 분리하여 양식의 문제로 파악하는 작업이 필요하다.

이러한 관점에서 문학장 내에서 호명된 적 없는 글쓰기 주체에 대한 논의가 시작된다. 자본주의 생산조건과 노동운동은 노동자 계급의 근거가 되었지만, 한편으로 노동으로 포착되지 않는 하층민을 비가시화하는 원인이 되기도 한다. 계급적 관점 이외에도 이데올로기적 조건들은 민중, 하층민, 민초 등의 기호를 동원해 새로운 주체를 호명했다. 그 중 민중은 '발견으로서의 민중'이라는 방법론을 통해 역사의 주체로 고양되었으며, 대자적/즉자적 주체의 구분을 통해 역사발전의 원동력이라는 사회학적 고평을 받은 1970-80년대의 주체이다.15) 그러나 사회과학 담

---

13) 대표적인 성과로 김경숙 외,『그러나 이제는 어제의 우리가 아니다 — 80년대 노동자 생활글 모음』(돌베개, 1986) 등이 제출되었지만, 이것이 노동자 문학 전체를 대표하는 것은 아니었으며, 때로는 문학성을 둘러싸고 전문화된 노동문학과 갈등을 빚기도 했다.

14)『공장의 불빛』(일월서각, 1984)의 저자 석정남의 1970년대 일기에는 한 노동운동가의 문학 취향이 등장한다. "헬만 헤세, 하이네, 윌리엄 워드워즈, 바이런, 괴테, 푸쉬킨. 이 얼마나 훌륭한 이들의 이름인가? 나는 감히 상상도 못할 만큼 그들은 훌륭하다. 아, 나도 그들의 이름 틈에 끼고 싶다. 비록 화려한 영광을 받지 못할지라도 함께 걷고 싶다"(석정남, 「인간답게 살고 싶다」,『대화』(1976.11, 188)라는 언급에서 보다시피, 노동자의 문학적 취향과 독서체험이 노동자 계급성과는 다른 교양 일반의 수준까지를 포괄하는 일은 드물지 않았다. 이같은 사정은 문해교육이 확대되던 19세기 유럽의 경우에서도 마찬가지였다. Jacques Ranciere의 *Nights: The Workers' Dream in Nineteenth - Century France* (Verso, 2012)및 Ursula Howard의 *Literacy and the Practice of Writing in the 19th Century - A History of the Learning, Uses and Meaning of Writing in 19th Century English Communities* (NIACE, 2012)등의 연구는 이와 같은 사정을 잘 보여준다.

15) 한완상, 「민중의 사회학적 개념」, 유재천 편,『민중』(문학과지성사, 1984) 참조.

론에 따르면 민중은 발견하지 않고서는 가시화될 수 없는 비정형의 존재이다. 따라서 담론의 외부에서 민중은 여전히 희미한 상태에 놓일 수밖에 없다. 이때 민중의 존재를 드러내려는 시도는 문학적 글쓰기를 통해 실천된다. 박태순은 기행문『국토와 민중』에서 민중을 국토라는 공간의 범주 속에서 발견하려했다.『국토와 민중』에서 글쓰기의 대상인 국토와 민중은 문학적인 조건 속에서 인식되고 발견된다. 그런 점에서 이 작품은 문학기행에 가깝다. 박태순은 국토와 민중이 무엇인지, 그리고 이들이 어떻게 규정될 수 있는지에 관해 사회과학적 담론이 아닌, 문학적 재현을 통해서 해명하려 한 것이다.『국토와 민중』의 대미는 다음과 같은 구절로 마무리된다.

> 민족의 시는 민중을 통하여 찾을 수밖에 없으며 이는 민중이 주인으로 터를 닦아 살고 있는 국토의 새로운 발견을 통하여 이루어질 수밖에 없다. 누이야, 나의 국토 기행이 이러한 민중의 국토 발견에 어설픈 나름으로나마 하나의 답사 기록이 될 수 있다면 더 이상 바랄 것이 없을 것 같은 심정이다.
> 이 하늘 아래, 이 땅 위, 이 현실 속
> 우리의 국토에 가득한 통일과 평화,
> 착한 노래에 아름다운 그림으로 펼쳐지고
> 사람답게 제대로 누리며 사는 터전이 되기를……
> 그를 위해 사람들이 온 힘으로 떠메고 있는 국토
> 끌어안아 다시 출발하자.16)

마지막 구절은 이 작품이 문학적인 관점에서 구성되었음을 짐작케 한다. 박태순은 국토 곳곳을 누비는 여행을 통해 민중들의 '삶터'를 소개하며, 그에 상응하는 문학적 재현들을 제시한다.『관촌수필』같은 당

---

16) 박태순,『국토와 민중』(한길사, 1983), 393.

대의 문학작품이 현장의 사실성을 뒷받침하기 위해 인용되며, 시조나 가사는 물론, 민요와 같은 구전 또한 채록되어 민중의 정서를 재현한다. 문학의 범주를 아우른 여행은 작가가 "국토를 발견하기 위한 여정"이라고 말했거니와, 사실상 민중을 주제로 한 문학기행의 성격이 짙다. 이 여행에서 작가의 시선은 국토라는 공간이 아니라 국토를 '삶터'로 삼는 민중으로 향한다. 즉 한반도를 국토로 인식하는 작업은 자연 그 자체와는 구별되는 인간이 있기에 가능했다.17) 따라서 박태순의 국토 여행은 곧 민중을 발견하는 여정으로 전환된다.

박태순이 국토기행을 통해 발견한 민중이란 실향민, 어부, 광부, 장돌뱅이 등의 '기층민'이 포함되는 것으로, 민중보다 민초라는 용어가 더욱 적합해 보인다.18) 이 민중은 역사 변혁의 주체인 '대자적 민중'의 개념과는 상이하며, 노동자 계급성과도 거리가 멀다. 주변부에서 소외된 채 살아가는 사람들이 민중이며, 민중이 삶터로서 정착한 곳이 국토라는 인식은 자칫 상호지시의 순환에 빠질 수 있다. 그럼에도 박태순은 민중의 주체성을 놓치지 않는다. 적어도 『국토와 민중』 내에서는 국토와 민중은 문학적으로 형상화 될 수 있는 대상이자, 문학적 글쓰기의 가능성을 내포한 주체이기 때문이었다. 즉 국토와 민중, 양자 모두 문학장 내에서 의미화 될 수 있는 대상들이었다.

---

17) 박태순, 『국토와 민중』, 15.
18) 『국토와 민중』은 국토 개념에 대한 상세한 분석과 의미부여로 시작된다. 1장 「국토를 어떻게 인식할 것인가」에서 국토의 어원을 『시경』에서 찾고 인문지리 및 문학적 형상화의 사례를 찾는다. 그리고 산업화의 상황도 충분히 고찰하여 국토를 삶터로서 발견해야할 당위를 피력한다. 그에 비하면 '민중'의 개념은 국토만큼 정치하게 분석되지 않았다. 작품 속에 민중이라는 단어가 등장하지만, 명확한 의미 개념이라기보다는 책의 곳곳에 등장하는 계층적 실상을 가리키는 용어, 예컨대 유랑민, 농민, 토박이, 심마니 등의 구체적인 어휘를 일반화하여 통칭하는 용어로 쓰인다. 10장 「소백산맥에 맺힌 민중의 한」에서 민중은 한국전쟁의 수난을 겪은 이들을 대상화한 것으로, '엘리트'와 대립되면서, 민초와 동의어로 쓰이기도 한다. 박태순, 『국토와 민중』, 233.

하층민, 혹은 민중이 문학적으로 전유되는 현상은 1970년대 이후 저널리즘 글쓰기의 특징 중 하나였다. 『어둠의 자식들』은 지금껏 규범화되지 못했던 주변부의 존재를 문학장 속으로 끌어들였고, 주변부 문학 양식의 가능성을 알렸다. 황석영이 『어둠의 자식들』을 평가하며, 기존의 소설의 문법이 아닌 새로운 주체와 언어로 하층민을 재현한 장면에 경탄을 보낸 것은 이 때문이다. 이동철의 육성에 육박하는 구술적 글쓰기를 접한 황석영은 문학창작과는 무관한 글쓰기 방식을 깨닫고 하층민의 삶 자체에 놀라움을 표한다. "아 그런 현실도 있구나", "그런 현실이 소재가 될 수도 있겠다."19)라는 반응은 소설이 여태껏 이동철이 겪은 최하층의 삶을 간과한 것에 대한 반성이었다. 황석영의 발언에도 불구하고 하층민에 대한 인식은 리얼리즘론과 같은 문학적의 주제로 연결되지는 않았다. 그러나 중요한 것은 『어둠의 자식들』의 특이한 글쓰기 형식이 주체이자 대상인 하층민을 하나의 공동체를 상상하게 만들었다는 사실이다. 황석영에 따르면, 이 작품의 중요한 독자층 하층민 청소년들로, 이들은 작품 속 비속어의 공유를 통해 동질감을 갖는다.20) 『어둠의 자식들』이 하층민의 언어를 통해 속어를 통해 하층민 내면의 공동체를 구성할 수 있다면, 이는 하층민 고유의 문예 양식으로서 가치를 인정받을 수 있다. 황석영은 이에 대해 기존의 문학정신과는 다른 '효용적 가치'라고 평가한다.21) 이처럼 이동철의 구술적 글쓰기는 기존 문학과는 다른 지점에서 하층민 서사를 실증했다.

『국토와 민중』, 『어둠의 자식들』의 공통점은 소외된 주체를 문학의

---

19) 「민중의 삶에서 만나는 진실」, 『신동아』 (1981.7). 『어둠의 자식들』의 서술방식에 대해, 황석영은 공동창작이라 불릴 수 있음을 인정한다. 이는 저널리즘 글쓰기에서 저자의 권위가 사라지는(authorial disavowal) 상황과 연관 깊다. 이에 관해서는 김성환, 「『어둠의 자식들』과 1970년대 하층민 글쓰기의 양상」, 『한국현대문학연구』 34 (2011) 참조.
20) 「민중의 삶에서 만나는 진실」, 272.
21) 「민중의 삶에서 만나는 진실」, 276.

주체로 정립하려 했다는 점이다. 박태순이 민중을 발견한 것처럼, 『어둠의 자식들』은 하층민의 언어를 통해 하층민의 현실을 문학적 양식으로 재현했다. 이때 양식상의 문제 중 하나는 외부에서 개입하는 언설의 성격이다. 소설과는 달리 구술적 상황 내세운 『어둠의 자식들』은 서사 외부의 언설을 비교적 자유롭게 노출했다. 이러한 특성은 하층민을 주체화하는 장치로 작동한다. 황석영은 이동철 작품의 주인공이 항상 옳은 결정을 내리는 것에 놀라움을 표했는데, 이는 달리 말해 구술행위가 목적의식에 따른 것으로, 구술을 통해 공동체의 운명에 영향을 끼치고 정체성 형성에 개입하는 것이다. "그 사람이 그런 글을 쓴다는 행위를 통해서 그 사람의 역할이나 영향력이 더 커질 수 있는 것이거든요 또 이것이 공전의 베스트셀러가 되어서 읽혀지고 있다는 것은 그만큼 그들의 역량이나 역할에 관심이 높아졌다고 볼 수도 있는 것이지요."[22]라는 진단은 『어둠의 자식들』 특유의 서술 양식이 하층민 서사, 주변부 양식의 가능성을 한층 더 높였음을 의미한다.

3 하층민 주체와 공동체를 발견하는 서사

3.1. 꼬방동네에서의 글쓰기

이동철은 『어둠의 자식들』 이후에도 활발하게 하층민 서사의 가능성을 타진했다. 그의 시도는 박태순의 기행문이 탐색한 민중문학의 가능성과 견주어 볼 수 있을 것이다. 1980년대 민중문학이 사회운동의 차원

---

22) 「민중의 삶에서 만나는 진실」, 278.

에서 전개되었음은 주지의 사실이다. 박태순이 국토의 진정한 주인이자 역사발전의 원동력으로서 발견한 민중은 운동 가능성을 시험받으며 민중문학의 대상이자 주체로서 거듭 호명되었다. 그 과정에서 민중문학론은 제3세계론 혹은 농민문학 등의 다양한 주제와 접목했다.[23] 사회학적 전망과 이데올로기적 토대를 분명히 제기하자, 애초에 설정되었던 민중이라는 범주는 각각의 주제 속에 융해되었다. 노동자, 혹은 농민의 계급적, 계층적 층위가 분명해졌을 때 민중, 혹은 하층민의 존재는 새로이 재전유될 대상이 된 것이다. 이동철이 글쓰기의 장으로 끌어올린 '말하는 하층민'은 계급 범주에 속하게 될 처지였다.

그러나 이동철은 여전히 노동자도, 농민도 아닌 하층민의 현실에 주목한다. 『어둠의 자식들』의 후속작 『꼬방동네 사람들』은 지명수배자 신세에서 벗어난 화자를 내세워 전작의 배경을 이어받는다. 이 작품의 내용과 형식은 전작과 매우 유사하다. 주인공을 포함한 주변의 하층민이 주인공으로 등장한다는 점, 은어와 비속어를 적극적으로 노출시키고, 다양한 문체를 동원하여 소설적 내러티브를 거부한 것 등은 연속성의 근거이다. 창작 방법도 여전하다. 습작 연습도 없이 '에라 모르겠다'는 심정으로 겁없이 휘갈겨 쓴 태도는[24] 이동철만의 고유한 창작 방법론으로 자리매김했다. 그러나 『꼬방동네 사람들』과 『어둠의 자식들』의 차이점도 뚜렷하다. 주인공이자 화자 이동철에 의해 대상화된 인물과 공간의 정체성, 그리고 하층민의 집단행동은 전작과는 다른 양상으로 전개된다. 이는 개별적인 작품의 차이라기보다, 하층민 서사가 두 작품을 거치는 사이 글쓰기 주체와 대상에 대한 인식의 변화에 따른 결과이다. 『어둠의 자식들』에서 『꼬방동네 사람들』로, 다시 『오과부』, 『먹물들아 들어라』, 『아리랑 공화국』으로 이어진 저술의 제목에는 '어둠'에

---

23) 김영민, 『한국현대문학비평사』, 8장 참조.
24) 이동철, 『꼬방동네 사람들』 (현암사, 1981), 373.

서 '동네'로, '자식들'에서 '사람들'로 점차 구체화된 흔적을 발견할 수 있다. '사람들'의 실례로 과부, 깡패, 철거민들을 각기 달리 불러내고, '먹물'을 발화의 수신자로 지목한 글쓰기의 변화는 하층민 서사의 양식화의 토대를 이룬다.

제목에서 보듯, 『꼬방동네 사람들』은 특정한 공간에서 일어난 사건이 중심이 된다. 황석영의 말 대로 "어둠의 자식들에 나왔던 사람들이 일단 정착을 해서 생활에 뿌리를 내리게 되는 얘기"[25]이다. 서술의 첫머리는 청계천 7가에서 시작하여 신설동, 용두동, 답십리 뚝방동네까지 펼쳐진 서울의 대표빈민가를 훑어 내려가며 작품의 무대를 선보인다. 그 중에서도 이 작품의 공간은 기동차로를 사이에 두고 창녀촌과 꼬방이 난립해 있는 신설동 16통, 17통이다. 전작에서 창녀촌 사람들의 기구한 사연들이 구술의 형식으로 나열되었던 것에 비해『꼬방동네 사람들』의 16통, 17통의 공간적 성격은 더욱 구체적이다. 이들은 비록 무허가 철거촌이긴 하지만, 각자의 공간에서 일상을 영위하고 있으며, 이를 포괄하는 계층적 공동체 의식을 공유한다.

공동체 의식의 영향으로 16통, 17통 주민들의 집단행동과 조직화의 가능성이 열린다. 화재사건을 계기로 16통, 17통 주민들은 '자체소방대'를 결성한다. 판자촌과 청녀촌 구석구석을 돌아다니는 소방대의 임무는 야경(夜警)을 넘어서 동네의 크고 작은 갈등을 조정하는 일이다. 이동철이 주도적인 역할을 맡으면서 소방대는 "되도록이면 마찰을 피하면서 서로가 이로운 방향"[26]으로 협의를 이끌어낸다. 꼬방동네 사람들의 공동체 의식은 「티상촌 철거」에서 정점에 이른다. 선거 전의 협의를 무시하고 16통을 철거하려는 계획이 알려지자, 16통과 인접한 17통의 통반장들이 모여 대책회의를 연다. 창녀촌이 있는 16통을 철거하고 17통을

---

25) 「민중의 삶에서 만나는 진실」, 273.
26) 『꼬방동네 사람들』, 83.

남기자는 주장으로 인해 갈등이 불거지지만, 이들은 곧 공동대책을 세우는 방향으로 합의한다. 그 근거에는 창녀든, 누구든 이 공간에서 살고 있는 사람들은 소외된 하층민이라는 공동체 의식이 있었다.

> 대량철거 정책이 부분철거 정책으로 바뀐 것입니다. 고양이 쥐 잡아먹듯 야금야금 단계적으로 철거하여 조금씩 말썽 없이 소화시켜 나가려는 속셈이지요. 단계적으로 부분철거하기 위한 핑계나 구실이야 좀 많습니까. 16통 창녀촌 철거 문제는 통장의 얄팍한 꾀에서 나온 것이 아니라 철거를 서두르는 쪽의 계획된 정책에서 나온 것이 분명합니다.27)

> 저희 동네가 철거될 때 남의 일처럼 바라보며 구경하던 사람들도 몇 개월 못가서 철거를 당하더군요. 강건너 불구경하던 사람들도 결국 벼락을 맞은 거지요. 제가 진정서 쓰는 것을 반대하는 것도 여러 번 당해봐서 그런 겁니다. 사는 데까지 살다 철거장 나오면 전주민이 단합해서 대책을 세워야지 저쪽 철거되고 나는 안되니까 하는 식으로 방관할 성질이 아니라는 겁니다.28)

일생을 철거민으로 살아온 청년 오용의 발화를 계기로 꼬방동네 사람들은 단합하여 공권력에 맞서는 대응을 펼쳐간다. 꼬방동네 주민 모두가 공권력의 희생자라는 인식이 확산되자, 꼬방동네에는 철거민, 혹은 하층민이라는 공동체의 정체성이 형성되기 시작한다. 하층민의 정체성을 반영한 대응은 실질적인 대안으로 이어질 만큼 효과적이었다. 의료조합과 공동주택 조합을 구상하고, 철거대책 위원회를 구성한 꼬방동네 사람들의 조직화된 힘은 전작과의 결정적인 차이이다. 『어둠의 자식들』에는 조력자 공목사가 등장하여, 도시선교와 빈민활동을 펼쳐 나가

---

27) 『꼬방동네 사람들』, 207.
28) 『꼬방동네 사람들』, 211.

지만, 주택조합, 의료조합과 같은 구체적 성과에 이르지는 못했다. 그러나 『꼬방동네 사람들』에서는 공동체를 지킬 수 있는 조직과 전망을 갖춘다. 이는 개인적 차원의 성취가 아니라 16통 17통 주민 전체의 단합에서 기인한 것이다. 위의 인용에서 보듯이 꼬방동네 사람들은 각기 다른 처지임에도 철거 앞에서는 합의를 통해 최종적인 국면에서 가장 합리적인 결론에 도달했다.

이렇게 형성된 꼬방동네의 공동체 의식은 스스로를 하층민으로 규정하고 외부와는 다른 가치 체계 속에 있음을 확인할 때 강화된다. 억압의 주체인 공권력은 물론, 자신들을 소외시킨 외부의 보통세상은 창녀, 펨푸, 양아치 등이 모여 있는 꼬방동네와는 구분되지 않을 수 없다. 따라서 소외된 사람들은 자신들의 고유한 가치를 내세워 외부와 대결을 펼친다. 예를 들어 교도관 폭력에 저항하는 수감자의 저항은 감방 외부의 규율, 규범에 근거하기보다 고립되고 소외된 수감자의 조건에 충실할 때 효과를 발휘할 수 있다.

> 사회의 정의나 민주만이 문제지 감옥 안의 정의나 민주는 문제가 안되는 모양이었다. 정치범이나 양심범들은 다른 재소자들보다 좀 낮게 받는 편이었다. 자기만 편하면 된다는 안일주의에 빠진 사람들 때문에 세상이 험악해지는 것을 안타깝게 보고 잠에서 깨어나라고 외쳐대는 사람들이 소위 정의구현과 민주회복을 부르짖는 인사들인 것으로 안다. 그런데 감옥은 이 사회가 아니라 별세계로 착각하는 거 같았다. 나는 거창하게 사회정의 구현이니 민주회복이니 하는 따위의 문제를 놓고 이러쿵저러쿵 하지는 못한다. 하지만 당장 눈앞에서 불쌍한 군상들이 무참하게 맞는데도 자기는 한복을 입고 인품을 잡으며 점잔을 떠는 양심범이 될 수는 없었다.[29]

---

29) 『꼬방동네 사람들』, 285.

이동철은 감옥 내 폭력 앞에서 지식인과 '불쌍한 군상'을 대립시킨다. 이동철은 정의와 민주를 위한 투쟁이 일반 재소자를 배제했다고 판단하고 불합리한 처우에 맞설 방법을 고안해낸다. 한복을 입고 점잔을 떠는 '인품', 즉 지식인과 달리 이동철은 하층민에 어울리는 격렬한 방식으로 저항하며, 끝내 협의를 이끌어낸다. 감옥 체험을 포함하여, 꼬방동네의 실천은 스스로를 고립시킴으로써 성취를 이끌어 낼 수 있는 공동체적 정체성을 지향하고 있다. 그들이 배제한 외부세력에는 '인품'은 물론, 꼬방동네를 벗어나 계층 상승에 성공한 이들까지 포함된다. "뼈빠지게 고생해서 공부시키는 이들 대학생들 역시 딴동네 사람처럼 한심한 습성에 물들어 있는 것을 흔히 볼 수가 있었다. (중략)대학교에 다닌다는 녀석들은 하나같이 강건너 불구경하듯 코끝도 내밀지 않기가 예사다"30)라는 진술에서 보듯, 꼬방동네 사람들이 체험의 특수성은 하층민의 정체성 구성의 유력한 근거가 된다.

이에 따라 꼬방동네를 위한 글쓰기에서 외부의 규범과 양식은 철저하게 배제된다. 문학적 장르규범을 파괴하는 것은 물론, 은어 비속어를 능숙하게 부려씀으로써, 이동철은 꼬방동네라는 하층민 공간과 하층민 주체를 재현한다. 『꼬방동네 사람들』의 특수한 언어가 동질감을 바탕으로 유통될 때, 이 작품은 하층민에게 수용될만한 양식으로 자리매김할 수 있다.

3.2. 오과부를 대상화하는 서사

『꼬방동네 사람들』의 형식은 전통적인 문학 장르는 물론, 기왕의 논픽션, 수기 등의 저널리즘 글쓰기 양식과도 차별화된다. 기본적으로 소

---

30) 『꼬방동네 사람들』, 75.

설과 유사한 서사의 형식이지만 때로는 극(劇)의 상황을 차용하여 자유로운 구술로써 개별적인 목소리를 재현한다.31) 또한 설교와 그 강해(講解)를 전재하는가 하면, 메리야스 장사를 설명할 때는 전체 서사의 맥락에서 동떨어진 서술을 삽입하기도 한다. 이와 같은 난삽한 형식에서 주목할 것은 화자의 위치이다. 이동철은 자신의 하층민 체험을 서술함으로써, 그가 속한 계층, 즉 '알려진 공동체'를 서술하는 화자의 위치에 선다.32) 『어둠의 자식들』, 『꼬방동네 사람들』이 체험의 사실성을 강조할 때 서사의 전면에서 부각되는 것은 화자가 속한 공동체의 특이성과 이를 서술하는 위치이다. 이때 서사의 형식에서 소설과 같은 서사의 규범은 희박해지며, 대상과의 객관적인 거리도 약화된다.33)

그러나 서술이 진행될수록 화자의 자의식이 전면에 등장하면서 화자와 대상과의 거리는 점차 뚜렷해진다. 다음 인용문에서 이를 확인할 수 있다.

---

31) 『어둠의 자식들』의 9장 「개털들」은 재소자들의 사연들의 나열로 구성되어 있다. 희곡과 유사하게 담화의 상황이 지문으로 제시된 후, 인물들은 각자 직접 발화한다. 이러한 형식은 『꼬방동네 사람들』의 「불구자빵」에서도 똑같이 반복된다.
32) 레이먼드 윌리엄스는 『시골과 도시』에서 문학이 재현한 공동체를 '알 수 있는 공동체'와 '알려진 공동체'로 나누어 설명한다. 구분의 기준은 화자의 체험과 서술의 위치인데, 알려진 공동체란 화자가 속한 공동체로 지속적인 체험을 통해 사실적으로 묘사될 수 있다. 이에 비해 알 수 있는 공동체는 화자가 독자들에게 보여주기 위해 선택된 공동체로, 소설들은 대부분 알 수 있는 공동체를 형상화 한다고 말할 수 있다. 레이먼드 윌리엄스, 이현석 옮김, 『시골과 도시』(나남, 2012), 16장 참조
33) 『어둠의 자식들』에는 논픽션의 관찰자의 시선에서 포착될 수 없는 허구적 서술와 세부 묘사가 산재해 있다. 김성환, 앞의 논문, 379-380쪽. 논픽션 규범에 대한 자각이 분명하지 않은 작가가 장편 논픽션을 서술하면서 소설 양식을 차용하는 것은 자연스러운 일일 것이다. 이같은 상황은 『꼬방동네 사람들』에서도 반복되는데 이때까지 작가는 서술 방식에 대한 자각 없이 자유롭게 서술을 진행한 것으로 보인다. 그러나 이후 양식에 대한 고려가 생겨나며 서술상의 오류들은 조금씩 줄어드는 경향을 보인다.

주민들은 다시 의료조합과 공동주택 조합을 부활시켰다. 전상배
의사도 다시 찾아와 주민들의 건강을 보살폈다. 나는 공목사와 거의
매일 붙어다니다시피 했다. 이웃의 아픔과 기쁨을 함께 맛볼 수 있다
는 것이 얼마나 행복한 것인가 하는 교훈을 나는 비로소 배워가고
있었다.34)

이동철은 빈민운동에서 행복과 교훈을 얻었다고 고백한다. 그런데 이
진술은 체험을 서술할 때와 달리, 꼬방동네와의 일정한 거리를 반영한
다. 화자의 위치는『꼬방동네 사람들』의 양식적 변화와 관련이 크다. 위
와 같은 주제의식은 대상과의 거리를 전제로 발화된 만큼, 이동철의 글
쓰기가 자연발생적인 구술에서 사회적 전망을 내포한 서사로 전환되고
있음을 이같은 진술을 통해 짐작할 수 있다. 대상과 화자와의 거리가
뚜렷해짐에 따라 서술 양식에 대한 고려도 강화되어 전작에서 흔히 보
였던 서술상의 오류도 줄어들었다.

또한 화자의 위치는 발화 수신자가 바뀐 사실을 말해준다. 비속어를
활용한 구술이 동일한 계층에 속한 하층민을 수신자로 상정한 것과 달
리, 하층민을 대상화한 서술은 하층민 외부의 독자를 향한 것이다. 외부
독자에게 꼬방동네는 '알 수 있는 공동체'로, 화자의 서술을 통해서 이
해할 수 있는 대상이다.『꼬방동네 사람들』의 서술이 진행되면서 독자
와 꼬방동네 사이의 거리는 좀 더 견고해 지는데, 이는 화자의 위치가
꼬방동네 내부에서 외부로, 체험에서 묘사로 전환되어 화자와 대상과의
거리가 확대되었기 때문이다. '어둠'에서 '꼬방동네'로, '자식들'에서 '사
람들'로 시선이 이동할 때 화자와 대상과의 거리는 고착되고 체험이 아
닌 발견과 묘사로서의 하층민이 그 시선에 포착된다.

두 편의 베스트셀러 이후 이동철의 글쓰기는 과부라는 대상을 발견

---

34)『꼬방동네 사람들』, 225.

한다. 『오과부』에 등장한 다섯 과부는 작가의 체험 밖에서 서술되는 대상이다. 과부의 사연이 작가와 전혀 무관한 것은 아니지만, '알 수 있는 공동체'의 서사를 구성하기 위해서는 정치한 관찰과 묘사가 뒤따라야 한다. 이를 가능하게 하는 화자의 위치를 확인한 이후 이동철의 시선은 하층민에서 과부로, 그리고 지식인(『먹물들아 들어라』), 철거민(『목동아줌마』), 깡패(『아리랑 공화국』) 등으로 차례로 이동하며 새로운 주체를 발견한다. 과부는 그 시선이 발견한 첫 번째 대상이었다. 여기 등장한 다섯 과부는 각기 간난신고를 겪은 후 과부가 된 사람들이다. 그러나 하층민 공동체와는 성격이 다르다. 남편의 사망 이후 힘겹게 살아가는 가난한 과부도 등장하지만, 허영에 들떠 일본인 현지처로 지내다 삶을 방기한 여인이 등장하는가하면, 전성기가 지난 여배우의 사치스러운 후일담도 다섯 과부의 범주에 든다. 남편이 없다는 점을 제외하고는 공통점을 찾기 어려운 인물들을 '오과부'로 엮은 구성은 앞선 두 작품과 비교해 주제의 통일성이 떨어진다. 각 등장인물의 계층적 동질성을 찾기 어려우며, 마지막 장 「저녁에 우는 새들」에서 술판을 벌려 시름을 잊는 장면은 이전 두 작품에서 보였던 비판적 태도와도 거리가 멀다.

『오과부』의 파편화된 구성에서 부각되는 것은 결국 각각의 인물의 서사를 진술하는 화자의 존재이다. 3인칭으로 화자의 서술로 이루어진 『오과부』는 논픽션보다는 소설 쪽에 가깝다. 전작과 같이 외부의 화자가 서사에 개입하는 사례가 있지만 서사의 큰 틀을 깨뜨리지는 않는다. 개별적인 주인공의 발화를 병렬하는 대신, 단일한 초점을 통해 화자의 관점을 유지하는데 공을 들인다.[35] 화자는 인물의 삶을 서사 구조 속에서

---

35) 『꼬방동네 사람들』의 「불구자빵」과 같은 극형식의 서술에서는 범죄의 무용담을 통해 구술의 흥미가 부각된다. 이에 비해 『오과부』의 방담들은 인물들의 이력을 통해 과부의 지난 삶의 재구성함으로써 전체 서사에서 벗어나지 않는다. 이는 소설 양식에 근접한 『오과부』의 특징이자 전작의 서술상의 혼란을 극복한 흔적이다.

통제하고, 사건을 적절히 배치하여 완결된 서사를 구축한다. 한 편의 서사 속에서 각 인물은 개별적인 사건의 주인공이 아니라 하나의 주제를 담지한 인물로 설정되며 주제의식은 화자의 위치에서 서술된다. 전지적 입장에서 인물을 형상화하는 화자는 굿판의 무당의 존재와 유사하다.

> 가난한 사람들의 응어리진 한을 잘 알고 있다. (중략) 호랑이를 잡으려면 산에 들어가야 하듯이 산 속에 사는 무당인지라 산동네 주민들의 정신과 마음을 휘어잡을 수 있는 것이다. 바꾸어 말하자면 책상 앞에서 아무리 공부를 많이 한 사람일지라도 한 시대 아픔의 표징인 가난한 사람들의 애환을 알 수 없는 거와 마찬가지이다.[36]

죽은 남편을 떠나보내는 초혼굿에서 무당은 사설을 통해 망자의 삶을 재연(再演)하고 원한을 달랜다. 무당이 망자를 이해하듯, 『오과부』의 화자는 하층민, 혹은 과부의 표징을 포착하고 거기에 사회적 의의를 부여하려 한다. '알 수 있는 공동체'를 형상화하기 위해서 화자는 무당과 같은 능력을 발휘할 수 있어야 한다. 책상물림 지식인이 아니라 하층민의 공간을 경험한 자신과 같은 믿을 수 있는 화자라야만 이 서술은 가능하다는 것이 작가의 입장이다.

문제는 『오과부』는 화자가 여전히 개인적인 서술능력에만 의지하여 자신이 속하지 않은 공동체를 서술하고 있다는 점이다. 『오과부』의 화자는 체험의 한계를 극복하고 소설처럼 화자의 의도에 따라 여러 이야기들을 자유롭게 서사 속에 배치한다. 퇴락한 여배우를 다룬 「바람빠진 고무풍선」이 여기에 수록될 수 있었던 것은 화자가 소설처럼 인물 전체를 통어하는 위치에 있었기 때문이다. 「바람빠진 고무풍선」에는 서사와 무관한 설교와 함께 유미의 난잡한 사생활과 연예계의 뒷이야기가 병

---

36) 이동철, 『오과부』 (소설문학사, 1982), 166.

치되어 있다. 이때 부각되는 것은 유미의 이야기를 한데 엮은 화자의 서술행위이다. 여기서의 서술은 능수능란한 구술적 서술의 흥미를 제외하면 서술 대상의 공동체적 정체성이 펼쳐질 가능성은 희박하다. 작가는『오과부』에서 체험을 넘어선 서사를 기획했지만 과부라는 특이성을 넘어서 사회적 의미를 획득하는 데에는 실패한 셈이다. 마지막 장「저녁에 우는 새들」은 이 작품의 한계를 여실히 보여준다. 정릉 유원지에서 사내들을 상대하는 '오과부'의 과부들은 이미 사연 많은 하층민의 연대가 아니라 유흥으로 생계를 삼으면서 친분도 다지는 익명의 존재로 변했다.37) 여기서 하층민 고유의 의식이나 서술 양식은 찾기 어렵다. 이장(移葬)통지서를 받고서 술과 춤으로 잊어버리는 마지막 장면은, 체험적인 '자식들'이나 '사람들'이 계층적 거리를 둔 위치에서 서술될 때 어떤 변화와 한계에 봉착하는지를 보여준 사례로 꼽을 만하다.

이동철이 서술한 '꼬방동네'와 '사람들'이 삶터였는지, 민중이었는지는 알 수 없지만 그곳을 하나의 공동체로 인식하고 그들의 발화를 적극적으로 재현했기에, 새로운 양식의 가능성이 생겨났다. 서술에 진행됨에 따라 계층적 동질감과 자연발생적 구술은 점차 정형화된 양식으로 수렴되었다. 스스로를 하층민의 일원으로 생각하면서도, 대상과 거리를 둔 화자의 위치를 자각할 때 문체의 분열은 발생한다.38)『어둠의 자식들』과『꼬방동네 사람들』에서 공동체 내외를 오가던 화자는『오과부』에서 작가로서의 위치를 확정한 것으로 보인다.『오과부』의 화자는 전작과는 다른 논픽션 작가의 자질을 과시했다.『오과부』는 특수한 과부

---

37) "오과부는 억척스럽고 경우 밝기로 소문이 났다. 오과부 중에 한 과부라도 사정 때문에 떠나거나 시집을 가게 되면 다른 과부를 가입시켜 늘 오과부를 유지시켜 나갔다. (중략) 오과부는 수입금에 대해서는 서로 분명하게 분배하였다. 오과부는 공동생활만 하지 않을 뿐이지 생사고락을 같이 할 정도로 서로 위로하면서 친자매같이 지냈다."(『오과부』, 321)라는 진술은 지금까지의 재현한 오과부의 개별성을 무화시킨다.
38) 레이먼드 윌리엄스『시골과 도시』, 395~399.

들의 시공간을 포착했지만 글쓰기로 매개된 공동체 의식의 가능성은 오히려 약화되었다. 과부의 서사가 통속적 흥미로 소비될 때, 『오과부』는 하층민 양식을 실격하고, 다만 사정을 잘 아는 관찰자, 혹은 "정직한 기록"의 수준으로 떨어질 위험에 직면한 것이다.

4 하층민 공동체를 서술하는 화자의 위치

4.1. 목동 아줌마의 시선으로 말하기

『오과부』에서는 이동철 특유의 비판적 태도가 소설에 버금가는 형식에 가려져 약화되었다. 그러나 철거민을 다룬 『목동 아줌마』에서 그의 글쓰기는 다시금 전환의 계기를 맞이한다. 『목동 아줌마』는 1984~85년 목동 철거민 사태를 소재로 한 작품이다. 이 작품은 하층민을 재현의 대상으로 삼으면서도 이를 의미화하는 방식은 새로운 방법론을 모색했다. 우선 철거민 '대평이 엄마'를 1인칭 화자로 내세워 서술 시점의 일관성을 유지했다. 이는 체험 서술과 소설적 묘사가 혼재되었던 시점의 혼란을 제거한 것으로, 효과적인 서술방식을 추구한 작가 의식이 작용한 결과이다. 대평이 엄마의 시점은 대상을 객관적 인식의 근거이다. 이동철은 자연발생적인 분노를 드러내는 대신 외부 관찰자의 위치에서 대평이 엄마의 시점을 빌려 사건의 사회적 의미를 구축하려 한 것이다. 이동철은 애초 하층민의 정체성을 드러내기 위해 지식인을 격렬하게 공격했다. 그가 보기에 대학생·지식인의 노동운동은 이기적인 목적을 가진 위선에 불과했다.39) 지식인 중 누구도 "개인 재산 털어서" 헌신하지 않는다는 비판에서 보듯, 그의 비판은 기존 체제와의 타협 없이 자신의 체험을 절대화환 데서 비롯된 것이었다. 그러나 이동철의 적대적 태도는 시간이 흐를수록 변화의 조짐을 보인다. 그의 활동영역이 철거민의 투쟁으로 확장될 때, 그의 글쓰기는 철거민을 객관적으로 관찰할 수 있는 방법론을 발견한 것이다. 『목동 아줌마』 이전에는 '공목사'를 제외하고는 외부 조력자를 인정할 여지가 없었다. 그러나 빈민활동이 확대되고 체험을 넘어선 서사를 구성하는 상황에서 대학생을 포함한 외부 지식인들의 역할을 인정하지 않을 도리가 없었다.

> 추석전후로 해서 목동에는 수없는 유인물이 뿌려졌는데요, 모든 주민들이 수군수군하더라구요. 양화교 사건 직후에 유인물을 뿌린 사회선교협의회 도시 주민분과 위원회에서 양화교 사건 참상을 상세히 써서 밤새 동네에 뿌린 거예요. 이화여자 대학교에서 발행하는 <이대학보>에서도 "누구를 위한 개발인가"라는 제목으로 가사가 나온 것을 복사한 것이 뿌려지기도 하고요, 서울대 복학생 협의회가 발행하는 <전진> 창간호에 터져 나오는 함성이라고 해서 나왔구요.40)

목동의 상황이 외부로 알려지고 대학생들의 지지가 이어질 때 목동 주민들은 불안 속에서도 안도감을 느낀다. 자신들이 고립되어 있지 않고, 외부의 도움을 상황을 타개할 수 있다는 기대가 생겼기 때문이다. 실제 목동 사태를 맞아 철거민들은 기독교 인권위원회나 민중교육연구소 등의 외부 기관들에게 도움을 구했으며, YWCA 여성대회에서 이 문

---

39) 『먹물들아 들어라』(소설문학사, 1982)는 지식인을 직접 겨냥하여 비판한 설교집이다. '예수형님'의 우화를 통해 하층민 체험을 재현하면서도 성경강해를 통해 지식인의 위악을 직접적인 발언으로 비판하고 있다. 이 책에서 이동철은 지식인의 노동운동 빈민운동을 "우리 근로자 대가리 숫자 팔구, 투쟁한 경력 보고 작성해서 외국놈에게 팔아먹는 거"(『먹물들아 들어라』, 43)라든가, "노동운동이니 빈민운동이니 하는 놈들은 자세히 보면 거의 전부가 얻어 온 남의 돈 갖고 지 돈처럼 쓰는 거지. 자신의 개인 재산 털어서 하는 놈 한 놈도 없"(『먹물들아 들어라』, 48)다고 격렬하게 비판한다.

40) 이동철, 『목동 아줌마』(동광출판사, 1985), 81.

제를 공론화했다. 그만큼 이 사건은 외부와의 연대를 통해 사회적인 사건으로 의미화되고 공적인 차원에서 해결의 실마리도 모색할 수 있게 되었다.

사태변화를 겪은 이동철은 지식인에 대한 공격적 태도를 철회한다. 『목동 아줌마』는 철저하게 철거민의 시점에서 서술되었지만, 그 과정에서 발견한 지식인의 역할은 누락할 수 없는 진실이었다. 특히 지식인들이 빈민운동으로 사적 이익을 취한다는 비판은 대학생 데모를 목격하고 수그러들 수밖에 없었다. 개인 차원의 저항이 아니라 공동체 단위의 투쟁으로 비화한 이후에는 시민 사회 전반의 운동으로 확대시킬 전망에 대한 고찰이 필요했기 때문이다.

> "대평 엄마, 오목교에서 지금 난리가 났어요"
> "무슨 난리요? 나두 금방 들어왔는데요"
> "서울대학교 학생들이 데모하는데 굉장하다구요"(중략)
> 한 총각은 최류탄 파편이 얼굴에 맞아 피가 낭자했고요, 갓난 아기들은 질식해서 죽을 지경인 그야말로 아수라장이었지요 꼭 전쟁 난 것 같았지요 신문에서 잠깐 보고 들은 광주사태 같았다구요41)

목동 주민들은 서울대학생들의 시위를 목격하고 '광주사태'를 떠올린다. 이는 철거민의 투쟁이 외부 조직과 연대했을 때, 목동사태는 광주사태와 같은 거대한 사회운동의 차원으로 의미화될 수 있음을 의미한다. 이러한 인식의 변화는 서술 위치의 변화와 관련 깊다. 이동철이 외부적 시선으로 철거민과 지식인의 연대 가능성을 목격했을 때 그의 서술은 전망을 향한 객관적 인식으로 나아간다.

이에 따라 글쓰기의 양식 또한 변화한다. 『목동 아줌마』는 서술 초점을 대평이 엄마로 한정하고, 초점화자의 단일한 목소리로써 서사 전체

---

41) 『목동 아줌마』, 216.

를 서술한다. 『목동 아줌마』에는 각 인물의 서사 뿐 아니라 상당한 분량의 자료도 삽입되어 있다. 목동 사태를 보도한 신문기사와 각종 공문서, 그리고 호소문, 탄원서, 성명서, 전단지 등이 빠짐없이 망라되어 사건의 기록으로도 충분히 가치를 발휘한다. 이들 자료는 일방적으로 삽입된 것이 아니라 초점화자의 시선을 유지하면서 전체 서사의 일부로 활용된 것이다. 이때 대평이 엄마의 서술은 사건의 전개뿐 아니라, 하층민-철거민의 발화 상황에도 관심을 기울인다.

> 세입자들의 속사정을 글로 써서 각계각층에 보내고 주민들에게도 알려야겠다고 생각한 거지요 국민학교밖에 안 나온 엄마들이 너무나 호소문을 잘 쓰는 거예요 나는 정말 많은 것을 배웠어요 <셋방살이 어머니 호소문>, <신정, 목동 천주교 세입자 일동 드림>은 어른들이 쓴 거구요, <우리 어린이들의 호소>는 국민학교 6학년 어느 아이가 쓴거예요 하나씩 읽어드릴테니까 들어보세요.42)

> 나는요 유인물이나 책자를 하나도 버리지 않고 모아두었어요 우리 대평이란 놈이 더욱 부지런히 모아두더라구요 내가 왜 모아두느냐고 물으니까요 나중에 좋은 재료가 된다구 하면서 아버지, 어머니 살아온 이야기를 자기가 글로 쓰겠다는 거예요 뭐가 자랑이라고 쓰느냐고 하니까 고생하지 않은 사람 얘기는 쓸게 없다구 그러면서요 자기는 가난한 사람들은 위해 글도 쓰고 좋은 일을 하겠다고 했어요.43)

대평이 엄마가 자료를 읽어주는 상황은 서술의 일관성을 유지하기 위한 설정이다. 여기서 작가는 하층민이 발화가 실천되는 조건에 대해 고찰한다. 작품이 서술되기 이전 존재했던 수많은 자료들은 화자에 의해 취합되어 전체 서사 속에서 의미화된다. 이러한 자료는 전작에서 이

---

42) 『목동 아줌마』, 128.
43) 『목동 아줌마』, 87.

동철이나 공목사 같은 예외적 인물-화자에 의해 서술되었다. 그 결과 주변의 하층민은 계몽의 대상에 머문다. 그러나 목동 아줌마와 그의 이웃들은 스스로 자신의 삶을 서술하는 능력을 증명함으로써 계몽의 시선을 해체한다. 하층민은 유인물의 발신자이면서, 이를 정리하여 의미 있는 문학적 텍스트로 서술할 능력을 갖춘 주체가 되기도 한다. 배운 것은 없지만, 사리를 분별하고 읽고 쓸 수 있는 능력[literacy]을 갖춘 주체가 하층민이라는 믿음은 『목동 아줌마』를 관통하는 핵심적 주제이다.

이동철은 이 장면에서 하층민을 글쓰기의 주체로 승인하고 이들의 글쓰기가 새로운 문학적 성취에 이를 수 있음을 강조한다. 『목동 아줌마』에서 구술 상황을 가장하여 극의 형태를 모방하거나, 구전 민요 등을 삽입하는 특유의 형식은 여전하다. 그러나 하층민의 읽고 쓰는 능력 덕분에 하층민의 구술은 하나의 주제 하에서 긴밀하게 배열된다.

> 며칠째 농성을 하면서 지냈는데요, 엄마들이 돌아가면서 자기 살아온 이야기를 했어요. 좁은 동네 살면서도 먹구 살기 바빠서 차분하게 앉아서 지내온 과거지사 털어놓을 시간이 없었던 거지요. 아주 친한 이웃들이야 자주 오며가며 만나니까 속사정을 알지만요. 내가 세 번째로 그동안 살아온 이야기를 했구요. 첫 번째 이종훈씨 아줌마인 최순옥씨가 지내온 이야기를 했지요.[44]

평생 철거민으로 살아온 이들의 구술은 철거민이라는 동질성을 확인하고 투쟁의 정당성을 강조하는 역할을 맡는다. 이들이 부르는 구전 민요도 마찬가지이다. 이전 작품에 삽입된 노래가 비속한 표현을 통해 하층민을 구분 짓는 기호로 활용되었다면, 『목동 아줌마』에서는 비판 의식을 드러내기 위한 수단으로 활용된다.

---

44) 『목동 아줌마』, 266.

전라도에서 올라와 철거를 3번씩이나 당하고 이곳 목동까지 오게 된 금순이 아버지가 한 가락을 뽑으면서 마당 한가운데를 빙글빙글 돌았어요. 진짜 가사가 있는 가락인지 좌우지간 목청이 터져라 뽑는 데 모였던 사람들은 너나 할 것 없이 다 울음을 터뜨렸지요. "졸졸 흐르는 시냇물은 잡아도 철거 계고장 함마 망치는 왜 잡지를 못하나." [후렴] "아리아리랑 쓰리 쓰리랑 아라리가 났네 응~응 아라리가 났네."45)

금순이 아버지의 선창과 목동 주민들의 후렴으로 이루어진 노랫가락은 비판의식을 드러내고 철거민의 단결을 확인시키는 방편이다. 『오과부』가 술기운에 부른 노래가 한시름 잊기 위한 감정의 표출이라면, 여기서는 철거민의 감정을 극대화하며 주제의식을 강화하는 역할을 한다.

대평이 가족의 서사를 중심으로 다양한 인물의 구술과 실제 자료들이 혼재된 『목동 아줌마』의 외양은 『어둠의 자식들』, 『꼬방동네 사람들』과 크게 다르지 않다. 그러나 『목동 아줌마』의 결정적인 변별점은 다기한 발화들이 하나의 초점화자에 의해 정연하게 서술된다는 점이다. 작가는 초점화자 위치에서 지식인과의 연대를 인식했으며, 각기 다른 목소리들을 하나의 주제에 집중시켰다. 이동철의 글쓰기는 자연발생적 구술에서 소설적 서술 양식에 이르기까지 다양한 양식의 변주를 거듭하며 정체성을 형상화할 가능성을 시험했다. 글쓰기 거듭될수록 하층민의 정체성은 사회적 의미를 갖기 시작했으며, 하층민 주체에 의해 다층적 발화들이 의미 있는 주제를 형성할 수 있음을 실증했다. 이러한 시도가 한 작품 속에서 긴밀하게 결합할 때 주변부 양식의 가능성은 커진다.

---

45) 『목동 아줌마』, 284.

4.2. 외부의 시선으로 난지도를 보는 방식: 르포소설의 경우

이동철을 통해 등장한 하층민의 거친 목소리들은 『목동 아줌마』에서 일관된 문학적 양식으로 재현되었다. 『목동 아줌마』는 논픽션의 틀 속에서 다양한 발화를 효과적으로 배치함으로써 주변부 양식의 가능성을 타진했다. 이러한 양식화가 확대될 경우, 하층민 서사는 하층민과 무관한 화자에 의해 쓰일 수도 있다. 예컨대 유재순의 르포소설은 '르포라이터'라는 문필가의 자질을 내세워 외부 관찰자의 존재를 분명히 밝힌 경우에 해당한다.46) 그녀의 작품은 소설의 외양을 하고 있지만, 체험과 취재를 글쓰기의 기원으로 삼으며 사실성을 추구한 르포 기획을 강조한다. 저널리즘 글쓰기의 문학사적 의의와 사실주의적 전망의 자질을 고려할 때47) 유재순의 르포소설은 1980년대의 특징적인 문학적 시도로

---

46) 1970년대에도 현장소설, 르포소설의 사례로 정을병 외, 『현장소설: 사건속에 뛰어든 인기작가 17인집』(여원문화사, 1979); 정을병 외, 『꿈을 사는 사람들: 인기작가 4인 르포소설선』(태창출판부, 1978) 등이 있다. 이들 작품은 대개 사회문제를 소재로 삼지만 허구적 서사라는 점에서 본격문학의 범주에서 벗어나지 않는다. 이에 비하면 이동철, 유재순의 작품은 체험의 사실성을 강조함으로써 소설과는 분명히 구분된다. 유재순의 작품도 '르포소설', '현장소설'이라는 표제를 달고 있는데, 이 글의 논의에서는 '르포소설'로 통일한다. 유재순은 오리아나 팔라치(Oriana Fallaci)의 르포 『A-man』에서 영향을 받았다고 밝히며 자신의 작품을 르포소설로 규정한 바 있다. 『여왕벌』(글수레, 1984), 280. 르포가 저널리즘적 취재(journalistic research)만을 가리킨다면 르포소설은 르포의 사실성과 소설적 상상력을 결합한 양식으로, 저널리즘 글쓰기의 하위 양식으로 규정할 수 있다. 논자에 따라 르포와 소설이 결합된 양식을 저널리즘 소설(journalistic fiction)이라는 명칭을 쓰기도 한다. 양식의 명칭에 관해서는 Doug Underwood, *Journalism and The Novel: Truth and Fiction, 1700-2000* (Cambridge University Press, 2008), 서론 참조.

47) 저널리즘 글쓰기가 기존 문학의 한계를 극복하고 사실주의 입장에서 사회적 전망을 추구하기 위한 기획을 지향한 사정은 서구 문학사의 특징이다. 사회적 운동으로서의 저널리즘 글쓰기는 영미문학권에서 가장 활발하게 전개되었으며, 20세기 후반 독일에서도 적극적으로 시도되었다. 이와 관련해서는 정지창, 「귄터 발라프의 르포문학」, 『문예미학』1 (1994); "reporters as novelists and the making of contemporary journalistic fictions, 1890-today: Rudyard Kipling to Joan Didion", Doug Doug Underwood, *Journalism and The Novel: Truth and Fiction, 1700-2000* 의 논의를 참조.

주목할 만하다. 유재순이 르포라이터의 시선으로 발견한 대상은 난지도이다. 작가는 소설 창작을 위해 난지도를 방문했으며, 이 체험은 1981년 논픽션 「난지도 쓰레기 매립장을 찾아서」을 거쳐 소설 『난지도 사람들』로 재현되었다.[48] 『난지도 사람들』은 윤연주를 주인공으로 한 허구적 서사이다. 그러나 서술의 많은 부분은 난지도 하층민의 삶을 이해하는 데 치중하고 있으며 구체적 세부는 논픽션의 내용과 일치한다. 난지도를 형상화하기 위한 첫 번째 작업은 그곳의 언어를 체득하는 일이었다. 쓰레기 더미에서 값어치를 매기고[49] 난지도에서 통용되는 속어를 익힘으로써 일상을 공유하는 작업은 저널리즘의 취재 차원에서 실행되었다.[50] 그 결과 학생운동의 관점으로 쉽게 체득할 수 없는 난지도의 현실을 이해하고 하층민의 삶에서 고유한 가치를 발견한다. 난지도에서 익힌 삶은 방식은 주인공의 고통스러운 과거를 치유하는 힘으로 긍정되었다.

그럼에도 『난지도 사람들』은 몇 가지 문제점을 안고 있다. 성고문과 교통사고와 같은 특정한 장면들은 지나치게 선정적으로 묘사되었고 주인공 행동에도 개연성이 부족하다.[51] 그리고 무엇보다도 난지도 체험이 사회적 문제를 제기하지 못했으며, 계층적 정체성을 형상화하는 데에서 실패했다는 점은 결정적인 단점으로 평가할 수 있다. 화자의 체험과 취재를 통해 쓰레기 속에서 살아가는 난지도의 특이성은 부각되었

---

48) 유재순, 「난지도 쓰레기 매립장을 찾아서」, 『신동아』 (1981.11), 409.
49) 유재순, 『난지도 사람들』(글수레, 1985), 29.
50) 『난지도 사람들』, 35~39. 주인공은 복순과의 대화를 통해 난지도에서 말배우기를 다시 시작했고, 만물상이니, 앞벌이, 뒷벌이 등의 난지도 언어를 익혀 쓰레기를 줍고 주민으로 동화된다.
51) 주인공은 혹독한 고문을 겪은 후 환멸 끝에 난지도에 들어갔다. 그러나 학생운동과 이에 대한 억압은 피상적으로 서술되었다. 특히 고문 경찰은 개인적인 복수심만이 가득 찬 인물로 묘사되어 시대상황을 사실적으로 보여주지 못한 것은 물론, 주인공의 극적인 변화를 해명하는 데에도 부족한 면이 있다.

지만, 관찰자의 시선은 한계를 드러냈다. 화자는 난지도의 일상 속에서도 공동체의 정체성을 공유하지 못하고 서술 대상과의 거리를 재확인하는 지점에 머문다.

> 이 순간 나는 가난한 자들의 배고픔에 대한 콤플렉스가 어떤 것인가를 뼈져리게 느끼고 있었다. 가난한 이들의 압박감이 무엇인지를 비로소 피부로 느껴보는 나였다. 이것은 돈 있는 자들의 거드름과 거만이었다. 자신들보다 못한 사람들 앞에서 거드름을 피우며 눈자위를 치켜뜨는 있는 자들의 행동이, 곧 없는 사람들에게는 무서운 적이 되었고 또한 열등의식을 부채질하는 계기가 되고 있었다.52)

화재 사건 이후 난지도 사람들과의 갈등을 '가난한 자들의 콤플렉스'로 이해하는 장면은 난지도 공동체와 화자가 명백하게 괴리된 상황을 보여준다. 난지도 사람들이 주인공을 '연주 아가씨'라 부르며 외부 세상에 대한 선망을 드러내는 장면은 이 작품을 낭만적인 성장소설로 보이게 만든 요인이다. 이와 같은 상황은 긴밀한 관계를 바탕으로 하층민의 목소리를 재현하고자 한 '무당'의 태도와는 사뭇 다르다.53) 『난지도 사람들』은 흥미로운 대상을 그리기 위해 저널리즘적 취재와 소설의 상상력이 동원되었지만, 하층민의 정체성과 운동의 전망을 구체화하기에는 부족했다. 특히 저널리즘의 접근방식을 소설 쓰기의 기원으로 삼으면서도 르포가 가진 고유한 양식적 특성은 부각되지 않는다. 이는 공동체의 경계지점에 선 화자의 서술태도의 문제에서 비롯된다. 관찰자이자 참여자인 화자의 서술에는 상이한 공동체의 가치가 충돌하는 문체의 긴장이 따르기 마련이다.54) 그러나 『난지도 사람들』의 화자는 난지도의 외

---

52) 『난지도 사람들』, 193.
53) 『오과부』에서 말한 무당의 태도는 『목동 아줌마』에서도 다시금 등장한다. "주전 없이 무당 흉내를 내느라고 살아 있는 대평이 엄마가 되려고 했던 게"(『목동 아줌마』, 5) 서문에서 밝힌 작가의 창작 태도이다.

부에서 내부에 걸친 여정 속에서도 관찰자의 시선을 고수한다. 관찰자의 시선은 두 공간의 차이만을 강조하며 난지도 공동체의 정체성을 분석하는 데에는 소홀하다. 정밀한 분석을 대신한 것은 관찰자 시선의 이동에 따라 포착된 사건들이다. 이는 소설 양식에 준하여 서술되는 만큼 저널리즘 글쓰기에 허락된 다양한 서술방식은 시도되지 않았다.

저널리즘적 취재와 소설적 상상력의 결합은 유재순이 표방한 르포소설의 고유한 영역이다. 두 글쓰기 양식의 결합은 대상의 특이성이 담보하는 것이 아니라 의미화를 지향하는 능동적인 서술과 새로운 양식적 실험으로 증명되어야 한다. 그러나 『난지도 사람들』은 관찰자의 한계를 넘어 양식화의 지점에 이르지 못했다. 대신 르포라이터를 자부하는 화자의 지위와 르포 글쓰기의 상황만이 강조된다. 이태원 환락가의 이면을 소재로 삼은 『여왕벌』의 경우가 그러하다. 작가는 르포소설이라는 표제에 걸맞게 이태원 한복판에 들어가 타락한 성문화와 범죄가 난무하는 현장을 고발한다. 『여왕벌』은 내용 대부분이 사실에 근거한 것으로, 소설적 상상력은 극히 제한적이라고 말했지만[55] '여왕벌'로 불리는 미희의 서사를 축으로 여러 사건들을 엮은 구성은 소설로서 손색 없다. 그러나 후반부에 '잡지계에서 후리랜서로 뛰고 있는 여자 르포라이터'[56]가 등장하면서 구성은 흐트러진다. 작가는 여자 르포라이터를 통해 서사 속에 개입하여 르포 글쓰기를 진행하는 작가 자신을 의식적으로 드러냈기 때문이다. "그 여자가 취재하며 파고드는 것이 그녀 개인의 사심에서 연유된 것이 아니고, 직업적, 또는 가치관에서 비롯된 것이어서 그녀가 원하는 것은 무엇이든 다 제공해주었다."[57]라고 말할 정도

54) 레이먼드 윌리엄스, 『시골과 도시』, 399.
55) 유재순, 『여왕벌』 (글수레, 1984), 284.
56) 『여왕벌』, 207.
57) 『여왕벌』, 208.

로 르포라이터의 지위는 절대적이다. 실제 작가 유재순을 투영한 르포라이터의 존재 자체가 서사를 압도하자 정작 대상에 대한 깊이 있는 인식은 약화되고 상투적인 언설이 그 자리를 대신한다.

> "비록 너의 나라보단 경제적으로는 약하지만 마음은 열백배 더 낫다는 것을 명심해. 이 소금벌레 같은 놈아."[58]

> 또 일부의 한국 여자들이 그렇게 외국 놈들을 하는 높은 줄 모르고 날뛰게 만들었다.[59]

> 그러나 괜찮은 외국인들 보다는 우리에게 악영향을 주고 있는 노란머리 사내들이 훨씬 더 많이 이 땅에 버티고 있음에 환락가의 이태원이여! 썩은 자 나가고 맑은 자 이 땅에 상주하라. 내일의 태양이 떠오르기 전에.[60]

위와 같은 발화는 도덕적 기대를 충족시킬 수는 있지만 저널리즘 글쓰기에 대한 독자의 기대지평과 조우하기 어려울 뿐만 아니라 유의미한 전망을 형성하지도 못한다. 그럼에도 르포라이터의 존재를 부각된 것은 르포 글쓰기에 대한 작가의 자의식이 강하게 작용했기 때문일 것이다. 낯선 대상을 직접 취재하여 전달하는 것 자체를 글쓰기의 의의로 상정한다면, 저널리즘 글쓰기가 가진 주변부 양식은 약화된다. 애국심을 강조한 언설들이나 성적 타락의 묘사를 통해 사회적 문제점을 도출하기란 불가능에 가깝다. 르포작가의 글쓰기에 대한 자의식이 계층적·계급적 정체성으로 이어지지 않고, 공통감각을 전제로 공동체의 동질성을 공유하지 못할 때, 저널리즘 글쓰기의 고유한 역동성은 소진된다.

---

58) 『여왕벌』, 108.
59) 『여왕벌』, 165.
60) 『여왕벌』, 278.

5   맺음말

민족·민중문학론의 이념은 1970~80년대 문학사의 중추였다. 그러나 문학의 이념이 문학사 전체를 포괄하지는 않는다. 논픽션, 수기, 르포 등의 저널리즘 글쓰기의 붐이 1980년대로 이어진 현상을 문학적인 주제로 파악한다면 문학사의 외연은 확대될 것이다. 저널리즘 양식을 문학사로 복귀시키기 위해 문학 범주에 관한 논의도 전향적으로 확장할 필요가 있다. 그러나 이 논의가 형식의 문제에 한정되거나 기존 문학 이념의 틀에 귀속되어서는 곤란하다. 저널리즘 글쓰기가 공동체의 인식의 계기가 되어 글쓰기의 주체와 소통 방식에 문제를 제기한 점을 이해한다면 논의의 방향은 새로운 문학적 양식을 찾는 데로 나아갈 수 있을 것이다.

이 글에서는 1980년의 장편 논픽션과 르포소설을 검토했다. 『어둠의 자식들』에서 시작하여 『꼬방동네 사람들』을 거쳐 『오과부』, 『목동 아줌마』로 이어진 이동철의 글쓰기 여정은 하층민이 어떻게 말하고 글을 쓸 수 있는지를 실증한 사례였다. 기존 양식 어디에도 해당하지 않는 이동철의 글쓰기는 하층민의 서사를 위한 창작방법론으로 유효했다. 그리고 이것이 기존의 문학 양식과의 길항관계를 통해 새로운 전망을 제시한다는 점에서 주변부 양식의 자질도 엿보인다. 이동철의 자연발생적인 구술적 글쓰기는 시간이 지날수록 변화를 맞는다. 장편의 서사를 서술하면서, 화자의 위치는 대상과 분리된 지점으로 옮겨갔고, 그 과정에서 서술은 초점을 잃기도 한다. 그러나 『목동 아줌마』에서는 일관된 화자의 시선을 유지하려는 의지를 보였으며, 이를 통해 하층민의 발화가 일정한 양식적 통일성을 갖추는 성과를 얻는다. 체험 서술과 구술, 그리고 서사 외부의 자료까지 아우르는 양식은 주류 문학이 접근하지 못한 주변부 문학 양식의 실체이다. 하층민 서사를 통제하는 문학적 화자는 유재순의 르포소설이 성립될 수 있는 근거였다. 유재순의 르포소설은 소설을 표방하면서도 르포의 효과를 적극 활용했다. 논픽션을 소설로 전환하는 과정에서 르포의 사실성과 소설의 상상력은 결합할 수 있었다. 이는 『난지도 사람들』에서 시도되었지만 화자와 대상과의 거리에 매몰되는 한계를 노출하기도 했다. 『여왕벌』에서 보듯, 대상의 특이성과 이를 서술하는 화자의 존재가 강조될 경우 저널리즘 글쓰기의 역동적인 양식적 시도들은 미완인 채로 남을 수밖에 없었다.

1980년대 장편 논픽션, 르포의 흥기는 저널리즘 글쓰기가 이미 대중의 문학으로서 자리 잡았음을 시사한다. 체험의 사실성을 내세운 장편 서사가 대중의 지지를 받았을 때 저널리즘 글쓰기의 영역은 다시금 확대되고 양식적 실험으로 나아갈 힘을 얻을 수 있었다. 그런 점에서 이 글에서 다룬 텍스트의 화제성은 저널리즘 글쓰기가 문학적 현상임을 증명할 근거가 된다. 이동철, 유재순 등의 논픽션, 르포 작가가 지닌 문제의식은 이후에도 인접한 문학과 접속하며 문학장의 변화를 이끌어 갔음을 짐작할 수 있기 때문이다. 따라서 이 글의 논의는 더 넓은 시야로 확장될 필요가 있다. 이와 유사한 작품을 발굴하고 정말하게 독해함으로써 1980년대 이후에 전개된 여러 문학적 운동과의 연결선을 비교·확인함은 물론, 관념적으로 지속된 문학장의 중심과 주변을 새롭게 고찰할 수 있을 것이다.

참고문헌

1. 자료

유재순,『난지도 사람들』(글수레, 1985).
_____,『여왕벌』(글수레, 1984).
이동철,『꼬방동네 사람들』(현암사, 1981).
_____,『오과부』(소설문학사, 1982).
_____,『먹물들아 들어라』(소설문학사, 1982).
_____,『목동 아줌마』(동광출판사, 1985).
_____,『아리랑 공화국』(동광출판사, 1985).
황석영,『어둠의 자식들』(현암사, 1980).
『신동아』,『대화』

2. 논문 및 단행본

김경숙 외,『그러나 이제는 어제의 우리가 아니다—80년대 노동자 생활글 모음』
　　(돌베게, 1986).
김성환,「1970년대 논픽션과 소설의 관계 양상 연구:『신동아』논픽션 공모를 중심
　　으로」,『상허학보』32 (2011).
_____,「『어둠의 자식들』과 1970년대 하층민 글쓰기의 양상」,『한국현대문학연구』
　　34 (2011).
_____,「1970년대 <선데이서울>과 대중서사」,『중앙어문』64 (2015).
김영민,『한국현대문학비평사』(소명출판, 2000).
박태순,『국토와 민중』(한길사, 1983).
석정남,『공장의 불빛』(일월서각, 1984).
_____,「인간답게 살고 싶다」,『대화』(1976.11).
유재천 편,『민중』(문학과지성사, 1984).
정을병 외,『현장소설: 사건속에 뛰어든 인기작가 17인집』(여원문화사, 1979).
_____,『꿈을 사는 사람들: 인기작가 4인 르포소설선』(태창출판부, 1978).
정지창,「귄터 발라프의 르포문학」,『문예미학』1 (1994).
천정환,「서발턴은 쓸 수 있는가—1970~80년대 민중의 자기재현과 "민중문학"의
　　재평가를 위한 일고」,『민족문학사연구』47 (2011).
_____,「1980년대 문학·문화사 연구를 위한 시론 (1)—시대와 문학론의 "토픽"과
　　인식론을 중심으로」,『민족문학사연구』56 (2014).
_____,「그 많던 '외치는 돌멩이'들은 어디로 갔을까—1980~90년대 노동자문학회
　　와 노동자 문학」,『역사비평』106 (2014).

石原千秋, 『讀者はどこにいるのか』 (河出ブックス, 2009).

야우스, H. R., 장영태 옮김, 『도전으로서의 문학사』 (문학과지성사, 1983).

윌리엄, 레이먼드, 이현석 옮김, 『시골과 도시』 (나남, 2012).

Underwood, Doug, *Journalism and The Novel: Truth and Fiction, 1700-2000* (Cambridge University Press, 2008).

Ranciere, Jacques, John Drury trans. *Nights: The Workers' Dream in Nineteenth-Century France* (Verso, 2012).

Howard, Ursula, *Literacy and the Practice of Writing in the 19th Century - A History of the Learning, Uses and Meaning of Writing in 19th Century English Communities* (NIACE, 2012).

마술적 리얼리즘의 범 주변부적 편재의 양상[1]

이 효 석

1 주변부 예술가의 도전: 새로운 재현 양식의 모색

오늘날 주변부의 예술이 차지하는 위치는 어디이고 그것의 역할은 무엇인가? 조동일은 오늘날 세계문학에서 '제3세계 문학의 위상'에 대해 말하면서, 그것을 "제1 · 2세계와는 다른 제3의 노선을 실현하는 방향을 제시"하려는 운동으로 규정한다.

> 제3세계문학은 제1세계문학의 자폐증과 정신분열에 사로잡히고, 제2세계문학이 이념적 경직성과 정치적 통제의 폐단 때문에 생긴 이중의 위기에서 문학을 구출하고자 한다. 독자적 전통을 계승하는 바탕 위에서, 제1세계문학에서 추구하는 개인의 내면 심리와 제2세계문학에서 다루는 사회문제를 하나로 합치는 것을 목표로 삼는다. 진정으로 소중한 가치를 자유롭게 추구하겠다고 한다.[2]

조동일은 주변부의 작가들은 "당면한 현실이 비참하기 때문에 문제의식을 가다듬고 사명감"을 키우기 마련이며 이에 따라 제3세계문학은

---

1) 이 글은 『비교문학』 63 (2014.06)에 게재한 논문을 일부 수정한 글이다.
2) 조동일, 『세계 · 지방화 시대의 한국학 6: 비교연구의 방법』, 463-464.

"자멸의 위기를 가중시키고 있는 인류를 일깨워 세계사에 대한 낙관적인 전망을 가질 수 있게" 하는 잠재력을 가진다고 주장한다. 그가 보는 제3세계문학의 가능성은 "가해자의 억압에서 벗어나 해방을 이룩하는 데 그치지 않고 인종주의의 편견을 배격하고 인류가 화합하는 길"을 제시함으로써 "강하면 약하고, 선진이 후진임을 입증하는 학문"[3]의 길을 제시하는 데 있다. 조동일이 말하는 "선진이 후진"이라는 명제는 주변과 중심의 관계에서 중심이 변화를 거부하고 기존의 질서를 유지하고자 하는 경직성과 폐쇄성을 가지기 때문에 가능해진다. 주변은 기존의 억압적인 질서를 전복하고 새로운 시대를 갈구하기 때문에 중심보다 훨씬 개방성을 띠며 그것이 곧 주변의 도덕적 우위와 선진성을 보장한다는 것이다.

주변의 역동성과 개방성이 세계에 새로운 질서와 진보를 가져온다는 역설에 대한 인식은 사미르 아민(Samir Amin)의 글에서도 어느 정도 드러난다. 아민의 역사관은 사회의 발전이 중심과 주변 간의 억압과 갈등에 따라 서로 상이하게 나타난다는 '불균등발전 이론'에 근거한다. 그리고 이러한 불균등한 발전이 주변의 선진성을 낳는다는 것이 그의 주장의 특이성이다. 예컨대 공납제 양식(tributary mode)의 후진적 체제인 중세 유럽의 봉건제가 중앙집권적이고 사회권력이 공고한 아랍이라는 중심부를 넘어 자본주의적 사회로 발전해나갈 수 있었던 것은 중심의 영향을 받으면서도 중심의 한계를 넘어서려는 자연적인 반응의 결과였다. 바로 여기에서 "상대적으로 덜 발달된 사회가 더 큰 유용성을 지니고 있다"[4]는 그의 테제가 근거하는 것이다.

현재 우리가 목도하고 있는 세계화 역시 일종의 "후진적 (주변부적) 자본주의 사회들"로 지칭되는 지역이 선진 자본주의 국가의 체제를 모

---

3) 앞의 책, 488-489.
4) 사미르 아민, 『유럽중심주의』, 20.

방하도록 강요받고 있는 체제개편 작업의 일환이다. 이러한 세계화는 중심과 주변 간의 힘의 불균등한 관계로 인해 "자본주의 틀 내에서 극복될 수 없는 중심/주변의 양극화를 생산하는 체제"5)에 다름 아니다. 따라서 "자본주의적 사회조직의 양식을 문제 삼는 작업은 체제의 중심부보다는 그 주변부에서" 더 크게 나타나게 되는 객관적 필연성을 가지게 된다. 다시 말해, 자본주의의 전 지구적 확장은 전 세계의 동질화가 아니라 "불평등 발전의 또 다른 형태"6)를 낳았다. 이는 국제적으로는 중심과 주변 간의 부의 불평등한 분배에 따른 '새로운 양극화'를 가져오고 주변부 지역의 국내에서는 계급 간의 분배의 불평등을 가져오고야 말았다. 결국 민족과 계급의 차별이라는 이중적 모순에 직면한 주변부가 현 세계질서의 변화와 재편을 강하게 요구하고 있는 것이다.

로버트 영(Robert Young)은 주변부의 변화에 대한 요구는 이미 일어나고 있으며 포스트식민주의는 변화에 대한 문화적, 문학적 대응의 한 방식이라고 이해한다. 그가 보는 포스트식민주의는 "비서양의 세 대륙(아프리카, 아시아, 남아메리카)의 국가들이 대부분 유럽과 북아메리카에 종속된 상황에 처해 있고, 경제적으로 불평등한 지위에 있다는 인식에 근거한다".7) 나아가 이들 트리컨티넨탈 지역의 중심에 대한 대응 혹은 저항은 "민중들의 권리를 주장할 뿐 아니라, 그들 자신의 문화, 즉 현재 서양 사회에 개입하여 그것을 변화시키고 있는 문화들의 역동적 힘"을 가지고 있다는 점에서 선진적이다.

포스트식민주의 이론이 주변의 억압적 질서를 해체하고 새로운 질서를 가져올 수 있는 잠재적 역량은 그것이 "서양 바깥에서 전개되는 요구들뿐만 아니라 기존 지식이 바라보는 시각들에 대한 새로운 개념적

---

5) 앞의 책, 21.
6) 앞의 책, 135.
7) 로버트 영, 『아래로부터의 포스트식민주의』, 20.

방향 설정과 관련이 있다"8)는 점에 근거한다.

> 무엇보다도 포스트식민주의는 비서양뿐만 아니라 서양의 권력구
> 조에 개입하여 그 안에 대안적 지식을 새겨 넣고자 한다. 그것은 사
> 람이 사고하는 방식과 행동하는 방식을 바꾸고, 세계의 다양한 민중
> 들 간의 더욱 정의롭고 평등한 관계를 생산하고자 한다.9)

포스트식민주의는 "서양 사람들이 […] 다른 지식과 시각들을 서양의
지식이나 시각 못지않게 진지하게 받아들여야 한다는 전제"에서 시작
한다. 그것은 중심부와 중심부를 형성하고 있는 관계 속의 주체들이 결
코 볼 수 없는 권력의 수직 관계의 '아래에 있는 사람들의 목소리'를 들
으라고 요구한다. 한마디로 말해, "포스트식민주의 혹은 트리컨티넨탈
리즘은 서발턴 하위 주체, 수탈당하고 있는 자들로부터 생겨나서 우리
모두가 살고 있는 조건과 가치를 변혁하고자 하는 반항적 지식들을 나
타내는 일반적 이름"10)이다.

그렇다면 포스트식민주의적 지식과 문화운동의 특징은 무엇인가? 영
은 우선적인 특징으로 세계의 복합적 관계를 인식하는 '전체론적 시각'
과 자기중심적인 폐제가 아닌 '변화에 대한 개방성'을 든다. 이 운동은
세계의 다양한 민중과 그들 문화 사이의 "조화와 갈등과 생성의 관계"
에 주목하고 "변화하는 세계" 즉, "투쟁을 통해 변혁될 뿐만 아니라 참
여 주체들이 그 변혁된 세계를 또 다시 변혁하려고 하는 세계"11)를 지
향하는 운동이라는 것이다. 그는 이러한 운동의 구체적인 예를 알제리
독립 직후 유행한 라이(raï) 음악에서 찾는다.

---

8) 앞의 책, 22.
9) 앞의 책, 23.
10) 앞의 책, 41.
11) 앞의 책, 24.

라이는 그 기능과 위치, 그리고 악기와 청중들을 자유로이 바꾸기 때문에 유동적이고 가변적이다. 라이가 만들어내는 음악은 종종 임의적이며, 특정한 요구에 쉽게 적응할 수 있다. 그것이 결코 고정되지 않으리라는 것, 즉 항상 유연하고 새로운 요인들을 통합할 수 있으리라는 것을 의미한다.12)

라이는 변화의 경계에 위치한 주체들의 정체성과 상황을 대변하는 양식이었다. 그것은 라이 가수와 청중들을 둘러싼 "사회의 모순과 양가성에 대한 관계를 표현"하기 위해 전통과 현대, 과거와 현재, 주변과 중심의 요소들을 수용하여 "전혀 다른 새로운 종류의 문화적 표현 방식"13)으로 나타내었다. 라이는 이슬람 전통 사회의 가치들을 현대적으로 해석함으로써 변화하는 역사적 흐름에 대해 그 사회가 보이는 수용과 거부의 갈등과 경합의 장 속에 위치해 있는 것이다.

현재 주변부의 소설을 대표하는 작품들 가운데 상당수는 지역의 전통과 지역 밖의 흐름이 교섭하는 가운데 탄생하고 있다. 로버트 영이 말하는 시간과 공간의 복합적이고 전체적인 시각을 유지하며 기존의 문화적 유산을 참조하면서도 그것을 바탕으로 새로운 문화를 향해 나아가려는 운동의 문학적 사례를 필자는 가브리엘 가르시아 마르케스(Gabriel Garcia Marquez, 1927-2014)로 대표되는 마술적 리얼리즘(magical realism)에서 찾을 수 있으며 이는 세계문학과 탈식민 문화운동의 중요한 축으로 기능하고 있다고 본다. 마술적 리얼리즘은 지난 40여 년 동안 "남미, 북미, 유럽, 아프리카, 중동, 그리고 극동"에서 활발히 벌어지고 있는 "국제적 중요성을 띤 예술 운동"이 됨으로써 세계적인 문학 장르 즉, 일종의 괴테가 추구한 "세계문학(Weltliteratur)"이자 "세계주의적 장르(cosmopolitan genre)"가 되었다. 요컨대 주변부로부터 시작된 "문학의

---

12) 앞의 책, 111.
13) 앞의 책, 114.

세계화"14)를 상징하는 위상을 가지게 된 것이다. 마술적 리얼리즘은 리얼리즘에 토대를 둔 서구의 소설양식에 주변부 지역의 민담적인 요소를 결합하여 주변부의 식민과 탈식민의 경험과 의식을 치열하게 보여주는 유용한 서사양식으로 인정받고 있다. 여기에는 여러 비평가들이 주목하는 남미 콜롬비아의 마르케스 외에도 아프리카 케냐의 응구기와 시옹오(Ngugi wa Thiong'o), 동아시아 한국의 황석영, 나아가 유럽 아일랜드의 마르틴 오 카인(Mairtin O Cadhain) 등이 포함될 수 있을 것이다. 마르케스의 문학은 이미 한국에도 잘 알려져 있고 또 한국의 작가들에게도 많은 영향을 준 바 있다.15) 필자는 이들 네 명의 작가들의 작품을 통해 이들이 공유하고 있는 탈식민의 문제의식은 무엇이며 그것의 문학적 형상화는 어떤 방식으로 이루어지고 있는지를 연구하고자 한다. 이러한 작업은 지역적 경험의 특이성을 담보하면서도 세계문학의 한 축을 형성하는 주변부 문학의 가능성을 확인하는 일면을 이해하게 될 것이다.

2   마술적 리얼리즘의 주변부적 장르적 특징

지난 2014년 4월 17일 87세를 일기로 타계한 가브리엘 가르시아 마

---

14) Michael Valdez Moses, "Magical Realism At World's End," 107-108.
15) 마르케스를 비롯한 남미의 마술적 리얼리즘이 한국문학에 준 영향에 대해서는 이미 다수의 학자들이 연구한 바 있다. 김용호의 「한국 문학 속의 마술적 사실주의」와 함정임의, 「21세기 한국 소설의 라틴아메리카 소설 경향」 등이 대표적이다. 이들의 논의에 따르면 한국문단에서 마술적 리얼리즘은 호르헤 루이스 보르헤스(Jorge Francisco Isidoro Luis Borges, 1899-1986)의 포스트모던적 존재론적 문학보다는 마르케스에게로 수렴되고 있는 것 같다.

르케스는 주지하다시피 『백년의 고독』(*One Hundred Years of Solitude*, 1967)으로 노벨문학상을 수상한 남미 최고의 작가이자 세계 문학에 도두라진 봉우리로 인정받고 있는 소설가이다. 그의 예술 세계의 특징은 한마디로 소위 마술적 리얼리즘으로 알려져 있다. 독재자 피노체트에 의해 피살된 살바도르 아옌데(Salvador Allende)의 조카이자 칠레 문학을 대표하는 또 한 사람의 마술적 리얼리즘 작가인 이사벨 아옌데(Isabel Allende)는 마르케스 숨을 거둔 바로 다음날 어느 매체와의 인터뷰에서, 마르케스가 대표하는 현대 남미 작가들은 "마술적이고도 끔찍한 우리의 역사를 우리에게 되돌려주었다(They give us back our history, which is usually magical and horrible)"16)고 단언했다.

> 마술적 리얼리즘은 라틴 아메리카로 온 정복자들과 함께 시작한다. 그들은 그들의 왕에게 보내는 편지에 이 대륙을 이렇게 묘사했다. 젊음의 샘이 있고, 바닥에 다이아몬드와 금이 아무렇게나 굴러다니며, 사람들 이마에 뿔이 하나씩 있으며 발 하나는 너무 커서 낮잠을 잘 때 그 발을 파라솔처럼 들어 올려 그늘을 만들 수도 있다고 했다. . . 라틴 아메리카와 스페인의 마술적 만남 이후로 이러한 현실이 창조된 것이다.17)

아옌데는 라틴 아메리카의 '마술적' 전통이 마르케스 작품의 모태이며 그는 단지 이러한 전통을 세계적으로 '대중화'했을 뿐이라고 설명한다. 하지만 이들 작품의 '마술성'은 철저히 현실에 뿌리를 두고 있다는 점에서 이전의 환상문학이나 동화 등과는 분명히 구별된다. 오히려 지극히 현

---

16) http://www.democracynow.org/2014/4/18/he_gave_us_back_our_history 또 한 사람의 마술적 리얼리즘 작가로도 잘 알려진 아옌데는 대표작인 『영혼의 집』(*The House of the Spirits*, 1982)을 통해 참혹한 칠레의 식민 및 탈식민 역사의 질곡을 환기시킨 바 있다.

17) Allende, http://www.democracynow.org/2014/4/18/he_gave_us_back_our_history

실적이어서 현실의 '사실성'을 더 잘 드러내줄 뿐이다. 아옌데는 이들의 작품들에서 "라틴 아메리카와 같은 복잡하고 불가사의한(complicated and weird) 대륙의… 현실, 집단의 꿈, 집단의 희망, 그리고 공포"가 선명하게 드러난다고 본다. 따라서 기이한 사건들이 일상적으로 벌어지는『백년 동안의 고독』의 마술적 사건들은 그녀가 볼 때, "내 가족, 내 나라, 내 민족"의 현실에서 언제나 확인 가능하기 때문에 역설적이지만, "마술적인 것이 아무 것도 없다."

마술적 리얼리즘이란 용어는 독일의 미술비평가인 프라츠 로(Franz Roh)가 1925년 처음으로 사용한 것으로 알려져 있다. 이는 "사실주의적 서사와 자연주의적 기법이 몽상이나 환상의 초현실적 요소와 결합된 문학 또는 예술 장르"18)로서 비현실적인 마술적 요소를 자연스러운 현실의 일부로 그리는 예술 장르로 요약할 수 있을 것이다. 소설에서의 마술적 리얼리즘은 넓은 의미에서 "환상적이고 신화적인 요소를 보통의 삶의 일상적 활동과 병치시킨 소설"19)을 가리키지만 주변부의 독특한 체험을 여실히 담아내는 소설양식이라는 의미에서는 쿠바의 소설가 알레호 카르펜티에르(Alejo Carpentier)의 "경이로운 현실의 아메리카"(lo real maravilloso americano)가 함의하는 개념으로부터 시작한다고 보아야 한다. 카르펜티에르는 이러한 경험의 원천을 주변부인 중남미에서부터 찾는다. 따라서 마술적 리얼리즘은 트리컨티넨탈 주변부의 '마술적 경험'이 중심부 서구의 '리얼리즘'의 서사양식과 결합된 것으로도 볼 수 있다. 이 두 개의 기원 즉, 한편으로는 18, 19세기 유럽의 사실주의 소설이 신과 마술의 세계를 떠나 "보편적 경험주의 과학 법칙"의 세계를 위한 합리성과 이성 중심의 세계의 기원과 다른 한편으로는 "가변적이고 이질적이며 이국적인 경험"의 주변부적 세계의 기원이 마술적 리얼

---

18) http://www.oxforddictionaries.com/definition/english/magic-realism
19) Ruben Pelayo, Gabriel Garcia Marquez: A Critical Companion, 16.

리즘을 만들어낸 근원이다. 이러한 이성적 질서의 부계적 세계에 대비되는 "모성"의 세계는 마르케스의 경우 "신약과 구약, 아메리카 인디언의 신화, 아프리카계 아메리카인의 민담, 가톨릭 성자의 기적, 가문의 전설, 중세 스페인 기사도 문학, 스페인 지배자의 연대기"로부터 자양분을 얻는다.[20]

스티븐 슬레먼(Stephen Slemon)은 일찍이 마술적 리얼리즘이 탈식민 서사(post-colonial discourse)의 위상을 획득한 이유를 이해하고자 했다. 그는 그것이 주류 서구문학의 전통의 외곽에 위치해있으며 또한 자신이 "주변에서 살고 있음(living on the margins)"의 자의식과 긴밀히 연결된 "문학적 실천"이기 때문이라고 보았다.[21] 주변부는 상이한 가치체계를 가진 서구와 조우함으로써 식민의 뼈아픈 고통과 함께 주변부의 시공간은 새롭게 변화하게 되었다. 슬레먼은 상이한 가치체계와의 동거는 "이중의 비전 혹은 '형이상학적 충돌'"을 가져왔고 이에 따라 문학적 실천 속에 반영된 상황은 "탈식민 문화의 환유"로 이해할 수 있다고 진단한다.[22] 그래서 브라힘 바훈(Brahim Barhoun)에 따르면, 마술적 리얼리즘은 "근대와 전통, 사실과 전설, 세속과 종교, 세련미와 통속성 등을 혼합함으로써 종결과 통일에 대한 고전적인 기대에 저항"한다. 모순어법적인 용어 자체에서 이미 주변부의 세계는 "단일한 규칙과 법칙을 가진 동질적 세계로 소환하는 것이 불가능"하다는 것이 전제되어 있는 것이다. 이와 같은 상황의 이중성 때문에 주변부의 공간은 "'중심'과 '주변'

---

20) Micael Valdez Moses, "Magical Realism At World's End," 109-111. 마술적 리얼리즘은 현실과 환상의 경계가 모호한 사건이나 현상을 다룬다는 점에서 서구의 환상문학(fantasy novel)이나 19세기의 고딕소설 혹은 로맨스와 같은 맥락으로 볼 수도 있지만, 주변부의 마술적 리얼리즘이 식민 및 탈식민의 비정상적인 역사적 경험을 지역에 고유한 구전 및 토속 문화의 양식과 결합시킨다는 점에서 분명히 구별된다.
21) Stephen Slemon, "Magic Realism as Post-colonial Discourse," 10.
22) 앞의 책, 12.

의 투쟁의 장"23)이 되는 것이다.

확실히 슬레먼과 바훈의 관점은 마술적 리얼리즘을 주변부적 체험과 그것의 내재적 권위에 주목하게 하는 문학적 실천으로 보고 있는 것은 분명하다. 무엇보다도, 마술적 리얼리즘은 주변부적 전통과 경험에 토대한 오랜 예술 장르인 구전 및 민중 예술의 전통을 적극적으로 전유한다는 점에서 일종의 "탈식민주의 시학"(decolonizing poetics)이라고 부를만한 성과를 얻고 있다. 예컨대 가르시아 마르케스의 경우, "구전 및 민중 서사의 구조를 통해 역사적 사실성과 환상적 관점의 결합에 성공"하고 있으며 응구기와 시옹오의 경우 "일상과 범상의 영역 혹은 사실적 및 마술적 사건의 상호작용을 통해 식민 정복에 이의를 제기"하고 있다.24) 마르케스와 응구기가 공동체의 신화와 종교에서 재료를 구하고 아일랜드의 마르틴 오 카인과 한국의 황석영이 장례의식과 같은 고유의 문화적 전통을 통해 식민 이전과 이후의 지역의 역사 속으로 깊숙이 개입하는 것은 마술적 리얼리즘이 단순한 서사기법 이상의 의미를 지닌다는 것을 말해준다. 요컨대 마술적 리얼리즘의 탈식민적 주변부 예술양식의 근간은 서사양식과 주제의식을 주변부의 전통 예술문화와 역사적 경험에서 건져 올리는 데에 있다.

프란츠 파농(Frantz Fanon)은 반식민 투쟁은 외적 모순과 내적 모순 양자를 극복하기 위한 투쟁이어야 한다고 주장한다. 다시 말해, 이 투쟁은 민족의 독립을 위한 제국에 대한 외적 투쟁과 민족 내부의 계급적 모순을 극복하고 "인간의 억압에 저항하는 민주화투쟁"이기도 하다는 것이다.25) 따라서 제국의 지배에서 독립한 탈식민 국가의 과제는 외세

---

23) Brahim Barhoun, *Magical Realism as Postcolonial Discourse*, 144-145.
24) Wendy Faris, "The Question of the Other: Cultural Critiques of Magical Realism," 106.
25) Frantz Fanon, *The Wretched of the Earth*, 97.

로부터의 완전한 독립과 내부의 민주화를 향해 싸워야 하는 것이며 이것이 바로 주변부의 역사이다. 마술적 리얼리즘이 이러한 역할을 수행해온 문학적 실천이라는 점은 분명하다. 그것은 다양한 지역에서 일어났고 또 일어나고 있는 제국의 문화에 대한 주변부적 저항이자 표현양식으로서의 가치뿐만 아니라 주변부 자체 내의 모순을 극복하기 위한 문화적, 정치적 대응으로서의 역할도 수행하고 있기 때문이다. 물론 그것을 문학적으로 실천해온 작가들이 주제와 기법이라는 측면에서 공유하는 지점도 있지만, 각기 다른 지역의 역사와 문화를 반영하는 차이도 보이고 있다. 다음 장에서는 마르케스, 응구기, 황석영, 오 카인이 지역의 식민과 탈식민의 역사에 대해 어떻게 대응하는지를 역사에 대한 망각 혹은 기억상실이라는 문제를 축으로 하여 살펴보고자 한다.

3   마술적 리얼리즘과 주변부적 상황에 따른 문학적 변주

주변부의 식민과 탈식민의 다양한 경험적 차이를 마술적 리얼리즘으로 통칭할 때 발생하는 일반화의 위험은 당연히 존재한다. 이러한 문제에 대해서는 4장에서 언급하기로 하겠지만, 우선 필자가 주목하고자 하는 것은 주변부의 문화가 때로는 자생적으로, 때로는 다른 주변부와의 상호영향 관계 속에서 구성될 수 있는 가능성을 짚어보자는 것이다. 이를 위해서는 마술적 리얼리즘의 범주 속에 들어가는 예술가들이 로컬의 역사적 현실을 드러내는 방식이 어떤 식으로 변주되고 얼마나 다양하게 변주될 수 있는지를 살피는 작업이 필요할 것이다.

3.1. 마르케스와 응구기: 공포와 망각

가브리엘 가르시아 마르케스의 『백년의 고독』에서 두드러진 점은 믿을 수 없는 충격적인 상황과 주인공들의 행동이 소설 속에서 대단히 자연스럽게 받아들여지고 묘사된다는 점일 것이다. 마르케스는 권총으로 자살한 호세 아르까디오(Jose Arcadio)의 피가 거리를 가로질러 흘러 담벼락을 타고 올라 "아우렐리아노 호세에게 산수를 가르치고 있던 아마란따의 의자 밑을 들키지 않고 지나" 마침내 그의 어머니인 우르술라(Usula)의 주방으로 흘러넘치는 장면26)이나 죽음을 맞이할 당시 "백열다섯 살에서 백스무 살 사이"(2권 203)로 추정된 우르술라나 죽기 몇 해전에 "백마흔다섯 살이 되었으나 이제는 나이를 헤아리는 해로운 습관을 포기한"(2권 275) 삘라르 떼르네라(Pilar Ternera)처럼 보통 인간 이상의 수명을 누리는 인물들, 마콘도(Macondo)를 세웠고 이끌었던 호세 아르까디오 부엔디아(Jose Arcadio Buendia)가 죽인 뿌르덴시오 아길라르(Prudencio Aguilar)와 마콘도의 초기 역사를 함께 하고 부엔디아 가문의 운명을 예지한 집시 멜키아데스(Melquíades)의 유령이 계속해서 출몰하는 사건이나 마코도에서 벌어진 3천명의 바나나 노동자의 살육 사건을 직접 목격한 마을 사람들이 시간이 지나며 사건 자체를 잊어버리는 놀라운 상황을 일상적인 어투로 담담히 묘사한다. 마콘도와 그 시민들이 나타내는 콜롬비아와 칠레의 시민들은 꿈과 현실, 인간과 귀신, 기억과 망각, 공간과 시간적 차이의 차원을 넘어서서 존재한다.

하지만 소설 속의 인물과 사건의 비현실적인 '마술적' 요소에도 불구하고 마르케스의 세계는 현실에 단단히 뿌리박고 있는 세계이다. 윌리엄 케니디(William Kennedy)의 말처럼, 독자는 "현실이 초현실이기 마련"이라는 인식을 가지지 않는 한 소설 속의 비현실적인 이야기에 매몰되

---

26) 가브리엘 가르시아 마르케스, 『백년의 고독 1』, 200쪽. 앞으로는 면수만 표시.

어 마르케스가 말하고자 하는 콜롬비아의 역사적 현실을 보지 못하게 된다. 마르케스의 말에 따르면, 초현실은 라틴 아메리카의 일상이다. "멕시코에서는 초현실이 거리를 가로질러 다닌다. 초현실은 라틴 아메리카의 현실로부터 탄생한다."27)

마콘도의 역사는 "1820년에서 1927년 사이"28)를 흐르는 호세 아르까디오 부엔디아(Jose Arcadio Buendia) 가문의 역사와 함께 한다. 여섯 세대에 걸친 부엔디아 가문은 "내전과 외국의 착취, 역병, 근친상간과 정상적 사랑, 고립, 죽음, 고독과 함께 공동체가 부흥했다 몰락하고 마침내 완전히 파괴되는 과정에 대한 목격자이자 참여자"29)이다. 소설의 제목처럼 화려하게 시작한 마콘도와 부엔디아 가문의 역사는 사람들의 기억 속에서 마콘도와 함께 먼지처럼 사라질 때까지 '백년의 고독'의 시간을 견딘다. 백년의 고독을 견디는 마콘도는 콜롬비아의 근대를 나타내는 현실의 공간으로 볼 필요가 있다.

마콘도는 창건자인 호세 아르까디오 부엔디아의 이름 속 'Arcadio'처럼, 이상향인 아르카디아(Arcadia)를 연상시키며 부흥한다. 부엔디아 가문은 마콘도의 실질적인 통치자로서 주민들과 함께 활발하고 무한한 욕망을 발산하며 번영을 구가한다. 강건하게 가문을 지키는 우르술라처럼 결코 무너질 것 같지 않은 마콘도와 부엔디아 가문이 몰락하는 것은 외부에서 들어온 정부의 행정관료인 돈 아뽈리나르 모스꼬떼(Don Apolinar Moscote)와 바나나 농장이라는 자본주의적 질서를 가져온 미스터 브라운 (Mr. Brown)이 개입하면서 부터이다. 하지만 마콘도의 역사를 잘 들여다보면 몰락의 기운은 이미 초기부터 이 마을을 지배하고 있다. 레베까

---

27) William Kennedy, "The Yellow Trolley Car in Barcelona, and Other Visions." <http://www.theatlantic.com/magazine/archive/1973/01/the-yellow-trolley-car-in-barcelona-and-other-visions/360848/>
28) Pelayo, 95.
29) 앞의 책, 96.

(Rebeca)가 마콘도를 찾아온 이후 시작된 "전염성 불면증"은 "기억상실증"이라는 부작용으로 낳는다.30) 이는 호세 아르까디오 세군도(Jose Arcadio Segundo)가 직접 목격한 바나나 노동자의 대학살에 대해 목격자들도 점점 기억을 상실하고 마을 사람은 물론이고 그의 가족들조차 그의 말을 믿지 못하고 자신들의 일상으로 돌아가는 집단 기억상실증의 전조일 뿐이다. 마콘도의 몰락은 지나온 역사를 잊어버리는 마콘도 주민들로부터 시작하는 것이다.

그러나 학살사건에 대한 망각의 원인은 과거 레베까와 함께 왔던 기억상실의 돌림병이 아니라 이번에는 바로 주민들 자신들에게 있다. 호세 아르까디오 세군도가 간신히 학살현장에서 살아남아 돌아오는 길에 들린 마을 주민의 집에서 만난 여인은 문을 열어주기는커녕 "겁에 질린 목소리"31)로 그를 피한다. 가족들조차 자신을 믿지 못하는 현실 앞에서 그는 집안의 가장 오래되고 버려진 방으로 들어가 외부와 차단하고 스스로 고립된다. 의사소통을 차단당한 호세 아르까디오 세군도는 스스로를 잠궈버리고 화석처럼 고독의 시간을 맞이하는 것이다.

마르케스는 노벨상을 수상하는 자리에서, "두 개의 거대한 세계의 주인" 즉, 제1세계와 제2세계의 의지에 따라 살지 않고 "다른 운명"을 찾아야하는 것이 제3세계의 "거대한 고독"의 원인이라고 말했다. 그는 여기에서 "자신의 삶을 살고자 희망하는 전 세계에 걸쳐 퍼져 있는 사람들"의 "연대"를 강조하며 두 개의 세력이 가하는 "억압과 약탈과 포기" 앞에서 "생명으로 대응"하자고 제안한다. "새롭고도 대대적인 생명의 유토피아, 다른 이에게 어떻게 죽어야할지 명령할 필요가 없는 그런 곳, 사랑이 진실 되고 행복이 가능한 그런 곳, 백년의 고독의 형벌을 받은 종족들이 마침내 제 2의 기회를 가질 수 있는 그런 곳"을 창조할 수 있

---

30) 『백년의 고독 1』, 72.
31) 『백년의 고독 2』, 155.

다는 믿음을 가지자고 역설하였다.32) 마콘도와 부엔디아 가문이 최종적으로 죽음과 파괴를 막지 못한 이유는 식민과 탈식민의 무서운 현실을 공포에 질려 외면하고 역사적 진실을 알고자하는 자세를 포기했기 때문이며 그 때문에 백년의 고립과 고독을 피하지 못했던 것이다. 마르케스 소설의 사실성은 이러한 역사인식에 기초해 있다.

케냐의 응구기 와 시옹오는 마르케스의 소설을 언급하며 식민과 탈식민의 역사적 현장에서 권력자들은 "역사와 기억에서 사실을 지워버리려고 노력"한다는 점을 지적하였다. 특히 그는 『백년의 고독』에서 자기 인식과 기억조차 흐릿해지는 마콘도 주민들에 주목하며 그들의 의식을 "안데르센 동화의 어린이"(23-24)의 의식이라고 비판한다.33) 응구기의 『마티가리』는 외형상 과장과 신화와 초현실의 서사적 요소들이 많이 배치되어 있다. 따라서 마르케스의 소설을 잘 알고 있는 응구기가 마르케스로부터 영향을 받았을 수 있는 가능성을 부정할 이유는 없을 것 같다.34) 소설의 주인공 마타가리 마 은지루웅기(Matigari ma Njiruungi)는 케냐 민족해방의 투쟁에 나섰던 혁명전사이다. 그는 케냐가 영국으로부터 독립을 쟁취한 이후에는 무장투쟁의 도구인 "AK47 소총"과 "칼"을 내려놓는다. 소총을 맨 그 자리에 그가 두르는 것은 나무껍질로 만든 "평화의 띠(a belt of peace)"이다.35) 그는 사람들을 사랑과 진심으로 감화시키고 길에서 만나는 사회적 약자들을 구해주면서 독립 이후의 케냐 사회가 여전히 심각한 문제를 안고 있다는 사실을 알게 된다. 그는 이렇게 위기에 빠진 케냐 사회에서 '진실과 정의(Truth and Justice)'가

---

32) Gabriel Garcia Marquez, "Nobel Lecture."

33) Ngugi wa Thiong'o, *Penpoints, Gunpoints, and Dreams*, 23-24.

34) 물론 응구기는 소설의 구조는 아프리카 전통의 구전예술에서 가져왔다는 사실을 분명히 하고 있다. "탈식민 사회에서 사회 정의를 찾아다니는 방랑자의 이야기"라는 주제의 구조는 아이들이 부르는 노래에서 착안했다고 밝히고 있다. 이는 앞의 책 124를 참고할 것.

35) Ngugi wa Thiong'o, *Matigari*, 3-4. 이후 면수만 표시.

무엇인지를 찾아 광야를 헤매는 가운데 권력의 핍박을 받는데, 이 모든 것들은 그의 삶을 얼핏 구세주 예수의 행적과 크게 다르지 않은 것으로 보여준다.36)

‘Matigari ma Njiruungi’는 “전쟁에서 살아남은 애국자”(17)라는 의미로서 식민지 독립전쟁을 치른 케냐 민족의 진정한 주체를 대표하는 것으로 보아도 좋다. 나라가 이제 식민지로부터 해방된 상태이기 때문에 그는 총 대신 “평화의 띠”를 몸에 두르고 “집으로 돌아가 가정을 다시 꾸리기를”(4) 기대한다. 하지만 그는 고향으로 돌아가는 동안 해방된 탈식민의 공간이 케냐의 대다수 민중에게는 해방 전과 별로 다르지 않다는 사실에 경악한다. 제국에 기생했던 무리가 독립국가의 정치, 경제, 종교, 학문, 예술계의 엘리트로 둔갑하여 과거 식민지 민중을 수탈한 제국의 지배구조를 현재에도 그대로 답습하고 있기 때문이다. 이러한 상황을 타파하기 위해 마티가리는 다시 총을 들어야할 것인가를 고민한다. 그러나 그는 이번에는 무력으로 맞서 싸우기 보다는 마을과 마을 즉, 케냐를 돌며 이 땅의 진실과 정의가 무엇인지 확인하는 여정을 떠난다. 그는 소크라테스처럼 혹은 예수처럼 만나는 사람마다 ‘진실과 정의’가 무엇인지를 질문함으로써 그들의 눈을 뜨게 만드는 방법으로『십자가의 악마』에서 주인공 와링가(Waringa)가 선택한 무장투쟁의 투쟁방식과 결별하고 있다.

---

36) 역설적이게도 소설 『마티가리』는 독재권력의 간담을 전작인 『십자가의 악마』(*Devil on the Cross*)보다 더 서늘하게 한 것으로 보인다. 『마티가리』의 출간 직후 “진실과 정의”에 대해 수없이 질문함으로써 대중을 선동하며 전국을 돌아다니는 인물이 국민들 사이에 회자되자 이 소식을 들은 케냐의 독재자 다니엘 아라프 모이(Daniel arap Moi)는 소설 속 인물인 마티가리를 실존인물로 착각하고 그의 ‘체포령’을 내렸으며 이후 『마티가리』는 서점에서 수거되어 사람들의 시야에서 사라지고 말았다. 문학 속 이미지가 현실을 움직인 대표적인 사례인 이 사건은 케냐의 민중들 사이에서 문학이 얼마나 큰 영향력을 끼칠 수 있는가를 잘 예시하고 있다. 이는 Ngugi wa Thiong'o, *Moving the Center*, 157 참고.

마티가리의 처음의 적은 정착자 윌리엄스(Settler Williams)와 그의 하인인 토착민 존 보이(John Boy)였다. 마티가리가 과거 투쟁한 이유는 자신의 집을 무단히 "들어와 자고 [자신을] 베란다에서 자게 만들었던"(18) 윌리엄스와 그를 도와주는 존 보이를 무찌르기 위해서였다. 마침내 마티가리는 그들을 몰아내는 목적을 달성하지만 이번에는 그의 집이 '정착자 윌리엄스 2세'(Settler Williams Jr.)와 존 보이 2세(John Boy Jr.)가 차지하고 있는 것을 알게 된다. 외세와 동족 출신 패거리는 여전히 케냐를 지배하고 있고 흑인 노동자들은 백인 소유의 공장에서 일을 하며 아이들은 쓰레기 더미에서 방황한다. 마티가리는 가는 곳마다 과거와 전혀 달라지지 않은 현실을 알게 된다. 한편 그는 경찰에게 공격을 당하고 있는 거리의 여자 구테라(Guthera)를 구해주며 점점 사람들 사이에서 전설의 영웅이자 신과 같은 구세주로 알려지게 된다. 사실 그가 소설의 마지막에 경찰이 쏜 총알에도 다치지 않는다. "어떤 마법으로 보호받는 듯 총알도 그를 맞추지 못하고 그의 몸에 닿자마자 마치 물로 변하는 듯 했다."(146) 사람들이 신적인 존재로 그를 이해하듯, 이처럼 경찰의 물리적 힘이 그에게 어떤 위해도 가하지 못하는 것처럼 보이기도 한다. 그런 의미에서 이 소설은 근대적 리얼리즘과 결별하는 듯 보이기도 한다.

그렇다면 이 소설은 우화인가? 응구기는 그렇다고 이야기한다. 그는 소설의 서문에 해당하는 "독자/청자님들께"라는 장에서, "이 이야기는 허구적이다./ 사건도 허구적이다./ 등장인물도 허구적이다./ 이 나라도 허구적이다.-심지어 이름조차도 없다.// 이 이야기는 정해진 시간이 없다/. . .// 고정된 장소도 없다. . .//"(ix)고 미리 고지하며 이야기를 진행한다. 중요한 사실은 이러한 우화적 요소에도 불구하고, 소설 속 정치적 상황은 케냐를 비롯한 제3세계 독재국가에서는 벌어지고 있을 법한 사건들이다. 따라서 소설은 이러한 경험을 공유하고 있는 포스트식민 국가의 독자/청자의 공감을 불러일으키기에 충분하다. 『마티가리』의 서사

양식은 우화의 형식을 빌린 리얼리즘 즉, 마술적 리얼리즘의 아프리카적 양식으로 보아도 무방하다.

소설의 화자는 자신의 이야기를 '쓰면서 들려주는' 즉, 작가이자 구연예술가를 자처한다. 그는 위에 든 서문의 마지막에 "자 그러면 그렇다고 말을 하시오. 그러면 내가 이야기를 하나 들려주리다!/ 옛날 옛적에, 어느 이름 없는 나라에서…"라는 문장을 통해 말을 하는 구연예술가임을 분명히 한다.[37]

이 소설에서 두드러진 구연문학의 특징은 무엇보다도 마티가리로 대변되는 신화적 영웅 혹은 서사시적 민족영웅이 등장한다는 점이다. 그는 이미 자신의 민족을 "가족"이며 "모두가 내 나의 부모요, 아내요, 자식"(5)이라고 부름으로써 민족과 자신을 일체화한다. 그는 기적을 수행하는 초인과도 같은 사람이며 서로 다른 장소와 시간에 따라 다른 얼굴을 하고 나타난다. 그는 구테라를 품에 안고 강으로 사라져 흔적을 남기지 않음으로써 "그들은 죽었는가, 살았는가? 마티가리는 도대체 누구인가?"라는 신비의 존재로 영원히 남게 된다. 한 마디로 말해 그는 "전형적인 전설의 민족 서사시 영웅"이자 "애국자이자 민족의 어버이의 상징"(Balogun 135)으로 남게 되는 것이다. 강력한 적대자인 정착자 윌리엄스와 존 보이, 그리고 그들의 2세에 맞서는 민족과 계급의 대표이자 구세주로 등장한다는 점에서 그는 영웅이다.[38]

---

37) 오둔 발로군(Odun F. Balogun)은 아프리카의 다수의 작가들이 구전문학과 인쇄문학을 "뒤섞어" 사용하고 있는 현상을 기술하면서 그 예로서 아모스 투투올라(Amos Tutuola), 친웨이주(Chinweizu)와 마두부이케(Madubuike)를 비롯하여 아체베(Achebe), 소잉카(Soyinka), 오코트 프비테크(Okot p'Btek)를 들고 있다.(31) 구연예술의 기법을 차용하는 것은 아프리카 소설가에게는 하나의 경향으로 자리 잡고 있다는 말이다.

38) 응구기는 현재의 케냐와 같은 모순을 해결하기 위해 민중의 봉기를 전적으로 포기한 것은 아니다. 마티가리를 대신하여 제2의 해방투쟁을 이끌 것으로 그려진 무리우키(Muriuki)는 소설의 마지막에 이르러 묻어두었던 "권총을 꺼내 탄환을 몸에 두르고 총알을 세어본다."(148) 그는 이번에도 문제는 무장투쟁으로 해결할

마티가리가 미래에 대한 희망의 근거는 바로 인민 일반이지만 그의 절망도 그들에 대한 실망으로부터 온다. 케냐의 시민 혹은 대다수 인민들은 모순된 사회의 원인 즉, "진실과 정의"를 찾아 나선 마티가리의 행동에는 무관심한 대신 사람들이 마티가리의 소문에 근거해 만든 구세주와 초인의 이미지에만 집착한다. 예컨대 마티가리는 들판에서 만난 농부들의 대화를 귀동냥하게 되는데, 그들은 마티가리가 존 보이 2세가 "바지에 오줌을 지리도록" 겁을 주었다거나 손에는 "불타는 칼"을 들고 있었으며 그가 감옥에 갇힌 뒤에도 "삼일 뒤면 나를 다시 만나게 될 것"이라고 주변 사람들에게 호언장담했다고 말하며 그를 오히려 신격화한다. 그래서 초인적인 능력을 가진 마티가리가 자신들의 농장에 나타나주기를 간절히 고대한다(65-6). 그러나 정작 모습을 직접 드러낸 마티가리에 대해서는 아무런 관심이 없다.

> 그들은 차나무 옆에 서있는 [마티가리]를 보았다.
> "여러분, 말해 주세요! 이 나라에서 진실과 정의를 찾으려면 어디로 가야하나요?"
> "누가 저따위 어려운 질문을 하는 거야?"
> "당신 누구요"
> "진실과 정의를 구하는 사람입니다."라고 마티가리가 말했다.
> "당신 왔던 길로 다시 가서 마티가리 마 은지루웅기라는 사람을 찾아가 보시오. 그 사람만이 '진실, 또 진실'이라는 노래에 박자를 맞

수밖엔 없다고 생각하는 듯하다. 주의할 것은, 웅구기가 기쿠유 문화와 민족주의만의 독존을 주장하지는 않는다는 점이다. 그는 세계 속 다른 입장과 문화의 존재를 인정하며 다양한 중심의 존재가 세계질서를 위해 바람직하다는 생각을 하고 있기 때문이다. 다만 특정한 중심이 모든 것을 주변화하고 억압할 때는 그것이 유럽이라는 중심이든, 자본주의건, 서유럽이건 혹은 케냐의 독재정권이건 거기에는 저항해야한다고 믿는다. 『마티가리』는 『십자가의 악마』와 더불어 케냐의 내부와 외부를 향해 대화의 장을 열어두고자 하는 웅구기의 신념을 보여주는 소설들이다.

출 수 있는 사람이오. 그 사람 만나면 이렇게 질문을 해주시오. 정의
는 무력보다 강한데, 정의의 힘은 도대체 어디서 나오는 거냐고."(66)

마티가리는 시장, 쇼핑센터, 식당, 길거리, 시골농장, 법정, 심지어 종
교지도자들까지도 케냐 사회에 대한 '진실과 정의'에는 무관심하다는
사실에 실망한다. 그러나 소설의 마지막에 이르러, 그가 나타날 것이라
는 소식에 모여든 군중들이 그를 체포하려는 군경에 맞서 그를 지키기
위해 저항하는 모습에서는 희망의 끈을 다시 잡게 된다. 그들은 지배계
급의 차에 불을 놓으며, "다른 지배자들의 차도 불태우자!/… "독재자의
차도 불태우자!/… 민족주의-쇼비니즘도 불태우자!"(142)고 외치며 마티
가리가 마을로 내려온 이래 처음으로 주체적인 발언을 하게 된다.

사실 『마티가리』는 『백년의 고독』과 달리 마술적 요소나 기적적인
사건들이 두드러지게 드러나지 않는다. 오히려 기적은 사람들이 자신의
소망을 투사하여 만들어낸 과장된 거짓일 뿐이다. 예컨대 마티가리가
구테라를 경찰과 경찰견으로부터 구하는 사건은 그를 "평범한 옷을 입
은 중요인물"(26)로 착각한 덕분이며, 그가 감방에 음식을 가지고 들어
갈 수 있었던 것도 간수의 검열이 소홀했던 탓이었다. 무리우키가 마티
가리는 "밥을 먹고 물을 마시는 것도 보지 못했다. 전혀 피곤하지도 않
은 것 같다"(34)고 말할 때 사실은 마티가리 자신도 "나이를 먹었다. 걸
음은 느려져서 발을 질질 끄는 상태가 되었다"고 슬픔에 잠겨 있었던
것이다. 그가 마지막에 총상을 입은 구테라를 안고 강을 건너고자 할
때 포위한 경찰견들에게 살이 뜯기고 피를 흘리며 가까스로 강에 뛰어
들었다는 사실은 그가 보통 사람이라는 것을 나타낼 뿐이다. 다만 소설
의 시간이 벌어지는 사건에 비해 삼사일에 지나지 않는다는 점, 마티가
리에게 너무 많은 행운이 작용한다는 점, 응구기가 소설의 마지막에 그
의 생사를 불분명하게 처리하여 그가 신화화될 수 있는 여지를 남긴다

는 점은 마술적인 요소로 볼 수도 있을 것이다.[39)]

『마티가리』의 마술적인 요소는 마티가리의 행동에 있는 것이 아니라 오히려 케냐의 현실에 있다. 사람들은 폭정에 맞서 싸우기보다는 서구화된 현실의 물질적 욕망으로 불만을 달래며, 행동보다는 영웅의 기적에 의지하고자 한다. 피억압자의 수동적인 복종의 현실뿐만 아니라 독재자의 정치 역시 놀랍기는 마찬가지이다. 절대 권력을 이행하는 수장은 자칭 "진실정의부 장관(Minister of Truth and Justice)"이며 그것을 선전하는 방송은 "진실의 목소리(Voice of Truth)"(6)이다. 악화가 양화를 구축하는 것처럼 거짓이 진실을 가장하고 불의가 정의를 대체하고 있는 현실, 그리고 그것이 사람들에게 그대로 수용되고 있는 현실, 바로 이것이 마티가리의 기적보다 더 '기적적'이다.

마티가리는 '진실과 정의'가 구현되지 못하는 이유를 피지배 민중 자신에게서도 찾는다. 그 이유는 바로 '진실과 정의'라는 말을 입에 올리거나 듣는 것조차 두려워하는 민중 자신의 공포심에 있다. 길에서 만난 사람들은 마티가리를 피해 서둘러 자리를 떠나며(64) 지식인은 변화와 혁명이라는 말에 마치 전기에 감전된 듯 자지러진다. "급진주의"에 대해 논하고 싶어 하지 않으며 "혁명은 나병"이라고 비판하기까지 한다(76). 그는 마티가리의 계속되는 질문에 "쉿! 당신 목소리가 너무 크다… 어제는 지나갔고 잊혀졌다. 오늘은 새로운 날이며 내일은 또 다른 날이다"(77)고 더 이상의 대화를 거부한다. 마티가리는 지식인과 종교지도자 그리고 기층민들 사이에 자리한 정의에 대한 공포를 목격하고 절망한다. 진정 비현실적이어서 믿기지 않는 일들은 공포에 떨며 숨죽이고 있는 현실 속에 있으며 『마티가리』가 갖는 마술적 리얼리즘의 효과는 부

---

39) 그래서 발로군은 『마티가리』를 읽는 독자가 기존의 사실주의라는 잣대를 거두고 읽기를 권한다. 그럴 때 비로소 이 소설은 "훨씬 더 사실적"인 소설이 된다는 것이다. 이는 F. Odun Balogun, 138쪽을 참고할 것.

분적으로 여기에 있는 것이다. 『백년의 고독』과 『마티가리』는 공포가 만들어내는 과거에 대한 망각과 기억상실의 현실에 대한 고발이다.

3.2. 황석영과 오 카인: 기억과 화해

황석영의 『손님』은 과거에 대한 기억상실을 보다 적극적으로 치유하고자 하는 인물들을 등장시킨다. 한국전쟁이라는 남과 북의 지옥과도 같은 갈등의 현장을 살아온 류요섭 목사와 류요한 장로 형제는 자신들이 가해자의 편이었다는 죄의식에 시달리며 류요한에 의해 죽임을 당한 인물들과의 화해를 시도한다. 이 소설은 작가 자신이 "동아시아적 형식에 현실적 내용을 담고 가르시아 마르케스…의 마술적 리얼리즘을 참조 항 삼아 새로운 변신을 도모하겠다"고 선언한 이후 완성한 "한국형 마술적 리얼리즘"(함정임 316-7)의 한 사례로 볼 수 있다. 황석영은 『손님』이

> 황해도 진지노귀굿 열두 마당을 기본 얼개로 하여 씌어졌다. 여기서는 굿판처럼 살아 있는 사람과 죽은 사람이 동시에 과거와 현재를 넘나들면서 등장하고 그들의 회상과 이야기도 제각각이다. 나는 과거로 떠나는 '시간여행'이라는 하나의 씨줄과, 등장인물 각자의 서로 다른 삶의 입장과 체험을 통하여 하나의 사건을 모자이크처럼 총체화하는 '구전담화'라는 날줄을 서로 엮어서 한폭의 베를 짜듯 구성하였다.(『손님』 262)

고 말한다. 그가 공언하고 있듯이 이 작품은 마르케스의 영향을 한국적 상황 속에 새로이 변주하고 있다. 진지노귀굿은 살아 있는 자와 죽은 자가 한 자리에 모여 오해와 서운함을 푸는 장례식의 마지막 과정이다. 따라서 장례식은 산 자와 죽은 자, 가해자와 피해자, 과거와 현재, 남과 북, 안과 밖이 수렴되는 공간이자 화해의 계기가 주어지는 공간이다.

장례의 굿거리를 모방한 소설은 매 장(章) 마다 진지노귀굿의 절차를 밟아나간다. 「부정풀이」, 「신을 받음」, 「저승사자」, 「대내림」, 「맑은 혼」, 「베 가르기」, 「생명 돋음」, 「시왕」, 「길 가르기」, 「옷 태우기」, 「넋반」, 「뒤풀이」의 차례는 원을 모으고 한을 풀어가는 한국 전통의 장례식으로서 "아직도 한반도에 남아 있는 전쟁의 상흔과 냉전의 유령들을 이 한판 굿으로 잠재우고 화해와 상생의 새 세계를 시작하자"[40]는 작가의 문학적 초혼제인 것이다. 따라서 독자는 이 소설에 수많은 과거의 유령들이 등장하는 것을 정황상 어렵지 않게 받아들일 수 있게 된다. 『백년의 고독』처럼 유령들은 류요섭 목사를 따라다니며 말을 걸고 스스로 원혼들 간의 대화의 장을 마련하기도 한다. 단순한 꿈이 아니라 일종의 현실과도 같은 환영들의 등장은 류요섭이 그들의 이야기를 들어주고 류요한으로 하여금 "우리는 자기 자신까지도 증오했다"(248)는 고백을 하게하는 계기를 마련해준다. 이를 통해 원혼뿐만 아니라 류요섭 자신까지도 신천대학살이 상징하는 동족상잔의 비극을 제대로 이해하고 용서하고 용서받으며 과거와 화해하게 되는 것이다.

『손님』에서 죄는 망각을 통해 유지되고 확대되며 기억을 통해 순화되고 용해된다. 형식상 용서를 구하고 화해를 신청하는 쪽은 같은 마을 사람들을 사상적 차이를 이유로 죽인 형 류요한의 혼령이다. 류요섭은 조카 류단열에게 자신이 "너의 아버지와 나 같은 사람들의 죄를 씻으려고 왔다"(116)고 고백한다. 처음에 자신의 마음을 단단히 닫아걸었던 북한의 지도원에게 자신을 드러내는 과정은 순남이 아저씨와 이치로와 같은 눈에 보이는 원혼들의 추궁에 의해서이기도 하지만, "이거이 다아 옛날 상처를 치유하자고 하는 놀음 아니갔시오?"라는 지도원의 솔직담백한 태도에 있다. 그러나 류요한 자신 역시 형에 의해 피살된 인민군

---

40) 황석영, 『손님』, 262. 앞으로는 면수만 표시.

군악단 소녀들에 대해 가지고 있는 죄책감과 형에 대한 원망 등을 씻어 내리고자 하는 의도를 가지고 있었다. 따라서 죽은 자를 위해서 치르는 장례는 산 자의 죄와 허물을 함께 씻어 내리는 효과를 낳는다. 왜냐하면 죽은 자들만의 씻김굿이라면 산 자들이 그렇게 진지할 수는 없을 것이기 때문이다. 그것은 과거에 대한 진지한 대면을 통해서만 가능한 일이다. 마르케스와 응구기가 말하고자 한 망각이 아니라 기억이 절실한 이유를 황석영의 소설은 잘 보여주고 있다. 응구기는 기쿠유어를 소설의 언어로 사용함으로써 영어에 의해 질식되고 있는 케냐의 토속어와 그것을 통해 전수되는 문화의 상실을 막고자 했다. 황석영의 황해도 사투리는 또 하나의 토속어로서 우리에게 유령처럼 사라지고 있는 북한의 사투리의 하나를 되살린 의미 역시 무시할 수 없을 것이다.

함정임은 황석영과 마르케스가 조우할 수 있는 이유를 "전설이나 구전, 민중의 집단 무의식을 질료로 삼아 이야기꾼으로서의 천부적인 기질을 발휘해왔다는 것"에서 찾는다.41) 확실히 세계의 문학은 지역의 문화적 자산의 활용 속에서 더 풍성해지고 있다. 이성적으로 이해 가능한 사건과 인물을 전제하는 순간 과학적으로 설명할 수 없는 삶의 계기들은 문학 속에 등장할 수 없다. 꿈을 통해, 상상을 통해, 그리고 매일 경험하는 일상의 순간 속에서 비현실적인 것들과 조우하는 삶을 산술과 계몽의 근대적 공간 속에 풀어낼 때 근대 역사의 한계를 지적하고 인식하기 쉬워질 수 있다. 황석영의 황해도, 마르케스의 마콘도, 응구기의 케냐의 이름 없는 공간은 경험하는 일상의 현실의 지면을 뚫고 들어가 그 깊이를 인식하게 해주는 장이 된다. 마술적 리얼리즘이 사실적 리얼리즘의 방식과 달리 독자에게 역사의 리얼리티를 전달하는 또 다른 방식이 가능한 이유는 로컬 고유의 문화 양식을 전유할 수 있기 때문이기

---

41) 황정임, 「21세기 한국 소설의 라틴아메리카 소설 경향」, 319쪽.

도 하다. 문자문학 이전의 구전문학, 민담, 전설, 씻김굿 등의 형식을 문자문학 속에 담으려는 이러한 주변부의 노력은 세계문학의 부피와 깊이를 늘리는 커다란 기여가 됨은 물론이거니와 이성으로 무장하여 자기를 들여다보고 과거를 고백하기 거부하는 근대성에 대한 점잖은 꾸짖음이 될 수 있다.

마르틴 오 카인의 소설 『묘지의 흙』(Churchyard Clay)은 비록 20세기 중반 아일랜드라는 다른 시공간의 문학적 산물이지만, 황석영의 소설과 유사한 맥락을 가지고 있다. 죽은 자들이 모여 있는 무덤에서 죽은 자들 간의 대화라는 점에서 이 소설은 산 자와 죽은 자의 교감은 일어나지 않지만 죽은 자들이 산 자의 세계에 대해 이해하고 참견한다는 점에서 무관하지 않다. 세계에 대한 올바른 인식은 과거에 대한 망각이 아니라 기억이라는 노력을 통해 가능하다는 인식은 여기에서도 확인되고 있다. 또한 소설의 장의 구성이 「검은 흙」, 「내리기」, 「빗질하기」, 「갈기」, 「다지기」, 「윤내기」, 「하얀 흙」의 순으로 진행되는데, 이는 하나의 쓸모 있는 그릇을 굽는 과정이자 시신을 묻고 그것이 썩어 마침내 백골이 되는 과정에 비유함으로써 장례식 이후의 과정을 동시에 가리킨다. 마치 과거는 사라지는 것이 아니라 인간의 현재 속에 살아있으며 썩어가는 과정이 아니라 곱게 쌓여서 단단한 토대가 되는 시간의 축적을 웅변하고 있다. 과거에 대한 망각은 잘못 구운 그릇처럼 바스러지고 말 것이다. 다른 시각에서 보면, 식민의 기억과 탈식민의 활동이 분리된 것이 아니라 현재진행형이며 독립한 이후 아일랜드의 시간은 여전히 탈식민의 과정을 벗어나지 못하고 있다는 비판과도 맥을 함께 한다.

아일랜드 서부 코네마라(Connemara)의 전형적인 시골에서 태어나 누구보다도 게일어와 전통 켈트문화에 익숙했던 마르틴 오 카인은 IRA 요원이며 농민 운동가이자 게일어 소설가였다. 그는 한편으로는 농민을 위한 사회운동을 통해 정치적 실천을 주도하였고, 다른 한편으로는 소설을 통해 농민에 대한 왜곡된 이미지를 바로잡으려는 문화적 투쟁을 이끌어갔다. 오 카인은 특히 아일랜드 서부의 게일어 사용 지역과 주민들이 아일랜드 주류 사회에 보이지도 않고 망각되고 있는 현실 즉, 서발턴의 위상으로 전락하는 것에 대해 실망감을 감추지 못했다. 그곳은 "영어권 사람들의 밀려오는 물살에 점점 서쪽으로 밀려나면서… 모든 것을 상실한 채 역사로부터 망각되고 여전히 농노와 같은 중세적 경제 체제에 갇혀 있는" 상태지만 마지막 켈트문화가 남아 있는 유일한 곳이었다. 이들의 오랜 역사는 아일랜드 주류에 의해 일종의 "잘못 기억된" 역사였고 오 카인은 이를 교정하고자 했던 것이다.42) 게일어로 쓴 그의 소설들은 게일어로 사고하고 소통하는 실제 아일랜드 농촌 공동체 구성원의 삶을 치열하게 반영하고자 하는 노력의 결과물이었다.

오 카인은 2차 대전 중 수용소 생활을 하는 동안 접한 다양한 문학과 언어를 그의 소설의 자료로 삼았다. 그는 여기에서 영문학은 물론이거니와 불어, 브리타뉴어(Breton), 웨일즈 켈트어, 러시아어로 된 번역과 문학을 통해 유럽 전역의 문학을 접할 수 있었다. 또 수용소에 함께 있었던 IRA 전사, 중립국인 아일랜드에 불시착한 독일과 프랑스의 비행사와 탈영병들과의 대화는 그에게 아일랜드가 실제 얼마나 다양한 관점과 입장으로 중첩되고 절합되는 공간인지를 말해주었다.

『묘지의 흙』은 묘지라는 공동체 구성원 모두가 참여하여 벌이는 화려한 대화의 광장이다. 소설의 내용이 '무덤에 누워있는 영혼들의 대화'라는 점에서 일견 오 카인이 묘사하는 아일랜드가 과거에 매인 폐쇄된 세계처럼 보이지만, 새로이 묘지에 입장하는 영혼들이 전해주는 정보로 변주되는 세계이며 하나의 목소리가 지배하지 않는 세계, 역설적이지만 '무질서의 질서'로 움직이는 세계처럼 보인다. 요컨대 그는 『묘지의 흙』

---

42) Eoghan O Tuairisc, Introduction, *The Road to Brightcity*, 9-10.

에 다양한 인물들과 다양한 목소리를 복원시켜 아일랜드 농촌의 세계가 과거와 신화 속에 갇힌 단절된 공간이 아니라 일종의 다성악적 교향악과 같은 다양성의 공간이며 언제나 외부로 열려 있는 역동적인 공간임을 말하고자 한다.

『무덤의 흙』은 오 투어리스크가 말한 "말의 광상곡"(verbal extravaganza)의 결정판이다. 오 카인은 아일랜드 농민의 특징을 그 화려한 대화적 기술에 있다고 보았다. 나아가 코이스 에어지(Cois Fhairrge)의 방언을 비롯한 아일랜드 전 지역의 방언, 나아가 스코틀랜드 게일어와 고대 게일어 문학과 현대 유럽 문학의 형식과 어휘를 자신의 방식으로 뒤섞고 재창조하였다. 이를 통해 그는 단순히 "사람들의 말을 충실하게 복제한 것도 아니고 코이스 에어지 공동체를 단순히 복제한 것도 아닌" 독창적인 소설을 구성할 수 있었는데, 이들 지역 전체의 보편적인 "삶과 문화의 체험"을 기록하게 된 것이다.43)

이 소설의 특징인 무수히 많은 목소리들의 교섭과 긴장은 바흐친적인 대화주의적 입장에서 이해하면 더 좋을 것 같다. 단일한 한가지의 목소리가 지배하는 전체주의적인 사유 방식에 비판적인 바흐찐은 주체를 타자와의 상대적 관계가 아닌 상보적인 관계에서 파악하는 특유의 주체론을 제안한다. 그는 타자를 배제하고 침묵시키는 그 어떤 중심주의에 대해서도 반대하며 그것을 다수의 목소리를 죽이는 행위라고 보았다. 오카인은 죽은 자들이 대화한다는 마술적 설정을 통해 과거의 목소리를 복원함으로써 과거와 단절하고 폐기하는 문화에 저항하고자 한다.

『묘지의 흙』의 7장에서는 구연문학의 소리꾼이나 작가 자신을 대신하는 '묘지의 트럼펫(Trumpet of the Churchyard)'이라는 목소리가 등장한다. "나는 묘지의 트럼펫이오/ 내 소리를 들으시오!/ 꼭 들어야만 하오…

---

43) O Tuairisc, 368.

//… 묘지도 제 몫을 요구하오/ 나는 묘지의 트럼펫이오/ 내 소리를 들으시오!/ 꼭 들어야만 하오…"(212). 오 카인은 묘지의 수많은 혼령들의 대화를 통해 지나온 아일랜드의 과거를 이야기하고 죽은 자들에 대한 기억을 독자에게 촉구한다. 사라지는 게일어 공동체의 언어와 문화처럼 아일랜드의 과거와 문화가 세계화된 공간 속에서 사라질 수 있다는 작가의 염려는 묘지의 혼령들의 이야기를 통해서 그리고 '묘지의 트럼펫'을 통해서 강조되고 있는 것이다.

오 카인은 주인공 카트리나(Caitriona)를 축으로 벌어지는 수많은 대화들을 통해 죽음 이후에도 지속되는 삶의 연속성을 이야기한다. 관 속에 홀로 누운 것처럼 혼자만의 독백 속에서 안식을 구하고자 한 이들 지역의 영혼들은 "평화가 영원히 나와 함께 하는 줄 알았는데... 이 무덤의 흙 속에서 들려오는 요란한 소리들은 무슨 의미인가"를 생각하며 죽음이 삶의 끝이 아님을 알게 된다.44) 영혼들이 갇혀 있는 독백의 세계는 상상력의 결핍을 가져오고 그것은 일종의 경제적 결핍에 따르는 불행과 연결된 문화적 굶주림으로 이어진다. 이들의 게일어 공동체는 지상이나 지하 모두 '부패와 몰락'에 처해있었던 것이다. 그러나 카트리나의 독백에 끼어들어 그녀에게 말을 걸어오는 무덤 공동체의 대화들은 이들을 다시 살아 숨쉬게 한다. 오 카인이 죽은 자들의 언어로 '더블린 중심의 관료체계'의 권위적인 정책으로 죽어간 자신들의 언어와 마을 공동체를 부활시키는 것은 정부의 정책에 대한 통렬한 비판이며 그가 평생에 걸쳐 추구해온 문화적 전략이었다. 무덤 속 목소리들은 누구도 절대적 권위를 주장하지 않으며 주장할 수도 없다. 영원한 시간 속에서 자기 정체성을 포기하지 않으면서도 타자의 목소리를 듣고 대화하며 교섭하는 방식, 이것이 『묘지의 흙』의 윤리인데, 오 카인은 이를 아일랜

---

44) Mairtin O Cadhain, *Churchyard Clay: A Translation of Cre Na Cille*, 5.

드의 주류와 주변부의 관계의 방식으로 제시하는 것이다.

아일랜드 정부는 독립 초기 1920년대에 외부와 철저히 담을 쌓고 폐쇄적인 사회를 구성하려했고 서유럽의 경제구조 속으로 급속히 편입해 들어간 1950년대부터는 오히려 탈민족주의 이데올로기를 지속적으로 홍보해왔다. 아일랜드의 공식적인 담론이 이렇게 민족/탈민족, 폐쇄/개방, 단일문화/다문화, 종교적/세속적 사회를 인위적으로 규정하는 동안 『묘지의 흙』의 농민들이 살고 있는 공동체는 도덕적으로 정제되지 않은 원초적인 욕망과 아일랜드, 영국, 프랑스, 노르웨이와 같은 다양한 이질적 문화들이 대화하고 교섭하는 상태가 바로 아일랜드의 전통이고 역사적 현실이라는 사실을 잘 말해주고 있다. 오 카인은 아일랜드의 지배 엘리트들에게 근대화의 일원이면서도 그 혜택에서 배제된 서발턴의 세계를 절실하게 보여주고자 했다.

아일랜드 민족주의가 '상상한' 농민의 신화는 현실 속 농민들의 고통과 피와 살을 가진 욕망의 덩어리라는 진실을 애써 감추어야만 가능했다. 따라서 아일랜드의 서발턴인 아일랜드 농민들의 '실제 목소리'는 아일랜드 엘리트 주류의 역사적 담론에서 억압되고 배제되어왔던 것이다. 오 카인의 장단편 소설은 주류의 역사적 담론에서 배제된 아일랜드 서발턴의 세계를 치열하게 묘사하여 그들을 탈신비화하고 그들을 역사의 무대에 제대로 올려놓고 있다. 이 세계는 민족주의가 이상화시켜 놓은 순수의 세계가 아니라 비기독교적이고 외설적이며 이질적인 것들이 범벅된 잡탕의 세계였고 오 카인이 볼 때, 그것이 바로 삶의 역동성을 만들어내고 아일랜드의 역사와 전통의 본질이었던 것이다.

4   마술적 리얼리즘의 함의－주변부 문화의 연대 가능성

앞에서 보았듯이 오늘날 문화의 "국가 간, 언어 간 교환"이 두드러지고 있는 가운데 주변부 작가의 예술이 두각을 나타내고 있는 것은 고무적인 사실임에 틀림없다. 이를 통해 서구 중심적인 고전과 예술의 강고한 울타리를 무너뜨리고 문화의 대화를 유도할 수 있기 때문에 더욱 그러해 보인다. 그런 의미에서 남미와 아프리카, 동아시아와 유럽의 주변부 작가들인 마르케스, 응구기, 황석 및 오 카인의 작품이 마술적 리얼리즘이라는 공통의 특징을 가지는 것은 결코 우연이 아닌 것으로 보인다. 응구기와 황석영이 마르케스의 영향을 받고 있는 것은 주변부 예술의 연대의 가능성까지 보여주는 사례로 볼 수 있을 것 같다. 물론 마르틴 오 카인의 경우는 조금 달라서, 서구적 전통의 흐름 속에서 그것들을 아일랜드의 문화적 유산과 결합시킨 가운데 나온 것이지만, 이들 작가를 연결하는 하나의 끈이 지역 고유의 전통적인 구전문화와 예술이라는 점은 부정할 수 없다.

다만 여기서 유의할 점은 마술적 리얼리즘의 "세계화"가 서구의 서구 중심적인 출판시장을 뚫고 진정한 문화적 대화를 주도할 수 있겠는가하는 점이다. 서구의 중심으로의 편입이 주변부의 새로운 목소리와 전통을 허용할 때는 일종의 "원시성의 상업화"(commodifying kind of primitivism)의 전략일 수 있기 때문이다.45) 하지만 이들 작품들이 묘사하는 세계 역시 또 하나의 "분명히 현대적인 세계"46)이다. "마술적, 구연예술적, 환상적, 종교적, 비의적, 신화적인 것들"은 "이성적이고 현실적인 역사적 현실 속에 담겨 있고, 때로는 삭제되고 때로는 부가되며, 변형되는"47) 맥락

---

45) Faris, 101.
46) Moses, 107.

속에서도 꿋꿋이 살아 움직이고 있는 것이다.

주변부 예술의 가능성은 열려있고 또 열려있어야만 한다. 결국 주변부 예술이 겨냥하는 일차적인 목표는 주변부 자체의 구조이고 문화이기 때문이다. 주변부 예술이 세계 시장으로 진입할 때 일어날 수 있는 왜곡과 난관은 주변부의 연대와 반복을 통해 무너뜨릴 수 있다. 주변부의 예술의 특이성을 과시하는 것은 중심에 대한 직접적인 비판과 중심 허물기의 또 하나의 전략이기도 하기 때문이다.

---

47) 앞의 책, 129.

참고문헌

김용호, 「한국 문학 속의 마술적 사실주의」, 『라틴아메리카연구』 14.2 (2001).

마르케스, 가브리엘 가르시아, 조구호 옮김, 『백년의 고독 1·2』 (민음사, 2000).

아민, 사미르, 김용규 옮김, 『유럽중심주의』 (세종출판사, 2000).

영, 로버트, 김용규 옮김, 『아래로부터의 포스트식민주의』 (현암사, 2013).

조동일, 『세계·지방화 시대의 한국학 6: 비교연구의 방법』 (계명대학교출판부, 2007).

함정임, 「21세기 한국 소설의 라틴아메리카 소설 경향」, 『비교문화연구』 25 (2011).

황석영, 『손님』 (창비, 2001).

Allende, Isabel, "He Gave Us Back Our History."
http://www.democracynow.org/2014/4/18/he_gave_us_back_our_history (검색일: 2014. 04. 25.)

Balogun, F. Odun, "*Matigari*: An African Novel as Oral Narrative Performance." *Oral Tradition* 10.1 (1995): 129-165.

_____, *Ngugi and African Postcolonial Narrative* (St-Hyathinthe: World Heritage Press, 1997).

Barhoun, Brahim, *Magical Realism as Postcolonial Discourse: Magic, the Carnivalesque and Hybridity in Ben Okri's* Abiku *Trilogy*, Diss. Universidad Complutense De Madrid (2013).

Cooper, Brenda, *Magical Realism in Western African Fiction: Seeing with a Third Eye* (London: Routledge, 1998).

Fanon, Frantz, *The Wretched of the Earth*, trans. Richard Philcox (New York: Grove Press, 2004).

Faris, Wendy, "The Question of the Other: Cultural Critiques of Magical Realism," *Janus Head* 5.2 (2002).

Kennedy, William, "The Yellow Trolley Car in Barcelona, and Other Visions," *Atlantic* (Jan. 1973).
http://www.theatlantic.com/magazine/archive/1973/01/the-yellow-trolley-car-in-barcelona-and-other-visions/360848/ (검색일: 2014. 04. 25.)

Marquez, Gabriel Garcia, "Nobel Lecture: The Solitude of Latin America," *Nobelprize.org*. Nobel Media AB (2013).
http://www.nobelprize.org/nobel_prizes/literature/laureates/1982/marquez-lecture.html (검색일: 2014. 04. 25.)

Moses, Michael Valdez, "Magical Realism At World's End," *Literary Imagination* 3.1

(2001).

Ngugi wa Thiong'o, *Matigari* (Trenton: Africa World Press, 1998).

_____, *Moving the Center: the Struggle for Cultural Freedoms* (Oxford: James Currey, 1993).

_____, *Penpoints, Gunpoints, and Dreams: Towards a Critical Theory of the Arts and the State in Africa* (New York: Oxford UP, 1998).

O Cadhain, Mairtin, *Churchyard Clay: A Translation of Cre Na Cille*, Trans. Joan Trodden Keefe, Diss. U of California, 1984 (An Arbor: UMI, 1984). MI48106.

O Tuairisc, Eoghan, Introduction, *The Road to Brightcity*, by Martin O Cadhain (Dublin: Poolbeg Press, 1981).

Pelayo, Ruben, *Gabriel Garcia Marquez: A Critical Companion* (Westport, CT.: Greenwood Press, 2001).

Slemon, Stephen, "Magic Realism as Post-colonial Discourse," *Canadian Literature* 116 (1988).

Young. Robert, *Postcolonialism: A Very Short Introduction* (Oxford: Oxford UP, 2003).

찾아보기

저자 소개

김성환 부산대학교 인문학연구소 HK연구교수로 재직 중이며, 한국 현대문학 및 문화를 다양한 관점에서 재해석하는 작업에 관심을 기울이고 있다. 논문으로 「1960-70년대 노동과 소비의 주체화 연구: 취미의 정치경제학을 위한 시론(試論)」(2017), 「하층민 서사와 주변부 양식의 가능성-1980년대 논픽션을 중심으로」(2016) 등이 있으며, 공저로 『1970 박정희 모더니즘』(2015), 『현대사회와 인문학적 성찰』(2014) 등이 있다.

서민정 부산대학교 인문학연구소 HK연구교수로 재직 중이며, 한국어학을 전공하였고 현재는 언어와 문화의 관계, 한국어와 한국어학의 인식 변화에 대해 관심을 두고 연구하고 있다. 저서로 『토에 기초한 한국어 문법』(2009), 『근대 한국어를 보는 제국의 시선』(2010, 공저), 『경계에서 만나다』(2013, 공저) 등이 있고, 논문으로 「한국어학에서 고바야시 히데오(小林英夫)의 흔적과 영향 관계」(2016), 「근대적 언어 인식에 따른 개화기 한국어 입말 동사토의 글말화」(2017) 등이 있다.

손성준 부산대 점필재연구소 HK연구교수로 재직 중이며 현재 근대 동아시아의 번역문학, 번역과 창작의 상관관계 등에 관심을 두고 연구하고 있다. 대표 저서로는 『저수하의 시간, 염상섭을 읽다』, 『투르게네프, 동아시아를 횡단하다』(이상 공저), 논문으로는 「전기와 번역의 '종횡(縱橫)'-1900년대 소설 인식의 한국적 특수성」, 「근대 동아시아의 애국 담론과 『애국정신담』」 등이 있다.

신상필 부산대학교 점필재연구소 HK교수로 재직 중이며 현재 한국 서사문학의 동아시아 교류양상과 야담의 근대적 변모 과정에 관심을 두고 연구 중이다. 대표 저서로는 『서사문학의 시대와 그 여정: 17세기 소설사』(공저), 『한국 고전번역학의 구성과 모색』(공저), 『대한자강회월보 편역집』(공역), 『한국 고전번역자료 편역집』(공역) 등이 있다.

이상현 부산대학교 인문학연구소 HK교수로 재직 중이며. 현재 한국 고소설을 비롯한 고전문학 전반에 있어서의 번역의 문제, 외국인들의 한국학 연구, 한문전통과 근대성의 관계, 한국문학사론 등에 관심을 갖고 공부하고 있다. 주요 저역서로 『개념과 역사, 근대 한국의 이중어사전 : 외국인들의 사전편찬사업으로 본 한국어의 근대』(2012), 『한국고전번역가의 초상, 게일의 고전학 담론과 고소설 번역의 지평』(2013) 등이 있다.

이태희 부산대 점필재연구소 HK연구교수로 재직 중이며, 한국한문학을 전공하였고, 조선시대 유기(遊記) 및 근대 한반도의 기행문을 연구하고 있으며, 근래에는 조선 후기 선서(善書)의 수용과 번역에도 관심을 갖고 있다. 주요 논저로 「조선시대 사군(四郡) 산수유기 연구」, 「조선 후기 선서(善書)의 수용과 유행의 요인」이 있고, 역서로 『한국 고전번역자료 편역집 1』(공역) 등이 있다.

이효석 부산대학교 인문학연구소 부교수로 재직 중이며 주변부의 문화와 문학에 관심을 두고 연구를 진행하고 있다. 논문으로는 「마술적 리얼리즘의 범 주변부적 편재의 양상」과 「셰이머스 히니의 탈지역적 역사의식: 문화소통의 한 양상」이 있고 저서로는 『헨리 제임스의 영미문화 비판』, 역서로는 『황인종의 탄생』과 『팽창하는 세계』가 있다.

임상석 부산대 점필재연구소 HK교수로 재직 중이며, 한국근대문학을 전공하였고, 현재 한국을 중심으로 동아시아 한자권의 어문(語文) 전환 과정과 번역을 연구하고 있다. 주요 논저로 『20세기 국한문체의 형성 과정』, 『시문독본』(역서), "A Study of the Common Literary Language and Translation in Colonial Korea: Focusing on Textbooks Published by Government-General of Korea", 「1910년대 『열하일기』 번역의 한일 비교연구」 등이 있다.

장정아 부산대학교 인문학연구소 HK연구교수로 재직 중이며, '反-코기토'와 '비재현'으로 요약되는 선행연구를 바탕으로, 현재 '코기토'에서 '反-코기토'를 읽는 가능성을 불교의 연기(緣起), 특히 의상의 저서에 비추어 공부하고 있다. 대표논문으로는 「이름에서 가명으로 : 말라르메의 '네앙'과 마그리트의 「이미지의 배반」에 나타난 비재현적 인식과 공(空)」, 「유식불교로 읽는 말라르메 : 라깡의 '상징계'에 대한 번역가능성과 탈경계의 생태성」, 「대학교양과목으로서 프랑스문학사 수업 구성-<나를 찾아 떠나는 프랑스문학 산책> 수업 사례를 중심으로」 등이 있다.

한지형 부산대 인문학연구소 HK연구교수로 재직 중이며, 현재 20세기 초 제정 러시아의 한국학에 대한 관심을 두고 카잔에서 출판된 러시아어·한국어 이중어 교재에 대한 연구를 진행하고 있다. 대표 논문으로는 <겐나지 성경(1499)과 오스트로그 성경(1581)의 사복음서 정자법 비교연구 -제2차 남슬라브어 영향의 관점에서->, <모스크바 성경(1663년) 사복음서의 명사형태 연구 -교회슬라브어 완역성경의 교정 방향의 변화->, <『고려인을 위한 기초 러시아어 교과서: 회화수업을 위한 시험적 교재』(1901)에 관한 소고>, <『고려인을 위한 기초 러시아어 교과서』(1901)의 고려말 전사법 연구> 등이 있다.

김남이 부산대학교 한문학과에 재직 중이며 조선전기 한문학과 근현대의 한문학 연구사에 관심을 갖고 이와 관련된 연구 및 번역 활동을 하고 있다. 주요 연구성과로는 「燕巖이라는 고전의 형성과 그 기원(1)(2)」, 「조선 전기 지성사의 관점에서 본 사화(史禍)」, 『역주 점필재집』(공역, 2016), 『근대 수신교과서』(공역, 2011) 등이 있다.

[고전번역+비교문화학연구단] 총서 6
주변의 횡단과 문화생태성의 복원

초 판 1쇄 인쇄 2017년 5월 20일
초 판 1쇄 발행 2017년 5월 25일
저 자 김성환 서민정 손성준 신상필 이상현 이태희
　　　 이효석 임상석 장정아 한지형 김남이
펴낸이 이대현
편 집 박윤정
디자인 최기윤
펴낸곳 도서출판 역락 | **등록** 제303-2002-000014호(등록일 1999년 4월 19일)
주 소 서울시 서초구 반포4동 577-25 문창빌딩 2층
전 화 02-3409-2058(영업부), 2060(편집부) | **팩시밀리** 02-3409-2059
전자우편 youkrack@hanmail.net
I S B N 979-11-5686-882-8 93800

■ 정가는 표지에 있습니다.
■ 잘못된 책은 교환해 드립니다.